La última cripta

FERNANDO GAMBOA

© Fernando Gamboa González
Primera edición: Junio 2007
Segunda edición: Octubre 2008
Tercera edición revisada y corregida: Febrero 2013
ISBN-10: 1481924699
ISBN-13: 978-1481924696

www.fernandogamboaescritor.com

Nota del autor

Antes de proseguir y que se sumerjan en la historia, les invito a leer unas líneas de la mano de Arturo Pérez-Reverte como prólogo de este libro, y que sugiero tengan en cuenta antes de seguir adelante:

«(…) Así que déjenme encender la pipa, hagan arder sus cigarros, acomódense y oigan lo que puedo referir, si gustan. Y recuerden, sobre todo, que nada de lo que les cuento puede mirarse con ecuanimidad desde afuera. Quiero decir que para ciertas cosas es necesario un pacto previo. En las novelas de aventuras, el lector debe ser capaz de incluirse en la trama; de participar en el asunto y vivir a través de los personajes. Mal asunto si va de listo, o de escéptico. Si un lector no es capaz de poner en liza su imaginación, de implicarse y establecer ese vínculo, aunque sea resabiado y sutil, entonces que ni se moleste en intentarlo. Se va a la novela, y en especial a la de aventuras, como los católicos a la comunión o como los tahúres al póker: en estado de gracia y dispuesto a jugar según las reglas del asunto. Y así, entre muchas posibles clases, divisiones y subdivisiones, los lectores se dividen básicamente en dos grandes grupos: los que están dentro y los que se quedan fuera (…)».

Arturo Pérez-Reverte.
El doblón del Capitán Ahab.

Y ahora sí, sin más prolegómenos, que dé comienzo la aventura.

Creí que era una aventura, y en realidad era la vida.

JOSEPH CONRAD

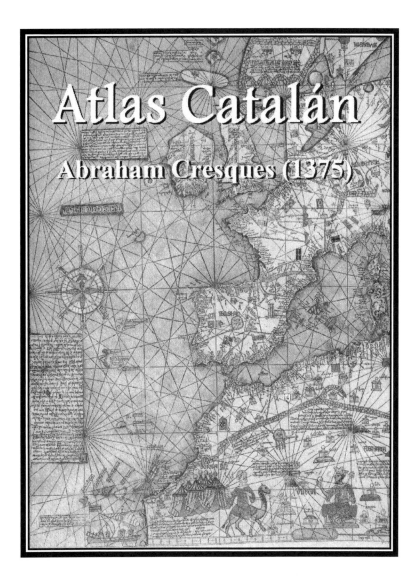

Atlas Catalán

Abraham Cresques (1375)

La tormenta

Arriad la mayor! –bramó una voz sobre el fragor de la tempestad–. ¡Asegurad el trinquete!

No hubo respuesta alguna pero varios hombres, ignorando las gigantescas olas que barrían la cubierta, comenzaron a trepar temerariamente por las jarcias dispuestos a recoger el velamen, antes de que los vientos de más de setenta nudos que soplaban en ese momento lo dañara o, aun peor, destrozara por completo el único mástil de la nave.

El Hermano Joan Calabona, contradiciendo las órdenes del capitán, contemplaba la escena desde el castillo de popa, a merced de los elementos e intentando que no lo arrastrase la siguiente ola. Pero, aun así, mejor allí en cubierta que sufriendo el insoportable hedor a orines y vómitos de la sentina.

Contemplaba incrédulo cómo la que hasta unas horas, antes le parecía una soberbia embarcación era ahora zarandeada sin piedad por montañas de agua oscura que la golpeaban desde todas direcciones; rompiendo cabos, madera y huesos, y lanzando sobre los que se encontraban en el puente una fina lluvia que el viento convertía en afiladas agujas que herían allí donde la piel no estaba protegida. A dos pasos de él, pero que podían haber sido dos leguas, el capitán Villeneuve entrecerraba los ojos intentando adivinar la presencia del resto de la flota, más allá de los muros de agua y espuma, señalando al piloto un lugar imposible con la mano que le quedaba libre, y gritándole unas instrucciones a las que éste asentía sin entender la mitad de lo que oía. Mientras, Joan Calabona, calado hasta los huesos y aferrado al pasamanos con todas sus fuerzas, se preguntaba aterrorizado si era la voluntad del señor que acabara allí su viaje.

Hacía casi ocho semanas que habían zarpado de la Rochelle amparados por la oscuridad de la noche. Dieciocho cocas de entre sesenta y noventa pies de eslora se habían hecho a la mar con su valioso cargamento atestando las bodegas, hasta el punto que incluso se habían retirado las piedras del lastre para hacer sitio. Veintidós días sin tocar puerto habían necesitado para llegar a las Islas Afortunadas, donde en una de las más occidentales, la llamada ínsula Gomera, se habían reabastecido de agua, fruta y verduras. Veinticinco, veintiséis o veintisiete, qué más daba, eran las jornadas que llevaban navegando desde entonces. El agua, ya podrida, llevaba días racionada a un solo cuenco a la puesta de sol. La verdura duró una semana, y hasta la carne seca, llena de gusanos, era tan solo un sabroso recuerdo. Había quedado tan reducido el espacio en el barco para las provisiones que se había apurado hasta el límite de lo posible, y si Dios no lo impedía mostrándoles tierra firme en las próximas jornadas, serían una tripulación de fantasmas navegando hacia el otro mundo.

Pero esas eran preocupaciones que había tenido horas antes.

—¡Hermano Joan!

Abrió los ojos y se encontró frente al rostro del contramaestre que, a pocos centímetros y con el agua corriendo por su cara, le gritaba a pleno pulmón.

—¡Vaya abajo! —exclamó de nuevo, alzando la voz sobre el rugido del viento—. ¡Es muy peligroso estar aquí!

El fraile tan solo movió la cabeza, negando, a lo que el contramaestre respondió con un inaudible insulto entre dientes y, tras un momento de duda, encogiéndose de hombros, dándose la vuelta y encarándose de nuevo a la tormenta.

Joan Calabona decidió entonces sentarse en el tablazón y, pasando un brazo tras el candelero del pasamanos, consiguió entrelazar ambas manos frente al pecho para rezar. No era la postura correcta ni el lugar más adecuado pero, sin duda, era el momento de hacerlo.

Entonces se dio cuenta de que su preciado anillo, que tantos sacrificios le había supuesto conseguir, le bailaba en el dedo. Había adelgazado tanto que debía atarse los calzones con un trozo de cuerda, contemplando cada día su propia delgadez reflejada en la cadavérica estampa de sus compañeros de travesía. Pero descubrir que podía perder el símbolo que le daba sentido a su existencia le horrorizó aún más que la tormenta misma y, cuidadosamente, abrió una pequeña bolsita de cuero que llevaba atada al cuello e introdujo en ella aquello que lo identificaba como la última esperanza de la Orden y que, finalmente, por uno de esos caminos inescrutables de la divina providencia, lo había llevado a estar esa noche de principios de noviembre rezando por su vida en medio de un huracán.

Con los párpados apretados luchaba por abstraerse de la vorágine que lo envolvía, y rogando a Dios por su alma y por la de los infortunados hombres que luchaban por sus vidas en ese infierno de agua y viento oyó, o más bien sintió en sus entrañas, un terrible crujido de muerte bajo sus pies, y supo que la sólida coca diseñada para soportar las peores galernas del mar del Norte había dicho basta y que, herida de muerte, nunca llegaría a su destino.

1

Acababa de sacar la cabeza del agua, aún con el regulador en la boca, cuando oí a Jack gritándome mientras se inclinaba sobre la proa del yate, agarrando con ambas manos el cabo del ancla.

−¡Ulises! El ancla se ha enganchado otra vez. Baja un momento y suéltala.

−¿Otra vez? No jodas.

De mala gana, volví a colocarme el regulador con la mano derecha, mientras con la izquierda accionaba el purgador de aire del chaleco y, lentamente, me sumergía en las cálidas aguas de las que acababa de emerger.

−*Cagoentodo* −maldije mientras descendía−. Esto no puede ser bueno. Cinco minutos haciendo una descompresión como Dios manda y ahora tengo que bajar de nuevo y subir a toda prisa por culpa de la puñetera ancla. En mi vida he visto una que se enganche tanto, y cada día lo mismo. Hablaré con Jack: o el ancla o yo. No hay sitio suficiente para los dos en este barco.

Miré a mi alrededor hasta localizar el cabo, una tensa línea blanca que unía la sombra del *Martini's Law* con el arrecife, nueve metros más abajo. Incliné el cuerpo hacia el fondo, y me impulsé con fuerza hacia el punto donde se adivinaba el final de la soga, deseoso de acabar cuanto antes.

Al cabo de un momento ya me encontraba junto al ancla, sobre una enorme masa de coral vivo que aun bajo la mortecina luz de la tarde tropical, filtrada por millones de litros de agua, aparecía en todo su esplendor, con sus estructuras de pólipos de radiantes rojos, amarillos, blancos y morados de formas impensables. Por encima, por debajo y a su alrededor, infinidad de pequeños peces de un azul eléctrico único en la naturaleza, formando un nervioso cardumen, nadaban rápida y desordenadamente sin sentirse intimidados por otros tantos mucho mayores que ellos. Una enorme barracuda solitaria que vagaba por el arrecife como lo haría un vaquero por su rancho viendo engordar al ganado, curiosa como todas las de su especie, me observaba de perfil como quien no quiere la cosa.

Una erupción de burbujas, resultado de una blasfemia, ascendió desde mi boquilla cuando comprobé que uno de los tres brazos de la dichosa ancla, había atravesado inexplicablemente un pedazo de coral. Tiré con fuerza, pero entre las algas y la arena que estaba levantando, no veía con claridad por qué demonios no podía sacar algo que había entrado solo.

Me detuve un momento para comprobar la provisión de aire que me quedaba tras cuarenta y cinco minutos guiando a los clientes y esta nueva inmersión: unas sesenta atmósferas. Calculé que a esa profundidad faltaban unos tres minutos antes de llegar al límite de presión de mi botella, punto a partir del cual debería empezar a pensar en regresar a la superficie.

Impaciente, saqué el cuchillo de la funda de la pantorrilla, dispuesto a trocear el arrecife entero si era necesario. Lo intenté clavar en la parte del coral que rodeaba el ancla y me sorprendí de la dureza del mismo, así como, al verlo más de cerca, de su extraña forma. Parecía un anillo, por cuyo agujero central, de unos pocos centímetros de diámetro, se había introducido justamente el brazo metálico. Era algo que nunca había visto antes, y lamentaba tener que destruirlo para liberar esa estúpida ancla que tanto odiaba. Pero no me quedaba más remedio, así que golpeé el coral una y otra vez con toda la fuerza que era capaz de hacer bajo el agua.

«¿Pero, qué diablos...?» -me pregunté sobresaltado, al rebotarme el cuchillo con una aguda vibración.

Donde antes había coral, ahora aparecía una capa de sustancia verde y dura, mostrándome que lo que había golpeado era coral tan solo en su superficie. El ancla se había enganchado en una argolla de hierro oxidado.

Tardé unos segundos en asimilar lo que estaba viendo. Pero no me cupo duda de que me encontraba ante una pieza construida por la mano del hombre que, a juzgar por la gruesa envoltura de coral que lo cubría, llevaba ahí abajo mucho tiempo. «A lo mejor, incluso –pensé–, resulta ser algo valioso.»

Y de repente caí en la cuenta de que me hallaba a nueve metros de profundidad, que el oxígeno se me acababa y que el ancla aún se aferraba tozudamente al arrecife. Comprobé de nuevo la provisión de aire, esbozando una mueca al descubrir la aguja del manómetro señalando los números rojos. Tenía que hacer algo, y deprisa.

Si subía a la superficie sin haber soltado el ancla, me ganaría una bronca de Jack y seguidamente bajaría éste en persona, descubriendo, de paso, la misteriosa argolla de hierro. Pero aunque con gran esfuerzo consiguiera liberarla, supondría tener que volver otro día a investigar, viéndome obligado a explicar lo que me traía entre manos para que mi jefe me trajera en el barco.

Miré la argolla, el ancla, el cabo y, finalmente, el cuchillo que llevaba en la mano derecha. Y una sonrisa maliciosa se me escapó bajo la máscara de buceo.

–Lo siento, Jack. Pero no he tenido otro remedio. Se me acababa el aire –expliqué, ya en cubierta, con un mal disimulado regocijo y el extremo serrado del cabo en una mano–. Pero no te preocupes, mañana mismo venimos un momento y yo mismo bajaré a buscarla, sé muy bien dónde está.

–Más te vale –repuso Jack con los brazos en jarra, intentando aceptar que su ancla de mil dólares no estuviera con él a bordo.

Apenas amaneció el día siguiente, ya esperaba ansioso en la cubierta del yate, en el embarcadero de Utila, indiferente a la fresca brisa del amanecer de esa isla caribeña del norte de Honduras. Oculto entre el equipo, había traído una bolsa con un martillo y una escarpa, que me apresuré a disimular bajo una toalla, junto a las botellas. Al llegar un soñoliento Jack encadenando bostezos, apenas cruzamos un par de gruñidos como saludo y partimos inmediatamente.

Dejando de lado todas las normas de seguridad en el buceo, me sumergí solo, en busca del ancla, mientras mi jefe intentaba recuperar el sueño perdido en la borrachera de la noche anterior. No me costó ningún esfuerzo dar con ella y, sin perder tiempo, comencé a asestar golpes de escarpa al arrecife, luchando por descubrir lo que el coral escondía bajo su rugosa superficie. El esfuerzo resultaba considerable, pero tras liberar el ancla comenzó a adivinarse que la anilla era parte de una pieza esférica de unos veinte centímetros de diámetro, que se prolongaba y ensanchaba a medida que rompía el coral que lo rodeaba. Poco a poco, fue tomando forma, hasta que tras un golpe seco la pieza se desprendió y quedó al descubierto. Para mi sorpresa, el artefacto en cuestión, de unos treinta centímetros de altura por algo menos de anchura, tenía la forma de una campana.

Con los mismos nervios que aquella vez que con doce años robé una chocolatina en un supermercado, escondí la pieza en una bolsa de red que había traído en un bolsillo y ascendí con ella hasta el barco, hinchando un poco el chaleco de flotabilidad para compensar el exceso de peso y, tras asegurarme de que Jack no se encontraba a la vista en cubierta, até la bolsa bajo el agua a la escala de popa y volví a sumergirme. Esta vez sí me encargué del ancla, enganchándola a un globo de recuperación que llené de aire y que salió instantáneamente disparado hacia la superficie, donde irrumpió bruscamente como una enorme medusa roja con problemas de aerofagia.

Yo emergí un minuto más tarde junto a la proa del barco, gritando a pleno pulmón, consciente de la resaca de mi jefe.

—¡Vamos, Jack! ¡Échame una mano! ¡Joder, que es tu ancla!

—No grites, que ya te oigo —rezongó, entrecerrando sus ojos enrojecidos mientras se asomaba por la borda.

Tiré del globo hasta la escalerilla y ayudé a Jack a subirlo junto con el ancla, pero incordiándolo tanto que, entre mis exclamaciones y su resaca, no habría visto la bolsa atada a su barco aunque hubiera contenido un piano.

En cuanto subí a bordo, arrancó motores y puso rumbo al embarcadero a toda velocidad, y yo aproveché para recobrar mi pequeño tesoro y esconderlo en el compartimento de herramientas.

Recibía en el rostro el cálido aire con regusto a salitre, sentado a proa, feliz por haberme hecho con la pieza sin despertar sospechas, satisfecho de mi maquiavélica maniobra; pues fui yo mismo el instigador de la soberbia borrachera de la noche anterior, consciente del estado en que amanecería el corpulento californiano que me había contratado ocho meses atrás.

A medida que nos acercábamos a la isla, aparecían entre los altos cocoteros los tejados herrumbrosos de las casas de madera pintadas de colores pastel que tanto me gustaban. Muchas de ellas exhibían la bandera roja con franja blanca que las acreditaba como centros de buceo, pues éstos se habían convertido en la principal actividad económica de aquella pequeña isla de pescadores garífunas. Diez años atrás, cuando vine por primera vez, en Utila tan solo existían dos de estos negocios, amén de una calle, un bar, una cafetería, una rudimentaria discoteca y un solo automóvil que no tenía muchos sitios a donde ir. Hoy, sin embargo, tras correrse la voz de que el mayor arrecife coralino del hemisferio rodeaba la isla, miles de buceadores de todo el mundo venían cada año a zambullirse en sus aguas y, a pesar de que ello me permitía trabajar como instructor de submarinismo en un enclave paradisíaco, en el fondo añoraba la tranquilidad perdida en beneficio de una discutible prosperidad.

Comencé a bajar mi equipo del yate nada más atracar. En cuanto me quedé solo en el muelle, saqué la bolsa de su escondite y, aparentando despreocupación, la cargué al hombro hasta el bungalow donde me alojaba. Una vez allí, saqué la pieza de la funda y pude observarla por primera vez a la luz del día.

Las escasas porciones de metal que aparecían a la vista exhibían un tono verdoso, y el resto era una capa de coral blanquecino que, aunque desfiguraba la silueta del objeto, no dejaba lugar a dudas de que se trataba de algún tipo de campana. En ese momento, la causa de haberla encontrado incrustada en un arrecife de coral en pleno Caribe se me antojó un enigma desconcertante.

Ocho meses quizá no parezca mucho tiempo, pero yo no solía durar tanto trabajando en un mismo sitio. Llevaba ya varios años rodando de aquí para allá, ejerciendo como instructor de submarinismo la mayoría de las veces, pero sin hacerle ascos a nada en caso de necesidad. A una edad en que la mayoría ya tiene casa, coche, esposa y un par de mocosos, yo aún no me había establecido. Me había aficionado a viajar ya de muy joven, y desde entonces me había sido imposible concebir una vida diferente a la que llevaba en ese momento. No puedo negar que en ocasiones me asaltaban las dudas, y me planteaba seriamente si tenía sentido lo que estaba haciendo; pero entonces me iba a la playa, de la que nunca me alejaba, y aspiraba profundamente el olor a mar, escuchando el batir de las olas y contemplando las hojas amarillentas de los cocoteros reflejar la luz del sol de los trópicos. La escena se repetía en diferentes lugares: Caribe, Mar Rojo, Zanzíbar o Tailandia, pero siempre llegaba a la misma conclusión: no cambiaría esta vida plena de belleza y emociones ni por todas las casas con jardín y perro del mundo.

Utila ya se me estaba quedando pequeña, y hacía días que andaba barruntando un cambio de aires, aprovechando que la temporada fuerte de buceo se acercaba a su fin, con lo que no perjudicaría demasiado a Jack si lo dejaba sin uno de sus instructores. Además, el ambiente en el centro de buceo se enrarecía a cada día que pasaba, imagino que por el descenso de clientela. Así que no me costó mucho decidirme a tomar unas vacaciones en mi Barcelona natal, donde aprovecharía para visitar a los amigos, a la familia y, de paso, averiguar algo más sobre mi intrigante descubrimiento.

Empaqueté mis escasas pertenencias en la mochila, envolviendo con cuidado la pesada campana, consciente de que me vería obligado a pagar a la compañía aérea por exceso de peso, y de que si me pescaban en la aduana con una reliquia arqueológica me podía pasar una buena temporada disfrutando de la célebre hospitalidad de las cárceles hondureñas. Pero aun bajo ese riesgo, mi determinación era firme.

Lo que no podía llegar a imaginar en ese momento, mientras disimulaba la pieza entre mi equipo de buceo, eran todas las aventuras y peligros a los que me abocaría esa decisión.

2

Una semana después aterrizaba en el aeropuerto del Prat y le pedía a un taxista que me dejara frente a mi modesto piso de la calle París, herencia de mi abuela, en pleno *Eixample* barcelonés. Se trata de un pequeño ático de grandes ventanales y una terraza con dos tumbonas de plástico amarilleadas por el sol, una sola habitación, un baño, un salón y una cocina que, eufemísticamente, podría definir como íntima. Toda la vivienda parecía haber estado diseñada a escala de mi difunta y menuda abuela, por lo que con mi 1,80 nunca acababa de encontrarme muy a mis anchas en ella. Pero era un hogar, y estaba a mi nombre, y con los tiempos que corrían ya me podía dar con un canto en los dientes.

Dejé la mochila en el comedor y, sin encender las luces, me fui a la nevera, acordándome al abrirla de que no tenía luz, agua, gas, y mucho menos comida, por lo que, encogiéndome hombros, me encaminé resignado a la habitación y me dejé caer en la cama con los brazos en cruz, víctima del cansancio, el *jet lag* y los asientos clase turista.

Horas más tarde, cuando mi reloj interno me decía que eran las diez de la mañana, desperté, justo en el instante en que el sol se ponía sobre las azoteas y anunciaba la llegada de la noche. Contemplando el resplandor rojizo que se colaba por la ventana, intenté decidir si tomarme una ducha o bajar a comer algo al restaurante chino de enfrente. Entonces recordé que no tenía agua, y el estómago protestó sonoramente con un rugido que despejó cualquier duda.

Devoré unos tallarines mientras repasaba mentalmente lo que haría al día siguiente. Tenía que ir a ver a mi madre, tanto para saludarla como para aprovecharme de su ducha, dar de alta los servicios básicos, y decidir qué pasos debía seguir para averiguar la historia de aquella campana submarina. A pesar de que al día siguiente todavía me hallaría bajo los efectos del cambio de franja horaria, tendría que madrugar para hacer al menos la mitad de las cosas que tenía previstas. Así que, tras un corto paseo para estirar las piernas, y después de retomar una vez en casa un libro de buscadores de tesoros que había leído hasta la mitad, me tomé un par de somníferos y me fui a dormir, soñando con piratas y campanarios hundidos bajo las aguas.

–¡Ulises! ¿Cuándo has llegado? ¿Por qué no me has avisado? ¡Te habría ido a buscar al aeropuerto! ¡Pero pasa hijo, no te quedes en la puerta! ¡Qué moreno estás! –dijo sin siquiera respirar aquella mujer cercana a los sesenta con un vestido de colores chillones, pelo castaño con mechas rubias y gafas de gruesa montura negra, estilo secretaria.

–Hola, mamá, me alegro mucho de verte –acerté a decir en cuanto pude meter baza, dándole un cariñoso abrazo–. ¿Cómo va todo por aquí?

–Pues bien, como siempre. Pero si me hubiera muerto tampoco te habrías enterado. Te has pasado casi tres meses sin llamar

–Lo siento, pero es que ya sabes que no me gusta mucho hacerlo, y además –añadí bromeando– solo me relaciono con mujeres de mi edad... En fin, tengo una reputación que mantener.

–Vaya elemento me ha tocado como hijo. Sabía yo que tenía que haber adoptado aquel chinito tan simpático.

–Igual se te habría comido al perro.

–Quizá, pero al menos habría llamado para decirme qué tal estaba.

Superado el interrogatorio inicial, y mientras mi madre me preparaba una enorme tortilla de patatas, aproveché para ducharme. Era siempre un placer regresar a casa tras pasar una larga temporada en el extranjero. No hay nada como los olores y las imágenes almacenados en la memoria desde niño para hacerle a uno sentirse en el hogar, seguro, protegido y mimado.

—Veo que sigues pintando —comenté en voz alta, mientras ojeaba los cuadros que cubrían totalmente las paredes de la casa.

—Pues sí, y hasta voy a montar una exposición con unas amigas —me contestó orgullosa desde la cocina.

—¿Una exposición? ¿De qué?

—Tú hazte el gracioso, que como venda un cuadro te voy a restregar el cheque por la cara.

—No, mamá, si me alegro mucho. De hecho, hasta me estoy riendo.

—A que te quedas sin tortilla.

—Vale, vale, me rindo. ¿Cuándo es la exposición?

—Aún hemos de concretar fechas, pero será en un mes, más o menos.

—Pues que tengas mucha suerte... —y temiendo quedarme sin almuerzo, puntualicé—: Y no quiero decir con ello que te haga falta.

Tras resumirle mis últimos meses en Utila en unas pocas frases —evitando el episodio de mi hallazgo— y devorar la suculenta tortilla, le tocó a mi madre ponerme al día de todos los chismorreos que la rodeaban a ella y sus amigas, incluyendo, sobre todo, los detalles más escandalosos de las que aún estaban casadas. Eran como una sociedad secreta en la que viudas y divorciadas trataban de empujar a las que según ellas eran aún esclavas de un hombre a la alegre vida de la soltería. Tras escuchar durante casi una hora con más educación que interés, le dejé una bolsa de basura con mi ropa sucia para su lavadora y me despedí de ella con dos besos, excusándome con que tenía mucho que hacer y que volvería al día siguiente para que me contara los últimos detalles del divorcio de su amiga Lola y, de paso, para recoger la ropa que le había dejado.

Estaba ya a punto de irme cuando recordé algo y asomé la cabeza desde la entrada.

—Mamá, por cierto, ¿tendrías por ahí el teléfono del profesor Castillo?

—¿De ése? No sé. No creo. ¿Para qué lo quieres? —contestó, mudando la expresión de su cara de una sonrisa a un gesto que bien podría significar que acababa de oler un huevo podrido.

—Es que tengo que preguntarle algo y necesito dar con él.

—Pues no se me ocurre qué le puedes preguntar a ese carcamal, si no es sobre polvo y telarañas —replicó, aún con la misma mueca de desprecio.

—Venga, mamá, es importante.

—Ya miraré por ahí, en la basura, que es por donde debe andar —accedió con un gesto displicente de la mano, pero dando a entender que lo hacía muy a su pesar.

—Gracias, mamá. Hasta mañana —y cerré la puerta tras de mí.

Recordé demasiado tarde la animadversión que mi madre sentía por el profesor Castillo. Estaba convencida de que la obsesión por los mitos arqueológicos que embargó a mi padre los últimos años de su vida eran consecuencia de su amistad con el profesor, responsabilizándole de contagiarle sus locuras y de haber monopolizado su atención hasta el día de su muerte. Y la verdad es que la imagen de mi progenitor ha quedado ligada en mi memoria a la del «profe», como yo solía llamarle; y casi tengo más imágenes de mi padre sonriendo feliz junto él, que haciéndolo junto a mi madre.

Dediqué el resto del día a convertir mi ático en un lugar habitable, y por la noche, aún a la luz de las velas, saqué la reliquia del barreño con amoníaco donde la había dejado nada más llegar. Con cuidado, ayudándome de un picahielos y un cepillo, comencé a separar del metal el amasijo de coral muerto que lo envolvía y que, una vez cumplido el amoníaco su función, se desprendía con gran facilidad.

Metódicamente, iba descascarillando capa tras capa, hasta que de madrugada conseguí dejarlo limpio de adherencias, pero aún cubierto en parte por una costra verde que no estaba seguro si debía eliminar. La pieza, que definitivamente se confirmó como una campana, tenía dos franjas que la rodeaban a media altura, y entre ellas unos símbolos o dibujos muy desgastados, que a esas horas se me hacía imposible estudiar con detenimiento. Vencido por el sueño, decidí dejarlo todo para el día siguiente e irme a dormir. Pero ya de pie, frente a la mesa, cuando me disponía a apagar las velas, no pude evitar contemplarla una última vez.

Bajo la oscilante luz, la campana despedía los reflejos fantasmagóricos de su pasado, como tratando de explicar desesperadamente una terrible historia en una lengua que yo era incapaz de entender.

A media tarde del día siguiente ya tenía luz y agua, e incluso el teléfono del profesor Castillo, que mi madre me había dado muy a regañadientes. Bajé a la cabina de la esquina y marqué su número.

—Hola ¿El profesor Castillo?

—Sí, soy yo, dígame —contestó una voz firme al otro lado.

—Soy Ulises Vidal.

—¿Ulises? —respondió con exagerado desconcierto

—El mismo. ¿Cómo está, profe?

—¡Muy bien, muy bien! —respondió animadamente—. ¿Y tú? ¡Hacía muchísimo que no sabía de ti! ¿Estás en Barcelona?

—Sí, he llegado hace un par de días. Verá, me gustaría quedar un día con usted... si fuera posible.

—¡Claro, hijo, claro! ¿Cómo no va a ser posible? Cuando quieras.

—¿Le parece bien mañana?

—Tendrá que ser por la tarde. ¿Te quieres pasar por mi casa?

—Gracias, pero preferiría que viniera usted a la mía. Hay una cosa que quiero enseñarle.

—¿De qué se trata?

—Pues aún no lo sé, por eso me gustaría que viniera usted a verlo.

—¿Sigues viviendo en el piso de tu abuela?

—Aquí sigo, por ahora. ¿Le va bien a las seis?

—Allí estaré –confirmó, y tras una pausa añadió–. Tiene que ser muy viejo.

—¿El qué?

—Lo que sea que quieras enseñarme, para que necesites la opinión de un aburrido profesor de Historia Medieval ya jubilado.

Las siguientes llamadas del día fueron vanos y frustrantes intentos por conseguir quedar con alguno de mis antiguos amigos. «Mucho trabajo en la oficina» y «he de llevar el coche al taller y me va fatal esta semana» fueron las poco originales excusas que me ofrecieron. Pero no podía culparles, los tres estaban ya casados, saturados de compromisos y abonados a hipotecas sentimentales a pagar en treinta años. Este era uno de esos momentos en que me sentía terriblemente solo, con amigos con los que cada vez tenía menos cosas en común, y cada día más lejano del resto de un mundo en el que no encajaba desde hacía mucho tiempo. Como si los demás supieran algo que a mí no me habían explicado y que resultaba imprescindible para sentirte parte integrante de él.

Pero, ¿qué se le va a hacer? Si no estás obcecado con tener una familia y tampoco valoras demasiado las propiedades o el reconocimiento ajeno, descubres que muchas actitudes dejan de tener sentido. Tal vez, como me dijo una vez una mujer, me había quedado anclado en los ventipocos años y seguía viviendo de sueños y presentes inmediatos; cautivo voluntario del *Carpe Diem*.

Tal vez.

Pero lo cierto es que no cambiaría mi vida por ninguna otra, aunque aquella noche hubiera entristecido de repente, arrastrándome hasta *El Náufrago*, mi bar favorito del casco viejo, para entregar allí mi alma a la ginebra y quizá, también, para encontrar flotando algún tablón de hermosas curvas al que asirme en esa mustia noche de finales de setiembre.

Cada vez que regresaba a Barcelona me descubría más extranjero en mi propia ciudad. Los viandantes me parecían cada día más concentrados en sus ombligos, las calles más frías y los niños más silenciosos, y siempre terminaba refugiándome en los barrios árabes o latinos, donde la gente se grita en medio de la calle, se saluda cordialmente y te mira a los ojos al cruzarte con ellos en la acera. Allí me sentía extrañamente cómodo, más entre los míos sentado en un cafetín de argelinos que en un Starbucks de diseño, y eso que en árabe solo sé decir buenos días y poco más. Imagino que será consecuencia de las largas temporadas pasadas en países lejanos y amables, en los cuales yo era el forastero, pero donde nunca me hicieron sentir como tal.

Camino del bar, daba buena cuenta de un kebab de cordero, al que me había aficionado mientras estuve en Egipto, y se derramaban en las callejas que rodean la catedral los acordes de una guitarra interpretando *Entre dos aguas* mientras, a paso tranquilo, ponía rumbo a mi cita nocturna con lady Blue Bombay Dry Gin.

Me desperté más tarde, más resacoso y más solo de lo que me hubiera gustado, y hasta que no tomé una ducha fría –inevitable, por otro lado, pues aún no tenía gas–, no pude volver a poner a cada neurona en su sitio. Secándome frente al espejo, observé que, a pesar de las ojeras, ofrecía un buen aspecto. Sin ser excesivamente musculoso me hallaba en buena forma, el moreno de mi piel ya se había instalado definitivamente, y aunque estaba lejos de parecerme a Brad Pitt, la experiencia me había demostrado que resultaba atractivo a cierto tipo de mujeres; lo que ocasionalmente me permitía gozar de compañía cuando echaba de menos una piel por la que navegar.

Un rato después, ante la duda de desayunar o almorzar, miraba alternativamente, de pie frente al armario de la cocina un tarro de Nocilla y una lata de fabada asturiana; indeciso sobre qué me apetecía más a tales horas de la mañana, o de la tarde, según se mirase. Finalmente, salió triunfante mi lado goloso y untaba con fruición el chocolate en el pan inclinado sobre la mesa del salón mientras en el centro de la misma una pequeña campana de tonos verdosos desentonaba con todo lo que la rodeaba, haciendo parecer banal cualquier objeto de la sala por mundano y perecedero.

Puntual, sonó el zumbido del interfono y, dos minutos después, unos nudillos golpearon con fuerza la puerta de la casa. La verdad es que me temblaba algo la mano al mover la manija, llevaba muchos años sin encontrarme cara a cara con el profe, casi desde el accidente, y aunque la conversación telefónica del día anterior me había tranquilizado mucho, no sabía qué actitud podría tener conmigo tras ignorarle durante tan largo periodo de tiempo.

Pero esa duda duró lo que tardé en abrir la puerta.

Frente a mí, me encontré la familiar figura del antiguo amigo de mi padre. Algo más bajo y con el pelo más canoso de lo que recordaba, pero por lo demás exactamente igual: la barbilla huidiza, la sonrisa franca, y los enormes ojos azules tras las gafas de carey. Incluso estaba seguro de que los poderosos músculos de los que presumía antaño, seguían tan firmes como por entonces, debajo de la inevitable camisa a cuadros y de la chaqueta de punto.

—¡Ulises! ¡Cuánto me alegro de volver a verte! —bramó, estrujándome en un auténtico abrazo de oso.

—Yo también, profe —contesté entrecortadamente—. Pero como no afloje, va a ser la última.

Rió con ganas, pero no me soltó hasta al cabo de unos segundos, apartándose un poco para mirarme de arriba abajo.

—O tú has crecido, o yo me he encogido —comentó—. Estás más alto.

—¿Y a usted qué le ha pasado en el pelo? ¿Se lo ha teñido de blanco para parecer más respetable? Si es así, ya le digo que no funciona.

—Mira quién fue a hablar, a saber el dineral que te has gastado en rayos UVA para estar así de moreno, y seguro que sigues sin comerte una rosca.

Nos reímos con ganas, felices de reencontrarnos y seguir con nuestras puyas de siempre, como si no hubieran transcurrido cerca de diez años desde que nos encontramos por última vez en el funeral de mi padre.

Pasamos al salón, y durante más de una hora nos pusimos al corriente de nuestras respectivas vidas. Supe que, hastiado de la enseñanza, se había prejubilado y ahora dedicaba su tiempo al gimnasio y a escribir un tostón –lo admitía él mismo– sobre la expansión comercial de la Corona de Aragón en el siglo XIV. No pensaba que pudiera publicarlo jamás, pero lo mantenía entretenido.

Yo le enumeré la multitud de lugares donde había estado y lo que había hecho en cada uno de ellos, y cuando llegué a la parte de Utila le relaté brevemente el episodio del hallazgo.

–¿Es eso que tienes sobre la mesa– preguntó señalando con la cabeza la pieza, oculta bajo una toalla roja.

Asentí con la cabeza.

–Qué teatrero eres –me miró, riéndose–. Vamos a ver qué tenemos aquí –dijo apartando la toalla. Y, al instante, una muda expresión de asombro apareció en su rostro.

–¿Qué le parece? –pregunté, al cabo de casi un minuto esperando a que dijera algo.

–Es una campana.

–Vaya, pues menos mal que ha venido, y yo que creía que se trataba de un clarinete.

–Es una campana –repitió, ignorando el sarcasmo–. Una campana de bronce.

–Lo que me pregunto es ¿cómo ha ido a parar una campana de bronce al fondo del Caribe? No sé de ningún campanario plantado en un arrecife.

–No, no es de ninguna iglesia –dijo quedamente–. Esta es la campana de un barco.

–¿Desde cuándo llevan los barcos una campana?

–Ahora casi ninguno. Pero antes todos llevaban una en el puente –afirmó, haciendo una pequeña pausa y pasando la yema de los dedos por su superficie, y añadió–: Y esta, por la forma que tiene y la capa de óxido que la cubre, debe de ser muy, muy antigua. Me gustaría poder datarla, pero resultará complicado.

—Bueno, quizá las inscripciones ayuden.

—¿Inscripciones? ¿Qué inscripciones?

—Las de la campana. Si no estuviera tan cegato las habría visto, aquí, entre las dos franjas —le dije, señalándolas con el dedo.

—¡Es verdad! Si me permites llevármela a la universidad, podré descifrarla en unos días —dijo, agarrándome el brazo con su mano izquierda.

—Eso no va a ser necesario.

—¿Cómo que no? Es la mejor pista que tenemos para averiguar su origen

—Pues no va a ser necesario porque ya lo he descifrado yo solo.

—¿Cómo? Apenas puede adivinarse que hay algo escrito ahí.

—Fácil, con papel y lápiz —contesté, divertido con su confusión, mientras me sacaba del bolsillo y le tendía una hoja de papel totalmente rayada a lápiz, y en la que podían leerse claramente dos palabras en latín.

—¿Me estás tomando el pelo? —dijo casi susurrando, mientras leía una y otra vez la hoja que tenía entre sus manos.

—En absoluto, profesor. Lo he calcado esta mañana, aunque no sé que significa, ya sabe que mi latín no está muy allá.

El profesor Castillo se volvió en su silla y me miró fijamente por encima de sus gafas durante un largo rato.

—Ulises, ¿me juras que todo esto no se trata de una broma?

Esta vez fui yo quien lo miró atentamente, extrañado ante tanta desconfianza. Una gota de sudor corría por su frente y creí percibir un ligero temblor en sus labios. Nunca lo había visto así.

—Ulises, en esta campana pone *MILITES TEMPLI*.

—Ya, ¿y qué?

—Pues que eso es imposible.

—Será imposible, pero ahí lo tiene.

—¿Y estás seguro de que la desenterraste del coral, frente a la costa de Honduras?

—¡Claro que estoy seguro! —ya empezaba a molestarme tanta duda—. Aquí está la prueba ¿no? —dije, señalándola con ambas manos—. ¡Si incluso tiene aún trozos de coral pegados!

—¿Pero es que no lo comprendes, Ulises?

—No, la verdad es que no comprendo a qué viene tanto escepticismo. Un barco antiguo se hundió y yo encontré su campana. Hay docenas de barcos hundidos en aquella zona. Puede que, con suerte, haya algo de más valor allí abajo, y si soy el primero en encontrarlo a lo mejor salgo de pobre.

—No, Ulises. Se trata de mucho más que eso. Quizás hayas hecho uno de los mayores descubrimientos de la Historia.

Entonces fui yo el que se quedó sin habla.

—¿De qué está hablando?

—Estoy hablando de que *MILITES TEMPLI* era el nombre común por el que se denominaba a la Orden de los Pobres Soldados de Cristo. Más conocidos como los Templarios.

—Vale, se trata de un naufragio templario. ¿Y qué?

—¿Cómo que y qué? —protestó, indignado por la poca repercusión de sus palabras—. ¿Es que no sabes nada de historia?

—¡Sé quiénes fueron los Templarios! —repuse, levemente ofendido—. Pero no veo por qué le resulta increíble que fueran los propietarios de ese barco.

—Es que lo increíble no es el *quién* sino el *cuándo*.

Y ahí sí que me dejó totalmente desconcertado. No entendía nada, y alcé las cejas en una muda interrogación.

—Ulises, la Orden del Temple se creó en el año 1118 para proteger las rutas de los peregrinos a Tierra Santa y...

—Perdone —le corté, levantando la mano—. ¿Puede ir al grano?

El profesor Castillo pestañeó algo molesto por la interrupción y tardó unos segundos en reaccionar.

—Resumiendo —prosiguió—: la Orden acumuló tanta riqueza y poder que Felipe IV de Francia y el Papa Clemente V, movidos por la avaricia, conspiraron para arrebatarles todas sus posesiones a los Templarios amparándose en unas absurdas acusaciones de sacrilegio, y a consecuencia de ello todos sus miembros fueron perseguidos y encarcelados, o incluso asesinados, en septiembre de 1307 —dijo recalcando la fecha—, terminando de esta forma rápida y brutal con la Orden del Temple. La mayor y más poderosa institución de toda la Edad Media, que a partir de esa fecha fue disuelta para siempre —sentenció.

El profesor dejó caer la última frase como un epitafio, y frunció el ceño al comprobar que sus palabras no me producían el efecto esperado.

—¡Ulises, por Dios! ¿Es que no te das cuenta? —clamó elevando las manos al cielo—. ¿Es que ni siquiera recuerdas en qué año se descubrió América?

—¡Claro que lo sé! —repliqué indignado—. El doce de octubre de mil cuatrocientos noventa y... ¡Joder! ¡No es posible!

3

Llevaba más de diez minutos mirando la carta del restaurante sin prestarle la menor atención, y cuando regresó el camarero chino por segunda vez aún no había dedicado un solo segundo a decidir lo que quería cenar.

—¿Han elegido ya? —preguntó, con un ligero tono de impaciencia.

—Sí, esto... tomaré un pollo al limón, y de beber, agua sin gas —dije, mientras mantenía la carta abierta pero sin haberla leído—. ¿Y usted, profesor?

—¿Yo, qué? —contestó sorprendido, levantando la vista de un menú que desde que se había sentado mantenía sujeto boca abajo entre las manos.

—¿Qué va a cenar, profesor? —le dije, mientras apuntaba con las cejas al camarero.

—Ah, eso. Quiero una ensalada y agua, gracias.

Era evidente que ambos teníamos la cabeza en otro sitio. Concretamente, en el edificio de la acera de enfrente, a siete pisos de altura. Habíamos decidido salir a cenar, y así tranquilizarnos un poco tras el inesperado descubrimiento. Pero los nervios seguían atenazándonos el estómago y casi no nos habíamos mirado desde que salimos de la casa. Finalmente, fui yo quien decidió abordar de nuevo el tema.

—¿Y si alguien, en el siglo XVI o XVII, hubiera encontrado esa campana y decidido ponerla en su barco? —cuestioné con poco convencimiento.

—No lo creo. La campana de un barco era su símbolo, no instalaban la primera que se encontraban por ahí —contestó, desechando la posibilidad con un gesto de la mano.

—¿Y si alguien hubiera forjado esa campana doscientos años más tarde, pero copiando el lema de los Templarios? —insistí.

—¿Y para qué iba alguien a hacer tal cosa? Los Templarios, como ya te dije antes, fueron disueltos tras un juicio en el que se les acusó de culto al diablo y de sodomía. ¿Crees que alguien tomaría su nombre para ponerlo como símbolo de un barco? Sería tan inteligente como disfrazarse hoy en día de Bin Laden y ponerse a hacer *footing* por Nueva York.

—Vale, de acuerdo. Solo intento buscar fallos en nuestro razonamiento. Hace un rato era usted el que decía: *¡Imposible, imposible!* Antes de empezar a bailar sobre la mesa quiero estar seguro de que no nos estamos pasando algo por alto.

—Yo también estoy dándole vueltas desde que me enseñaste la dichosa campana, pero no se me ocurre en qué podemos estar equivocados. Cuanto más lo pienso, más seguro estoy de que mi análisis es correcto.

—Bueno, entonces, suponiendo que estemos en lo cierto; ¿cuáles son los pasos a seguir en estos casos? ¿Llamamos a los periódicos, a la Universidad, al Libro Guiness?

—Por ahora, a nadie. Tenemos solo una campana oxidada y tu palabra. Si diésemos ahora la noticia, enseguida nos tacharían de farsantes y, en el mejor de los casos, si alguien nos creyera, sería para quedarse a cambio con toda la gloria del hallazgo. Créeme, hasta el investigador más honorable vendería a su madre por un descubrimiento así.

—Entonces, ¿qué sugiere? ¿Que no se lo digamos a nadie?

—Así es. Deberíamos rebuscar en los archivos información acerca de los Templarios, sobre sus conocimientos de navegación, e intentar hallar alguna prueba que pueda apuntalar nuestra teoría. Y, entonces, cuando estuviésemos preparados, presentarla en determinados círculos académicos y ver cómo reaccionan.

—Ya, apasionante. Pero se me ocurre otra idea. Lo que necesitamos son más pruebas, ¿no?

—Sí, claro.

—Pues, ¿por qué no vamos a Utila y las conseguimos nosotros mismos?

—¿Qué quieres decir?

—Pues me refiero a meternos en el agua y buscar. Conozco exactamente el lugar donde encontré la campana, y nada nos impide volver allí y escarbar un poco, a ver qué encontramos.

—¿Estás de broma? Una excavación arqueológica de tanta importancia no puede consistir en *escarbar un poco*. Debe realizarse tras una exhaustiva preparación documental y bajo la más estricta supervisión de expertos cualificados. Te estoy hablando de varios años de planificación, y aún más de trabajo de campo.

—Ya veo —comenté, frotándome la barbilla—. Y toda esa investigación, si es que se realiza algún día, ¿será usted quién la lleve a cabo, o la seguirá por la parabólica en *Detectives de las profundidades*? Según me acaba de confesar, la competencia en su campo es feroz. ¿Cree sinceramente que nos permitirían siquiera aparecer en los títulos de crédito al final del reportaje?

—Bueno, la verdad es que sería complicado participar en una empresa de tal importancia —admitió, al tiempo que bajaba la vista a un plato de ensalada que no habíamos visto llegar—. Imagino que tarde o temprano nos dejarían al margen.

—¿Y le parece bien?

—En fin, lo verdaderamente importante es el descubrimiento en sí, no quien lo realice —justificó sin mucha fe—. Seguramente, los que efectúen el trabajo serán mejores que yo, y estarán más preparados.

—¿Lo dice en serio?

—No. La verdad es que no. No lo sé, vaya —respondió dubitativamente—. Pero, de cualquier modo, no tenemos ni los medios ni los permisos necesarios. No podríamos hacerlo aunque quisiéramos.

—Nosotros solos no, pero conozco a alguien que tiene los medios. Y los permisos, en Honduras... bueno, hay muchas maneras de conseguirlos.

—¿Y quién es ese alguien que puede ayudarnos?

—Se trata de un americano llamado John Hutch, al que conocí hace años cuando buscaba trabajo en Florida. Y lo más interesante es que posee una empresa llamada *Hutch Marine Explorations*, dedicada a la recuperación de barcos hundidos.

—¿Me estás hablando de un cazatesoros? ¿No quieres meter a la Universidad en esto pero sí a un cazatesoros?

—Exactamente. Un cazatesoros con un barco magníficamente equipado para la localización de pecios, una buena nómina de especialistas en recuperaciones y más de diez años de experiencia. Es, sin duda, el mejor en su campo, y nos ahorraríamos un montón de trámites.

—¿Y te fías de él?

—¡Por supuesto que no! Pero firmaríamos un contrato y nos aseguraríamos de llevarnos nuestra porción de gloria. El único inconveniente —apunté, concentrando la vista en el platito de pistachos— es que los cazatesoros, como usted los llama, solo actúan movidos por una razón: el dinero. Y no estoy muy seguro de que el prestigio y la fama sean acicates suficientes para que el señor Hutch se apunte a nuestra pequeña aventura. Quizás habría que inventarse algo, convencerlo de que puede encontrar oro y joyas bajo ese arrecife. Seguro que usted puede idear una historia que parezca verídica, y con su currículum y sus canas convencerlo de que es un hecho cierto.

El profesor sonrió bajo sus gafas y se retrepó lentamente en la silla con evidente satisfacción.

—Querido Ulises, eso, afortunadamente, no va a ser necesario.

—¿Y puede saberse por qué no? —inquirí, extrañado por su actitud complaciente—. Los tipos como Hutch solo responden al brillo del oro.

—Pues no va a ser necesario, amigo mío, porque esa historia ya existe.

—¿Cómo? ¿Qué historia?

—La historia que quieres que me invente sobre oro y joyas enterradas bajo el arrecife, en el interior de un barco de la Orden del Temple —dijo, y ensanchando aún más su sonrisa me preguntó—: ¿Es que nunca has oído hablar del tesoro perdido de los Templarios?

4

La noche anterior no conseguí que me explicase nada más. Después de dejarme en ascuas con lo del tesoro templario, se había cerrado en banda y solo había aceptado hablar de banalidades; «Mañana en mi casa, a primera hora», esa había sido su última palabra sobre el tema. De modo que allí estaba, frente a su portería a las nueve de la mañana, tras no haber pegado ojo la noche anterior por su culpa. Y deseando poder devolverle el favor, llevaba apretando un buen rato el timbre de su interfono sin ningún tipo de misericordia.

—¿Ulises? —preguntó una voz distorsionada.

—Servicio de retirada de jubilados —contesté disimulando la voz—. Nos han informado de que tiene uno en casa.

—Anda, sube.

Un zumbido abrió la enorme puerta enrejada y, empujándola con no poco esfuerzo, accedí a la portería.

Oscura y cavernosa, como en muchos edificios antiguos, albergaba bajo la escalera lo que fue el mostrador del conserje y, muy al fondo, como avergonzado de su caduca mecánica, un arcaico ascensor sumido en penumbras invitaba a subir por las escaleras.

Aun así, haciendo acopio de valor, monté en él, y adivinando el pulsador —ya que los números estaban borrados por el uso—, subí a lo que esperaba fuera la quinta planta del edificio. No lo era —resultó que había un entresuelo y un principal—, así que, tras ascender un piso más, llamé al timbre de la descascarillada puerta de madera que tenía una pequeña placa a un lado: *Profesor Eduardo Castillo Mérida*, indicaba. Hubiera pagado por ver aparecer al titular de dicha placa vestido con una bata y perjurando en arameo por haberlo despertado a timbrazos; pero, en cambio, cuando abrió la puerta, ofreció un aspecto desoladoramente fresco.

—¡Vaya ojeras tienes! ¿No has dormido bien? —preguntó con recochineo, adivinando sin duda la causa de mis desvelos.

—No, es que yo me maquillo así.

Pasamos al salón sin más preámbulos, y caí en la cuenta de que nunca había estado en su casa. Él había venido infinidad de veces a la de mis padres, e incluso a la mía, pero yo a la suya, jamás. El interior del piso era exactamente como uno imaginaría que debía de ser la vivienda de un profesor de Historia Medieval soltero y jubilado. Muebles pasados de moda, paredes empapeladas por última vez cuando la tele pasó a ser en color y una lámpara exageradamente fea colgando del alto techo, pero, sobre todo, y lo digo literalmente, era una casa de libros. Libros en estanterías que llegaban hasta el techo, en vitrinas, apilados sobre las sillas, en la mesa o en el suelo. Libros por todas partes. Los había de todos los tipos y tamaños, pero dominaban los clásicos de cubierta dura, de piel o tela, con las hojas cosidas y ese inconfundible olor a papel viejo que a veces dice más cosas que las palabras que lo ocupan. Frente a mí, elegantemente enmarcado, un enorme mapamundi de tres por dos metros ocupaba buena parte de la pared; lo cual no dejó de resultarme inesperado en el hogar de un hombre que, según creía, no había salido de su casa más de lo estrictamente necesario.

—¿Quieres tomar algo? —preguntó, mientras me invitaba a tomar asiento en uno de los sillones del salón.

—No, gracias. Ya he desayunado antes de salir.

—Bien, entonces pongamos manos a la obra —dijo, mientras él también se sentaba—. Tenía que explicarte la leyenda del tesoro de los Templarios, ¿no es así? ¿Te parece que te ponga en antecedentes con un poco de historia?

—Si no hay más remedio...

—Tranquilo, no te dolerá —apoyó los codos en los brazos del sillón, entrelazando los dedos—. Verás, como te dije anoche, la

Orden de los Pobres Soldados de Cristo fue fundada en 1118 por un caballero francés llamado Hugo de Payens, con la encomiable intención de proteger a los peregrinos cristianos que llegaban a Tierra Santa de las hordas de bandoleros infieles que asolaban los caminos de Jerusalén. Se trataba de una orden monástico-militar, o sea, de monjes que, en lugar de copiar manuscritos o plantar lechugas, iban por ahí a caballo, enfundados en su armadura y espada al cinto. Una gran novedad en aquel momento que les valió el apoyo incondicional de la Iglesia y les concedió un prestigio que no hizo más que crecer en los dos siglos siguientes.

—Un momento, profesor —le interrumpí con un gesto—. Si eran monjes, ¿cómo es que podían llevar armas y matar con ellas? ¿No hay algo en la Biblia referente al *no matarás* y todo eso?

—Tienes toda la razón y, de hecho, el apoyo del papado a la Orden les provocó no pocos quebraderos de cabeza a los teólogos de la época, que debían justificar de algún modo que una pandilla de religiosos anduviese por Judea rebanando pescuezos. Pero la Iglesia, muy ducha en estas lides, enmendó el tema en su escrito *De laudibus novae militiae*, razonando que aunque lo ideal sería no verter sangre humana, ni siquiera la de los infieles, si no hubiese otro medio de defenderse de ellos no sería pecado empuñar la espada en nombre de Cristo. De cualquier modo, lo más sorprendente es el renombre con que se hizo la Orden en sus diez primeros años de existencia, pues durante ese periodo el contingente con el que contaban para ejercer su labor de policía de caminos era de tan solo de nueve hombres.

—¿Solo nueve?

—Pues sí, y por añadidura, parece ser que tampoco salían muy a menudo fuera de las murallas de la ciudad. Tras jurar los votos de castidad, pobreza y obediencia ante el rey cristiano de Jerusalén Balduino II, éste les concedió el privilegio de instalar su cuartel general en la explanada del Templo, justo sobre lo que fueron las ruinas del Templo de Salomón; donde permanecieron la mayor parte del tiempo, de ahí que popularmente fueran conocidos como los Templarios. Pues, como te iba diciendo, durante los primeros años no fue mucho lo que hicieron en favor de los peregrinos pero, en cambio, según los rumores de la época, se entregaron a una febril búsqueda arqueológica en lo que serían los sótanos del antiguo templo judío, donde dice la leyenda que se hallaban ocultas las más importantes reliquias de los israelitas, como su mítico candelabro de oro de siete brazos llamado *Menorá*, la Mesa de Salomón, o la famosa Arca de la Alianza.

−¿Y las encontraron? −interrogué, inclinándome en mi asiento hacia delante.

−Pues no se sabe con certeza, ya te he dicho que todo eso son rumores y leyendas. Pero resulta intrigante que unos años más tarde, Hugo de Payens, acompañado de varios caballeros, realizara un viaje en secreto a París portando una misteriosa caja de grandes dimensiones. Y a partir de ese momento, la Orden tuvo lo que hoy llamaríamos un «boom»; transformándose en poco tiempo en la institución más importante de la Edad Media, superando en poder y riquezas a cualquier Estado europeo de la época.

−¿Pero cómo pudieron pasar de ser nueve monjes soldados con voto de pobreza a algo tan grande y poderoso como tú dices? No lo entiendo.

−−Pues eso forma parte del misterio que envuelve a los Templarios. De hecho, hay quien plantea que solo existe un lugar donde pudieron conseguir todo el oro y la plata que necesitaron para financiarse, y ese lugar no era otro que América.

−¡Entonces fue verdad! ¡Tenemos la prueba!

−No tan rápido, forastero −replicó, apaciguándome con un gesto−. Eso no es ninguna prueba. Puede que así fuera, y tu campana parece confirmar que los Templarios se estuvieron paseando por las costas americanas, pero de ahí a demostrar que sus riquezas se debieron a la importación de oro y plata de América hay un trecho −hizo una pequeña pausa y prosiguió−: Además, creo sinceramente que no les hacía falta, pues lograron ganar ingentes cantidades de dinero actuando como banqueros a escala internacional.

—Ah, claro. Si montaron un banco... eso también lo explicaría todo.

—Bueno, no era un banco exactamente —puntualizó—. Pero gracias a las donaciones de los reyes y nobles más píos, acumularon una buena cantidad de encomiendas y castillos a lo largo del Viejo Continente, y así, introdujeron el concepto de letra de cambio, pagadera en cualquiera de las plazas bajo su dominio. Eso significaba que si un comerciante o un noble deseaba ir, por ejemplo, de Burgos a Milán, no era necesario que llevase todo el dinero consigo, con el riesgo que ello significaba de que lo asaltasen por el camino. Lo que hacía era entregarlo a los Templarios, a cambio de un documento que, al llegar a su destino, le servía para recuperarlo. Así que entre las innumerables donaciones recibidas y una acertada gestión económica, se convirtieron en una especie de multinacional de enormes recursos y gran influencia, que incluso concedía préstamos a reyes y príncipes. Lo que, paradójicamente, a la larga significó su fin.

—Explíquese —le insté, cada vez más interesado en el tema

—Pues sucedió que en 1291 San Juan de Acre, el último bastión cristiano en Tierra Santa, cayó en manos de los musulmanes, lo que significó un duro golpe para el prestigio de los Templarios, ya que perdían su razón de ser como protectores de los Santos Lugares y de los peregrinos que a ellos llegaban. En consecuencia, ya sin esa aureola de invencibles guerreros defensores de la cristiandad, perdieron también el favor y la admiración del clero y de la nobleza europea. De la Orden de los Pobres Soldados de Cristo solo les quedaba el nombre, pues ya no ejercían como soldados y, desde luego, hacía mucho que habían dejado de ser pobres. Las ingentes ganancias que acumulaban tras dos siglos de próspero negocio suscitaron la envidia y la codicia de reyes como el francés Felipe IV el Hermoso. Un monarca ambicioso, maquiavélico y arruinado, que debía de mirar con avaricia más allá de su palacio en dirección a la sede central de la orden del Temple en París, una especie de Fort Knox medieval en el que se almacenaban todas sus riquezas en forma de oro y piedras preciosas.

—No me diga más, entonces es cuando se confabula con el Papa y detiene a todos los Templarios.

—Exacto —confirmó satisfecho—. El 14 de Septiembre de 1307, amparado en falsas acusaciones, mandó detener a todos los miembros de la Orden, incluido el Gran Maestre Jacques de Molay. Confiscó las múltiples posesiones de la Orden en Francia y tomó al asalto la Casa Madre del Temple, convencido de que se haría con todo el oro que albergaba en sus sótanos.

—¿Y no fue así?

—Lo único que Felipe IV se llevó fue una tremenda sorpresa. Aunque los soldados del rey registraron el edificio palmo a palmo, no hallaron en él ni un céntimo.

—¿Entonces —pregunté, cada vez más cautivado por el misterio—, qué fue de todo ese oro?

—Nadie lo sabe. Simplemente desapareció —concluyó, subrayando la última palabra con el gesto que haría un mago tras hacer desaparecer un conejo en la chistera.

Tardé unos instantes en asimilar la información, paseando la vista entre las estanterías del salón, y cuando ordené un poco mis ideas me dirigí de nuevo mi interlocutor.

—Para serle sincero, profesor —apunté desalentado—, aunque la historia que me acaba de contar resulta impresionante, no acabo de ver la relación entre el oro desaparecido y nuestra pequeña campana de bronce. La verdad, no creo que con un argumento tan endeble consigamos convencer a Hutch.

El profesor me miraba fijamente, y me pareció que esperaba que yo dijese exactamente lo que acababa de decir.

—Es que, Ulises —observó pausadamente, acomodándose en el sillón—. Ahí no termina la historia.

—¡Y me acusaba a mí de teatral! —repuse en una parodia de indignación—. ¿Va a contármelo todo de una vez o me va a tener en ascuas toda la mañana?

Rió por lo bajo, satisfecho de hacerme rabiar un poco, y prosiguió con su relato.

—Tras detener a todos los Templarios de Francia, el rey ordenó torturarlos, con la pretensión de que alguno confesara la ubicación del tesoro de la Orden. Pero ya fuese por fidelidad a la hermandad o por auténtico desconocimiento, a pesar de los graves martirios a que los sometieron, todos mantuvieron voto de silencio —aquí hizo una pausa, se quitó las gafas tranquilamente y, mientras limpiaba las lentes con su pañuelo, añadió—. Todos menos uno.

—Me parece que ha leído demasiadas novelas de misterio, profesor, y me está poniendo de los nervios con tanta pausa.

—Ya acabo, ya acabo... pero déjame disfrutar de este momento, lo estoy pasando muy bien —confesó risueño

Rendido, me eché hacia atrás en el sillón y con la mano le hice el gesto de que prosiguiera cuando lo deseara.

—Verás, hubo un miembro de la Orden llamado Jean du Chalon —continuó, poniéndose en pie y acercándose a la ventana—, que tras ser torturado, confesó haber sido testigo el día previo a la detención masiva de los Templarios de la evacuación completa de los fondos acumulados en los sótanos de la sede. Según sus palabras, cincuenta caballeros Templarios custodiaron el tesoro en su traslado desde París al puerto de La Rochelle en la costa oeste de Francia que, casualmente, era también una encomienda templaria. Allí, según explicó en su momento, el tesoro fue embarcado en dieciocho naves que partieron con rumbo desconocido —y mirando distraídamente hacia la calle, agregó-: Y nunca más se volvió a saber de aquella flota ni de las riquezas que transportaba.

Dejé pasar un minuto largo, masticando lo que acababa de oír, y al cabo pregunté tímidamente.

—¿Cree usted entonces, que la campana que encontré en Utila pertenece a uno de los barcos de esa flota?

—No lo creo, Ulises —y dándose la vuelta frente a la ventana, añadió—. Estoy seguro de ello.

5

Bueno, el anzuelo está echado —dije, al tiempo que cliqueaba sobre el icono de enviar—. Ahora solo nos resta esperar su respuesta.

—¿Estás seguro de que no habría sido mejor llamarle por teléfono? —preguntó el profesor, apoyándose en la mesa con ambas manos

—No, no lo creo. No es fácil localizar a un hombre como John Hutch, y aún menos explicarle por teléfono una historia tan increíble. Estoy seguro de que comprueba a diario el correo electrónico, y lo que le hemos escrito despertará su curiosidad sin ningún tipo de duda.

—Espero que así sea.

Habíamos pasado a su despacho una hora antes, y me había llevado una gran sorpresa al entrar y encontrarme una amplia habitación de decoración minimalista, con una televisión de LCD colgada de la pared como si se tratase de un cuadro, y sobre una funcional mesa de considerables dimensiones un equipo informático completo con escáner, impresora y un monitor de pantalla plana en el centro de la misma.

—Vaya, profe —había expresado, lleno de asombro—, es usted un pozo de sorpresas. Nunca hubiera imaginado que fuera un fanático de la última tecnología.

—Bueno —admitió complacido—, cada uno tiene sus pequeños vicios. Pero no se lo digas a nadie, tengo una imagen que mantener.

No teníamos nada que hacer las siguientes horas, pues a causa de la diferencia horaria con Florida, por lo menos hasta media tarde no nos llegaría una respuesta. Por ello, decidí saciar mi curiosidad interrogando un poco más al profesor Castillo al respecto de los Templarios y su mítico tesoro.

—¿Porqué está tan seguro de que la campana pertenece a uno de los barcos que transportaba el tesoro, profesor? ¿No podía haber sido de un viaje anterior?

—Oh, sí. Claro que es posible; pero improbable. Aunque estoy convencido de que los cartógrafos del Temple conocían la existencia del continente americano, no creo que hubiera un tráfico fluido entre el Viejo y el Nuevo Continente. Si hubieran realizado demasiadas travesías transoceánicas habrían acabado por ser descubiertos; algún marinero habría hablado más de la cuenta, o algún barco inglés, castellano o portugués se habría tropezado con ellos tarde o temprano —hizo una pausa, y acercándose al mueble bar, añadió—: Además, la ruta que debían tomar para llegar a América, aprovechando la corriente ecuatorial del norte, partía desde las islas Canarias, donde se verían obligados a recalar para abastecerse de alimentos frescos y agua potable. Allí, una aparición continuada de barcos Templarios con destino desconocido habría levantado sospechas inevitablemente. Y como ni fueron descubiertos, ni ha quedado constancia de un tráfico inhabitual de navíos de la Orden por las Islas Afortunadas, es lógico suponer que fueron pocos los que realizaron la, por otro lado, arriesgada singladura.

—Lo que más me sorprende es que usted da por hecho que en el mil trescientos y pico, ya se sabía de la existencia de América.

—En realidad, desde mucho antes. ¿Quieres tomar algo? —preguntó señalando las botellas de licor.

—No, gracias —negué con un gesto—. ¿Cuánto es mucho antes?

—¡Uf! Vete a saber... desde los fenicios, o quizás antes.

—¿Pero cómo habría sido posible cruzar el Atlántico en aquella época? ¿Y por qué no hay pruebas de ello en ninguna parte?

El profesor meneó la cabeza.

—La pregunta, Ulises, sería más bien: ¿cómo es posible que en tres mil años de historia conocida, nadie, aunque fuera por casualidad, descubriera un inmenso continente que cruza toda la Tierra desde el Polo Norte al Polo Sur? Si lanzas una botella al mar frente a la isla de Hierro, en las Canarias, tienes muchísimas probabilidades de que en un par de meses llegue ella solita a las costas americanas; y ten en cuenta que los fenicios, por ejemplo, eran unos excelentes marineros. Espera —dijo levantando la mano—, tengo algo por aquí que quiero enseñarte.

Salió del despacho, y durante unos minutos lo oí trastear entre sus libros hasta que, feliz, exclamando *eureka*, entró de nuevo en la habitación con un polvoriento libro abierto entre las manos.

—Aquí lo tienes —señaló triunfante—. Es un relato recogido por Heródoto, sobre una expedición encargada por el faraón Necao II a navegantes fenicios en el seiscientos ocho antes de Cristo, con el fin de averiguar qué había más allá del Mar Rojo, y dice así: *«...ordenó a los fenicios que en sus naves partieran en viaje, para regresar por el lado de las columnas de Hércules al Mediterráneo y volver a Egipto. Así pues, partieron los fenicios del Mar Eritreo y navegaron hacia el sur. A lo largo de esta navegación desembarcaban cuando llegaba el otoño, en cualquier lugar de la costa de Libia* —antes, África se conocía bajo ese nombre, aclaró—, *y allí sembraban y esperaban la cosecha. Una vez recogida ésta, volvían a navegar. Así pasaron dos años, y al tercero doblaron las columnas de Heracles y llegaron a Egipto».* Me miró orgullosamente y preguntó—: ¿Qué te parece?

—Jamás hubiera pensado que seiscientos años antes de Cristo ya estuvieran de moda los cruceros.

—Pero eso no es lo mejor de todo —prosiguió, ignorándome—. En el siglo XIX, apareció en Parahiba, en la costa de Brasil, una inscripción tallada en roca, escrita por los supervivientes de un barco que partió del Mar Rojo, dobló el cabo de Buena Esperanza y al subir por el litoral oeste africano fue arrastrado por las corrientes mar adentro hasta una costa desconocida —volvió a hacer una de sus pausas, con las que tanto se recreaba y melodramáticamente añadió–: Dicha inscripción estaba redactada en caracteres fenicios.

–Entiendo –admití, aún sin estar convencido del todo.

–Sí, pero no acabas de creerme –apuntó, intuyendo mi escepticismo–. El hecho de cruzar el Atlántico, si se acierta con las corrientes y los vientos adecuados, no es tan complicado como pudiera parecer a primera vista. Hay incluso quien lo ha logrado en barcas de remo o en tablas de windsurf. Hace unos años, el marino Thor Heyerdahl viajó de África a Sudamérica a bordo de un barco construido a semejanza de los que existían en el antiguo Egipto, lo que viene a demostrar que técnicamente era posible realizar el viaje en aquellos tiempos.

–Sí –repliqué–, pero el señor Heyerdahl sabía a donde iba, y en cambio hasta hace quinientos años se pensaba que el Atlántico era un océano inmenso que llegaba hasta las costas de China, asolado por enormes criaturas marinas que devoraban cualquier nave que se alejara de la costa.

–¿Pero a que no sabes quienes fueron los creadores de ese mito?

–Ni idea.

–Los fenicios, Ulises. Precisamente, los fenicios.

–¿Y por qué deberían haber hecho algo así?

–Pues muy sencillo, por la segunda razón más antigua del mundo: el dinero. Los fenicios fueron los mejores navegantes y comerciantes de su época, y se sabe con certeza que intercambiaban productos en regiones tan alejadas como la India, África occidental o Islandia. Es por ello lógico que intentaran conservar en secreto las rutas que utilizaban para ir de un lugar a otro, intimidando con monstruos y relatos de desastres a todo aquel que pudiera plantearse curiosear un poco, a ver qué había más allá del estrecho de Gibraltar. En cierto modo –añadió–, el hecho de que se alimentara esa patraña durante dos mil años invita a pensar que había quienes estaban interesados en mantenerla viva.

—¿Me está hablando de una conspiración fenicio-templaria? Con todo el respeto, profesor, ¿no está empezando a desvariar?

—Piénsalo —dijo mirándome fijamente—. Los fenicios —o algún otro antes que ellos—, llegan a América, deciden preservar el secreto atemorizando con leyendas a todo aquel que ose seguir sus huellas, y con el paso del tiempo esas mismas leyendas pasan a formar parte de la memoria colectiva. Mas, sin embargo, siglos más tarde los caballeros del Temple descubren durante su estancia en Siria y Palestina unos documentos donde se especifica la ruta para llegar a unas tierras desconocidas aprovechando corrientes marinas y vientos favorables. Deciden echar un vistazo, y ¡bingo!

—¿Bingo?

—¡Descubren América, hombre! O, mejor dicho, la redescubren. Luego, por alguna razón, se aprovecharon del miedo de la época al océano Atlántico y conservan el secreto, hasta que nuestro querido Cristóbal Colón hace su triunfal entrada en escena —concluyó, mientras cruzaba los brazos con expresión satisfecha.

—Me va a disculpar que ejerza de abogado del diablo —objeté, apoyando las manos sobre las rodillas—, pero todo lo que me está contando es muy circunstancial. Si esto fuera un juicio, el acusado iría derechito a la calle por falta de pruebas.

—¿Quieres pruebas? —preguntó desafiante—. ¿Me creerías si te demostrase que Colón no fue el primero en llegar a América y que, además, pudo hacerse con tal honor gracias a unos conocimientos cuyo origen es inequívocamente templario?

—Sin duda, esa demostración haría encenderse en mí la llama de la verdad.

—Más te vale, si no te echaré de mi casa a patadas, por necio y cabezón —replicó, apuntándome con el dedo—. Bien, como ya te he expuesto con anterioridad —continuó, con tono solemne—, la Orden de los Pobres Soldados de Cristo terminó disuelta a manos de Felipe IV, rey de Francia, y del Papa Clemente V; siendo su último Gran Maestre Jaques de Molay, quemado en la hoguera el 18 de Marzo de 1314. A primera vista parece que todo se acaba ahí, los miembros de la Orden son encarcelados o hechos a la parrilla, sus bienes robados y el tesoro desaparece como por arte de magia, fin de la historia. ¡Pero no! –se objetó a sí mismo–. Resulta que, en el resto de Europa, no todos los Templarios son encarcelados. De hecho, en reinos como el de Portugal se les acoge en su huída y, con una hábil maniobra, se protegen bajo el manto de una nueva orden creada por ellos mismos con la bendición del rey de Portugal, la llamada Orden de Cristo. Honestos fueron, eso sí, pero también poco imaginativos a la hora de elegir un nuevo nombre.

El profesor Castillo andaba de un lado al otro del despacho, con la mirada perdida, como si estuviera impartiendo una de sus clases en la facultad de Historia.

–Dicha orden –prosiguió–, fue la depositaria de todos los archivos de los Templarios, incluidos mapas, planisferios y cartas de navegación, aunque la posesión de dichos documentos fue mantenida en secreto durante casi cien años y no fue hasta principios del siglo XV cuando comenzaron a revelar parte de sus conocimientos náuticos a la corte de Enrique el Navegante, príncipe de Portugal, bajo cuyo patrocinio, la exploración marítima disfrutó de un periodo de bonanza como nunca antes se había visto. Sus naves llegaron a puntos remotos de la costa africana, instalando prósperas colonias en lugares como Madeira o las Azores pero, sin embargo, extrañamente, jamás fueron más allá de las islas de Cabo Verde, y eso que tan solo dejándose llevar por los vientos alisios, en pocas jornadas se habrían plantado en las playas de Brasil –dijo haciendo con la palma de la mano un gesto hacia delante–. Lo insólito de tal comportamiento fue sin duda consecuencia de un pacto entre la Orden de Cristo y el príncipe Enrique. Protección a cambio de conocimientos, pero eso sí, conocimientos limitados, porque está claro que los antiguos Templarios no deseaban que nadie más pusiera un pie en América. Como prueba, me remito al hecho de que todos los navíos portugueses que navegaran más allá de Cabo Bojador, frente a las islas Canarias, debían llevar pintada en sus velas la cruz templaria, como signo identificativo.

—¿Quiere decir —le interrumpí—, que esa enorme cruz roja que sale en todos los dibujos de los barcos de Colon era una cruz templaria?

—Ni más, ni menos.

—No me irá a decir ahora que Colón era un templario.

—¿Me vas a dejar explicarlo todo, o no? —dijo arqueando una ceja.

—Sí, claro, profe —concedí, guiñándole el ojo—. Continúe, por favor.

—¿Por dónde iba? —se interrogó a sí mismo, mirando al techo—. Ah, sí. Pues decía que los Templarios, a través de su «tapadera», la Orden de Cristo, controlaban el tráfico marítimo en el Atlántico. Pero hete aquí que tras un misterioso naufragio llegó a las playas portuguesas del Algarve un marino desarrapado que, gracias a su don de gentes, astucia y ambición, en menos de tres años logró contraer matrimonio con Doña Felipa Moniz de Perestrello, mujer de noble linaje e hija del descubridor portugués Diego de Perestrello; hombre de fe estrechamente relacionado con la Orden de Cristo. Este náufrago —dijo el profesor, sentándose de nuevo—, del que no se sabía ni su verdadero nombre, religión o patria, gracias a sus nuevas influencias adquirió gran experiencia como navegante a las órdenes de comerciantes genoveses; llegando a visitar enclaves tan alejados como las costas de Guinea. Pero el premio gordo le tocó cuando, rebuscando en un cofre herencia de su recién fallecido suegro, dio con unas extrañas cartas de navegación pertenecientes a la Orden de Cristo, en las que se reflejaban unas tierras para él desconocidas «...*a 750 leguas al oeste de la isla de Hierro*». Este hombre —anunció, juntando las yemas de los dedos—, como ya te habrás imaginado, se hacía llamar por aquel entonces Cristóbal Colón.

—Entonces... —intervine, algo aturdido por la revelación—. ¿Insinúa que Colón llegó a América porque tenía un mapa que le indicaba el camino?

—No solo un mapa —puntualizó— sino, además, todo un conjunto de anotaciones sobre distancias, corrientes marinas, vientos y días de navegación; aunque, para su desgracia, dichas anotaciones estaban en clave, lo que le supuso algún que otro error aparentemente inexplicable en su primera travesía oceánica. Por ejemplo, confundió las millas castellanas con las árabes, lo que le llevó a pronosticar la distancia exacta a la que hallaría tierra en la unidad de medida equivocada. Lo que a poco le cuesta un motín en La Santa María.

—Cuesta creer algo así... —repuse sinceramente.

—Pues ya puedes empezar a hacerlo, porque es rigurosamente cierto. Y no tienes más que leer las *Capitulaciones de Santa Fe*, que en 1491, un año antes de partir, les hizo firmar Colon a los Reyes Católicos y en la que se le certifica como «...*Almirante y Virrey de las tierras que ha descubierto en las mares oceanas*». Literalmente dice eso, que *ha* descubierto, no que vaya a descubrir.

El profesor Castillo se quedó en silencio, como esperando mi reacción, pero yo aún tardé un buen rato en reflexionar sobre lo que acababa de oír.

—Me ha dejado sin palabras. Es lo más sorprendente que me han explicado en la vida —masculle al fin.

—Entonces, ¿a partir de ahora creerás en lo que te digo?

—Bueno, ya sabe que soy un escéptico irreductible, pero en lo que se refiere a este tema confiaré en sus conocimientos.

—Así me gusta —dijo poniéndose en pie—. Y ahora vamos a tomarnos una cerveza al bar de abajo, que tengo la garganta seca de tanto parlotear.

La cerveza se juntó con el aperitivo, y luego con el almuerzo y el café, y no regresamos a su piso hasta pasadas las cuatro. Durante todo ese rato me proporcionó muchos más datos sobre esa «historia paralela» que no figura en los libros del colegio.

Me explicó que constantemente aparecían por toda América amuletos egipcios, monedas cartaginesas o herramientas fenicias, pero que como se había demostrado que alguna de esas piezas habían sido adquiridas en el Viejo Continente, y luego enterradas en el Nuevo, para así poder ser «descubiertas por casualidad» por algún arqueólogo aficionado, pues se había tomado el todo por la parte, y ya no se le daba verosimilitud a ninguno de esos hallazgos, por muy creíbles que fueran.

También hablamos largo y tendido de Cristóbal Colon.

—Es curioso —comentaba el profesor— que a estas alturas aún no se sepa a ciencia cierta cuáles fueron sus orígenes. La versión oficial es que se trataba de un marino genovés hijo de un tratante de telas, y que en el transcurso de un viaje comercial frente a las costas portuguesas, su nave fue asaltada por piratas, lo que le llevó a aparecer en aquella playa del Algarve. Pero recientemente se ha demostrado que el único documento donde Colón afirmaba ser genovés, había sido burdamente manipulado y así, el resto de la historia caía por su propio peso; pues entre otras cosas, Colon jamás escribió una sola vez en italiano, ni siquiera cuando se dirigía a los banqueros genoveses pidiéndoles dinero. Lo más probable – explicaba–, es que se tratase de un hijo de comerciantes catalanes o mallorquines de origen judío, lo que explicaría por qué jamás reveló su procedencia, ni siquiera a sus hijos. Ya sabes que en aquellos tiempos —señaló torciendo el gesto— ser judío no era muy bueno para la salud.

Ya en su casa, nos dirigimos directamente al despacho, y en una esquina de la pantalla del ordenador apareció parpadeante el dibujo de un sobre, indicando que tenía un nuevo correo.

6

Y que esperaba que dijera? Esta es la mejor respuesta que nos podía dar –le recriminé por su reacción desmoralizada.

–Pero, es que ir a Florida para hablar con él... La verdad, no contaba con ello.

–¿Es que tiene otra cosa que hacer? ¿Doblar los calcetines, limpiar la pecera quizá?

–No, no es eso. Es que... no me hace mucha gracia ir en avión.

–¿No me irá a decir que le da miedo volar?

–No es miedo, Ulises. Es pánico –confesó, crispando los dedos de tan solo pensarlo.

–Pues lo siento, pero le necesito para convencer a Hutch. Usted le da credibilidad al asunto.

–Ya, pero es que... –murmuró, tratando de hallar un pretexto.

–No hay pero que valga, profe. Ahora mismo hago la reserva del vuelo por Internet, y en cuatro días nos vamos a ver al cazatesoros, como usted lo llama. Mientras tanto, recojamos toda la información posible sobre los Templarios y su fortuna. Hemos de convencer a Hutch de que no somos un par de lunáticos, y para ello, además de la campana, debemos mostrarle todas las pruebas posibles que sugieran que bajo aquel arrecife hay algo de valor, y que le será rentable invertir su tiempo y su dinero en ir a buscarlo.

Cinco días después aterrizábamos en el Miami International, con el profesor Castillo atiborrado de tranquilizantes, dejándose llevar de un sitio a otro con una expresión de feliz idiotez dibujada en el rostro. Tal y como acordamos, un *pick up* amarillo de la *Hutch Marine Explorations* vino a buscarnos y, tras una breve presentación y después de dejar nuestro equipaje en la caja del vehículo, nos apretujamos con el conductor en la cabina, emprendiendo inmediatamente el camino en dirección a los Cayos de Florida, donde Hutch tenía su cuartel general.

Cruzamos Homestead, la cinematográfica Key Largo y recorriendo la carretera más larga del mundo construida sobre el agua. Dos horas más tarde llegábamos a la turística localidad de Key West, la ciudad más meridional de los Estados Unidos. Un enclave tropical de pulcras casas de madera, con bandera americana en el porche y carteles por doquier ofreciendo tours en barco, submarinismo o pesca de altura.

Nuestro chofer nos dejó en un pequeño hotel de las afueras y quedó en pasar a recogernos a las cinco, tiempo que aprovechamos para asearnos, comer algo y despabilar al profesor a base de cafés bien cargados.

Puntuales, cruzábamos la puerta de las oficinas de la *Hutch Marine Explorations*; un hombre de mediana edad ataviado con una floreada camisa, salió a recibirnos.

—¡Hola Ulises! Me alegro de verte —exclamó desde sus buenos metro noventa de estatura, con sus siempre inquisitivos ojos azules y una expresión engañosamente afable —que escondía una caja registradora como cerebro—, mientras me estrechaba la mano con fuerza.

—Hola Hutch. ¿Cómo va todo por aquí?

—Bien, como siempre. Mucho trabajo, *you know...* — respondió, con su marcado acento yanqui.

—Parece que las cosas no te van del todo mal. Por cierto, veo que has mejorado mucho tu español.

—Bueno, después de todo el oro español que me he llevado, es lo menos que podía hacer ¿no? Es broma, en realidad, es por culpa de una mujer, como siempre. Una cubanita que me tiene *crazy*.

—A tu edad, John, tienes que ir con cuidado con esas cosas, a ver si te da un infarto.

—Hey, aunque tenga más barriga y menos pelo, *I'm still* en plena forma – replicó defendiéndose, al tiempo que doblaba su brazo para mostrarme el bíceps.

—Ya lo veo, ya... —acepté y, señalando al profesor, añadí—: Te presento al profesor Eduardo Castillo Mérida, uno de los mayores expertos europeos en Historia Medieval.

—Encantado profesor —dijo Hutch, tendiéndole la mano—. ¿Cómo prefiere que le llame?

—Profesor está bien, gracias, es a lo que estoy más acostumbrado señor Hutch —dijo, y seguidamente añadió—: Aunque, en su caso, si me llama *teacher*, también lo aceptaré.

—¡Muy bien, muy bien! —exclamó de buen humor—. Ulises, *teacher*, ¿les parece bien si pasamos a mi despacho?

Entramos, nos sentamos en unos cómodos sillones de cuero negro e, inconscientemente, dejé vagar la mirada por la multitud de trofeos rescatados por Hutch en anteriores excavaciones subacuáticas: una pistola de pedernal perfectamente conservada, una moneda de oro flotando en un cubo de metacrilato usado como pisapapeles...

—Es un doblón de oro acuñado en Nueva España —dijo Hutch, pasando a hablar en inglés, contestando a una pregunta no formulada—. Fue lo único de valor que saqué de un galeón español del siglo XVII. Un fracaso que a punto estuvo de llevarme a la ruina hace unos años, y todo por no investigar lo suficiente y dejarme llevar por el entusiasmo de otros —y mirándome fijamente, añadió—: Pero de la experiencia se aprende, y por eso decidí tenerlo siempre encima de la mesa, para recordar que jamás he de volver a cometer la misma equivocación.

Por el rabillo del ojo percibí que el profesor me estaba observando. Pero, simulando ignorar el sentido oculto de las palabras de Hutch, continué tranquilamente.

—Te agradezco que nos hayas recibido John, sé lo ocupado que estás siempre. Pero cuando acabemos de explicarte por qué estamos aquí, descubrirás que te estamos proponiendo la mayor oportunidad de tu vida —diciendo eso me sentía como un charlatán de feria, pero intentaba demostrar que estaba totalmente convencido del éxito de una posible búsqueda, y quería dar la impresión de que todas las probabilidades de fracaso, como decía Hutch, estaban descartadas.

—Bueno, eso ya lo veremos... —replicó retrepándose en su sillón, y con mirada calculadora, añadió—: Ahora aclaradme lo que me decíais en el e–mail sobre el mayor tesoro de la historia.

—¿Qué te ha parecido? —me preguntó el profesor, ya en la calle, dejando a la espalda el edificio de *Hutch Marine Explorations*, en el que habíamos pasado más de dos horas entre fotocopias, dibujos y mapas.

—La verdad, no lo sé. Si se hubiera tratado de un galeón español hundido, no hubiera habido problema. Pero en cuanto mencioné la palabra «templario», pensé que nos iba a echar a patadas. En fin, dentro de un par de días nos dará una respuesta, así que mientras tanto solo nos resta disfrutar del Caribe, el sol y los mojitos.

—Yo, entretanto, estudiaré más a fondo la información que hemos traído.

—De eso ni hablar —objeté enérgicamente—. Usted se viene conmigo. En cuanto lleguemos al hotel, nos cambiamos y salimos a quemar el pueblucho este.

—Es que... verás, creo que no he traído la ropa adecuada.

—Eso da igual, aquí casi todos van en bañador. Porque un bañador sí que se habrá traído, ¿verdad? —le pregunté, y solo con mirarlo supe la respuesta.

Tuvieron que pasar tres días —muy bien aprovechados, eso sí—, hasta que recibimos una llamada de la secretaria de Hutch, citándonos para esa misma tarde a las seis.

Algo nerviosos, nos presentamos puntuales en su oficina y, con mayor formalidad que en la primera entrevista, nos hizo pasar de nuevo a su despacho. Nos sentamos los tres en un silencio solo amortiguado por el ligero ronroneo del ventilador del techo. Hutch parecía calibrarnos con la mirada, mirándonos a uno y a otro, pero sobre todo a mí, con lo que me pareció adivinar como una sombra de desconfianza. Al cabo de unos minutos, las manos me empezaron a sudar, y cuando ya estaba empezando a cavilar dónde podría encontrar otra empresa de recuperación subacuática, Hutch se inclinó hacia delante, apoyándose en la inmensa mesa de caoba, y tomó en sus manos su valioso pisapapeles.

—Trato hecho —dijo jugueteando con el cubo transparente—. Quizá me arrepienta un día —continuó, al tiempo que lo volvía a dejar cuidadosamente en su sitio—, pero trato hecho —y alargó su mano derecha hacia mí.

—Genial —respondí con entusiasmo, estrechándole la mano—. ¿Cuándo empezamos?

—¿Empezamos? —preguntó sorprendido, alzando una ceja—. Ustedes ya han hecho su parte, si damos con el tesoro obtendrán un porcentaje de las ganancias, pero su trabajo termina aquí.

-No, John -repuse firmemente—. Nosotros deseamos participar en la búsqueda.

—Lo siento, pero ese punto no es negociable. Mi equipo ya está formado, y son los mejores. Tengo submarinistas profesionales, oceanógrafos, arqueólogos e historiadores ya en nómina. —y acompañando sus palabras con un inequívoco gesto, recalcó–: No necesitamos a nadie más.

–Pero el profesor es un experto en Historia Medieval, nadie sabe más que él sobre los Templarios y sus secretos –insistí–, y yo soy un buen submarinista, ambos podríamos ser de gran ayuda.

–Ya te he dicho que no, Ulises. Esto no es como dar clases en la universidad o guiar turistas bajo el agua.

Hutch no parecía que fuera a ceder, el profesor asistía a la conversación con cara de *ya-me-imaginaba-que-esto-acabaría-así*, y yo no quería aceptar un no por respuesta. Le había prometido al profesor que ambos participaríamos en la búsqueda y, por mi parte, me había ilusionado lo bastante como para jugarme mi última, y quizás única, carta.

–John –objeté, todo lo calmadamente que pude–. Si no vamos nosotros... no habrá ningún tesoro que buscar.

Evidentemente, era un farol, y rezaba para que el profe se diera cuenta y no se abalanzase sobre mí lanzando improperios, pero era eso o salir por la puerta con cara de tonto. Aún no le había proporcionado a Hutch la localización exacta del posible hundimiento, así que confiaba en que si me mantenía inflexible, acabaría saliéndome con la mía.

Hutch me miraba con cara de pocos amigos, manteniendo un hosco silencio mientras parecía sopesar todos los «pros» y los «contras», haciendo un rápido balance mental de costos y beneficios, y de lo que podría perder mandándome al infierno. No me cupo duda de que si hubiera pensado que tenía la más mínima posibilidad de localizar el pecio sin necesidad de que yo le suministrara las coordenadas, aunque ello le hubiera supuesto muchos inconvenientes, ya estaríamos el profe y yo de patitas en la calle. John Hutch no era un hombre de los que aceptan que lo chantajeen, ni que un par de aficionados le impongan condiciones.

El americano se revolvió incómodo en su mullido asiento de cuero negro, quizás esperando a que me echara atrás y diera el volantazo antes de llegar al precipicio.

El primero en hablar perdía.

Él lo sabía.

Y yo también.

—Está bien —accedió al fin, sin disimular su irritación—. Pero trabajareis en el barco, los dos, y sin recibir ningún sueldo a cambio —y señalándonos amenazadoramente con el dedo, añadió—: Y si resultáis un estorbo para la operación, os desembarcaré en el puerto más cercano, ¿okey?

Miré al profesor, y con una leve inclinación de cabeza me hizo saber que estaba de acuerdo con las condiciones.

—De acuerdo, John, me parece justo —sonreí satisfecho—. Pero, como te decía antes... ¿Cuándo empezamos?

7

El *Midas* cabeceaba considerablemente a causa del oleaje que chocaba contra la proa, levantando una nube de salpicaduras que el viento del sudeste acababa depositando en cubierta. Hacía dos días que habíamos partido de Key West, y el tiempo no había hecho más que empeorar, lo cual, por otra parte, no dejaba de ser algo lógico en plena temporada de huracanes. Ese día, el cielo había amanecido cargado de nubes, y su color plomizo se reflejaba en un mar que en ocasiones parecía cubierto de mercurio.

A pesar de estar navegando por el supuestamente cálido mar Caribe, llevaba puesta una chaqueta para protegerme del viento húmedo de casi de treinta nudos, que me lanzaba sobre el rostro una fina lluvia que me obligaba a entrecerrar los ojos.

En unas horas llegaríamos a aguas hondureñas y, antes del anochecer, estaríamos fondeados sobre el mismo arrecife donde hacía menos de un mes había encontrado la pequeña campana de bronce. Habían pasado tantas cosas en estas dos semanas que tenía la impresión de llevar mucho más tiempo persiguiendo ese enigmático tesoro.

Imaginé la cara que debió de poner mi madre cuando la llamé por teléfono para explicarle que no había pasado a verla de nuevo porque estaba en Florida. Buscando un barco hundido, y en compañía del profesor Castillo.

—¿Estas de broma? —contestó ante la noticia.

—No, mamá, es verdad. Partimos pasado mañana hacia Utila —le dije, intentando contagiarle vanamente mi entusiasmo.

—Pero si acababas de llegar... y, además, ¿qué pinta en todo esto ese mal nacido de Eduardo?

—Mamá, él se ha limitado a ayudarme cuando se lo he pedido —repuse conciliador—. No tiene sentido que sigas odiándolo... ya es hora de que olvides.

—Sabía que no tenía que darte su número... —insistió, desoyéndome—. La culpa es mía.

—Escúchame —atajé—, te he llamado para decirte que estoy bien y ponerte al corriente de mis planes, no para discutir. Estoy haciendo lo que creo conveniente, y más vale que te hagas a la idea de que estaré con el profesor durante un tiempo. Así que deja de decir tonterías y deséame suerte.

—Claro hijo, claro. Pero es que...

—¿Es que qué, mamá?

—Nada Ulises, nada —contestó lánguidamente—. Es solo que, me parece estar escuchando de nuevo a tu padre. Ten mucho cuidado, por favor.

Rememoraba esa conversación, cuando a mi espalda oí un amigable *¡Hola!* y un segundo después, tenía a mi lado, también apoyada en la barandilla, la menuda figura de Cassandra Brooks, la atractiva arqueóloga jefe de la expedición.

—¿Qué onda? —preguntó, con su inconfundible acento mexicano—. ¿Intentas agarrar un resfriado?

—Hola Cassie, solo buscaba algo de tranquilidad. Además, me mareo más en el camarote que aquí fuera.

—Igual que yo, *mano*. Que quede entre nosotros, pero ya llevo media caja de pastillas para el mareo. —Y mirándome fijamente, me preguntó—: ¿Estás preocupado por algo?

—No —contesté rápidamente—. Bueno, un poco sí. Me gustaría encontrar ese tesoro, pero más que por el dinero, por la satisfacción de conseguir algo importante.

—¿Es que quieres ser famoso? —inquirió divertida.

—No, que va. Ni mucho menos —aclaré—. Pero a mi edad aún ando sin rumbo fijo, a veces me asaltan dudas... y esto me haría sentirme bien conmigo mismo.

–Ulises –me dijo suavemente, apoyando su mano en mi antebrazo–, no puedes depender de que encontremos un tesoro hundido para sentirte bien contigo mismo.

Entonces fui yo quien la miró a ella, cautivado por sus profundos ojos verdes.

–Tienes razón –reconocí, poniendo mi mano en la barandilla sobre la suya–. Tienes toda la razón.

Nos habíamos conocido tan solo unas horas antes de la partida, pero inmediatamente había surgido entre nosotros una corriente de simpatía y ya nos tratábamos como viejos amigos. Quizás era porque, aparte del profesor, éramos los únicos latinos entre tanto gringo; y no fue poca mi sorpresa cuando me presentaron a una hermosa mujer rubia de ojos esmeralda y apellido anglosajón, que resultó ser natural de Acapulco.

–Ya te lo puedes imaginar –me dijo, cuando le pregunté al respecto dos días atrás, sentados bajo el sol a la proa del barco–. Mi papá, el típico gringo que se va a Acapulco de vacaciones y, una vez allí, conoce a mi mamá, una prietita que lo vuelve loco. Se casan, se quedan a vivir en México y me tienen a mí. Una güirita canche, con el pelo, los ojos y el apellido de gringa, pero mexicana de los pies a la cabeza en todo lo demás.

–Pues felicita a tus padres de mi parte –dije, tratando de ser galante–, porque el experimento les ha salido muy bien.

–Muchas gracias –contestó, ruborizándose bajo su piel morena, lo que la hizo parecer aún más atractiva.

–Y a todo esto ¿qué te impulsó a dedicarte a la arqueología submarina?

–La verdad es que resultó casi inevitable. Mi papá era submarinista y mi mamá arqueóloga. ¿Qué otra cosa podía ser?

–¿Pero te gusta lo que haces?

–Me encanta –respondió contundente–. Siempre he vivido cerca del mar, con mi padre aprendí a bucear antes que a andar y, además, la arqueología me apasiona. La curiosidad fluye por mis venas como la sangre, y hallar un pecio hundido cientos de años atrás me provoca una sensación incomparable. Lo que más me gusta en el mundo es desenterrar algo que nadie ha visto o tocado desde hace siglos.

—Pero lo que haces aquí, con Hutch, no es exactamente arqueología.

Cassandra me miró con la cara de haberse tragado un sapo.

—Lo sé —admitió bajando la vista—, e incluso un par de veces he estado a punto de mandarlo todo al carajo. Pero el trabajo escasea, y aunque no me gusta John ni sus métodos, paga una buena lana... y tampoco es fácil resistirse a la tentación de descubrir tesoros hundidos.

—Te entiendo —asentí—. Yo también me he contagiado de la fiebre del oro, aun cuando nunca he tenido el menor interés en hacerme rico —y añadí con una sonrisa cómplice—: Pero aquí me tienes.

Al día siguiente, a las siete de la mañana, todos los integrantes del equipo de búsqueda y la tripulación del *Midas* nos encontrábamos en la cubierta de proa, convocados por Hutch a golpe de sirena y megafonía. En total no llegábamos a la veintena, entre submarinistas, oceanógrafos, geólogos marinos, especialistas en equipos de detección submarina, informáticos y, por supuesto, arqueólogos subacuáticos, entre los que se encontraba Cassie. El profesor Castillo, mientras tanto, se mantenía apartado, apoyado en la borda; imagino que algo ajeno a un entorno que no era el suyo.

Me seguía sorprendiendo la escasa tripulación que necesitaba una nave de más de cincuenta metros de eslora, y aunque pudiera haber algún marinero que aún no hubiera contado, no serían más de seis o siete. Recordaba que durante la primera cena, el capitán Preston me había detallado las maravillas tecnológicas que hacían del *Midas* un barco único en el mundo. Pero entre el acusado vaivén de la nave aquella noche, y las cervezas que me había tomado, lo único que me venía a la memoria era lo mucho que me había costado encontrar mi camarote.

Finalmente, apareció Hutch en el balcón del puente, acompañado del que había sido su sombra desde que embarcamos, Goran Rakovijc. Un inquietante ex combatiente de origen serbio y oscuro pasado, con cara de pocos amigos y una misteriosa fidelidad a toda prueba −según contaban− hacia Hutch, al que seguía como un *doberman* a su amo.

−¡Damas y caballeros! −exclamó Hutch en inglés, pues este era el único idioma utilizado a bordo del *Midas*, imponiendo silencio con un gesto−. Algunos de ustedes ya saben por qué estamos aquí, pero a la mayoría, como medida de seguridad, aún no los hemos puesto al corriente de la operación. Y no es porque no confiemos en algunos; porque la verdad −agregó sonriendo−, es que no nos fiamos de ninguno.

Se oyeron risas entre el grupo. Alguien gritó: «¡Eh, John! ¡Que lo de tu mujer fue un accidente!». Hutch hizo el gesto de dispararle a uno de los tripulantes con el dedo, y cuando se acallaron las risas, continuó.

−Estamos aquí para encontrar un tesoro, pero no un tesoro cualquiera −con el brazo extendido, señaló hacia la superficie de un mar agitado−. A pocos metros bajo la quilla del *Midas*, oculto entre arena y rocas, está esperándonos el tesoro de los tesoros.

Hizo una pausa, esperando que sus palabras surtieran efecto, y prosiguió.

−Hace setecientos años, cuando pensábamos que el hombre blanco aún no había llegado a América, una pequeña flota partió de Europa con sus bodegas cargadas de oro, plata y piedras preciosas y llegó hasta estas aguas. Aún no sabemos por qué, pero al menos una de las naves se hundió con todas sus riquezas en su vientre, y gracias al profesor Castillo y a Ulises Vidal −dijo, señalándonos con la vista−, hoy sabemos dónde: justo bajo nuestros pies.

Tomó aire, e inclinándose sobre la barandilla con el viento agitándole la ropa, alzó la voz.

—Nunca nadie habrá encontrado tantas riquezas en un solo naufragio, ni siquiera yo —de nuevo risas—. Por ello, lo que vamos a hacer aquí a partir de hoy no va ser solamente intentar hacernos ricos. Si logramos nuestro objetivo, y no dudéis que así será, ¡haremos Historia!

Alzó su mano hasta la altura del rostro y, cerrándola bruscamente, bramó.

—¡Ese tesoro nos está esperando, muchachos! ¡Vamos a por él!

Y un coro unánime de silbidos y gritos de júbilo se alzó desde la cubierta del *Midas*, perdiéndose en un océano que, a cada momento que pasaba, aparecía más gris y amenazador.

Media hora después, con el ánimo más calmado, un grupo de siete personas se sentaba alrededor de la enorme mesa de madera de la sala de reuniones, en cuyo centro aparecía desplegada una detallada carta náutica del Instituto Oceanográfico de los Estados Unidos: la correspondiente a las Islas de la Bahía. La reunión la presidía Hutch, flanqueado por su lugarteniente Rakovijc y el capitán del *Midas*, Nicolas Preston. También asistían Clive Brown como jefe de submarinistas, Cassandra Brooks como arqueóloga principal, el profesor Castillo como asesor histórico y yo mismo, haciendo uso del privilegio que me otorgaba haber sido el descubridor del naufragio.

—Señores —dijo Hutch, en cuanto tomamos asiento—, creo que todos han sido presentados ya, así que nos saltaremos las formalidades y les expondré por qué estamos aquí y lo que vamos a hacer en los próximos días.

Nos miró a todos rápidamente y prosiguió su discurso.

—El señor Vidal, aquí presente —dijo inclinándose hacia mí—, descubrió hace menos de un mes un objeto enterrado en un arrecife. Dicho objeto, según todos los indicios, perteneció a un barco propiedad de una Orden monástico militar de la Edad Media que acumulaba enormes riquezas. Esa orden es conocida hoy en día como los Templarios.

Hizo una breve pausa, esperando a que los oyentes asimilaran la información.

—Cierto día, a principios del siglo XIV, casi doscientos años antes de que Colón llegara a este continente, dieciocho barcos partieron de Francia con todo el tesoro de la orden en sus bodegas. Creemos que uno de esos barcos se hundió en estas aguas. Nuestra misión es localizar los restos del barco, hacer una cuidadosa excavación de los mismos y una vez demos con su valioso cargamento, recuperarlo y llevárnoslo a casa. Cada uno de ustedes tiene frente a sí un informe detallado de lo que acabo de explicarles.

Se retrepó en el sillón y, tras unos segundos, continuó.

—Algunos ya han trabajado conmigo en anteriores recuperaciones, y tanto a ustedes como a los nuevos he de advertirles que esta vez todo va a resultar más difícil. Lo que andamos buscando no es solo un gran tesoro, tenemos en nuestras manos la posibilidad de hacer historia... cambiando la historia. Si conseguimos probar que había europeos navegando por estas aguas mucho antes de lo que imaginábamos, tendrán que rescribirse todos los libros de todas las escuelas de todo el mundo. Y cuando sus hijos lean dentro de unos años que los intrépidos exploradores del *Midas* solucionaron el enigma del descubrimiento de América, ustedes podrán decirles con orgullo que estuvieron ahí.

—Pero, exactamente, ¿por qué va resultar esta vez más difícil que las anteriores? —preguntó el pragmático Brown, jefe del equipo de submarinistas.

—Básicamente porque apenas tenemos información del tipo de nave que estamos buscando, su tamaño o tonelaje. Lleva bajo las aguas el doble de tiempo que cualquier otro pecio que hayamos buscado con anterioridad, con lo que estará más descompuesto y hundido en el fango que ninguno de ellos, y por si esto fuera poco —añadió con semblante serio—, en aquella época los barcos de vela aún no portaban artillería. Como todos sabéis, actualmente, la mejor manera de encontrar un barco hundido es a través de la detección magnética del hierro de sus cañones —hizo otra pequeña pausa y continuó–: Afortunadamente, el *Midas* es el mejor barco que se ha construido jamás para la localización y estudio de pecios –afirmó, sin ocultar su orgullo– y, además, contamos con la mejor tecnología del siglo XXI: potentes magnetómetros de cesio, discriminadores de densidad, y el mejor sónar de barrido lateral que existe en el mercado. En resumen, si ese barco está ahí abajo, daremos con él.

Todos nos quedamos en silencio y Cassie, tímidamente, alzó la mano.

–Dígame, señorita Brooks –dijo Hutch al verla.

–Verá, es solo por curiosidad, ya que como casi todos los miembros del equipo trabajo por una paga preestablecida –y mirando a Hutch, agregó–. Una paga más que generosa, he de añadir. Pero me gustaría saber si han calculado aproximadamente el valor total del tesoro que estamos buscando.

–Eso, quien se lo puede decir con mayor exactitud es el profesor Castillo –contestó Hutch señalando al profesor, que se incomodó al convertirse en el blanco de todas las miradas.

–Ejem... –carraspeó, algo intimidado por tener que hablar en inglés–, bueno, en realidad, el valor que tendría hoy en día es incalculable. Piense en que no solo estamos hablando de metales y piedras preciosas, sino también de joyas de hace siglos, obras de arte de la orfebrería, regalos de monarcas, reliquias religiosas...

–Unos quinientos millones de dólares –cortó tajante Hutch.

Brown lanzó un silbido de admiración y todos, sin excepción, mantuvimos el aliento durante unos instantes.

–Se calcula que las riquezas acumuladas por los Templarios estarían sobre los diez mil millones de dólares al cambio actual –continuó–. Como sabemos que dieciocho barcos partieron con la totalidad del tesoro de la orden, una simple división nos da la bonita cifra de quinientos millones de dólares por barco. ¿No es así profesor?

–Sí, bueno, podríamos decir que sí. Esa sería una cifra aproximada –corroboró, algo molesto por la brusca interrupción.

—¿Alguna pregunta más al respecto? –inquirió Hutch, y al no ver alzarse ninguna otra mano prosiguió–. Bien, entonces manos a la obra. Todos saben lo que tienen que hacer y no hace falta que les diga que el tiempo apremia. Estamos en plena temporada de huracanes, un frente muy activo viene en nuestra dirección y en cualquier momento podemos vernos obligados a salir corriendo, así que no hay tiempo que perder. En este preciso instante ya estamos llevando a cabo los primeros mapas del lecho marino, y para esta tarde espero tener submarinistas en el agua.

Hizo una última pausa y, contemplándonos detenidamente uno a uno, dijo en tono grave:

- Les he contratado porque son los mejores, y por ello espero lo mejor de cada uno. No me defrauden.

Y añadió, tras levantarse pesadamente de la silla:

—Y no lo olviden: *tempus fugit*.

8

Una hora después ya estaban preparados los equipos de búsqueda y se lanzaba al agua el magnetómetro de cesio. Un aparato con forma de misil de unos dos metros de largo, con unos sensores sujetados a la parte inferior que, según me explicaron, gracias a algo llamado «ondas gamma 90» resultaban capaz de detectar una moneda en un campo de baloncesto a veinte metros de distancia. Del mismo modo, empezamos a remolcar un sofisticado sonar digital de la empresa holandesa *Marinescan*, con la facultad de llevar a la pantalla de un ordenador una imagen perfectamente detallada del lecho marino y de cualquier objeto de más de un palmo que allí se encuentre. El *Midas* inició el rastreo trazando un cuadrado de dos millas de lado que, empezando por el exterior, se iba cerrando progresivamente en forma de espiral, alrededor del punto concreto donde hallé la campana sumergida.

Ante mi pregunta al capitán Preston de que por qué no se hacía al revés, iniciando la búsqueda desde la zona donde era más probable encontrar algo «desde dentro hacia fuera», el capitán se limitó a encogerse de hombros.

—Lo ha decidido Hutch —contestó—. Así lo a hecho siempre, y no voy a ser yo quien le lleve la contraria.

—Pero de la otra manera acabaríamos antes, ¿no cree?

—Mira hijo, si estás en esto, has de tener una cosa clara —apuntó lacónicamente—, aquí el que manda es John Hutch. Puede que te plantees si su forma de actuar es la correcta e incluso poner en entredicho sus métodos, en ocasiones poco ortodoxos. Pero John es un mito viviente entre los buscadores de galeones hundidos, y en este barco más vale que no discutas con nadie sus decisiones. No es un hombre de los que le gustan que le cuestionen nada de lo que hace —y apoyando una mano sobre mi hombro, repitió con un leve matiz de advertencia—: Nada.

Navegamos durante más de nueve horas a unos diez nudos en un mar picado, reduciendo cada vez más el área de sondeo, y ya había entrado la noche cuando se dio por finalizado el rastreo previo y se nos convocó en la sala de reuniones a los mismos de la mañana. Yo había pasado el día haraganeando por cubierta, impaciente por sumergirme de una vez e iniciar la búsqueda del barco, o lo que fuera a encontrar allá abajo. Era algo que estaba esperando desde que el profesor Castillo me había revelado la importancia de mi descubrimiento.

De nuevo estábamos todos sentados, expectantes ante las conclusiones que suponíamos que Hutch nos iba a ofrecer y charlando animadamente entre nosotros; por lo que pude deducir que no era yo el único ansioso por comenzar la búsqueda bajo el agua.

Unos minutos después, hizo su aparición John Hutch, seguido como siempre por la intimidante figura de Rakovijc. Se tomó su tiempo para sentarse, mientras uno de los informáticos conectaba la enorme televisión de plasma que cubría una parte de la pared del fondo de la sala con un ordenador portátil, y al cabo, se dirigió a nosotros con exultante regocijo.

—Señores —anunció enseñando los dientes, como la sonrisa de un tiburón—, lo hemos encontrado.

Una salva de aplausos recorrió la sala entre risas y expresiones de gozo. Abracé a Cassie, que estaba a mi izquierda, presa del entusiasmo. Abrazo que ésta correspondió con un sonoro beso en la mejilla.

Cuando se hizo el silencio de nuevo, Hutch apretó un par de teclas en el portátil y se volvió en dirección a la televisión de la pared.

—A menos de media milla del lugar que nos indicó el señor Vidal, hemos obtenido esta imagen de sonar del fondo marino.

En la pantalla aparecía una superficie de diferentes tonos de marrón, que en las elevaciones del terreno se tornaba naranja. Y lo que en principio parecía un montículo más, al fijarme, apareció claramente cómo la silueta del casco de un barco, cuyos bordes resaltaban casi en amarillo sobre el resto de la imagen.

—Se encuentra bajo una fina capa de arena, a unos quince metros de profundidad —prosiguió Hutch—, lo cual nos facilitará enormemente la tarea de recuperación —y dirigiéndose a Cassie, preguntó—: ¿Está listo su equipo, señorita Brooks?

—Descuide —contestó con seguridad—, mañana a primera hora ya estaremos en el agua tomando mediciones y haciendo el estudio preliminar.

—Perfecto —aprobó Hutch, y mirando esta vez a Brown, el jefe de submarinistas, repitió la pregunta.

—Todos estamos listos e impacientes por iniciar el trabajo —confirmó éste—. Ayudaremos a los arqueólogos a realizar su cometido y, en cuanto terminen, iniciaremos la limpieza de la zona y la extracción de arena.

—Fantástico —exclamó Hutch, satisfecho—. ¿Alguna pregunta?

—Yo tengo una —dije levantando el brazo—. ¿Cómo es posible que el pecio esté a tanta distancia de donde hallé la campana de bronce?

—Esa pregunta puede tener varias respuestas posibles —contestó—, pero lo más probable es que la nave sufriera una vía de agua y decidieran aligerar peso desprendiéndose de todo lo que no les fuera imprescindible, como por ejemplo la campana —y en un tono levemente impaciente, me preguntó—: ¿Alguna otra duda, señor Vidal?

—Yo tengo una. Si no le resulta un problema contestarme, claro está —intervino esta vez Cassandra, echándome un capote—: ¿Ha detectado algo el magnetómetro ahí abajo?

−¡Ah!, cierto. Gracias por recordármelo señorita Brooks – correspondió fingidamente Hutch–. Sí que ha detectado algo –y volviéndose hacia el resto, notificó–: Lo cierto es que al pasar sobre la zona en cuestión, el magnetómetro estuvo a punto de salirse de la escala.

Esa noche apenas pude dormir. Por un lado estaba ansioso por comenzar la búsqueda, por otro, debido al cada vez más intenso oleaje, sufría un cierto mareo que me paseaba la cena de arriba abajo por el estómago y, para colmo, no podía dejar de pensar en ese beso, aparentemente inocente, que me había dado Cassie en la mejilla y que aún creía notar sobre la piel.

Inevitablemente, amanecí con unas buenas ojeras, aunque comprobé durante el desayuno que no era el único en lucirlas.

Me habían integrado en el equipo de submarinistas bajo el mando de Clive Brown, el experimentado buceador que ya había trabajado eficazmente para Hutch en anteriores ocasiones, y que según me habían asegurado, siempre anteponía la seguridad de sus buceadores a cualquier otra circunstancia. Por ello, sus hombres le respetaban y confiaban en él ciegamente, y me sugerían que yo hiciera lo mismo. Mientras hablábamos montamos los equipos de buceo en cubierta y, sudando, nos enfundamos los trajes de cinco milímetros de neopreno, bastante gruesos para estas latitudes pero imprescindibles si debíamos pasar varias horas al día sumergidos a quince metros de profundidad.

Lo remarcable es que no utilizaríamos para esta inmersión los clásicos equipos de botellas de aire comprimido. En su lugar, cargaríamos a la espalda los sofisticadísimos sistemas de reutilización de aire coloquialmente llamados *rebreathers*, fabricados por la *Silent Diving System*. Aunque ya había tenido oportunidad de probarlos en una ocasión, aún me seguía pareciendo increíble que con un filtro de aire y un par de pequeñas botellas integradas bajo una ligera carcasa, se pudiera duplicar la cantidad de tiempo de permanencia bajo el agua sin aumentar por ello el tiempo de descompresión, amén de proporcionar otra ventaja adicional muy práctica para determinado tipo de trabajos submarinos: no expulsaba el aire consumido, con lo que la visibilidad del buceador mejoraba sensiblemente, al no tener una cortina de burbujas bailando constantemente frente a la máscara de buceo.

Una vez preparados, nos lanzamos al agua desde una plataforma especialmente habilitada para ello en la popa del *Midas*, y tras nosotros, cargando cámaras fotográficas y de video, lo hicieron Cassie y sus ayudantes.

Nos reunimos todos a una decena de metros del *Midas*, tal y como habíamos acordado en el *briefing*, y al ver a la guapa arqueóloga cerca de mí, nadé hasta ponerme junto a ella.

—¿Nervioso? —me preguntó al llegar a su altura.

—Solo un poco —mentí—. ¿Y tú?

—Yo estoy como un flan —respondió, y se colocó el regulador en la boca.

Tras hacer la señal de okey, vaciamos el aire de nuestros chalecos de flotabilidad, hundiéndonos lentamente y dejando en la superficie el molesto oleaje para sumirnos en la quietud de las profundidades.

La poca altura del sol a esa hora de la mañana, las nubes que cubrían el cielo desde hacía dos días y lo agitado del océano provocaba que la visibilidad en aquellas aguas, generalmente cristalinas, no superara los diez metros. Aun así, bajamos todos en un grupo compacto directamente hacia el fondo y, mientras lo hacíamos, observé extrañado que el *Midas* no se hallaba anclado a ninguna parte, pues no existía cabo ni cadena que uniera el barco con el lecho marino, mas sin embargo, éste se hallaba completamente inmóvil respecto al fondo; indiferente a las corrientes y el constante empuje de las olas. Anoté mentalmente que era algo que debía preguntar al capitán al regresar a la nave.

Andaba perdido en tales pensamientos cuando el grupo compensó sus chalecos y comenzó a nadar paralelamente a la superficie del fondo en dirección norte, conmigo a la cola. Unos metros más adelante, Cassie hizo una señal para que nos detuviésemos y avanzó ella sola, muy lentamente, rozando la arena con la punta de los dedos.

Al poco, se detuvo, apartó algo de arena haciendo abanico con la mano, y cuando ésta se posó de nuevo, dejó al descubierto, haciendo contraste con la blancura de la arena, lo que parecía un oscuro y carcomido tablón de madera enterrado siglos atrás.

9

De forma coordinada, fruto de la experiencia en actuaciones similares, el grupo se desplegó por parejas sobre una amplia zona, intentando averiguar los límites del pecio y delimitar de ese modo la zona de excavación. En tan solo media hora, una serie de banderines rojos bordeaban un área rectangular de unos seiscientos metros cuadrados, que los dos ayudantes de Cassie se dedicaron a fotografiar detalladamente, para luego poder recrear en el ordenador un mosaico digital de la zona.

Mi misión consistía en controlar la seguridad de todos desde una situación elevada. Más o menos, lo mismo que hacía con los grupos de submarinistas aficionados, a los que en ocasiones llevaba de excursiones subacuáticas para los centros de buceo en que solía trabajar, aunque mi función habitual fuera la de instructor.

Evidentemente, en esta ocasión podía relajarme más de lo habitual, pues la febril actividad que se desarrollaba a varios metros debajo de mí era llevada a cabo por expertos buceadores con años de experiencia, lo que me permitía tener tiempo para, desde mi posición privilegiada, disfrutar del espectáculo que suponen una decena de hombres moviéndose en una especie de ballet subacuático de movimientos precisos.

Tras una hora escasa de inmersión, ya con el trabajo completado, regresamos todos a la superficie. Como era mi deber, ascendí el último, asegurándome de que nadie se quedara abajo y, tras contarnos y certificar de que estábamos todos, nadamos de espaldas en dirección al *Midas* que, acusando un importante balanceo a causa de las olas, dificultó notablemente el regreso del equipo a la nave.

Una vez en cubierta, tras deshacernos de los trajes de neopreno, el equipo arqueológico se dirigió rápidamente al centro informático con las cámaras de fotos, mientras los buceadores profesionales nos quedamos desalando los equipos y recargando las botellas de aire, de cara a la siguiente inmersión.

No volví a ver a Cassandra durante el resto de la mañana, seguramente encerrada con los informáticos, encajando las piezas de su puzzle fotográfico. En cambio, encontré al profesor Castillo en el balcón del puente, mirando distraídamente la oscura línea del horizonte.

−¿Qué tal, profesor? ¿Se aburre?

−Pues me da vergüenza admitirlo, teniendo en cuenta las circunstancias. Pero sí −convino−, me encuentro fuera de lugar en este barco, creo que soy un estorbo más que otra cosa.

−No diga tonterías. En cuanto empecemos a sacar cosas de ahí abajo −dije, señalando el mar embravecido−, usted será quien las identifique y catalogue. Nadie sabe mejor que usted lo que podemos encontrarnos.

−Sí... quizá tengas razón, es solo que veo a todo el mundo ocupado en algo, y yo aquí, mirando. Me siento como un jubilado a pie de obra −y se le escapó una desabrida risotada.

−Por cierto, Ulises −dijo al recobrar la compostura−. Hutch nos ha convocado para una reunión a las doce. Supongo que querrá saber lo que habéis averiguado, y la verdad, es que yo también me muero de curiosidad. ¿Me puedes adelantar algo?

−Ojalá pudiera, pero desde donde yo estaba, con toda la arena que había en suspensión, apenas pude distinguir nada excepto algunos maderos sobresaliendo aquí y allá. Pero de lo que no me cabe la menor duda −añadí, apoyando la mano sobre su hombro− es que han encontrado nuestro barco.

A las doce en punto estábamos todos de nuevo en la sala de reuniones, con excepción de Cassie, que seguramente se hallaría aún ultimando su informe. Hutch ojeaba impaciente su carísimo sumergible, mientras el resto charlábamos animadamente sobre la inmersión de la mañana, elucubrando sobre lo que podríamos tardar en desenterrar un tesoro del que tan solo nos separaba una insignificante capa de arena.

Con diez minutos de retraso apareció Cassie por la puerta, con el pelo revuelto y aún vestida con el bañador que había llevado bajo el traje de buceo. Señal inequívoca de que no había tenido siquiera tiempo de pasar por su camarote.

—Disculpen el retraso —dijo, al tiempo que tomaba asiento, mirando de reojo a Hutch—, pero acabo de terminar ahora mismo —añadió, apartándose el cabello de la cara.

—Está bien señorita Brooks, disculpas aceptadas —dijo Hutch, y apuntando con la mirada a la carpeta negra que ella acababa de dejar sobre la mesa, agregó—:. ¿Qué nos ha traído?

—Bueno, como ya saben, solo hemos delimitado y topografiado la zona a la que el sónar y el magnetómetro nos han llevado —dijo sacando un CD de la carpeta, e introduciéndolo en el portátil—, pero en estos momentos ya les puedo asegurar que hemos dado con el pecio de un navío construido en madera.

Cogió el ratón, y con un par de rápidos movimientos de muñeca y algunos clics, envió la imagen almacenada en el CD a la televisión de plasma. Se levantó de su asiento y, como una profesora dirigiéndose a sus alumnos, se situó de pie junto a la pantalla.

—Esto que ven aquí —señaló apuntando con el dedo la imagen algo confusa de un fondo de arena con vetas negras— es la composición digital de las casi doscientas fotos que hemos tomado esta mañana. Como pueden observar, aparecen unos objetos oscuros diseminados asomando entre la arena; se trata de los tablones de madera desgajados del casco de un barco. Si se fijan bien —prosiguió, pasando el dedo sobre la pantalla—, podrán incluso intuir su forma.

—Parece que se halla tumbado sobre un costado —comentó Brown, inclinando a su vez su propia cabeza.

—Así nos lo ha parecido también a nosotros —confirmó Cassie—. Probablemente sobre el lado de babor.

—Pero —pregunté, intrigado— ¿cómo es que esos tablones que aparecen no están cubiertos de coral, o se los han comido las bacterias después de cientos de años sumergidos?

—Buena pregunta —respondió con una sonrisa cómplice—. Lo cierto es que creo que hemos tenido mucha suerte. La única razón para que eso no haya sucedido es que los restos se hallaran totalmente cubiertos de arena hasta hace poco, y eso los protegiera de la descomposición y los corales. Quizás el mismo huracán que pudo haberlo hundido lo cubrió de arena posteriormente, en una tumba que lo ha conservado casi intacto hasta que nosotros hemos llegado.

—Entiendo. ¿Y qué tamaño crees que puede tener el pecio?

—Pues calculo que entre veinticuatro y veinticinco metros de eslora, y quizás unos ocho metros de manga

—¿Coincide eso con las medidas usuales de los barcos de la Edad Media? —preguntó esta vez Hutch.

—Pues si le soy sincera, no soy especialista en la construcción naval de ese periodo. Pero hay alguien aquí que creo que sí lo es. ¿Qué opina usted, profesor Castillo?

Sorprendido de nuevo, al ver todas las cabezas volverse hacia él, carraspeó un par de veces para ganar tiempo.

—A partir del siglo trece —comenzó a explicar en tono didáctico— apareció en Europa un tipo de embarcación llamada *Coca* (*Coy* para los ingleses), muy robusta, merced a su doble casco de tablones solapados, con un castillo a popa y, en ocasiones, otro más pequeño a proa, de timón interior y un solo mástil. Apenas se han encontrado restos identificables de estas naves —continuó, mesándose la barbilla—, pero, por lo que sabemos, estaba preparada para las largas travesías comerciales por el Atlántico entre, por ejemplo, España e Islandia, siendo perfectamente capaz de haber llegado hasta aquí con las suficientes provisiones. Y sí —concluyó—, las medidas que han tomado del pecio coinciden totalmente con las de aquellas naves.

—Bien, profesor Castillo, gracias por la clase —dijo Hutch, no exento de sarcasmo—. Parece que todos los datos apuntan a que hemos dado con nuestro barco hundido —añadió para todos—, así que si nadie tiene nada más que agregar, esta misma tarde iniciaremos la excavación.

Se apoyó en la mesa con las manos entrelazadas y se inclinó hacia el jefe de submarinistas.

—Señor Brown —ordenó—, su equipo llevará a cabo la extracción de sedimentos con el aspirador, coordínelo con la señorita Brooks, para poder ir tomando muestras y catalogándolas a medida que extraen la arena. Disponen de solo veinticuatro horas para drenar, pues para entonces quiero tener totalmente limpio el costado de estribor de la nave para iniciar la segunda fase de la recuperación.

Sin cambiar de postura, volvió la cabeza hacia mí.

—Usted, señor Vidal, seguirá a las órdenes del señor Brown —me dijo, y mirando esta vez al profesor añadió—. Profesor Castillo, usted se quedará en cubierta identificando y clasificando todo lo que el equipo arqueológico vaya subiendo al barco.

—Será un placer —contestó, algo socarrón por el tono autoritario del dueño del barco.

—Bien, señores, preparen sus equipos y vayan a comer algo, porque nos esperan un día muy intenso. Dentro de dos horas los quiero a todos en el agua —concluyó, al tiempo que se ponía de pie y salía de la sala, seguido de cerca por Rakovijc, al que aún no había oído pronunciar una sola sílaba desde que embarcamos.

10

Tras un hipercalórico almuerzo a base de solomillo de ternera y patatas a la brasa, me encontraba en cubierta listo para todo. Frente a mí, enrollada en el suelo, la manguera extractora de arena esperaba para ser metida en el agua por el equipo de buceadores. Uno de los extremos se hallaba encajado en una oquedad preparada para ese fin en el suelo de la cubierta, junto a la plataforma de popa, mientras el otro se abría como las fauces de una enorme anaconda, con la salvedad de poseer un par de asas de acero a cada lado de la punta.

—No hace falta que os recuerde —advirtió Brown, dirigiéndose a todos y sacándome de mis pensamientos— lo delicado de la operación. Nos limitaremos a extraer la arena y a señalar a los arqueólogos cualquier cosa que encontremos, pero bajo ningún concepto cogeremos o moveremos nada de su sitio. Nuestro trabajo es despejar la zona y eso es lo único que vamos a hacer —y frunciendo el ceño añadió—: Somos unas jodidas señoras de la limpieza, así que coged la aspiradora y a limpiar, nenas.

Nos pusimos en marcha, pero vi que Brown se acercaba a mí y me cogía por el brazo.

—Ulises —dijo—, empezarás haciendo de niñera, igual que esta mañana. Pero nos iremos turnando todos, incluido tú, en la utilización de la aspiradora. ¿La has manejado alguna vez?

—Solo una, hace años, trabajando en un puerto. Pero era más pequeña y solo la usé durante un rato.

—Está bien, viene a ser lo mismo, pero esta que ves aquí es seguramente la más potente del mundo. La construyeron especialmente para nosotros y aspira diez metros cúbicos de arena por minuto. Lo que te quiero decir —recalcó, apretándome un poco más el brazo— es que tengas cuidado. Hace unos meses, uno de nuestros buceadores pasó la mano inadvertidamente sobre la boca de la manguera mientras estaba funcionando... –y añadió con gravedad–: y ahora se rasca los huevos con el codo.

Entre todos, y con sumo cuidado, bajamos la manguera hasta el fondo e, inmediatamente, se comenzó a extraer la arena a una velocidad increíble. Varios componentes del equipo fijaron en el fondo una serie de mástiles cuya función desconocía, rodeando la excavación, mientras los arqueólogos, con Cassie a la cabeza, seguían el rastro que dejaba la aspiradora, como sabuesos tras la pista de un zorro. Tal y como había hecho por la mañana, mantenía mi posición varios metros por encima de los demás, absorto en el coordinado ir y venir de submarinistas y en el progresivo desenterramiento del pecio, cuyos restos se apreciaban cada vez mas evidentes.

Me mecía entre dos aguas, concentrado en mi tarea de vigilancia, cuando percibí un ligero zumbido que provenía de mi espalda, y al girarme movido por la curiosidad me llevé un susto de muerte. A poco más de un metro de mi cara, dos enormes ojos fijos aparecieron deslumbrándome, y un par de brazos que parecían surgir de los costados de una formidable cabeza, se proyectaron hacia delante amenazándome con unas terribles tenazas. Lancé un grito inaudible que se transformó en una erupción de burbujas, y estoy seguro, que de haber estado en tierra en vez de flotando en el agua, me habría caído de culo de la impresión.

Aún tardé unos segundos en reconocer que lo que tenía delante no era ningún monstruo surgido de las profundidades dispuesto a devorarme, sino un inofensivo ROV: un sumergible dirigido a distancia equipado con focos, cámaras, sensores y un par de brazos robotizados. Seguramente –pensé al retomar el aliento-, en este mismo instante hay alguien partiéndose de risa detrás de un monitor, en la sala de control del *Midas*.

Parecía que Hutch no deseaba perderse ninguna etapa de la búsqueda, y esa era su manera de estar presente sin tener que enfundarse un traje de buceo.

Se habían organizado varios turnos de buceadores para lograr que siempre hubiera un equipo trabajando en el pecio. Brown había realizado un cuadrante en el que calculaba al minuto, según las tablas de descompresión de la U.S. Navy, el tiempo que podíamos permanecer cada uno de nosotros en el agua: cuándo comíamos, cuándo debíamos ir a dormir, e incluso sugería cuándo hacer la visita al baño.

A última hora de la tarde me llegaba de nuevo el turno de lanzarme al agua; escéptico sobre la idoneidad de proseguir la excavación a oscuras, con el riesgo de saltarnos algo importante o incluso de dañar el yacimiento. Aun así, me coloqué el traje, el estupendo chaleco de *Scubapro* que me habían prestado, me aseguré de que la batería de la linterna estuviera cargada, y con el *rebreather* a la espalda di el clásico «paso de oca» y me dejé caer al agua con el sol ya tocando el horizonte.

Cuando los otros tres componentes del grupo de las diecinueve horas estuvieron en el agua, di la señal de inmersión e iniciamos el descenso despreocupadamente. Pero un instante después, al dirigir la vista hacia abajo, no pude evitar quedar paralizado de asombro.

A mis pies, toda la extensión de la zona de trabajo aparecía perfectamente iluminada con unos potentes focos submarinos, instalados en los mástiles que había visto colocar unas horas atrás. La blanca arena del fondo refulgía mágicamente bajo las luces artificiales, mientras que en el centro del área iluminada, una buena sección del casco del malhadado navío destacaba poderosamente en su negritud, contrastando con la claridad que lo rodeaba. Por encima de éste, además, una cuadrilla de buceadores se movía bajo las lámparas como polillas atraídas por la luz, lo que le acababa de dar al conjunto una atmósfera irremediablemente onírica.

Fue una dura noche de trabajo en la que aún tuve que regresar al pecio en dos ocasiones más, coincidiendo el regreso de la última con un encendido amanecer que apenas pude disfrutar por el cansancio, mientras flotaba en la superficie de un agitado mar, camino de la plataforma de embarque del *Midas*.

Tenía unas pocas horas para dormir y prepararme para la siguiente inmersión, así que tal y como me quité el equipo, me sequé ligeramente y me dejé caer rendido en mi catre, sin que llegara a molestarme el cada vez más pronunciado vaivén del barco o los ronquidos del profesor Castillo, con quien compartía el camarote.

El despertador sonó a media mañana, y algo recuperado de la fatiga me dirigí al comedor, dispuesto a terminar con toda la provisión de mantequilla de cacahuete del barco. Allí estaban Cassandra y el profesor charlando animadamente en una mesa. Los saludé mientras paseaba la bandeja ante la barra de autoservicio y la llenaba de todo lo que pensaba que me iba a comer.

—Precisamente hablábamos de ti –dijo Cassie al acercarme.

—Qué miedo me da oír eso.

—Tranquilo, Ulises. Casi todo era bueno –se defendió el profesor.

—Ya, pero apuesto a que ese «casi» será algún episodio vergonzante debidamente exagerado.

—Solo lo justito para que nos riéramos un poco, ¿verdad? –contestó Cassie, guiñándole un ojo al profesor–. A propósito, ¿cómo ha ido la noche?

—Larga, muy larga –admití, haciendo un significativo gesto de fatiga con la cabeza.

—Si te sirve de consuelo, creo que en un par de horas habremos terminado de extraer la arena. ¿Te queda algún turno más por hacer?

—Dentro de media hora he de estar otra vez en el agua. El nitrógeno acabará saliéndome por las orejas de tanta inmersión seguida.

—Humm... ese puede ser un fenómeno curioso —repuso burlona, frotándose la barbilla en señal de interés—. Avísame cuando suceda, me gustaría tomarte un par de fotos.

—Tú ríete, que como me muera vas a tener cargo de conciencia.

—¿De qué leches estáis hablando? —interrumpió el profesor, que hasta el momento había seguido la conversación en silencio.

—¿Usted no bucea? —le preguntó Cassandra, algo sorprendida.

—Si Dios hubiera querido que el hombre buceara nos habría dotado de aletas y branquias —argumentó a modo de respuesta.

—Ya veo que no —dedujo Cassie con una media sonrisa—. ¿Se lo explicas tú o se lo explico yo?

—Haz los honores.

—Pues verá, profesor —dijo apoyándose sobre la mesa y entrelazando los dedos—, cada vez que nos sumergimos, nuestro organismo absorbe el nitrógeno y el oxígeno que hay en las botellas y, al volver a la superficie, una pequeña parte de ese nitrógeno se queda adherida a los tejidos y es expulsada del cuerpo poco a poco, con el paso de las horas. El problema —añadió— aparece cuando se realizan muchas inmersiones consecutivas, y el cuerpo no tiene tiempo suficiente para eliminar unas concentraciones de nitrógeno cada vez más altas, y éste se va acumulando.

—Y si pasa eso, ¿qué sucede?

—Pues depende de las inmersiones, el tiempo pasado bajo el agua y la profundidad a la que se haya estado. Pero puede variar desde un simple hormigueo en las extremidades, a una embolia cerebral.

El profesor Castillo se volvió en su asiento y se dirigió a mí, visiblemente alarmado.

—¿No será peligroso entonces lo que estás haciendo?

—No se preocupe, tenemos unos ordenadores de buceo que calculan exactamente el tiempo dentro y fuera del agua para que esto no pase —le aseguré, tratando de tranquilizarle.

—Espero que sepas lo que haces. Si te pasara algo, tu madre me mataría. Un par o tres de veces, por lo menos.

—Todo está controlado y, además, a partir de ahora va a ser Cassie la que se pase el día en el agua con su equipo. Así que es a ella a quien ha de pedirle que tenga cuidado. —Y admirando sus serenas facciones, agregué—: No me gustaría que le sucediera nada malo.

Cassandra jugueteaba distraídamente con la cucharilla dentro de su taza ya vacía, observando el poso del café del fondo, cuando levantó la vista un momento para sonreírme con afecto.

De nuevo bajo la luz del día, descendía hacia el pecio y, mientras lo hacía, me asombraba de lo rápido que había ido todo. Hacía menos de veinticuatro horas solo teníamos un mar de arena con escasos pedazos de madera ennegrecida asomando, y un par de imágenes virtuales de las sondas. Ahora, aparecía totalmente descubierto un costado de la nave, que asomaba milagrosamente intacto con apenas unos maderos desprendidos del casco, y una cuaderna asomando como la costilla de una ballena. Incluso para un profano como yo, resultaban evidentes a la vista la proa y la popa, en la que se insinuaba un castillo de un par de metros de altura respecto a la cubierta, que también se mostraba perfectamente definida.

Jamás había sentido una emoción tal por un descubrimiento, y comenzaba a entender la pasión que movía a arqueólogos como Cassie a pasar la vida rastreando los mares del mundo. Resultaba mágico e irreal, como estar viendo una película en el cine. No podía creerme que hubiéramos sacado a la luz un barco que pocos saben que existió, hundido en un lugar que nadie hubiera imaginado. Era —pensé en ese momento— como descubrir la tumba de un faraón egipcio bajo la Gran Muralla china.

Esta vez, aunque aún había un equipo extrayendo arena, la inmersión consistió en sacar nuevamente centenares de fotos del pecio y regresar después al *Midas*.

Al volver a la superficie, bajo un cielo encapotado y rodeados de crestas de espuma, nos esperaba Cassie en la plataforma, que se limitó a hacerse con las cámaras de fotos utilizadas y dirigirse con ellas a la sala de informática.

Mientras subía a cubierta ayudado por personal del barco, y aún con el equipo puesto, se me acercó Brown con un enorme puro en la boca.

—¿Cómo ha ido, chico? —preguntó.

—Bien, muy bien. Ya tenemos un costado a la vista y totalmente fotografiado.

—Genial —repuso, dándome una palmada en el hombro—. El señor Hutch me ha pedido que te informe de que tenemos una nueva reunión a las doce cero cero horas —y se dio la vuelta para marcharse.

—Un momento —le dije agarrándolo del brazo—. Quería preguntarle una cosa.

—Dispara.

—¿Quién maneja el ROV desde el barco?

—Suele hacerlo Rakovijc. ¿Por qué lo quieres saber?

—No, por nada. Pura curiosidad —y me quedé pensando en que el señor Rakovijc, «la sombra», como lo llamaban a escondidas algunos miembros de la tripulación, parecía tener un sentido del humor algo peculiar.

Me quedé dormido en mi catre, resultado de las horas de sueño perdidas durante la noche, y al descubrir que pasaban diez minutos de las doce salí del camarote casi tropezando y llegué a la sala de reuniones a la carrera, donde todos se volvieron al verme entrar. Intenté escabullirme balbuciendo una disculpa mientras tomaba asiento junto al profesor; aunque, aun así, adiviné una mirada reprobadora en John Hutch, a quién era evidente que no le había hecho ninguna gracia mi impuntualidad.

—Puede proseguir, señorita Brooks —dijo seguidamente, dirigiéndose a Cassandra, quien se hallaba de pie junto a la pantalla de la pared.

—Pues como iba diciendo —indicó con su suave acento mexicano, al tiempo que se volvía y señalaba con el índice la nueva composición fotográfica del pecio—, tenemos a la vista la práctica totalidad del costado de estribor. Pudiendo constatar que se halla en un asombroso estado de conservación a pesar de todos los siglos que lleva ahí hundido. Suponemos —prosiguió con tono profesional— que pudo hundirse a causa de una tormenta, pues a primera vista no aparecen rastros de colisión con un arrecife, y que esa misma tormenta lo cubrió de arena de inmediato, hecho que lo habría aislado de la acción de los microorganismos que suelen acabar con la madera de los pecios.

—¿Y no han aparecido objetos personales o artículos del barco mientras sacabais la arena? —preguntó el profesor, saliendo de su habitual timidez durante las reuniones—. Porque a mí, al menos, no me ha llegado ninguno.

—Aún no, pero no es extraño. Al hundirse el barco, los objetos más densos como armas, monedas o cerámicas que salieran despedidos, caerían en la arena, y poco a poco se irían hundiendo en el lecho marino, por lo que es posible que se hallen enterrados a un nivel más profundo que el propio barco.

—Bien —dijo Hutch, zanjando el asunto—, en ese caso, si la señorita Brooks no tiene objeciones, pasaremos a la fase de recuperación —y se puso en pie, colocándose al otro lado de la enorme televisión—. Esta tarde, su equipo cortará una sección del casco de un metro cuadrado aquí mismo, donde suponemos que se encuentra la bodega principal —expuso, señalando un punto de la masa oscura del pecio—. Instalaremos un marco de protección en la abertura para evitar que se fracture, e introduciremos por ella el ROV con una cámara.

Se volvió hacia su auditorio con expresión satisfecha.

—Señores —invitó por último, con un brillo de codicia en los ojos—, vamos a averiguar qué nos ha traído Santa Claus.

11

El ambiente de nerviosismo se había extendido a toda la tripulación. En el comedor del *Midas* solo se veían miradas inquitas, y entre ellas, por supuesto, la mía. A pesar de la dura jornada de trabajo del día anterior, y de las que presumiblemente nos quedaban aún por delante, apenas probé bocado. La inquietud y la ansiedad me atenazaban, aunque en eso tampoco era el único; ni el profesor, ni el capitán Preston, que se hallaba sentado frente a mí, habían tocado la comida desde que se habían sentado.

−¿Es normal este ambiente, capitán? −le pregunté.

−Solo justo antes de iniciar una recuperación −contestó, ensimismado−. Lo peor es siempre la incertidumbre. Una vez sepamos lo que se esconde en esa bodega, sea bueno o malo, las cosas estarán más tranquilas.

−¿Y usted qué opina? −preguntó esta vez el profesor.

−Pues opino que lo mejor es no opinar. Ya llevo los suficientes años en esto para saber que puede pasar cualquier cosa − hizo una pausa fijando la vista en el techo−. Recuerdo que hace ocho años dimos con lo que parecía ser un barco pirata del siglo XVII cargado de plata robada a los españoles, en aguas territoriales de Cuba. Llegamos a un acuerdo con el gobierno de Castro para repartirnos el botín a medias y, tras meses de investigación y una semana de dura búsqueda en la que incluso perdimos a un hombre, en el preciso momento en que izábamos a bordo la primera pieza, apareció una fragata cubana a cañonazo limpio y tuvimos el tiempo justo para recoger a los submarinistas y salir echando leches.

−¡No fastidie! ¿Y se quedaron sin nada?

−Sí, con una bombarda de bronce recubierta de coral. Quizá la hayan visto, está junto a la entrada de la *Hutch Marine*

Explorations –y con una mueca, añadió–: Ahora es un macetón para las rosas.

No pude evitar sentir cierta simpatía ante el estoicismo de viejo marinero del capitán, y entonces recordé que había algo que quería preguntarle desde el día anterior.

–Disculpe mi ignorancia, capitán. Pero ¿podría explicarme cómo es posible que el barco se mantenga siempre fijo en una posición, sin estar anclado al fondo?

–Bien... veo que te has dado cuenta. No todo el mundo lo hace –dijo, alzando las cejas–.¿Quieres la explicación corta, o la larga?

–Probemos con la corta

–Brujería

–Vale –admití–. ¿Y la larga?

–Este barco –explicó con patente orgullo–, como seguro que habrá tenido oportunidad de decirte John al menos una vez, posee lo último de lo último en tecnología naval: Sistemas de Posicionamiento Global de alta precisión, MSE, radares activos y pasivos, RILF, y lo más moderno de la *Rytheon* en sistemas de detección, sónar y seguimiento. Estamos mejor equipados que cualquier barco de guerra del mundo; pero lo que me hace sacar pecho –dijo, sentándose muy recto en la silla– es el Sistema de Posicionamiento Dinámico o SPD. Utilizando la información adquirida por el GPS, el ordenador central del *Midas* sabe en cada momento en que coordenadas se encuentra la nave, con un margen de error de unas pocas pulgadas. Entonces, el ordenador envía los datos a un conjunto de pequeñas hélices dispuestas en la quilla, y por medio de ellas, mantiene el barco aparentemente estático, adaptándose a los vientos o corrientes sin que importe jamás la profundidad que haya bajo nosotros, y sin preocuparnos de que garree el ancla en el momento más inoportuno.

–No tenía ni idea de que eso pudiera hacerse –confesé, boquiabierto.

—La tecnología no es nueva —aclaró el capitán, como quitándole importancia—, pero nosotros la hemos llevado a su máxima eficacia. Como ya te he dicho —repitió ufano—, este quizá sea el barco más avanzado del mundo.

Tras el frugal almuerzo, el equipo arqueológico, con Cassie a la cabeza y acompañados de otros tres submarinistas, abandonaron el *Midas* para hundirse lentamente en un mar encrespado, dejando atrás una estela de burbujas de aire. Seguidamente, y ayudados por la grúa de babor, el resto de los submarinistas dejamos caer al agua al ROV *Phantom IV* de la *Deep Ocean Engeneering*. El mismo que el día anterior me había dado un buen susto.

En cuanto dejé de ser útil en cubierta, corrí a la sala de control desde donde se manejaba el ROV y me encontré con una pequeña habitación atestada de gente. El capitán Preston, Brown, el profesor, un par de submarinistas, Rakovijc y, por supuesto, Hutch, intentando ver a través del monitor que enviaba las imágenes del robot submarino. Tal y como me había dicho Brown, era Rakovijc el que lo guiaba, usando un sencillo joystick instalado en una caja metálica llena de botones y atornillada frente a la pequeña televisión de quince pulgadas que, amén de imágenes en color, mostraba la velocidad, rumbo, profundidad y posición del aparato.

Los focos del ROV se encendieron al llegar a los diez metros de profundidad, sorprendiendo a una pequeña sepia que en ese momento pasaba por delante. Cuando el robot llegó al pecio, los submarinistas ya estaban allí, perforando un par agujeros en el casco con una taladradora e introduciendo por los mismos unos garfios extensibles terminados en una especie de asa. Sin perder un momento, sacaron de una bolsa otro par de herramientas, esta vez sierras mecánicas. Con los ojos llenos de asombro, descubrí cómo aplicaban ambos instrumentos a una zona del caso marcada al efecto, y en menos de cinco de minutos ya estaba hecho un agujero cuadrado de aproximadamente un metro de lado y retirada la sección de madera «recortada» usando las asas que acababan de instalar. Observé cómo Cassie, inconfundible por su coleta rubia, no dejaba de prestar atención a cada movimiento de sus compañeros, que regularmente se giraban hacia ella buscando su aprobación. Ésta se acercó al boquete recién practicado, comprobó los bordes con la mano y les hizo una señal a los buzos, que se aprestaron a instalar unos marcos extensibles de aluminio en la abertura, encajándolos con precisión.

Cuando la operación finalizó satisfactoriamente, se hicieron todos a un lado y Cassie le hizo la señal del okey a Rakovijc a través de la cámara, quien lentamente dirigió al ROV hasta situarlo frente al hueco por el que debía introducirlo. Todos los que estábamos en la sala de control, contuvimos la respiración en el momento en que Rakovijc empujó hacia delante el joystick y el robot se introdujo en la negrura del barco muerto y enterrado hace siglos, sumergiéndonos a todos con él en la misteriosa oscuridad de sus entrañas.

Las luces frontales del aparato mostraron un estrecho espacio por entre el que apenas podía maniobrar. Avanzaba con parsimonia, en paralelo al casco, y difícilmente podía distinguirse nada relevante, solo mamparos de madera y, abajo, algo así como centenares de piedras redondas amontonadas.

—Esas piedras son el lastre del barco —susurró Hutch, como leyéndome el pensamiento—. Ahora debemos buscar la escotilla que nos lleve a la bodega de carga.

El ROV siguió avanzando con desesperante lentitud hasta que frente a él, cerrándole el paso, apareció lo que parecían ser una serie de barrotes de madera.

—Una escalera... —indicó, con contenido entusiasmo.

Al principio no comprendí, pero al desplazarse la imagen hacia la derecha, me di cuenta de que los supuestos barrotes no eran tales, sino los peldaños de una escalera que no había identificado al verla en posición horizontal.

El robot siguió moviéndose hacia la derecha, hasta enfocar la abertura de salida de la escotilla, que estaba abierta. Salió por ella y llegó a una sala más amplia, iluminada tenuemente por una luz que no había hecho acto de presencia en ese lugar desde cientos de años atrás. El ROV, entonces, giró sobre sí mismo hasta encarar una pequeña puerta de madera, que al ser enfocada más de cerca con el zoom de la cámara reveló estar cerrada con un grueso candado cubierto de óxido.

—¡Ahí es! —exclamó esta vez Hutch, ya sin poder contener la emoción—. Dirígete hacia esa puerta.

El ROV avanzó esta vez más rápido, como respondiendo al entusiasmo de su dueño; que no al de su piloto, quien no había dado la más mínima señal de agitación mientras el resto apretábamos los puños, sudábamos a chorros, y los corazones nos bombeaban la sangre al doble de velocidad de lo normal. Al llegar frente a la puerta, y cuando estaba a punto de preguntar cómo demonios íbamos a pasar por ahí, vi aparecer una de las tenazas metálicas del ROV en la parte derecha de la pantalla, que con un ágil movimiento agarró el candado entre sus pinzas. A continuación, fue el brazo izquierdo el que apareció, apoyándose en el marco de la puerta, y autorizado por un leve asentimiento de cabeza de Hutch, Rakovijc maniobró los controles y la cerradura se hizo añicos bajo la presión. Cuando se aposentaron ligeramente los restos de astillas que nublaban el campo de visión, el ROV empujó lo que quedaba de la puerta, cruzando el umbral de la misma e iluminando con los focos su interior.

Una exclamación ahogada se trabó en las ocho gargantas y solo el profesor, al cabo de unos momentos, fue capaz de emitir un tímido balbuceo.

—No, no puede ser...

12

Pese a lo confuso de la imagen, se distinguían claramente cubriendo todo el campo de visión una enorme y desordenada cantidad de piezas de hierro de uso civil y militar de siglos atrás: hoces, arados, hojas de hachas, espadas, armaduras, cascos y cientos de otros útiles corroídos, amontonados sobre el costado de la bodega en un caos tan absurdo como cierto.

Habíamos dado con un importante hallazgo arqueológico, un barco de carga hundido, perfectamente conservado y rebosante de útiles de la época. Pero definitivamente, no era el que esperábamos encontrar.

Como prueba irrefutable de ello, en la esquina inferior derecha de la pantalla aparecía lo que sin lugar a dudas era un pesado arcabuz. Un arma de fuego muy posterior a la época de los Templarios.

Todos los presentes en la sala de reuniones manteníamos la mirada baja, abatidos por la decepción de unas horas atrás: Clive Brown masticaba un puro apagado en el que parecía descargar toda su tensión; Cassandra recorría con la vista las vetas de madera de la mesa; el capitán Preston, con el que crucé una mirada, alzó las cejas, esbozando una amarga sonrisa como un alusivo «ya te lo advertí». Hutch, con Rakovijc sentado a su diestra como una estatua de sal, releía concentrado, por segunda o tercera vez, el breve informe que Cassie le había entregado minutos atrás; y el profesor Castillo, mientras tanto, estudiaba con una lupa la fotografía digital que mostraba la última imagen tomada por el ROV en la bodega del pecio.

—No cabe ninguna duda —confirmó abatido, rompiendo el tenso silencio—, se trata de un arcabuz de pedernal, probablemente español, del siglo XVI o XVII —levantó la vista hacia Hutch y agregó—: A pesar de la herrumbre es perfectamente identificable, lo que descarta totalmente que este sea un barco templario de principios del mil trescientos.

—Entonces, ¿está totalmente de acuerdo con el informe preliminar de la señorita Brooks? —preguntó Hutch.

—Así es —certificó el profesor, asintiendo con la cabeza.

—Bien, bien... —bufó, estirando la mandíbula y girando el cuello de lado a lado para descargar la rigidez acumulada, tras lo cual, volviendo a fijar la vista en el documento que tenía frente a sí, preguntó en voz baja—: ¿Alguien tiene alguna teoría que explique lo que ha sucedido?

Por supuesto, todos nos quedamos en silencio, sin tener la más remota idea de por qué habíamos fracasado. Todos los indicios habían apuntado en la misma dirección, solo nos faltaba el mapa del tesoro con una equis marcando el lugar. Pero incomprensiblemente, el tesoro no estaba allí y, en cambio, teníamos otro barco hundido que nos había dejado más confundidos y decepcionados que si no hubiéramos hallado nada bajo la arena. Irónicamente, en otras circunstancias, nuestro descubrimiento habría sido celebrado con champán y felicitaciones mutuas, pero todos teníamos en mente una bodega repleta de oro, plata y joyas; y encontrar en su lugar otra con aperos de labranza y espadas oxidadas nos había hundido en el más absoluto desaliento.

—¿No podría ser —sugerí tímidamente— que, simplemente, el barco que buscamos esté fuera del área que hemos rastreado, o que nos lo hayamos pasado por alto?

—Con el equipo que tenemos —explicó Hutch, calmadamente—, lo segundo es imposible. Cualquier objeto ferroso enterrado bajo la arena lo habríamos detectado; y respecto a que esté fuera del área de búsqueda, es posible, aunque poco probable. Un bajel de madera cargado hasta los topes no recorre varias millas mientras se hunde. Y si la campana que encontraste —añadió, retrepándose en su asiento— cayó al agua por alguna otra razón, el jodido barco puede encontrarse en cualquier parte del Caribe, si es que realmente llegó a hundirse.

—¿Y no valdría la pena ampliar un poco el área de rastreo, por si acaso? —insistí.

—Ulises —repuso, removiéndose impaciente en su asiento—, los cálculos de deriva en función de los vientos y corrientes son concluyentes. No tiene sentido prolongar la búsqueda de un pecio que no estamos seguros de que exista, en un lugar que no podemos situar.

—Aun así, yo creo que...

—¡Señor Vidal! —me interrumpió bruscamente, ahora visiblemente molesto—. ¿Por qué cree que realizamos las operaciones trabajando veinticuatro horas al día? Poseo el mejor barco, la mejor tecnología, y a los mejores especialistas en recuperaciones marinas, pero todo ello supone un altísimo coste por cada día de trabajo —y apoyándose en la mesa se inclinó hacia mí, frunciendo el ceño—. Perder una semana me resulta muy caro. Perder un mes sería mi ruina. ¿Comprende lo que le digo?

—¡Claro que lo comprendo! —repliqué, irritado por su tono—. ¡Pero ahí abajo tiene un pecio de hace cuatrocientos años, no han sido unos días perdidos! —rebatí, señalando al suelo—. ¡Y no prolongar la búsqueda unos días más, estando ya aquí, sería una verdadera estupidez!

John Hutch se levantó de su sillón, rojo de ira, y por un momento pareció que iba a estallar... pero finalmente se contuvo; volvió a sentarse muy despacio y tras cerrar los ojos por unos instantes, más calmado, volvió a dirigirme la palabra aún con un rastro de furia asomando en su mandíbula crispada.

—Soy un buscador de tesoros profesional, seguramente el mejor del mundo, y no un chatarrero o un anticuario. No tengo porqué discutir mis decisiones con usted. De hecho, ni siquiera sé por qué está en esta sala... —respiró hondo y se dirigió al resto de los reunidos—. Así que si nadie tiene nada más que añadir...

—Yo estoy de acuerdo con Ulises —declaró firmemente una voz femenina.

Hutch, incrédulo, se volvió hacia Cassandra, que lo encaraba desafiante.

—Sinceramente, señorita Brooks, me importa una mierda lo que usted opine. Esto no es una democracia; esta es mi empresa, mi barco y mi operación y, por lo tanto, las decisiones las tomo yo. Y digo que nos vamos. Señor Brown —dijo, mirando al jefe de buceadores—, tiene hasta el mediodía de mañana para recoger todo el equipo del fondo, partiremos a las catorce horas. Fin de la reunión.

Entonces se puso en pie bruscamente y salió por la puerta sin mediar palabra, seguido de cerca por Rakovijc, quien, por primera vez, me miraba directamente con sus fríos ojos grises... y no de una manera amistosa, precisamente.

El portazo que dieron al salir hizo retumbar la sala , pero antes de que se apagara el eco, se escuchó claramente la voz de Cassandra.

—Pendejo... —masculló entre dientes, mirando ceñuda la puerta que se acababa de cerrar.

Tenía frente a mí la puerta gris del camarote número seis, que apenas sonó cuando golpeé los nudillos contra su plancha de acero.

—¿Sí? – preguntó una voz al otro lado.

—Soy yo, Ulises.

—Pasa, está abierto.

Empujé la pesada puerta y me encontré a Cassie tumbada en su litera, con unos pantalones cortos y una ajustada camiseta de tirantes. Tenía un libro entre las manos, y en los oídos los pequeños auriculares de un mp3 que se apresuró a desconectar.

—Espero no molestarte —dije, por puro formulismo.

—En absoluto. Tú no eres ninguna molestia.

—¿Qué escuchabas?

—Algo de jazz, me ayuda a relajarme. Pero siéntate mano, no te quedes ahí –dijo, señalándome el sillón de ruedas de su escritorio.

—¿Estás bien? –pregunté, mientras acercaba el asiento a su cama y me sentaba–. No te he visto durante la cena.

—No quería tropezarme con Hutch –aclaró, poniendo cara de asco–, no fuera que me cayera mal la comida.

—Bueno, yo, por si caso, te he traído algo de fruta –le dije sacando las manos de los bolsillos con una manzana y una naranja.

—Eres un sol, Ulises –dijo estampándome un beso en la mejilla y dejando la fruta sobre la mesita de noche–. Y dime, ¿qué te trae por mi humilde morada? –preguntó tumbándose de nuevo en la cama.

Estaba realmente hermosa, con el cabello despeinado sobre los hombros, un rostro limpio de maquillaje, y una franca e intensa mirada, que de no estar sentado me habrían hecho flaquear las piernas.

—La verdad –contesté algo turbado, temeroso de que pudiera leerme el pensamiento– es que me siento culpable por lo que ha sucedido en la sala de reuniones. La he liado yo, y tú has acabado pagando el pato.

—¿De qué pato hablas? –preguntó arrugando la frente.

—Quiero decir, que por mi tozudez has tenido un enfrentamiento con Hutch, y lamentaría mucho que tuvieses un problema mi culpa.

—Pues laméntalo menos, porque no pienso trabajar más con ese hijo de la chingada. No es la primera vez que pasa algo así, y ya me fregó demasiado –estiró el brazo y puso la mano sobre mi pierna–. Así que tranquilo, de cualquier modo lo iba a mandar al diablo un día de estos. Soy una arqueóloga, no una ladrona de tumbas.

—No imaginaba que tuvieras ese dilema moral.

—¿Cómo no voy a tenerlo? A Hutch, como ya te habrás dado cuenta, solo le interesa el oro. No siente ningún remordimiento por destrozar un pecio único, si cree que ello le reportará algún beneficio, y a mí me utiliza solo como medio para lograr sus objetivos lo más eficazmente posible, no porque le importe un carajo la arqueología submarina.

Ambos guardamos silencio, y yo cavilaba sobre si pensaría lo mismo de mí, ya que, al fin y al cabo —pensé—, para qué me iba a engañar, también había llegado hasta ese barco empujado por la codicia.

—¿Y ahora que harás? —pregunté al cabo.

—¿Qué quieres decir? ¿Con mi vida?

Asentí.

—Ni idea, güey. Y, la verdad, nunca me he preocupado mucho por el futuro. Me limito a hacer lo que me parece bien en cada momento, y lo que tenga que venir, ya vendrá.

Definitivamente, esa chica me gustaba cada vez más.

—¿Te apetecería echar un vistazo al lugar donde encontré la campana, antes de que nos marchemos? —sugerí, cambiando de tema—. El arrecife es espectacular, y mañana tenemos el día libre.

—¡Órale! Hace mucho que no buceo solo por gusto —y poniéndome de nuevo la mano en la pierna, añadió—. ¿A qué hora quedamos?

Por primera vez desde que partimos de Florida, el cielo mostraba un azul libre de cualquier rastro de nubes. Parecía como si el mar Caribe se alegrara de que dejáramos de hurgar en sus tripas y nos largáramos de una vez. La superficie del agua también se mantenía totalmente mansa y a lo lejos, hacia el sur, incluso se intuía la oscura forma del Pico Bonito, ya en la costa hondureña. Aún no eran las nueve de la mañana y la temperatura resultaba agradable, pero un sol cada vez más alto en el horizonte y la ausencia total de viento hacían presagiar un día de genuino bochorno tropical.

Estaba montando mi equipo cuando apareció Cassandra cargando el suyo, con un sugerente bañador y una sonrisa en la comisura de los labios.

—Buenos días.

—Buenos días —contesté, intentando no babear—. ¿No vas a ponerte el neopreno?

—Hoy no, me apetece ir así. ¿Es que no te gusta mi traje de baño? —preguntó con picardía.

—Ya lo creo que me gusta —aseguré azorado.

Cassie lanzó una sonora carcajada al ver cómo me ruborizaba.

—Vaya, me alegra ver que no soy la única a quien le suben los colores.

Seguimos bromeando, mientras acabábamos de ajustar las botellas a los chalecos e instalábamos los reguladores.

—Lo malo es que vamos a tener que nadar un poco en la superficie, el arrecife está algo retirado —comenté cuando ya estaba todo preparado, mientras me colocaba el ordenador de buceo en la muñeca.

—¿Cómo de retirado?

—Pues una media milla en esa dirección —dije, señalando hacia el este con la mano.

—Vaya... —reflexionó Cassie, frotándose la barbilla—, espera un momento, tengo una idea. Tú espera aquí —y se marchó a toda prisa.

Dos minutos más tarde apareció con dos maletas de plástico negro, tumbándolas cuidadosamente en el suelo y abriendo una de ellas para mostrarme su contenido.

Envuelta en una espuma gris que se adaptaba a su forma, había un pequeño mando analógico unido a una hélice de unos veinte centímetros de diámetro, y un cilindro negro del tamaño de una lata de cerveza de medio litro con el sello de *Advanced Diving Technology*.

—¿Qué demonios es esto?

—Es un SIP, un Sistema Integrado de Propulsión. Es como un torpedo de buceo, pero que se engancha en la botella de aire; así te deja las manos libres para hacer lo que quieras y no tienes que estar cargando continuamente el armatoste de arriba abajo, sin saber qué hacer con él cuando se le acaba la batería, además —añadió—, pesa menos de cinco kilos y se controla con un solo dedo, con este mando de aquí. Es lo último en tecnología de buceo, y a Hutch le han costado una pequeña fortuna, pero tú y yo —dijo mirándome maliciosamente— nos los vamos a llevar a dar un paseo.

Una vez en el agua, un ligero zumbido producido por las pequeñas hélices turbaba el natural silencio reinante bajo el agua. A mi izquierda avanzaba Cassie, llevando en la mano derecha un pequeño detector de metales que había insistido en traer «por si acaso». Dejándonos llevar por el impulso del motor eléctrico, atravesamos una yerma extensión de arena blanca, en dirección al arrecife que aparecía frente a nosotros. Habíamos sorprendido, semienterrada en la arena, a una pequeña raya que salió disparada en cuanto pasamos por encima, y un cardumen de miles de minúsculos pececitos plateados nos acompañó durante un buen rato, formando un centelleante anillo viviente a nuestro alrededor.

Conforme nos acercábamos a la masa de coral pensaba que, irónicamente, la aventura de la búsqueda del barco templario iba a terminar justo en el mismo lugar donde había comenzado semanas atrás.

Nos dedicamos a curiosear entre los corales con forma de gigantescos cerebros, perseguimos a un pobre pulpo hasta que nos echó la tinta encima y jugueteamos con una tortuga carey que se había acercado al lugar para desparasitarse. Los arrecifes coralinos suelen ser los lugares donde la explosión de vida del océano y su infinita variedad de formas y colores alcanzan su máxima expresión. Además, este en concreto, al hallarse rodeado de una estéril llanura de arena, me recordaba a los oasis de la sabana africana, donde buscando alimento y refugio se reunían todas las especies de los alrededores, incluidas presas y depredadores.

Observaba divertido a Cassie, viendo cómo intentaba hacer salir de su escondite a una recelosa langosta, cuando percibí por el rabillo del ojo una sombra moviéndose rápidamente hacia nosotros, y apenas tuve tiempo de volverme para ver cómo un enorme tiburón toro se nos echaba encima.

Me lancé sobre Cassie lo más rápidamente que pude intentando protegerla, pero, aun así, mis movimientos parecían desarrollarse a cámara lenta, y la mexicana, que no había visto aún al escualo, solo vio que me abalanzaba sobre ella sin previo aviso, por lo que extendió los brazos para protegerse mientras me clavaba la rodilla en el estómago y se impulsaba hacia atrás con el sobresalto pintado en sus ojos. Aunque eso no fue nada comparado con la expresión de pavor que mostró cuando el tiburón, tras rozar mi botella de aire, paseó sus buenos cuatro metros de longitud a pocos centímetros de su máscara.

Cassie, a pesar del susto inicial, se rehízo rápidamente y cuando de nuevo llegué a su altura, tomó la iniciativa e inteligentemente me señaló un pequeño saliente coralino donde podríamos tener las espaldas cubiertas.

Jamás había sufrido un ataque de tiburón tan injustificado –pensaba, mientras nadaba rápidamente hacia la relativa protección que brindaba del arrecife–. Aunque es sabido que un tiburón toro adulto produce la misma testosterona que un elefante macho en celo, también lo es que en muy raras ocasiones atacan a los submarinistas, y mucho menos de una manera tan directa. Además, en ese mismo arrecife, en varios meses de trabajo tan solo había visto unos pocos tiburones de puntas blancas, y nunca me habían causado la menor complicación. Pero, en fin, todo eso era ahora lo de menos, el problema inmediato pesaba cuatrocientos kilos y tenía una par de sierras mecánicas como dentadura. Y lo peor es que no veía dónde diablos se había metido.

Nos mantuvimos pegados a la pared, expectantes, pero sabíamos que tarde o temprano tendríamos que movernos. El tiburón podía esperar indefinidamente, nosotros no.

Al cabo de un par de minutos de absoluta quietud, con todos los sentidos alerta, decidí aventurarme un poco asomándome por encima de la repisa que nos cubría, ya que el tiburón no daba señales de vida y quizá se hubiera marchado de la misma forma que vino. Me di la vuelta, encarando a Cassie, que me agarró de la mano con fuerza, sin saber lo que pretendía hacer yo. Con gestos le di a entender que iba a echar un vistazo y que necesitaba que vigilara mi espalda, hizo la señal de okey al comprender mis intenciones y, con el corazón desbocado, me impulsé ligeramente hacia arriba.

Lo que sucedió entonces podría resumirlo como una mezcla de sorpresa, confusión y pánico.

Nada más asomarme, la imagen que me encontré a un palmo de mi nariz fue la de una enorme boca abierta, con varias hileras de dientes como cuchillos que se proyectaban hacia fuera con la intención de cerrarse sobre mi cabeza. Afortunadamente, mantenía aún agarrada la mano de Cassandra, y me serví de ella para impulsarme de nuevo hacia abajo, dando un tirón con todas mis fuerzas; llegando a oír justo sobre mi nuca el terrorífico chasquido de unas enormes fauces cerrándose con violencia. El monstruoso animal pasó de nuevo rozando nuestras cabezas y vimos cómo, tras alejarse una veintena metros, giraba sobre sí mismo y lenta, pero decididamente, se dirigía hacia nosotros con sus amenazadoras mandíbulas entreabiertas.

Era una situación crítica. Estábamos atrapados contra una pared de coral, pero si salíamos a aguas abiertas estaríamos a su merced, aunque es algo que tendríamos que hacer antes de que se nos acabara el aire... si es que sobrevivíamos hasta entonces. Me volví hacia Cassandra, esperando poder disculparme de alguna manera por haberla metido en aquella situación, e hice lo único que se me ocurrió en ese momento. Saqué el pequeño cuchillo de buceo que llevaba atado al tobillo, y sin pensarlo, me hice un corte en la palma de la mano. Luego salí de nuestro precario refugio, confiado en que mi presencia y el sabor de la sangre atrajeran al escualo, dándole así una oportunidad de escapar a Cassandra. Miré por última vez a Cassie, haciéndole un estúpido gesto con la mano de que no se preocupara, mientras me alejaba hacia el otro lado del arrecife, llevándome al enorme tiburón tras de mí.

«No voy a ponértelo fácil, cabrón» pensé, y conectando el SIP a máxima potencia, me dirigí a una pequeña abertura del arrecife, cerca del lugar donde, parecía que en otra vida anterior, había encontrado la campana que me había llevado hasta aquella situación. Buscaba febrilmente, mientras alcanzaba el lugar, algún trozo de hierro o cualquier otra cosa que pudiera utilizar como arma pero, irónicamente, todo el celo que habíamos puesto los buceadores de Utila en mantener aquella zona libre de cualquier tipo de basura se había vuelto en mi contra, y quizá me iba a acabar costando la vida.

El tiburón toro estaba ya a pocos metros de mí, presumiendo de dentadura y con el lomo encorvado, señal inequívoca de que se preparaba para atacar. Justo en ese instante, alcancé la pequeña oquedad en que había pensado refugiarme, pero debido al aparato de propulsión que llevaba amarrado a la botella de aire, me quedé atascado con medio cuerpo fuera, dejando las piernas a merced del tiburón. Obviamente, así no podía quedarme, y no tenía tiempo de separar los anclajes del SIP; así que, con la destreza que da la experiencia, me deshice del equipo completo en un santiamén. Dejé la botella y el chaleco en el exterior, y llevándome conmigo tan solo el extremo del regulador, que me conectaba con mi reserva de aire, me empotré en la estrecha abertura rogando para que al mal bicho no le diera por llevarse la botella.

Confiaba en que Cassandra se hubiera puesto a salvo, pues la situación había pasado de castaño a oscuro. Ahora veía al tiburón dar vueltas a pocos metros de mí, pensando sin duda en cómo hincarme el diente. La sangre que brotaba de la palma de mi mano y lo vulnerable de mi situación me aseguraban que el animalito no se iría fácilmente, así que, o me las ingeniaba para asustarlo, o acabaría convertido en casquería surtida.

Mi pequeño cuchillo era totalmente inútil ante un animal como aquel, y las aletas de buceo no me parecieron un arma lo bastante intimidatoria. Solo me quedaba pues, la botella, el chaleco de buceo y el SIP; así que dándole vueltas a la cabeza desesperadamente, se me ocurrió una idea, tan absurda como improbable. Saqué medio cuerpo por la abertura, y tomando el regulador de mi boca, así como el de emergencia, desafié al tiburón a que viniera por mí. Éste, sin dudarlo, me enfiló nada más verme aparecer, exhibiendo sus aterradoras fauces. Esperé, conteniendo el miedo, a que estuviera lo bastante cerca, y entonces conecté el SIP apretando los purgadores de mis dos reguladores al mismo tiempo, provocando una nube de burbujas de aire que la pequeña hélice empujó contra el escualo. Para mi asombro –aún cuando mi vida dependía de ello–, el animal se paralizó primero y, seguidamente, receloso de un extraño ser que lanzaba chorros de aire comprimido, optó por buscar un bocado menos problemático y, dándose la vuelta, osciló con desprecio su aleta caudal y desapareció tal y como había venido, diluyéndose en el azul profundo del océano.

Sin perder un instante, me volví a colocar el equipo y me dispuse a dirigirme hacia donde había dejado a Cassie, y cuál no fue mi sorpresa al comprobar que era ella la que me estaba buscando a mí. Lejos de esconderse o salir huyendo, había decidido arriesgar su vida tratando de ayudarme. Eso daba una idea del tipo de persona que era.

Al encontrarnos de nuevo, nos fundimos en un subacuático abrazo de alivio, situándonos, luego de asegurarnos de que estábamos ambos de una pieza, de rodillas sobre el fondo, tratando de relajarnos.

Entonces, la mano de Cassandra me agarró fuertemente el brazo, y reaccioné mirando rápidamente en todas direcciones, imaginando que el monstruo volvía a la carga. Pero no, cuando me volví hacia ella inquisitivamente, la descubrí fijando toda su atención en la parpadeante luz roja del detector de metales, que inerte, colgaba aún de su muñeca.

Justo donde había estado a punto de ser devorado por el tiburón, el detector señalaba que, oculto entre el coral, se ocultaba un objeto ferroso de gran densidad. Dada la cercanía del lugar donde hallé la misteriosa campana, supuse inmediatamente que se trataba de algún objeto relacionado con la misma, y también Cassandra debió llegar a la misma conclusión porque, agarrando firmemente el aparato, lo calibró al máximo y se dispuso a rastrear la zona palmo a palmo, concentrada en la pequeña lucecita, como si ya no se acordara en absoluto de lo que acabábamos de pasar.

Desde que desenterré la campana de bronce no había vuelto allí. No se me había ocurrido que pudiera haber algo más de interés en los alrededores, pues llevaba meses guiando a submarinistas en ese mismo lugar, y nunca había visto nada inusual en todo el arrecife. Así que, cuando vi a Cassie palpar la superficie con la mano, sacar su cuchillo de la funda y escarbar con fuerza para, tras unos instantes de forcejeo, extraer de la hendidura un pequeño trozo de coral que observó con gran interés, me quedé estupefacto.

Y qué decir cuando, tras arrancarle algunas incrustaciones, me lo acercó a la cara y vi ante mí, aunque algo deformado, lo que a todas luces parecía un ancho anillo de oro con un notable engarzado hecho del mismo material.

13

Ya habíamos consumido tres cuartas partes del aire de las botellas, asegurándonos que no había ningún otro objeto en los alrededores, cuando emprendimos el regreso al *Midas* con los SIP a la máxima potencia. Alcanzamos la nave en diez minutos, y nos ayudamos mutuamente a subir a la plataforma de popa ante la mirada reprobatoria de Brown, suponiendo éste, acertadamente, que el equipo que llevábamos a la espalda no nos había autorizado Hutch a utilizarlo. Pero antes de que pudiera decir una palabra, le relatamos nuestro peligroso encuentro con el escualo, a lo que inmediatamente respondió enviando un equipo con pértigas anti-tiburones al pecio, donde aún quedaban algunos submarinistas.

Mientras desmontaba mi equipo aparentando una calma que no sentía, rememoraba intrigado el episodio del tiburón toro, haciendo a Cassie partícipe de mi extrañeza.

−No tiene ningún sentido, los tiburones solo atacan de ese modo en las películas baratas −dije, mientras aclaraba con una manguera los equipos que acabábamos de utilizar−. Parecía que viniera a por nosotros el muy desgraciado.

−Verás, creo que la culpa ha sido mía

−¿Tuya? ¿Por qué?

−Mira... −dijo, al tiempo que se daba la vuelta, señalándose el trasero.

Un fino hilillo de sangre recorría su pierna derecha, partiendo de lo que parecía ser un pequeño corte en la nalga, justo donde terminaba el bañador.

−¿Cómo te lo has hecho?

−No estoy segura. Creo que fue mientras jugueteábamos con la tortuga; debí cortarme con un coral y no me di ni cuenta.

—Entonces eso lo aclara todo, esos bichos huelen una gota de sangre a kilómetros.

—Tienen buen olfato, los cabrones. La próxima vez me enfundaré el neopreno para protegerme, por muy caliente que esté el agua. Y a propósito —dijo tomándome la mano y mirándome con lo que parecía sincera admiración—, eso que hiciste ahí abajo fue muy estúpido, pero también muy valiente. Jamás lo olvidaré.

Y poniéndose de puntillas me dio un húmedo, breve, y tierno beso en los labios.

Una vez puesto el material a secar, nos dirigimos raudos a la habitación que compartíamos el profesor y yo —haciendo de camino, eso sí, una parada en la enfermería para colocarle un apósito a Cassie y desinfectar la herida, y ponerme a mí unos cuantos puntos de sutura en la palma de la mano.

Al llegar a la habitación, encontramos al profesor Castillo tumbado en la litera leyendo en calzoncillos, y casi se cae al suelo cuando entramos de repente.

—¡Podríais llamar antes de entrar! —protestó indignado, al tiempo que echaba mano a sus pantalones.

—Perdone profe, pero tenemos prisa —me disculpé sin darle importancia—. Acérquese, seguramente le interesará ver esto.

Cassie introdujo los dedos por el escote de su bañador, sacó la pequeña pieza que habíamos encontrado y la depositó encima de la mesa, mojando algunos documentos que allí había.

—¿Qué puede ser? —pregunté en voz baja.

—Diría que es un anillo —dijo ella, también en voz queda.

—Sí, eso ya lo veo. Pero no parece un anillo normal y corriente, es demasiado grande.

—¿Puedo ver lo que tenéis ahí? —oí decir al profesor a mi espalda.

—Sí, claro, por eso lo hemos traído —contesté, haciéndome a un lado.

El profesor Castillo abrió uno de los cajones, sacando una lupa que, según él, llevaba siempre a todas partes. Tomó la pieza entre el índice y el pulgar y la acercó a la lente.

—Vaya, vaya —musitó al cabo de un buen rato.

—Vaya, vaya, ¿qué? —pregunté impaciente.

—Parece un anillo...

—Parece un anillo... —dije, imitando su voz—. Pues menuda reunión de expertos.

El profesor, encorvado, se volvió hacia mí y, dirigiéndome una mirada burlona por encima de sus gafas, terminó su frase.

—Pero no lo es.

Cassandra y yo, cada uno a un lado del profesor, intercambiamos una mirada de perplejidad por encima de su espalda.

—¿Entonces qué es, profesor? —le interrogó la arqueóloga.

—Un sello, querida. Un sello templario.

Ahora éramos los tres los que, encorvados, fijábamos nuestra atención con gran interés en la pieza de oro que aún sostenía el profesor Castillo entre sus dedos.

—Estaba a unos pocos metros de donde hallé la campana de bronce —comenté en voz baja, contestando a una pregunta no formulada.

—¿Y no había nada más? —preguntó el profesor, sin desviar la vista de la lupa.

—Nada más, al menos en un área de diez metros a la redonda —explicó Cassandra, también ensimismada.

—Pero puede haber algo más allá, ¿no? —cuestionó—. El arrecife es bastante grande.

—Alguna pieza pequeña, quizá. Pero si hubiera algo más grande, los instrumentos del *Midas* lo habrían detectado —aclaró Cassie y añadió con desánimo—: Y no tenemos tiempo de regresar para realizar un peinado completo.

—Pero si lo habláramos con Hutch, quizá... —dejó caer.

−¿Está de broma? −replicó rápidamente Cassandra−. Después de la escena de ayer, lo más probable es que le tirara por la borda. Ya le he dicho que no se detectó nada con el magnetómetro, lo que significa que no queda mucho más ahí abajo aparte de lo que hemos encontrado. Hutch no perderá un solo día más sondeando ese arrecife y, además... −se incorporó bruscamente, y se quedó callada.

−¿Cassie? −intervine, sorprendido ante su súbito cambio de actitud.

− Además... −repitió ensimismada.

Y de repente, tras un largo silencio, fijó en mí su mirada, con los ojos como platos. Se diría que una idea estaba tomando forma en su cabeza, pero no dijo nada hasta que, apuntándome con el dedo, preguntó con voz temblorosa.

−¿Qué tamaño dirías que tiene ese arrecife?

−Pues no sé −titubeé, extrañado por la pregunta−, unos veinte o treinta metros de largo por unos ocho o diez de an... − entonces, comprendí a donde quería llegar− ...cho.

Cassandra sonrió.

−¡Joder! ¡Lo hemos tenido siempre delante de nuestras narices!

Ambos nos quedamos callados, mirándonos fijamente con la sonrisa en los labios. Hasta que el profesor también se incorporó interponiéndose entre los dos y, mirándonos a uno y a otro, preguntó al fin:

−¿Se puede saber, de qué estáis hablando? Ya es la segunda vez que actuáis como si no estuviera, y la verdad es que no acaba de gustarme −se cruzó de brazos−. ¿Sería mucho pedir que me pusierais al corriente?

−Claro profe, será un placer −contesté con una parodia de reverencia−. Usted mismo nos dijo el otro día que las medidas habituales de una *coca* de la Edad Media era de unos veintitantos metros, ¿no?

−Así es.

—Pues bien, ése es el tamaño aproximado que tiene el arrecife donde encontré la campana, y donde hoy hemos hallado este sello. ¿No le parece demasiada casualidad?

—¿Me estás diciendo que lo que queda de nuestro barco hundido está entonces en ese mismo arrecife?

—No profe. Lo que le estoy diciendo es que el barco templario *es* el arrecife.

El comedor se encontraba vacío a excepción de Cassie y de mí. Llevábamos varios minutos en absoluto silencio, y me descubrí contemplando hipnotizado las burbujas del refresco que tenía enfrente, como buscando en ellas la respuesta a alguna de las preguntas que aún bullían en mi mente.

—Lo que no acabo de entender —me pregunté en voz alta, al tiempo que levantaba la vista— es por qué no lo detectó el magnetómetro.

—Pues, evidentemente, porque no había suficientes elementos ferrosos para que los percibiera.

—Entonces eso descartaría que se tratase de uno de los barcos que transportaba el tesoro.

—No forzosamente —objetó, meneando la cabeza—. Si el navío sufría, por ejemplo, una pequeña vía de agua que lo hacía hundirse lentamente, pudieron tener tiempo de traspasar su carga a los otros barcos. Recuerda que se trataba de una flota de dieciocho naves.

—De acuerdo —concedí—, supongamos que pudo haber pasado así. Pero, al menos, deberíamos haber detectado las piezas de hierro del barco. No sé: clavos, argollas, bisagras... todo eso.

—Eso tiene una explicación, Ulises —dijo acomodándose en la silla—. Sencillamente, en los barcos de la Edad Media se empleaba poco hierro. La metalurgia de entonces no era gran cosa y el hierro se oxidaba rápidamente, por lo que tendían a utilizar piezas de madera y cuerdas, más resistentes al salitre y fáciles de sustituir.

—Entonces, no hay ninguna circunstancia que niegue la posibilidad de que esos sean los restos de nuestro barco.

—Ninguna que yo vea.

—Pero el oro no está ahí.

—Pues no, mano.

Medité unos instantes, rumiando la derrota, pero al fin no me quedó más que aceptarla.

—O sea... —musité, desalentado—. que aquí se acaba todo.

Cassandra me miró en silencio. Una mirada de cansancio y desánimo.

Cabizbajos, regresamos al camarote, y allí estaba aún el profesor, examinando el anillo con el sello engarzado. Levantó la vista al vernos llegar y meneó la cabeza en señal de desaprobación.

—Menuda cara traéis los dos, parece que venís de un funeral.

—Casi —contesté apáticamente.

—Vamos, no será para tanto —replicó risueño.

—Qué quiere que le diga —repuse, algo disgustado por su incomprensible buen humor—. Justo cuando descubrimos dónde está el pecio que buscamos, averiguamos que está deshecho, vacío, y cubierto por un metro de coral —me dejé caer en la cama —. No hay tesoro, no hay pruebas, no hay nada. Solo una campana vieja y un anillo abollado.

—Bueno, no os desaniméis, no todo está perdido.

—¿Qué quiere decir? —preguntó Cassie, intrigada.

—Pues eso, que esto no se acaba aquí. Aún nos queda la campana, y este sello tan interesante.

—Veo que lo ha limpiado a fondo —observó la mexicana—. ¿Ha podido deducir algo a partir de la inscripción?

—Bueno, está claro que se trata de un sello templario porque, si te fijas —dijo acercándole el anillo—, el centro está ocupado por un grabado que representa a dos jinetes montando un solo caballo. Un símbolo incuestionablemente templario.

—¿Ah. sí? —inquirió interesada en el tema—. ¿Y qué significado tiene?

—Buena pregunta —admitió el profesor, encantado de poder exhibir sus conocimientos—. Como ya sabrás, alrededor de los Templarios se han formulado las más variopintas teorías, la mayoría de ellas inverosímiles. Se ha dicho de ellos que tenían poderes sobrehumanos, que pactaban con el diablo, con los extraterrestres o que protegían el linaje de Cristo... Paparruchas —aseguró—. En esta imagen, por ejemplo, algunos han querido ver una alegoría a la homosexualidad o una clave cabalística. Pero lo más probable es que se tratase de una simple representación del voto de pobreza que debían jurar todos los miembros de la orden. Dos caballeros con una sola montura son una buena metáfora de ello.

—De acuerdo, profe —intervine, incorporándome en la cama—. Todo eso es muy interesante, pero me parece que no nos lleva a ningún sitio. A menos, claro... —agregué con sorna, señalando el anillo—, que el caballo de esos señores sepa el camino.

—El caballo no —contestó jactancioso—, pero yo sí.

—¿Cómo dice? —preguntó una Cassandra boquiabierta.

—Digo que creo saber el camino a seguir a partir de ahora —y haciéndose el despistado, preguntó—. ¿Es que no os he comentado lo de la inscripción?

—Maldita sea, profesor —rezongué, procurando mantener la compostura—, desembuche de una vez.

—Veo que insistes en negarle a un pobre viejo uno de sus pocos placeres —arguyó con fingido abatimiento.

—No fastidie, hombre. Deje de hacerse el interesante y cuéntenoslo todo, que esto no es una novela de Agatha Christie.

—Está bien, está bien... Pues resulta que después de limpiar el anillo cuidadosamente, descubrí que en su cara exterior tenía una inscripción en latín con la frase *Ioanus Calabona Magíster Mappamundorum*. ¿Sabrías traducirlo, Ulises?

—Ni idea —confesé, pillado a contrapié–. Yo solo hablo latín en la misa de los domingos.

Cassie soltó una carcajada.

—Muy gracioso —contestó el profesor–. Viene a decir algo así como «Juan Calabona Maestro de Mapamundis».

—No me lo diga, es el sello de un cartógrafo.

—Efectivamente, mil puntos para el caballero.

—Pero sigo sin ver a dónde nos lleva eso.

—Pues nos lleva a la cara interior del mismo anillo.

—Usted debería escribir novelas de suspense –terció Cassie.

—*¿Tú también, Bruto?* —recitó teatralmente–. ¡Pero qué impacientes sois los jóvenes!

—Apártate Cassie, voy a tirarlo por la escotilla.

—Recuerda, Ulises, que la violencia es el último recurso del incompetente —exclamó, disfrutando visiblemente con la situación–. En fin, iré al grano antes de que os hagáis daño. En el interior del anillo, como ya os he dicho, hay una última inscripción, la cual consta también de tres únicas palabras —y guiñándome un ojo, agregó–: A ver si esta vez eres capaz de traducirlas correctamente.

—No insista profesor, ya ha visto cuál es mi nivel de latín. Pregúntele a ella, por la carcajada de antes debe hablarlo como Séneca.

—Es que yo no he dicho que esté en latín, Ulises. En realidad, está escrito en catalán.

—¿En catalán? – preguntamos Cassie y yo al unísono.

—Exacto chicos, en catalán; y el texto dice: *Monestir de Miramar.*

—Monasterio de Miramar... ¿Significa eso, que el dueño del anillo era algo así como un monje-cartógrafo catalán?

—No necesariamente. Tened en cuenta que en la Edad Media, los mejores cartógrafos de Europa, con diferencia, eran los mallorquines. Allí se dibujaban las cartas náuticas que guiaban a todos los navíos de la época, y el idioma común en la isla era el catalán. Así que el dueño del sello podría ser de la isla y, tal y como nos indica el anillo, miembro de la Orden del Temple. Es decir —prosiguió ensimismado, juntando las manos—, que tenemos el sello de un templario llamado Juan Calabona, formado como cartógrafo, que viajaba en una de las naves y que, presumiblemente, siendo *Maestro de Mapamundis*, debía saber a dónde se dirigían y llevar consigo algún tipo de mapa o carta náutica. Porque, sinceramente —insinuó sarcástico-, no me imagino a la flota templaria vagando por el Caribe con todo el tesoro de su Orden a cuestas y sin saber a dónde ir.

Hizo una pausa y respiró profundamente.

—Sospecho... —continuó, levantando la vista hacia nosotros— que la clave de este enigma puede que se halle a varios miles de kilómetros de aquí —y mirando por el ojo de buey, añadió—: quizás en un convento de hace setecientos años.

—No creerá que el tesoro de los Templarios se esconde en ese monasterio de Miramar, ¿verdad? —preguntó Cassie.

—Lo que creo que el profesor está sugiriendo —contesté yo en su lugar— es que nos olvidemos del pecio y sigamos la pista del anillo.

Callé por un momento, abstraído, percibiendo cómo los motores del *Midas* se ponían en marcha con una sorda vibración.

—Encontrar el monasterio de nuestro misterioso cartógrafo —proseguí al cabo de un instante— puede ser nuestra única oportunidad de seguirle el rastro al tesoro y descubrir a dónde se dirigía aquella flota.

—¿Estás diciendo que vas a seguir buscando el tesoro después de este fiasco?

—Lo que estoy diciendo, Cassie, es que *vamos* a seguir buscándolo ¿O es que tienes algo mejor que hacer durante las próximas semanas?

14

Ignorando la tediosa película, observaba a través de la rayada ventanilla las secas planicies de Castilla deslizarse lentamente, cinco mil metros por debajo de mí. A mi derecha dormitaba el profesor, de nuevo sedado hasta las cejas por su fobia a volar, y en el asiento siguiente, el del pasillo, una menuda arqueóloga de pelo rubio leía atentamente *La Reina del Sur* de Pérez Reverte. Supongo que debió de verme por el rabillo del ojo, pues me descubrió espiándola y, sonriente, me miró de soslayo.

—¿Qué onda?

—No, nada —respondí tontamente—. Solo me decía a mí mismo lo mucho que me alegro de que estés en este avión.

—Y yo me alegro de que me permitierais acompañaros. De cualquier modo, estaba harta de Hutch y necesitaba cambiar de aires. Y ese pinche anillo y la historia del tesoro me tiene tan intrigada como a vosotros dos.

—Claro... pero recuerda que no hay ninguna garantía de que demos con él.

—Híjole, Ulises, eso ya lo sé. En realidad, no creo que encontremos nada.

—Entonces... no te entiendo.

Cassie cerró el libro, suspirando sonoramente al hacerlo.

—Me parece que el profesor tenía razón. —dijo

—¿En qué?

—En que eres tonto.

Aterrizamos en Barcelona a media mañana. Acompañamos en el taxi al profesor hasta su casa y, medio atolondrado, lo dejamos frente a su portería intentando recordar en qué maleta había metido sus llaves pero insistiendo en que nos marcháramos, que lo tenía todo bajo control. Le di al taxista mi dirección y al cabo de poco estábamos en mi piso, dejando las maletas en medio de la sala.

—Ya te dije que era pequeño—.

—Está padrísimo —dijo, desechando mi excusa con un gesto—. Además, veo que tienes terraza.

—Sí, pero también es pequeña.

—En fin, ya sabes lo que dicen —apuntó con un guiño—. El tamaño no importa.

—En eso estamos de acuerdo. De hecho, prefiero a las mujeres hermosas y no muy altas.

—Está bueno saberlo —sonrió traviesa—. Pero ahora, dime ¿Dónde dejo mis cosas?

—Déjalas en mi... en *la* habitación, porque no hay otra —dije, señalándole la puerta de la misma—. Te haré sitio en el armario.

—No te molestes. Para el poco tiempo que vamos a estar en Barcelona, puedo dejarlo todo en las maletas.

—Como quieras. Pero la habitación se queda para ti, y yo dormiré en el sofá.

—Ulises, gracias por el gesto, pero lo lógico es que duerma yo en el sofá, que soy más pequeña.

—De eso ni hablar. Tú eres mi invitada y dormirás en la cama.

—Está bueno, no voy a discutir por eso. ¿Me enseñas el resto?

Hicimos un recorrido turístico por el ático —inevitablemente breve, en un piso de sesenta metros cuadrados— y acabamos tumbados en la cama totalmente vestidos; tras acordar tomarnos unos minutos para reponernos del largo viaje y el desfase horario.

Una incordiante musiquilla me despertó seis horas más tarde, con una persistente sensación de *dejá vú* que no hizo más que aumentar mientras observaba somnoliento la luz del ocaso colándose por la ventana. Una sensación que desapareció de inmediato cuando, al girarme en la cama, me encontré frente a dos ojos esmeralda mirándome fijamente.

–Roncas –me dijo muy seria.

–Tú también.

–No es verdad.

–Sí lo es –insistí, provocándola.

–Yo no ronco –insistió, ceñuda.

–¿Que no? ¡Pero si acaba de llamar Spielberg para ver si podías aparecer en la próxima de Parque Jurásico!

–¡Oh! ¡Serás mentiroso! –exclamó indignada, poniéndose de rodillas en la cama–. ¡Te vas a enterar! –y agarrando la almohada comenzó a golpearme con ella entre risas e improperios.

La musiquilla que me despertó resultó ser un mensaje de móvil del profesor Castillo invitándonos a comer en su casa al día siguiente, lo que me hizo caer en la cuenta de que tenía un hambre de lobo, lo mismo que Cassie.

Decidimos cambiarnos la ropa que habíamos llevado las últimas veinticuatro horas y bajar al chino a cenar, y Cassie, más avispada que yo, abrió su maleta y, con lo primero que encontró bajo el brazo, sacándome la lengua, se metió en el baño rápidamente para evitar que me adelantase.

Sentado en la cama escuchaba atentamente, segundos después y con una perversa sonrisa, cómo empezaba a caer el agua de la ducha.

–¡Ulises! –gritó al fin–. ¡La gran chingada! ¿Cómo diablos se conecta el agua caliente?

La cena transcurrió animadamente entre arroz tres delicias, tallarines y sangría en abundancia, y cuando regresamos a casa pasada la medianoche, dando algunos tumbos, nos quedamos sentados en el sofá, a oscuras; vencidos por el alcohol, y la combinación de jet lag y cansancio acumulado durante la última semana en el *Midas*.

—Ojalá se encuentre con una ballena blanca que le parta la madre... —murmuró, perdida en sus pensamientos.

—¿Quién?

—¿Quién va a ser? A Hutch, por supuesto.

—No sabía que le guardaras rencor.

—No es rencor —aclaró, tras meditar por un momento su respuesta—. En realidad, me odio a mí misma por haber trabajado tanto tiempo para él... ayudándole a saquear barcos hundidos —hizo una nueva pausa y continuó con el mismo tono de auto reproche—:. Me vendí por una buena lana y la ilusión de la aventura, a cambio de traicionar mis principios. Me doy asco.

—No seas tan dura contigo misma. En algún momento todos hacemos cosas de las que no estamos orgullosos —la animé, posando mi mano sobre la suya—. Lo importante es que te has dado cuenta de ello y estás dispuesta a corregirlo. Eso es más de lo que la mayoría de la gente hace. Mucho más.

—Gracias, Ulises, pero no te cuento esto para que me consueles, tan solo... tan solo me estoy desahogando... Lo siento.

—No tienes nada que sentir. La verdad es que me alegra de que tengas tanta confianza como para decirme lo que piensas, y estoy encantado de estar aquí contigo, ahora —y mirando hacia abajo, añadí—: Con mi mano encima de la tuya.

Esbozó una sonrisa cohibida y bajó tímidamente la mirada.

—Yo también, Ulises. Yo también.

Notaba su mano cada vez más cálida bajo la mía. La escasa luz de luna que atravesaba los cristales arrancaba reflejos de sus rubios mechones y, de alguna manera, llegaba a incidir sobre sus pupilas, abandonando sobre ellas un cautivador brillo que parecía emanar del interior de sus propios ojos.

La miraba con fijeza, en silencio, creyendo adivinar lo que pasaba por su mente. Un flujo de algo que hacía mucho que no sentía me brotaba directamente del corazón, y siguiendo por mi brazo, pasaba a través de mi mano a la suya y de ahí a sus labios, que los imaginaba, apenas viéndolos, húmedos y anhelantes. Sentía que algo dentro de mí me impulsaba irrefrenablemente a cerrar ese circuito uniendo esos labios a los míos, y en su silencio creí adivinar la misma idea en ella. Lentamente, me fui acercando, centímetro a centímetro. Notaba ya su aliento sobre mi rostro y entrecerraba los ojos inclinando levemente la cabeza para encajar nuestras bocas cuando, inesperadamente, sentí una mano firme apoyada sobre mi pecho.

−Ulises... −susurró−, creo que se ha hecho tarde, y mañana nos espera un día muy largo.

15

Afortunadamente, había puesto el despertador a las once de la mañana, pues ni siquiera los rayos del sol que hostigaban el sofá donde me encontraba durmiendo, habían podido arrancarme de los tenaces brazos de Morfeo. Me desperecé ruidosamente, y amodorrado, me dirigí a la puerta del baño, que misteriosamente, se resistió a abrirse tras girar la manija y empujar. Volví a hacerlo, esta vez con más fuerza, imaginando que se habría atascado. Pero una voz indignada surgió tras ella.

—No seas menso, güey ¿Es que quieres tirar la puerta abajo?

Tras un instante de desconcierto, una ráfaga de comprensión sacudió mis adormiladas neuronas. Recordando que no estaba solo en casa, quién me hablaba desde el baño y qué había sucedido o, mejor dicho, qué *no* había sucedido la noche anterior.

—Perdón —balbuceé—, no sabía que estabas ahí.

—¿Y quién pensabas que era entonces?

—No, quiero decir que... no, nada. ¿Te falta mucho?

—Solo hasta que termine.

—Sí, claro.

Mi hemisferio del raciocinio aún seguía demasiado adormilado para mantener esa o cualquier otro tipo de conversación, así que me encaminé a la cocina, pensando en un café bien cargado.

Diez minutos más tarde se abrió la puerta, unos pies descalzos sonaron en el suelo y, fugazmente, una pequeña figura envuelta en una toalla pasó frente a la cocina dejando tras de sí un *buenos días* en el aire y un súbito hormigueo en mi pecho.

—Mmmm... ¡Qué bien huele ese café! —dijo desde mi habitación—. ¿Podrías hacerme uno, corazón?

—Claro —respondí, y frunciendo el ceño, extrañado, murmuré para mí mismo—: ¿Corazón?

Antes de que acabara de hacerse el café, ya la tenía sentada a la mesa, secándose el pelo con una toalla y con un juvenil vestido floreado que la hacía parecer una despreocupada universitaria.

—¿Qué? —preguntó, al descubrirme una vez más observándola

—No, nada... es que es la primera vez que te veo con vestido.

—¿Te gusta? —dijo poniéndose de pie y alisándoselo con la mano libre.

—Mucho. Estás muy guapa.

—Gracias —contestó mientras volvía a sentarse—. Lo compré hace años y está algo viejito, pero me encanta.

En ese instante sonó la cafetera y, haciéndole un gesto para que permaneciera sentada, me levanté y le serví el café humeante en una pequeña taza, en la que, al levantar la vista, advertí que tenía clavada una mirada perpleja.

—Que taza tan chiquita.

—Bueno, es una taza para café. Si la quieres más grande, tendré que servírtelo en un vaso.

Tomó la tacita por el asa, se la acercó a los labios y, con precaución, bebió un pequeño sorbo.

—¡Puaj! —protestó, dejando el café sobre la mesa—. Está demasiado fuerte, y amargo.

—No le has echado azúcar.

—No, no es solo eso. Es muy... espeso ¿Siempre lo tomas así?

—¡Ah, claro! —exclamé divertido, entendiéndolo todo—. Tú estás acostumbrada al café americano. ¡Habérmelo dicho!

—¿Y cómo me iba a imaginar que me prepararías este mejunje? —se defendió, señalando la pequeña taza blanca.

—No es un mejunje, Cassie; eso es un café. Lo que tú tomas normalmente es agua de calcetín.

—Llámalo como quieras, pero al menos se puede beber.

Tomamos el metro para ir a casa del profesor, pasando buena parte del viaje en un incómodo silencio, mirando la negrura de los túneles a través de la ventana de metacrilato, también rayada, como la de los aviones, y divagaba abstraído, sobre lo que impulsa a algunos a maltratar aquello que nos sirve para percibir el exterior.

De vez en cuando cruzábamos alguna mirada huidiza, y no sé lo que pasaba por su cabeza en esos momentos, pero a mi mente acudía una y otra vez la calidez de su aliento, el reflejo de la luz en sus pupilas ...y la palma de su mano sobre mi pecho para impedirme que me acercara demasiado.

En aquel momento me sentí defraudado, pero ahora era un ligero sentimiento de ridículo el que no me dejaba en paz. Habría apostado mi brazo derecho a que ella me deseaba; sus comentarios, gestos e insinuaciones resultaban evidentes incluso para mí. Pero, obviamente, me había equivocado, actuando como burro en primavera y lanzándome sobre ella a la primera oportunidad. Ahora esperaba a que en cualquier momento me dijera, por ejemplo, que para que yo estuviera más cómodo, se mudaba a casa del profesor.

Y me lo tendría merecido, por listo.

El profesor Castillo nos abrió la puerta embutido en una elegante bata de seda, aparentemente recuperado del cambio de horario y los sedantes, y con una expresión risueña en un rostro recién afeitado que aún olía a *aftershave*.

−¿Cómo estáis? −preguntó, haciéndonos pasar.

−Muy bien, gracias. −contestó Cassie, mirándome de reojo.

−¿Ya os habéis organizado en tu pisito? −me preguntó directamente, no sin cierta dosis de picardía.

−Sí, bueno... creo que sí −masculló, esperando que en cualquier momento Cassie dijera algo.

−Estamos muy bien, gracias −confirmó ella entonces−. Todo está padrísimo −y se volvió levemente mientras avanzábamos por el pasillo, guiñándome un ojo.

Si me pinchan, no me sacan sangre.

Era consciente de que, en general, nunca había sido muy bueno interpretando a las mujeres, pero en este caso la menuda mexicana me tenía totalmente desconcertado. Y decidí, mientras entraba en el salón y me sentaba en el anticuado sofá, que a partir de ese momento dejaría de intentar comprenderla y me limitaría a dejarme llevar, como si se tratara de una película complicada; confiando en llegar a entender algo antes de los títulos de crédito.

—Me alegro, me alegro —dijo el profesor y, señalando a la mesa del comedor, donde estaban dispuestos platos y cubiertos sobre un sobrio mantel, preguntó—. ¿Os apetece un aperitivo, o pasamos directamente al almuerzo?

Yo me lo quedé mirando con cara de tonto, con la mente aún en otra cosa, y fue Cassandra la que respondió.

—Profesor, me muero de hambre.

Desconocía la faceta de cocinero aficionado del profesor, por lo que el solomillo a la pimienta con guarnición resultó una sabrosa sorpresa que celebramos con generosas copas de rioja. Dimos buena cuenta de todo lo que nos sirvió y acabamos, ahítos, degustando un helado de vainilla con nueces y caramelo.

La fuente y los platos usados aún permanecían en la mesa cuando el profesor nos sirvió a cada uno una copa de brandy, y me retrepé en la silla, en silencio, saboreando la dulce modorra que me embargaba.

—¿Os ha gustado? —preguntó el profesor, satisfecho, entrelazando las manos sobre la barriga.

—Deliciosa —contestó Cassie, relamiéndose.

—¿Qué hay para mañana? —pregunté yo.

Me rió la broma, que no lo era tanto, y apoyando los codos en la mesa nos miró a uno y otro con una expresión que conocía de sobras.

—He descubierto algo... —anunció en tono misterioso.

Cassie y yo nos quedamos mirándolo, con los ojos muy abiertos, esperando la revelación. Pero el profesor disfrutaba con ese juego y alargó la pausa todo lo que pudo, hasta que le lancé una ceñuda mirada de impaciencia.

Introdujo la mano en el bolsillo de su bata y sacó el anillo de oro.

—Como sospechaba —dijo al fin, sujetándolo entre el índice y el pulgar—, el sello del anillo pertenece a la Orden del Temple, y la inscripción apunta a que su propietario era una especie de cartógrafo.

—¿No sabíamos eso ya? —inquirí.

—Hasta esta mañana era solo una conjetura, pero ayer envié un e—mail a un colega de la universidad de Palma, y hace unas horas recibí su respuesta confirmando mi hipótesis.

—¿Se lo ha contado todo a ese colega suyo? —preguntó Cassie, algo alarmada.

—Por supuesto que no, querida, solo lo imprescindible. Pero le he prometido que en unos días me acercaría a verle. Es el mayor experto en portulanos del siglo XIV.

—¿Portulanos? —pregunté.

—Así se llamaban las primeras cartas náuticas —me aclaró Cassie.

—Muy bien, Cassandra —la felicitó el profesor—. Veo que has hecho los deberes.

—Es que soy una chica muy lista.

—Y muy rara —añadí, sin pensar.

Intuyendo el sentido de mis palabras, me miró fijamente y, cuando pensé que me iba a soltar un exabrupto, volvió a guiñarme el ojo con complicidad.

—Eso es parte del encanto.

El profesor, que contemplaba extrañado la escena, acabó interviniendo ante el peligro de que la charla tomara derroteros insospechados y nos alejáramos del tema que nos había llevado allí.

—Ejém... como iba diciendo, le prometí al catedrático que pasaría a visitarle, y ya he reservado tres billetes con destino a Palma para pasado mañana.

—Veo que al final le ha seducido eso de volar —apuntó Cassie, socarrona—. ¿O es que le está tomando gusto a los sedantes?

—Yo no he dicho que vayamos a ir en avión. Iremos en barco, salimos a las nueve de la mañana.

—Un momento —interrumpí—. ¿Para qué vamos a ir nosotros? ¿No sería suficiente con que fuera usted? La verdad es que aún no he deshecho la mochila, y me apetecería pasar algunos días en casa, descansando.

El profesor me miró a mí, y luego a Cassandra.

—Ya... descansando. Pues lo siento mucho, chicos. Pero necesito que me acompañéis a Mallorca —y consciente del efecto que iban a causar sus palabras, añadió con aparente indiferencia—: Porque mi colega, además, me ha proporcionado una interesante dirección en la isla; y alguien tiene que ayudarme a fisgonear en cierto monasterio de Miramar.

16

En avión podríamos haber llegado en treinta minutos —rezongué, tratando de acomodarme en el asiento.

—El viaje en barco es más bonito y son solo cuatro horas —justificó el profesor, sin despegar la vista del libro que estaba leyendo.

—Cuatro horas de tedio... —repliqué volviéndome, aburrido de navegar en el lustroso catamarán de Trasmediterránea. Un enmoquetado autobús flotante transitando una inacabable extensión azul grisácea.

Cassandra volvió en ese momento portando una bandeja con tres cafés y, tras darnos a cada uno el nuestro, volvió a su asiento entre el profesor y yo.

—Me ha costado horrores explicarle al barman cómo quería mi café —dijo sentándose con el vaso en la mano—. No me parece algo tan complicado de entender.

—Debe de ser por tu dulce acento acapulqueño —sugerí—. Lo cierto es que yo mismo no entiendo la mitad de lo que dices.

—¡Ah! ¿Pero tú la escuchas? —terció inmediatamente el profesor, sin perder la oportunidad de echar algo de leña al fuego.

—Iros los dos al carajo.

—¿Lo ve, profe? Esto es lo que pasa cuando dejas un país medio conquistado, así, de mala manera. Que luego te pierden el respeto.

—Es verdad, es verdad —convino, aguantándose la risa—. Les enseñas a leer y a escribir, y mira cómo te lo pagan.

Cassie se volvió hacia él, mordiéndose los labios y, al tiempo, en un alarde de flexibilidad, me propinó un codazo en las costillas que me pilló desprevenido, zanjando la broma de forma irrevocable.

Recuperado el resuello, intentaba concentrarme en el libro de aventuras que de nuevo tenía frente a mí, en la misma página marcada en que lo dejé el día que partí con el profesor Castillo hacia Miami. Pero, invariablemente, solo hacía que recordar la noche pasada, en la que llevé a Cassandra a visitar la Catedral de Barcelona, nos detuvimos a escuchar a los músicos callejeros en la calle del Bisbe y acabamos en *El Náufrago* donde, entre risas, me explicó que el tequila reposado se toma *a puro huevo*, como decía ella, y que el limón y la sal eran para los gringos y las niñas. Nos dieron las tres de la mañana, discutiendo sobre los mejores lugares del mundo para bucear, y si no hubieran empezado a bajar la persiana del bar aún creo que seguiríamos allí, riendo y charlando sentados a aquella mesa. Al final de la velada tomamos un taxi hasta mi casa y en el ascensor, frente a frente, nos miramos a los ojos sin decir una palabra. Un inconfundible hormigueo me recorrió de los pies a la nuca e intuí, en ese preciso momento, la razón de que no me besara la noche anterior.

Habíamos dejado el escaso equipaje en un modesto hotel cerca de la plaza de España de la capital Balear y, dando un agradable paseo para bajar el almuerzo, nos acercamos al edificio de la facultad de Historia de la Universidad de Palma, donde debíamos encontrarnos con el amigo del profesor.

Franqueamos las puertas de la facultad y, siguiendo las indicaciones del conserje, subimos un tramo de escaleras y recorrimos un par de pasillos que nos condujeron hasta una sólida puerta de madera sobre la que aparecía una placa con la leyenda: *Cat. Lluís Medina*. El profesor la golpeó un par de veces y, tras recibir una indescifrable onomatopeya como respuesta, la abrió y entró en el despacho con decisión.

—¡Hombre, Eduardo! ¡Cuánto tiempo! ¡Y qué moreno que estás! —exclamó una potente voz—. ¡Pasa, hombre!

—¿Cómo estás Lluís?. Levanta tu catedrático culo de la silla y ven a darme un abrazo.

Mientras tanto, Cassandra y yo esperábamos fuera del despacho, ahorrándonos la escena, y no fue hasta al cabo de un par de minutos cuando el profesor pareció acordarse de nosotros y asomó por el quicio de la puerta, invitándonos a pasar. Al entrar en el despacho, me sorprendió encontrarme frente a un hombre de gran estatura, corpulento y con una cabeza rapada que le daba un extraño aire de Kojak sobredimensionado. Se acercó a mí con dos grandes zancadas, y con una afable sonrisa me tendió la mano.

—Tú debes de ser Ulises, ¿no? —preguntó, con la grave voz que correspondía a su aspecto.

—Así es —contesté correspondiendo al saludo pero temiendo por la integridad de mi mano ante su enérgico apretón—, y esta señorita —añadí haciéndome a un lado— es Cassandra Brooks.

—Vaya, esto sí que no me lo esperaba —dijo, tomándole la mano con educada delicadeza—. *Nice to meet you, Miss Brooks.*

—Puede hablarme en español si lo desea —comentó divertida— lo hablo bastante bien.

—Oh, disculpe, por su apellido imaginé... —se excusó, pero sin soltarle la mano—. Un placer en ese caso.

—La chica es arqueóloga —intervino el profesor.

—¡Además una colega! —exclamó entusiasmado el gigantón—. ¡Doble placer entonces! —y mirando al profesor, agregó—: Si vienes tan bien acompañado, puedes visitarme cuantas veces quieras, Eduardo. Cuantas veces quieras.

—Ya me lo imagino, viejo sátiro —replicó el profesor y, dándole un par de palmadas en el estómago, añadió—: Pero como sigas ganando barriga, no vas a seducir ni a una morsa.

Ambos profesores formaban un curioso cuadro: uno, de corta estatura y ofreciendo la clásica imagen de profesor algo desaliñado, y el otro, más parecido a un jugador de baloncesto retirado y vestido con el traje de los domingos que a un acreditado catedrático. Pero, por encima de las diferencias de aspecto, era indudable que a ambos les unía una antigua amistad, fruto seguramente de una común pasión por la Historia.

Nos invitó a tomar asiento, pero ante la falta de mobiliario opté por quedarme de pie y ceder las sillas al profesor y a Cassie. Observé que el despacho era una réplica a escala del salón del profesor Castillo pues, de la misma manera, cientos de volúmenes de todo tipo y tamaño, aunque predominando también los de ajadas cubiertas de piel, cubrían la totalidad de las paredes no destinadas a puertas o ventanas. Como única concesión al papel pintado, un espacio enmarcado de estanterías albergaba un gran mapa de forma rectangular dividido en varias secciones verticales que representaba, decorado profusamente con dibujos de reyes, castillos, banderas y animales inciertos, la totalidad de Europa, Asia y el norte de África, incluyendo una porción del Atlántico donde aparecían ciertas islas que no pude identificar.

—¿A que es extraordinario? —dijo el catedrático desde detrás de su mesa, al percatarse de mi interés.

—¿De qué año es? —pregunté con auténtica curiosidad, mientras intentaba descifrar las abigarradas leyendas que acompañaban el mapa.

—Es una reproducción del famoso *Atlas Catalán* del cartógrafo mallorquín Abraham Cresques. El original fue dibujado a principios del siglo XIV en esta misma ciudad —explicó con cierto orgullo—. Es el primer atlas del mundo del que se tiene conocimiento.

Al oír la fecha me volví instintivamente hacia el profesor Castillo, que me devolvió una significativa mirada.

—No imaginaba que en esa época se hicieran mapas tan buenos —admití sorprendido, volviéndome de nuevo hacia la pared—. Recuerdo haber visto algunos del siglo XV o XVI que guardaba mi padre en casa, y parecían garabatos comparados con este.

—Es cierto —convino Medina—, pero es que Abraham Cresques resultó un adelantado a su época, y este mapa en concreto fue un presente del príncipe Juan a Carlos VI, rey de Francia; tal era su calidad y trascendencia.

No podía apartar los ojos del hermoso mapamundi, y recorría con la vista la línea de la costa mediterránea, delimitada perfectamente por la sucesión de nombres de puertos que la jalonaban. Las cordilleras, como la del Atlas, semejaban largas serpientes doradas tendidas al sol, las ciudades del interior estaban representadas como fortalezas, con un estilo diferenciado en el caso de que fueran musulmanas o cristianas, e incluso lugares tan lejanos e ignotos como Indonesia o Tailandia aparecían decorados con imágenes de elefantes y monarcas de piel oscura. No me podía imaginar el inmenso esfuerzo que debió de suponer para un hombre de hacía setecientos años recopilar tanta y tan precisa información de entre viajeros y marineros, en una época en que casi nadie se aventuraba, en toda su vida, más allá de los límites de su comarca. Y se podían contar con los dedos de una mano los que habían alcanzado las tierras del Gran Khan o navegado más al sur de las Canarias. Inmediatamente, sentí una corriente de afecto por el tal Cresques, y una profunda admiración hacia su talento e indudable perseverancia.

—Y bien, Eduardo —oí al catedrático decir a mi espalda —. Dime, ¿qué es eso que me contabas por teléfono sobre un monje cartógrafo y un sello?

17

El profesor ofreció un relato parcial sobre el origen de su interés —obviamente, se saltó toda la parte que vinculaba el sello con América—. Dijo haberlo encontrado en un anticuario de Barcelona y que el fin último de su investigación era publicar las conclusiones en alguna revista especializada. Lluís Medina lo escuchó con interés recostado en su asiento, con los brazos cruzados e interrumpiendo ocasionalmente para pedir alguna aclaración. Cuando el profesor terminó su estudiada exposición, Medina se quedó en silencio, inmóvil como un Buda vestido de Armani, asimilando la información que le habíamos ofrecido.

—¿Y ellos dos son tus ayudantes? —preguntó señalándonos, al cabo de un buen rato.

—Algo así.

—Ya veo —comentó, dirigiendo la mirada al suelo—. Mira, Eduardo —prosiguió pausadamente—, hace ya mucho que nos conocemos, casi treinta años, y esta... es la mayor sarta de mentiras que te he oído decir nunca.

Nos quedamos los tres en silencio, amordazados en parte por la vergüenza, y en parte temiendo una explosión de ira del gigante calvo, que mantenía los ojos clavados en el profesor. Transcurrieron unos segundos de tensión que parecieron minutos, hasta que, sobresaltándonos a los tres, el profesor soltó una inesperada risotada.

—¡Por supuesto que es mentira! —exclamó de la forma más inocente—. ¿Qué te esperabas? ¿No creerás que te iba a poner al corriente de todo, así, por las buenas? Lo que necesito saber es si vas a ayudarme o no.

Durante un momento, Medina siguió inmóvil, como si no hubiera escuchado lo que acababa de decir el profesor. Pero poco a poco comenzó a dibujarse en su enorme rostro una sonrisa, que acabó convirtiéndose en una sonora carcajada.

—¡Claro que voy a ayudarme, maldito sinvergüenza! —bramó— ¿Cómo no iba a hacerlo?

—Aquí está el monasterio de Miramar —señaló, apoyando el dedo en el mapa de la isla abierto sobre la mesa—. En la carretera de Valldemosa a Deiá. Pero debo advertiros de que del edificio original queda muy poco.

—¿Cuánto es muy poco? —pregunté.

—Pues una parte de la casa, una sección del patio, y cuatro columnas del antiguo claustro.

—No, no es mucho...

—Has de tener en cuenta que el Monasterio de Miramar fue construido en 1276, y no fue hasta 1872 cuando el Archiduque Luis Salvador decidió comprarlo y restaurarlo. De no haber sido así, hoy no quedaría una piedra sobre otra.

—¿Y se sabe quién lo fundó? —preguntó esta vez el profesor.

—Ya lo creo —contestó satisfecho—. Ni más ni menos que Ramón Llull

—¡Increíble! —exclamó el profesor.

Cassie y yo nos miramos en silencio, cómplices en una ignorancia que no percibieron los dos historiadores hasta que se fijaron en nuestras caras.

—De la señorita Brooks lo entiendo, por que hizo la carrera en los Estados Unidos. Pero tú, Ulises —dijo el profesor, con aire de reproche—, deberías saber de quién se trata.

—Me suena que fue algo así como un místico mallorquín de la Edad Media —confesé, encogiéndome de hombros—. Pero no acabo de ver la parte increíble del asunto.

—Pues lo extraordinario de que Ramón Llull fundara el Monasterio de Miramar —explicó pacientemente— es que se trataba no solo de un místico, como tú bien dices, sino de un novelista, poeta, filósofo, teólogo, lingüista, astrónomo y... precursor de las cartas marinas.

—¿Era cartógrafo? —saltó Cassandra—. Entonces no cabe duda de que ese es el monasterio al que alude el anillo.

—Muy posiblemente —confirmó el profesor—. Pero lo que me desalienta es que quede tan poco del edificio original. Dudo de que allí encontremos nada.

—¿Y en los escritos de Llull? —aventuré—. Si él fundó el monasterio, y de allí salió nuestro cartógrafo misterioso. Forzosamente tuvieron que conocerse ¿no?

—Eso es cierto —acreditó Medina—. Pero también lo es que la inmensa mayoría de sus obras no han llegado hasta nuestros días, y las pocas que sobrevivieron me las he leído de cabo a rabo, y te aseguro que en ninguna de ellas hay referencia alguna a un cartógrafo templario.

—¿Y referencias a conocimientos geográficos que se supone no debía tener? —preguntó Cassie.

El catedrático no contestó. Sin embargo, la miró detenidamente, luego a mí y, finalmente, se dirigió al profesor.

—¿Me vais a contar qué es lo que estáis buscando exactamente, o tendré que adivinarlo yo solo?

El profesor Castillo nos preguntó con la mirada, y ambos respondimos con un asentimiento de cabeza.

—Creemos que el propietario del anillo... conocía la existencia del continente americano.

—Me lo veía venir —repuso, con cierto desengaño—. Así que estáis buscando la famosa conexión americano–templaria. Pues permitidme un consejo, dejadlo ahora mismo y no perdáis más el tiempo. Otros lo han intentado antes, y nunca se ha hallado la más mínima prueba de que esa conexión haya existido jamás —y dejando caer ambas manos al mismo tiempo sobre la mesa, sentenció—: Los Templarios nunca estuvieron en América, eso es solo una fantasía alentada por pseudohistoriadores con el único fin de vender libros, y me sorprende que tú —añadió, mirando reprobadoramente al profesor Castillo– te hayas dejado enredar por algo que sabes perfectamente que es un mito.

–Tú nos has preguntado, y nosotros te hemos contestado –señaló el profesor tranquilamente–. La cuestión sigue siendo: ¿Nos vas a ayudar?

–Me parece que has empezado a chochear, Eduardo. Y me temo que estás arrastrando contigo a estos jóvenes tan encantadores –y volviéndose hacia Cassie, insistió–: Hacedme caso, dejadlo correr, no vais más que a perder el tiempo y el dinero.

–Nos arriesgaremos.

–En fin... vosotros sabréis. Pero recordad que os lo he advertido –recalcó lacónicamente–. Ahora tengo un poco de trabajo, pero pasaos mañana por la mañana por aquí. Sobre las nueve estará bien. Para entonces habré cotejado en mis archivos toda la información que crea que os puede ser útil.

–Gracias, Lluís –dijo levantándose de la silla el profesor, entendiendo que su amigo daba por concluida la reunión–. Hasta mañana.

–Bueno, y ahora ¿a dónde vamos? –preguntó Cassandra una vez en la calle.

–Vosotros, no sé. Pero yo me voy al hotel a descansar.

–De eso nada –objeté–. Ahora vamos todos a alquilar un coche y nos acercamos al Monasterio de Miramar.

–Sinceramente, no creo que valga la pena. Si tal como dice Lluís apenas quedan rastros del monasterio original, sería una pérdida de tiempo.

–¿Tanto como, según él, buscar una conexión americano–templaria?

Chasqueó la lengua y, volviéndose hacia Cassie, la interrogó con la mirada.

–Por mí vamos ahorita mismo. Para eso hemos venido ¿no? –dijo ella.

138

—Está bien —claudicó—, si con eso te quedas más tranquilo...

—Así me gusta, que sea un niño obediente. Y ahora, en marcha —añadí, tomándolos a ambos por los hombros—. Vamos a ver qué encontramos en ese viejo monasterio.

18

Una hora más tarde, conducía un pequeño monovolumen Mercedes por la carretera de Valldemosa a Deiá, y Cassandra, a mi lado, escrutaba cada camino que asomaba en el margen derecho, buscando la equivalencia con el señalado con un círculo rojo en el mapa que llevaba abierto en el regazo.

–Debe de estar por aquí.

–Espero que haya algún cartel indicativo, si no, nos va a costar Dios y ayuda dar con el dichoso monasterio –aludió el profesor, poco feliz por haberse visto arrastrado al paseo en coche.

–«*Que no panda* el *cúnico*» –intervine–. Seguro que lo encontramos. Mientras tanto disfrutad del paisaje.

La sugerencia no era banal, pues si a la derecha se deslizaban suaves montañas cubiertas de bosque, a la izquierda, una sucesión de ásperos acantilados marcaba el límite de la isla con el Mediterráneo; que desde la distancia, aparecía sereno y sensual, reflejando la anaranjada luz del sol otoñal.

–Ahí está –exclamó Cassie, sobresaltándome, mientras apuntaba con el dedo hacia delante.

Una clara señal anunciaba un desvío bajo el lema *Monestir de Miramar*. Y me resultó curioso leer en aquella placa las mismas palabras que aparecían grabadas en oro en un anillo de siete siglos atrás.

Tomé el camino indicado, y enseguida estaba aparcando junto a la verja exterior del recinto, una reja que aparecía cerrada y que me hizo caer en la cuenta de que quizás el monasterio podría no estar abierto al público. Bajamos los tres del coche, y tras comprobar que la cancela estaba cerrada con llave, me acerqué a un anacrónico interfono y pulsé el botón, primero una, y luego varias veces, con insistencia.

Tardaron casi cinco minutos en contestar, y lo hizo una ronca voz con evidente desgana.

−*¿Quí hi há?*

−Buenas tardes −contesté, con mi tono más amable−. Somos un grupo de Barcelona que deseamos visitar el monasterio.

−No admitimos visitas si no es de forma concertada −contestó la voz secamente.

−Lo siento, no lo sabíamos. Pero ya que estamos aquí, ¿podría dejarnos pasar? Será solo un momento.

−No −respondió la voz, aún más antipática que antes−. Ya le dicho que solo visitas concertadas.

Empecé a molestarme por su falta de modales y dejé a un lado las buenas maneras, convencido de que la cosa no podía ir a peor.

−Escúcheme −increpé al pequeño altavoz−, no va a decirme que después de venir hasta aquí no vamos a poder entrar por una absurda norma. ¿Es que si le hubiera llamado ayer, no estaríamos aquí las mismas personas? −y en tono amenazante apuntillé−: ¡No nos iremos de aquí hasta que nos abra la puerta!

−Ustedes sabrán... −repuso con indiferencia, y colgó.

Obviamente me había equivocado. Sí que podía ir a peor.

Me volví enfurecido, para encontrarme frente a Cassandra y el profesor que me miraban con desánimo. Me metí las manos en los bolsillos, y encogiendo los hombros avancé hacia el coche; furioso con el hombre del interfono, pero también conmigo mismo por no haber previsto esa eventualidad.

−Un momento −dijo el profesor a mi espalda−. Quizá pueda hacer algo.

Sacó del bolsillo de su abrigo un teléfono móvil y se alejó unos pasos de nosotros; habló animadamente con alguien, y luego se despidió dando las gracias. Acto seguido se acercó al coche, apoyándose en el capó con los brazos cruzados.

−¿Y bien? −preguntó Cassie, intrigada.

—Esperemos un poco, a ver qué pasa —contestó sucintamente.

No pasaron ni dos minutos, cuando una nueva voz surgió del interfono.

—¿Están ustedes ahí? —preguntó con preocupación.

—Aquí estamos —respondió Cassandra— ...aún.

—Disculpen la espera —se excusó—. Pasen.

Y con un corto zumbido, la verja se abrió.

—No sabíamos que eran ustedes colaboradores del señor Medina —se justificó, mientras nos guiaba por el monasterio embutido en el hábito marrón de los franciscanos—. El señor Medina es el mayor experto en Ramón Llull de *sas illes*, y nuestras puertas siempre están abiertas para él y sus ayudantes. Nos ayudaron muchísimo a organizar nuestra exposición.

—Está bien —disculpó el profesor—. Ha sido un simple malentendido.

—¿Qué exposición? —preguntó Cassie, observando con atención los ennegrecidos cuadros que flanqueaban el pasillo por el que avanzábamos.

—Las de Llull y el archiduque, naturalmente —contestó, mirándonos extrañado—. He creído entender que es eso lo que venían a ver...

—En parte sí —precisó rápidamente el profesor—, pero antes que nada nos gustaría ver, mientras haya algo de luz, lo que queda del monasterio original.

—Claro, claro, lo que ustedes deseen. Pero les advierto que pueden sufrir una pequeña decepción.

—Nos damos por advertidos —respondí, haciendo una mueca al profesor, que se había vuelto a mirarme tras la última frase del monje.

142

Le seguimos hasta el centro de un patio a cielo abierto, donde las cuatro columnas supervivientes del primer monasterio se sostenían en pie, orgullosas e inútiles.

–Pues aquí tienen lo que queda del monasterio que fundó *mossen* Llull –dijo el franciscano, haciendo un gesto ampuloso con la mano.

Nos acercamos los tres, llenos de curiosidad, pasando la yema de los dedos por la superficie de la piedra, buscando atentamente cualquier marca o símbolo significativo. Pero el tiempo había cumplido eficazmente su labor, y ya nada quedaba de lo que pudo haber sido cincelado en ellas setecientos años atrás.

–¿Y el resto? –pregunté–. El señor Medina nos dijo que había algo más.

–Haberlo, haylo. Una sección del muro de la sacristía pertenece al monasterio original, pero hace poco lo cubrimos de yeso, estaba muy deteriorado.

–Entonces, ¿esto es todo? –inquirió Cassie, contrariada.

–Ya les avisé de que se llevarían una decepción.

Guardamos un pesado silencio, mirándonos entre nosotros, y cuando estaba a punto de insinuar que nos marcháramos, Cassie se dirigió de nuevo al monje.

–¿Y la exposición? ¿Podríamos verla?

–Por supuesto –afirmó, feliz con la perspectiva de salir del patio, donde ya empezaba a hacer algo de frío–. Síganme. Esto sí que les va a interesar.

Una enorme sala, austera aunque cuidadamente ambientada, albergaba una serie de vitrinas que, ligeramente separadas unas de otras, ocupaban la práctica totalidad de la estancia; todas ellas mostraba en su interior libros centenarios y cartas manuscritas. De igual modo, en los muros se intercalaban pinturas de lo que debían de ser antiguos frailes, así como apolillados mapas en papel o pergamino, protegidos tras cristales.

–¡Híjole! –prorrumpió Cassandra–. Menuda colección.

—Es la más importante de la isla dedicada a Ramón Llull o al archiduque Luis Salvador; ambos, figuras relevantes en la historia de la región, aunque cada uno a su manera.

—El archiduque del que habla, ¿fue el que compró las ruinas para restaurarlas? —pregunté.

—Así es. Es interesante advertir cómo dedicó gran parte de su vida a seguir los pasos de Llull. No solo compró las ruinas de este monasterio, si no que recopiló toda la información que le fue posible sobre su fundador. Sobre todo, estaba muy interesado en su faceta de geógrafo, lo que le llevó a hacerse con docenas de mapas, cartas y manuscritos que de un modo u otro tenían relación con Llull y la cartografía. Resulta curioso —añadió tras una estudiada pausa—, pero aunque la cartografía no es ni mucho menos lo más destacado de su obra, el archiduque ignoró todo lo que no fuera referente a dicha disciplina, llegando a donar despreocupadamente valiosísimos documentos originales del propio Ramón Llull, por el mero hecho de que no versaran sobre la materia por la que estaba obsesionado. Pero, aun así, respetando su memoria, hemos dispuesto el material de la exposición en función de la importancia que a cada documento le dio en vida.

—Es sorprendente. ¿Y se sabe a qué era debida tal obsesión? —interrogó el profesor, intentando tirarle un poco más de la lengua.

—Lo cierto es que no. Tan solo hay teorías descabelladas sobre la búsqueda de un tesoro o algo así, pero a mí me parece que no son más que tonterías.

Sentí cómo se me bajaba toda la sangre a los pies, y una gota de sudor frío me corrió por la mejilla. Y supongo que a los tres debió de pasarnos lo mismo, pues la expresión del fraile cambió por completo y se dirigió a nosotros con sincera preocupación.

—¿Se encuentran ustedes bien? —preguntó, tomando del brazo al profesor—. Se han quedado pálidos de repente.

144

Algo más tarde, a solas y ya repuestos de la impresión, recorríamos la sala en silencio, cada uno por un lado, estudiando detenidamente cada mapa o documento, y alegrándonos de que todos tuvieran al lado su correspondiente trascripción en catalán, inglés y castellano.

Habíamos decidido que, dada la enorme cantidad de manuscritos, tan solo nos detendríamos en aquellos que incluyeran alguna referencia a los Templarios, la navegación transoceánica, o a algún tipo de mapa secreto. Era poco realista que diéramos con algo así, pero por algo había que empezar, y leer todo lo que allí estaba expuesto nos habría llevado meses.

Comencé, por mi parte, desde el fondo de la sala y, aunque en principio intentaba leer los manuscritos originales, que en su mayoría estaban en catalán, poco a poco fui pasando a ojearlos tan solo y, finalmente, acabé por no dedicarles ni un vistazo; concentrándome únicamente en las transcripciones, que ya de por sí, resultaban algo complicadas de interpretar.

Finalmente, tras casi tres horas de lectura rápida y con un bombo por cabeza, me derrumbé vencido en una de las sillas que había junto a la puerta de la sala. Cassie, al verme agotado, también con el cansancio en el rostro y arrastrando los pies, vino a sentarse en la otra silla. Sin embargo, el profesor, mientras tanto, continuaba estudiando vitrinas embriagado por la contemplación de amarillentos pergaminos y mapas exquisitamente dibujados a mano.

−¿Recuerdas lo que dijo el monje sobre la disposición de los documentos? −preguntó al cabo de un rato Cassandra, con inesperada curiosidad y la vista dirigida al frente.

−Sí, algo referente a que estaban dispuestos en función de su importancia.

−No, Ulises −puntualizó−. No en función de *su* importancia. Si no de la que le daba el archiduque.

−Tienes razón, ¿y?

−¿A qué dijo también que le daba importancia?

−¿A la cartografía?

—Exacto. Pero, ¿por qué? —preguntó de nuevo, aún mirando al frente.

—¿Porque andaba tras el tesoro de los Templarios, como nosotros?

—Eso es lo que yo creo. Luego... —dijo, dejando la frase en el aire para que yo la terminara.

—...luego el documento que ocupe una posición más prominente en la exposición será aquel que, según el archiduque, guarde mayor relación con el tesoro. —elucubré, apenas advirtiendo la conclusión que acababa de expresar.

Entonces, seguí con la mirada el brazo que la mexicana acababa de extender hacia delante, apuntando a una solitaria vitrina situada exactamente en el centro de la sala.

—¿Alguien ha echado una miradita a ese aparador? —preguntó en voz alta, provocando que el profesor se encajara las gafas y se volviera para mirarla—. Porque yo diría que ese de ahí está en un lugar bastante prominente.

19

Q ué opina usted, profesor? –preguntó Cassie.
–Resulta desconcertante –contestó, sin dejar de mirar el pergamino–. No tiene ningún sentido.

–No hace ninguna referencia a tesoros, descubrimientos o cartografía. ¡Es tan solo un testamento! –recalcó ella.

–Además –añadió él–, fue redactado en 1432, más de un siglo después de que falleciera Ramón Llull. Ni tan solo entiendo qué aquí hace este documento.

Había leído una y otra vez la trascripción, pero a pesar de que tampoco le encontraba el sentido, algo emanaba de ese texto que me decía que la clave estaba ahí. Como había dicho el profesor, estaba fechado en julio de 1432, iba dirigido a un notario y estaba firmado por un tal Jaume Ribes, del que ninguno había oído hablar hasta ese momento. Pero se encontraba justo en el centro de la sala, y las docenas de escritos que atiborraban las vitrinas parecían tan solo satélites orbitando alrededor de aquel pergamino.

El escrito en cuestión estaba redactado en portugués, y versaba sobre el legado de posesiones y títulos cuyo aparente beneficiario sería un niño, quizá su hijo. Lo único que parecía guardar alguna relación con el ámbito de la cartografía era una confusa referencia al nombre de Cresques, el autor del *Atlas Catalán* que había admirado en el despacho de Lluís Medina unas horas antes. El tal Jaume Ribes lo citaba en un curioso contexto, algo así como un breve relato en verso al final del testamento, una especie de acertijo incoherente que centraba toda nuestra atención, y que decía así:

Fugin l'alumne del magistro
Arribá a la més humild vila

E sota la yum d'en petit Cresques
Guardá el camí del Brau
A la negra Allexandría

−Eso no está escrito en portugués −comenté rompiendo el silencio−. Diría que está en catalán antiguo.

−Es lógico −explicó el profesor−, Jaume Ribes es un nombre catalán. Lo que no entiendo es porque el resto de la carta está en portugués.

−Yo diría −intervino Cassie− que si hay algo relevante en ella, debe de estar en la parte final, en los versos. Parece demasiado complejo para ser una adivinanza infantil, y la referencia a Cresques me hace sospechar que hay más de lo que parece.

−Debe de ser lo mismo que pensaba el dueño de esta colección −juzgué−. Si no, no ocuparía este lugar en la sala. Además, el hecho de que sea tan distinta al resto de lo expuesto aquí sugiere que su importancia también es singular.

−*Huyendo el alumno del maestro* −recitó el profesor, leyendo la traducción en castellano−. *Llegó a la más humilde villa. Y bajo la luz del pequeño Cresques. Guardó el camino del Toro. En la negra Alejandría...* −levantó la vista y nos miró a ambos−. ¿Os dice algo?

El silencio que obtuvo por respuesta fue lo suficientemente significativo como para que volviera a inclinarse hacia la vitrina, dejando escapar un suspiro.

−Creo que... −dijo Cassie, bostezando al tiempo que estiraba la espalda− si el archiduque estudió esta carta como suponemos que lo hizo y, que sepamos, no logró descifrarla y no dio entonces con el tesoro, difícilmente lo vamos a conseguir nosotros en media hora, estando como estamos, al menos yo, cansados y hambrientos.

−Tienes toda la razón, querida. Será mejor que volvamos al hotel. Mañana será otro día y podremos volver con más calma.

—Quizás eso no sea necesario —insinué, y al ver el gesto de interrogación de mis compañeros, añadí—: Supongo que aquí deben de tener copias de los documentos. Aprovechémonos un poco más de la influencia de Lluís Medina y pidámoselas al monje.

Y en ese preciso momento, como leyendo nuestros pensamientos, la voz del fraile resonó a nuestra espalda.

—¿Han encontrado lo que buscaban?

—Puede ser —respondí, dándome la vuelta—. Pero nos preguntábamos si tienen copias de lo aquí expuesto.

—Por supuesto, los originales resultan demasiado valiosos para trabajar con ellos.

—Pero... ¿podrían dejarnos alguno para poder estudiarlo?

—Me temo que eso va a ser imposible. No está permitido sacar el material de la exposición del recinto del monasterio. Es una condición impuesta por los herederos del archiduque.

—¿Ni siquiera una copia?

—Ni siquiera una copia. Lo siento —y en su descargo añadió—: Nosotros no impusimos las normas, ni siquiera el señor Medina tiene ese privilegio. Cada vez que desea consultar algo, ha de desplazarse hasta aquí.

—No comprendo la razón de tantas limitaciones. Pero, en fin... ¿Podría al menos prestarnos papel y lápiz?

Cassie y yo copiamos la carta o, para ser más exactos, las transcripciones en catalán y castellano, en las hojas que nos había proporcionado el monje; con la esperanza de que estudiándolo con calma, podríamos sacar algo en claro de todo ello. Mientras, el profesor Castillo conversaba con el hermano Francisco, que así dijo llamarse, sobre lo notable y extenso de la colección.

—Veo que les interesa el testamento de Jaume Ribes.

—Así es —corroboró el profesor—. Al estar situado en el centro de la sala hemos deducido que debía de tener más importancia de la que a primera vista dejan entrever sus palabras.

—Cierto —asintió el franciscano—. El archiduque lo guardaba en su caja fuerte personal, junto a su título nobiliario. Diría que era su bien más preciado, por encima incluso de sus propiedades.

—¿Y sabe usted por qué? —indagó el profesor.

—Lamento decepcionarle de nuevo. Pero nunca llegó a decírselo a nadie, y mucho menos a dejarlo por escrito. A nosotros tan solo nos queda el nebuloso páramo de la especulación.

—¿Y qué especulación es esa?, si puede saberse —pregunté, dejando el lápiz sobre el cristal del expositor.

—Una muy breve, la verdad —confesó con un gesto de abatimiento—. La única conexión real es que se trataba de un importante cartógrafo, de la corte del príncipe Enrique el Navegante de Portugal, y, bueno —dijo abarcando la sala con un gesto—, ya han visto la fijación del archiduque por los mapas.

—Eso explica que casi todo el texto esté en portugués —comentó Cassie—. Pero, ¿por qué los versos finales están escritos en catalán?

—Mujer, por qué va a ser... —exclamó, como si fuera una obviedad—. ¡Pues porque era mallorquín!

—¿Ah, sí? No lo sabía.

El monje guardó silencio por unos instantes, observándonos como si lo hiciera por primera vez.

—¿No trabajan ustedes con el señor Medina? —preguntó, extrañado de nuestra ignorancia en algunas cuestiones—. Por teléfono me explicó que eran colaboradores suyos y, por ello, supuse que ya estaban familiarizados con el material de la exposición.

—Efectivamente, colaboramos con el señor Medina —confirmó tajante el profesor, con cara de póquer—. Pero le puedo asegurar que, en mis muchos años como profesor de historia antigua, jamás había oído el nombre de Jaume Ribes con anterioridad.

El hermano Francisco estudió esta vez al profesor, calibrando hasta qué punto era sincero. Finalmente, juntó las manos en la clásica postura de los monjes, mirándonos a cada uno como a adultos que preguntaran quiénes son en realidad los Reyes Magos.

—Jaume Ribes —explicó pausadamente— era el nombre con que se bautizó al convertirse al cristianismo, pero quizás ustedes lo conozcan por su nombre judío: Jaffuda Cresques, hijo de Abraham Cresques. El hombre que confeccionó el *Atlas Catalán*, el más importante mapamundi de la Edad Media.

20

Los faros del Mercedes barrían de nuevo la zigzagueante carretera. Donde antes aparecía un afable Mediterráneo, una impenetrable masa de agua oscura parecía tragarse los haces de luz cuando el coche apuntaba en su dirección.

Dentro del vehículo todos guardábamos silencio, cavilando sobre las implicaciones de lo que acabábamos de descubrir. El profesor, de nuevo en el asiento trasero, releía la trascripción al catalán del testamento de Jaffuda Cresques, mientras Cassandra hacía lo propio con la traducción al castellano, siendo ella quién acabó rompiendo el absorto silencio que nos embargaba.

—*Huyendo el alumno del maestro* —recitó Cassie—, *llegó a la más humilde villa, y bajo la luz del pequeño Cresques, guardó el camino del Toro, en la negra Alejandría.* —levantó la vista y se quedó mirando, absorta, la línea continua de la carretera—. No hay por donde halarlo.

—¿Creéis que realmente hay un mensaje oculto en esos versos? —pregunté, algo escéptico.

—Ni modo —respondió Cassie—. Si no, no tendría sentido que escribiera de una forma tan críptica en un testamento —y mirando por el espejo retrovisor, añadió—: ¿No opina usted lo mismo, profesor?

Por respuesta obtuvo tan solo el sordo rumor del motor del coche.

—Profesor —inquirí al ver que no contestaba—. ¿Está usted ahí?

—¿Qué? Perdón, ¿decíais algo?

—Le preguntaba que si a usted también le parece que hay un mensaje oculto en el testamento —repitió Cassandra.

—En eso mismo estaba pensando, querida... —comentó distraídamente, sumiéndose de nuevo en sus pensamientos.

—¿Y? —insistí, al comprender que la contestación acababa ahí.

—Oh, sí, claro... Pues, la verdad, no lo sé.

—Vaya, es usted todo un ejemplo de análisis científico.

—No seas mala onda —le defendió Cassandra.

—Déjalo —dijo el profesor, saliendo de su letargo—. Le gusta meterse con ancianos indefensos.

—¡Hombre, veo que ha vuelto al olor de la sangre!

Cassandra me miraba a mí de reojo, y al profesor a través del espejo.

—Sois un par de patojos. Más que una investigación, esto parece un capítulo del Chapulín Colorado.

—Tienes razón, Cassie —acepté circunspecto, e inclinándome hacia ella añadí en voz baja, con afectación— ...pero es que el profe me tiene manía.

—¡Ah, no sé por qué me meto!

—Bueno, bueno, ya basta de bromas señorita Brooks —intervino el profesor, con cierta mala uva—. Vamos a ver si nos ponemos serios.

Ella lo miró por el espejo, pero no dijo nada.

—¿Ha deducido algo de lo que aparece en el testamento? —pregunté, volviendo al tema.

—Aún no. Pero me apuesto la jubilación a que los versos finales significan algo.

—¿El lugar donde está oculto el tesoro templario? —aventuré con escaso convencimiento.

—No lo creo —refutó con un ademán—. Si damos por hecho que se lo llevaron a América, debería haber un plano o una descripción muy exacta del lugar, para que tuviera sentido que indicaran el camino; y dudo mucho que en esos cinco versos se halle oculta dicha descripción. Además, está la palabra *magistro*, que me tiene un poco mosqueado.

—¿Por qué?

—Pues porque la han traducido como maestro, y maestro, en latín, se dice *magister*. Aunque seguramente no signifique nada. Quizá simplemente nuestro amigo Jaffuda no dominase el latín y sea una simple errata, y el equipo de Medina, entendiéndolo así, haya decidido traducirlo como *maestro*, que seguramente era lo que se pretendía escribir.

—En resumen, que puede que todo esto no signifique nada al fin y al cabo —sugirió Cassandra, desalentada—. Quizá, como dijo el catedrático, perseguimos un espejismo, un fantasma...

Las curvas se sucedían una tras otra, y las últimas palabras de la mexicana parecían hacer eco en el interior del vehículo.

—Lo sé, estamos buscando un puñetero fantasma en una noche con niebla —reconocí, inspirado por la bruma que en ese momento brillaba ante los faros—. Pero, por mi parte, pienso agarrarme a cualquier cosa que lleve una sábana encima o arrastre cadenas.

Ninguno de los tres dijo nada más, pero un leve vistazo a mis acompañantes fue suficiente para constatar que, a pesar de todo, pensaban lo mismo que yo.

—No acabo de entenderlo —dijo Cassie, agitando el tenedor con un trozo de filete clavado en el extremo—. Si el tal Cresques sabía de la existencia del tesoro, y esa especie de poema que él escribió revela la forma de encontrarlo, ¿por qué no lo fue a buscar él mismo?

—Quizá lo hizo —sugerí, masticando una hoja de lechuga.

—Pues, en ese caso, caben dos posibilidades. O el testamento es una broma pesada y en este momento se está muriendo de risa en el infierno, o los versos no son obra suya y ni siquiera él pudo descifrarlos. Porque lo que sabemos seguro es que no dejó en herencia diez mil millones de dólares en oro, reliquias y piedras preciosas —dijo apuntándome con el tenedor, como si de una varita mágica se tratase, amenazando con convertirme en un sapo verde.

Habíamos decidido bajar a cenar algo tras regresar al hotel, y nos encontrábamos en un comedor semivacío dando buena cuenta del bufete libre, a solas ella y yo, pues el profesor había decidido permanecer en su habitación, dándole vueltas al documento que habíamos copiado.

—También hay una tercera posibilidad —apunté— en la que él conociera la solución al acertijo pero, en cambio, decidiera no ir a buscarlo.

—¿Por qué no iba a querer hacerlo?

—Muy sencillo —expuse, mientras trataba de ensartar una aceituna con el tenedor—. Porque quizá no deseaba encontrarlo sino protegerlo.

—¿Me estás sugiriendo que Jaffuda Cresques, un judío converso, era en realidad un templario trasnochado que preservaba el mayor tesoro de la historia de la codicia de los infieles cristianos?

—Estaba pensando más bien en que es mucha coincidencia que el anillo que encontramos perteneciera a un cartógrafo educado en esta isla, y que otro cartógrafo, también mallorquín, incluya en su testamento lo que parece ser información para encontrar lo que su colega, un siglo atrás, escondió en un continente *aún por descubrir*.

—No acabo de ver qué me quieres decir, Ulises.

—Pues me pregunto —insinué, fijando la mirada en la copa de tinto que ahora tenía en la mano— si Jaffuda no estaría simplemente transmitiendo en su testamento el acertijo a su propio hijo. Un acertijo que pudo heredar de su padre Abraham, también cartógrafo, que a su vez pudo haberlo recibido de, por ejemplo... Ramón Llull, otro cartógrafo mallorquín contemporáneo de los últimos años de la Orden del Temple. Quien, casualmente, fundó el monasterio donde hemos estado esta tarde y donde, parece ser, se instruyó el dueño de cierto anillo con un sello templario.

Cassandra masticó mis palabras, al mismo tiempo que el trozo de carne que había acabado por meterse en la boca, y me escudriñó curiosa, entrecerrando los ojos.

—¿Sabes? A lo mejor no eres tan tonto como aparentas.

—Eso sí que es coincidencia, lo mismo me decía mi profe de mates del instituto —contesté halagado—. Claro que él se equivocó.

—Chicos, me alegro de veros. Hay algo que quiero que veáis —dijo el profesor, nada más abrirnos la puerta de su habitación, cuando le fuimos a entregar las piezas de fruta que nos había pedido que le subiéramos—. Entrad, entrad.

Intercambié una mirada con Cassie y, alzando las cejas resignadamente, pasamos dentro. Ambos estábamos cansados por el largo día que habíamos tenido, el tinto de la cena estaba haciendo su efecto, y solo pensábamos en irnos a la cama para dormir hasta el día siguiente; por lo que la invitación del profesor no generó un excesivo entusiasmo.

—Sentaos por ahí —señaló con un escueto gesto, mientras ordenaba los papeles esparcidos por el pequeño escritorio de la habitación.

Como la única silla de la habitación era la que él ocupaba, nos sentamos en el borde de la cama, confiando que la disertación fuera lo más breve posible, y mientras lo hacía, reparé en un cigarrillo artesanal a medio consumir apoyado en el cenicero, y en el inconfundible aroma que flotaba en el ambiente.

—¿Fuma usted marihuana, profesor? —pregunté, atónito.

Él miró el cigarrillo, y quitándole importancia se encogió de hombros.

—Muy de vez en cuando. Pero siempre llevo conmigo una bolsita con algo de hierba, me ayuda a relajarme —alargó la mano y, tomando el cigarrillo nos ofreció a ambos—. ¿Queréis una calada?

Desconcertados, rehusamos educadamente, indicándole que estábamos rendidos y que, por favor, fuera al grano.

156

—Veréis —comenzó a explicar, dándose la vuelta en la silla—. Mientras vosotros cenabais tranquilamente, yo he preferido quedarme aquí estudiando las transcripciones.

—¿Nos está reprochando que bajásemos a cenar? —le interrumpí contrariado.

—No, disculpad, no he querido decir eso. Bueno, en el fondo quizá sí, pero no me hagáis caso, estoy algo fumado...

—No se preocupe profesor, nos hacemos cargo —dispensó la mexicana.

—Bueno, lo que quería deciros es que he leído y releído el testamento, sobre todo la parte final, y creo que le he encontrado un cierto sentido —hizo una pausa para rebuscar en sus papeles y tomó una hoja que situó ante nuestros ojos—. Lo que nuestro amigo Jaffuda pareció dejarnos fue el relato de algún tipo de viaje.

—Explíquese —pidió Cassandra.

—Veréis, si nos centramos en los versos finales encontramos lo siguiente: *Huyendo el alumno del maestro* —leyó el profesor—. Nos dice que alguien huyó de otra persona, en concreto un alumno de un maestro y, aunque no sabemos quiénes eran, ni por qué huía uno del otro, podemos deducir que ambos personajes son relevantes en esta historia; sobre todo *el alumno*, que parece ser el protagonista del relato —y añadió como para sí mismo—: Al regresar a Barcelona consultaré mis archivos en busca de alguna referencia a algo así acaecido a principios del siglo XV en la isla de Mallorca, pero no va a resultar fácil dar con algo.

—Profesor, precisamente hemos estado hablando de ello en la cena, y a Ulises se le ha ocurrido que ese acertijo podría haber sido escrito un siglo antes. Opina que quizá le fue transmitido por su padre, el cual pudo escribirlo o haberlo recibido de un tercero —y, mirándome, agregó—: Y a mí me late que puede tener razón.

—¿Creéis que la clave del tesoro de los Templarios pudo pasar de generación en generación como si se tratase de la cubertería de la abuela?

–¿Por qué no? –protesté–. Tiene sentido. Según su amigo Lluís, Ramón Llull era el mejor cartógrafo de Europa cuando los Templarios escaparon a América. ¿No cabe pensar que éste les asesorara de algún modo, y tuvo así conocimiento del lugar al que huían, dejando constancia de ello a su discípulo Abraham Cresques y éste, a su vez, a su hijo Jaffuda en este acertijo?

–Un momento, Ulises –me interrumpió Cassandra, poniéndome una mano en la pierna y causándome inadvertidamente una ligera turbación–. Has dicho *huían*. ¿Podrían ser los Templarios *el alumno*, y *el maestro*, no sé... quizás el Papa, o el Rey de Francia? –preguntó, volviéndose hacia al profesor.

–No sé, no sé... no es imposible, pero no acabo de ver claro que nadie entendiese la relación del Temple con la Iglesia o el Estado, como un vínculo entre maestro y alumno. La verdad, querida, no creo que se refiera a eso.

–Entonces... no alcanzo a ver por dónde podemos halar de la pita.

–Paciencia hija, paciencia; aún no he terminado –volvió a fijar la vista en la hoja de papel, y acabó de leer los versos–: *...llegó a la más humilde villa, y bajo la luz del pequeño Cresques, guardó el camino del Toro, en la negra Alejandría.*

–¿Y ha sacado alguna conclusión de todo eso? –interrogué, escéptico.

–Lo cierto es que no –confesó–. *La más humilde villa* puede ser cualquier lugar; *la luz del pequeño Cresques* no tengo ni la menor idea de lo que puede ser, y la *negra Alejandría* no la conozco; solo la de Egipto, y de negra tiene poco.

–Profe –intervine, levantando la mano como en el colegio–, se ha saltado lo del *camino del Toro*.

–Muy bien, Ulises. Veo que estás atento –reconoció, con una leve inclinación de cabeza–. Pues me lo he saltado a propósito, porque lo he querido dejar para el final. Veréis, lo primero que me llamó la atención fue que en el original escribiera *Brau*; o sea, toro, con mayúscula, como si se refiriera a alguien o algo importante –se

158

puso en pie y empezó a caminar por la habitación con las manos a la espalda, en esa recreación de sus años de maestro que tan propia le era–. Le estuve dando vueltas a la palabra, hasta que caí en la cuenta que Toro en latín es *Taurus*, palabra que si descomponemos nos queda en *T–aurus*. La *T* era utilizada en el siglo trece como el logotipo de la Orden de los Pobres Caballeros de Cristo, y *aurus* no significa otra cosa que oro –se apoyó en el borde de la mesa, y concluyó–: Así que, juntando las piezas, nos queda...

–...nos queda –profirió entusiasmada Cassandra, adelantándose una vez más a mis pensamientos–. ¡El camino del oro de los Templarios!

21

Puntuales, minutos antes de las nueve de la mañana, aparcábamos el coche de alquiler frente a la facultad de Historia, y al poco nos encontrábamos llamando a la puerta del despacho de Lluís Medina.

—¡Adelante! —tronó una voz desde el interior.

—Buenos días, Lluís —saludó el profesor.

—¡Hombre! Buenos días a los tres —correspondió el voluminoso catedrático, semioculto tras una montaña de papeles.

Con rapidez, despejó la mesa disculpándose por el desorden y nos indicó que nos sentáramos, aunque, como el día anterior, seguía faltando una silla, y yo volví a optar por quedarme de pie.

—¿Cómo os fue por Miramar? ¿Os pusieron algún problema más?

—No, en absoluto, Lluís. Después de tu llamada todo fue como la seda.

—Me alegro, me alegro —repuso con satisfacción—. Y... ¿encontrasteis lo que buscabais?

—Puede que sí —dijo el profesor lacónicamente—. Pero no estamos del todo seguros.

Al ver que la explicación acababa ahí, Medina nos miró impaciente, enarcando las cejas de forma inquisitiva.

—¿Y bien? No puedo ayudaros si no soltáis prenda.

Nos miramos los tres, y sin necesidad de decir una palabra convenimos que nuestra mejor baza era poner al catedrático al corriente de nuestras averiguaciones.

—Creemos —dijo Cassie, tomando la palabra— que el testamento de Jaffuda Cresques contiene la clave que conduce a un... ejém, tesoro.

—¿Os referís a los versos finales?

—Así es.

—Y seguro —dijo mirando al profesor— que mi buen amigo Eduardo ha supuesto que la palabra *Brau*, del cuarto verso, se refiere al oro de los Templarios.

—¿Lo sabías? —preguntó el profesor, claramente sorprendido.

—Eduardo... —dijo explicando una obviedad—, llevo años estudiando los documentos del monasterio, incluido ese testamento. Me lo sé de memoria.

—Entonces, ¿estamos en lo cierto? —intervine—. ¿El acertijo se refiere al *T−aurus*?

—Yo no he dicho eso.

—Pero si acaba de...

—He dicho que imaginaba que mi amigo Eduardo sacaría esa conclusión, no que fuera acertada.

—Vamos, Lluís —le reprobó el profesor—. No nos marees.

El catedrático soltó una carcajada.

—Está bien —reconoció—. No existe ni la más mínima prueba al respecto... pero no puedo descartar que sí, que Jaffuda Cresques se refiriera en ese verso al tesoro de la Orden del Temple.

Una marea de contenido entusiasmo barrió a los que nos encontrábamos en el mismo lado de la mesa, y tardamos aún algunos instantes en asimilar lo que acabábamos de oír de boca de uno de los mayores expertos mundiales en la materia.

—Estábamos en lo cierto —exclamó finalmente Cassandra, incrédula ante nuestra propia perspicacia—. El testamento es la clave del pinche tesoro.

—Señorita Brooks —dijo Medina—, está sacando conclusiones precipitadas. El resto de los versos, aunque insinúan un viaje y un destino final, son solo eso, una insinuación —y, cariacontecido, añadió—: Lo siento por vosotros, de verdad, pero ese acertijo es un callejón sin salida, la última diversión de un viejo bromista que me ha ocupado meses y me ha llevado a una única conclusión: el acertijo, por muy sugerente que parezca, no significa nada.

—Querrá decir... —objeté, algo contrariado por su desoladora rotundidad— que *usted* no ha sido capaz de resolverlo.

—Mira, Ulises —adujo con condescendencia—. Si ni *yo* ni nadie de mi equipo ha logrado desentrañarlo es que, sencillamente, no es posible hacerlo.

—Me parece un poco arrogante por su parte decir eso —no pude evitar pensar en voz alta

—No es arrogancia muchacho, es certeza.

—¿Pues sabe qué opino yo de las certezas? —repliqué, apoyándome en la mesa.

Me reventaban todos esos apóstoles de verdades absolutas, entregados a la, según ellos, noble tarea de coartar cualquier iniciativa o propuesta que no encaje en sus dogmáticos preceptos o tropiece con su ego.

—Ulises, por favor —intervino el profesor, temiendo que la cosa fuera a más—. Lluís nos está ayudando.

—Quizá, pero me parece que aún le gusta más dejarnos claro que lo que él dice va a misa, y que nosotros, pobres ignorantes, solo damos palos de ciego.

—Bueno, Ulises... quizá tenga razón, y esta pista no nos lleve a ningún sitio.

—¡Pero es que no tenemos otra! Si de aquí no sacamos nada, será el fin de nuestra búsqueda y yo, al menos, no tengo intención de darme por vencido.

—Hijo... —reseñó Medina—, que tú desees algo no lo convierte necesariamente en verdad. Eso solo pasa en las películas malas.

—Cierto —admití, aún más molesto por su tono paternalista—. Aunque tanto en las malas películas como en la vida real hay también siempre ciertos personajillos que creen ser los únicos poseedores de esa verdad, y que disfrutan poniendo palos en ruedas ajenas.

−¡Ya basta! −exclamó el profesor−. Esto no nos lleva a ninguna parte −y añadió con gravedad−: Y, Ulises, será mejor que te calmes.

Tenía en la punta de la lengua una respuesta cuando advertí que Cassandra me miraba fijamente, sorprendida por mi exagerada reacción y, consciente de que estaba apareciendo como un energúmeno ante ella, me mordí la lengua y me limité a darles la espalda en silencio, a la espera de que mi sangre regresara a su temperatura habitual.

El profesor se disculpó en voz baja con su amigo y, simulando que no había pasado nada, le preguntó sobre la documentación de Ramón Llull que le había prometido.

Mientras tanto, yo intentaba no escucharles, concentrándome en la pared que tenía enfrente, dejando vagar la vista por los tomos encuadernados en piel de los estantes y por la reproducción del *Atlas Catalán* que tenía en la pared. Dedicando a través de los siglos un recuerdo a la santa esposa de su autor, madre del hombre que nos traía locos con su acertijo.

A pesar de mi alterado estado de ánimo, no podía dejar de admirar el arduo y exquisito trabajo que suponía ese mapamundi. Las costas de Europa y norte de África aparecían perfectamente detalladas, incluidas las islas Canarias, que no mucho antes de la confección del mapa eran poco más que una leyenda. Seguí la vista hacia el norte, tratando de identificar unas pequeñas *ínsulas* −tal y como estaban definidas en el mapa− con forma de media luna o de botón, y que debían corresponder a las Azores y a Madeira, aunque su forma y situación no coincidieran más que aproximadamente.

Ahora era Medina el que explicaba al profesor algo sobre un tal *Llibre de la contemplació*, de Ramón Llull, que versaba sobre la utilización de la brújula y los beneficios que esta suponía para la navegación. Entretanto, yo observaba distraído la rosa de los vientos de flechas azul y oro que flotaba en mitad del Atlántico, con la indicación de los vientos correspondientes en catalán: xaloc, tramontana, gregal y... entonces, al leer, torciendo la cabeza, el nombre del viento correspondiente al noroeste, la sangre se me fue a los pies y un violento pálpito estuvo a punto de desabotonarme la camisa.

—Cassandra —la llamé, sin despegar la vista del mapa—, ¿...podrías venir un momento?

Oí cómo se movía una silla, y mientras el catedrático seguía disertando sobre la vida y obra de Llull, noté la presencia de Cassandra justo a mi lado, mirando mi perfil.

—¿Sí?

—Cassie, tú que tienes estudios... ¿podrías decirme que lees aquí? —le pregunté sin mirarla, poniendo el dedo sobre la punta dorada que apuntaba fuera del mapa.

—A ver... —murmuró con escaso interés, acercándose al cuadro.

Arrugó el ceño, estudiando la palabra que le señalaba y, tras unos segundos de silenciosa concentración, puso los ojos como platos y, dando un paso atrás, se volvió hacia mí con el asombro pintado en la cara.

—¡La gran diabla, Ulises! Es el maestro. Lo has encontrado.

22

El aliento del catedrático Lluís Medina me daba en la nuca pero, aun así, no me hice a un lado, importándome bien poco si veía bien o no, y así, de paso, restregándole subliminalmente por la cara que en dos minutos de observación había logrado más que él en muchos meses de trabajo.

—Es inconcebible... —susurró a mi espalda.

—Pues ahí está —reseñé sin dejar de mirar el mapa, regodeándome en mi pequeño triunfo—: el *Magistro*.

—Tanto tiempo... —prosiguió, haciendo como si no me hubiera oído—, y lo tenía, literalmente, justo frente a mis narices...

—Pero no acabo de entender —intervino Cassie— qué relación tiene la palabra *maestro* con una rosa de los vientos. ¿Qué hace ahí?

—Es que *Magistro* parece ser que no significa *maestro* —aclaró el profesor, rascándose la barbilla—. En este caso, se refiere al nombre que se le daba en catalán a un fuerte viento proveniente del noroeste: el mistral. Después de todo, el tal Jaffuda resulta que hablaba latín mejor de lo que pensábamos.

—De lo que pensaban... —recalqué en voz baja, pero audible.

—No empecemos... —cuchicheó el profesor a mi oído.

—Entonces —comentó Cassandra, meditabunda—, lo que creíamos que era *huyendo el alumno del maestro*, en realidad significa... *huyendo el alumno del mistral*

—Eso le da a todo un nuevo sentido —confirmó el profesor.

—Inconcebible... —volvió a musitar el catedrático, que parecía incapaz de decir nada más.

Disfrutaba del momento sonriendo de oreja a oreja, casi más satisfecho por la patada en el orgullo al petulante catedrático que por lo que significaba en sí mi inesperado descubrimiento, cuando una clara imagen apareció ante mis ojos.

—La clave está en el mapa.

—¿Cómo? —preguntó Lluís Medina, aún aturdido.

—Digo que la clave está en el mapa —repetí con mayor aplomo, entreviendo cada vez más claro lo que se me acababa de ocurrir—. Los versos del testamento son pistas que hemos de seguir sobre el atlas de Abraham Cresques, el padre de Jaffuda Cresques, o Jaume Ribes, como queráis llamarle.

Coloqué de nuevo el índice sobre el mapa, justo en la rosa de los vientos y miré al profesor, que asistía boquiabierto a todo aquello.

—¿Insinúas que el *Atlas Catalán* es como —cuestionó escéptico, pero sin dejar de mirar dónde señalaba mi dedo— ...un mapa del tesoro?

—Eso mismo, pero sin el *cómo*.

Habíamos descolgado el facsímil del atlas de la pared y despejando totalmente la mesa del catedrático, colocándolo sobre la misma.

Ahora nos apretábamos los cuatro frente al borde sur del mapamundi; quedando en la mitad izquierda la representación del Atlántico, el norte de África y Europa Occidental, donde destacaba, pintada con franjas rojas y amarillas, la isla de Mallorca, flotando en el azul del Mediterráneo.

—Recapitulemos —dijo Medina, que trataba de recobrar la compostura—. Si aplicamos la frase *huyendo el alumno del mistral* al atlas, y damos por supuesto que el alumno fue un estudiante del monasterio de Miramar, se puede deducir que éste huyó por alguna razón, en la dirección en la que sopla ese viento. O sea —dictaminó en tono académico—, que salió de la isla en dirección sureste.

—¿Tiene una regla? —preguntó Cassandra.

—Sí, claro —contestó Medina, abriendo un cajón y le entregándole una pequeña regla de plástico.

166

Cassie la aplicó sobre el mapa, colocando un extremo en la isla de Mallorca y moviéndola a continuación hasta que, paralela a la línea noroeste–sureste dibujada en la rosa de los vientos, tropezó con tierra firme en la costa del Magreb.

Instintivamente, todos acercamos la cabeza escudriñando el lugar que señalaba la regla.

—¿Qué hay ahí? —pregunté, rompiendo el silencio.

—La costa de Argelia —respondió el catedrático.

—Eso ya lo sé. Pregunto qué es lo que aparece en *este* atlas. Desde aquí no veo un carajo.

—Pues... depende —fue la ambigua respuesta, esta vez en boca del profesor.

—¿Cómo que *depende*? La línea pasa por encima de un pueblo o una ciudad, ¿no?

—Lo cierto es que pasa por varias —dijo alzando la vista y mirándome por encima de las gafas—. Podemos suponer que Mallorca es el punto de partida de un rumbo, pero no sabemos hasta dónde debemos seguirlo.

—Es cierto —coincidió Cassie—. Fíjate, si proyectamos la línea, llega hasta el desierto de Libia, donde está dibujado ese elefante y se termina el mapa.

—¿Y cómo demonios vamos a averiguar en qué lugar de esa línea de miles de kilómetros hemos de buscar?

—Ni idea, Ulises —contestó el profesor, haciéndose eco de mis dudas—. Imagino que tendremos que estudiar todos los lugares que pasan bajo esa línea, uno por uno.

—No todo iba a ser tan fácil, chico —apuntilló Medina con menosprecio—. No siempre marca el lugar una equis.

Volvió a hervirme la sangre ante el arrogante catedrático, pero cuando ya estaba tomando forma un insulto en mis labios, Cassandra se adelantó con un genuino taco mexicano que nos pilló a todos por sorpresa.

—¡Hijo de la gran chingada! ¡Ya lo tengo! —exclamó.

—¿Qué tienes? —pregunté—. ¿Has descubierto la posición?

—No, la posición no —contestó entusiasmada, alzando la vista—. Pero sé cómo dar con ella.

—¿Y cómo piensa usted hacer tal cosa... señorita? —preguntó Medina, sin disimular su fastidio.

—Pues muy fácil... caballero —repuso Cassandra ácidamente—. Siguiendo las instrucciones del testamento —y clavándole la mirada, añadió—: Porque, en realidad, estoy segura de que una equis *sí* marca el lugar.

—*Fugin l'alumne del magistro* —leía la arqueóloga en voz alta—, *arribá a la mes humild vila, e sota la yum dén petit Qresques, guardá el camí del Brau, a la negra Allexandría.* —Levantó la vista del papel y, sin mirarnos a ninguno, aseveró—: Sabemos que la primera frase nos da una línea recta que cruza medio mapa y varias ciudades en su camino —explicó, pasando el dedo por encima de la línea dibujada a lápiz sobre el atlas—. Ahora se trata de descifrar la frase que nos vuelva a dar otra línea recta que se corte con la anterior y, de ese modo, tendremos una equis en el mapa —y con una media sonrisa añadió—: que me juego la coleta a que indicará una ciudad o fortaleza de las que aparecen en el mapa.

Pasó un largo minuto de silencio en el que se podía oír el rumor de los cerebros trabajando, asimilando la posibilidad que Cassandra acababa de ofrecer.

—Puede ser... —concluyó finalmente el profesor—. Pero como no tengamos la misma suerte para interpretar correctamente el resto del acertijo —apuntó, mirándome de soslayo—, lo vamos a tener bastante difícil.

—Vamos a ver. No puedo creer que hayamos dado un paso tan grande en menos de media hora y aún tenga que escuchar comentarios derrotistas.

—Hijo... —intervino Medina, incapaz de ahorrarnos su opinión.

—Yo no soy su hijo —repliqué, irritado.

El catedrático guardó silencio por unos instantes, carraspeó y volvió a la carga.

—Eduardo solo está intentando ser realista. Un golpe de suerte no te convierte en investigador ni va a resolver este enigma —dijo con acritud—. A partir de ahora, lo que hay que hacer es estudiar toda la bibliografía de Jaffuda Cresques con detenimiento, y dejar el asunto en manos de *auténticos* expertos.

—¿Se refiere a los mismos expertos que confunden *Maestro* con *Mistral*?

—Ulises, déjalo ya —terció el profesor—. Disculpa, Lluís, estamos todos muy excitados.

—La historia no es una ciencia exacta, se basa casi siempre en aprender de los errores cometidos. Así es como se avanza —se defendió, poniendo en pie su imponente presencia.

—Pues eso mismo es lo que llevo intentando decirle desde hace media hora —le dije a la cara—. Lo que sucede es que no soporta que alguien que no tiene una plaquita con su nombre en la puerta le demuestre que está equivocado, dejándole en evidencia a usted y a su catedrática prepotencia.

—¡Ya basta! —cortó Cassandra—. ¡Lleváis toda la mañana comportándoos como meros pendejos! ¿Podéis dejar de jugar a ver quién la tiene más grande y concentraros en lo que estamos haciendo? —exclamó irritada, mirándonos alternativamente a uno y a otro.

Tanto Lluís Medina como yo levantamos el índice, dispuestos a replicar airadamente. Pero Cassandra nos lanzó a ambos una mirada incendiaria desde sus escasos metro sesenta y poco, y no tuvimos el valor de pronunciar una sola palabra más.

El profesor nos observó, entre sorprendido y divertido por cómo la pequeña arqueóloga controlaba con un solo gesto a dos gallitos que la doblaban en tamaño; aprovechando de paso el tenso silencio que se había producido para meter baza y reencauzar la conversación.

—Veamos... —continuó como si nada hubiera pasado—, el siguiente verso dice: *arribá a la més humild vila*, o sea, llegó a la más humilde villa. ¿Os dice algo?

Yo tenía toda mi imaginación al servicio del hemisferio cerebral dedicado a la mala uva. Y mirando al catedrático mallorquín de reojo, supe que no era el único.

—¿Podría ser —intervino Cassandra, intentando dar a su voz un aire de normalidad— una de las ciudades que atraviesa la línea del mistral?

—Buena idea, querida —convino el profesor—. Pero eso nos llevaría a contemplar una docena de poblaciones e intentar averiguar no solo cual era la de menor importancia en el siglo XIV, sino a interpretar también a qué tipo de humildad se refería: podría ser material, moral o religiosa —encogió los hombros—. La verdad es que se me antoja demasiado complejo para alguien que quería que el acertijo siguiera teniendo sentido siglos más tarde.

—Intuyo —sugerí, aún crispado— que tiene que ser algo más sencillo.

Creí oír un suspiro de Medina pero continué, desdeñándole.

—Diría que el acertijo y el atlas forman parte de un mismo rompecabezas, casi cien años distantes entre sí. Hoy tenemos ambas piezas, y ahora solo debemos averiguar cómo encajarlas.

—*E sota la yum dén petit Qresques* —leyó el profesor, adivinándome el pensamiento—, o, lo que es lo mismo, bajo la luz del pequeño Cresques, guardó el camino del Toro en la negra Alejandría.

—Supongo —presumió el catedrático, aparentemente más calmado— que sería mucha casualidad que nuestra línea pasara sobre Alejandría.

—Ni se acerca —confirmó Cassie.

—¿Y no puede ser que lo de la línea noroeste—sureste sea para despistar, y que al fin y al cabo, el destino sea Alejandría?

—Difícilmente —opinó el profesor—. No creo que se tomara tantas molestias para ocultar el destino, y simplemente lo dijera en

170

la última frase. Además —puntualizó con una mueca—, no creo que el corazón del Islam fuera un lugar seguro para un monje franciscano, aunque hablara el árabe perfectamente.

—Entonces —recapitulé—, nos quedan por desentrañar el segundo y el cuarto verso.

Repasé detenidamente el mapa buscando un pequeño Cresques, pero todo lo que aparecían eran reyes, elefantes y camellos. Ningún cartógrafo a la vista.

—¿Alguien ve algo que se pueda interpretar como un cartógrafo, o un joven aprendiz? —pregunté al aire, articulando mis dudas.

—Nada —respondió Cassie—. Nada de nada.

Siguieron varios minutos de expectante silencio. Medina se había hecho con una lupa, mientras Cassie y yo nos encorvábamos sobre el mapa, buscando hasta en la más remota isla de un insólito Océano Índico. El profesor, sin embargo, se había apartado de la mesa y, mirando a través de la ventana, parecía reflexionar, ajeno a la febril búsqueda que nos embargaba a los demás.

De repente, se volvió hacia nosotros y, exultante, nos conminó a que le prestáramos atención.

—No vais a encontrar lo que andáis buscando —sentenció—, por mucho que busquéis.

—¿Y eso por qué? —le interpeló Medina.

—Pues porque ahí no hay ningún joven dibujado —explicó tranquilamente—. Jaffuda Cresques no está en ese atlas.

—¿Cómo lo sabe? —pregunté.

—Sencillamente, porque acabo de averiguar lo que en realidad tenéis que buscar.

—¿Y nos vas a decir que es? —intervino de nuevo Medina, impaciente—. ¿O tendré que inyectarte pentotal sódico para que desembuches?

—No será necesario, Lluís. La respuesta la tienes aquí fuera, frente a la ventana.

Nos abalanzamos los tres hacia la misma, buscando desesperadamente la respuesta en un cuidado jardín con un sauce llorón que se desplegaba tras los cristales. Más allá aparecía el aparcamiento y, a lo lejos, un centro comercial y un campo de baloncesto.

—¿Quiere decir que la respuesta al enigma se encuentra en un supermercado? —comenté.

—No es ahí donde tienes que mirar, listillo —contestó el profesor—, si no más arriba, en el cielo.

Todos alzamos la vista, y lo único que apareció claramente ante nosotros fue un radiante sol, al que resultaba imposible mirar fijamente.

—¿No querrá decir, que...? —intuyó Cassandra, escéptica.

—Exacto —afirmó el profesor, visiblemente satisfecho de sí mismo—. El Sol —y dándose la vuelta para señalar el mapa sobre la mesa, afirmó—: Sin ninguna duda, eso es lo que tenéis que buscar en ese atlas.

—¿Sería mucho pedir —preguntó Medina, sentado en el borde de la mesa con los brazos cruzados—, que nos pusieras al corriente de cómo has llegado a tan curiosa conclusión?

—Por supuesto, estimado amigo. Será un placer.

El profesor tomó asiento en el sillón de Medina, se retrepó en el respaldo y, limpiándose los cristales de las gafas en un gesto que ya le había visto cuando pretendía hacerse el interesante, inició la explicación.

—Como ya sabéis, Abraham Cresques y su hijo Jaffuda eran judíos y, por descontado —dijo, como algo de Perogrullo—, aparte del catalán y del castellano, hablaban también el hebreo. Pero lo que quizás alguno no sabréis —dijo mirándome a mí directamente— es que el alfabeto hebreo carece de vocales; tan solo hay consonantes que, en función de la forma en que se ordenan, componen palabras pronunciables. ¿Hasta aquí todo claro?

—Cristalino, pero no tengo ni idea de qué está hablando.

—No seas impaciente, Ulises. Ahora te lo explico.

Pero, en cambio, lo que hizo fue una de sus teatrales pausas mientras volvía a colocarse las gafas.

—Como iba diciendo —prosiguió—, el alfabeto hebreo solo consta de consonantes. Pero es que, asimismo, posee otra característica única entre todos los demás, y es que cada consonante de ese alfabeto corresponde a un número en particular.

—¿Un número? —intervino Cassie, dándome a entender que no era el único en la habitación que ignoraba por dónde iban los tiros.

—Así es, querida, un número —repitió, complacido por captar nuestra atención.

—Está bien, Eduardo, eso también lo sé yo —dijo Medina, dejando de nuevo en evidencia su incorregible vanidad—. ¿A dónde quieres ir a parar?

—Pues a que si sumamos los valores numéricos del apellido *Qresques*, suprimiendo las vocales tal y como aparece escrito originalmente, o sea: «Q» igual a cien, «r» igual a doscientos, «s» igual a trescientos, «q» igual a cien y «s», de nuevo, igual a trescientos; en total, suman mil.

—¿Y? —pregunté, aún sin entender nada.

—Pues que el número mil, en hebreo —aseveró con un gesto de obviedad—, significa «sol».

—¡Claro! —prorrumpió Cassandra—. Por lo tanto... bajo la luz del pequeño Cresques, significa: ¡Bajo la luz del pequeño sol!

Se precipitó entusiasmada sobre el atlas, y antes de que ningún otro tuviera siquiera tiempo de acercarse a la mesa, volvió sobre sus talones, exultante.

—¡Lo he encontrado! ¡El pequeño sol está en el atlas!

Nuevamente nos encontrábamos rodeando la mesa, mirando fijamente el mapa.

—Yo no veo ninguno más —dijo Cassandra.

—Pues algo falla —dijo Medina.

—No falla nada —no pude evitar contradecir—. En todo caso, debe de haber algo más que se nos escapa.

Tenía toda mi atención puesta en la figura de un rey negro, dibujado en el borde sur del atlas y sentado en su trono, con su corona y su báculo de oro, sosteniendo en su mano derecha una esfera dorada; algo que perfectamente podía interpretarse como un pequeño sol. Dicha figura se hallaba en la región identificada en el atlas como Guinea, a la orilla de un río que debía de ser el Níger, rodeado por una pléyade de ciudades ilustradas como fortalezas de diseño morisco.

Lo que no encajaba es que dicha figura se hallaba exactamente al sur de la isla de Mallorca, muy lejos de la diagonal trazada a lápiz sobre la superficie de metacrilato, que protegía el facsímil del *Atlas Catalán*.

—Bueno —aventuré—, quizá esto sea tan solo otro punto de referencia. Si encontramos una nueva posición al otro lado de la línea del mistral, podremos trazar una raya que se cruce con la anterior y *voilà*, tendremos una equis en el mapa.

—La teoría es buena, Ulises —concedió el profesor—. Pero me temo que en los versos que restan no hay mucho más que exprimir.

Estiró el brazo para hacerse con la hoja del acertijo y me leyó desalentado.

—«Llegó a la más humilde villa» y «guardó el camino del Toro, en la negra Alejandría»; eso es lo que nos queda.

—No es mucho... —opinó Cassie.

—No, no lo es —corroboró el profesor.

—Pero tiene que estar ahí —insistí, y aun intuyendo de reojo una mueca de Medina, continué mi precario razonamiento—: Lo del camino del toro se refiere a que escondió el mapa o las pistas para encontrar el T–aurus; la negra Alejandría parece indicar dónde lo hizo, el lugar que debería marcar la equis. Así que «la más humilde villa» tiene que ser la respuesta.

—¿Y cómo se supone que vas a dar con ese lugar? —preguntó Medina maliciosamente—. Que yo recuerde, en este atlas no hay ningún topónimo llamado «pobrelandia» o «humildeburgo».

—¿No lo hay, o no lo ha visto?

En ese instante, Cassandra, que seguía escudriñando el mapa, se inclinó sobre la mesa acercando la cara a menos de un palmo del mismo, incorporándose al cabo de un momento, pensativa.

—Disculpen, caballeros, pero cuando finalicen tan interesante debate, ¿podrían decirme qué ciudad es esta que aparece en el mapa... justo debajo del pequeño Cresques? —preguntó con fingida indiferencia, con el dedo índice apoyado en un punto concreto a los pies del rey negro—. Porque, si la vista no me engaña, diría que es la única en todo el mapamundi que no está dibujada como un castillo o una fortaleza. De hecho —añadió tras una breve pausa—, diría que quien la ilustró, lo hizo para que apareciera en este *Atlas Catalán*, como *la més humild vila*.

23

Efectivamente, a los pies del rey africano, y justo bajo el «pequeño sol» que sostenía con sus dedos, una ciudad simbolizada como una humilde casa con tejado de tejas aparecía bajo el nombre de *Tombuch*.

—No me había fijado antes —observó Medina—, pero es cierto. No hay ninguna otra que esté representada del mismo modo. No sé cómo pude pasarlo por alto.

—¿Quiere que yo se lo diga?

El profesor me clavó su mirada de censura y yo le devolví la de no haber roto nunca un plato.

—Además —reseñó Cassandra—, destaca como un jamaicano en un mariachi. El resto de las ciudades africanas aparecen blancas y estilizadas, con murallas y minaretes apuntando al cielo, pero esta, en cambio, está dibujada como una simple casita con un techo a dos aguas. Un diseño claramente occidental, y muy fuera de lugar teniendo en cuenta la situación en que se encuentra, en pleno territorio musulmán.

—Sí que es extraño —convino el profesor—, y sería una buena candidata como destino de nuestro escurridizo alumno de Miramar, si no fuera porque queda a miles de kilómetros de la línea que hemos trazado hacia el sureste, desde esta isla en que ahora nos encontramos.

—Lástima... —suspiró descorazonada.

Teníamos todas las piezas del puzle sobre la mesa y, como siempre, era precisamente la última en ser colocada la que no encajaba en el lugar que le correspondía. Al pensar en ese símil, no pude evitar el recuerdo de las largas tardes de domingo pasadas en mi infancia, frente a interminables puzles con motivos históricos que mi padre solía regalarme en cumpleaños y navidades. Con la perspectiva del tiempo, parece evidente que siempre se olvidaba de los regalos, y no era hasta el último momento cuando recordaba que debía comprarme algo, y acababa echando mano, irremediablemente, de los socorridos puzles.

Recordé aquella vez en que uno era defectuoso, faltándole una pieza que jamás apareció, o aquella otra en que en uno de cinco mil diminutas piezas con el apropiado motivo del *Infierno* de El Bosco resultó que había dos piezas casi idénticas; lo que supuso que, tras casi una docena de domingos, me encontrara con un último agujero y una pieza que no encajaba en él.

La asociación de ideas era muy intensa, y al rememorar el desconcierto de aquella ocasión, un pensamiento fluyó desde mi niñez y tomó forma en mis labios sin que apenas me diera cuenta de lo que decía.

—Hemos puesto mal una pieza.

—¿Cómo dices? —preguntó Cassandra.

No conseguía aprehender la idea que deambulaba por mi cabeza, e intenté fijarla concentrándome en sus pupilas.

—Hemos puesto mal una pieza del puzle —repetí.

—¿De qué demonios estás hablando? —inquirió Medina, malhumorado por haberle interrumpido su propia introspección.

Recorrí con la vista todo el atlas, buscando aquello que no sabía que era. La pieza que, a pesar de parecer que encajaba, no estaba colocada en el sitio correcto: la humilde villa, el pequeño sol, Mallorca, el Mistral... y súbitamente, al pasar sobre el Atlántico, se hizo la luz y comprendí claramente cuál era la pieza incorrecta.

—Somos idiotas —fue lo único que acerté a decir.

Tres pares de ojos se habían abierto con sorpresa y me miraban perplejos.

—Un momento —objetó Medina, airado por mi inesperada acusación—. Habla por ti, muchacho.

—Por esta vez, estoy de acuerdo con Lluís —intervino el profesor.

−¿Qué quieres decir, Ulises? −preguntó Cassie, haciendo callar con un gesto a ambos profesores.

−Lo que he dicho −me reafirmé−. Que hay una pieza que no está en el lugar que le corresponde. Hemos dado por cierto un error, y eso ha supuesto −expliqué, viéndolo ahora todo claro− que no podamos acabar el puzle.

Medina se removió en su asiento.

−Pues si la gran conclusión es que nos hemos equivocado en algo, te podías haber ahorrado el numerito de la revelación divina. Eso te lo podía haber dicho yo también.

−Seguramente −convine, haciéndome el interesante−. Pero me gustaría saber si también sabe dónde nos hemos equivocado, y dónde está la solución.

El catedrático guardó silencio intentando disimular su ignorancia, hasta que el profesor formuló la pregunta que los tres tenían en mente.

−Y tú, Ulises, ¿lo sabes?

−Pues yo diría que sí.

Dejé pasar los segundos, paladeando el gusto de la intriga, hasta que Lluís Medina, catedrático de Historia Medieval por la Universidad de Palma de Mallorca, no pudo reprimirse más y estalló con vehemencia.

−¿Y bien? −tronó impaciente.

En respuesta a lo cual, incliné levemente la cabeza y, tras una exagerada reverencia, le dediqué unas últimas palabras.

−Oh, vamos, señor Medina, ¿qué valor puede tener para usted la opinión de un profano como yo?

Y diciendo esto me di la vuelta y, tranquilamente, salí del despacho.

−Eres un cabrón −dijo Cassie, meneando la cabeza−. El pobre hombre no va a dormir en toda la noche.

Estábamos sentados junto a la entrada de la facultad, esperando a que apareciera el profesor, que se había quedado unos minutos más con el catedrático. Seguramente —imaginé—, deshaciéndose en excusas por mi comportamiento.

—Aunque, la verdad —continuó la mexicana, tras pensarlo un poco— es que ese catedrático ha resultado ser un cretino.

En ese instante apareció el profesor por la puerta, también meneando la cabeza con gravedad.

—Ulises, te has pasado de la raya —dijo, nada más acercarse—. Él es un poco pedante, es cierto, pero tú tampoco eres un ejemplo de diplomacia —se sentó junto a nosotros y continuó hablando—: Me he tenido que disculpar por ambos, y convencerlo de que eres un bromista de pésimo gusto.

Luego me miró fijamente y ya no pudo contener la risa.

—Pero lo cierto es que ha sido muy bueno... Tenías que haberlo visto, con esa enorme cabeza rapada, roja como un tomate, y saliéndole humo por las orejas. Ha sido algo cruel, pero esta vez se lo tenía merecido. Lo que no sabía es que fueras tan buen actor, hasta yo me creí que decías la verdad.

—Es que —aclaré en cuanto pude meter baza—, efectivamente, decía la verdad —hice una pausa para contemplar la cara de pasmo de mis amigos, y dije lo que no creían que pudieran llegar a oír—. Porque, en realidad, ahora sí que sé a dónde huyó el alumno de Miramar con el secreto de los Templarios.

—¿Nos estás tomando el pelo? —preguntó Cassie, desconfiada—. Porque te aseguro que si es otra de tus bromas vas a tener que ir a buscar tus dientes a Tijuana.

—...y yo te ayudaré —apuntilló el profesor.

—Os lo digo totalmente en serio —repliqué, intentando no sonreír.

—Mira que te la juegas... —amenazó la arqueóloga con el puño cerrado.

—Está bien —concedí, viendo que no lograba convencerles—. Venid conmigo —dije, haciendo un gesto para que me siguieran al interior del edificio.

—¿No pensarás entrar de nuevo en el despacho de Lluís? —preguntó el profesor, horrorizado.

—No, hombre. Solo quiero enseñaros algo.

Recorrimos varios pasillos hasta llegar a la biblioteca, donde, como había esperado, guardaban un ejemplar reducido y encuadernado del mismo *Atlas Catalán* que el catedrático colgaba en su pared.

Abrí el ejemplar por la página correspondiente al Océano Atlántico y Europa Occidental y, utilizando una hoja como regla y un lápiz que había pedido a la bibliotecaria, tracé la misma línea recta que habíamos dibujado en el otro atlas, partiendo desde Mallorca y perdiéndose en el desierto de Libia.

—Como te vean hacer eso —susurró Cassandra mirando hacia todos lados—, nos echan a patadas.

—Tranquila, ya casi estamos.

—De acuerdo —dijo el profesor—, veo la línea, ahora explícame lo que no veo.

—Paciencia, mi joven aprendiz.

—Déjate de coñas y ve al grano —apremió, impaciente.

—Si deja de interrumpirme se lo aclaro —repliqué y, respirando hondo, inicié la explicación—. Como ya habéis visto antes, dos de los versos apuntan a la ciudad de *Tombuch*, pero el que menciona el Mistral indica algún lugar del norte de África entre Libia y Argelia, ¿cierto?

—Eso ya lo sabemos —observó Cassie—. Pero ¿dónde está el error? ¿Nos equivocamos otra vez al interpretar *Magistro* como *Mistral*?

—No, que va —me apresuré a desmentir—, eso es correcto. Donde nos hemos equivocado ha sido en el punto de partida de la línea que hemos dibujado.

—No lo creo —intervino el profesor—. Si de algo estoy seguro es que «el alumno» partió desde Mallorca. Pero, de cualquier modo —añadió apesadumbrado—, aunque hubiera salido de cualquier otro punto de España o Europa, el resultado sería el mismo, la línea noroeste—sureste nunca pasará por *Tombuch*.

—A menos... que usted deje de pensar como un historiador, y lo haga como un cartógrafo.

—¿Qué quieres decir? —preguntó Cassie, intrigada.

—Pues que para un cartógrafo, el punto a partir de donde se trazan los rumbos no es su lugar de residencia, ni su ciudad natal —y señalando con el dedo el extremo izquierdo del mapa, indiqué—. Es esto.

—¿La Rosa de los Vientos? —inquirió perplejo el profesor.

—¿No es evidente? —comenté—. Es justo donde está escrito Magistro, y el mejor sitio para tomar la referencia de un rumbo. Si hubiera navegado más, sabría que las rosas de los vientos no son solo un bonito adorno en las cartas náuticas.

Para demostrar mi teoría, de nuevo con la hoja de papel y el lápiz, marqué el rumbo del Mistral, pero partiendo esta vez desde la Rosa de los Vientos. Y ante ahogadas exclamaciones del profesor y de Cassie, confirmando mi hipótesis, ésta fue a parar exactamente a los pies del rey africano que sostenía una esfera dorada en su mano derecha. Justo donde Abraham Cresques había dibujado la «humilde villa» que representaba la ciudad de *Tombuch*.

—¡Chale! ¡Ahora sí que lo has encontrado! —prorrumpió Cassie, entusiasmada, plantándome un besazo en la mejilla.

—Tengo que admitir que me has sorprendido —manifestó el profesor, con igual admiración, aunque más comedido.

—Ha sido suerte —alegué—. Sabía que había algo que se nos escapaba, y cuando descubrí que la Rosa de los Vientos señalaba directamente a *Tombuch*, lo vi todo claro.

—Vamos, hijo —objetó el profesor—. No seas tan modesto —y con una palmada en la espalda, añadió—: Tu padre habría estado muy orgulloso de ti.

Aquella referencia a mi padre me hizo torcer el semblante, y difuminó mi éxtasis triunfal en una negra sombra de dolorosos recuerdos, aún no tan lejanos.

—Bueno... —preguntó el profesor, sacándome de las tinieblas a las que inadvertidamente me había empujado—. ¿Y ahora qué hacemos?

—¿Qué clase de pregunta es esa? Ir allí, por supuesto.

—Un momento —repuso, dando un paso atrás con una sonrisa de incredulidad—. No sabes lo que estás diciendo. Sospechamos que alguien, que no sabemos quién fue —argumentó como si tratara con un loco— escondió algo que no sabemos qué era, en un lugar que desconocemos. Todo eso, hace setecientos años... ¿y tú pretendes ir a buscarlo? ¿Así, por las buenas?

—Por supuesto.

—Estás como una cabra. Aún en el caso de que nuestras conjeturas fueran acertadas, y la pista que conduce al tesoro fuera llevada a *Tombuch*, eso ocurrió hace siete siglos —alzó la voz y los brazos con desespero—. ¡Es imposible que aún exista! ¡Y más aún que puedas dar con ella! ¿Es que no lo comprendes?

—Lo que comprendo... es que como no baje la voz, nos van a echar a los tres de la biblioteca —repuse, al percibir la severa mirada de la bibliotecaria puesta sobre nosotros.

El profesor hizo un gesto de impotencia, renunciando a intentar convencer a un necio.

—Yo te acompaño... si tú quieres, claro —dijo entonces Cassie, cogiéndome la mano.

—Te lo iba a pedir ahora mismo.

—¿Pero es que todos os habéis vuelto tontos de repente? —intervino el profesor de nuevo, indignado—. ¡Parecéis una parejita de recién casados planeando un viaje a Cancún! ¿Es que no me escucháis? Allí no quedará nada. ¡Es imposible!

—¿Tanto como encontrar una campana templaria en un arrecife caribeño, o descifrar un acertijo de hace setecientos años?

Un significativo silencio lo embargó mientras movía los labios, articulando una respuesta que no llegó a pronunciar.

—Lo que no sabemos —comentó Cassie, al cabo de un momento— es si esa ciudad de *Tombuch* seguirá existiendo, o dónde estarán sus ruinas.

Esta vez fuimos el profesor y yo quienes la miramos a ella con incredulidad.

—¿Cómo que no sabemos si existe? —preguntó el profesor, extrañado ante las dudas de la arqueóloga—. Si precisamente es lo único de toda esta locura que sabemos con seguridad. ¿Pero qué demonios os enseñan en las universidades americanas?

—No sea duro, profe —intervine, al comprobar la sorpresa de Cassie—. Recuerde que es una arqueóloga submarina, no tiene por qué conocer una ciudad en medio del desierto de Malí.

—¿Pero es que tú también la conoces? —me preguntó, atónita.

—Pues sí, y quizá tu también —sugerí, tranquilizándola—. Solo que hoy en día puede que la conozcas por su nombre actual: Tombuctú.

24

Te apetece dar una vuelta por la ciudad? —pregunté a la mañana siguiente de regresar a Barcelona, asomando la cabeza a la que ahora era su habitación.

—Tengo sueño... —protestó, perezosa—. ¿Qué hora es?

—Casi las diez.

—La gran chucha, Ulises. ¿Cómo me despiertas a esta hora? Hasta Dios descansó en domingo.

—Vamos, no seas haragana. Te invito a chocolate con churros.

La mexicana asomó la cabeza, mirándome con suspicacia bajo las sábanas.

—Te aprovechas de que anoche no cenamos para sacarme de la cama.

—Es verdad. Y el cebo del chocolate con churros nunca falla.

—Está bien... —claudicó— dame diez minutos. Ahorita me levanto.

Tras diez minutos, que a mi reloj y a mí nos parecieron cuarenta, apareció la mexicana con su vestido floreado y su pelo revuelto camino del baño.

—Cassie, tengo hambre.

—Diez minutos y estoy lista —contestó, cerrando la puerta tras de sí.

—De acuerdo, pero ni un minuto más.

Menudo iluso.

A eso de las doce, bajábamos en el ascensor.

—¿Adónde me vas a llevar?

—Por el momento, y como lo prometido es deuda, daremos cuenta de unos churros en un bar de aquí al lado, que los hacen muy bien. Luego podemos dar un paseo por el centro. ¿Te place?

—Me place hasta la parte de los churros. Pero no me apetece mucho hacer una ruta turística por la ciudad.

—Tranquila, por donde voy a llevarte no vas a encontrar ni un solo turista.

Un par de tazas de espeso chocolate más tarde, tomamos el metro hasta el mercado de San Antonio.

—Púchica, Ulises. ¿Qué es todo eso? —exclamó la mexicana, nada más salir al exterior.

—Es un mercadillo de revistas y libros usados.

—¡Qué bonito! ¿Vamos a verlo?

—Claro, si tú quieres. Pero te advierto que hay tanta gente que apenas se logra caminar.

—Entonces, mejor no. No me gustan mucho las multitudes.

—A mí tampoco y, de todos modos, no era aquí donde deseaba traerte.

—Muy bien, mi cicerone, guíame —dijo, agarrándose a mi brazo.

Tomamos la calle Hospital, una de mis favoritas y, progresivamente, la tez de los transeúntes tendía a oscurecerse a cada paso que dábamos. Del mismo modo que comercios, carnicerías o peluquerías pasaban a anunciarse en rótulos ininteligibles.

—¿De dónde son esta gente? —preguntó Cassandra.

—Marroquíes, paquistaníes, libaneses... de todo un poco.

—Es curioso —comentó—. En el centro de Los Ángeles, donde fui a la universidad, casi todos los negocios tienen los rótulos en español. Y aquí, en el centro de una ciudad española, los tienen en árabe.

—Pues ahora que lo dices, creo recordar que en el centro de las ciudades árabes en las que he estado, muchos comercios se anuncian en inglés, francés e incluso español.

—Interesante.

—Mucho. Aunque siempre hay a quien le aterra lo nuevo o lo diferente, y ve como una amenaza, por ejemplo, a cualquiera que no sea, hable y piense exactamente igual que él.

—¿Qué quieres decir?

La miré de soslayo, no muy seguro de iniciar una aburrida perorata.

—Pues que, en mi opinión —decidí explicarme—, como en otras partes de esta vieja y narcisista Europa, aquí también hay quien señala con el dedo al grito del «nosotros» y el «ellos», arguyendo que no se puede vivir en un lugar «civilizado» como este, si no se aceptan todos los usos y costumbres locales, renunciando por el camino a tu propia identidad.

—¿Hablas de racismo?

—Es algo más sutil, más argumentado. Pero calificar a las personas por el lugar donde han nacido, la lengua que hablan o su cultura, en lugar de por sus acciones, si no es racismo, está bastante cerca —y mirándola a ella, razoné—: Tú eres el ejemplo perfecto: una magnífica prueba de lo maravilloso que puede resultar el mestizaje.

—Órale, gracias.

—No, lo digo en serio. Imagínate que tu padre hubiera desechado casarse con tu madre por el simple hecho de que hablaba otro idioma y tenía costumbres diferentes. ¿Qué pensarías de él?

—Pues yo no estaría aquí para pensar nada... pero habría sido un mero pendejo.

—A eso me refiero. Todos somos mestizos, tanto sanguínea como culturalmente, aunque algunos intenten convencernos de lo contrario. Después de algunos años dando vueltas por el mundo, en mi humilde opinión, todo aquel que se atrinchera tras una bandera, una lengua o una supuesta historia inmaculada, o es un ignorante, o un interesado. Lo primero se cura leyendo y viajando, y a los segundos nadie les presta mayor atención cuando pierden la clientela a la que manipular. Por el momento, y aunque nos creamos cultivados cosmopolitas liberados de rancios prejuicios, seguimos siendo animales tribales y territoriales, y haciendo una cura de humildad debemos ser conscientes de ello. Porque cuando se intenta justificar ese instinto primitivo con argumentos supuestamente racionales, se empiezan a decir y a hacer barbaridades que suelen acabar en limpiezas étnicas y campos de refugiados. Y luego, todos a rasgarnos las vestiduras o a poner velitas en la acera con cara de *yo solo pasaba por aquí*, o *quién lo hubiera imaginado*. Coincidiendo, eso sí, con el tipo de al lado en lo mala que es la gente.

—Te entiendo... pero no parece que haya mala onda por aquí —consideró Cassandra, mirando a su alrededor.

—Afortunadamente, aún creo que estamos lejos de eso. Pero si aquellos que entienden que el mestizaje y la diversidad es un problema deciden tensar la cuerda, puede que esta se acabe rompiendo... y entonces nadie sabe qué puede llegar a pasar. Aunque ojalá me equivoque —afirmé con sinceridad, tomándola de la cintura—, y todo siga así de calmado por mucho tiempo y aprendamos de errores propios y ajenos, porque creo que el futuro será mestizo, o no será.

Continuando con nuestra charla, curioseamos por el mercadillo de la Rambla del Raval, y acabamos tomándonos un té de hierbabuena en un cafetín idéntico a los de Marruecos, con su también idéntica clientela de señores bigotudos; dándole a probar a Cassie los exquisitos y sobreendulzados pastelitos árabes que a mí tanto me gustan.

Seguimos después atravesando la Rambla de Canaletes, siguiendo por la calle de la Boquería y asomándonos por un momento a la recóndita sinagoga del barrio Judío. Luego de serpentear un poco más por las estrechas calles de la ciudad medieval, cruzamos Vía Layetana, hasta alcanzar otra de mis partes favoritas de la ciudad, a la que llamo «la pequeña Habana», aunque no por que se parezca a su homóloga de Miami. De hecho, cubanos no hay muchos; pero sí dominicanos, colombianos y de otros países latinos, haciendo que un paseo por sus calles, entre altavoces en las ventanas con cumbia o merengue, gente mulata y acentos cantarines, se convierta en una experiencia insólita en el corazón de una ciudad europea.

Almorzamos a media tarde unos estupendos *dürum* sobre el césped del Port Vell, y allí nos quedamos, tumbados sobre la hierba bajo un tacaño sol otoñal.

—A pesar de lo que dices, creo que vives en una ciudad muy agradable. Y que en el fondo, te gusta —afirmó Cassie, con la vista puesta en una solitaria nube que corría por el cielo.

—Sí, es cierto —admití, tras meditarlo un poco—. Nací y me crié aquí, y eso siempre pesa mucho. Pero haber pasado tanto tiempo fuera ha cambiado mi perspectiva de casi todo, y cuando regreso a Barcelona, echo de menos demasiadas cosas.

—A lo mejor es porque estás solo.

—¿Crees que tener pareja solucionaría algo? Imagínate la cara que pondría cuando le dijera que me marchaba a trabajar a Indonesia y que no me esperara para cenar.

—Entonces, busca a alguien a quien eso no le importe.

Me incorporé sobre la hierba para mirarla.

—Eso es difícil. Tendría que ser, quizás, alguien con un estilo de vida compatible con el mío, que aceptara la libertad ajena igual que se exige la propia. Alguien, también, por quien fuera capaz de renunciar a ciertas cosas sin lamentarlo. Alguien como...

Me quedé en silencio, deleitándome en sus rasgos subrayados por la mortecina luz del atardecer.

—¿Sí? —inquirió, volviéndose hacia mí.

No la oí, embelesado ahora en el reflejo de sus pupilas.

—¿Ulises? ¿Estás bien?

—¿Eh? Oh, sí, perdona.

Cassie sonrió.

—Te has quedado a mitad de frase, güey.

—Ya, esto... ¿te apetece un café? Conozco un lugar que te va a encantar.

—Me estás cambiando de tema... —dijo entrecerrando los ojos— pero te acepto ese café.

Caminamos tranquilamente, deteniéndonos a escuchar a la mayoría de los músicos callejeros que inundan de música las plazas y esquinas de esa parte de la ciudad. Alcanzamos el inusual café —también uno de mis favoritos— situado en la calle de *Sant Doménec del Call*, donde tomamos asiento en un par de sus minúsculos taburetes, frente a una mesa redonda que apenas levantaba un par de palmos del suelo.

Cassandra, tras mi advertencia de que el café turco que preparaban era aún más espeso de lo habitual, e incluían en la mezcla cardamomo, se terminó decidiendo por una aromática infusión de frutas del bosque.

Y allí estábamos ambos, mientras dejábamos caer la tarde frente a frente, con una taza humeante entre las manos, en silencio.

—Cuando te miro —murmuré levantando la vista, poniendo palabras a lo que sentía— me siento como un conejo deslumbrado por los faros de un camión. Me quedo hipnotizado, paralizado y sin poder apartarme. Aunque vea lo que se me viene encima.

—Así, que te tengo bajo mi control... —repuso con teatral malicia.

—Yo diría que sí —confesé con un suspiro—. Y, la verdad, me da algo de miedo.

—Tranquilo —dijo, levantando la mano derecha—, prometo no hacerte saltar a la pata coja mientras ladras.

—Ya... no me extrañaría que lo intentaras. Pero no es eso lo que me preocupa.

—Dime, Ulises —preguntó, ahora más seria, tomándome la mano—. ¿Qué es lo que pasa?

Respiré hondo, con el corazón en un puño.

—Tú eres lo que pasa... Desde que hablamos por primera vez en la cubierta del *Midas* apenas he dejado de pensar en ti. Cuanto más tiempo estoy contigo y más te conozco, más me gustas, hasta un punto que no te imaginas. Creo... creo que me estoy enamorando.

—¿Y eso te da miedo?

—Me da miedo que tú no sientas lo mismo... pero también me da miedo que sí lo sientas.

—No te entiendo.

—Cassie, mis experiencias anteriores nunca han terminado bien, y por nada del mundo desearía acabar así contigo. Sé que suena estúpido, pero siempre me acuerdo de ese verso de Neruda que dice: «*es tan corto el amor, y es tan largo el olvido*». Y creo... que a ti te estaría olvidando durante toda la vida.

Cassandra permaneció en silencio, quizá tratando de hallar las palabras adecuadas, o simplemente, entenderme.

—Ulises... —dejó su taza sobre la mesa, tomándome ambas manos— por mi parte solo puedo decirte que también me atraes. Por desgracia soy incapaz de leer el futuro, igual que tú, así que no sé qué nos depararía el destino si estuviéramos juntos. Pero si me permites la franqueza, creo que lo que acabas de decir es una auténtica pendejada. Aunque tú decides, coate. Yo no te voy a decir lo que tienes que hacer.

Hacía ya tres días que habíamos regresado a Barcelona y, excepto el domingo, el resto del tiempo nos habíamos entregado a la febril preparación del viaje a Malí. Dejando tácitamente de lado, por el momento, la conversación que habíamos tenido en el café.

Nos habíamos repartido el trabajo de investigación entre los tres. A saber: Cassandra se estaba dedicando a recopilar toda la información posible respecto a las bibliotecas o archivos que pudieran haber existido en Tombuctú a principios del siglo XIV; el profesor Castillo escudriñaba cualquier posible relación que pudiera haber habido entre la lejana ciudad del desierto y los Templarios; y sobre mí había recaído la responsabilidad de organizar el viaje y estudiar a fondo el territorio por el que nos íbamos a mover.

Apenas habíamos dormido en esos días, en parte por el exceso de trabajo, en parte por los nervios que a los tres nos embargaban y que a esa hora de la tarde, bajo la tibia luz de la lámpara de mi comedor, pintaba unas contundentes ojeras en los tres rostros reunidos alrededor de la mesa.

—¿Cómo tienes lo tuyo, Ulises? —preguntó Cassie, inclinada sobre la mesa, con el pelo atado en dos graciosas coletas y vestida con una de mis camisetas, que le quedaba tan grande como sexy.

—Bien, gracias, creo que bastante bien... —repuse, con un fugaz vistazo a mi entrepierna y una pecaminosa sonrisa.

—¡Oh! —exclamó con afectada indignación—. ¡Serás burro!

—Bueno, tanto como un burro... la verdad es que no.

La arqueóloga apretó los labios, se le escapó la risa y acabamos carcajeándonos a mandíbula batiente, mientras el profesor nos miraba y meneaba la cabeza, preguntándose a sí mismo qué hacía con aquel par de críos.

Cuando volvió la calma a la mesa, el profesor repitió la pregunta de Cassie, pero esta vez puntualizando con exactitud.

—Pues ya está todo listo —contesté, mirando a Cassie de reojo—. He contactado con la embajada de Malí en Londres, y me han asegurado que podemos obtener unos visados provisionales en el mismo aeropuerto de Bamako. Ya nos vacunamos ayer contra el tétano, la hepatitis y la fiebre amarilla, y el alojamiento está reservado, así como un todoterreno de alquiler y un guía para Tombuctú. Aunque, personalmente, esto último no me hace ninguna gracia.

—¿Por qué? —inquirió Cassie.

—No me gustan los guías —repuse por toda explicación.

—En cualquier caso —intervino el profesor—, será algo que decidamos al llegar allí, y solo lo haremos si es estrictamente necesario. A mí tampoco me seduce llevar con nosotros a nadie más.

—Bueno —añadí lánguidamente—, lo cierto es que no podemos elegir. En Malí, como extranjeros, estamos obligados a contratar a un guía oficial allá donde vayamos, así que ya podemos ir haciéndonos a la idea.

—Entonces no le demos más vueltas al asunto —apuntilló el profesor—. ¿Algo más?

—Nada importante, pasaremos una noche en Bamako y a primera hora del día siguiente, *inshalah,* saldremos en un vuelo de Air Malí hacia Tombuctú.

—¿*Inshalah*? —preguntaron Cassie y el profesor al unísono.

—Si Alá lo quiere —traduje y, viendo sus expresiones interrogativas, aclaré encogiendo los hombros—: Estuve unos meses trabajando en el Mar Rojo, y algo se pega.

—El Mar Rojo... está bien —repitió el profesor—. Pero ahora estad atentos —manifestó con aire misterioso—, porque os voy a explicar lo que he descubierto en todas estas horas que le he robado al sueño.

Se encorvó sobre la mesa, y con una sombra de vanidad asomándole por las comisuras de los labios nos dirigió a ambos una mirada evaluadora.

—¿Recordáis —dijo lentamente— el poema sobre el alumno que huyó del Mistral en dirección a Tombuctú?

—¿Cómo vamos a olvidarlo? —replicó Cassie de inmediato.

—Bien, pues existe constancia documental de que en el año 1346, un tal Jaume Ferrer partió de la isla de Mallorca en dirección sur y, tras cruzar el estrecho de Gibraltar, continuó con su rumbo bordeando la costa africana hasta lo que hoy en día conocemos como Senegal.

—¿Cree que él es el «alumno» del acertijo? —pregunté, interesado por el dato.

—La verdad es que no —repuso sin darle importancia—. Jaume Ferrer era un navegante y no un monje y, además, no da el perfil de alguien que se ha pasado media vida aprendiendo idiomas y cartografía.

—Entonces, ¿qué relación tiene con todo esto? —interrogó Cassandra.

—Pues yo diría que fue precisamente este navegante quién llevó en su barco, como tripulante o pasajero, al hombre que buscamos.

—¿Cómo ha llegado a esa conclusión? —volvió a intervenir Cassandra, ejerciendo de científica escéptica—. ¿Ha encontrado alguna carta de Jaume Ferrer explicando su viaje y quién lo acompañó, o un listado de tripulantes y pasajeros de aquella travesía?

—Pues ni lo uno ni lo otro —replicó, divertido—. En parte, debido a que la expedición de Jaume Ferrer nunca regresó de tierras africanas.

Cassie frunció el ceño, extrañada por la despreocupada actitud del profesor.

—Entonces explíquese, por favor, porque creo que me he perdido algo.

El profesor Castillo, como respuesta, abrió una carpeta que tenía sobre la mesa y nos alcanzó una fotocopia ampliada de una sección del *Atlas Catalán* que incluía las islas Canarias y la costa africana de Mauritania. Nos miró de hito en hito, y al constatar que no sacábamos ninguna conclusión del grabado a pesar de estudiarlo atentamente, apoyó el dedo sobre la imagen de un barco de vela latina, dibujado justo bajo las islas afortunadas, y del que asomaban cuatro cabezas que miraban en la misma dirección que la marcha del barco, hacia el este.

—No querrá decir, que ese barco es el de...

—Lee... —dijo por toda respuesta, señalándome una breve inscripción junto a la nave.

—*Partich l'uxer d'en Jaume Ferrer per anar al riu del or al gorn de sen Lorens qui és a X de Agost qui fo en l'any MCCCXLVI.*

—No entiendo una palabra... —se quejó Cassandra.

—Tampoco yo... —admití—, pero sé de alguien que está deseando aclarárnoslo. ¿Verdad profesor?

Éste sonreía, encantado como siempre, de ser el centro de atención.

—Claro que sí, jovencitos. La traducción aproximada sería la siguiente: El ujier de Jaume Ferrer partió para ir al río de oro el 10 de agosto de 1346, día de San Lorenzo.

—¿Qué es un ujier? —pregunté.

—Una especie de ayudante —aclaró Cassie.

—Exacto, querida —confirmó el profesor—. Y aunque no conocemos su nombre, sí sabemos que llegó a la costa africana más allá del cabo Bojador navegando con Jaume Ferrer, y que una vez allí partió en camello hacia el entonces llamado río de oro, hoy río Senegal; el cual, remontándolo, nos lleva hasta el mismísimo río Níger, la arteria fluvial del oeste de África que discurre junto a la legendaria ciudad de Tombuctú.

—¡Órale pues! ¡Las piezas encajan!

—Es curioso que digas eso —comentó el profesor con buen humor—, porque es exactamente lo que sucede —volvió a abrir su carpeta y sacó otra fotocopia ampliada del mismo atlas, que fue a colocar justo al lado de la anterior, solapándola ligeramente hasta que encajaron perfectamente la una con la otra—. Echad un vistazo a esto.

En esta última, lo que se veía era la imagen del rey que sostenía el pequeño sol entre sus manos, la ciudad de *Tombuch* a sus pies a la orilla del Níger, y más a la izquierda, a caballo, o más bien dicho a camello entre una y otra fotocopia, a la misma altura y equidistante del barco de Jaume Ferrer y del rey negro, una figura con atuendos árabes se dirigía hacia esta última. Sabiendo lo que nosotros sabíamos, parecía innegable que se trataba de una suerte de viñeta medieval en la que un jinete a camello partía desde una nave en la costa, siguiendo el curso del río Níger, en dirección a la ciudad de Tombuctú.

—Es asombroso —murmuré, sin despegar la vista del dibujo—. Visto así resulta de lo más evidente. Si el amigo Cresques hubiera pintado un rótulo fluorescente con flechas apuntando a Tombuctú, no habría sido más explícito.

194

—Cierto —reafirmó el profesor—, pero aún hay un dato más que despeja cualquier duda. Rebuscando entre legajos polvorientos encontré referencias a Tombuctú como la *Meca del Sahara*, la *Roma del Sudán*, la *ciudad más misteriosa* o la *Atenas africana*, y tengo que admitir que al principio me desorientó un poco no hallar ningún apelativo de la *negra Alejandría*. Busqué en todas partes, pero nada, hasta que al fin, vencido, decidí enfocar el problema de forma diferente, y en lugar de recopilar datos de gente que hablaba de Tombuctú, comencé a buscar información sobre la misma Tombuctú, esperando encontrar algún dato revelador.

—¿Y lo encontró? —pregunté expectante.

—Casi enseguida. Resulta que en la Edad Media, tras la ascensión al trono en 1317 de Musse Melly, el rey negro que aparece en el atlas y al cual se dirige nuestro hombre, Tombuctú se convirtió en el centro neurálgico de toda actividad comercial, religiosa y cultural de África occidental. Los ricos mercaderes y sultanes que allí se instalaron compitieron entre sí por contratar a los mejores maestros y poseer la mayor biblioteca de todo el Islam, llegando entre todos a acumular miles de libros provenientes de todo el orbe. Circunstancia que en el siglo XIV le pudo haber valido el apelativo de la «negra Alejandría», en alusión a la mítica biblioteca de aquella ciudad, y por hallarse enclavada en pleno corazón del continente negro.

El profesor, complacido por su propia exposición, se arrellanó en su asiento y nos miró a ambos, como esperando una felicitación por su gran trabajo. Pero en lugar de ello, Cassandra tomó la palabra casi al instante, con la misma expresión en su rostro que la de un gato a punto de zamparse al canario.

—Pues si eso os parece interesante, esperad a oír lo que yo he averiguado.

—Adelante, querida —invitó el profesor, sin poder disimular una ligera decepción por el breve entusiasmo que había causado su relato.

—Veréis, yo también he descubierto que Tombuctú se convirtió a partir del siglo XIV en una especie de Florencia africana y, de hecho, tengo por aquí el relato de un paisano vuestro... —barbulló esto último, presa de la excitación, mientras rebuscaba entre unos papeles que ocupaban buena parte de la mesa frente a ella—. Aquí está —exclamó al fin—. En 1506 llegó a Tombuctú un granadino llamado Hassan ben Mohamed, más conocido como Juan León de Médicis, o «León el Africano». Pues bien, al llegar a la ciudad dijo lo siguiente: «...*se venden muchos libros traídos de la berbería y se saca más beneficio de estas ventas que del resto de las mercancías. Y es que en Tombuctú hay numerosos cadíes, imanes y alfaquíes, todos bien pagados por el rey, que honran mucho a los hombres de letras*» —levantó la vista del papel y nos miró a ambos, llena de entusiasmo—. ¿Qué os parece?

—Pues me parece que... —comencé a decir.

—¡Y eso no es nada! —me interrumpió, acelerada—. Lo más interesante es que una de las familias que consiguió acaparar mayor cantidad de libros y documentos fue la del clan de los Kati. ¿Y qué tiene eso de especial? —se preguntó a sí misma, respondiéndose del mismo modo sin apenas tomar aire—. Pues que la familia Kati emigró desde su Toledo natal, de la mano de su patriarca Alí ben Ziyab al Kuti, huyendo de la persecución religiosa a la que eran sometidos los moriscos en la Castilla del siglo XV, y estableciéndose como una de las familias más notables de Tombuctú. Aunque, cien años más tarde, otro granadino llamado Yuder Pachá, al frente de un ejército marroquí, conquistó Tombuctú; y los Kati debieron salir huyendo con su inmensa biblioteca a cuestas, que ya por entonces contaba con cerca de mil ejemplares —y satisfecha, concluyó—: Desde aquel entonces y hasta hace menos de un año, la biblioteca de los Kati ha ido pasando de mano en mano, de generación en generación, acumulando con el paso de los siglos varios miles de documentos más, que a día de hoy se encuentran perfectamente clasificados en la recientemente construida Biblioteca Andalusí de Tombuctú.

—Perdona, ¿has dicho andalusí? —pregunté, incrédulo.

—En efecto. La nueva biblioteca la ha pagado el estado de Andalucía.

—¡Qué extraño! —comenté con franqueza—, no imaginaba que se financiaran obras culturales en países africanos. Ah, y por cierto, Cassie, aquí se las llama Comunidades, no Estados.

—Un momento —intervino el profesor—, hay algo que no me cuadra. No es por menospreciar tu excelente investigación —dijo, dirigiéndose a Cassandra—, pero si tal y como tú misma has explicado, numerosas familias poseían bibliotecas en Tombuctú, no tenemos la certeza, como he creído entender en tus palabras, de que el documento que suponemos que llegó a Malí con la clave de la localización del tesoro templario se encuentre justo en esa biblioteca andalusí.

—Bueno... la certeza no —admitió Cassie—. Pero es lo más probable.

—¿Y eso, por qué? —insistió el profesor.

—Pues porque doy por hecho que dicho documento habría sido escrito en catalán o en castellano —respondió, confundida por el recelo del profesor.

—¿Y?

Cassandra se quedó por unos segundos en silencio, repasando mentalmente su argumentación, e intentando deducir qué era aquello que hacía mostrarse al profesor tan escéptico.

—¡Ah! ¡Claro! —exclamó—. ¡Qué tonta soy! Me he olvidado de explicaros que la familia Kati se interesaba especialmente por los escritos provenientes de su añorada península ibérica, y todo documento relacionado con ella que pasó por Tombuctú debió acabar en sus archivos más tarde o más temprano. Incluido, espero, lo que sea que llevó consigo ese misterioso personaje a camello.

—Pues, no sé vosotros —comenté, enderezándome en la silla y contemplando en perspectiva la cantidad de papeles y fotocopias que ya ocupaban la totalidad de la mesa—. Pero yo veo cada vez más claro que el monje huyó a Tombuctú, y que si existe una pista, un relato o un mapa que lleve al tesoro templario, ha de encontrarse en esa ciudad.

—Estoy de acuerdo —secundó Cassandra—. Todos los datos apuntan allí, y como decimos en mi pueblo: si tiene huevos y es cabrón, es que salió varón.

—Solo falta el pequeño detalle —apuntilló el profesor con ironía— de que no sabemos si ese documento, pergamino o lo que sea, no se lo han comido las polillas en estos últimos seiscientos años... o si es que alguna vez ha existido algo que se pudieran comer.

—Venga, profe —le recriminé—, no sea pájaro de mal agüero. Por pocas oportunidades que tengamos, no podemos dejar de intentarlo. ¿O es que tiene alguna idea mejor?

—No, la verdad es que no —admitió, rascándose la calva con gesto meditabundo.

—¿Entonces, está dispuesto a seguir adelante con nosotros?

—Bueno... sí —vaciló, mirándome por encima de la montura de las gafas—. Qué remedio, si te dejara solo y te pasara algo, me sentiría culpable de ello.

—Está bien. Entonces, todo resuelto —corroboré complacido, poniéndome en pie—. Ahora sugiero que nos regalemos una buena cena y nos vayamos a dormir temprano, que mañana nos espera un día muy largo.

—¿Mañana? —preguntó Cassie—. ¿Qué tenemos que hacer mañana?

—Oh, perdón, creí que ya os lo había dicho —dije, fingiendo inocencia—. A las doce del mediodía salimos en el vuelo de Air France hacia Dakar —disfrutaba con el momento, sobre todo viendo la cara que se le había quedado al profesor—, donde enlazaremos con el que nos dejará en Bamako. Mañana a estas horas estaremos en Malí.

25

Un incendiado sol despidiéndose del mundo mientras se difuminaba en la polvorienta neblina del *Harmatán* fue lo primero que entrevimos de Malí al descender por la escalerilla del avión en el Aeropuerto Internacional de Bamako. Lo siguiente fue una ruinosa terminal de llegadas del tamaño de una casa grande, donde una serie de soldados uniformados instaban a los recién llegados a apretujarse.

El interior de la terminal resultó incluso más decrépito que su exterior, donde un calor asfixiante, aún a aquella hora de la tarde, nos hacía sudar a chorros en tanto hacíamos cola estrujados frente a la única ventanilla de inmigración. Mientras el profesor miraba alrededor con indisimulable aprensión, y Cassie se encargaba de vigilar nuestro equipaje de mano de los ociosos que por allí pululaban, yo intentaba hacerme entender, explicando al inescrutable policía de aduanas que no teníamos el visado correspondiente, pero que en la embajada de Londres me habían asegurado que allí podría hacerme con uno provisional.

Casi una hora más tarde y con quince mil francos centroafricanos menos en los bolsillos, abandonábamos el agobiante aeropuerto y nos acercábamos al primer taxi que vimos en la puerta. Inmediatamente, y antes de poder dar dos pasos, una horda de taxistas nos rodeó, intentando convencernos cada uno de ellos de que su vehículo era el mejor, más rápido y cómodo, y él, el taxista más honesto sobre la faz de la tierra. Evitando prolongar aquella situación, me acerqué al que me pareció más aseado, y poniéndole la mano en el hombro le dije: *Hotel de l'Amitié*. Como esperaba, nuestro taxista se encargó de apartar a la competencia a empujones y nos condujo a su auto, un Peugeot 504 de cuando yo iba a párvulos que arrancó con no pocas dificultades, lo que dio tiempo a alguno de los restantes taxistas a instarnos a través de la ventanilla a que nos bajásemos y nos fuéramos con ellos.

Estábamos agotados, tanto por el vuelo como por la interminable escala en Dakar, pero, sobre todo, por el incómodo trámite de los visados en la opresiva oficina de control de pasaportes. Sin embargo, el encontrarnos por fin en Malí, un paso más cerca de desvelar el misterio del tesoro de los Templarios, me hacía sonreír felizmente mientras asomaba la cabeza por la ventanilla del coche y dejaba entrar en mis pulmones el cálido aire africano.

Asombrosamente rápido, cubrimos los quince kilómetros que nos separaban de la ciudad y, antes de darnos cuenta, nos encontrábamos inmersos en la vorágine a la que se entregan las ciudades africanas con la caída del ocaso. El hotel en que había reservado las habitaciones se encontraba, para bien o para mal, en el centro comercial de Bamako que, invadido de tenderetes y vendedores ambulantes, y unidos a la marea humana que deambulaba por las calles a la luz de las escasas farolas, apenas permitía que el taxi avanzara hacia su destino.

—¿Qué os pasa? —pregunté, volviéndome en el asiento—. No habéis dicho una palabra desde que bajamos del avión.

—¿Qué quieres que diga? —arguyó el profesor—. Tengo la impresión de haber llegado a otro planeta. Nunca había estado en un lugar así.

—Y yo que pensaba que D.F. era un caos —comentó casi para sí Cassandra— ...y este calor. Espero que en el hotel tengan cerveza fría.

—Yo también lo espero —convine, consciente del efecto que les debía de estar causando este primer contacto con el continente africano—. Ojalá aquí no sean muy estrictos con la ley coránica.

Minutos más tarde, el taxi aparcaba frente a la puerta principal de nuestro destino

—Vaya —dijo Cassie, admirada al llegar a la exuberante entrada del hotel—, esto está mucho mejor.

—Es el mejor de la ciudad —apunté, mientras el taxi se detenía ante la versión maliense del botones Sacarino—. Pensé que ya que íbamos a estar en Bamako una sola noche, valía la pena descansar a gusto.

—Pues para una vez que piensas —añadió el profesor—, ha valido la pena. A ver si lo repites otro día.

—Hombre, veo que se ha recuperado del pasmo, profesor. Así que ayúdeme a bajar las maletas.

Con la colaboración de un mozo, lo cargamos todo en un carrito, dirigiéndonos seguidamente a la algo ajada mesa de recepción.

—*Bonsoir* —saludé con mi mejor acento—. *J'ai une réservation au nom d' Ulises Vidal pour trois persones.*

—*Oui monsieur* —contestó el conserje, consultando una lista y entregándonos una llave a cada uno—. *Combien de temps pensez-vous y rester, monsieur?*

—*Cette nuit.*

—*D'accord. Bonesoir monsieur.*

—*Bonesoir.*

Cogí mi llave y, al volverme, descubrí a Cassandra observándome detenidamente con renovado interés.

—No sabía que hablaras francés.

—Y no lo hablo —respondí con franqueza—, tan solo lo chapurreo un poco. Estuve una temporada trabajando en Martinique y, bueno, ya sabes —me encogí de hombros—, algo se pega.

Dejamos el equipaje en las habitaciones y quedamos para cenar media hora más tarde, tras reponernos con una buena ducha.

La habitación, como el resto del hotel, expedía un cierto aire a decadencia, debido en parte a una falta de mantenimiento que se materializó, entre otros detalles, al descubrir que el aire acondicionado no funcionaba. Afortunadamente, la ducha sí que lo hacía y, tras pasar un buen rato bajo ella, me vestí con mis mejores galas —que consistían en una arrugada camisa de algodón y un pantalón limpio—, y salí al pasillo, donde al cabo de un instante llamaba a la puerta del profesor. Éste apareció en shorts y con una llamativa camisa hawaiana, y del sobresalto de verlo con un atuendo tan radicalmente distinto al habitual, faltó poco para que me entrara un ataque de risa.

—¿Qué pasa, Ulises? —preguntó, algo molesto al captar mi actitud—. En Florida te mofaste porque iba con pantalón de pana y jersey, y ahora porque llevo pantalón corto en medio del Sahara. ¿Hay alguna prenda que pueda utilizar y que a su señoría le parezca apropiada?

—No, profe, disculpe, no es que me ría de usted; es solo que nunca lo había visto de esta guisa. Ha sido la impresión.

—Pues ya te puedes ir acostumbrando, porque con el calor que hace aquí, pienso ir vestido así todos los días.

—A ver si es verdad... —dije zanjando la cuestión, con una media sonrisa—. Pero ahora vayamos a buscar a Cassandra, porque me muero de hambre.

Llegamos al final del mismo pasillo y nos plantamos frente a una descascarillada puerta, tras la que surgió una voz pidiéndonos un segundo y que se abrió al cabo de breves instantes.

Entonces, deslumbrante, la mexicana traspasó el umbral. Llevaba un sencillo vestido verde, a juego con el tono de sus ojos, y el pelo recogido en una coleta que dejaba al descubierto su tentador cuello. Me pareció una de las mujeres más hermosas que había contemplado en mi vida.

—Hola —fue todo lo que dijo, consciente del impacto que me había causado—. ¿Nos vamos a cenar?

—Ehh... sí, claro, a cenar —balbuceé como un idiota.

—Estás estupenda, hija —piropeó el profesor, mirándola con descaro de arriba abajo—. Si te hubiera conocido hace veinte años...

—Gracias —respondió Cassandra con un coqueto parpadeo—. Pero no sé qué hubieran opinado mis padres si un señor me hubiera invitado a salir mientras estaba en la guardería.

—Y menos llevando una camisa como esa.

—Sois los dos graciosísimos —rezongó el profesor, dándose la vuelta y enfilando hacia el comedor—. Graciosísimos.

El restaurante del hotel resultó más selecto de lo que esperábamos, con una clientela compuesta principalmente por hombres de negocios tanto africanos como europeos, y algunas parejas malienses adineradas, entre los que destacábamos como una mosca en la sopa. Memorable fue, asimismo, la mirada de incredulidad que le dirigió el maître al profesor, cuando lo vio llegar embutido en su camisa de palmeras, aunque no fue el único. Desde los empleados a los comensales, nadie se privó de una mirada reprobatoria hacia el propietario del vistoso atuendo e, incluso a la hora de servirnos, los camareros dejaban escapar alguna risita al darse la vuelta, y hundían al profesor en un estado de perplejidad que a punto estuvo de llevarlo a encararse con el restaurante en pleno.

—¡Pero bueno! ¡Esto es el colmo! ¡A ver si uno no va a poder ir vestido como le da la gana! ¿Es que nunca han visto una camisa floreada?

—Profesor, creo que el problema no es solo la camisa.

—¿Ah, no? ¡No me dirás que es por las gafas, o por ser bajito!

—No, no es por nada de eso. En realidad, el problema son los pantalones cortos que lleva puestos.

—¿Los pantalones?

—Verá, profesor. Lo que sucede es que en esta parte de África solo llevan pantalones cortos los niños, los mendigos... y los tontos del pueblo.

El profesor se quedó en silencio rumiando mis palabras, bajando la vista, y no volviendo a abrir la boca durante el resto de la velada.

Tras una copiosa cena de la que el profesor se despidió antes de los postres, pagué la cuenta, y ya nos dirigíamos a las escaleras cuando tomé a Cassie por el brazo, y con la cabeza, le señalé la puerta.

—¿Damos un paseo para bajar la comida?

—¿Ahora? ¿Por ahí fuera?

—Claro. Por aquí dentro sería muy aburrido.

—Es que... verás, estoy muy cansada.

—Tranquila, será solo una vuelta por los alrededores. ¿O es que tienes miedo?

—¿Miedo yo? —repuso altiva, señalándose con el pulgar—. ¡Ándele!

El simple hecho de traspasar la puerta del hotel supuso pasar de la luz a la oscuridad, del relativo frescor al calor más agobiante, y del olor a ambientador de jazmín al hedor de basura y fritangas de los chiringuitos callejeros.

—¡La chingada! ¡Vaya cambio!

—Bienvenida a África —exclamé con un gesto ampuloso.

—No mames, güey. Esto es solo una calle oscura y asquerosa de una ciudad que se cae a pedazos.

—Cierto —repuse—. Acabas de hacer una buena descripción del África actual.

Transitábamos por el corazón de tinieblas de Bamako, iluminados por los quinqués de alcohol de vendedoras de alitas de pollo, barberos de a pie de calle, mecánicos que en la misma acera desmontaban motocicletas chinas casi a tientas, y basura pudriéndose por todas partes. El río de caótica humanidad, visible apenas por los llamativos vestidos de las señoras y el blanco de la miríada de ojos que se volvían al vernos pasar, inundaba los cinco sentidos, sumiéndonos en una especie de asfixia por exceso de sensaciones.

—Parece que todo el mundo esté en la calle... —alcanzó a murmurar Cassandra.

—Es por el calor. De día no hay quien salga.

—¿Habías estado aquí antes?

—Aquí no. Pero todas las ciudades africanas se parecen bastante —y volviéndome hacia ella le pregunté con sorna—. ¿Es que no te gusta?

—¿Pero qué dices? Esto es un desmadre como para no acabárselo. En el avión venía pensando en interminables sabanas con cebras, jirafas, y el pinche Kilimanjaro de telón de fondo.

—Ese es el África de los safaris para *bwuanas*. Esta, Cassie, es el África de verdad. La de los africanos.

Tras una hora escasa de paseo, fatigados, Cassie y yo decidimos encaminarnos de nuevo al hotel y, una vez allí, a nuestros respectivos cuartos. Al despedirnos en el pasillo, frente a nuestras habitaciones, no pude evitar mirar de soslayo a la atractiva arqueóloga mientras trataba de abrir su puerta. Y ella debió de adivinar mis ojos puestos en su nuca, pues se volvió ligeramente y aún en la penumbra, creí, o deseé entrever, un sugerente brillo en sus pupilas. Ambos nos quedamos en silencio, intentando adivinar los pensamientos del otro, hasta que, saliendo de mi embelesamiento, conseguí que mi boca expresara lo que cada célula de mi cuerpo intentaba decirle.

—¿Quieres pasar?

Ella guardó silencio por unos instantes, que se me hicieron eternos y, por fin, volvió a cerrar la puerta que apenas acababa de entreabrir.

En el balcón de mi habitación, apoyados en la barandilla, contemplábamos la oscura sombra del río Níger, sobre la que flotaba una pléyade de amarillentas luces pertenecientes a los pescadores que, en sus pequeñas piraguas, se antojaban luciérnagas dejándose arrastrar por la suave corriente. Más allá, poblados como Badalabugou o Sogoniko delataban su presencia por los tenues reflejos de las lámparas de petróleo que se insinuaban tras las ventanas de sus casas de adobe. Reinaba el silencio, y el rumor de algún solitario vehículo por las a esta hora ya desiertas calles, apenas acompañado por el ritmo de tambores de alguna lejana celebración.

La noche era cálida, pero un leve escalofrío me recorrió el cuerpo cuando noté el roce de su brazo a través de mi camisa, y ella debió de sentir algo parecido, cuando al momento, intuí que apartaba la vista del horizonte y me miraba fijamente. Yo hice lo propio, y me encontré frente a sus bellos rasgos suavemente iluminados por los resplandores de más allá del río.

—Cassandra, he pensado sobre aquello que te dije en Barcelona, y tenías razón, creo que... —ella posó un dedo sobre mis labios.

—Calla... —susurró y, pasando su mano tras mi cuello, se puso de puntillas y me besó.

Vacilante, la rodeé por la cintura y la atraje hacia mí, notando sus firmes pechos bajo el ligero vestido y la calidez de sus labios que, con suavidad, se abrían paso entre los míos. Entonces, una ráfaga de pasión nos arrastró a los dos. Nos dejamos llevar mientras nos buscábamos con avidez bajo las ropas y nuestras manos, ansiosamente, se aventuraban allá donde había piel que acariciar.

Sin darnos cuenta de cómo, nos descubrimos en el suelo de la terraza, desnudos. Sonreímos entre las sombras, y dulcemente recorrí su cuerpo con mi boca entre gemidos de placer. Saboreé su cuello, sus hombros, su espalda, y luego me abatí sobre sus senos, mordisqueando suavemente unos pezones inhiestos, rindiéndome ante la promesa de su ombligo para dejarme luego rodar, rendido, hacia la tibia humedad de sus muslos anhelantes, mientras nuestros cuerpos descubrían cómo encajar delicadamente, como si en otra vida ya hubieran sido parte de un mismo ser.

Bajo el cálido manto de la noche africana descubrimos cuánto nos amábamos.

26

A una hora tan desagradable como las cinco de la mañana, sonó el despertador de mi reloj de muñeca y, por unos segundos, fui incapaz de reconocer el lugar en que me hallaba, así como por qué estaba allí; máxime, cuando descubrí un brazo que no era el mío apoyado sobre mi pecho. Parpadeé varias veces, pero no fue hasta el cabo de unos instantes cuando recordé que estaba en una habitación de un hotel de Bamako, y que acababa de disfrutar de una de las noches más maravillosas de mi vida.

Me incorporé en la cama temiendo volver a dormirme, pues calculaba que no haría ni una hora que, agotados, nos habíamos dejado arrastrar por el sueño, y en menos de dos horas teníamos un vuelo que debía llevarnos a Tombuctú.

—Cassie... —susurré, tratando de despertarla con delicadeza—. Cassie, despierta, tenemos que levantarnos o perderemos el avión.

—No quiero... —refunfuñó, dormilona como siempre, con la cabeza metida bajo la almohada—. Ve tú, yo ahorita os alcanzo...

Contemplaba su espalda desnuda, prolongándose en unas redondas y sugerentes nalgas que me hicieron sopesar, por un momento, la idea de no subir a ese inoportuno avión y quedarme con ella en el hotel, aunque no precisamente para dormir. Pero el tiempo apremiaba, y no podíamos permitirnos el lujo de perder un día en Bamako, por muy tentador que eso me resultara a esas horas de la madrugada.

—Señorita Brooks —dije al fin, alzando ligeramente la voz—. Cassandra Brooks, haga usted el favor de levantarse ahora mismo de la cama si no quiere que le dé unos azotes.

A lo que la muy ladina respondió levantando el trasero y poniéndolo en pompa, a modo de descarada provocación.

—¡Te vas a enterar! —y lanzándome sobre ella empecé a hacerle cosquillas, hasta que sus gritos de clemencia debieron despertar a medio hotel.

Inevitablemente, acabamos haciendo de nuevo el amor sin importarnos un ardite el vuelo, Tombuctú, o el mismísimo tesoro de los Templarios.

—¡Ulises! ¡Ulises! —dijo una voz, mientras golpeaba repetidamente la puerta—. ¿Estás despierto?

—¡Sí! ¿Qué pasa, profesor?

—No pasa nada, solo quería saber si ya estás listo. Los de recepción me han dicho que el taxi que solicitamos ayer ya está en puerta.

—Si... vale —contesté atropelladamente, mientras daba un salto de la cama—. Estaré listo en cinco minutos.

—Muy bien, te espero en recepción. Ah, y por cierto, he estado llamando a la puerta de Cassandra y no me ha contestado. Seguiré insistiendo, no sea que se haya quedado dormida.

La arqueóloga me miró desde la cama, con los ojos muy abiertos, haciéndome una señal con la mano para que despachara al profesor de delante de su puerta.

—No se preocupe profesor... seguramente está en la ducha. Cassie es una mujer muy responsable —agregué, mirándola de reojo envuelta en las sábanas—. Estoy seguro de que estará despierta desde hace mucho.

—Está bien, pero antes de bajar dale un toque, por si acaso.

—No se preocupe, profe —contesté, mientras me volvía hacia ella con una sonrisa maliciosa—. Ahora mismo se lo doy.

Pasamos por la ducha, nos vestimos, y recogimos las mochilas en un tiempo récord; pero, aun así, el taxi hacía ya veinte minutos que había llegado, y tuvimos que pagarle un extra por la espera y para que nos llevara a toda velocidad al aeropuerto. Antes, el profesor no pudo menos que sorprenderse al vernos bajar las escaleras del vestíbulo con el pelo mojado y con la ropa saliéndose de las mochilas que llevábamos a rastras.

—¡Pero bueno! Os habéis quedado dormidos. ¡Los dos! ¡No me lo puedo creer!

—Sí, bueno... ya sabe —murmuré al pasar por su lado, camino del taxi.

—¡Y menudas ojeras que me traes! —apuntó al verme más de cerca—. ¿Y tú también, Cassandra? —dijo, al verla a ella saliendo por la puerta principal del hotel de la misma guisa—. Parece que no hubierais dormido en toda la noche. ¿Se puede saber qué demonios habéis estado...?

Dejó la frase a medias. Nos miró a uno y a otro algo aturdido y, súbitamente, comprendió la causa de nuestro retraso y desvelo.

—¡Oh! Claro... —farfulló, sonrojándose—. Perdón, no he dicho nada.

Con los primeros rayos de sol hiriéndome directamente en la cara a través de una herrumbrosa ventanilla, miraba hacia abajo desde dos mil metros de altitud contemplando impresionado la inmensidad del Sahel, que se perdía en el polvoriento horizonte sin dar señales de que ningún montículo, montaña o colina, quebrara su monótona presencia. Aunque el verdadero desierto no empezaba hasta cientos de kilómetros al norte, la desolada planicie, tan solo punteada por escasas acacias, matojos y lo que parecían ser alargadas sombras de hombres en mitad de ningún sitio, me evocaba una cierta sensación de abandono, una soledad tan profunda que era difícil de imaginar. Apreté la mano que mantenía junto a la mía, pero al ir a comentar a su propietaria las sensaciones que aquel yermo paisaje me provocaba, la encontré dormida, y no tuve corazón para sacarla de su merecido descanso.

El avión, un turbohélice de veintipocas plazas de fabricación rusa de la compañía Air Malí, traqueteaba ostensiblemente y proporcionaba frecuentes sobresaltos en forma de bandazos que, según el piloto explicó en francés por el altavoz —también con un marcado acento ruso—, se debían a las corrientes convectivas que a esa hora de la mañana se producían en lugares áridos, como el que estábamos sobrevolando en esos momentos.

El viaje de apenas novecientos kilómetros entre Bamako y Tombuctú, que debía haber durado menos de tres horas, acabó durando más de nueve debido a las inesperadas paradas que realizamos en Ségou y Mopti para recoger y dejar pasaje. Afortunadamente, no era la primera vez que viajaba por el continente africano, y todos estos inconvenientes que en Occidente me hubieran indignado, aquí los daba por supuestos, por lo que las seis horas de viaje adicional no llegaron a afectarme los nervios. Muy al contrario que al profesor, que en cada ocasión que tomábamos tierra se acercaba al piloto para reclamarle, en un inglés repleto de tacos castizos, su falta de profesionalidad y el hecho de haber confundido el avión con un camión de reparto.

Tomamos tierra en el aeródromo de Tombuctú pasadas las cuatro de la tarde, deshechos por lo incómodo de los asientos y deseando llegar al hotel para darnos una nueva ducha, ir al baño, y beber litros y litros de cerveza fría.

El hotel *Azalaï*, con sus frescas habitaciones ajardinadas y a unos pasos de las primeras dunas que rodean la ciudad, se nos antojó una *Shangri-la* del desierto, por lo que nos resultó no poco arduo disfrutar de él tan solo el tiempo justo para refrescarnos. Salimos a la calle cuando ya los rayos de sol caían oblicuamente sobre los muros de las casas de adobe, y el calor no era un impedimento para caminar por las calles de arena de esta antigua metrópoli a la orilla del Sahara. Decidimos intentar aprovechar el tiempo, a pesar de lo avanzado de la tarde, para registrarnos en el *commissariat* —como era obligatorio para todos los extranjeros—, contratar a un guía oficial —también obligatorio, pero al que despachamos rápidamente— y acercarnos con los últimos rastros de luz a la insólita mezquita de Djingarebier, al sur de la ciudad.

Todo el camino, desde que salimos del hotel, andábamos envueltos en una nube de niños que nos tiraban de las ropas al grito de *¡cadeau, cadeau!*

—¿Qué narices es *cadeau*? —me preguntó Cassie, mientras evitaba que uno de los niños más pequeños le metiera la mano en los bolsillos.

—Significa regalo, en francés.

—Pues parece que hoy es el cumpleaños de todos los críos de Tombuctú.

—Un momento —dijo el profesor—. Voy a ver si tengo algo suelto y a lo mejor así nos dejan en paz.

—¡Ni se le ocurra meterse la mano en el bolsillo, profesor! —le increpé—. Como vean que tiene la menor intención de darles algo, no se los podrá quitar de encima ni con agua caliente.

—Pero, pobres... están harapientos, y a mí no me va de darles unos francos.

—A usted quizá le aligere la conciencia, pero a ellos no les hace ningún favor. Todo lo más, conseguir que sus padres los envíen cada día a mendigar en lugar de a la escuela. Si de verdad quiere hacer algo por ellos, apúntese a una ONG.

—Caray, Ulises. Está bien, hay que ver cómo te pones.

—Lo que sucede, profesor, es que he visto demasiados lugares en que las bienintencionadas propinas de los turistas han corrompido a los niños y sus familias. Transformando a pastores o artesanos en mendigos profesionales.

—Bueno, vale. Quizá tengas razón, no había pensado en ello.

—No se preocupe. Simplemente ignorémoslos, es la única forma de que se cansen y nos dejen en paz. Y ahora —añadí, contemplando el minarete que asomaba sobre los techos de las casas de adobe—, vayamos a ver esa famosa mezquita antes de que se haga de noche.

Poco a poco, fuimos librándonos de la tumultuosa compañía y pudimos disfrutar del inusual placer de andar en silencio por las arenosas venas de esta ciudad anclada en el tiempo, conservada tal y como debió de ser cientos de años atrás. Muros de casas construidas en madera, paja y barro flanqueaban las enrevesadas callejuelas que, en ángulos imposibles, torcían a izquierda y derecha y sobre sí mismas, haciendo inútiles los planos, las guías o el sentido de la orientación. Tan solo la elevada presencia de los minaretes nos permitía ir acercándonos a nuestro destino que, tras una nueva esquina, inesperadamente, apareció ante nosotros en todo su esplendor.

Construida enteramente en adobe y sostenida por una estructura de madera, la mezquita, similar a una pirámide truncada y rematada por unos extraños minaretes erizados de irregulares traviesas de madera, parecía absorber la luz del atardecer, mudando su color del amarillo de la arena del desierto, a un suave tono anaranjado.

—Es preciosa —dijo Cassie, llevándose las manos tras la nuca.

—¿Se podrá entrar en ella? —preguntó el profesor, también embelesado—. Me encantaría verla por dentro.

—No creo que nos pongan impedimento —contesté—. Pero hoy ya es muy tarde. Quizá mañana, si tenemos tiempo.

—¿Sabíais que fue construida por orden del mismo rey que aparece en el *Atlas Catalán*? —apuntó el profesor.

—¿El que sostiene el pequeño sol en su mano, justo al lado del símbolo de esta ciudad? —inquirió Cassandra.

—El mismo. Creo que fue en el año 1325 cuando la terminaron. Pero, además, hay otra coincidencia curiosa —dejó caer, haciéndose el interesante—. El arquitecto de la misma resulta que fue un español, concretamente un andalusí llamado Es Saheli.

—¿Otro español? —pregunté, incrédulo—. Me parece que ya son demasiados los que se han pasado por aquí para que sea una mera coincidencia. Si no recuerdo mal, está la familia Kati, que se convirtió en la más influyente del reino, Yuder Pachá, que conquistó la ciudad y obligó a los Kati a exiliarse y por si fuera poco, el tal Es Saheli, que construyó esta mezquita.

—Y no te olvides —añadió Cassandra— de nuestro cartógrafo misterioso.

—Cierto —asentí con un guiño—. Yo diría que son demasiados para que se trate de una casualidad —alcé la vista, observando cómo el sol se escondía tras uno de los minaretes—. Me gustaría saber qué demonios impulsó a todos ellos a cruzar miles de kilómetros de la peor tierra del planeta para venir a parar a esta pequeña ciudad en medio de la nada.

Poco después, dada la total ausencia de alumbrado nocturno, decidimos regresar al hotel antes de que fuera noche cerrada, dando la espalda al hipnótico canto del *muecín*, que iniciaba en ese momento su llamada a la oración.

Solo unas pocas sombras envueltas en sus *tagelmoust* se dejaban ver por las cada vez más oscuras calles, distinguiéndose en ellas, en ocasiones, poco más que un par de fieros ojos rodeados de tela azul, que parecían observarnos como a los molestos intrusos ajenos a aquel lugar que éramos en realidad. El eco de nuestras voces nos perseguía en el mutismo de las calles de Tombuctú, subrayándonos que aun estando en el mismo país, no caminábamos ya por una ruidosa urbe africana a la orilla del Níger, sino por una ciudad perteneciente al desierto, a su silencio y a sus moradores; los tuareg.

—Esta gente me da escalofríos —susurró Cassandra, agarrándome del brazo.

—Lo cierto es que siempre han sido temidos en estas tierras por su tradición de bandidos, esclavistas y guerreros sin escrúpulos.

—Vaya, gracias Ulises. Ahora ya me siento más tranquila.

—No seas retorcido —intervino el profesor—, no le cuentes solo lo malo. Si quieres que la muchacha se te arrime dile algo bonito, pero no la acojones. Ni a ella, ni a mí.

—¿Está asustado, profe?

—Intimidado es la palabra exacta.

—No tenéis por qué preocuparos. Aunque solo he tratado con los tuareg con ocasión de un viaje que hice unos años atrás, sé que por lo general son gente tranquila. Sus tiempos de pillaje ya quedaron atrás, y ahora la mayoría vive de sus rebaños de cabras y de las ocasionales caravanas que organizan a través del desierto. De hecho, aunque aún hay bandidos tuareg correteando por el Sahara, actualmente lo más destacable de su cultura es una hospitalidad avasalladora y, como nómadas que son, un profundo respeto al viajero... aunque vaya en pantalón corto.

—Hombre, hacía más de una hora que no sacabas el tema —encajó el aludido estoicamente—. Ya me tenías preocupado.

—Quite, quite. Con esto tengo para un par de años.

—Ándele Ulises, no me seas güiro —intervino Cassie, apretándome el brazo—. Y apurémonos... que hoy tengo muchas ganas de regresar al hotel.

27

Por vuestros rostros de felicidad —comentó el profesor, al encontrarnos con él en el desayuno—, deduzco que vuestra noche ha sido más interesante que la mía.

—Puede jurarlo —reconocí con un guiño, mientras tomaba asiento frente a un par de bollos de pan y un tarro de mermelada.

—Sí, muy interesante —corroboró Cassandra—. Sobre todo cuando empezaste a roncar como un pinche oso.

—Los osos no roncan. —La mexicana me contestó con una mirada de advertencia—. Habrá sido culpa del colchón, o de la almohada —traté de excusarme.

Cassandra me apuntó con el cuchillo untado de mantequilla.

—Más te vale, güey.

—Huy, qué divertido —apuntó el profesor—. Y eso que solo lleváis un día.

—¿Se divierte? —le preguntó Cassie, blandiendo inocentemente el cuchillo frente a él.

—¿Quién? ¿Yo? —se defendió, levantando las manos—. Jamás. Nunca se me ocurriría mofarme de un asunto tan serio como ese.

—Menos chufla, profe —le advertí, mirando el cuchillo untado—. No sabe usted el peligro que tiene la chica con la mantequilla...

La aludida tardó unos segundos en reaccionar, pero entonces se abalanzó sobre mí, agarrándome del cuello y emprendiéndola a mordiscos con mi oreja.

—¡Serás! —exclamaba entre dentellada y dentellada—. ¡Lo de la mantequilla fue cosa tuya!

A las nueve de la mañana, con el sol ya amenazando con un terrible día de calor, nos plantamos frente a la Biblioteca de los Kati. Se trataba de un edificio de dos plantas pintado de suaves colores tierra, acorde con el entorno y protegido por un pequeño muro de mampostería blanca. La verja estaba abierta, así que avancé hasta la puerta de madera de la casa y la golpeé un par de veces.

Un hombre de unos cuarenta años, de tez oscura y semblante intrigado, abrió la puerta.

—*As Salaam alaykum* —saludé, como era preceptivo.

—*Wa alaykum as-salaam* —respondió.

—¿*Do you speak English*? —aventuré, temiéndome una complicada conversación en francés.

—¿Sois españoles? —preguntó a su vez.

Me quedé en silencio durante un segundo, asombrado por encontrar a un maliense con acento andaluz.

—Sí —contesté al fin—. Caro... lo somos. Bueno, casi —añadí, tomando a Cassie por los hombros—. Ella es mexicana.

—Encantado, señorita —la saludó galantemente—. ¿Y su nombre es?

—Cassandra Brooks —contestó, correspondiendo al saludo—. Pero puede llamarme Cassie.

—Yo soy Daniel Ibrahim ben Ahmed al Quti —y sin soltarle la mano añadió—: Pero puede llamarme... cuando usted quiera.

—Yo soy Ulises Vidal —interrumpí algo mosqueado, situándome entre ambos—, y este señor de aquí es el profesor Eduardo Castillo.

Tardó aún unos instantes en separar la vista de los ojos de Cassie, dirigiéndose a mí con un fugaz gesto de irritación.

—Encantado de conocerles a todos —dijo con una leve inclinación de cabeza, y señalando hacia el interior de la casa, añadió—: Permítanme invitarles a un té.

Le seguimos hasta una sala de estilo beduino, con alfombras superpuestas que cubrían el suelo y multitud de recargados almohadones, rodeando una mesa redonda de cortísimas patas.

—Pónganse cómodos —hizo un gesto para que nos sentáramos—. Considérense como en su casa.

—Muy amable —agradecí—. Nunca había estado en una biblioteca tan acogedora.

—Bueno, en realidad, esta también es mi humilde morada.

En ese instante apareció por la puerta una mujer vestida con un *chaddor* negro, que solo dejaba al descubierto unos sumisos ojos igual de negros. Daniel le dirigió una breve mirada y, con un susurro, la envió de nuevo al lugar de donde había salido.

—Y díganme, caballeros. ¿A qué debo el honor de su visita? ¿Los envía la Universidad de Granada para comprobar el estado de los manuscritos?

—No, verá —quiso aclarar el profesor—. Nosotros hemos venido porque...

—...porque trabajamos para el Ministerio de Cultura de España —le interrumpí—. El profesor Castillo ha sido enviado para estudiar ciertos documentos, y la señorita Brooks y yo somos sus ayudantes.

Aun sin mirarlos, podía imaginar la cara de asombro de mis amigos al oírme soltar semejante patraña, y confié en que ambos hubieran jugado alguna vez al póquer.

—El Ministerio de Cultura, claro... —repitió, estudiándonos a los tres.

—Exacto —insistí—, el mismo que subvencionó la construcción de esta biblioteca.

—Por supuesto —asintió—, y todos estamos muy agradecidos por ello. Sobre todo con el subsecretario Ramos Espinosa. Sin él, —añadió, señalando a su alrededor— nada de esto existiría. Por cierto, ¿saben si la esposa del subsecretario superó sus problemas de corazón?

—Tengo entendido que así fue —respondí, mientras la mujer de antes regresaba con una humeante tetera y unos vasos—. Le haré llegar al señor Espinosa su preocupación.

—Muy amable por su parte y estoy a su disposición para lo que requieran —y sin perder la sonrisa, agregó—: Pero permítame recordarle que el actual subsecretario del Ministerio de Cultura de su país es una mujer y, además, soltera.

Ahí estaba yo, en el culo del mundo buscando el tesoro más fabuloso de la historia, y a punto de tirarlo todo por la borda por querer pasarme de listo.

Una palpable tensión se apoderó de la sala, y tan solo el roce de las telas de la arropada mujer sirviendo el té con hierbabuena quebraba el incómodo silencio que ninguno de nosotros se atrevía a romper.

—¿Piensan acaso ustedes —dijo finalmente Daniel, sin perder su apariencia de amabilidad— que por que sea negro y viva en medio del desierto soy idiota?

Eché un vistazo a mis amigos, y me di cuenta de que había metido la pata hasta el fondo. Era mi responsabilidad *desfacer* aquel entuerto.

—Le ofrezco mis más sinceras disculpas —le dije, mirándole a los ojos con franqueza—, no era mi intención...

—¿Mentir?

—No hay excusa posible —admití—, tan solo le pido disculpas. Tenemos una poderosa razón para desear ver sus archivos y pensé, erróneamente, que envistiéndonos de un aura oficial lo tendríamos más fácil.

Daniel tomó su humeante vaso de té y dio un largo sorbo, pareciendo reflexionar por unos instantes.

—Muy bien —dijo por fin—. Disculpas aceptadas.

Un inapreciable suspiro de alivio se escapó de boca de Cassie.

218

—Y según las normas de hospitalidad de mi cultura —continuó—, les invito a degustar el sabroso té que ha preparado mi querida esposa.

—Gracias —correspondió el profesor, entusiasmado—, es usted muy comprensivo.

—Pero en cuanto terminen de tomárselo —añadió nuestro anfitrión, ahora muy serio—, les ruego que salgan de esta casa y no vuelvan nunca más.

Los tres permanecíamos callados de nuevo mientras, impasible, Daniel terminaba su bebida retrepado en un par de enormes cojines. La situación era tan estúpida como preocupante, pues tener acceso a los archivos de la Biblioteca de los Kati resultaba fundamental en nuestros planes, y estábamos en un callejón sin salida en el que me había metido, arrastrando conmigo a Cassie y el profesor de la manera más tonta imaginable. Pero no había llegado hasta Tombuctú para rendirme frente a un té de hierbabuena.

—Comprendo su enojo —dije—, y me reitero en mis disculpas, pero es muy importante que tengamos acceso a sus archivos y, al fin y al cabo, esto es una biblioteca ¿no?

—Cierto, pero, además, es donde yo vivo, y el apellido de mi familia es el que da nombre al centro. Así que en más de un sentido, esta es mi casa. Y no son bienvenidos en ella aquellos que llegan con la mentira en sus labios.

—Podríamos pagarle —fue lo único que se me ocurrió decir.

—Primero me miente, y ahora me insulta —replicó con el ceño fruncido—. ¿Le queda alguna otra ofensa que formularme?

—No ha sido nuestra intención insultarle en ningún momento —intervino Cassie, oportuna como siempre—. Hemos cometido un error y nos hemos excusado por ello, pero tiene que comprender que hemos venido hasta aquí solamente para examinar sus archivos, y para nosotros sería un gran favor que nos permitiera hacerlo.

Las facciones del maliense se relajaron, no sé hasta qué punto como consecuencia de su argumentación, o gracias a esos ojos esmeralda que tenían al hombre totalmente hipnotizado.

—Bueno... quizás ha sido todo un malentendido —dispensó, sin quitar la vista de la mexicana—. Ustedes parecen buenas personas.

—Puede estar seguro de ello —confirmó Cassie, consciente del efecto que causaba en Daniel—, y le estaríamos muy agradecidos si nos pudiera ayudar.

A nuestro anfitrión le afloró una bobalicona sonrisa por la que asomaban un par de dientes de oro.

—Viniendo la petición de una mujer tan hermosa —depuso con ojos de cordero—, la verdad es que no puedo negarme...

La arqueóloga le lanzó su mirada más seductora, derribando las últimas reticencias del hombre con una simple caída de párpados.

—...así que dígame qué puedo hacer por usted, y haré todo lo que esté en mis humildes manos.

Mientras yo me mantenía al margen, procurando evitar que Daniel recordara que aún estaba allí, el profesor le explicó someramente lo que estábamos buscando; omitiendo, por supuesto, cualquier referencia al tesoro templario, y dando a entender que nuestras ambiciones eran puramente académicas. Entre tanto, Cassandra prolongaba su hechizo valiéndose de continuas preguntas formuladas a nuestro anfitrión, mientras éste nos conducía al piso superior, donde se encontraban los archivos.

—¿Dónde aprendió a hablar tan bien el español?

—En España. Mis padres me enviaron a estudiar allí gracias a una beca ofrecida por la Fundación Al-Andalus de Granada a mi familia.

220

—Por cierto, y ahora que menciona a su familia —prosiguió Cassie—. Dijo antes que la biblioteca pertenecía a su familia pero, por lo que he entendido, su apellido no es Kati.

—En efecto —aclaró con cierto orgullo—: es al Quti. El nombre de Kati es tan solo una degeneración del original.

Cassie lo miró, no sin cierta admiración.

—Entonces... es usted un descendiente del Alí ben Ziyab que hace quinientos años llegó hasta aquí con toda su familia.

—Además de guapa, es usted inteligente —admitió, rendido a sus encantos—. ¿Está casada?

Vi como la arqueóloga me miraba de soslayo, algo divertida ante la inesperada pregunta.

—Pues por el momento, no. Pero nunca se sabe.

—Es cierto —corroboró el maliense, insinuante—. Nunca se sabe...

Tras cruzar una sólida puerta de hierro, nos encontramos en una espaciosa sala pintada en color celeste que ocupaba la totalidad de la planta superior. Las paredes de la misma se hallaban ocupadas por docenas de anaqueles de madera que, tras un enrejado, dejaban ver centenares de legajos, documentos y carpetas repletos de amarillentos pergaminos amontonados unos encima de otros.

—¿Esto es la biblioteca? —pregunté, sin poder ocultar mi decepción.

—Daniel volvió a reparar en mí, renaciendo un atisbo de ira en su gesto.

—¿Qué esperaba? ¿Ordenadores y música de fondo?

—No, no es eso —me estaba cansando de disculparme con aquel tipo—. Pero aquí hay miles de papeles y pergaminos. Tardaríamos años en repasarlos todos.

—Bueno, eso depende de qué tal lean ustedes el árabe antiguo.

El profesor se apoyó en la mesa que ocupaba el centro de la estancia.

—En realidad —dijo—, el documento que buscamos creemos que está escrito en castellano, portugués o catalán.

Daniel ben Ibrahim al Quti nos miró, confuso.

—Creí que ya lo sabían. En esta biblioteca, aunque hay muchos documentos relacionados con la añorada Península ibérica; todos ellos, sin excepción, ya sean traducciones u originales, están redactados en árabe.

La inesperada revelación cayó como una maza sobre los tres. Habíamos cruzado media África en la búsqueda de una improbabilidad, para acabar dándonos de bruces contra una imposibilidad. Abatidos, tomamos asiento alrededor de la mesa, intentando rehacernos del golpe y pensar en alguna eventualidad que hubiéramos pasado por alto.

—Un momento —arguyó el profesor, con tono esperanzado—, quizá nuestro amigo decidió escribir en árabe. ¡Sería una manera más de despistar a sus posibles perseguidores!

Miró a Daniel, nos consultó con la mirada y, con nuestro consentimiento, puso algunas cartas más sobre la mesa.

—Verá, lo que andamos buscando es un documento, quizá cifrado, de un hombre que llegó hasta Tombuctú desde Mallorca a mediados de siglo XIV —comenzó a sacar de su bolsa fotocopias, entre ellas las del *Atlas Catalán*, disponiéndolas sobre la mesa a modo de corroboración de sus palabras—. No sabemos el nombre de ese hombre, aunque sospechamos que hablaba árabe y pudo hacerse pasar por un morisco procedente de Al-Andalus.

Daniel lo miraba, consciente de que le estábamos racionando la información con cuentagotas.

—Ustedes me están pidiendo ayuda, pero primero me mienten y ahora me ocultan datos. No sé qué les ha traído hasta aquí, pero estoy seguro de que no es el ansia documental —nos escrutó severamente y se pasó la mano por su afeitada cabeza—. Así que, o me lo cuentan todo, o podemos dar nuestra colaboración por concluida —y mirando a Cassandra, añadió—: Y ni siquiera usted me convencerá de lo contrario.

—De acuerdo —intervine, temiendo que todo se fuera al garete—. Creemos que aquel hombre conocía la situación de una antigua reliquia cristiana. Tuvo que huir para conservar el secreto, y ocultó la clave de su localización en algún documento que creemos que se encuentra en esta biblioteca.

—¿A qué reliquia se refiere?

—No lo sabemos —mentí de nuevo.

Daniel se mantuvo en silencio durante más de un minuto, meditando. Y yo estaba convencido de que lo próximo que haría sería enseñarnos la puerta de salida.

—Lamento decirles esto —anunció al fin, levantando la mirada—, pero he recopilado personalmente todos y cada uno de los documentos que aquí se encuentran y, que yo recuerde, no hay ni uno solo que haga referencia a nada de lo que ustedes me cuentan.

Abrumados por la decepción, no nos quedó más remedio que aceptar que la única posibilidad de seguir adelante se había esfumado ante nuestras narices. Derrotados, nos levantamos de la mesa, ignorando los miles de pergaminos inútiles que se amontonaban a nuestro alrededor y le dimos la mano a Daniel, agradeciéndole su tiempo y su té. Recogíamos las fotocopias y dibujos que el profesor había esparcido por la mesa cuando Daniel fijó la vista en uno de ellos.

—Esto ya lo he visto antes...

—¿Cómo dice? —preguntó el profesor.

Daniel señaló con el índice uno de los dibujos y repitió.

—Digo que eso ya lo he visto antes.

Los tres fijamos la atención en la imagen que nos señalaba, estupefactos.

—¿Dónde la ha visto? —inquirí—. ¿Aquí, en Malí?

—Sí —respondió con naturalidad—, en una aldea río abajo que visité hace meses, en busca de pergaminos. Esa misma figura la tallaba un viejo artesano local que, si no recuerdo mal, decía que simbolizaban a los negros y los tuareg de Malí, cabalgando unidos a lomos del Islam —se pasó la mano por la barbilla, haciendo memoria—. Recuerdo que me llamó la atención por su originalidad. Era una metáfora que nunca había oído, y mucho menos visto, refiriéndose a la unidad del país.

Escuchaba aún la voz de Daniel, pero todos mis sentidos estaban ya puestos en el grabado que representaba a dos hombres a lomos de un mismo caballo. El mismo que aparecía en el anverso del sello que encontramos entre los arrecifes de coral, y que durante cientos de años fue el símbolo de los Templarios.

28

Apenas seis horas después de haber estado tomando té en la biblioteca de los Kati –o los Quti, para ser más exactos–, nos encontrábamos surcando las plácidas aguas del Níger, corriente abajo, en dirección a una aldea de pescadores de la que solo conocíamos su nombre: Batanga. Gracias a la inestimable ayuda de Daniel, habíamos conseguido contratar una *pinasse* en un tiempo récord, y por solo una pequeña parte de lo que nos hubiera costado alquilarla para esta travesía de dos días. La embarcación en la que nos apretábamos entre el equipaje y las provisiones podría ser descrita como una piragua con esteroides, pero que, con más de doce metros de eslora y debido a su estrechez, apenas permitía que dos personas se sentasen una al lado de la otra. La tripulación constaba del patrón, que iba a popa manejando un ruinoso motor fueraborda, y su ayudante-marinero-cocinero que, situado a proa en ese momento y vigilando los posibles bancos de arena, hacía todo lo demás.

Nosotros íbamos sentados en medio, rodeados de sacos de arroz, montones de piñas y enormes racimos de bananos provenientes de Costa de Marfil. Obviamente, el patrón amortizaba el viaje transportando mercancías que luego podría vender en Bourem, algo más allá de Batanga, compensando así lo poco que habíamos pagado por la travesía; aunque ello nos sumía en una cierta intranquilidad, debido a la escasa distancia que separaba la superficie del agua de la borda de nuestra frágil y sobrecargada barca. Máxime, sabiendo que hipopótamos y cocodrilos abundan en las turbias aguas de aquel ancho y poco profundo río.

Contábamos con que llegaríamos a nuestro destino al día siguiente, a mediodía y, una vez allí, buscaríamos al artesano del que nos habló Daniel. Éste mientras recorríamos el embarcadero de

Korioumé en busca de transporte, también nos había explicado que centenares de valiosos pergaminos aún se hallaban dispersos entre innumerables aldeas del país, protegidos celosamente por los descendientes del clan Kati, que en diversas diásporas a lo largo de los últimos siglos habían huido de Tombuctú, llevando consigo parte de su legendaria biblioteca, para protegerla así de las avariciosas manos de sus conquistadores andalusíes, magrebíes y franceses.

—¡Esto es increíble! —gritó Cassie, haciéndose oír por encima del ruido del motor—. ¿Quién me iba a decir a mí hace un mes que estaría navegando por un río de África en un cayuco de madera, sentada sobre un saco de arroz?

—¿Te arrepientes de haber venido? —pregunté, también alzando la voz.

—¡En absoluto! ¡Estas últimas semanas están siendo las más emocionantes de toda mi vida! ¡Jamás me había sentido tan viva!

—¡Entonces magnífico! —sonreí esquinado- ¡Porque seguramente no va a ser la última oportunidad de «sentirte viva» que tengas en Malí!.

Antes de la puesta de sol, el patrón ya había amarrado en la orilla norte del río, indicándonos por señas, ya que no hablaba una palabra de francés, que les ayudáramos a desembarcar parte de las provisiones y el equipo de acampada, que consistía en una *haima* de estilo bereber para los cinco y unas esterillas para el suelo. Nos ofrecimos voluntarios para levantar la tienda, que montamos en el doble de tiempo que hubiera necesitado el ayudante en hacerlo él solo. Pero a cambio, le dimos tiempo para que pudiera pescar un par de percas; con lo que esa noche la cena consistió en un estupendo pescado a la parrilla, acompañado de unas cervezas casi frescas que traíamos envueltas en hielo.

El patrón, serio y circunspecto durante la navegación, resultó un parlanchín de primera en cuanto, saltándose ante nuestra sorpresa los preceptos del Islam, atacó nuestra provisión de cerveza con auténtico entusiasmo. Con más gestos que otra cosa, nos explicó que se llamaba Mohamed, que vivía de la pesca y el comercio, y que la piragua, además de ser su medio de transporte y de ganarse la vida, era también su hogar. Cuando finalizada la cena, alrededor de una tetera puesta al fuego, le preguntamos respecto al ayudante, nos dijo con indiferencia que también se llamaba Mohamed.

—¿Es su hijo? —preguntó Cassie, haciéndose entender con mucha mímica.

Mohamed se irguió, visiblemente molesto por la inocente pregunta, escupiendo al suelo mientras miraba despectivo a su tocayo, que se afanaba en recoger los platos de plástico para lavarlos en el río.

—¡*Enbeh Bozo*! —exclamó altivo, señalándose a sí mismo, y haciendo lo propio en dirección al ayudante indicó con desprecio—: ...*Bella* —y volvió a escupir al suelo teatralmente, para luego juntar las muñecas como si estuviera esposado.

—¿Qué nos quiere explicar este hombre? ¿Que su amigo es un delincuente? —preguntó Cassandra.

Le sonreí tristemente a la luz de la fogata.

—«Amigo» no es precisamente la palabra que utilizaría en este caso.

—Lo que nos quiere decir nuestro engreído contertuliano —terció el profesor— es que son de etnias distintas. Él es un *Bozo*, y procede de una tribu dedicada al comercio y a la pesca, mientras que nuestro silencioso marinero pertenece a la etnia de los *Bella*, que si no he leído mal en mi guía de viaje, han sido los tradicionales esclavos de esta parte de África, en especial de los tuareg —y ante la inquisitiva mirada de Cassie, aclaró—: Es que mientras vosotros hacíais manitas en la piragua, yo me he estado informando con la guía de Malí, que para algo la hemos traído.

—¿Los tuareg tenían esclavos? —reaccionó entonces Cassandra, escandalizada.

El profesor la miró con una mueca de amargura.

—Querida, no es que «tenían» esclavos. Es que aún los tienen.

—¡Eso no es posible! —rebatió incrédula—. ¡Hace más de cien años que se abolió la esclavitud!

—Siento decírtelo, pero el profesor tiene razón. La esclavitud aún subsiste en su forma más cruda en muchos lugares de África. No solo aquí, en Malí, sino también en otros países del Sahel como Sudán o Somalia, donde pueblos enteros son atacados por bandas armadas que secuestran a mujeres y niños para venderlos más tarde como si se tratase de ganado.

La indignación de la mexicana aumentaba por momentos.

—¿Y por qué nadie hace nada al respecto? —exclamó, alzando los brazos—. ¿Dónde está la ONU, la UNICEF, y toda la chingada de organizaciones mundiales de protección de los derechos humanos? ¿Es que soy la única a la que todo esto le parece una monstruosidad?

—Desde luego que no, Cassie. Pero África es ese lugar hacia el que nadie quiere mirar. Es como un agujero negro en los mapas, en el que sabemos que hay rinocerontes en peligro de extinción y gorilas en la niebla, pero del que desconocemos, y queremos seguir desconociendo, el espantoso drama humano que se desarrolla aquí cada día.

—Yo jamás habría imaginado... —murmuró desolada.

—Nadie se lo imagina —asentí—. Quizá por eso es tan real.

Por último, la arqueóloga dirigió su vista hacia el *bella*, que se afanaba con los trastos a la orilla del río.

—Entonces, crees que él...

—Probablemente.

—Pero podría escapar. ¿Por qué no lo hace entonces?

—Puede que no tenga adónde ir —aventuré, encogiéndome de hombros—, y que, al fin y al cabo, esta sea su mejor opción.

Cassie se volvió hacia mí, furiosa.

—¡Pero cómo va a ser su mejor opción ser un esclavo! ¡Es una vida trágica, sin expectativas!

—¿Expectativas? —cuestioné taciturno—. Cariño, te recuerdo de nuevo que estamos en África. Aquí las expectativas consisten en tener algo que comer para la cena.

—Eso me parece muy cínico por tu parte.

—No es cinismo, ojalá fuera solo eso.

Tras la tan sombría conversación, no nos quedaron ganas de seguir hablando, y enseguida nos retiramos a nuestras gastadas esterillas, embadurnándonos de repelente para los mosquitos y dejando el fuego encendido, para evitarnos una desagradable sorpresa con las abundantes hienas de la región, a las que oíamos en la distancia lanzar sus repugnantes risotadas.

Quizá por la inquietud de dormir a la intemperie, o por los dolorosos sentimientos despertados, Cassie se abrazó a mí como una pequeña a su osito de peluche; desatando un inesperado sentimiento de ternura. Haciéndome intuir, mientras percibía su suave aliento sobre mi pecho, que me estaba enamorando de esa mujer como nunca lo había hecho antes de ninguna.

—¡*Inisoh gohmá*! ¡*Inisoh gohmá*! —gritó una voz a un palmo de mi oreja, mientras alguien me zarandeaba.

Abrí los ojos alarmado, y me encontré frente a una amarillenta dentadura y un par de ojos destacados sobre un fondo de oscuridad, que reconocí como los del patrón de la *pinasse*.

—¿Qué... qué pasa? —balbucí somnoliento.

—¡*Insoh gohmá*! —repitió.

—Mira, amigo —dije, saliendo del aturdimiento—. No entiendo qué coño me quieres decir. Como no me hagas un dibujo...

—Creo que significa buenos días, o algo así —opinó desperezándose, una voz femenina a mi lado.

—Pero ¿qué dice? ¡Si aún es noche cerrada!

—Pues me parece que vas a tener que explicárselo —sugirió esta vez el profesor, que también se había despertado—, porque el ayudante ya está desclavando las piquetas de la *haima*.

No nos quedó más remedio que espabilarnos rápidamente, recoger nuestro escaso equipaje, y ayudar a desmontar el campamento con los primeros rayos del alba despuntando sobre el raso horizonte. Al cabo de media hora ya surcábamos el río, y un gigantesco sol naranja aparecía justo frente a nosotros, como una incendiada estrella de Belén guiándonos sobre las mansas aguas del Níger.

Viajábamos ahora por un despoblado tramo del río en el que apenas asomaba algún chamizo entre la vegetación de la ribera, y tan solo apreciábamos algún movimiento cuando, asustadas ante nuestra ruidosa aparición, bandadas de aves acuáticas alzaban el vuelo frente a nuestra proa. A pesar del ajetreo de la inestable piragua, sentía una paz interior que hacía mucho que no experimentaba, quizá porque el monótono paisaje y el golpeteo de la embarcación contra las diminutas olas del río ejercían un influjo casi hipnótico, y a pesar del hambre, la incomodidad y el sueño, sentía un inhabitual sosiego que disfruté como un delicado manjar.

Avanzamos a buen ritmo durante horas, hasta que Mohamed decidió acercar la *pinasse* a la orilla, pasándose la mano por la barriga como indicación de que tenía hambre. Varamos la embarcación en una pequeña playita libre de juncos y se despidió de nosotros, haciendo señas de que lo esperáramos allí. Sin nada que hacer, paseamos por la orilla con el fin de estirar las piernas y, viendo que el patrón tardaba en volver de su misterioso paseo, decidimos quitarnos de encima el agobiante calor con un baño en las tentadoras aguas del río. Sin quitarnos la ropa, a la que concluimos no le iría mal lavarse un poco, empezamos a deshacernos ante la atónita mirada del profesor de todo lo que no se podía mojar, en una cómica carrera por llegar primero al agua.

La mexicana me adelantó, dándome un empujón que me derribó al suelo y que la hizo burlarse de mí mientras corría dando saltos por la orilla Y ya estaba con el agua por los muslos cuando, inesperadamente, salido de la nada el Mohamed que había quedado con nosotros se abalanzó sobre ella, agarrándola del brazo con fuerza y dándole un susto de muerte. Aunque éste fue aún mayor, sin duda, cuando siguiendo la dirección en que le señalaba, distinguió lo que parecía un gran tronco a la deriva, pero que, extrañamente, se dirigía en línea recta hacia donde ella se encontraba.

    —¡Cassie! —grité sobresaltado—. ¡Sal del agua ahora mismo! ¡Es un cocodrilo!

    Cassandra, que ya se había dado cuenta de lo comprometido de su situación, comenzó a recular lentamente, sin perder de vista al enorme reptil. Pero al comprobar que éste no disminuía su velocidad, sino que, por el contrario, la aumentaba, optó, aún sujeta por el *bella*, por darse la vuelta y salir corriendo tan rápido como le permitieran sus piernas.

    De haber tenido un cronómetro a mano, sin duda podría haber certificado un nuevo récord mundial de velocidad sobre el agua, pues la mexicana corrió con una rapidez casi imposible hasta llegar a tierra firme y pasar como una exhalación junto al profesor, que se hallaba sentado en una roca a diez metros de la orilla, diría que más que entretenido ante la escena de la que estaba siendo testigo.

    El patrón regresó al cabo de una hora, dando un paseo tranquilamente y sin dar explicaciones de su prolongada ausencia, aunque por las insinuaciones maliciosas que con la mirada nos hizo el oportuno salvador de Cassie, aventuraría que su paseo al poblado que se intuía unos cientos de metros más allá, tenía un carácter eminentemente libidinoso. Mientras, habíamos aprovechado para preparar un almuerzo a base de arroz blanco, banano y piña. Antes del mediodía ya habíamos comido y continuábamos camino río abajo hacia la aldea de Batanga, situada a unas pocas horas de donde nos encontrábamos, y donde esperábamos hallar la clave definitiva que nos condujese hasta el esquivo tesoro de los Templarios.

29

A media tarde nos despedíamos en el paupérrimo embarcadero de Batanga de los dos Mohamed –o de los M&M′s, como habíamos dado en llamarles–. Les estrechamos las manos efusivamente a ambos y nos desearon buen viaje en palabras que no entendimos. Cassandra, además, le estampó un sonoro y agradecido beso al *bella* en la mejilla, ante la felicidad de éste y la envidia de su patrón, lo que supuso una doble satisfacción para todos.

Tal y como habíamos acordado en la partida, ellos debían continuar río abajo hasta la tumultuosa Gao, y si no habíamos conseguido transporte para regresar a la civilización al cabo de una semana, cuando calculaban que pasarían de regreso, se detendrían para recogernos y devolvernos a Tombuctú.

Nos despedimos con la mano mientras se alejaban, y no fuimos conscientes hasta entonces de que nos hallábamos en medio de la nada, sin comida ni agua, sabiendo tan solo decir «buenos días» a gritos en la lengua local y con los visados provisionales a punto de caducarse.

Estaba pensando en aquello de que siempre podía ser peor cuando, dándome la vuelta, presté atención al lugar en el que habíamos desembarcado. Un puñado de casas de adobe desperdigadas bajo la sombra de las escasas acacias constituían lo que, imaginativamente, Daniel había llamado aldea.

–Bueno –dije, intentando ver el lado positivo–, al menos así nos resultará fácil encontrar a ese artesano...

En eso, un grupo de niños salieron corriendo de una de las chozas, frenando su carrera en seco al descubrirnos con las mochilas en el suelo: sucios y asemejando blanquecinos espectros surgidos del fondo del Níger. Nos contemplaron por unos segundos con los ojos como platos, y regresaron gritando a sus casas, como si hubieran visto al mismísimo diablo.

—...o quizá no.

Avanzamos hasta la pequeña explanada, alrededor de la cual se ubicaban la mayoría de las casas, esperando a que alguien apareciese por alguna de las atrancadas puertas de madera, dispuesto a recibirnos. El lugar parecía abandonado, pero no nos cabía duda de que tras los resquicios de las ventanas decenas de ojos nos observaban.

—¿Y bien? —preguntó el profesor—. ¿Y ahora qué hacemos?

—Yo voto por acercarnos a alguna de las casas y llamar a la puerta.

Cassandra me agarró del brazo.

—Lo que vamos a hacer es sentarnos bajo aquella acacia y esperar a que ellos den el primer paso. Es evidente que están asustados por nuestra aparición —argumentó—, así que lo mejor que podemos hacer es demostrarles que no tienen nada que temer de nosotros. Ya sabéis: «Dejad que los niños se acerquen a mí».

Tal y como predijo, tras sentarnos bajo el árbol, al cabo de un rato la curiosidad venció a las reticencias y, primero los más jóvenes y luego los adultos, empezaron a aproximarse tímidamente, intrigados por la insólita presencia de tres blancos desaseados, sentados a la sombra de una acacia en medio de su poblado. Los más jóvenes empezaron a sentarse a nuestro alrededor, riéndose las ocurrencias que se hacían entre ellos y sobreexcitados por la novedad que suponíamos, mientras los hombres y mujeres se aproximaban con aparente indiferencia, guardándose de demostrar que sentían la misma curiosidad que sus hijos. Finalmente, un anciano de pelo canoso y miles de arrugas, ataviado con un colorido *bou-bou*, se abrió paso entre la pequeña muchedumbre y, con aire muy digno, nos dirigió lo que supusimos serían unas cálidas palabras de bienvenida, a las que respondimos con agradecidas inclinaciones de cabeza y un apretón de manos, pues nuestro conocimiento del bambara era más bien limitado. El anciano, que parecía ser el jefe de la aldea, ensanchó su sonrisa huérfana de dientes y nos señaló con el dedo.

—¿*Ibeh boh ming?* —preguntó educadamente.

Nos miramos entre nosotros, sin tener ni idea de lo que nos decía.

—¿*Ibeh boh ming?* —repitió, y señalándose a sí mismo, añadió—. *Enbeh boj Malí, ¿Ibeh boh ming?*

—Creo... —señaló el profesor— que nos está preguntando de dónde somos —dio un paso al frente y abarcándonos con un gesto respondió—: España. *Enbeh boj España.*

—¡*Isbania*! —exclamó el anciano con regocijo, como si reconociera el nombre.

—Sí, bueno —concedió—. *Isbania*, por qué no.

—*En toh goh Modibo* —dijo esta vez señalándose de nuevo, entusiasmado por su éxito en hacerse entender—. ¿*I toh goh?*

Cassie escuchaba con atención.

—Diría que nos acaba de decir su nombre, y ahora nos pregunta el nuestro.

El profesor asintió, totalmente de acuerdo.

—Eduardo —dijo llevándose la mano al pecho, y luego nos señaló a nosotros—, Cassandra y Ulises.

El señor Modibo frunció el ceño e intentó repetir su hazaña anterior, con parecido resultado.

—*Duado...* —repitió concentrado— *Gaandra... Yulise.*

No nos quedó más remedio que felicitarlo por su don de lenguas; y una vez hechas las presentaciones, el poblado entero nos acompañó a lo que debía de ser la casa comunal, una enorme cabaña sin paredes y con techo de palma. Allí, como por ensalmo, empezaron a aparecer piñas, bananos, fuentes de pescado, arroz y mijo mezclado con crema de cacahuete, que nos afanamos a consumir ante el regocijo de la multitud.

Los tres teníamos bastante hambre, y solo el profesor levantó la mirada del cuenco para hablar.

—Yo diría que la comida no va a ser un problema mientras estemos aquí.

Cassie lo miró de reojo.

—Nunca imaginé que pudiera haber gente tan hospitalaria.

—Siento tener que decir esto —intervine taciturno, apuntando con las cejas a nuestros numerosos anfitriones—. Pero espero que seáis conscientes de que probablemente nos estamos merendando la cena de todos ellos.

—¡Púchica! Tienes razón. Mejor rechacémoslo educadamente, digámosles que no tenemos hambre y comamos de nuestras cosas.

—Ni se te ocurra, eso sería un gran insulto para ellos. Les harías creer que su comida no es lo suficientemente buena para ti.

—¿Entonces?

Me pasé la lengua por los labios, e incliné la cabeza en señal de reconocimiento hacia los presentes.

—Come, calla, y sonríe.

Con cierto remordimiento de conciencia —pero ahítos—, les dimos las gracias a todos por el festín con muchos apretones de manos y sonrisas sin palabras, mientras los cuencos vacíos desaparecían con la misma rapidez con que habían aparecido y nos invitaban a sentarnos en unos estrechos bancos de madera en el centro de la cabaña.

El sol iniciaba su inevitable descenso hacia el horizonte, las sombras se alargaban sobre la tierra seca y una ligera brisa proveniente del sur arrastraba el suave olor a río al que nos habíamos acostumbrado los últimos días. Modibo, entretanto, se entretenía organizando una ordenada fila según la edad y en la que se terminó colocando al frente, como si se tratase de una cola de niños esperando entregarles la carta a los Reyes Magos.

Observamos la escena, extrañados, guardando silencio a la espera de que sucediera algo. Pero nadie hacía nada. Allí estaba el pueblo entero haciendo cola ante nosotros que, desconcertados, nos mirábamos mutuamente interrogándonos en silencio.

Finalmente, fue el profesor quien, ejerciendo como intérprete oficioso, decidió abrir la boca.

—¿Sí? —fue todo lo que dijo, dirigiéndose a Modibo, que aguardaba en primer lugar.

Automáticamente, éste dio un paso al frente y, pasándose repetidamente la mano por la frente y la barriga, inició un emotivo monólogo del que no entendimos una palabra. Cuando terminó, puso sus manos en el regazo y se sentó frente a nosotros, a la espera de algo, dejándonos tan desconcertados como lo estábamos al principio.

—¡Híjole! ¡Ahora lo entiendo!

Se incorporó la mexicana, haciendo aspavientos.

—¡Creen que somos médicos! —y señalando a la larga cola añadió, incrédula— ¡Y toda esta gente está esperando consulta!

Como pudimos, intentamos explicar que no éramos un equipo de Médicos sin Fronteras y que no teníamos apenas medicinas que ofrecerles; pero viendo el desencanto que aparecía en sus ojos decidimos, con nuestros limitadísimos conocimientos de medicina, hacer lo que pudiéramos por ellos. El poblado al completo, sin excepción, desfiló ante nosotros durante más de dos horas; explicándonos en bambara, pero eso sí, con todo lujo de detalles, los muchos y diversos males que sufrían y para los cuales, ofrecíamos casi siempre un par de comprimidos de paracetamol y, en algún caso, antibióticos o cremas antihistamínicas. Éramos conscientes de que quizá no era muy sensato hacer lo que hacíamos, pero aquella gente nos había recibido con los brazos abiertos y, sencillamente, no pudimos negarnos. Aunque la mayoría de los síntomas revelaran que casi todos sufrían de malaria, y los medicamentos que les dimos no les sirvieran absolutamente para nada.

Ya era noche cerrada cuando, abatidos por el agotamiento, nos dejamos guiar por Modibo hasta una de las chozas de adobe que, al parecer, nos habían preparado para que pudiéramos dormir bajo techo. En ella encontramos tres catres con colchones de paja sobre los que instalamos las mosquiteras y nos derrumbamos de inmediato, sin pararnos a pensar en la multitud de pulgas, chinches y hematófagos diversos que por allí tuvieran su sede social.

Con la vista puesta en una enorme tarántula peluda agarrada al techo de la cabaña, fui abandonándome al sueño, y ya estaba casi dormido cuando, apenas audible, oí la voz de Cassandra.

—¿Os dais cuenta de que con todo este ajetreo no nos hemos acordado de preguntar si alguno de los que hemos curado era el artesano que estamos buscando?

Lo primero que averigüé al abrir los ojos por la mañana fue que la repelente araña había decidido cambiar su escondite del techo por el interior de mi mosquitera. No tenía ni idea de cómo había podido colarse, pero el espeluznante arácnido se encontraba ahora a menos de dos palmos de mi cara, por lo que tuve que recurrir a toda mi sangre fría —tengo fobia a las arañas, nadie es perfecto— para salir del catre con calma, y evitar así que el bichito pensara que yo era una enorme y fea mariposa caída en su telaraña, y le diera por clavarme los enormes quelíceros que sin duda poseía. Con el movimiento desperté a mis compañeros de choza, y tras presentarles a mi invitada nocturna, se consagraron al registro exhaustivo de sus ropas y equipaje; llevándose también Cassandra un susto mayúsculo, cuando descubrió anidando dentro de su bota a una pequeña serpiente de color negro brillante.

—¿Sería venenosa? —preguntó, cuando hubo recuperado el resuello.

El profesor se encogió de hombros.

—No tengo ni idea, querida. Aunque de cualquier modo parecía muy pequeña.

Yo seguía con la vista fija en el agujero de la pared por el que había escapado el reptil al verse sorprendido.

—Seguramente me equivoco —dije alzando la vista—, pero diría que se trataba de una cría de cobra africana. Las he visto de adultas en alguna ocasión, y eran muy parecidas.

—Pues no sé vosotros —intervino el profesor, examinando varios puntos rojos en sus brazos que no tenía el día anterior—. Pero entre la fauna local, las pulgas y el riesgo de coger la malaria; me inclino por buscar a ese artesano ahora mismo y salir de aquí en la primera barca que pase por el río.

—Lo secundo —coincidió Cassie—. No me ha hecho ninguna gracia lo de la serpiente en mi bota.

—Entonces, no hay más que hablar. Encontremos a ese tipo, averigüemos lo que ha estado utilizando como modelo para sus creaciones, y volvamos a Tombuctú y a su cómodo hotel junto al desierto.

Y al decir esas palabras no podía imaginar lo lejos que estaban mis deseos de lo que iba a ser nuestro futuro inmediato.

Al salir al exterior de la cabaña encontramos a Modibo, que nos acompañó al chamizo común, donde descubrimos que de nuevo nos habían preparado un exagerado desayuno para los tres. Dimos buena cuenta de lo que tan generosamente nos habían ofrecido, y nos encomendamos a intentar explicarle a nuestro anfitrión la verdadera razón de nuestra visita.

Hicimos mímica, dibujamos en la arena, e intentamos representar a un artesano trabajando; pero nuestros esfuerzos chocaban con el muro del idioma, hasta que Cassandra recordó el encuentro con Daniel en Tombuctú.

—Profesor, ¿tiene usted por ahí el grabado de los dos hombres a caballo?

—¡Claro! —comprendió de inmediato—. ¿Cómo no se me habrá ocurrido antes?

Se levantó precipitadamente y regresó de nuestra choza con su portafolios bajo el brazo. Abrió la carpeta y le mostró el grabado a Modibo, que lo tomó en sus manos, estudiándolo con atención. Súbitamente, una mirada de comprensión asomó en su rostro y, asintiendo con la cabeza mientras contemplaba el dibujo, nos dio a entender que comprendía lo que le estábamos pidiendo. Se puso en pie y, con un gesto, nos invitó a seguirle.

Estábamos entusiasmados, pues parecía que nuestra búsqueda se acercaba a su fin, cuando, tras alejarnos unos cientos de metros del pueblo y aproximarnos a una casa de adobe rodeada de trozos de madera desbastados, máscaras y estilizadas tallas, no nos cupo duda de que habíamos dado con nuestro misterioso artesano.

Modibo se adelantó unos metros, y tras golpear suavemente la tosca puerta de la choza esperó a que el inquilino hiciera su aparición por el umbral.

Al cabo de un minuto, un hombre menudo y de una edad de la que sus canas eran testigo apareció restregándose los ojos al salir de las frescas sombras de su hogar a la luz de la mañana. Intercambió un largo saludo con nuestro cicerone y, resueltamente, se acercó a nosotros con una desdentada sonrisa de oreja a oreja.

Se hicieron las presentaciones pertinentes por parte del jefe del poblado, en las que nuestros nombres cada vez se parecían menos a los originales y, seguidamente, fuimos invitados a sentarnos en unos pequeños taburetes de madera a la sombra de la casa. Providencialmente, el artesano, que se presentó como Diam Tendé, había pasado parte de su juventud trabajando en Bamako y chapurreaba algo de francés, lo que aligeraba enormemente la tarea de comunicarnos con él, y averiguar así lo que necesitábamos.

Mientras entablaba una banal conversación con el señor Tendé con la intención de romper el hielo, intuía por el rabillo del ojo cómo el profesor se impacientaba y parecía dispuesto a levantarse en cualquier momento, registrar la choza, y hacerse con lo que estábamos buscando; que, por otra parte, no teníamos ni idea de qué se trataba exactamente. Temiendo que acabara haciéndolo, le pedí el dibujo con el símbolo templario, que pasé al artesano y que con cara de asombro reconoció de inmediato.

—¡*C'est mon cadeau*!—exclamó.

El profesor, expectante, se acercó a mí.

—¿Qué ha dicho?

—Pues si no lo he entendido mal, creo que ha dicho que ese es su regalo.

—¿Qué regalo?

—¿*Quel cadeau monsieur?* —pregunté.

El hombre nos miró orgulloso, sorprendido de que su fama de artesano hubiera traspasado fronteras.

—¡*C'est le cadeau pour mon petite-fille! ¡Le cadeau pour sa marriage!*

El regalo de bodas de su nieta... un mal presentimiento me empezó a rondar por la cabeza.

—¿*Oú est-ce que je peux trouver votre petite-fille?* —pregunté, intentando averiguar dónde podría encontrarla.

Diam Tendé miró hacia el norte, señalando con un vago gesto hacia el desolado horizonte.

—*Elle, c'est le femme d'un tuareg* —dijo lánguidamente, como suficiente explicación de que, habiéndose casado con un tuareg, la inmensidad del desierto del Sahara era ahora su hogar.

Mi desánimo se hizo extensivo a los demás cuando les traduje la conversación con el anciano.

—Bueno —barruntó en voz alta el profesor mientras hacía dibujos en el suelo con un palito—, nadie podrá decir que no lo hemos intentado —y haciendo una mueca añadió—: Aunque resulta irónico pensar que este buen hombre, sin saberlo, ha regalado la mayor dote matrimonial de la historia a su nieta.

—Maldita sea —blasfemé—. Ahora que parecía estar al alcance de la mano, se nos escapa por poco. ¡Joder!

—Quizá sea mejor así —me consoló Cassandra, también abatida—. Si alguien ahí arriba no quiere que encontremos ese tesoro... quizá será mejor que lo dejemos estar.

–Tal vez tengas razón –resoplé estoicamente, acariciándole los cabellos–. Puede que al fin y al cabo haya dado con un tesoro aún mayor.

–Coño, Ulises –terció el profesor–. No imaginaba que pudieras ser tan cursi.

Cassie se volvió hacia él, sacándole la lengua.

–En fin –dije, levantándome del taburete–, será mejor que nos despidamos de nuestros amigos, les demos las gracias por todo e intentemos regresar hoy mismo a Tombuctú. Porque yo no sé vosotros, pero yo me muero por tomarme una espumosa cerveza fría.

–...y una buena ducha –apuntilló Cassie.

Me despedía ya del longevo artesano, estrechándole sus callosas manos entre las mías, cuando, movido por la curiosidad, él me hizo una pregunta a mí.

–*¿Pourquoi désirez-vous connaître mon petit-fille?*

Divertido por la confusión, le expliqué que no estábamos interesados en su nieta, sino en el regalo que le había hecho por su boda.

–*¿Le caisse?*–preguntó de nuevo.

–*Oui monsieur... le caisse* –le confirmé, sorprendido al descubrir que lo que estábamos buscando era en realidad una caja.

El anciano sonrió como si acabara de contarle un chiste.

–*¡Mais le caisse c'est no pas avec moi petit-fille!*

–*¿Pardon?* –inquirí, convencido que no había entendido bien.

–*Monsieur...* –explicó, como si se tratase de una obviedad–, *le cadeau c'est chez parents du mari, a la ville du Tabrichat... C'est la tradition.*

La cabeza me daba vueltas, intentando asimilar lo que acababa de oír, incrédulo ante el giro que habían tomado los acontecimientos en unos pocos segundos.

—¿Ulises? —preguntó Cassie, al ver cómo demudaba la expresión—. ¿Pasa algo?

La tomé de los hombros y, sin pensarlo, entusiasmado, le di un beso en los labios con todas mis fuerzas.

—No os lo vais a creer —les dije, apenas conteniendo la euforia—. ¡Resulta que todo ha sido un estúpido malentendido! —Hice una pausa para tranquilizarme—. Él pensaba que a quién buscábamos era a su nieta. Pero el regalo que le ofreció como dote, donde está el grabado templario, al parecer, se trata de una caja. ¡Y se encuentra guardada en casa de los suegros, en un lugar llamado Tabrichat!

30

Pasamos la siguiente media hora asegurando al señor Tendé que nuestras intenciones eran honradas, y para que nos indicara cómo encontrar a la familia que custodiaba el valioso regalo de boda tuvimos que prometerle que solo lo estudiaríamos, y que de ningún modo intentaríamos llevárnoslo.

El modo de llegar al poblado de Tabrichat fue lo que nos hizo menos gracia, pues solo existían dos alternativas. La «cómoda» consistía en esperar una *pinasse* con espacio para nosotros y que nos llevara río abajo hasta Gao, donde deberíamos encontrar un vehículo que fuera hasta la lejana ciudad de Tassilit, a medio camino de la cual se encontraba nuestro destino. El inconveniente es que dicha ruta podría llevarnos más de una semana, incluyendo varios días más en la aldea esperando transporte y lidiando por las noches con tarántulas y cobras.

La otra opción era aproximarnos a un cercano pozo a escasos kilómetros al norte donde, según Modibo, hacía un par de días que había llegado una pequeña caravana tuareg, convencerles de que nos permitieran acompañarles en su ruta a Tassilit, y llegar a Tabrichat a lomos de camello en un par o tres de días a lo sumo. Pan comido, si no fuera por el inconveniente de viajar por el peor desierto del mundo, y nuestra más bien escasa experiencia montando a camello.

Nos despedimos definitivamente de Diam Tendé y regresamos al poblado, debatiendo sobre el camino que debíamos tomar.

—Si he de ser sincero —decía el profesor—, no me seduce la idea de internarme en el Sahara. Ni siquiera voy a la playa en Barcelona por no llenarme de arena, no soporto muy bien las temperaturas cuando pasan de cincuenta grados, y por lo que nos contaste, tampoco me fío demasiado de los tuareg.

Al tiempo que se rehacía la coleta, Cassie levantó la vista al cielo, aspirando con fuerza.

—Pues para mí el calor no es problema, y me encantaría viajar a través del desierto montada a camello, dormir bajo las estrellas y, de paso... —añadió con un gesto de asco— librarme de las serpientes en las botas.

—En el desierto hay escorpiones... —apuntó el profesor.

—No sea aguafiestas —replicó ella, mirándome a continuación—. ¿Y tú, qué? ¿No dices nada?

—Yo voto por los tuareg.

—¡Órale! —exclamó alborozada—, dos contra uno.

—Pero el profe tiene razón.

—¿Qué quieres decir? —preguntó Cassie, confundida.

Yo andaba mirando el suelo, pensando en lo que iba a decir sin que resultara ofensivo.

—Creo —razoné, ponderando cada palabra— que es un riesgo innecesario que intentemos ir los tres por el desierto —levanté la vista, encontrándome con un par de interrogantes ojos verdes—. El desierto no es el lugar romántico que te imaginas —le pasé la mano por la cintura—. No solo es peligroso por el calor y la falta de agua, sino que aún abundan en él bandidos y traficantes. Lo más sensato es que el profe y tú regreséis a Tombuctú y me esperéis allí mientras yo intento alcanzar Tabrichat. Me llevaré la cámara digital, y os garantizo que le haré más fotos a la misteriosa caja que a una *playmate*. Luego regresaré por carretera hasta Gao, y de ahí en *pinasse* hasta Tombuctú, donde nos encontraremos.

—¿Estas sugiriendo —preguntó Cassandra con creciente indignación— que nosotros nos quedemos en un confortable hotel mientras tú arriesgas la vida atravesando el desierto con unos desconocidos?

—Más o menos, esa es la idea.

Se sacudió mi brazo de encima, plantándose frente a mí con los brazos en jarras.

—Entiendo... —recriminó con ira contenida—, la chica y el viejo corren a esconderse mientras nuestro héroe se enfrenta en solitario a la muerte, claro.

—No he querido decir eso.

—¿Pero tú eres tonto, Ulises?

—Cassie, cariño —dije tratando de apaciguarla—, tan solo quiero evitar que te suceda algo malo. Yo...

Intenté poner mi mano en su hombro. Ella me la apartó de un manotazo.

—¡No me chingues, güey! —rechazó taladrándome con la mirada, desafiante—. No he llegado hasta aquí para darme la vuelta ahora porque a ti te haya dado un intempestivo ataque de machismo.

Hacía mucho calor, y no encontraba fuerzas ni argumentos para contradecir a una mujer de tanto carácter.

—Está bien, como quieras, solo era una sugerencia.

—Pues antes de volver a hacer una sugerencia tan pendeja —advirtió, aún furiosa—, te sugiero que lo pienses más.

No quería prolongar una discusión que siempre acabaría perdiendo, por lo que me limité a suspirar sonoramente y a mirar al profesor, del que había esperado vanamente que me echara un capote.

—¿Y usted? ¿Qué piensa hacer?

Meditabundo, se había detenido unos metros por delante, estudiando la punta de sus zapatos.

—No me hace ni pizca de gracia meterme en el desierto, pero pienso lo mismo que Cassie. Daría lo que fuera por estudiar de cerca esa supuesta caja con el sello de los Templarios, y si vamos, vamos todos.

La decisión estaba tomada, iríamos los tres. Recogimos nuestras mochilas, y Modibo nos presentó a un muchacho que nos guiaría hasta el pozo donde habían instalado su campamento los «hombres azules». Parecía que las cosas no iban mal del todo, teníamos localizado lo que habíamos venido a buscar −aunque aún no sabíamos exactamente de qué se trataba−, todavía no nos habíamos puesto enfermos, y en el cielo se insinuaban unas crecientes nubes blancas como promesa de alivio del sofocante calor. Pero aun así, un mal presentimiento no dejaba de rondarme desde que decidimos internarnos en el Sahara.

Un presentimiento que, desgraciadamente, iba a acabar siendo algo más que eso.

A pesar de haber estado en la aldea menos de veinticuatro horas, la despedida fue tan emotiva como si lleváramos meses allí. Tuvimos que abrazar uno por uno a todos sus habitantes, costándonos un gran esfuerzo convencerlos de que no nos podíamos quedar a celebrar un banquete de despedida ni someternos al imprescindible ritual de protección para el viaje, que tan bien nos hubiera venido.

Abandonamos el lugar rodeados de una nube de niños abriéndonos camino y, la verdad, me sentía algo idiota cargado con una mochila y disfrazado de explorador, con mi ropa ultratranspirable y mis botas de *gore-tex*, mientras un montón de chicuelos correteaban despreocupadamente a nuestro alrededor, descalzos y semidesnudos.

Tras caminar un par de kilómetros que se nos hicieron eternos bajo un sol reticente a ocultarse tras las nubes, el muchacho que nos había guiado se detuvo y señaló extendiendo el brazo una temblorosa mancha oscura flotando sobre un espejismo.

−*Tuareg* −fue todo lo que dijo. Nos dio la mano a cada uno y, dándose la vuelta, se marchó siguiendo sus huellas.

Nos habíamos quedado solos.

Imperceptiblemente, el terreno que pisábamos había mutado de inhóspita sabana a erial cuarteado por una sequía de siglos. Allí ya no había acacias, y solo unos pocos matojos secos salpicaban un paisaje monocromático de marrones claros y horizontes aplastados por un cielo implacable. Aquello estaba muy lejos de ser la animada sabana que nos presentan los documentales del *National Geographic*, con ñus, cebras y leones brincando a diestro y siniestro. Aquel lugar estaba muerto. Total y contundentemente muerto. Si la muerte tenía un póster colgado en su casa, probablemente sería una instantánea de aquel paraje por el que caminábamos.

—¿Y bien? —bufó el profesor, dejando caer su mochila al suelo.

Cassie se limpiaba el sudor de la frente con un pañuelo.

—Aquello de ahí delante —dije, señalando con la cabeza— debe de ser el campamento tuareg.

La mexicana se desembarazó también de su mochila, dejándose caer pesadamente sobre ella.

—¿Habéis pensado en la posibilidad... —insinuó, aparentemente divertida con la perspectiva— de que no quieran llevarnos?

—Un poco tarde para eso, ¿no? —replicó el profesor, que no estaba para guasas.

—Solo es una broma, estoy segura de que nos van a ayudar.

—Bueno —intervine, poniéndome de nuevo en marcha—, eso solo hay una manera de averiguarlo.

A medida que nos íbamos acercando a la mancha oscura, que resultó ser una típica *haima*, empezamos a distinguir las inmóviles formas color arena de casi una cincuentena de camellos descansando a su alrededor, y una figura negra, estática y de pie, frente a la tienda. Tardamos más de veinte minutos en llegar, a paso cansino y deteniéndonos frecuentemente a beber de nuestras cada vez más exprimidas cantimploras.

Por fin, nos encontramos frente a un hombre con la cabeza envuelta en su *tagelmoust* negro, del que solo asomaban dos pequeños ojos que parecían observarnos con cierto recelo. Prueba de ello es que mantenía la mano izquierda apoyada en su cinto, cerca de su daga, y con la derecha sostenía una vieja espingarda; que aunque por su aspecto pudiera ser más peligrosa para el tirador que para la víctima, no dejaba de ser un símbolo demasiado explícito como para sostenerlo casualmente en el momento en que llegaban visitas.

No había nadie más a la vista, aunque no dudaba de que habría más caravaneros dentro de la tienda refugiándose del calor, pues no creía posible que un solo hombre pudiera conducir tal caravana de camellos.

—*As Salaam alaykum* —dije al llegar a su altura.

—*Wa alaykum as-salaam* —respondió gravemente, tras una pausa excesivamente larga.

—¿*Parlez-vous francaise?* —aventuré, sin mucha fe.

El tuareg no movió un músculo ni sonido alguno salió de su turbante.

—¿*English*? ¿Español? —dije por decir.

Silencio.

Cassie suspiró, impaciente.

—Estamos listos.

Era un momento delicado, pues tenía la sospecha de que si no salvaba los inconvenientes lingüísticos con rapidez, nuestro hermético amigo podía mandarnos de vuelta al poblado de una patada en el culo.

—Yo, Ulises —expliqué, poniéndome la mano en el pecho y, como habíamos hecho el día anterior con Modibo, señalé a continuación al profesor y a Cassie, presentándolos.

El tuareg movió la vista de uno a otro, se quedó mirando un buen rato a la mexicana y, finalmente, con gran alivio por mi parte, me alargó la mano en un claro gesto de bienvenida.

—*Ibrahim* —fue todo lo que dijo.

Nos hizo pasar al oscuro interior de la *haima*, donde cinco hombres de apariencia poco tranquilizadora nos invitaron a sentarnos sobre las raídas alfombras y compartir un vaso de té con ellos.

Con algo de mímica, un mapa de la zona y mucha paciencia conseguimos hacerles entender lo que necesitábamos. Tras meditarlo unos momentos, cómo no, en silencio, Ibrahim dijo una sola palabra.

—*Troiscents-mille.*

—¿Qué ha dicho? —preguntó el profesor, sin dar crédito a lo que había creído entender.

—Trescientos mil —traduje.

—Pues para no hablar francés —apuntó Cassie—, los números se los sabe bastante bien.

—Apuesto a que estos tipos —comenté mirándola de reojo— lo hablan mejor que nosotros.

El profesor se quitó el sombrero, secándose el sudor de la frente con el dorso de la mano.

—Por mí como si hablan coreano. Trescientos mil francos CFA se los va a pagar su señora tía.

—No se preocupe, profe —le tranquilicé—, esto es tan solo el inicio del regateo. Ellos piden trescientos, yo les ofrezco cincuenta, y nos encontramos a mitad de camino. En África siempre se regatea, por todo.

No era, ni mucho menos, la primera vez que tenía que regatear en inferioridad de condiciones, y me esperaba una difícil discusión para conseguir un precio relativamente razonable, pues contaba con muy pocas cartas que jugar a mi favor y ni siquiera nos quedaba agua suficiente para volver al poblado. Por ello, apenas pude disimular mi asombro cuando, contra todo pronóstico, alcancé un acuerdo claramente favorable para nuestros bolsillos.

—Ya está —anuncié—. Han dicho que nos llevarán a Tabrichat por ochenta mil francos CFA.

—¡Muy bien! —me felicitó Cassie—. ¡Ese es un buen precio!

—¿Cuándo partimos? —preguntó el profesor, dándome palmaditas en la espalda.

—Mañana a primera hora, y tardaremos tres o cuatro días en llegar a Tabrichat.

—¡Magnífico! —exclamó el profesor, frotándose las manos—. Me muero de ganas por hincarle el diente a esa misteriosa caja.

Ajeno a su entusiasmo, no podía evitar cierta desconfianza respecto a nuestros anfitriones que, disimuladamente, nos observaban como un zorro a una gallina.

Cassie me tomó del brazo, extrañada por mi serio semblante.

—¿Qué sucede? —preguntó en voz baja.

—Nada... creo que nada. Es solo que he conseguido un precio que no me esperaba.

Ésta alzó las cejas, extrañada.

—¿Y eso es un problema?

—No, el problema es *cómo* lo he conseguido. Ten en cuenta que esta gente lleva toda la vida comerciando y regateando. Son muy buenos haciendo su trabajo y, dada nuestra situación, nos habrían podido sacar lo que hubieran querido. Pero, en cambio, todo ha sido muy fácil.

Me volví hacia los tuareg, que ahora hacían corrillo hablando en voz baja y recontando escrupulosamente el dinero que ya les había adelantado.

—Demasiado fácil.

31

Había pasado la noche con un ojo abierto —más preocupado por lo que pudieran hacer nuestros guías que por las hienas a las que olía husmear alrededor del campamento—, por lo que la luz del alba me descubrió con unas notables ojeras, mientras me esforzaba por mantenerme despierto a lomos del camello que, con su cansino balanceo, parecía empeñado en acrecentar mi somnolencia.

Avanzábamos por la llanura dejando el sol a nuestra derecha, sentados a horcajadas sobre unas improvisadas sillas de montar que Ibrahim y compañía habían confeccionado el día anterior a partir de unas alforjas para el transporte de sal, pues según pude entender, esa era la mercancía que habían acarreado desde el interior del Sahara hasta los poblados indígenas de la orilla del Níger. Allí la habían vendido y ahora, con los beneficios en forma tanto de dinero como de productos trocados, regresaban a su campamento, dando antes un pequeño rodeo para dejarnos en nuestro destino.

El paisaje, cómo no, continuaba siendo árido y totalmente llano, sin un solo árbol o siquiera un matojo a la vista. Allí no había llovido en muchos años, y me hubiera sorprendido mucho descubrir algún ser vivo en un lugar tan abrasado por el sol y el terrible viento del desierto que, a esa temprana hora, ya me golpeaba el rostro como si estuviera a las puertas de un gigantesco horno.

—Hola, vaquero...—dijo una conocida voz a mi espalda, sacándome de mis somnolientas reflexiones—. ¿Vienes mucho por aquí?

Me volví como pude en mi montura, encontrando a la arqueóloga ataviada con un pañuelo azul oscuro alrededor de la cabeza, al estilo tuareg, y del que destacaban poderosamente un par de ojos rebosantes de entusiasmo.

—Vaya, veo que te adaptas al medio con rapidez.

—Me lo ha dado Ibrahim —explicó feliz—. Y lo cierto es que me encanta, me hace sentir como una exploradora de principios de siglo.

—Pues no quiero parecer aguafiestas pero, ¿ya sabe la insigne exploradora —repuse zumbón— que ese pañuelo está teñido con índigo, y que en cuanto empiece a sudar se le va a poner la piel y el pelo de un interesante color azul marino?

Cassandra guardó silencio por unos segundos, soltando la mano izquierda de las rienda, y tomando un extremo del pañuelo con la misma para frotarlo con los dedos, para descubrir, asombrada, cómo las yemas efectivamente, se le tintaban de azul.

Levantó la mirada y, cuando pensaba que me iba a soltar una imprecación por no haberla advertido antes de los efectos secundarios de usar un turbante tuareg, abrió los ojos exageradamente poniendo cara de loca.

—¡No importa! —exclamó, levantando el puño con el índice apuntando al cielo—. ¡Soy Cassandra Brooks! ¡La reina del desierto!

Dicho lo cual, azuzó su montura y se adelantó al galope gritando como Búfalo Bill.

—¿Y a esta que le pasa? —preguntó el profesor, volviéndose hacia mí cuando Cassie pasó por su lado.

—El calor, profe —justifiqué con una sonrisa, viendo a la mexicana perderse en una nube de polvo—. Debe de ser el calor.

A mediodía, a nadie le quedaban ganas de bromear.

Nuestros guías, aparentemente ajenos a la terrible temperatura que apenas permitía respirar, seguían caminando tranquilamente al costado de sus monturas. En la larga hilera que formábamos, como un extraño gusano color canela de cincuenta jorobas, nosotros nos encontrábamos en cabeza de la misma acompañados tan solo por dos de los camelleros, pues los otros cuatro se distribuían a lo largo de la formación atentos a cualquier problema que pudieran tener sus animales.

En comparación con los caballos que en alguna ocasión había montado, los camellos resultaban mucho menos gráciles y, aparte del obvio inconveniente de tener una joroba en mitad de la espalda, no parecía que cuando Dios los creó, lo hiciera pensando en que el hombre deseara cabalgar sobre ellos algún día. Resultaban, además de incómodos, más tercos que una mula y muchísimo más apestosos —al menos el mío—, amén de tener una acreditada mala uva que no perdían oportunidad de demostrar. El que montaba el profesor, sin ir más lejos, ya le había intentado morder en un par de ocasiones.

—¡Maldito bicho! —protestaba cuando esto sucedía—. ¡Como vuelvas a intentar morderme te rebano la joroba!

Ahora el profesor trotaba a mi lado, con aspecto cansado y con gotas de sudor resbalando por la montura de sus gafas. Parecía un muñeco de nieve derritiéndose a lomos de su camello.

—Ulises —murmuró con cierto tono de preocupación—, llevo un rato dándole vueltas a una cosa.

—Dispare.

Se inclinó hacia delante, para evitar que Cassie nos oyera.

—¿Qué les impediría a estos tipos —preguntó, señalando con la vista a uno de los tuareg—, en lugar de cumplir lo acordado, matarnos a los tres y quedarse con el dinero?

—Bueno, en realidad nada. Si quisieran matarnos no podríamos impedírselo.

—Vaya, resulta tranquilizador hablar contigo.

—Pero no se preocupe —añadí, aparentando más confianza de la que sentía en realidad—. Les he asegurado que la mitad del dinero lo recibirán al llegar a Tabrichat, donde nos espera un amigo que llegará allí desde Gao.

—¿Les has engañado?

—Ya iré a confesarme al regresar a casa. Por ahora lo que importa es que no se les ocurra hacernos nada por miedo a perder dinero.

El profesor torció el gesto, sin estar convencido del todo.

—Espero que sean lo bastante decentes.

Estiré el brazo, dándole unas palmaditas en el cuello a su camello.

—O codiciosos.

Con la caída de la tarde, como suele suceder en el desierto, se levantó un fuerte viento del norte cargado de arena que nos azotaba directamente en el rostro. Entraba en los ojos a pesar de las gafas de sol y se metía en la nariz, los oídos y la boca, resecando las mucosas, agrietando los labios, y haciéndonos masticar arena constantemente.

Cuando restaban menos de dos horas de luz, nos detuvimos al pie de una de las primeras dunas que nos encontramos en el camino. Al resguardo del viento, aunque agotados, ayudamos a montar el campamento que constaba de una *haima* y un hornillo de gasóleo para calentar el inevitable té. Como cena, los tuareg nos ofrecieron una parte de su reserva de dátiles y un cuenco de leche de camella que saborearon con fruición, pero que nosotros decidimos rechazar amablemente y quedarnos con los dátiles, por miedo a una posible descomposición estomacal que no sería muy oportuna en aquellas circunstancias.

Cumplido nuestro trabajo, atiborrados de jugosos dátiles, y con el sol rozando el horizonte, Cassie y yo nos encaramamos a la elevada duna donde el viento seguía soplando con fuerza, con el propósito de disfrutar del ocaso sobre la planicie infinita del Sahara. Resoplando, alcanzamos la cima, y allí nos sentamos, desbordados por la magnitud del paisaje.

La infinidad de granos de arena en suspensión formaba una intangible capa sobre la piel del desierto que, atravesada por los rayos del sol, alargaba las sombras de las dunas que se extendían a nuestra derecha tiñéndolas de rojo hasta iluminar únicamente las crestas de las mismas, como si contempláramos la orilla de un violento océano de sangre.

—Es terriblemente hermoso —susurró Cassandra—. Solo por esto ha valido la pena el esfuerzo de llegar hasta aquí.

—Algo así no se olvida jamás —convine—. Por instantes como estos es por lo que merece la pena vivir.

Apartando la vista del rojo ocaso, la mexicana se volvió hacia mí.

—¿Por esto escogiste este tipo de vida?

—¿A qué te refieres?

—Me refiero a que andes siempre de aquí allá, sin pasar más de seis meses en un mismo lugar. ¿No echas de menos un hogar, una familia o una esposa?

—Por supuesto que lo echo de menos. Está escrito en nuestros genes. Buscar una hembra fértil, conseguir una cueva grande y segura donde criar a una prole que perpetúe tu ADN y hacerte viejo disfrutando de tus nietos y, con suerte, del reconocimiento del resto de tu tribu. Somos así desde hace cientos de miles de años, y yo no soy una excepción.

—Lo dices como si hablaras de cavernícolas —replicó enfurruñada.

—Es que lo somos. Que tengamos teléfonos móviles u ordenadores no nos hace más inteligentes que ellos, y nuestro comportamiento individual es exactamente igual ahora que entonces. No te dejes engañar por las apariencias. Hace mil, o treinta mil años, quizás había alguien sentado en una duna como esta, manteniendo exactamente la misma conversación que ahora tenemos tú y yo.

—Entonces, ¿la razón de tu estilo de vida es tan solo por no comportarte como tú crees que te dictan los genes?

—No, ya te he dicho que eso es inevitable. Yo, simplemente, al darme cuenta de ello, he querido elegir. Procuro mantener una cierta distancia entre mi vida y la influencia de la sociedad en su conjunto, que no cesa de insinuarte de forma inconsciente cómo has de comportarte para ser beneficioso de cara a la perpetuación de la especie; o el aprendizaje que hemos adquirido, aunque sea por imitación, de familiares, amigos y profesores... En fin, que procuro ser muy escéptico con todo aquello que no proviene de las conclusiones que saco de mi propia experiencia y, sencillamente, me dejo llevar por los acontecimientos y procuro adaptarme a ellos lo mejor posible. Tan solo trato de ser feliz y conservar algo de lucidez. Ser yo quien controla mis instintos, y no al revés.

—Ahora parece que hablaras de animales. ¿Es que te parecen malos los instintos? ¿Que son algo a eliminar? —inquirió, cada vez más desconcertada.

—No, ni mucho menos. Creo que no me he expresado con claridad. Los instintos del ser humano, cuya manifestación son los sentimientos, son imprescindibles para nuestra supervivencia, aunque a veces nos empujen a hacer disparates. Sin los instintos de supervivencia, de reproducción, o de reconocimiento tribal, por decir algunos, careceríamos de motivación para hacer cualquier cosa; ni nos levantaríamos de la cama. Ni soy, ni quiero ser alguien despojado de esos sentimientos. Lo único que pretendo es no ser esclavo de ellos. Mantener bajo control mis miedos y mis deseos, y así, evitar que me nublen el juicio, suceda lo que suceda.

—La verdad, Ulises, me late que eso puede convertirte en una persona triste; que quizá no llore las penas, pero que tampoco disfrute las alegrías.

—Cassie, no se trata de cerrar la puerta del corazón y tirar la llave al río. Puedo abrir esta puerta cada vez que lo desee, y disfrutar de los buenos momentos que me ofrece la vida. A lo que me refiero es a poder cerrarla cuando lo crea conveniente.

Callé un momento, buscando algún ejemplo que ofrecerle.

—Por ejemplo —le dije—, ¿hay algo que te guste muchísimo comer?

—No sé... me encanta el chocolate.

—Bien. Y cuando pasas por delante de una tienda en la que venden chocolate, ¿entras siempre a comprar todos los que puedas?

—No, claro que no.

—¿Por qué?

—Pues, porque... me controlo —asintió, con un gesto de comprensión.

—Ahí lo tienes. Tú y todos lo hacemos, aunque a un nivel inconsciente. De otro modo, nos comportaríamos como animales. Lo único que yo hago es llevarlo un paso más allá, tratando de ser consciente de mis actos y de por qué los realizo. Así soy capaz de entenderme mejor a mí mismo y a los demás y, de paso, controlar estados de ánimo tan desagradables e inútiles como la depresión, la ansiedad, o el desaliento.

—Dicho así... no parece tan malo.

—A mí me sirve, es lo único que te puedo decir. Me proporciona serenidad y, al mismo tiempo, me hace vivir de una manera más inmediata; saboreando el momento presente sin temor a lo que traiga el mañana.

—Entonces, ¿no piensas en el futuro? ¿No buscas tener algún tipo de seguridad?

—¿Seguridad? Preciosa, siento darte una mala noticia, pero la seguridad no existe. Tan solo nos parapetamos tras una ilusión de seguridad para que el miedo y la preocupación no nos vuelvan locos. Nadie en este mundo sabe con certeza lo que le sucederá al día siguiente. Puedes ser la persona más rica del mundo y caerte por una escalera. Puedes tener el trabajo más seguro y que tu empresa cierre porque se traslada a China. O que tu marido se largue con otra el día de tu aniversario.

—¡La gran chucha! Tú, lo que eres, es un pesimista.

—¡Al contrario! Yo asumo que no tengo el control de mi vida. La mayoría se da cuenta cuando ya es demasiado tarde, normalmente después del primer infarto. Pero, para bien o para mal, yo lo descubrí hace ya bastantes años. Desde entonces, he llegado a la conclusión de que la única manera de vivir plenamente es desterrar el miedo en cualquiera de sus formas; sobre todo, el miedo al futuro —me recosté en la duna, clavando los codos en la arena—. No soy adivino, así que no sé lo que me sucederá. Por eso me limito a centrarme en el ahora, y a disfrutar de cada instante como este. Un instante que nunca más se repetirá de la misma manera. Cada momento que dejamos correr jamás regresa, y no deseo desperdiciar ni uno solo especulando cómo podría ser otro supuesto momento, que, quizá, jamás sucederá.

—¿Y qué te llevó a esa conclusión que, según parece, al resto de la humanidad nos es tan difícil alcanzar? —inquirió con curiosidad, pero no sin un cierto aire de ironía.

—Sería largo de explicar, y no creo que tenga importancia.

Cassandra se limitó a mantenerse en silencio, levantando una ceja.

—Está bien... —dediqué unos segundos a ordenar mis recuerdos, antes de proseguir—. Pues hace ya algunos años vivía con una mujer de la que estaba muy enamorado, y yo trabajaba felizmente como submarinista profesional: limpiando hoy el casco de un buque en una punta de España, y al día siguiente construyendo una dársena en la otra. El caso es que Mónica, la mujer con la que vivía, me dijo una noche de septiembre que así no podíamos seguir, que o cambiaba de trabajo, o que ella se iba. Decía que no quería pasarse media vida sola, y preocupada porque un día yo tuviera un accidente.

—¿Y tú qué hiciste?

—Dejar el trabajo.

—Una declaración de amor por tu parte...

—Quizá, pero ella se acabó largando unos meses más tarde.

—¿Por qué?

—Pues porque las relaciones son complejas y, como te dije antes, la seguridad es solo una ilusión.

—Híjole, lo siento.

—No, pero ese no es el final de la historia. Poco antes de que Mónica se fuera, perdí el trabajo «seguro» que su padre me había buscado en su oficina. Luego tuve un accidente paseando en bicicleta por Barcelona y me rompí la cadera, la clavícula y varias costillas. Pero lo peor llegó luego: mi padre tuvo otro accidente, este de coche, un accidente mortal, cuando iba a estudiar el retablo de una iglesia del Pirineo a petición del profesor. Mi madre entró en una depresión profunda y me prohibió que volviera a ver al profesor, a quien culpaba de la muerte de mi padre. Así que te puedes imaginar el cuadro. Todo mi mundo se derrumbó sobre mí al mismo tiempo, arrastrándome también al pozo de la depresión. Una depresión de la que solo conseguí salir sometiéndome a una profunda introspección que me llevó a conocerme a mí mismo más de lo que hubiera logrado jamás si todo aquel cúmulo de desgracias no hubiera sucedido. Así que, en cierto modo, aun a riesgo de parecer cínico, aquella fue la etapa más importante de mi vida.

—¿Quieres decir que piensas que si no llega a ser por todo aquello que te pasó, hoy serías una persona peor?

—No, que va. Salvo excepciones, no existe nadie mejor ni peor, solo diferente. Si alguien disfruta de una vida afortunada y feliz con su pareja, un par de críos rubios y un monovolumen, perfecto. Cada uno sigue su camino, y según las cosas que le vayan pasando, elige ser de una manera o de otra. A mí me pasó lo que me pasó y, tras llegar a mis propias conclusiones, elegí ser consecuente con ellas y tomar también mi propio camino. Sin mirar hacia atrás ni hacia delante, ni dejar que otros me señalen por dónde ir y, por supuesto, no tratar de convencer a nadie de que me siga.

—Comprendo lo que dices —susurró, tras una reflexiva pausa—, e incluso te diría que en gran medida lo comparto. Pero me temo que con esa actitud te estás condenando a una vida bastante solitaria.

—En eso tienes razón. Es el precio a pagar —admití cabizbajo—, y lo asumo. Pero, a veces —continué, mirándola ahora fijamente—, hay caminos que se cruzan. Casi siempre como barcos en la niebla, sin llegar a apercibirse uno del otro. Aunque en ocasiones pueden llevar un rumbo tan paralelo que alcanzan a fundirse en uno solo durante unos preciosos instantes... y eso para mí ya es suficiente.

Cassandra, volviendo la vista a donde el horizonte se disolvía en el incendiado cielo, tomó mi mano y la estrechó con fuerza.

—En ese caso, soy feliz por haber chocado contigo en medio de esta niebla.

—Yo también, Cassie... —repuse con una sonrisa— ha sido todo un placer.

—El placer ha sido mío —añadió con lascivia—. Aunque estoy segura de que traes aquí a todas las chicas para seducirlas.

—Por supuesto, a todas ellas sin excepción. Incluso a las de cara azul.

La mexicana compuso un gesto de extrañeza.

—¿La cara azul? ¿A qué te refie...?

Cayendo en la cuenta, se llevó ambas manos a la cara.

—¡Oh! —exclamó ruborizada—. ¿Se me nota mucho?

—Bueno... —resoplé—, no mucho.

—¿De verdad?

—No.

Cassie se mordió el labio con desazón.

—¿Y ahora qué hago?

—Nada —sugerí, atrayéndola a mis brazos—. Lo cierto es que nunca he estado con una mujer de tu color. Y eso es algo que encuentro muy excitante.

La noche fue fría, como lo son las noches del desierto, y aunque el viento dejó de soplar apenas se puso el sol, nos vimos obligados a arrebujarnos bien en nuestros sacos de tela y a dormir con la ropa puesta.

Tal y como me había sucedido unas noches antes, una mano me zarandeó sin contemplaciones, y me desperté sobresaltado frente a un par de reflejos blanquecinos.

—*Sabáhal-jir, sabáhal-jir* —repitió una voz ronca.

—Vale, vale... —protesté—. *Sabáhal-jir*... Lo que tú digas.

Cassie parpadeó un par de veces, somnolienta.

—¿Qué pasó? —preguntó—. ¿Qué dice el coate?

—Nada... que buenos días.

El profesor bostezó sonoramente.

—¿Pero qué le pasa aquí a la gente? —rezongó indignado—. ¿Es que no pueden esperar nunca a que se haga de día?

—Es por el calor, profe —le aclaré—. Esta hora es la mejor para viajar por el desierto.

—¡Pues hace un frío de la madre! —exclamó Cassie saliendo de su saco.

—Ya lo echarás de menos dentro de unas horas... —pronostiqué, dándole una palmada en la rodilla.

—Puede, pero ahora mismo tengo frío, y no me apetece agarrar una pulmonía.

—Entonces, ayudemos a recoger todo esto y pongámonos en marcha —dije incorporándome—. Así entraremos en calor.

Avanzábamos ahora a través del mar de dunas, algunas de ellas de más de treinta metros de altura, que sorteábamos zigzagueando o dando frecuentes rodeos. Casi siempre, los camelleros intentaban seguir las crestas de las onduladas montañas de arena, pero en ocasiones nos veíamos obligados a bajar a una vaguada que luego había que remontar enfilando la falda de alguna enorme duna. Lo que me llevó a descubrir que a los camellos no se les da nada bien subir o bajar pendientes, y que si no fuera por los apremiantes fustazos en la grupa por parte de los tuareg, nuestros jorobados amigos difícilmente habrían dado un paso que no fuera en llano.

Así andamos durante horas y horas, duna arriba y duna abajo. Interminable. Monótono. El romanticismo del viaje se diluía por momentos mientras me preguntaba si mi organismo sería capaz de asimilar toda la arena que me estaba tragando.

Casi no hablábamos entre nosotros, pues no había nada que comentar y la saliva empezaba a ser un bien preciado que no convenía desperdiciar en conversaciones inútiles. Y con los tuareg, bueno, con ellos no habíamos cruzado más que un par de frases desde que partimos. Había conocido máquinas expendedoras de tabaco más habladoras.

Más empujado por el aburrimiento que por la curiosidad, me acostumbré a comprobar con frecuencia una pequeña brújula que siempre llevaba conmigo al salir de viaje, calculando aproximadamente el rumbo que seguíamos a lo largo del día, y anotándolo en la libreta que llevaba frente a mí, atada a la montura.

Llegó el sol a su cenit, para luego, muy lentamente, iniciar su ansiado descenso hacia la tarde. Los rostros de Cassie y el profesor eran un vivo reflejo de la dureza del trayecto, y ambos se reclinaban, cansados, sobre su silla de montar, prestando muy poca atención al terreno y dejándose llevar por la corriente del río de camellos. Ya no avanzábamos al frente de la columna, habiéndonos ido descolgando hasta la mitad de la misma, poco interesados por emular a Lawrence de Arabia a la vanguardia de sus tropas. De seguir la misma tendencia, al día siguiente andaríamos a la cola... sino descolgados del resto de la caravana.

Todo lo que hacíamos era mantenernos sobre los camellos, e intentar no deshidratarnos bebiendo con mucha frecuencia y consumiendo tres veces más agua que nuestros guías, que parecían estar dando un placentero paseo por el parque, sin mostrar en ningún momento cansancio o debilidad.

Por fin llegó la tarde y, poco después de atravesar el lecho seco de un antiguo cauce que transcurría de sur a norte, descabalgamos de nuevo, cumpliendo todo el proceso de montar el campamento: dar de comer y de beber a los camellos, atarles dos de las patas a cada uno para que no pudieran ir muy lejos, plantar la *haima*, y repartir los dátiles y la leche de camella entre todos.

Antes de que anocheciera, tomé al profesor y a Cassie del brazo, que se hallaban tumbados en sus esterillas, y les invité a dar un paseo.

—¡Para paseos estoy yo! —protestó el profesor—. A menos que hayas descubierto una piscina ahí detrás, de aquí no me levanto.

—Ulises, de verdad, estoy molida —dijo igualmente Cassandra—. Lo de ayer fue muy bonito, pero hoy no podría alcanzar ni la mitad de la duna.

Les apreté el brazo a ambos con fuerza y les insté a que no refunfuñaran.

—No quiero que me acompañéis a contemplar el atardecer —insistí muy serio—. Es algo más importante.

—Más vale que así sea —porfió el profesor, incorporándose con esfuerzo—, porque no me tengo en pie.

Rodeamos la duna junto a la que habíamos instalado el campamento, hasta que estuvimos ocultos a los ojos de los tuareg y les invité a sentarse en la blanda arena.

—No sé si os habéis fijado, pero llevo todo el día comprobando disimuladamente el curso que seguimos.

—Te he visto apuntar algo un par de veces —corroboró Cassie—, pero no me he fijado en lo que hacías.

Saqué la brújula de mi bolsillo y la planté en el suelo junto con la libreta de anotaciones.

—Veréis, según mis cálculos, durante el día de hoy hemos seguido un rumbo aproximado de nornoroeste.

—Perdona que te interrumpa —dijo el profesor—. Pero ¿cómo puedes estar seguro con todas las vueltas y giros que hemos dado?

—Muy sencillo —aclaré exhibiendo el reloj de mi muñeca—. He ido tomando el rumbo a intervalos exactos de quince minutos, y te puedo asegurar que la media que he obtenido es bastante exacta.

Cassandra se pasó la mano por su hirsuta cabellera, ahora de tono azulado.

—De acuerdo, la ruta que hemos seguido es nornoroeste. ¿Qué nos quieres decir?

Como respuesta saqué un mapa ITM de Malí de un bolsillo interior, extendiéndolo sobre la arena.

—Lo que quiero decir —dije, señalando un punto en el mapa a la orilla del Níger— es que partimos de aquí, de Batanga, y nuestro destino está aquí arriba, a la derecha en dirección noreste, en el Valle de Tilemsi.

—O sea...—murmuró Cassandra, intuyendo mi razonamiento.

—...o sea —proseguí—, que deberíamos seguir un rumbo, pero llevamos otro muy diferente.

El profesor se quitó el sombrero y se rascó la cabeza.

—¿Nos quieres decir que no nos están llevando a donde les pedimos que nos llevaran? ¿Que nos están secuestrando?

—Aun a riesgo de parecer una abuelita paranoica, eso es exactamente lo que creo.

Levantó las cejas con preocupación.

—¿Puede tratarse de un error? —insinuó, poco convencido—. Que entendieran mal el lugar donde les indicamos que queríamos ir.

Negué con la cabeza.

—Les señalé con el mapa el punto exacto y, además —añadí con una mueca amarga—, estoy seguro de que saben perfectamente dónde está Tabrichat.

Cassie se removió, inquieta.

—¿Y si están tomando un camino más fácil por alguna razón?

—No lo creo. Si fuera así estaríamos siguiendo un rumbo paralelo, no uno tan descaradamente divergente, y además, ¿se te ocurre algún camino peor que el que hemos recorrido hoy?

La pregunta quedó en el aire y el silencio fue la respuesta más explícita.

—Lo que no acaba de encajarme —comentó pensativa al cabo de unos instantes— es por qué no nos han maniatado desde el primer momento, han buscado el teléfono más cercano, y han pedido dinero por nosotros. Admite que no es muy común que lleven a unos secuestrados de turismo por el desierto.

—Quizá porque piensan —intervino el profesor— que mientras no sepamos que somos víctimas de un secuestro, no intentaremos escaparnos.

—¡Pero deben de ser conscientes —arguyó Cassie— de que finalmente nos acabaríamos dando cuenta del engaño! Además —insistió con vehemencia—, ¿qué sentido tiene que nos adentráramos tanto en el desierto? ¿Cuándo pensaban pedir el rescate?

—A lo peor —sugerí pensativo—, es que no tienen pensado hacerlo.

—¿Que insinúas? —inquirió con semblante preocupado.

Me incliné de nuevo sobre el mapa, señalando esta vez un pequeño punto en medio de un mar amarillo, a casi ochocientos kilómetros de donde nos encontrábamos y bajo el misterioso nombre de Taoudenni.

—Si seguimos el actual rumbo nornoroeste —dije—, este es el primer lugar con que nos encontramos.

—¡Pero eso está a semanas de viaje de aquí! —advirtió alarmada—. ¿Por qué querrían llevarnos tan lejos?

—Por las minas de sal. Son las mayores de la región y uno de los lugares más espantosos de la tierra. Una vez leí que nadie sobrevive trabajando en aquellas minas más allá de unos pocos meses —hice un gesto con la cabeza en dirección al campamento—. Creo que es de allí de donde vienen.

—¿Minas de sal? —preguntó entonces, desconcertada—. ¿Y qué tienen que ver con nosotros?

Levanté la mirada, y me encontré con sus pupilas reflejando la luz del atardecer.

—Los únicos que trabajan allí, extrayendo la sal, son los esclavos y los cautivos de los tuareg. Y empiezo a temer... que ese sea el destino que nos tienen reservado.

32

Cassandra y el profesor Castillo mantenían la vista puesta sobre el mapa desplegado en la arena, estudiando la enorme superficie amarillenta carente de enclaves humanos que representaba el desierto de Malí.

—¿Qué podemos hacer? —preguntó al fin la mexicana, rompiendo el nervioso silencio que nos embargaba.

—Huir —contesté.

—¿Huir? —repitió el profesor, escéptico—. ¿Adónde? ¿Cómo? —clamó, señalando con un gesto las dunas que nos rodeaban.

Me incliné sobre el mapa, y apunté con el índice el punto subrayado con un círculo a lápiz.

—Iremos a Tabrichat. Y el cómo será a camello, naturalmente.

—Un momento, un momento —me interrumpió—. Para ir a algún sitio, primero hay que saber dónde se está, y a menos que lleves un GPS escondido en la ropa interior, diría que no es nuestro caso.

—Cierto, no tengo ni idea de dónde nos encontramos.

—Entonces —inquirió Cassie—, ¿cómo se supone que llegaremos a una aldea rodeada de miles de kilómetros cuadrados de desierto, sin saber siquiera de dónde partimos?

—La verdad —confesé encogiéndome de hombros— es que si nos tropezamos con Tabrichat será de pura chiripa.

El profesor se echó hacia atrás, apoyándose en los codos al tiempo que sacaba una bolsita transparente con algo de hierba del bolsillo de su pantalón y, tomando un pellizco, lo esparcía sobre una hoja de papel de fumar.

—Un plan brillante el tuyo, Ulises. Huir de una banda de tuareg armados robándoles unos camellos que apenas sabemos montar, y dirigiéndonos desde un lugar desconocido a otro que solo podemos encontrar si tenemos *chiripa*. ¡Magnífico! ¿Cómo no se me habrá ocurrido a mí antes?

—¿Tiene alguna idea mejor?

—Pues sí. Por ejemplo, volver al campamento, e intentar averiguar por qué no vamos en dirección a Tabrichat.

No pude evitar un suspiro de desaprobación.

—Profesor, si hace usted eso, puede que cinco minutos más tarde estemos los tres con las manos atadas a la espalda.

—O puede que no.

Me crucé de brazos, mirándolo desafiante.

—¿Quiere arriesgarse?

Media hora más tarde, regresábamos al campamento como si tal cosa, fingiendo que seguíamos ignorantes a sus planes y tomándonos incluso algunas fotos en grupo con nuestros silenciosos captores, esperando que se confiaran en nuestra aparente bobaliconería.

Como la noche anterior, nos fuimos a acostar temprano y sin necesidad de simular un cansancio que llevábamos acumulando desde días atrás. Nos acomodamos en la esquina más alejada de la *haima* y fingimos dormir profundamente, hasta que, guiándonos por los ronquidos, tuvimos la certeza de que los tuareg lo hacían de verdad; poniendo en marcha en ese momento el plan que habíamos esbozado unas horas antes.

Cassandra se levantó en silencio, saliendo de la tienda y pasando con coquetería ante el hombre que siempre dejaban de guardia por la noche, aparentando que se dirigía a aliviar sus necesidades tras una duna. El centinela, embaucado por el contoneo de caderas de la mexicana, se puso en pie, dudando de si la hermosa extranjera se le estaba insinuando y, si así era, si debía dejarse llevar por la naturaleza o quedarse en su puesto de vigilancia. Y en esos pensamientos debía andar cuando, premonitoriamente, se dio la vuelta, encontrándose con mi puño apareciendo de la oscuridad y dirigiéndose directamente a su nariz.

Mi intención había sido acerarme por detrás y amordazarlo antes de que pudiera decir esta boca es mía pero, al volverse cuando estaba a menos de dos metros de él, no me quedó más remedio que lanzarme con ímpetu y rezar para que, con la conmoción, no tuviera oportunidad de pedir ayuda.

Desgraciadamente, mi experiencia en puñetazos se limitaba a alguna película del oeste, y no acerté a emplear la fuerza necesaria para dejar a mi contrincante sin sentido con el primer golpe. A pesar de ello, cayó de espaldas, posiblemente con la nariz rota y dándome la oportunidad de efectuar un segundo ataque antes de que se diera cuenta de lo que pasaba.

Me arrojé sobre el tuareg, discerniendo apenas su silueta bajo la escasa luz de una noche sin luna, puse la mano izquierda sobre su boca para evitar que emitiera algún sonido, clavé la rodilla en su estómago para inmovilizarlo y tanteé rápidamente bajo su túnica, en busca del puñal que había visto que llevaban todos colgando del fajín. El centinela, recuperado ya del sobresalto, intentaba zafarse de la mano que le oprimía la boca, lo que de haberlo conseguido habría significado el fin de todos nosotros.

Yo continuaba porfiando con los pliegues de su ropa, desconcertado al no dar con el curvado puñal que estaba seguro que llevaba encima. Entonces, un imperceptible cambio de posición del tuareg me hizo sospechar lo peor, y consciente del error que acababa de cometer, me impulsé ágilmente hacia mi derecha, justo a tiempo para ver cómo un frío destello metálico aparecía en su mano diestra y describía un círculo que estaba destinado a clavar su daga en mi espalda.

Felizmente, mi súbito cambio de posición al apartarme hizo que el frío acero pasara a pocos centímetros de mi costado izquierdo, en lugar de abrirse camino entre mis vértebras. Pero quien no tuvo esa suerte fue el propio tuareg, que habiendo lanzado el brazo con todas sus fuerzas, no consiguió detener su propio impulso y la afilada arma, que iba dirigida contra mí, acabó profundamente clavada en el pecho de su infortunado dueño.

Impresionado por el trágico final de la pelea, me quedé arrodillado junto al herido que, emitiendo un horrible gorgoteo a causa de la perforación de uno de sus pulmones, intentaba llamar a sus compañeros sin producir un solo sonido. Nada podía hacer por el desdichado tuareg que yacía frente a mí. En poco tiempo habría muerto ahogado en su propia sangre, y cualquier ayuda por mi parte solo hubiera prolongado su agonía. Así que, creyendo hacer lo correcto, tapé su boca con una mano y la nariz con la otra. Al principio el hombre se resistió, intentando librarse con sus escasas fuerzas, pero al cabo, quizá porque la vida lo abandonaba o por que comprendió que mi intención era tratar de acortar su sufrimiento, se limitó a apretarme la muñeca con fuerza hasta que perdió la consciencia.

En ese momento apareció Cassandra que, al principio, a causa de la oscuridad reinante, pensó que había dejado al centinela sin sentido, pero cuando se agachó junto a mí y descubrió el mango del puñal asomando por el pecho del tuareg, apenas pudo reprimir un grito y, aún sin verla, pude intuir la mueca del horror pintada en su rostro.

Aún estando prácticamente seguro de que el hombre al que acababa de matar tenía la intención de secuestrarnos, vendernos como esclavos u obligarnos a trabajar en unas minas de sal en las que hubiéramos muerto en poco tiempo, no podía evitar un gran remordimiento y pensar que si hubiera actuado con más eficacia aún estaría vivo. Por fortuna, lo acuciante de las circunstancias me empujaba a olvidar y a centrarme únicamente en el delicado futuro inmediato, mientras llevaba de la mano a la arqueóloga, corriendo hacia el punto donde habíamos decidido encontrarnos con el profesor. Éste apareció al cabo de un momento cargando con las tres mochilas y, en silencio, las repartimos y nos acercamos a los camellos que descansaban en las cercanías de la *haima*. Recogimos tres de sus monturas y, con gran esfuerzo y más tiempo del que deseábamos, logramos ajustarlas sobre nuestros animales.

—¿Y el agua? —pregunté en un susurro al profesor.

Su silueta se encogió de hombros.

—Está en la tienda, junto a los tuareg.

Alcé ligeramente la voz, contrariado por lo mal que estaba saliendo todo.

—¿No había ni tan solo un odre a mano? Sin agua no llegaremos muy lejos.

—¿Quieres volver y pedírsela amablemente? —replicó el profesor, algo molesto.

—No se enfade, profe. Pero es un grave problema.

—¿Ayudaría en algo —preguntó entonces Cassie, metiendo una mano en su mochila y sacando, como un prestidigitador, un odre totalmente lleno— un sucio pellejo de cabra lleno de agua?

—Pero ¿cómo? —preguntamos al unísono, sorprendidos, el profesor y yo.

En la oscuridad, intuí cómo la mexicana se echaba el pelo hacia atrás con un presumido ademán.

—Preví que esto pudiera pasar, y escondí un odre entre mi ropa antes de que los tuareg se fueran a dormir —explicó, quitándole importancia—. No es mucho, pero al menos mañana tendremos algo que beber.

—Menos mal —le dije en voz baja, tomando el odre y sujetándolo a mi montura— que hay alguien aquí que piensa.

Seguidamente tomamos a los camellos de las riendas, y atendiendo a la marca del sur en mi brújula comenzamos a avanzar en la oscuridad, rezando para que a ninguno de los tres camellos que nos habíamos llevado le diera por berrear. Avanzamos de ese modo durante un cuarto de hora, y cuando decidimos que ya nos habíamos alejado lo suficiente montamos, y al trote nos hundimos en las tinieblas de aquella noche fría del desierto.

Después de todo un día cabalgando bajo el incruento sol, cansados, deshidratados y con los riñones hechos papilla, volver a subirnos a los camellos sin haber tenido apenas descanso supuso una auténtica tortura. Pero aún era más duro saber que nos enfrentábamos a uno de los parajes más inhóspitos del planeta, sin ningún tipo de preparación y huyendo de unos hombres que intentarían darnos caza en cuanto amaneciera. Marchábamos a un trote ligero, conscientes de que si acelerábamos el paso los camellos no aguantarían, pues ellos también llevaban acumulado el cansancio del día y, aun estando adaptados a los rigores del medio, su resistencia tenía un límite que por el momento no deseábamos alcanzar.

Quizá por la tensión del momento, apenas notaba el frío que había sentido la noche anterior, concentrado únicamente en las pequeñas agujas de mi brújula, que podían significar la diferencia entre la salvación o una horrible muerte. Cada cinco minutos comprobaba rápidamente con la ayuda de la linterna si seguíamos el rumbo correcto, pero poco a poco empecé a tomar referencias con algunas de la miles de estrellas que, en esa noche sin luna, permitían descubrir la oscura silueta de las dunas contrastadas contra el tachonado cielo.

Desde que habíamos iniciado la huída media hora atrás, ninguno había dicho ni una sola palabra; atenazados por el miedo a la oscura noche, los peligros del desierto y, sobre todo, a los cinco tuareg que en cuanto descubrieran nuestra fuga y el asesinato de su compañero, se lanzarían a por nosotros con la única intención de matarnos como a perros.

—¿Cuánto crees que tardarán en darse cuenta? —preguntó Cassandra a mi espalda, leyéndome el pensamiento.

—Confío en que algunas horas, hasta que cambien la guardia —contesté sin girarme—. Pero aún tardarán un rato más en descubrir el lugar donde hemos enterrado a su compinche y, de cualquier modo, hasta que no amanezca no podrán seguir nuestras huellas para saber en qué dirección hemos huido.

El tono de voz de Cassie se hizo más grave.

—Encuentro demasiados condicionantes en tu razonamiento, Ulises. Si se dan cuenta antes de tiempo y resulta que llevan una linterna consigo, podría ser que estuvieran pisándonos los talones.

—Eso es algo que no podemos controlar, pero hemos de actuar según el mejor de los supuestos, y si resulta que nos están esperando tras la próxima duna... en fin, habremos hecho todo lo posible.

Avanzó hasta ponerse a mi altura.

—Sería todo un consuelo.

Intentaba insuflarle esperanza, así que ignoré su tono pesimista.

—Pero no te preocupes —dije animadamente—, puede incluso que decidan no seguirnos.

—¿Después de robarles tres camellos y matar a uno de ellos? —preguntó sarcástica—. ¿Lo dices en serio?

—Piénsalo. Tienen una enorme caravana que guiar hasta el norte. No nos seguirán con ella porque su paso sería demasiado lento, y no se arriesgarán a dejar cincuenta camellos abandonados en el desierto, por lo que no les quedaría más remedio que dividirse.

—¿Y?

—Bueno —continué argumentando, mientras volvía a iluminar la esfera de la brújula—, ellos ahora son solo cinco. Al menos deben ser dos para proteger la caravana, por lo que, como mucho, quedarían tres para perseguirnos. Y, en fin, nosotros somos también tres, lo que iguala bastante las cosas.

—¿Iguala? ¡Ellos son una banda de tuareg armados hasta los dientes, en un terreno que conocen como la palma de su mano!

—Eso ya lo sé, pero ahora mismo puede que se estén preguntando qué tan peligrosos podemos ser nosotros y si estamos armados o no. Nos han subestimado una vez, y puede que ante la duda de hacerlo de nuevo, decidan no arriesgarse o, en todo caso, la indecisión les haga perder algo de tiempo.

La arqueóloga dejó escapar un suspiro.

—Espero que tengas razón, por la cuenta que nos trae.

—No lo dudes, saldremos de esta. Tengo un plan.

Poco después, volvimos a encontrarnos con el mismo lecho seco que habíamos atravesado la tarde anterior.

—Profe, Cassie —avisé en la oscuridad—. En cuanto entremos en la cañada haremos un giro de ciento ochenta grados y nos dirigiremos al norte.

—¿Cómo dices? —preguntó el profesor, incrédulo—. ¿Significa eso que hemos estado marchando todo este rato hacia el sur? ¿Y que ahora iremos al norte?

—Ese es el plan.

—Pero ¿te has vuelto loco? —exclamó irritado—. ¿No habíamos decidido ir hacia el este?

—Y allí es donde iremos, pero antes quería dar un pequeño rodeo.

Cassie soltó una risita áspera.

—Perdona, Ulises —alegó taciturna—, pero si tu intención ha sido despistarlos, te recuerdo que estamos dejando un clarísimo rastro de huellas en la arena. No creo que nuestros amigos tengan el menor problema en seguirlo, por muchas vueltas que demos.

No pude evitar sonreír en la oscuridad.

—Tú lo has dicho Cassie, en la arena. Pero por si no te diste cuenta esta tarde, te diré que cuando cruzamos por aquí, me fijé en que la tierra del fondo de la quebrada está endurecida, y que los camellos no dejaban ninguna huella al pasar sobre ella.

—Aun así —porfió—, no entiendo por qué nos has llevado hacia el sur y ahora quieres que nos dirijamos al norte, si nuestro destino está al este.

Involuntariamente chasqueé la lengua, preocupado por el precioso tiempo que estábamos perdiendo en explicaciones.

—Veréis, mi intención es seguir más o menos una hora por el cauce seco para luego salir de él y tomar rumbo al este.

—¿No habríamos ganado tiempo de haber caminado en esa dirección de primera hora —preguntó el profesor, receloso—, ahorrándonos tanta vuelta inútil?

—No es una vuelta inútil —repliqué pacientemente—. Si deciden seguirnos, los tuareg se guiarán por nuestras huellas, creyendo que nos dirigimos al sur regresando por donde hemos venido, y al llegar a este cauce seco supondrán que continuamos por él en la misma dirección, y para cuando se den cuenta de su error ya habrán perdido mucho tiempo.

—La verdad —admitió Cassie, algo más animada—, es que la idea no es mala.

—Bueno —concedió el profesor, poco convencido—, puede que, después de todo, funcione.

Golpeé con los talones a mi camello y le hice descender la pequeña pendiente de la cañada. Al llegar al lecho seco miré hacia atrás, distinguiendo a mis amigos un par de metros más arriba.

—No es que «puede que funcione» —afirmé con rotundidad—. Es que funcionará.

33

Tal y como tenía planeado, seguimos hacia el norte durante varios kilómetros y, cuando estuve seguro de que habíamos sobrepasado la altura del campamento, salimos de la cañada y enfilamos por fin hacia el este, confiando en que nuestros captores anduvieran persiguiendo un rastro imaginario camino del Níger.

Viajamos toda la noche a paso ligero, serpenteando entre las dunas y procurando no perder en ningún momento la referencia de la brújula, siempre hacia el este. Nos vimos obligados a desmontar en multitud de ocasiones para forzar a nuestros tozudos ungulados a superar alguna duna demasiado extensa para poder rodearla y, finalmente, acabamos pasando casi el mismo tiempo subidos a su grupa como tirando de las riendas o azuzándolos a base de cachetes e improperios.

A eso de las seis de la mañana, cuando la difusa claridad que anunciaba el nuevo amanecer apareció ante nosotros, tras casi veinticuatro horas seguidas de marcha, nos encontrábamos exhaustos. Nos quedaba aún un largo y ardiente día por delante, sin oportunidad de descanso ni refugio.

Cada músculo de mi cuerpo estaba dolorido, agarrotado, o ambas cosas a la vez, y contemplando a Cassie con las primeras luces del día intuía que ella estaba igual o peor que yo. Pero quien realmente me preocupaba era el profesor, pues aun estando en una más que aceptable forma física, su edad y estilo de vida sedentario le estaban pasando factura a cada paso que daba, y empezaba a temer seriamente por su capacidad para soportar un nuevo día a camello con poca agua y ninguna comida.

−¿Cómo lo lleva, profe? −le pregunté al acercarme para cerciorarme de su estado.

Apenas se incorporó en su montura y me miró por encima de las gafas, con sus escasos cabellos cayéndole sobre la frente, y unas enormes ojeras azuladas subrayando unos ojos agotados.

—¿A ti qué te parece? —respondió fatigosamente.

—Yo lo veo en plena forma.

—Sí, claro. Estoy pensando en dejar el camello aquí mismo y hacer el resto del camino dando saltitos entre las dunas.

—Vaya, pensé que yo era el único al que se le había ocurrido eso.

El profesor hizo un gesto con la cabeza, señalando hacia delante.

—Pues nada, Ulises, ve adelantándote tú... que yo te alcanzo dentro de un rato.

—No debe de estar tan cansado como aparenta si aún le funciona la neurona socarrona.

—Ten por seguro —dijo, tratando de exprimir una media sonrisa— que esa será la última en dejar de funcionar.

El calor fue aumentando progresivamente a lo largo del día, robándonos las escasas fuerzas que nos quedaban y, al tiempo que descendía nuestro ánimo, lo hacía paralelamente el paisaje por el que transcurría nuestro calvario, dejando atrás la arena y las dunas, y adentrándonos en una desolada llanura de tierra seca y cuarteada. Una nube de polvo velaba el horizonte en cualquier dirección que mirásemos, difuminando el desierto en el azul del cielo, como si uno y otro fueran parte de lo mismo. Un sol implacable nos aplastaba contra nuestras monturas, y el cansino y desesperante paso lento de las mismas parecía alejarnos, más que acercarnos, a un destino que se antojaba imposible de alcanzar.

Inconscientemente, cada pocos minutos echaba la vista atrás, temiendo descubrir en el horizonte las siniestras figuras de los tuareg decididos a darnos caza. Procuraba animarme a mí mismo y a los demás, imaginando que quizás habían decidido dejarnos escapar o que, de ser así, no habían dado con nuestro rastro. Pero en mi interior tenía la certeza de que tarde o temprano darían con nuestras huellas y, entonces, nuestras opciones de supervivencia se reducirían a poco más que cero.

—¿Puedo hacerte una pregunta? —resopló la arqueóloga, que se había puesto a mi par sin que me diera cuenta de ello.

—Depende, ¿hay premio si acierto?

En su rostro se apreciaba claramente el efecto que le estaba causando el agotamiento, y un calor que debía de rondar los cuarenta y cinco grados centígrados... a una inexistente sombra.

Apenas esbozó una cansada sonrisa, haciendo un visible esfuerzo para seguir la conversación.

—Lo que dijiste anoche, eso de que sería «pura chiripa» encontrar Tabrichat, era broma, ¿verdad?

El tono de súplica de la pregunta me sorprendió ligeramente, hasta que recordé que aún no les había expuesto totalmente mi plan de huida.

—En realidad —dije, volviéndome hacia ella—, no creo que podamos dar con ese pueblo. Aunque, de todos modos, esa no ha sido nunca mi idea.

—Pero tú... —intervino el profesor, que se había acercado al oír la pregunta de Cassie apremiando a su montura con los talones.

—Yo os dije que iríamos allí, no que lo fuéramos a encontrar.

—De verdad, Ulises —protestó molesto—. No es momento para andarse con adivinanzas.

—No ha sido esa mi intención, veréis —dije, sacando el mapa del bolsillo lateral de mi pantalón—. Nosotros estamos aproximadamente por aquí —expuse, haciendo un círculo con el dedo sobre el papel—, y si seguimos hacia el este, tarde o temprano llegaremos hasta esta carretera que va de Gao a Tessalit, cerca de la frontera con Argelia.

—¿Una carretera? —inquirió Cassie—. ¿Por aquí?

—Seguramente no será más que una pista de tierra poco transitada, pero es la única que atraviesa parte del desierto de Malí de sur a norte y, casualmente, pasa por la misma Tabrichat a la que nos dirigimos.

—Entonces —comprendió la mexicana—, lo que pretendes es que lleguemos a la carretera y esperemos allí a que alguien nos recoja.

—En efecto.

El profesor intentó carraspear, tosiendo en su lugar debido a la sequedad de su garganta.

—No quiero ser pájaro de mal agüero —objetó con la voz entrecortada—, pero ¿y si no pasa nadie por allí antes de que se acabe el agua o nos encuentren nuestros amigos del turbante?

—Pues en ese caso —repuse con desasosiego—, tendremos problemas. Serios problemas.

A mediodía, cuando el sol estaba en su punto más álgido, no tuvimos más remedio que detenernos e, improvisando un estrambótico chamizo utilizando nuestras ropas y los camellos a los que habíamos recostado como soportes, intentamos recobrar fuerzas y, sobre todo, recuperar al profesor, que agotado y con evidentes signos de deshidratación apenas había tenido fuerzas para descender de su montura.

Estábamos los tres apretujados bajo la escasa sombra que nos proporcionaban nuestras camisas y pantalones, apoyados en los costados de los camellos y vencidos por la fatiga. Los observaba con cierta aprensión, pues ambos tenían la piel del rostro muy enrojecida, los labios cuarteados y empezaban a despellejarse, ofreciendo el mismo lamentable aspecto que debía de ofrecer yo en ese momento. Y si su estado físico era también similar al mío, me sorprendía que aún tuvieran fuerzas siquiera para pestañear. Éramos conscientes del riesgo que significaba detenernos, pues aparte de aumentar las probabilidades de que nuestros perseguidores se acercaran, era tiempo, y sobre todo agua, que consumíamos y que podían significar la diferencia entre la vida y la muerte.

Andaba perdido en estas cavilaciones, divagando por la ironía de haberme ganado la vida bajo el agua y estar a punto de perderla en el desierto, cuando noté la mano de Cassie apoyándose en mi antebrazo.

—¿Cuánta agua nos queda? —preguntó con un hilo de voz.

—No mucha —contesté descorazonado—. Apenas un litro.

La mexicana esbozó un agrietado mohín.

—Vaya, entonces ya puedo ir olvidando darme una ducha.

—Eso me temo. Pero si tienes sed, recuerda que llevo una nevera con cervezas frías y unos bocadillos.

—¿Coronitas?

—No, Heineken.

—Entonces paso, no me gusta la cerveza europea.

—Está bien, en la próxima gasolinera paramos y te compro una caja entera de la que más te guste.

Con sus escasas fuerzas me dio un par de golpecitos y me apuntó con el dedo.

—Te tomo la palabra.

Miré entonces al profesor, que seguía recostado y sin decir una palabra de espaldas a nosotros.

—¿Cómo lo ves? —pregunté a Cassie, cambiando a un tono preocupado.

—No muy bien, la verdad.

—Creo que deberíamos guardar para él lo que queda de agua. No quiero que acabe perdiendo el conocimiento.

—Estoy de acuerdo. Parece que está un poco peor que nosotros, y al fin y al cabo un litro de agua entre tres no da para mucho.

Tras emplear nuestras últimas reservas de agua en rehidratar al profesor, nos dejamos vencer por el sueño y caí en un sopor que se prolongó durante varias horas, hasta que alguien me zarandeó sin miramientos, sacándome de un refrescante sueño en el que hacía *rafting* por un turbulento río de la selva.

—¡Ulises, despierta! —gritó una voz.

—¿Eh? ¿Qué pasa? ¿Ya hemos llegado?

—¡Despierta, Ulises! —insistió, con un familiar acento mexicano.

—¿Qué sucede? —preguntó alarmada otra voz, esta vez masculina.

—¡Los tuareg! —exclamó—. ¡Ya vienen!

Salí de mi estado de sopor inmediatamente, y con una descarga de adrenalina me incorporé y salí de nuestro precario refugio. Tardé unos segundos en orientarme y acostumbrar los ojos a la deslumbrante luz del mediodía, pero haciendo visera con la mano pude distinguir claramente tres puntos oscuros en el horizonte que no estaban allí cuando nos detuvimos a descansar.

—Salí un momento a hacer pipí —dijo Cassie, que se había puesto a mi lado—, y los vi a los muy cabrones.

—Aún están a un par o tres de kilómetros —dije, intentando calmar la ansiedad que detectaba en su voz.

—¿Crees que nos han visto?

—Probablemente antes que nosotros a ellos.

—¿Entonces? —dejó en el aire la mexicana.

La tomé por los hombros, tratando de transmitirle una seguridad que yo mismo no acababa de sentir.

—No te preocupes, aún están lejos. Pero hemos de ponernos en marcha inmediatamente.

Felizmente, el profesor se había recuperado en parte y pudo volver a montar aunque, por precaución, lo aseguré a la silla con su propio cinturón. Desmontamos rápidamente el improvisado resguardo, y en dos minutos ya estábamos de nuevo cabalgando todo lo velozmente que nos permitían nuestros exhaustos camellos. Azuzábamos nuestras monturas con gritos y palmadas en la grupa, pero mientras jadeaban y expulsaban espuma blanca por la boca, los pobres no pasaban de un tímido trote que resultaba insuficiente, pues mirando hacia atrás apreciábamos cómo los tres puntos en el horizonte se iban agrandando a cada momento que pasaba.

—No lo conseguiremos... —masculló el profesor, que hacía un esfuerzo sobrehumano por mantener el equilibrio.

Lo miré de soslayo, más preocupado por que fuera a caerse que por el matiz pesimista de sus palabras.

—Si conseguimos mantener la distancia hasta que se haga de noche —afirmé, más que contestándole, intentando convencerme a mí mismo—, podríamos despistarlos en la oscuridad.

Cassandra, cabalgando a mi lado con su azulada melena al viento, miró la posición del sol y luego me miró a mí, haciendo un movimiento de negación con la cabeza.

—Tenemos que intentarlo —la impelí, adivinando sus pensamientos—. No pienso ponérselo fácil a esos hijos de puta.

Inevitablemente, nuestros camellos bajaron el ritmo, y por mucho que les gritamos y espoleamos, sus reservas de energía habían llegado al límite, pasando primero a adquirir un ritmo cansino y, finalmente, a detenerse ante nuestra absoluta desesperación.

—Está bien —gruñí—, habrá que andar.

—¿Andar? —cuestionó el profesor—. ¡Pero si apenas nos mantenemos en pie!

Bajé de mi montura, que se había arrodillado, rendida.

—¡Dejad las mochilas y desmontad! —apremié, ignorando la queja—. ¡No hay tiempo que perder!

—Da igual, Ulises —se desplomó Cassie, abatida—. Nos van a coger de todos modos, lo mismo da que sea aquí, que un kilómetro más adelante.

Me planté frente a ella, muy enfadado.

—¡A mí no me da igual! —alegué furioso—. No pienso rendirme, ni permitir que lo hagáis vosotros. Mientras estemos vivos hay esperanza, y ahora mismo no tenemos nada mejor que hacer que mantenernos con vida, así que vamos —me volví hacia el profesor—. ¡Dejadlo todo y sigamos adelante!

Los tuareg se encontraban muy cerca, ya se podían apreciar las siniestras figuras de los jinetes, e incluso los reflejos que el sol arrancaba del acero de sus armas. Mantenían un ritmo pausado pero constante, y era inevitable que en cuestión de minutos nos dieran alcance. Mientras, el calor nos impedía respirar y el insoportable sol atravesaba la pobre protección de nuestros sombreros, derritiéndonos los sesos e impidiéndonos, afortunadamente, pensar con claridad y concebir así el trágico destino que nos esperaba.

Procurando ignorar la cada vez más próxima presencia de nuestros perseguidores, avanzábamos trabajosamente sobre la fina arena. Además, Cassie y yo nos veíamos obligados a servir de apoyo al profesor, que apenas arrastraba los pies y se encontraba cerca de caer redondo.

—Dejadme aquí y seguid vosotros —boqueó jadeante—. Yo no puedo más.

—Déjese de numeritos de película —le increpé—, e intente mover un poco las piernas, que lo vamos arrastrando y pesa usted como un muerto.

—Es que lo estoy...

—¡Vamos, profesor! —le animó la mexicana, sudando a chorros—. ¡Que aún tenemos un tesoro que encontrar!

Aquello pareció insuflar algo de vida en los miembros del profesor y, sobreponiéndose, logró mantenerse sobre sus propias piernas.

—Tienes razón, querida —musitó —. Pero, maldita sea, nunca hay un taxi cuando lo necesitas.

Y como una de esas bromas que gasta la providencia de vez en cuando, el lejano pero inconfundible sonido de un claxon reverberó en el denso aire del desierto.

El dios de aquellas desoladas tierras debía de estar partiéndose de risa.

34

Qué demonios es *eso*? —preguntó Cassie, entrecerrando los ojos y fijando la vista en el horizonte.

Dirigí mi mirada en la misma dirección y, como una alucinación, discerní una mole oscura y cuadrada procedente del sur; abultada en su parte superior por algo que en la distancia se asemejaba a una especie de globo multicolor que doblaba su tamaño. Perseguida por una creciente nube de polvo, se acercaba directamente hacia nosotros a través de la llanura.

—Parece algún tipo de vehículo —aventuró el profesor, quitándose el sudor de los ojos.

Como para confirmarlo, se volvieron a oír dos bocinazos, esta vez más fuertes que la anterior.

—Es un camión —afirmé, atónito por el inesperado cariz que había tomado la situación —, y diría que nos ha visto.

Sacando fuerzas de donde no las había, empezamos a dar saltos agitando los brazos y gritando todo lo que nos permitían nuestras resecas gargantas, queriendo asegurarnos que nos veían y, de paso, dando rienda suelta a la alegría de recuperar una esperanza que segundos antes habíamos dado por perdida.

Entonces volví la vista un momento, intranquilo por la corta distancia a la que se hallaban los tuareg la última vez que les eché un vistazo, para descubrir inquieto que ellos también habían avistado el extraño camión y se habían lanzado al galope, tratando de alcanzarnos antes de que éste llegara hasta nosotros.

—Mierda —masculló entre dientes.

Mis dos compañeros de fatigas se apercibieron igualmente de la situación, y la sombra del desaliento volvió a cernirse sobre nosotros.

Cassie miraba alternativamente a izquierda y derecha. A la esperanza en forma de estrambótico vehículo, y a la muerte vestida de azul a lomos de camello.

—No lo conseguiremos...

Los tres temíamos lo mismo, y la angustia de ver desvanecerse nuestra única esperanza, como el náufrago que contempla su barco alejándose en el horizonte, me oprimió el pecho e inundó de una rabia desatada, fruto de la impotencia.

—¡Vamos, corred! —grité al fin, saliendo de mi parálisis—. ¡Hacia el camión!

El profesor y Cassie, inmovilizados aún por el miedo, tardaron un instante en reaccionar, pero finalmente acabaron por emprender una dubitativa carrera que se convirtió rápidamente en desesperada, tratando de ganarle unas decenas de metros a la muerte.

Tropezábamos continuamente, nuestras piernas apenas podían sostenernos, y tras cada caída nos resultaba más difícil ponernos de nuevo en pie, apoyándonos en el ardiente suelo con las manos desolladas. Corría casi a ciegas, pues el sudor me empañaba los ojos y solo una difuminada mancha oscura me servía de referencia para saber si iba en la dirección correcta. Pero, a cambio, podía oír ya el grave murmullo del motor entremezclado con mis propios jadeos, empujándome a ir más deprisa.

De improviso, un seco bufido a mi espalda me hizo volverme y descubrir al profesor caído boca abajo sobre la arena, totalmente desmadejado. Sin necesidad de decir nada, lo agarramos entre Cassie y yo de las axilas y, pasándonos los brazos tras el cuello, empezamos a arrastrarlo como a un saco mientras sus pies dejaban un par de surcos en la arena.

El camión se acercaba rápidamente, pero echando un breve vistazo a nuestra espalda descubrí que menos de cien metros nos separaban de los tuareg, que empuñaban sus armas dispuestos a darnos muerte en cuanto nos tuvieran a su alcance.

Nos quedaban menos de diez segundos de vida.

Me faltaba el aliento y la cabeza me iba a estallar.

Pero seguíamos corriendo.

Entonces, bruscamente, a unas decenas de metros, el camión se detuvo.

—Aquí se acabó todo —me dije.

Dejé a Cassie que cargara ella sola con el profesor y me di la vuelta, dispuesto a plantar cara con los puños desnudos a nuestros acosadores, decidido a morir de frente y dando, quizás, unos instantes de ventaja a la mexicana y al viejo amigo de mi padre.

—Puestos a palmarla —pensé, con un resto de lucidez—, al menos salir bien en la foto.

Los tuareg ya estaban prácticamente encima y, al parecer, habían decidido enfundar sus anticuados fusiles para acabar con nosotros a la manera tradicional, usando unos afilados sables que ya blandían sobre sus cabezas al tiempo que lanzaban gritos de odio y muerte. Ya les podía ver el blanco de los ojos, y ser consciente de que no tenía ninguna posibilidad de sobrevivir me proporcionó una tranquilidad de ánimo que nunca hubiera pensado que tuviera en un momento así. Decidí abalanzarme sobre el primero de ellos, con la absurda esperanza de sorprenderlo con mi acción suicida, pero cuando ya afirmaba los pies en el suelo dispuesto a dar el salto, un sordo tableteo sonó a mi espalda, y el tuareg sobre el que estaba a punto de lanzarme salió despedido hacia atrás de su montura, cayendo de espaldas en la arena.

Desconcertado, no entendí nada hasta que una nueva ráfaga de balas levantó una lluvia de arena justo a mi izquierda, y me lancé al suelo a tiempo para evitar ser alcanzado por una tercera andanada, que hirió a otro de los tuareg en un hombro.

Tirado en la arena, incapaz de comprender aún lo que estaba pasando, contemplé cómo las patas de los camellos se detenían a un par de metros de mi cabeza y el tuareg caído se levantaba ágilmente, aunque sangrando por un brazo, y subiendo apresuradamente a su cabalgadura daba la vuelta y se internaba de nuevo en el desierto, seguido de cerca por sus compinches.

No podía creerme aún lo que acababa de suceder. Me incorporaba penosamente, contemplando las espaldas de los que hasta segundos antes iban a ser nuestros verdugos, tratando de comprender de dónde habían surgido los disparos y por qué aún estaba vivo. Me di la vuelta con preocupación buscando a Cassie y al profesor Castillo, constatando con alivio que no parecían estar heridos, descubriéndolos conscientes y mirando con perplejidad hacia el insólito vehículo desde donde alguien acababa de salvarnos la vida.

A unas decenas de metros, como una estrambótica nave procedente de un planeta chapucero, un camión Bedford más viejo que yo, pintado de verde oliva y con lo que parecía ser una montaña de colchones, bidones, sacos y hombres amontonados de manera inverosímil sobre su espalda sobredimensionándolo exageradamente —como a un pez globo tras un encuentro con una barracuda— parecía descansar sobre la arena con el motor al ralentí, tan incongruente con el paisaje que lo rodeaba que no acababa de estar seguro de encontrarme frente a un absurdo espejismo. Los hombres y mujeres que viajaban sobre la carga, como a lomos de un dirigible, nos contemplaban con el mismo silencioso asombro que nosotros a ellos, tratando de explicarse seguramente qué diablos hacían tres blancuchos desarrapados en medio de la nada, huyendo de una banda de tuaregs.

Tras unos instantes de embobada quietud, un hombre delgado, con gafas de espejo y piel color azabache se asomó por la ventanilla izquierda de la cabina, haciéndonos apremiantes gestos con las manos para que fuéramos hacia el camión.

—¡*Allez monsieurs, allez*! —gritó, y poniéndonos en pie aún aturdidos corrimos hacia él.

Unos pocos francos CFA habían servido para conseguirles asiento en la cabina a Cassie y al profesor que, atiborrándose de agua, se recuperaba poco a poco de la fuerte deshidratación bajo los cuidados de la mexicana. Para mí no había quedado sitio en el interior, así que, encaramándome trabajosamente por la montaña de bultos, me dejé caer sobre su cima, abatido, abandonándome al cansancio a sabiendas de que, según el chofer –que cubría con el providencial AK–47 en sus rodillas la ruta entre Gao y Tessalit–, aún tardaríamos casi tres horas en llegar a la anhelada Tabrichat.

Solo esperaba que valiera la pena.

Gracias a que llevábamos algo de dinero en las riñoneras interiores, pudimos, al llegar a nuestro destino, invitar a todo el pasaje que tanto nos había mimado, y al conductor que nos había salvado la vida con su fusil automático, a todas las rondas de refrescos que quisieran. En un aparte, sentados a la mesa del austero restaurante, mientras devorábamos varios platos de arroz con salsa de cacahuete, nuestro milagroso salvador, que respondía al nombre de Buiko, nos ponía al corriente de los problemas políticos en la región entre el gobierno y los tuareg, quienes al parecer reclamaban su independencia del resto del país.

Averiguamos que no era la primera vez que *hombres azules* de pocos escrúpulos, raptaban extranjeros para hacerlos trabajar en las minas de sal, aunque era más común que las víctimas fueran aldeanos de la orilla del Níger, pues según el dicho local «los blancos están contados». Aun así, nos aseguró que la inmensa mayoría de los tuareg eran gente honorable, siendo una pequeña minoría de malhechores los que daban mal nombre a la comunidad. De hecho, nos confesó que en sus muchos años atravesando el desierto con su camión, tan solo se había visto obligado a hacer uso del *kalashnikov* en un par de ocasiones anteriores.

Ante la preocupación que teníamos de que, conociendo nuestro destino, los secuestradores decidieran vengarse de nosotros y aparecieran en Tabrichat, Buiko nos tranquilizó indicándonos que en las afueras del pueblo estaba instalada una guarnición del ejército, por lo que los tuareg tenían mucho cuidado de no acercarse por la zona. Le obsequiamos antes de despedirnos con una generosa propina por su amabilidad, y deseándonos mutuamente protección divina, regresó a su sobrecargado vehículo, dejándonos a los tres en la penumbra del caluroso local, rodeados de botellas de refrescos vacías.

—Parece que nos hemos salvado... —murmuró el profesor lánguidamente.

—Eso parece —asentí, llevándome a los labios una botella de Pepsi.

Con la mirada perdida entre las muescas de la superficie de la mesa, Cassie esbozó una mueca irónica.

—Cuando lo contemos, nadie nos va a creer.

—Bueno —respondió el profesor—, lo importante es que podremos contarlo. Por poco, pero podremos.

—Por cierto —dijo Cassie, estudiándome con renovada admiración—, eso que hiciste fue muy valiente por tu parte.

—¿A qué te refieres?

—Ya sabes... cuando plantaste cara a los tuareg, un momento antes de que Buiko disparara.

—Ah, eso —dije, quitándole importancia con un ademán—. En realidad, me detuve porque creí que se me había desatado un zapato.

Cuando el sol dejó de castigar con dureza las calles de Tabrichat y nos encontramos parcialmente recuperados gracias a las raciones de arroz y los refrescos, decidimos no demorar ni un segundo más la búsqueda de los suegros de la nieta de Diam Tendé y la misteriosa caja con un grabado templario que, de forma rocambolesca, había llegado a sus manos como parte de una dote nupcial.

Por fortuna, Tabrichat era una pequeña población en la que todos se conocían y, una vez superadas las primeras reticencias, resultó fácil dar con la casa que buscábamos. Se encontraba en las afueras del pueblo, y exteriormente solo mostraba un agrietado muro de adobe sin ventanas, con una puerta metálica verde. La golpeé un par de veces con los nudillos, y al cabo de un minuto, el rostro enjuto y surcado de años de un hombre de tez cetrina asomó por el quicio con expresión de sorpresa. Tras darle nuestros nombres pero aún sin saber porqué estábamos ahí, nos invitó a pasar al interior de la modesta vivienda y, como de costumbre, nos encontramos inmediatamente con un vaso de té humeante entre las manos.

Nos presentamos como investigadores europeos interesados en la cultura de Malí, realizando trabajo de campo en colaboración con la universidad de Bamako. Aunque por la expresión que compuso al estudiar al profesor y su cara de haber vuelto de entre los muertos, mis sucias y desgarradas ropas manchadas de sangre seca, y a la mujer menuda con el rostro y el pelo azul, lo más probable es, que nos tomara por una panda de chiflados. Aun así escuchó atentamente nuestras explicaciones, y cuando le pusimos al corriente del motivo de nuestra visita, sin mediar palabra se puso en pie con el semblante muy serio y salió de la habitación.

—¿Qué ha pasado? —preguntó Cassie al quedarnos solos.

—Ni idea —aseguré, confuso—. Aunque mi francés es muy pobre, creo que se lo he explicado bien.

—A lo mejor ha ido a por la escopeta... —conjeturó el profesor.

—No sea cenizo —repliqué con un mohín de fastidio—. Con una vez al día que nos intenten matar ya es suficiente.

—Dejen de decir pendejadas. Lo más probable es que haya ido a por la caja.

Dicho y hecho. Apenas acabó de hablar la mexicana, el hombre apareció ante nosotros con un objeto del tamaño de una guía de teléfonos envuelto en lino blanco, que cuidadosamente dejó a nuestros pies. Nuestro anfitrión se sentó a su vez y, haciéndonos una indicación con la mano, nos invitó a descubrirlo.

Nos miramos los tres, sorprendidos ante lo fácil que estaba resultando, y cuando empecé a desenvolver respetuosamente la tela que ocultaba el objeto por el que habíamos estado a punto de morir, no dejaba de rogar para que hubiera valido la pena.

Con cuidado, aparté los últimos flecos del paño, dejando al descubierto una caja primorosamente tallada en madera de ébano que arrancó una exclamación de los labios de Cassie y a mí me dejó sin aliento. El primero en conseguir articular dos palabras seguidas fue el profesor.

—Es... exquisita.

Permanecimos así durante un buen rato, boquiabiertos ante la anhelada caja, que resultó ser una suerte de bloque de madera en apariencia macizo, con todas sus caras planas labradas con motivos africanos y árabes que la cubrían totalmente, a excepción de la incongruente imagen que ocupaba casi toda la parte superior: dos hombres ataviados como soldados medievales a lomos de un solo caballo. O lo que es lo mismo, el símbolo de los Templarios.

El profesor Castillo se ajustó la montura de las gafas sobre la nariz y, pidiendo permiso a su orgulloso propietario con la mirada, estiró la mano para pasar la yema de los dedos sobre la negra superficie.

—Exquisita —repitió.

—Eso ya lo ha dicho —murmuré, hipnotizado por la intrincada belleza de aquel objeto.

—¿Pero, por qué será de color negro? —preguntó Cassandra—. Es muy insólito ¿no?

—En absoluto —repuso el profesor—. El negro es el color por antonomasia de la Orden templaria, representa la sabiduría y el conocimiento esotérico. De hecho —dijo volviéndose hacia mí—, la mayoría de las vírgenes negras de todo el mundo tienen un origen templario, incluida la de Montserrat.

—Entonces, está claro que es templario —afirmó Cassie.

—Sin duda —contestó el profesor sin levantar la vista—. Es una pieza única y, afortunadamente, la sequedad del desierto ha permitido que se conserve en perfectas condiciones. Por el aspecto que tiene, podría parecer que ha sido tallada hace solo unos años.

—¿Y seguro que no es así? —inquirí, escéptico de encontrarme ante una incólume talla de madera a la que se le suponían siete siglos de antigüedad.

El profesor me miró de reojo, molesto ante la sugerencia.

—Desde luego que no —respondió tajante—. Nadie, sino un experto en los Templarios, podría haber falsificado algo así, y no creo —añadió levantando las cejas— que este sea el caso.

—Está bien, entonces es auténtico —concedí—. ¿Qué conclusión puede sacar de todos esos dibujos?

—Ahora ninguna, por supuesto. Tendría que llevármelo y estudiarlo con mucha calma, realizar un estudio comparativo y...

—Un momento —interrumpí—. ¿Me está diciendo que necesita llevárselo?

Me miró por encima de las gafas, como si le acabara de preguntar de dónde vienen los niños.

—Obviamente. Esto requerirá una investigación a conciencia durante semanas, si no meses.

No pude evitar sonreír, haciéndole un gesto con la cabeza en dirección a nuestro anfitrión, que había empezado a fumarse un cigarrillo mientras permanecía sentado en cuclillas frente a nosotros.

—Y sin contar con que dimos nuestra palabra a su antiguo propietario de que no haríamos tal cosa. ¿Ya ha pensado cómo va a convencer a nuestro amigo para que le dé el regalo de bodas de su hijo?

El profesor guardaba silencio, dándole vueltas a un inconveniente que no se le había pasado por la cabeza.

—Podemos comprársela —sugirió.

—Tenemos apenas lo justo para comer un par de días —repliqué—, y aún hemos de regresar a Bamako. Recuerde que la mayor parte del efectivo estaba en las mochilas y solo llevamos encima la reserva para emergencias y las tarjetas de crédito, y al entrar aquí —añadí—, no he visto en la puerta ninguna pegatina de *Aceptamos VISA*.

—¿Y si intentamos cambiárselo por algo? —insistió.

Estaba a punto de echarme a reír, pero Cassie se me adelantó.

—¡Yo tengo un Tampax y un chicle!

—Vale, vale. No he dicho nada.

Mientras nos sumíamos en el silencio sopesando posibles soluciones al problema, el dueño de la casa nos estudiaba con curiosidad, ajeno a nuestras absurdas maquinaciones.

—Podríamos —propuso de nuevo—, esto, ejem... tomarlo prestado.

—¡Ni hablar! —protestó airadamente la mexicana—. De ninguna manera voy a robarle a esta pobre gente. Ni voy a permitir que nadie lo haga.

—Además —añadí—, no creo que les hiciera mucha gracia, y ya ha visto cómo se las gastan por aquí.

—¡Bueno, está bien! ¡Pero no podemos abandonar después de haber llegado hasta aquí! —apoyó la mano sobre el cofre—. Recordad que no se trata solo de esto, en alguna parte de estos grabados puede ocultarse la pista que nos lleve al mayor tesoro de la historia... y para este hombre, se trata solo de una bonita caja de madera.

Cassie se acercó a la caja, y tras pasar el dedo por las esquinas frunció el ceño, pensativa.

—¿Estáis seguros de que realmente es solo un bloque de madera?

Me acerqué también a la caja, intrigado.

—¿Qué quieres decir?

—Bueno... esta gente se ha referido a la pieza como «la caja».

—Eso es solo una forma de llamarlo —deseché con un gesto—. Y si insinúas que es una especie de cofre, siento decirte que no veo la cerradura, ni junturas de ningún tipo.

—Sí, eso es cierto. Aunque no le veo mucho sentido a que un monje templario, o un artesano a sus órdenes, tallara una pieza

293

tan grande y pesada para representar algo que podía haber hecho en una tablilla y, además...

Estiró ambos brazos y levantó la pieza un palmo del suelo.

—...me parece que no pesa todo lo que debería —le dio un golpe seco ante la alarma de su propietario y se volvió hacia mí, radiante—. ¡Está hueca!

El hombre enjuto hizo un ademán de recuperar su preciado objeto, visto el maltrato que le estábamos dando. Afortunadamente, no me costó mucho convencerle de que la mujer del pelo azul no estaba bien de la cabeza y que tenía que disculparla, asegurándole que no volvería a hacerlo.

—Le he prometido —les advertí— que no volveremos a tocar *le caisse*, así que las manos en los bolsillos, o este simpático señor nos echará a patadas.

—¡Pues ya me dirás cómo vamos a averiguar cómo se abre sin tocarla! —gruñó el profesor—. Es muy probable que en su interior —dijo señalando la pieza de madera, muy alterado— se encuentre la razón por la que estamos aquí. ¡Tenemos que abrirla!

—Yo estoy de acuerdo —secundó la mexicana, presa del entusiasmo—. El problema es *cómo*.

—Bueno —murmuré con una mueca maliciosa, contemplando al hombre en cuclillas mientras daba las últimas caladas a su pitillo—, se me acaba de ocurrir algo.

—Ya está —dije, volviéndome hacia ellos—. Le he explicado que nuestra tradición exige hacerle un regalo, como muestra de gratitud por su amabilidad al enseñarnos *le caisse*, y ha aceptado.

—Muy bien ¿y ahora qué? —preguntó el profesor, intrigado—. ¿Qué leches le vas a regalar?

—Yo, nada —repliqué, enseñándole los dientes—. El regalo se lo va a hacer usted.

—¿Yo? —exclamó sorprendido, señalándose con el pulgar—. ¿Qué quieres que le regale? ¿Mi pasaporte?

Meneé la cabeza, disfrutando como siempre de su confusión.

—Yo estaba pensando más bien en el contenido de esa bolsita de plástico que lleva en el pantalón.

Cassie dio un respingo.

—¿Le quieres regalar marihuana a este pobre hombre? ¡Si seguramente ni siquiera sabe lo que es!

Divertido, ensanché aún más la sonrisa zorruna.

—Exacto —me dirigí ahora al profesor—. Lo que necesito es que le haga el mejor porro que haya hecho nunca, y cuando digo el mejor —dije, guiñándole el ojo— ...me refiero al más cargado.

Inmediatamente, ambos comprendieron mis intenciones, y la reacción fue idéntica.

—Eres un cabrón. —reprobó Cassie entre dientes, pero con una expresión tan maquiavélica como la mía.

Veinte minutos después, Buiko daba vueltas por la casa persiguiendo elefantes rosa y matándose a carcajadas frente al espejo de su habitación.

—Me siento muy avergonzada —lamentó Cassie, viendo correr al hombre de arriba abajo, dando saltitos.

—No te preocupes —dije tomándola por la cintura—. Dentro de unas horas se le habrá pasado el efecto, y tan solo le quedará una extraña historia que contar a su mujer.

La mexicana meneó la cabeza.

—Aun así, me siento muy mal por drogar a este pobre hombre para salirnos con la nuestra.

—Yo tampoco estoy muy orgulloso de hacer esto, pero así podremos comprobar si hay algo en su interior —añadí mirando la pieza de ébano, que ya estaba siendo estudiada detenidamente por el profesor—. Luego la volveremos a cerrar, lo dejaremos todo como estaba, y para cuando se le pasen los efectos de la marihuana, Buiko no estará seguro de si hemos estado aquí realmente o solo hemos formado parte de un inexplicable sueño.

—En fin... —convino, agachándose junto a la negra talla— el daño ya está hecho.

Con las piernas cruzadas, los tres nos sentamos sobre el suelo de tierra alrededor de la misteriosa caja, examinando al tacto cualquier irregularidad o hendidura que pudiera revelar el modo de abrir el elaborado contenedor.

—Qué extraño —comentó el profesor en voz baja—. No parece que haya ninguna tapa, ni una sección extraíble ni nada por el estilo.

—Pero ha de haberla —repliqué—. Si hay un espacio vacío en su interior es porque alguien lo ha vaciado y cerrado posteriormente, por lo tanto debe de haber alguna manera de volver a abrirlo.

—Pues tú dirás —dijo cansadamente—. Porque la teoría es buena, pero aquí no veo nada.

—En las películas —señaló Cassie con humor—, siempre hay un botón oculto que abre el cofre.

—¡Buena idea! —contestó el profesor—. Tú busca el botón secreto, Ulises que la frote, y yo diré aquello de *¡Ábrete Sésamo!*. Seguro que así, no se nos resiste.

—No sea menso.

—Bueno, ya basta —intervine—. Todos estamos reventados, así que dediquemos unos minutos más a buscar la forma de abrirlo, y si no podemos, le damos un hachazo y en paz.

—¡Por encima de mi cadáver! —rechazó el profesor enérgicamente—. ¡Lo que tenemos aquí es una joya única! ¡Una pieza irrepetible de incalculable valor histórico!

—Pues entonces, concentrémonos en el problema y acabemos de una vez.

Ignorando las risotadas de Buiko —que ahora nos contemplaba desde su nube, sentado frente a nosotros—, escrutamos concienzudamente el hermético cofre hasta que, finalmente, cuando ya estaba buscando con la mirada alguna herramienta cortante, Cassie me puso la mano en el brazo.

—Creo que lo tengo.

El profesor Castillo y yo nos inclinamos, expectantes, sobre el punto en que Cassandra tenía la mano apoyada: el relieve de los dos caballeros sobre su única montura.

—Aquí hay algo que se mueve.

Apartó la mano y, cuidadosamente, introduje la cucharilla que Buiko nos había dejado para el té por el borde de la figura, descubriendo que estaba pegada con una sustancia negra y dura al resto de la pieza.

—Parece que el interior fue sellado con una especie de resina negra, que al secarse se hizo invisible a primera vista. Por eso no encontrábamos hendiduras, porque no las hay.

El profesor casi temblaba de entusiasmo.

—Entonces —dijo, reflexivo—, el relieve de los monjes a caballo es como la puerta que conduce al secreto de su interior. Muy simbólico.

Utilizando la misma cucharilla, raspé los restos de resina y empecé a hacer palanca por debajo de la figura, separándola primero de su base y tirando luego con fuerza con ambas manos, pues estaba encajada como un tapón de corcho en una botella. Finalmente, con un último estirón, separé la tozuda tapa y el interior del increíble cofre quedó al descubierto.

Nos observamos, nerviosos, intentando reunir el valor para introducir la mano y averiguar lo que se ocultaba en su interior. Lo que hubiera allí dentro significaría la diferencia entre el éxito o el más rotundo fracaso a nuestro esfuerzo de las últimas semanas. Pero a pesar de la ansiedad ninguno hizo amago de moverse, pues el pequeño agujero en la tapa aparecía lóbrego y enigmático, como un pozo de setecientos años de profundidad.

—¡La gran púchica! —clamó Cassandra—. ¡Averigüemos de una vez qué demonios hay ahí!

Decidida, metió su pequeña mano por el orificio de la caja. Comenzó a tantear en su interior, y al cabo de un instante se detuvo, abriendo los ojos de par en par.

—¿Qué pasa? —interrogó el profesor vehementemente—. ¿Qué has encontrado?

La mexicana nos miró a ambos, con la boca abierta.

—No —balbuceó—, no estoy segura.

Muy lentamente, como si se tratase del número final de un mago en Las Vegas, Cassie sacó la mano del interior de la caja sujetando lo que parecía ser un cilindro de piel descolorida, de poco más de un palmo de longitud y atado con un lazo del mismo material. Lo desató cuidadosamente, desenrolló la cubierta de piel, y de su interior afloró un amarillento rollo de pergamino lacrado con una gruesa gota de cera roja, y en el centro de la misma, concentrando nuestra atención, el conocido relieve de dos caballeros montando un mismo caballo y la leyenda *Magíster Mappamundorum* rodeándolos.

35

Bajo el falso pretexto de haber perdido nuestros pasaportes junto al resto del equipaje, nos hicimos con unos salvoconductos provisionales en el consulado español de Bamako. Los originales no los habíamos llegado a sellar con el correspondiente visado de estancia, y para evitar tropiezos, en este caso era mejor no tener pasaporte que tenerlo sin sello. Más difícil resultó convencer al funcionario del departamento de inmigración maliense de que la documentación de los tres se encontraba perdida en el desierto y, aunque no mencionamos una palabra sobre el secuestro por parte de los tuareg con el fin de evitar aclaraciones comprometidas, al final no tuvimos más remedio que «financiar» un reloj nuevo al delegado de inmigración para que nos permitiera abandonar el país ese mismo día.

Habíamos salido la víspera de Tabrichat, hacinados en la caja de un camión de transporte de cabras y, oliendo como tales, llegamos a Gao, donde tomamos una habitación en el único hotel que pudimos pagar con tarjeta.

A la mañana siguiente, de madrugada y habiendo descansado algunas horas en una cama, subimos a un vetusto Antonov de hélices que nos dejó en el aeropuerto internacional de Bamako.

Tras horas de papeleo, sin equipaje ni pasaportes, maltrechos por la breve pero intensa estancia en Malí y vestidos aún con los harapos que llevábamos desde días atrás −que significaron un escandalizado repaso por parte de las azafatas−, ascendíamos cansinamente por la escalerilla del Airbus de Air France que nos debía llevar de regreso a Europa. Dejando atrás, al cruzar el umbral del avión, el asfixiante calor africano y regresando agradecidos, por qué no admitirlo, al aséptico entorno occidental y al aire acondicionado que tanto habíamos echado de menos.

Nos derrumbamos en lo que nos parecieron comodísimos asientos de clase turista, y antes de que despegáramos, tanto el profesor como Cassie ya dormían profundamente.

Previendo que yo les seguiría en pocos minutos, apreté con fuerza la bolsa de tela que había comprado horas antes y que contenía aquello por lo que habíamos estado a punto de perder la vida. La clave que estábamos seguros nos conduciría hasta al escurridizo tesoro de los Templarios.

Dieciséis horas y dos trasbordos más tarde, nos despedíamos en el taxi frente a la casa del profesor Castillo y dábamos indicaciones al conductor para que nos dejase en mi piso de la calle París.

Abordamos el ascensor en silencio hasta el ático y, al llegar, rebusqué entre la tierra de un maltrecho ficus que mantenía junto a mi puerta solo para esconder una copia de la llave de mi casa entre sus raíces. Cuando ya empezaba a preocuparme por no hallarla, inesperadamente se abrió la puerta y apareció la persona que menos ganas tenía de encontrarme en ese momento.

—¡Ulises! —gritó sorprendida una mujer, enfundada en un escandaloso abrigo rojo.

—Hola, mamá —murmuré resignado.

—¿Dónde has estado? ¡Estás hecho una piltrafa! —exclamó con preocupación—. Parece que te ha atropellado el camión de la basura. ¿Qué te ha pasado?

—Estoy bien... solo he pasado unos días fuera.

—¿A eso le llamas tú estar bien? ¡Tendrías que verte! Además —continuó imparable—, me tenías preocupadísima. He llamado a todos los números que he encontrado en tu agenda y nadie sabía de ti, y descubrir un montón de papeles sugiriendo que te habías marchado a África no me ha ayudado a tranquilizarme. ¿Me vas a decir dónde has estado o no?

—Te prometo que mañana te llamo y te lo explico todo... —mascullé, demasiado cansado para dar explicaciones—. Pero ahora, por favor, déjanos pasar.

—Por cierto... —insistió, desoyendo mis súplicas y dirigiendo una meliflua mirada a mi acompañante—. ¿No vas a presentarme a esta chica tan guapa y tan callada?

Era como una de esas pesadillas de las que no te puedes despertar.

—Ella es Cassandra Brooks... —dije, haciéndome a un lado estoicamente.

—Encantada, señora —saludó la mexicana con la mejor de sus sonrisas.

—Lo mismo digo, querida —contestó mi madre, dando un paso al frente y estampándole un par de cordiales besos en las mejillas—. Me alegro de conocer por fin a una novia de mi hijo, hace mucho que no me presenta a ninguna.

—Mamá, por favor, ya me avergonzarás otro día. Ahora solo queremos comer algo y dormir hasta las navidades. Pero, por cierto... ¿qué haces tú aquí?

—Ya te lo he dicho, intentar localizarte. Te fuiste sin decir nada y, al averiguar que también Eduardo había desaparecido decidí venir a echar un vistazo, temí que tuvieras problemas —dirigió una mirada a Cassie y añadió—. Pero ya veo que no.

—¿Has registrado mi piso?

Ella puso cara de ofendida, apuntándome con un dedo acusador.

—¡Si me hubieras dicho que te marchabas no habría tenido que hacerlo!

—Está bien, digamos que es culpa mía. Pero habiendo pasado los últimos años dando vueltas por ahí, no pensé que por estar unos cuantos días fuera te llegaras a preocupar.

—No, si en realidad no estaba preocupada... ni me habría dado cuenta de que te habías ido, de no ser por la llamada de aquel hombre.

—¿Qué hombre?

—Pues un tal John Jach... o algo así —dijo, frunciendo el entrecejo—. De una empresa llamada *nosequé explorations*. Por el acento, diría que inglés o americano.

—John Hutch... —corregí meditabundo—, de la *Hutch Marine Explorations*.

—¡El mismo! —señaló mi madre—. ¿Lo conoces?

—Un poco —y con cierta inquietud, añadí—. ¿Le dijiste que estábamos en Malí?

—Hace menos de diez minutos... —confesó con tono culpable, consciente al ver mi expresión de que no me había hecho ningún favor—. En cuanto deduje por tus anotaciones dónde creía que estabas le llamé desde tu propio teléfono al número que me dio.

—¿Y te dijo por qué deseaba hablar conmigo?

—En realidad —aclaró, mirándonos a ambos—, dijo que tan solo estaba preocupado por vosotros, y que si podía decirle dónde estabais, por si necesitabais ayuda.

Intercambié una mirada recelosa con Cassie.

—Me da mala espina —murmuré.

—¿Tú crees que nos está controlando?

—Quizás antes no, pero ahora que sabe que nos hemos ido los tres a Malí —conjeturé, preocupado—, seguro que está con la mosca detrás de la oreja. Y con todo lo que hay en juego, estoy seguro de que removerá cielo y tierra para dar con nosotros y averiguar lo que sabemos —suspiré de cansancio y, hablando ya conmigo mismo, añadí—: Habrá que moverse deprisa.

En cuanto nos quedamos a solas nos derrumbamos sobre el sofá, nos quitamos toda la ropa, y mientras Cassie tomaba el camino de la ducha yo encargaba un par de pizzas para el almuerzo.

Media hora más tarde nos encontrábamos sentados a la mesa, aseados y con ropa limpia, dando buena cuenta de un par de supremas con extra de queso.

—Hummm... me moría de hambre —exclamó la arqueóloga sin dejar de masticar.

—¿No te enseñó tu mamá a no hablar con la boca llena?

Ella me dirigió una mirada lasciva, con un poco de mozzarela colgando de la comisura de sus labios.

—También me enseñó a no dejarme manosear, y aquí me tienes.

No pude evitar una sonrisa acompañada de un repaso lujurioso.

—¿Es eso una invitación?

—Depende —dijo, fingiendo desinterés— de lo cansado que te encuentres.

Me levanté de la silla, y rodeando la mesa la abracé por detrás, introduciendo los brazos por debajo de su camisa.

—No lo suficiente... —susurré a su oído.

Ella dejó el trozo de pizza sobre la mesa y comenzó a emitir suaves gemidos cuando empecé a recorrer su cuello con mis labios, mordisqueándole suavemente el lóbulo de la oreja mientras, con ternura, le tomaba sus firmes pechos con ambas manos. Sin moverme de donde estaba, desabotoné lentamente la camisa que llevaba puesta, deslizándola por sus hombros hasta que ésta cayó al suelo, dejando al descubierto su tersa espalda, y acariciándola delicadamente, primero con la yema de mis dedos y luego, beso a beso, con mi lengua y mis labios.

Cassie se puso en pie y, al darse la vuelta, pude leer el deseo en sus ojos, lo que aumentó mi excitación y deseo que sentía por ella. Sin cruzar una palabra, me tomó de la mano y dejó deslizar su tanga a lo largo de sus piernas. A paso lento me condujo hasta la habitación, donde hicimos el amor con las escasas fuerzas que nos restaban hasta rendirnos al agotamiento, empapados, sobre el edredón de plumas de la cama.

Un insolente timbre sonó como si lo tuviera dentro de mi cabeza. Tardé unos segundos en identificarlo como el del teléfono, así como en descubrir con satisfacción que me hallaba en mi propia habitación y no en una *haima* perdida en el desierto del Sahara. Con los ojos entreabiertos tanteé con la mano, intentando recordar dónde demonios estaba el maldito teléfono. Cuando di con él me acerqué el auricular a la cara, tratando de producir algún sonido inteligible.

–¿Diga? –gruñí con la boca reseca.

–Ulises, soy yo –dijo al otro lado de la línea, la familiar voz del profesor.

–Profesor... –farfullé, guardándome para mí lo que opinaba sobre que me hubiera despertado.

–¿Podéis venir a mi casa dentro de un rato?

No podía explicarme su tono de voz desprovisto de cansancio, máxime, cuando aún ni siquiera era de noche.

–¿No puede esperar hasta mañana? –repliqué, sin poder ocultar mi enfado–. Apenas acabamos de acostarnos, mañana por la mañana prometo llamarle.

–¿Acabáis de acostaros? ¿Qué habéis estado haciendo? ¡Pero si llegamos ayer por la tarde!

Necesité un buen rato para organizar mis neuronas y comprender que llevábamos durmiendo casi veinticuatro horas seguidas. Como decía el bueno de Gila: «Demasiado sueño pa´ un adulto».

Me disculpé por mi tono malhumorado y le puse al corriente de la llamada de John Hutch el día anterior, tras lo cual, acordamos encontrarnos en su casa en un par de horas; el tiempo necesario para ducharme, comer algo, y quizás, hacer el amor de nuevo con la mujer que compartía mi colchón sensualmente desmadejada y con el pelo, aún con restos de índigo, enmarcándole su bello rostro.

Puntuales llamábamos a la puerta del anticuado edificio, y cinco minutos más tarde ya rodeábamos una mesa de comedor donde se esparcían mapas, fotocopias de manuscritos, libros de consulta, y una funda transparente conteniendo el valioso pergamino que habíamos traído de Malí.

—Veo que no ha perdido el tiempo —observé admirado.

El profesor se encogió de hombros.

—No podía dormir.

—¿Ha averiguado algo? —preguntó Cassie a quemarropa.

—Estoy en ello —dijo, abarcando la mesa con un gesto—, pero por ahora me he limitado a autentificar la edad del pergamino y a hacer una trascripción rudimentaria.

Estiré el cuello, observando el manuscrito con interés.

—¿Y bien?

—Pues, para empezar, he descubierto que nuestro pergamino es en realidad una sección estirada, tratada y blanqueada de una dermis de rumiante.

—¿Cómo ha dicho? —pregunté despistado.

—Digo —repitió con paciencia— que el documento que nos trajimos de Malí no está escrito sobre un papel de celulosa, sino sobre la piel de un animal. Posiblemente una cabra.

—Me toma el pelo.

—No, Ulises —intervino Cassie—. De hecho, en la Edad Media se utilizaba con frecuencia el cuero tratado cuando se pretendía que un documento durase un largo periodo de tiempo.

—Exacto, querida —corroboró el profesor, ansioso por continuar con su exposición—. Así que ese dato nos sugiere que el manuscrito fue redactado antes del año 1400, cuando la técnica de escritura en piel desapareció por completo. Además —añadió con expresión satisfecha—, el léxico y la gramática utilizados en el texto ciñen el periodo en que fue escrito a un arco entre los años 1200 y 1350, aproximadamente.

—O sea —concluí—, que encaja con el periodo en que, según el *Atlas Catalán* de Abraham Cresques, nuestro hombre misterioso llegó a África en el barco de Jaume Ferrer.

El profesor Castillo asintió con complacencia.

—No me cabe ninguna duda —aseveró, señalando el pergamino— de que esto que tenemos aquí es a lo que Jaffuda Cresques llamó en su testamento *el camino del Brau*, o sea, el camino del *T–aurus*: el oro de los Templarios.

Conteniendo la emoción al constatar que nuestros esfuerzos habían dado sus frutos, nos mantuvimos en silencio, esperando a que el profesor Castillo —que, como siempre, paladeaba esos momentos en que centraba toda la atención— continuara con su explicación. Éste se demoró todo lo que pudo y, cuando vio que nuestra expresión mudaba de la expectación a la impaciencia, tomó su bloc de notas y prosiguió como si en lugar de en el salón de su casa, se hallara de nuevo en su antigua clase, a la que, al parecer, echaba mucho de menos.

—Tras una trascripción del texto del manuscrito —dijo pausadamente, ajustándose las gafas—, y su posterior traducción al castellano, he podido constatar que se trata, tal y como esperaba, de una descripción del lugar donde los monjes Templarios que huyeron de las detenciones ordenadas por el Papa Clemente podrían haber ido a refugiarse, llevando con ellos el tesoro de la orden.

Cassie se apoyó sobre la mesa.

—¿Qué quiere decir con «podrían»? ¿Es que no lo dice ahí con certeza?

El profesor la miró condescendiente, y yo estaba seguro de que ya esperaba esa pregunta.

—Verás, querida, en realidad aquel fue un viaje solo de ida y, según parece, ningún templario regresó jamás para revelar dónde se ocultó el tesoro.

La mexicana alzó las cejas, sorprendida.

—Entonces, ¿cómo lo sabía el coate que escribió este pergamino?

—La verdad —contestó con aparente indolencia— es que no creo que lo supiera.

Cassie y yo nos quedamos de una pieza, tratando de asimilar lo que acabábamos de oír.

—¿Cree, entonces —pregunté, saliendo a duras penas de mi asombro—, que nuestro anónimo cartógrafo no tenía ni idea de adónde fueron llevadas las riquezas de la orden?

—Eso me temo.

Por un momento se me cayó el mundo encima.

Miré a Cassie de soslayo, y seguidamente al profesor, desconfiado.

—Me da en la nariz, que no nos lo está contando todo.

Éste rió con culpabilidad.

—Tiene usted un sentido del humor bastante retorcido —protestó Cassie—. Por poco me da un infarto.

—Mis más sinceras disculpas, señorita Brooks —dijo con una exagerada inclinación de cabeza—. Tan solo pretendía darle algo de emoción al relato.

Cassandra le quitó importancia con un gesto de la mano, como apartándose una mosca.

—Disculpas aceptadas, señor Castillo —respondió con la misma teatralidad—, pero le agradecería menos emoción y más concreción.

—Lo secundo.

—Está bien —aceptó a regañadientes—. Si así lo queréis, a palo seco...

Tomó asiento y nos invitó a hacer lo mismo, presagio de que la narración no iba a ser breve.

—Tal y como os he dicho antes —comenzó a explicar, sosteniendo cuidadosamente el pergamino entre las manos—, el hombre que escribió esto no afirma conocer en ningún momento la ubicación final del *T-aurus*. De hecho, ni lo menciona.

—Me está mareando, profe. Hace un momento dijo que estaba seguro de que ahí estaba descrito el camino hacia el *T−aurus* −indiqué, señalando el manuscrito−. ¿En qué quedamos?

—Si me dejas acabar, te lo explico −dijo levantando una ceja y, tras asentirle con la mirada, prosiguió−: Como ya sabéis, nuestro hombre huyó de Mallorca con Jaume Ferrer, con el fin de evitar que este documento cayese en manos ajenas. Navegó hacia el sur, bordeando África hasta llegar a la desembocadura del río Senegal y, siguiendo su curso a lomos de camello, alcanzó el río Níger y luego la ciudad de Tombuctú, donde tratándose de un hombre ilustrado debió de sentirse como pez en el agua. Allí pudo vivir durante años hasta que, imposibilitado para regresar, decidió guardar el pergamino por el que había arriesgado su vida en el interior de la talla de ébano que encontramos en Tabrichat −hizo una pequeña pausa, rememorando sin duda la odisea que pasamos para dar con ella−. Como también os he dicho antes, el manuscrito es una detallada descripción de cómo llegar a un lugar de suma importancia para la orden, y puesto que parece ser que quien lo redactó no sabía dónde fue a parar el tesoro, solo se me ocurre otra posibilidad.

—¿Qué posibilidad? −preguntó Cassandra, sin poder contenerse.

—Pues, sin temor a equivocarme, diría que aquí tenemos descrita la localización exacta de un asentamiento templario hasta ahora desconocido.

Me quedé mirando al profesor, intentando contener una creciente marea de decepción.

—¿Y qué interés puede tener eso? Según me explicó en una ocasión, el Temple se extendía por toda Europa y poseían centenares de asentamientos, de Lisboa a Jerusalén.

Agachó la cabeza por un momento y pude ver cómo iba tomando forma en sus labios una sonrisa ladina.

—Bueno −dijo con un brillo de excitación en los ojos−, lo curioso de este asentamiento en particular es que yo diría, tras examinar el pergamino, que no se encontraba precisamente en este barrio.

Intrigado por la insinuación del profesor, dirigí toda mi atención al pergamino, tratando de descubrir el significado de sus palabras.

Éste, en sí, era una lámina de considerable grosor y del tamaño aproximado de un folio. Poseía un tacto extraño, a medio camino entre la piel curtida y el papel, y presentaba una pigmentación de color marfil, como una cuartilla que se hubiera quedado al sol durante demasiado tiempo. Sobre ella, alguien, setecientos años atrás, había redactado unas pocas líneas y, ocupando la mayor parte de la hoja, había trazado también un sencillo mapa, representando una curiosa bahía prácticamente cerrada al mar por un brazo de tierra. Junto a ella aparecía la desembocadura de un caudaloso río que, siguiendo un enrevesado rumbo sureste a través de una llanura salpicada de antiguos meandros transformados con el tiempo en irregulares pantanos, ascendía serpenteando hacia su nacimiento en una región ilustrada con lo que parecían ser verdes montañas.

Pero lo que atrajo toda mi atención al examinar el escueto plano es que en dicha zona montañosa, justo en medio de un meandro tan pronunciado que casi convertía el lugar en una isla, aparecía dibujada, como una contradicción en sí misma, lo que a todas luces parecía ser una pirámide escalonada pintada de rojo intenso... con una inconfundible cruz templaria despuntando en su cúspide.

36

La tarde había dejado paso a la noche y, bajo la amarillenta luz de las lámparas de la sala, continuábamos sentados alrededor de la misma mesa, con el mismo maremágnum de documentos esparcidos desordenadamente y la misma duda sin resolver que una hora antes. ¿A qué parte del mundo correspondía el escueto mapa que teníamos frente a nosotros?

Mientras el profesor y yo nos comíamos unos tallarines tres delicias que nos habían traído desde el chino de abajo, Cassie releía por tercera vez consecutiva la trascripción del breve texto que acompañaba al mapa.

—Partiendo de la encomienda de La Rochelle y navegando hacia el sur —leía en voz alta—, se arriba a las ínsulas afortunadas, donde las naves pueden repararse y los hombres recoger alimentos para la larga travesía. Desde allí, siguiendo siempre la sombra del mástil al amanecer, con la gracia de Dios se arribará en treinta o cuarenta jornadas a las costas de la terra incógnita. Una vez superadas las pequeñas ínsulas pobladas de salvajes, se navegará siempre bordeando la costa hacia el norte, hasta la Ciudad del Alba, donde se arribará con humildad y se entregarán presentes a su poderoso rey en nombre de la orden. Entonces, se continuará costeando durante cinco o seis jornadas hasta llegar a la laguna de los tiburones, donde se desembarcará para remontar el río tumultuoso, y tras quince jornadas más a pie, a través de espesos bosques poblados por extraños animales, alcanzar el lugar al que el Señor nos ha guiado.

El texto no estaba firmado, ni tenía fecha ni indicación alguna del lugar donde había sido redactado, hecho extremadamente inusual en cualquier documento de la época, y más aun tratándose de uno tan relevante como el que teníamos ante nosotros.

—La verdad —dijo Cassie, levantando la vista del pergamino— es que el tipo no da muchas pistas. Todo es muy vago: islas de salvajes, una laguna, un río... ¡Podría ser cualquier lugar entre Venezuela y Estados Unidos!

—Bueno, no tanto —comenté, con un fideo asomándome por la boca y señalando el mapa que tenía delante con los palillos—. Puesto que encontramos el anillo y la campana de un barco templario cerca de Honduras, yo diría que el área de búsqueda podría restringirse a unos mil o dos mil kilómetros de costa centroamericana, a partir de Honduras y hacia el norte.

El profesor levantó un dedo.

—Además —apuntó—, tenemos la referencia a la *Ciudad del Alba*. Si descubrimos a qué lugar se refiere, creo que podremos encontrar todo lo demás.

—En ese caso —dijo enérgicamente la mexicana, levantándose de la silla—, pongámonos manos a la obra. Si no tenéis inconveniente, me conectaré a Internet y trataré de dar con alguna referencia a esa misteriosa ciudad, y vosotros podéis buscar los ríos y lagunas de la zona que puedan encajar en el patrón de búsqueda.

—¡Señor, sí señor! —contesté imitando un saludo militar.

Ella se limitó a sacarme la lengua y, dándose media vuelta se metió en el despacho del profesor.

Sorprendidos ante el súbito ímpetu de la mexicana, acabamos con rapidez con lo que quedaba de la cena y nos pusimos a trabajar sobre un detallado atlas mundial de la *National Geographic Society*.

En poco más de media hora ya teníamos detallados todos los ríos y lagunas costeras desde la Costa de los Mosquitos hasta Texas, y apenas habíamos terminado, cuando regresó Cassandra con expresión satisfecha.

—¿Qué tenéis? —preguntó.

—Pues hemos encontrado más de veinte lagunas costeras en la región —dijo el profesor—, pero solo siete de ellas están cerca de algo que pueda considerarse un *río tumultuoso*. Aunque en setecientos años pueden haber cambiado mucho los caudales, y lo que hoy es un río navegable, quizás antes era solo un arroyuelo, o viceversa.

—¿Pero hay alguno especialmente prometedor?

—Bueno... tenemos el río Bravo, que recorre la frontera entre los Estados Unidos y tu México lindo —señalé, pasando el índice por el mapa—; el Usmacinta, que desemboca en el sur de México pero que nace en Guatemala; el río Polochic, que también nace y muere en Guatemala, y el río Coco, que hace de frontera natural entre Honduras y Nicaragua. Yo descartaría el primero, por ser una zona totalmente conocida y demasiado desértica para concordar con la mención de un «*bosque espeso poblado por extraños animales*», pero los otros tres se remontan por regiones montañosas tropicales, en gran parte inexploradas, y en las que podría encontrarse perfectamente una ciudad entera perdida en la selva.

Cassie asintió con la cabeza.

—Constantemente se descubren nuevos vestigios de emplazamientos mayas en la selva que cubre Chiapas y el Petén guatemalteco —se acercó al mapa, y dio unos golpecitos con el dedo sobre la zona que acababa de mencionar—. De hecho, cada año se han de cambiar los mapas de registro de yacimientos arqueológicos de la región, de tantas novedades que aparecen.

Tras decir eso, se quedó callada, mirándonos al profesor y a mí, con una sonrisa descosiéndose por las comisuras de su boca.

—¿Y tú, qué tal? —le pregunté, al intuir que estaba ansiosa por que lo hiciera.

—Pues no ha ido mal —contestó con simulada indolencia—. Al principio me desesperé un poco al no hallar ninguna referencia a un lugar llamado *Ciudad del Alba*, pero al poco caí en la cuenta de que ese nombre, si tuvo un origen templario, se habría perdido con el tiempo, así que solo me quedaba otra posibilidad.

—¿Cuál? —preguntó el profesor, interesado.

La arqueóloga se apartó el pelo de la cara con un suave gesto.

—Pues que el nombre fuera una traducción del original en lengua indígena.

—Muy lista —dijo el profesor, pero levantando una ceja agregó—: Pero, que yo sepa, en lo que ahora es México y Centroamérica convivían antes de la llegada de los españoles decenas de pueblos distintos, cada uno con su propio dialecto. ¿Cómo sabías en qué idioma buscar?

—Bueno, lo cierto es que tuve algo de ayuda. Hice una breve llamada a un colega que, utilizando el ordenador central de la Universidad de México D.F., introdujo el nombre en español y le apareció traducido en todas las lenguas indígenas que se hablan desde Texas a Panamá. Luego me envió la lista por e-mail, y aquí la tengo —dijo poniendo encima de la mesa una hoja que ya había visto que llevaba en la mano al salir del despacho.

—¡Estupendo! —exclamó el profesor.

—Ahora —prosiguió Cassandra tranquilamente—, solo nos queda cotejar estos nombres con lugares conocidos de la costa caribeña, y tendremos nuestra *Ciudad del Alba*.

Nos pusimos a ello con entusiasmo. Dividimos la lista entre los tres, y repasamos todos los nombres que aparecían en la costa caribeña del istmo centroamericano en busca de un nombre que coincidiese, o se asemejase fonéticamente, a alguna de las traducciones de *Ciudad del Alba*.

No tardamos ni media hora en dar con lo que buscábamos.

—¡Lo tengo! —exclamé.

Los dos se abalanzaron sobre el mapa, leyendo el nombre al que apuntaba con el dedo.

—¡Túlum! ¡Claro! —prorrumpió Cassie, golpeándose con la palma de la mano en la frente—. ¡Por supuesto!

—Pareces estar muy segura de que es esta la ciudad —observé, sorprendido por su reacción.

—En realidad no se trata de una ciudad —expuso emocionada—, sino más bien de un inusual castillo costero maya del periodo posclásico. Estuvo habitado desde el siglo X al XVI, con lo que encajaría con el periodo de los Templarios y, por añadidura, según las últimas investigaciones, parece ser que tenía una especie de muelle para las embarcaciones de los pescadores, por lo que habría sido el lugar ideal para que recalaran allí los barcos de la orden.

—Si tú crees que ese es el lugar, entonces, no nos queda más que calcular la distancia hasta la «*Laguna de los tiburones*» —me volví hacia el profesor—. Profe, ¿a qué velocidad cree usted que navegarían las naves de aquella época?

—No es fácil saberlo —contestó a contrapié—. La información sobre las embarcaciones medievales es muy limitada y, según un estudio reciente, la forma de los cascos se...

—Aproximadamente, profesor —le interrumpí, agachando la cabeza—. Aproximadamente.

Se rascó la frente, pensativo.

—Entre cuatro y seis nudos —sugirió al cabo de un minuto—, pero es solo una opinión.

—A mí me vale —contesté, y seguidamente busqué un lápiz y empecé a hacer números en el margen del mapa—. A ver... un nudo son aproximadamente 1,8 kilómetros por hora, que multiplicado por cuatro son 7,2 kilómetros por hora, que por veinticuatro horas al día nos dan 172 kilómetros diarios, que si lo multiplicamos por los cinco o seis días que menciona el texto, nos dan entre 860 y 1032 kilómetros de distancia. ¿Alguien tiene una regla a mano?

—Perdona, Ulises —intervino el profesor—, pero es el cálculo más arbitrario que he visto en mi vida. No has tenido en cuenta ni los vientos, ni las corrientes, ni...

—Ya le sé, profe —contesté sin mirarle, mientras me hacía con una pequeña regla y empezaba a medir distancias a partir de Tulum—, pero nos servirá como algo aproximado y para descartar opciones.

Hice unas cuantas líneas a lápiz sobre el mapa, convertí los centímetros a kilómetros y cuando lo vi claro me eché hacia atrás en la silla, satisfecho.

—¿Bueno? —inquirió Cassie, al ver que me tomaba mi tiempo.

—Buenísimo.

—No mames, te pregunto qué has descubierto.

—Ah, eso. Pues hay dos ríos caudalosos que desembocan cerca de lagunas marinas en las distancias correctas partiendo desde Túlum: el río Usmacinta a novecientos kilómetros, y el río Coco, a poco más de mil.

—Pero tú ya sabes cuál es el correcto, ¿a que sí? —aventuró el profesor, viendo mi actitud satisfecha.

—Ha sido fácil. El texto indica que llevaban rumbo norte hasta llegar a Túlum, por lo que lo lógico es pensar que seguirían en la misma dirección, y si os fijáis en el mapa, veréis que uno de los ríos está al sur y al otro se llega costeando en dirección norte. Así que, por eliminación, queda claro quién es nuestro candidato ganador: el Usmacinta.

—Es un río enorme —afirmó el profesor.

—Más de mil kilómetros desde su nacimiento en la Sierra de los Cuchumatanes hasta su desembocadura en la Bahía de Campeche —confirmó Cassandra, respondiendo a una pregunta no formulada—. Aun sabiendo en qué río buscar, es muy difícil que localicemos el lugar exacto.

—Está claro —apunté, apoyando los codos en la mesa— que el tipo que escribió esto no quería que nadie lo encontrara.

El profesor carraspeó ligeramente.

—Yo más bien diría que este pergamino estaba destinado a alguien que pudiera comprenderlo, y en la Edad Media ese alguien debía de ser por necesidad un buen cartógrafo, que por aquel entonces era sinónimo de templario —se echó hacia atrás, juntando la yema de los dedos—. Pensad que en aquellos tiempos casi nadie sabía leer, y aun menos interpretar un mapa tan esquemático como este. Hace un siglo nadie podría haber hecho esto que estamos haciendo ahora estudiando mapas y referencias lingüísticas.

—En ese caso —consideré, tratando de dar por concluida la disertación—, demos gracias al cartógrafo anónimo por su celo y pongamos manos a la obra.

Tomé el pergamino y lo puse junto al detallado mapa que incluía Guatemala y el sur de México.

—La escala es demasiado pequeña para compararlos —señalé contrariado—, y este río tiene más curvas que un especial de *Playboy*.

—Pues es el mejor que tengo —se excusó el profesor.

—Por eso no os preocupéis —nos tranquilizó Cassandra—. Conozco un par de direcciones en Internet con mapas muy precisos de la zona.

Sin perder un instante, entramos en el despacho, y con Cassie al teclado nos sentamos los tres frente al ordenador. Tecleó una dirección web y, jugando con el ratón, hizo aparecer en pocos segundos un mapa topográfico del curso del Usmacinta.

—¿Por dónde empezamos a buscar? —preguntó volviéndose en la silla—. ¿Por el nacimiento o la desembocadura?

—Por ninguno de los dos —contesté—. El pergamino habla de una marcha río arriba de quince días, lo que viene a ser entre doscientos y cuatrocientos kilómetros, en función del terreno y la carga que llevaran. Busquemos a partir de ahí.

Utilizando un eficiente sistema para medir las distancias sobre el terreno a partir del trazado que se marcaba con el ratón, determinamos restringir la búsqueda al tramo de río comprendido entre la ribereña población de *Emiliano Zapata* y una aldea con el premonitorio nombre de *La Lucha*.

Cassandra amplió al máximo el detalle del mapa, en el que aparecían representados hasta los más insignificantes arroyos y senderos. Lentamente, desplazaba la pantalla de norte a sur siguiendo el tortuoso rumbo del Usmacinta; por la amplia llanura de Tabasco primero, y luego ya ejerciendo como frontera entre México y Guatemala, ascendiendo a través de un suave valle que se iba abriendo a medida que se acercaba al altiplano guatemalteco.

Ya empezábamos a ponernos nerviosos por no encontrar ninguna sección del río similar a la representada en el mapa, cuando al llegar a la penúltima curva del río, dentro de los límites que nos habíamos impuesto, el corazón me dio un vuelco.

—¡Alto! —grité, tan cerca del oído de Cassie que dio un respingo—. ¿Veis lo mismo que yo?

Sin duda así era, pues ambos se habían quedado con la boca abierta.

—Es extraordinario —dijo el profesor, tomando una fotocopia del mapa del pergamino y colocándolo junto a la pantalla—. Coinciden perfectamente.

Observé que, justo en medio del pronunciadísimo meandro en forma de herradura, aparecía un curioso símbolo con un extraño nombre al pie.

—¿Y eso qué significa? —pregunté señalando con el dedo en la pantalla.

—Eso significa —respondió Cassandra, desconcertada— que tenemos una suerte increíble.

—¿A qué te refieres?

Se volvió a medias en la silla.

—Me refiero a que ese dibujito indica un yacimiento arqueológico, y uno bastante grande, por cierto —hizo una pausa y se volvió de nuevo hacia la pantalla—. Eso de ahí, es la antigua ciudad maya de Yaxchilán.

37

El DC–9 de Aviateca sobrevolaba lo que a primera vista parecía un océano verde cubierto por la bruma de la mañana. Una vasta extensión esmeralda sin ningún tipo de relieve y que parecía no tener límites. El avión hacía rato que había iniciado su descenso, pero por más que pegaba la cara a la ventanilla no podía ver ningún sitio donde pudiéramos aterrizar. Es más, hacía ya media hora que no veía entre aquella maraña vegetal rastro alguno de civilización, ya fueran carreteras, núcleos urbanos o una simple cabaña, nada. Diríase que el piloto estaba dispuesto, en lugar de a tomar tierra, a tomar copas. Las de los árboles, para ser exactos.

No fue hasta segundos antes de oír el chirrido del tren de aterrizaje sobre el asfalto, cuando entreví un grupo de chaparros edificios blancos, rodeados de antenas y radares, como primera señal de que estábamos llegando a algún sitio. Rodamos por la pista frente a un nutrido grupo de helicópteros militares, hasta detenernos junto a una modesta terminal que nos recibía con un *Bienvenidos a Guatemala* en grandes letras rojas. Solventamos los trámites aduaneros con sorprendente rapidez y sin «propinas» de por medio, y casi sin darnos cuenta nos encontramos en el exterior del aeropuerto con las mochilas en la acera y bajo un sol tropical, que ya a primera hora empezaba a golpear con dureza.

–La chingada –imprecó Cassie, mirando al sol con una mueca–. Aquí también la vamos a sudar.

–Quita, mujer –repuso el profesor–. Comparado con el Sahara, esto es un balneario.

–Bueno, sea como sea, tenemos que buscar un transporte inmediatamente –sugerí, añadiendo tras echarme la mochila a la espalda–. Así que en marcha.

Tomamos un desvencijado taxi que, aun renqueando, en menos de cinco minutos nos dejó frente a la terminal de Transportes Pinita, en el centro de la destartalada localidad de Santa Elena: un polvoriento pueblo de frontera justo en medio de la selva del Petén. Se me ocurrían pocas actividades a llevar a cabo en aquel lugar que no estuvieran relacionadas con la arqueología o el contrabando de madera y animales exóticos.

Y, definitivamente, pocas de las personas que nos cruzamos por la calle tenían aspecto de arqueólogos.

Indagando por los alrededores de la terminal, nos costó poco encontrar a un conductor que aceptara llevarnos en su pickup a donde quisiéramos, a cambio, claro está, de un buen fajo de dólares americanos. Con Mario —que así se llamaba— como cicerone, dedicamos casi toda la mañana a comprar todo el equipo que creíamos poder llegar a necesitar y que no pudimos traer en avión por razones obvias: picos, palas, machetes, cuerda, tres hamacas, agua embotellada y provisiones. Lo fuimos cargando todo en el Toyota Hilux de doble cabina, hasta que decidimos que teníamos suficiente para sobrevivir un par de semanas en medio de la selva. Una vez lleno el depósito de gasolina del vehículo, partimos de inmediato con rumbo sur, en dirección a la población de Campamac, a la orilla del río La Pasión; un afluente del Usmacinta donde teníamos previsto conseguir una lancha que nos llevara a nosotros y a todo nuestro equipo río abajo, hasta las ruinas de Yaxchilán.

El pickup traqueteaba por el camino de tierra que atraviesa parte de la indómita selva del Petén, en dirección suroeste desde Santa Elena hasta Cobán, algunos miles de baches más adelante. Si existía un infierno para los riñones debía de ser muy parecido a aquella carretera. Aunque, a pesar de todo, las molestias eran compensadas con creces por la asombrosa experiencia de transitar entre dos muros de vegetación que alcanzaban fácilmente los treinta y cuarenta metros de altura. La carretera —por llamarla de algún modo— hería la selva a modo de cicatriz polvorienta, fuera de lugar, tan incoherente con el entorno como el incómodo automóvil en que viajábamos.

—Lástima... —musitó Cassandra, asomada a la ventanilla.

—¿El qué? —pregunté yo.

Ella se volvió, sorprendida de que la hubiera escuchado.

—No, nada —dijo quitándole importancia—. Es solo que hemos pasado a tiro de piedra de la ciudad más grandiosa de la civilización maya, y me hubiera gustado ir a verla.

—¿Te refieres a Tikal?

—Sí, la mítica Tikal —asintió—. Me han dicho que solo Machu-Pichu es comparable en arquitectura y entorno.

—Debe de ser impresionante.

—Ha de serlo —afirmó convencida—. Hasta George Lucas la escogió como localización para la película *Star Wars*.

Le tomé la mano y medio sonreí.

—De cualquier modo, por si te sirve de consuelo, te diré que tengo el presentimiento de que en Yaxchilán nos vamos a hartar de cultura maya.

—¿Por qué lo dices?

—Pues porque aparte de lidiar con jeroglíficos mayas y acertijos Templarios, apuesto a que todo bicho que pique, arañe o muerda, estará esperando con los brazos abiertos nuestra llegada. Y ellos sí que saben hacer buenos recibimientos.

...aunque sea grande mi dolor,
por ti te olvidaré.
Yo no tengo la culpa, noooo
Siempre te quise.
Me engañaste,
tú me engañasteeee
Fuiste mala, mala con mi amor
Yo no tengo la culpa, noooo
Siempre te quise

Mentiste, tú te reíste
de mi pobre corazoooon...

Nos despedimos por fin de Mario −y de su inacabable CD de grandes éxitos de *Los Machos de Culiacán*, con el que nos había torturado durante todo el camino− al alcanzar la orilla sur del río La Pasión, tras padecer casi tres horas de traqueteo para cubrir menos de sesenta kilómetros de polvo y baches. Descargamos todo el equipo en el pequeño embarcadero de la localidad y, tras estirar las piernas y desayunar pollo con plátano frito en una rústica cabaña que hacía las veces de bar de carretera, empezamos a buscar algún barquero que tuviera una lancha lo suficientemente grande para llevarnos a nosotros y todo nuestro material río abajo.

En menos de una hora ya surcábamos el Usmacinta a bordo de un cayuco a motor, sorteando las enormes rocas que aparecían inesperadamente tras cualquier recodo y encarando los innumerables rápidos con decisión, gracias al profundo conocimiento que Pablo, nuestro barquero, tenía del tumultuoso río.

Aprovechando un tramo tranquilo, me acerqué al lanchero con mucho cuidado de no desestabilizar la embarcación.

−¡No imaginaba que el Usmacinta fuera tan turbulento! −le grité, intentando hacerme oír por encima del ruido del motor.

−¡Esto no es nada, don! −gritó a su vez−. ¡A partir del lugar en que los dejo, el río se pone aún más bravo!

−¡En ese caso −vociferé de nuevo−, me alegro de que no tengamos que ir más allá, porque ya esto me parece bastante peligroso.

Pablo, con la mano en la caña del fuera borda, asintió con la cabeza y volvió a centrar su atención de nuevo en el río, pues algo más adelante la corriente cambiaba de ritmo de nuevo y se transformaba en un caos de espuma blanca y aguas marrones rugiendo sobre los amenazadoras escollos que, a menudo, llegaban a ocultarse peligrosamente a la vista.

El complicado descenso del río se prolongó durante más de cinco horas, y ya estaba atardeciendo cuando Pablo redujo las revoluciones del motor hasta un nivel que permitía oír los ruidos de la selva que nos rodeaba. Señalando una impresionante mole de piedra gris parcialmente cubierta de vegetación que sobresalía por encima de la copa de los árboles, gritó una sola palabra, con una mezcla de admiración y temor en la voz.

—¡Yaxchilán!

Desembarcar todo lo que traíamos con nosotros en la orilla de una tupida selva, anocheciendo, y con todos los mosquitos del mundo tratando de acribillarnos, no se correspondía con el romántico desembarco que había imaginado durante todo el camino. Pero estaba seguro de que al día siguiente, por la mañana, me resarciría con creces.

Tras despedirnos de Pablo, pagarle, y emplazarlo para que regresara en dos semanas con más provisiones, nos quedamos los tres observando cómo se alejaba la lancha, mientras tomábamos conciencia de que, a partir de ese momento, nos encontrábamos totalmente solos y sin posibilidad de contacto alguno con el resto del mundo.

Al cabo de unos instantes, saliendo de mi estado contemplativo a fuerza de picaduras de mosquito, escarbé en mi mochila y abrí la bolsa del botiquín.

—Toma esto —dije, acercándole una botellita llena de líquido rojo a Cassandra—, úntatelo por toda la piel que tengas expuesta.

—¿Qué es? —preguntó, iluminándolo con su frontal.

—Oraldine. Es algo pegajoso, pero evitará que te piquen los mosquitos.

Levantó la vista y clavó en mí la luz que llevaba en la frente.

—¿Enjuague bucal? ¿Estás de broma? ¿No tienes un repelente como Dios manda?

—Confía en mí, Cassie. Aquí hay muchos tipos de mosquitos, tábanos y jejenes que salen a comer a la puesta de sol, y no hay repelente en el mundo que los ahuyente a todos. Si te pringas con esto –dije señalando el frasco–, te garantizo que no habrá bicho que se te acerque.

–Menudo asco –resopló con desagrado–. Pero, en fin, si es la única opción lo haré con tal de que no me coman viva.

Cuando terminó de embadurnarse le pasé la botella al profesor, que la recibió con idéntico escepticismo, y por último me apliqué el líquido a mí mismo, tras lo cual sugerí que nos hiciéramos una buena cena y nos fuéramos a descansar lo antes posible, pues el día siguiente se antojaba intenso.

Cenamos unos espaguetis con salsa boloñesa a la luz de los frontales, envueltos en una increíble nube de insectos voladores que, aunque no llegaban a picarnos, resultaban tan molestos con su incesante zumbido e insidiosa presencia que estuvimos tentados de dejar la comida a medias y refugiarnos en las aguas del río. Afortunadamente, cuando la noche se hizo dueña absoluta de la selva, el ataque aéreo remitió, permitiéndonos tomar nuestras hamacas y colgarlas de algunos de los numerosos árboles, formando un semicírculo alrededor del pequeño claro que habíamos usado como cocina.

Una vez hube terminado con la mía, asegurándome de la resistencia de los troncos a los que la había atado, unté las cuerdas que había usado con algo de aceite para evitar el acceso a las hormigas, y me acerqué a echar una mano a mis compañeros de acampada.

Comprobé que Cassandra, seguramente fruto de su experiencia en trabajo de campo, tenía perfectamente instalada la suya, por lo que me arrimé al profesor que, agachado, acababa de dar las últimas vueltas de la cuerda alrededor del tronco.

–Perdone, profe. Pero me temo que va a tener que montarla de nuevo.

Éste se volvió, deslumbrándome con su frontal.

–¿Montarla de nuevo? ¿Y se puede saber por qué? A mí me parece que está perfecta.

—No, si no está mal instalada. El problema es que está demasiado cerca del suelo.

Se volvió hacia su hamaca, comprobando la distancia que la separaba del terreno.

—A mí me parece bien, no quiero darme un costalazo al levantarme por la mañana.

—Bueno, usted sabrá —dije encogiéndome de hombros—. Pero en cuanto se suba en ella, su peso hará que baje uno o dos palmos, y sabiendo que por aquí abundan los jaguares y algunas de las serpientes más venenosas del mundo, por no hablar de tarántulas, escorpiones y otros simpáticos animalitos del bosque, yo en su lugar la elevaría un poco. Pero si a usted eso no le preocupa, adelante, yo no le voy a obligar a nada.

Dicho lo cual, me di la vuelta y empecé a prepararme para la noche al tiempo que oía a mi espalda los reniegos del profesor y el roce de cuerdas sobre la corteza de un árbol.

Poco después cerraba la mosquitera de mi chinchorro y caía vencido por el cansancio, logrando tan solo dar un inaudible «buenas noches» antes de permitir que el agotamiento se apoderara de mí. Entonces, rodeado de la más impenetrable oscuridad, comencé a percibir los infinitos sonidos de la selva. Los aullidos de los monos, el aletear de alguna ave nocturna o el ocasional movimiento de algún arbusto cercano, revelando los movimientos de algún roedor inofensivo. Y me dormí recordando —como me había explicado años atrás un biólogo costarricense— que los temidos jaguares son siempre asesinos silenciosos, y la primera señal que se llega a advertir de su presencia suele ser también la última.

Los primeros rayos de luz de la mañana trataban de abrirse camino entre el espeso dosel de millones de hojas que, como una sólida bóveda, cubría totalmente el cielo de la selva. Escandalosos guacamayos parloteaban desde sus elevadas atalayas, y una familia de monos carablanca nos observaba con curiosidad desde una ceiba cercana.

Tumbado aún en la hamaca, contemplaba a un precioso tucán volar raudo entre los árboles cuando, rompiendo la armonía de la mañana y mandando callar a todo ser viviente en los alrededores, un poderoso rugido vibró en el espeso aire de la jungla, haciendo que se me erizara el cabello de la nuca y sacándome de golpe de la modorra matinal, en la que tan a gusto me encontraba.

—¡Dios mío, un jaguar! —gritó el profesor, aterrorizado.

—Tranquilícese, profe —dije—. Eso no es ningún jaguar.

—¿Cómo que no? —exclamó, acurrucado en su chinchorro—. ¿Me vas a decir que era un gato? ¡Pero si se han movido hasta los árboles!

—Tampoco es un gato, profe. Se trata de un mono.

Aun sin verle la cara, sabía que en ese momento fruncía el ceño en el interior de su hamaca.

—¿Me tomas el pelo? ¡Los monos no rugen!

—Es verdad, profesor —intervino Cassie—. Lo que acaba de escuchar es la señal de advertencia de un macho de mono aullador dejando bien claro que este es su territorio.

—¡Pues menudo susto me ha dado el puto mono! ¡Casi me meo en los pantalones! —exclamó furibundo, escudriñando entre los árboles tratando de distinguir al simio de marras.

—Es normal. Si le sirve de consuelo, a todo el mundo le pasa lo mismo la primera vez que lo oye.

Despejados totalmente a causa del impresionante rugido, nos pusimos en pie y, tras revisar cuidadosamente ropa y calzado, nos vestimos; algo sorprendidos por el fresco de la mañana que, en contraposición con el agobiante calor húmedo de la noche, nos obligaba a ponernos encima la escasa ropa de abrigo que habíamos traído con nosotros.

—Qué asco de noche —perjuró Cassandra—. Entre la falta de costumbre de dormir en chinchorro, el jaleo de la fauna nocturna, el calor, y el asqueroso enjuague bucal que me hacía sentir aún más pegajosa, apenas he dormido un par de horas.

—¿Un par de horas? —inquirió el profesor—. ¡Menuda suerte! Yo no he pasado de diez minutos.

—Perfecto —comenté, mientras me preparaba para hacer un café—. Así cogerán la cama con más ganas esta noche.

—Menudo consuelo —masculló el profesor.

Cassie se acercó a su mochila y tras rebuscar un poco sacó una toalla.

—Pues antes de desayunar voy a darme un baño al río —dijo resuelta—. No soporto un segundo más seguir así de pringosa.

—Ten cuidado con la corriente —le advertí, levantando la vista del fogón—, y con los caimanes.

—En la playa donde desembarcamos no hay corriente y, además, con el hambre que tengo, más les vale a los caimanes tener cuidado conmigo. Así que hasta luego —y dándose la vuelta cuando ya se alejaba, añadió—: ¡Ah, y las tostadas me gustan con mantequilla, y los cruasanes, bien calientes!

Después de llenar el estómago, dejar las provisiones a salvo de los depredadores y de los cleptómanos coatíes, llenar las cantimploras y meter el material de estudio que necesitábamos en las mochilas, nos encaminamos hacia las cercanas ruinas de Yaxchilán.

Avanzábamos con precaución por un pequeño sendero fijándonos muy bien dónde poníamos los pies, pues no queríamos pisar inadvertidamente alguna serpiente venenosa, como la *cabeza de cobre*, que nos había asegurado Pablo eran más corrientes aquí que las hormigas. La senda transcurría paralela al río entre la espesa maleza, sobre la que se alzaban inmensas ceibas, caobos o cedros rojos, y a los diez minutos de emprender el camino comenzamos a descubrir las primeras ruinas de los antiguos mayas. Al principio, tan solo eran unos montículos de piedra apenas insinuados bajo una cubierta de maleza, pero doscientos metros más adelante nos encontramos en lo que debió ser siglos atrás una impresionante plaza cuadrada, rodeada de sólidos edificios de planta rectangular y fachadas escalonadas, como gradas de gigantes rematadas con pequeños cubículos de piedra pulida, en los que ya en la distancia se distinguían infinidad de glifos mayas tallados en sus muros. La plaza en sí estaba ocupada por un par de docenas de espigados árboles, que clavaban sus raíces entre los resquicios de las lajas que cubrían el suelo. Se entreveía, algo más adelante, una segunda plaza de similares proporciones abriéndose tras un pequeño estrechamiento. Caminábamos en silencio, sobrecogidos, incapaces de articular una sola palabra que pudiera expresar lo que sentíamos en ese momento. Tan solo rompía el sagrado silencio del lugar el rumor del Usmacinta, que corría a nuestra derecha a menos de cien metros de las ruinas, o el aletear de los guacamayos, normalmente escandalosos, pero que en aquel lugar parecían temerosos de hacer el menor ruido.

Nunca había estado en un lugar parecido, y sentí que el corazón se me encogía ante la magnificencia de una obra colosal en su magnitud, e inexplicable en su concepción. No había contemplado un lugar levantado por hombres que se pudiera comparar con aquello. Resultaba totalmente ajeno a mi experiencia. Era como si me encontrara en una película de ciencia-ficción, visitando otro planeta.

Además, estaba aquel silencio irreal.

Era una ciudad muerta desde hacía siglos, pero su imponente presencia nos amedrentaba como si se tratase de algo vivo y amenazador.

Casi con reverencia, continuamos caminando, explorando el lugar en silencio y acercándonos respetuosos a cada estela de piedra o relieve que encontrábamos, con el fin de sacar fotos con la cámara digital que habíamos traído al efecto.

Dedicamos toda la mañana a descubrir el lugar, y a mediodía ya teníamos una idea aproximada de la distribución de los edificios, e incluso un plano básico. En él habíamos trazado la situación de los templos, lo que parecían viviendas de piedra de nobles o sacerdotes, y una buena parte de las estelas de piedra que nos habíamos encontrado; la mayoría de ellas atiborradas de extraños dibujos y símbolos para mí indescifrables. Si bien, lo más majestuoso dentro del conjunto era, sin duda, la pirámide que se alzaba sobre una solitaria colina, a un costado de la primera plaza que nos habíamos encontrado. Era la misma que habíamos visto la tarde anterior al acercarnos por el río, sobresaliendo por encima de los árboles y que, vista de cerca, resultaba aún más imponente, pues su cúspide se hallaba rematada por una gran estancia de con tres entradas frontales y enteramente labrada con jeroglíficos mayas. Desde allí se tenía una perspectiva privilegiada de todo el complejo, apreciándose la ambición de sus constructores y su clarividencia al situarlo en el interior de una prominente curva del río, dejando solo un estrecho pasillo de tierra firme fácilmente defendible como único acceso a la ciudad.

Con la caída de la tarde decidimos regresar al campamento. Descendimos desde la «pirámide de la colina» por una larguísima escalera de piedra que nos llevaba hasta una inhiesta estela al pie mismo de la loma, y a un costado de lo que habíamos dado en llamar la «plaza central», desde donde desanduvimos el camino de la mañana hasta nuestro espartano campo base.

Me ofrecí a organizar el campamento y guarnecer las provisiones, mientras Cassie y el profesor comparaban sus notas y discutían sobre el significado de lo que habían visto hasta el momento. Cuando me di por satisfecho con mi trabajo, me acerqué a ellos, y los vi a ambos inclinados sobre un ordenador portátil alimentado por una pequeña placa de energía solar, pasando al disco duro las fotografías que habían tomado y almacenándolas según el lugar donde las habían obtenido.

—Veo que os habéis centrado en los jeroglíficos. ¿Los habéis fotografiado todos?

—Que va —dijo Cassie—, apenas una pequeña parte de los que están a la vista. Nos quedan miles por fotografiar.

—Sinceramente, no acabo de entender vuestro método de trabajo. Aunque logréis recopilar todos y cada uno de esos extraños dibujos, tardaríais años en traducirlos y, aun así, puede que al final no nos proporcionaran ninguna pista sobre lo que estamos buscando.

—En eso tienes toda la razón —confesó despreocupadamente la mexicana—, y más teniendo en cuenta que ninguno de los dos —agregó, señalando a un sudoroso profesor— somos expertos en escritura jeroglífica maya.

—Me tomas el pelo.

—En absoluto, Ulises —intervino aquel—. Yo no tengo la menor idea sobre el tema, y la señorita Brooks creo que no sabe de ello mucho más que yo.

—Entonces, ¿qué demonios estáis haciendo?

—Preparar una base de datos —fue su vaga respuesta.

Al principio pensé que estaban bromeando, pero al llegar a ese punto empecé a preocuparme.

—A ver si lo entiendo... ¿Pretendéis emplear el tiempo que estemos aquí en fotografiar miles de jeroglíficos que luego no vais a poder traducir?

—Yo no he dicho eso —alegó la arqueóloga.

—¿Cómo que no? ¡Acabáis de admitir que no sabéis leerlos!

Sonriendo, Cassandra dio un par de palmaditas cariñosas al ordenador que sostenía sobre sus rodillas.

—Nosotros no —confirmó, y con algo parecido a orgullo materno añadió— ...pero él sí.

—En el fondo no es tan complicado —me explicaba la mexicana, indicándome la pantalla del ordenador—. Se trata de un programa desarrollado por unos compañeros de la facultad, que aunque aún está en fase de pruebas, han tenido la amabilidad de enviármelo por Internet.

—¿Y cómo funciona?

—La función del programa es comparar imágenes fotográficas de símbolos mayas con una base de datos propia en la que se encuentran la mayoría de dichos símbolos junto a sus posibles significados —mientras hablaba, hizo aparecer en la mitad izquierda de la pantalla uno de los jeroglíficos que había fotografiado, algo parecido a una cabeza de jaguar con una desconcertante trompa apuntando hacia arriba—. El ordenador —prosiguió— repasa todos los posibles «candidatos», determina cuál es el más probable y al cabo de pocos segundos... —un dibujo muy similar al de la fotografía se materializó en la mitad derecha— *¡tachán!*, tenemos su traducción al castellano. En este caso, se trata del signo que representa a *Zotz*, o lo que es lo mismo, el cuarto mes del calendario maya.

—Me parece increíble. Pero ¿cómo consigue el ordenador identificar un desgastado relieve impreso en una fotografía bidimensional?

—Eso es lo más curioso, porque realmente el programa no identifica nada; tan solo compara puntos de luz y sombra, y los coteja en su memoria hasta que da con uno que coincide.

El profesor Castillo, mientras tanto, asentía como si fuera algo sencillísimo.

—Sigo sin entenderlo —confesé.

—Déjame que te ponga un ejemplo: ¿Has visto alguna vez una de esas películas policíacas donde escanean una huella digital y la comparan digitalmente con la base de datos de personas ya fichadas?

—Sí, claro.

—Pues esto es lo mismo. El programa no sabe nada de simbología maya, tan solo lee los puntos de luces y sombras de una fotografía, y escoge el dibujo que tiene almacenado en el que más de esos puntos coinciden.

—Comprendo... —dije, pasando el brazo sobre los hombros del profesor—. Entonces, si en lugar de la foto de un símbolo maya, le doy al ordenador una del profe en calzoncillos…

—Te mostrará el símbolo que más se le parezca y sus posibles traducciones.

—¡Hagamos la prueba entonces!

Éste se hizo a un lado, mirándome por encima de las gafas.

—¿Y por qué no lo haces tú? Así sabríamos si los mayas tenían un símbolo para el besugo.

Ordenando la información que habíamos recopilado en nuestra primera toma de contacto con el yacimiento arqueológico y planeando nuestras acciones del día siguiente, en el que pretendíamos identificar todos y cada uno de los edificios, se hizo la tarde en la jungla y, sin solución de continuidad, le siguió la negra noche con su inquietante cacofonía animal. Siguiendo el ritual, nos untamos de elixir bucal, cenamos acorralados por una miríada de mosquitos y, en cuanto pudimos, nos refugiamos en nuestras hamacas individuales, al amparo de la frágil protección de las mosquiteras.

Nos dimos las buenas noches, apagamos los frontales y la oscuridad se hizo tinieblas.

Y desde que el hombre es hombre, lo que más le ha aterrorizado han sido sin duda las tinieblas.

Y nosotros no éramos una excepción.

Sudando en la hamaca intentábamos dormir mientras alrededor, muy cerca, los arbustos se movían, desgarradores gritos animales advertían de peligros acechando y, si se escuchaba con atención, se distinguía —o se imaginaban, que para el caso es lo mismo— incluso el roce de alargados cuerpos escamosos reptando sobre el suelo húmedo de la selva.

Resulta difícil conciliar el sueño cuando uno se sabe indefenso ante una muerte que puede llegar en cualquier momento y de muy diversas formas: por el furtivo ataque de un jaguar hambriento, la mordedura de una serpiente que no se llega a ver, o la simple picadura de un mosquito portador de la malaria o el dengue hemorrágico.

La selva es lo opuesto a la civilización. Es el otro extremo de un mundo que creemos domeñado y por el que paseamos con soberbia, amparados en nuestra absurda convicción de inmunidad.

La jungla es ese lugar en el que nos apercibimos bruscamente de que no somos más que frágiles monos sin pelo, a los que el más insignificante bichito es capaz de matar sin pedir permiso o justificarse en razón alguna. El lugar donde descubrimos la esencia de la vida y lo carente de sentido de nuestras preocupaciones cotidianas. Allí comprendes que no hay justicia divina ni libro de reclamaciones, y que, en un instante, puedes estar en la plenitud de tu existencia, y al cabo de un segundo estar muerto del todo. Sin banda sonora de violines, ni moneda para Caronte.

La selva, como la guerra, es miedo, dolor y muerte; pero es también revelación.

Es, en definitiva, la vida llevada a sus límites.

38

medianoche había caído un inesperado chaparrón que, además de remojar casi todo el equipo y la ropa que teníamos tendida, había convertido el sendero que conducía a las ruinas en un pegajoso lodazal. El profesor Castillo caminaba delante de mí, arrastrando los pies. En sus brazos distinguía el rastro de docenas de pequeñas picaduras de jejenes, y lo que hasta hacía poco era su camisa favorita, ahora no era más que un despojo de tela azul hecha jirones que, a juego con su descuidada barba, lo hacía parecer más un pobre náufrago que un respetable profesor de historia medieval.

Hacía ya once días que Pablo, el barquero, nos había dejado en la orilla de la selva. Once largos y calurosos días en los que habíamos trabajado duramente en las peores condiciones; pues mientras el profesor sufría un acceso de fiebre alta de origen desconocido —quizás un amago de malaria—, yo recibía la dolorosa picadura en mi mano izquierda de una tarántula que había decidido instalarse en mi mochila, dejándome como recuerdo una fea hinchazón y mareos con náuseas durante un par de días. La excepción era Cassandra, que no solo había demostrado adaptarse mejor al infierno verde en el que llevábamos más tiempo del que me hubiera gustado, si no que no había sufrido ningún percance con la fauna local, y a medida que su comprensión de la simbología maya cincelada en los muros de la ciudad aumentaba, lo hacía de igual modo su entusiasmo.

El contraste era notable, puesto que mientras el profesor y yo parecíamos un par de pordioseros después de una paliza, Cassie se mostraba radiante y saludable como si acabase de regresar de un balneario, empujándonos cada día al profesor y a mí a olvidar nuestras incomodidades e ignorar nuestro cansancio. Resultaba sorprendente, además, constatar cómo la mexicana había conseguido descifrar la mayor parte de los jeroglíficos utilizando el ingenioso programa de traducción maya-castellano-maya que tan útil había resultado ser. Sentada en un tronco o una piedra con el ordenador en las rodillas, tecleando con frenesí, ya había pasado a formar parte del paisaje de Yaxchilán.

A pesar de nuestra insistencia, no había querido revelarnos hasta el momento sus conclusiones con la excusa de que aún no había finalizado su estudio, y nos mandaba al profesor o a mí a sacar alguna fotografía de un jeroglífico en concreto, o a desbrozar a golpe de machete algún rincón de la ciudad. Obviamente, a esas alturas ya asumíamos que Cassie había tomado el control de la expedición, ya que, aparte de ser la única arqueóloga de los alrededores, destilaba satisfacción y optimismo, y eso era algo de lo que el profesor y yo andábamos algo escasos en aquellos días. En mi caso, a pesar de que Cassandra me aseguraba que estaba progresando mucho, yo no veía ese progreso por ningún lado, y el no haber excavado aún ni un triste agujero en el suelo sabiendo que el tesoro templario se podía encontrar bajo mis pies, disminuía mi ánimo a cada día que pasaba.

—Llevamos aquí casi dos semanas —le había señalado el día anterior—, y tengo la desagradable impresión de que estamos igual que el día que llegamos.

—¿Igual? —repuso ella.

—Sí, igual. Ni siquiera tenemos la certeza de que el tesoro se encuentre aquí, y en lugar de buscarlo por todos los medios, no tenemos más que un par de miles de fotografías que no nos llevan a ninguna parte.

—Eso no es cierto. He aprendido muchísimo sobre la historia de la Yaxchilán, y ya soy capaz de interpretar la mayoría de los glifos sin la ayuda del ordenador.

—¡Enhorabuena! Ya eres una experta. Pero te recuerdo que no nos hemos estado jugando la vida para aprender a leer grafitis de hace mil años.

–Lo sé perfectamente. Pero si queremos dar con ese pinche tesoro, primero he de confirmar las referencias escritas de su paso por aquí.

–¿Confirmar? ¿Quieres decir que has dado con algo?

La mexicana se cruzó de brazos, seria.

–En cuanto esté segura –repuso tranquilamente–, serás el primero en saberlo.

–¿Cuándo crees que podrás ser más clara?

–Me esfuerzo todo lo que puedo, pero no me pidas plazos.

–De acuerdo. Pero no olvides que estamos practicando una exploración ilegal, y si las autoridades de tu país nos descubren, lo más probable es que nos echen de aquí a patadas o nos metan en la cárcel.

Al llegar a la Plaza Central nos encontramos con Cassandra, que al parecer se había despertado mucho antes que nosotros, estudiando con detenimiento la estela de piedra enclavada al pie de las escaleras que ascendían hasta la «pirámide de la colina». Llevaba el pelo sujeto en una coleta y lucía una camiseta y unos shorts increíblemente sucios, a pesar de lo cual me pareció bellísima, rodeada de toda aquella magnificencia arquitectónica y vegetal que parecía quererla a ella tanto como despreciarnos a nosotros. Se hallaba tan absorta en la contemplación de los grabados de la piedra que no nos oyó llegar, y no fue hasta que la saludamos con un embustero buenos días cuando se volvió hacia nosotros, pidiéndonos con apremiantes gestos que nos acercáramos.

–¿Qué? –refunfuñé–. ¿Otra foto para el álbum?

Pareció no captar la ironía, y respondió con buen humor.

–¡Ya basta de fotografías! Venid a ver esto.

Nos acercamos con escasa emoción, encontrándonos frente a una serie de símbolos mayas, como ya los habíamos visto a cientos, enmarcando una extravagante escena labrada en la piedra. En ella podía verse un hombre maya tocado de plumas, con una cabeza de jaguar como sombrero y con los brazos abiertos en un claro gesto amistoso hacia la figura que tenía enfrente. Dicha figura era algo así como una serpiente alada de horribles dientes que dejaba caer en la boca de otro grotesco ser con las fauces abiertas lo que parecía ser un brillante sol con ojos, nariz y boca.

Nos quedamos un buen rato observando la talla, y al cabo, el profesor expresó más o menos lo mismo que yo estaba pensando.

—No entiendo un carajo, señorita Brooks. No sé qué quiere que vea ahí.

La arqueóloga nos miró con cierta extrañeza, percatándose de nuestra poca disposición para las adivinanzas.

—Está bien, yo os lo explico.

Puso la mano sobre la piedra, acariciándola como a su bien más preciado.

—Esto que veis aquí es una de las últimas representaciones cinceladas en piedra que se levantaron en la ciudad, cuando ya se encontraba semiabandonada y prácticamente solo era usada como centro de culto de los indios lacandones, los cuales aún siguen viniendo aquí en ocasiones especiales.

—¿Los mismos lacandones que viven en la región y que habitan en chozas de barro y paja —la interrumpí, sorprendido— son los que levantaron todo esto?

—Los mismos. Pues bien, cuando crearon esta estela, hacía siglos que había fallecido el último rey de Yaxchilán, Kinich Tatbu Craneo III.

—Con ese nombre, no me extraña que fuera el último de la dinastía.

—Unos cuatrocientos *tunes* después de su muerte —prosiguió Cassandra, obviándome—, o sea, alrededor de cuatrocientos años más tarde, sucedió un hecho insólito que empujó a los mayas a dejar constancia de ello en esta estela.

Me miró a los ojos por un momento, y adiviné que había descubierto algo.

—Lo que aquí veis, a la izquierda, parece ser un sacerdote maya con su tocado de plumas de quetzal y frente a él, a la derecha del grabado, el dios Kukulcán representado como una serpiente alada que deposita en la boca de Ah Puch, dios del Inframundo, un presente representado por Itzamaná, dios del sol y la creación. Y en estos glifos de aquí —dijo, pasando la mano sobre los complejos símbolos—, se explica que el dios Kukulcán visitó en diversas ocasiones esta ciudad a lo largo de decenas de años, y que la última vez que lo hizo realizó una gran ofrenda al dios Ah Puch, tras lo cual se marchó hacia el sur para no regresar jamás.

Con la última palabra en los labios, se dio la vuelta y nos observó orgullosa, esperando en apariencia nuestra felicitación.

—Me va a disculpar usted —dijo en cambio el profesor Castillo—, pero me estoy liando con tantos dioses, y sigo sin comprender nada.

—Excusadme. A veces doy por supuesto que estáis tan familiarizados como yo con la simbología maya —hizo una pausa para reorganizar sus pensamientos—. Veréis, el señor de las plumas, como ya os he dicho, es un sacerdote, y la serpiente de la derecha representa a la deidad más importante de la religión maya, que es más conocida por su nombre azteca, Quetzalcóatl.

—¡Un momento! —dijo el profesor—. Ese dios sí que me suena. ¿No se trata del mismo que confundieron con los conquistadores españoles?

—¡Exacto! —confirmó Cassie—. Según la leyenda, muchos siglos antes de la llegada de los españoles, un dios barbudo y de piel blanca llegó del mar desde el sol naciente, y reinó durante años en estas tierras. Hasta que, finalmente, sin mediar explicación, se fue por donde había venido, dejando, sin embargo, la promesa de regresar algún día para liderar al pueblo maya.

—¿Crees que se pudo tratar de un templario? —pregunté excitado.

—No, en absoluto —negó, meneando la cabeza—. Esta leyenda es muy anterior. Quizá se tratase de un navegante fenicio o griego, explorando los límites del mundo. De hecho —añadió—, hay quien sostiene que el héroe de la Odisea de Homero fue este mismo hombre, y que en él se inspiró el escritor de la antigua Grecia para relatar su increíble viaje.

—¿Te estás refiriendo a...?

—Sí, Ulises; a tu tocayo —asintió—. Así que desde ese momento todos los hombres barbudos de piel blanca que pisaron tierras centroamericanas fueron considerados descendientes de aquél mítico Quetzalcóatl, que había regresado para cumplir su promesa.

—Y eso fue lo que sucedió con los españoles —apuntó el profesor.

—Y quién sabe si también con los Templarios —añadí.

—A eso voy —intervino Cassandra—. Como quizá ya sabréis, los mayas tenían la obsesión de datarlo absolutamente todo: guerras, nacimientos, muertes, sacrificios e incluso ofrendas. Y, por supuesto, la que aparece en esta estela no es una excepción.

El profesor y yo guardamos silencio, expectantes, conscientes de lo que eso podía significar.

—En concreto —continuó—, esta estela, que conmemora la ofrenda realizada por Kukulcán-Quetzalcóatl, está fechada en el octavo *Tun*, del cuarto *Katun*, del undécimo *Baktun* de la primera Cuenta Larga. O lo que es lo mismo, cuatro mil cuatrocientos veintidós años después de la instauración del calendario maya.

—¿Podrías hablar en cristiano? —protesté.

La mexicana parecía satisfecha por confundirme.

—El año cero maya según el calendario gregoriano corresponde al 3114 antes de Cristo, por lo que si le sumamos los cuatro mil cuatrocientos veintidós años señalados en la estela, nos da...

—¡...el año mil trescientos ocho! —exclamó el profesor—. ¡Un año después de que las naves templarias partieran de La Rochelle!

Cassandra hizo una nueva pausa para tomar aire, dispuesta a dar emoción a su conclusión final.

—En efecto, profesor, pero eso no es todo —prosiguió, ufana—. Después de estudiar detenidamente las posibles interpretaciones del tallado y traducir la mayoría de los glifos de la estela, he llegado a una conclusión —apuntilló con aplomo académico—: Que el dios sol podría ser la representación de una gran ofrenda en forma de oro, que Quetzalcóatl simboliza a unos hombres de piel blanca que estuvieron aquí sobre el mil trescientos ocho, y que Ah Puch encarna, según la cosmogonía maya, una gran caverna en forma de profunda cisterna natural, o lo que es lo mismo, un cenote.

—Es decir...

—Es decir, que me rifaría el cuero a que nuestros amigos del Temple llegaron hasta aquí y, curiosamente, con la bendición de los sacerdotes nativos decidieron ocultar el tesoro de la orden entregándolo como ofrenda a un dios maya, lanzándolo al fondo de un cenote que, o mucho me equivoco, debería encontrarse por los alrededores.

Con un detallado mapa topográfico militar de la zona desplegado sobre una gran losa de piedra —que según Cassie había sido utilizada para realizar sacrificios humanos—, buscábamos minuciosamente cualquier pozo, caverna o cenote que se hallara en las cercanías.

—Según esto —apuntó el profesor con cierta desilusión—, el cenote más cercano se encuentra a más de cien kilómetros.

Cassandra se incorporó y cruzó los brazos, contrariada.

—Pues o el mapa no es lo suficientemente exacto, o aún no se ha descubierto ese cenote en particular —alegó— ...porque os puedo asegurar que mi análisis del grabado y las inscripciones es correcto.

—No lo dudo, pero el hecho de que ese cenote esté por aquí, si te he entendido bien, es solo una suposición tuya.

A la aludida no le hizo demasiada gracia mi comentario.

—¿Y qué crees entonces? ¿Que siguieron caminando por la selva con varias toneladas de oro a cuestas, y que el que talló la estela era un mentiroso compulsivo?

—¡Oye, no te enfades conmigo! Hemos de tener en cuenta todas las posibilidades.

—Pues la posibilidad de que me haya equivocado —repuso con genio— ya la puedes olvidar.

—Está bien —intervino el profesor, en tono conciliador—. Trabajemos sobre el supuesto de que el cenote está por aquí pero, por alguna razón, no aparece en los mapas. ¿A qué podría deberse?

Nos miramos, pero ninguno abrió la boca.

—Puede ser —aventuré con poca convicción—, que sea muy pequeño y aún no lo hayan localizado en medio de esta tupida selva.

La arqueóloga negó con la cabeza.

—Puede ser, aunque lo veo difícil. Esta zona ha sido exhaustivamente explorada y cartografiada desde hace años, tanto por arqueólogos como, sobre todo, por el ejército, y cualquier hallazgo relevante, como un cenote o una sima, sin duda habría sido incluido en este mapa.

—¿Y qué se les ha perdido por aquí a los militares? —pregunté.

Ella me miró con extrañeza.

—¿Ya has olvidado la revolución zapatista del EZLN?

—Oh, claro. Una revuelta indígena liderada por un tal subcomandante Marcos, si no recuerdo mal. Sí, por supuesto que me acuerdo. ¿Pero llegó la guerra hasta esta parte de Chiapas?

—No solo llegó, sino que aún permanece. Los guerrilleros fueron expulsados de las zonas pobladas pero vinieron a refugiarse a esta selva, y aunque su zona de acción suele estar en las montañas, de vez en cuando bajan hasta las tierras bajas como esta. De hecho —apuntó—, más de una expedición arqueológica se ha topado con ellos en alguna ocasión.

El profesor se mesó su escasa melena con visible preocupación

—¿Y qué les sucedió? —preguntó inquieto.

—Por fortuna, nada. No son salteadores de caminos, sino indígenas mayas preocupados por la supervivencia de su pueblo y su cultura. Tan solo se aseguran de que no se trata de saqueadores y los dejan en paz.

—Pero según su punto de vista —replicó, mientras su rostro reflejaba una incómoda idea tomando forma en su cabeza—, nosotros seríamos exactamente eso: saqueadores.

—En realidad, lo que nosotros buscamos no tiene nada que ver con la cultura maya. Pero sí. Puede que si nos los encontráramos, resultara complicado hacérselo entender.

—Me parece —interrumpí— que nos estamos desviando del tema. Por ahora no nos hemos tropezado con ningún revolucionario, y lo que realmente nos interesa es dar con ese cenote, así que pongámonos a pensar cómo podemos encontrarlo y dejemos de preocuparnos por aquello que no podemos controlar.

—Estoy de acuerdo contigo —dijo Cassie—, pero, desgraciadamente, no se me ocurre una explicación razonable de por qué ese pinche cenote no está donde debiera.

—¿Y si simplemente se hubiera secado? —sugirió el profesor, aún ligeramente turbado por la conversación anterior—. Has dicho que un cenote es como un pozo. Pues a veces los pozos se secan o acaban cegándose.

Cassandra meneó la cabeza.

—No, profesor. Los cenotes son fuentes de agua dulce, pero no tienen nada que ver con un pozo, y difícilmente pueden secarse. El agua proviene de grandes manantiales subterráneos que, a su paso, van abriendo inmensas cavernas en la roca calcárea. En ocasiones, cuando el techo de dichas cavernas, que pueden tener el tamaño de una catedral, se acercan demasiado a la superficie, se hunden, dejando al descubierto unas cavidades por las que cabría una casa entera —la mexicana se pasó ambas manos por la cara, en un gesto de cansancio—. Así que no, no es probable que un cenote se quede sin agua, y aún menos que se ciegue.

Parecía no haber solución al acertijo. En los alrededores debía de hallarse una enorme sima que, sin embargo, no estaba.

—Solo se me ocurre otra posibilidad —comenté—. Que el dichoso cenote haya sido tapado a propósito.

—Eso es imposible —dijo Cassie inmediatamente, descartándolo con la mano—. Para los mayas, los cenotes eran las entradas al Más Allá, los lugares más sagrados alrededor de los cuales giraba gran parte de su cosmogonía y religión. Jamás habrían cegado uno, aunque se hallara en una ciudad enemiga conquistada. Los mayas veneraban los cenotes —recalcó— y los protegían siempre, a toda costa.

—Pero yo no he dicho que lo cegaran —puntualicé—, sino que lo taparan. Quizá para protegerlo.

—No te entiendo.

—Lo que quiero decir es que esta ciudad está sembrada de templos que, según me has ido explicando a lo largo de estos días, en algunos casos se construyeron como tumbas de reyes, y en otros como centros de adoración a un determinado dios.

—¿A dónde quieres ir a parar?

—Ahora llego, pero antes dime una cosa. ¿Has conseguido averiguar si alguno de estos templos está dedicado a ese dios de los cenotes?

—Su nombre es Ah Puch —matizó—, y sí, claro que tiene un templo dedicado a él. Precisamente —dijo señalando con el brazo—, se trata de la «pirámide de la colina» que tenemos justo enfrente. De hecho, el nombre con que aparece en los jeroglíficos es *El templo del cenote*.

Una loca idea iba tomando cuerpo poco a poco, y cuanto más lo pensaba, menos loca me parecía.

—¿Y el cenote no tendría que estar entonces «cerca de su templo»? —pregunté.

Cassandra abarcó la plaza entera con un gesto.

—Debería, pero está claro que no es así.

—O quizá está tan cerca que nadie es capaz de verlo.

—¿Qué quieres decir?

—Lo que quiero decir —expuse, confiado en que había hallado la respuesta— es que creo que el cenote que buscamos se halla aquí mismo. En el lugar más sagrado y protegido que los Templarios pudieron hallar para ocultar su inmenso tesoro —y apuntando hacia la enorme mole de piedra que parecía vigilarnos, añadí—. El interior de la pirámide.

39

Rápido! —gritó Cassandra—. ¡Venid aquí! ¡Creo que he encontrado algo!

Crucé a toda prisa las oscuras estancias del pequeño santuario situado en la cima de la pirámide *La casa del Cenote*, en el que nos encontrábamos investigando, hasta que vi el haz de la linterna de Cassie iluminando una sección del suelo de piedra, agachándome junto a ella en el momento en que también llegaba el profesor.

—¿Qué sucede? —preguntó al acercarse, con la respiración agitada.

—¡Mirad esto! —exclamó, señalando una desgastada losa con un extraño grabado en el centro.

—¿Qué es? —pregunté, intrigado por las sombras que revelaban un enmarañado dibujo.

—Una representación de Ah Puch.

—¿El dios del inframundo y los cenotes?

—El mismo.

—En fin —comentó el profesor Castillo—, después de todo, nos encontramos encima de la pirámide dedicada a él. ¿Qué tiene de particular que esté aquí su efigie?

A la luz reflejo de la linterna en la piedra, descubrí un brillo especial en los ojos de la arqueóloga.

—En realidad, lo inusual no es el grabado en sí, sino el material donde ha sido labrado y el lugar donde se encuentra.

—Explícate.

—Si os acercáis y pasáis la mano sobre su superficie, notaréis que su textura es diferente —apuntó, mientras hacía lo propio—. A diferencia de las que fueron usadas en todo el templo, se trata de una losa de piedra caliza, más frágil pero también más ligera que las demás y de un tamaño superior. Debe de tener más de un metro de ancho y unos dos y medio de longitud. Además —añadió, sin mirar a nadie en concreto—, se encuentra justo en el centro del templo, que a su vez se halla en la cumbre de la pirámide. Interesante, ¿no?

—Mucho —concedí—, pero, hasta cierto punto, lógico. Tú misma has dicho que se trata de su propio templo.

—Claro —corroboró apuntando con un dedo hacia arriba—, pero entenderás mejor lo que os quiero decir si enfocáis las linternas hacia el techo.

Inmediatamente, tres haces de luz barrieron la bóveda de la estancia hasta concentrarse en un mismo punto, justo encima de donde estábamos. Allí, una amenazante figura de facciones terroríficas, atrapada en la piedra desde mil años atrás, nos observaba desde varios metros de altura.

—Damas y caballeros —recitó Cassandra—, les presento a Kukulcán, también conocido como Quetzalcóatl. O lo que es lo mismo —añadió tras una pausa—, el símbolo en piedra del hombre blanco que vino del mar.

El profesor carraspeaba sonoramente, como si pudiera aclarar sus ideas con el ruido de la garganta.

—¿Esta losa de piedra puede ser una entrada al interior de la pirámide?

Cassandra alzó una ceja.

—A mí me parece probable, hay muchos datos que apuntan a ello.

A pesar del creciente entusiasmo que me invadía, no podía pasar por alto una incómoda idea que no paraba de rondarme.

—Perdonadme, odio ser aguafiestas, pero se me acaba de ocurrir que hay algo que no encaja. ¿Cómo es posible que un cenote, que según parece no es más que la sección de un río subterráneo cuyo techo se ha hundido, se encuentre justo en medio de una montaña?

—Yo no le llamaría montaña a esto —rebatió la mexicana—. Apenas tiene treinta o cuarenta metros de altura.

—No importa —concedí con un gesto—, aunque fueran solo veinte. Resulta incompatible un río subterráneo con una montaña, o colina, o como lo quieras llamar, aislada en medio de esta planicie. En una llanura, la capa freática siempre está por debajo del nivel del suelo, y por mucho que nos convenga, una corriente de agua nunca podría ascender por el interior de la montaña para formar un cenote en su cima. La puñetera gravedad es muy terca para esas cosas.

Cassandra me miró con cierto desánimo, y un breve vistazo al profesor le confirmó que estaba de acuerdo conmigo.

—¿Entonces... todos estos símbolos no significan nada?

—Quizá se refieran a otra cosa —sugerí con poco convencimiento—. Tal vez es una indicación que nos lleva a otro sitio.

La mexicana meneó la cabeza ostensiblemente.

—¡No! Estoy casi segura de que este es el acceso al cenote.

—Querida —trató de confortarla el profesor, apoyando la mano en su hombro—, el problema es que en el lugar en que estamos, no puede haberlos. Como bien ha dicho Ulises, en una montaña no puede... —y dejó la frase a la mitad, sorprendido al ver cómo Cassandra se levantaba de un salto.

Sin decir una palabra, la arqueóloga salió de la penumbra del templo y comenzó a bajar, primero por las escalinatas del templo, y luego por la falda de la colina, a grandes zancadas ante el absoluto desconcierto del profesor y de mí mismo. Parecía haberse vuelto loca de repente, y antes de que acertara a preguntarle qué demonios le pasaba, ya corría por el enfangado sendero camino del campamento.

Regresó al cabo de pocos minutos, llevando en una mano un pico y en la otra una pala.

Nosotros, que permanecíamos aún en la entrada del templo situado en la cima de la montaña, no entendíamos qué diantre se proponía la mexicana, y aún menos, cuando en lugar de subir hasta nosotros como esperábamos, se detuvo a media altura de la loma y, dejando a un lado la pala, comenzó a clavar el pico en el suelo como si le fuera la vida en ello.

El profesor y yo nos miramos atónitos, convencidos de que realmente había perdido la chaveta.

Finalmente, optamos por acercarnos hasta donde se encontraba para intentar calmarla, aunque algo turbados por la furia que transmitía con cada golpe de pico.

—Cassie... —dije suavemente al llegar a su lado—. ¿Te encuentras bien?

Levantó la cara para mirarme y, sorprendentemente, el rostro que aparecía entre una mata de pelo revuelto no reflejaba la desesperación que esperaba encontrar. Lo que vi en sus ojos fue el brillo del entusiasmo.

—¡Vamos! ¡Ayúdame, güey! —reclamó apenas deteniéndose por unos segundos—. ¡No te quedes ahí mirando!

—Pero, ¿que te ayude a qué? ¿Puedes explicarme qué narices estás haciendo?

—¿Qué va a ser? —replicó entrecortadamente, sin dejar de cavar—. ¡Ayudarte a encontrar ese pinche tesoro!

No cabe duda —pensé—, está como una cabra.

—Cariño —pregunté con dulzura—. ¿En medio de la montaña?

Entonces dejó de cavar, y apoyándose en el pico me miró como si acabara de descubrir el cajón de las golosinas.

—Es que es eso, precisamente, de lo que no estoy segura.

—¿De qué?

—De que esto sea realmente una montaña.

Mientras el profesor nos contemplaba unos metros más arriba, expectante, Cassie y yo cavábamos sudando a chorros en la falda de la colina. Cuando ya estábamos a punto de rendirnos, exhaustos, la punta del pico golpeó en la dura piedra, y media hora frenética después, habíamos dejado al descubierto una minúscula parte de una colosal estructura construida por el hombre.

—¡Lo sabía! —exclamó eufórica—. ¡Sabía que no me equivocaba!

—Eres muy lista —reconocí, contemplando el ciclópeo escalón de piedra que habíamos desenterrado—. Jamás lo habría imaginado.

—¿Que soy muy lista o que aquí debajo se ocultaba una pirámide?

No pude evitar sonreír.

—Que seas muy lista, por supuesto. Esta pirámide enterrada la habría encontrado yo en diez o quince minutos como mucho. ¿A que sí, profe? —añadí, volviéndome hacia él.

Éste, ajeno a nuestra conversación, se había acercado al bloque de piedra desenterrado y pasaba la mano sobre su superficie, como cerciorándose de que no era un desvarío de la fiebre que aún lo debilitaba.

—Lo que no acabo de entender —confesó, observando a la mexicana con evidente admiración— es cómo has sido capaz de adivinar que había una pirámide aquí debajo. Estoy verdaderamente impresionado.

Cassie se ruborizó, desplegando una encantadora sonrisa de par en par.

—Bueno... en realidad, parte del mérito habría que atribuírselo a Sherlock Holmes.

—¿Y eso?

—Pues porque me acordé de esa frase suya que dice: *Cuando se descarta lo imposible, lo improbable, por muy difícil que parezca, debe ser la solución*... o algo así. Y, además —añadió—, ¿no os parecía extraño que hubiera una montaña en mitad de una llanura como esta?

—Hombre... —contesté frotándome la nuca— sí que me parecía curioso, pero no se me pasó por la cabeza que en realidad pudiera ser una especie de pirámide. Es demasiado grande.

—No tanto —aclaró la arqueóloga, echando un vistazo al templo de la cima—. Contando con el templo de Ah Puch... no debe pasar de los sesenta metros de altura. Más o menos como sus homólogas de Tikal, aunque con una base mucho más ancha, eso sí.

—Lo que está claro —apunté—, es que los mayas tenían mucho tiempo libre. Construir esa monstruosidad les supondría enormes recursos y decenas de años de trabajo.

—Cientos, Ulises, cientos de años —puntualizó Cassandra—. Por lo general, los mayas erigían sus pirámides utilizando como base una estructura anterior.

—No acabo de comprenderte.

—Cuando un rey construía una pirámide, ya fuera como tumba o como monumento en honor de algún dios, su sucesor construía la suya propia justo encima de la anterior. Luego el siguiente rey volvía a hacer lo mismo, y luego el siguiente y el siguiente, y así durante muchos siglos; llegando finalmente a levantar auténticas montañas como la que tenemos aquí. De hecho —añadió—, hace poco en una pirámide maya de Copán, al oeste de Honduras, han encontrado varias pirámides, una dentro de la otra, en perfecto estado de conservación y manteniendo incluso las pinturas que las cubrían originalmente.

—Como las muñecas rusas —comenté dejándome caer en la hierba—, siempre hay una dentro de la otra.

—Algo así, pero a lo bestia.

El profesor, que parecía llevar su mente por otros derroteros, carraspeó de nuevo.

—Entonces... ¿Crees que esta pirámide fue construida de ese modo?

—Sin duda, profesor, sin duda. No hay más que ver el tamaño que tiene.

—¿Y no podría ser... —cuestioné esta vez yo— que solo la última «ampliación» fuera la dedicada a ese dios del inframundo, que originalmente fuera una tumba o algo así, y que debajo de todo este montón de pedruscos no hubiera ningún cenote?

—De ningún modo —negó con la cabeza—. Una cosa es «ampliar», como tú dices, un templo ya construido, y otra muy diferente cambiar el significado del mismo. Eso es algo que los mayas jamás harían —sentenció firmemente y, tras un breve silencio añadió—: La única duda que tengo ahora mismo es si el acceso al cenote, después de setecientos años, será aún posible.

—Bueno —sugerí, incorporándome con energías renovadas—, eso tendremos que averiguarlo.

Parecía obvio que la gran losa de piedra con el relieve del dios Ah Puch enclavada justo en el centro del templo estaba destinada a cubrir la boca del túnel que debía llevar hasta el interior de la enorme pirámide. El problema es que dicha losa debía de pesar varias toneladas.

—¿Cómo demonios vamos a levantar esto? —inquirió el profesor Castillo—. ¿Alguien se ha acordado de traer una grúa?

En cuclillas, Cassandra estudiaba los bordes de la losa e intentaba limpiarlos, introduciendo por las junturas la punta de su navaja.

—Creo que podemos extraer la masilla que la une al suelo, pero, aun así, yo tampoco veo cómo podríamos moverla. Solo somos tres, estamos cansados y no disponemos más que de picos y palas. Siento ser yo quien diga esto, pero lo veo complicado.

—¿Y si simplemente la rompemos? —sugerí.

El profesor y Cassandra me miraron como si acabara de proponer que quemáramos la Mona Lisa.

—¡De ningún modo! —rechazó indignada.

—¡Bajo ningún concepto! —reafirmó el profesor—. Tenemos que hallar algún modo de moverla sin dañarla.

—No acabo de comprender vuestro razonamiento —confesé fastidiado—. Por un lado no tenéis reparos en saquear un valiosísimo tesoro pero, por otro, os lleváis las manos a la cabeza porque insinúo romper una miserable losa de piedra... La verdad, no os entiendo.

Cassandra me miró enojada.

—Esa «miserable losa de piedra», como tú la llamas, puede tener más de mil años, y es una pieza irreemplazable de la historia de los mayas. Cada piedra de esta ciudad es sagrada, y no voy a permitir que la hagas pedazos simplemente por ahorrarte un poco de trabajo.

—¿Un poco de trabajo? ¿Estás de guasa? ¡Ese pedrusco pesa un mundo!

Y entonces, nada más decir eso, el profesor saltó como un resorte.

—¡Eso es! —exclamó alborozado—. ¡Mover el mundo! —y empezó a dar pequeños saltos, ejecutando una estrambótica danza de celebración.

Aquel lugar parecía provocar unos ataques de locura a los que no acababa de acostumbrarme.

—¿Se puede saber de qué está hablando, profe?

—¡Arquímedes! —declamó—. ¡Dadme un punto de apoyo y moveré el mundo!

—¡Claro! —asintió Cassie—. Si utilizamos unas palancas y las introducimos por los resquicios, podríamos mover la losa —se puso en pie y estampó un beso en la mejilla del profesor—. ¡Órale profesor, es usted un genio!

Yo contemplaba la escena sentado en el suelo, y mi entusiasmo estaba lejos de ser comparable.

—No quiero parecer negativo —intervine—, pero carecemos de las herramientas adecuadas para ello. Para hacer palanca con algo así —recalqué apuntando a la gran losa— necesitaríamos barras de acero, amén de una cuadrilla de esforzados trabajadores. Y que yo sepa, creo que no disponemos de ninguna de ambas cosas.

—Podríamos ir a buscarlo a Santa Elena —sugirió Cassandra.

—¿Y regresar cargados de material de excavación, así como de hombres y provisiones? —inquirí con ironía—. ¿No crees que eso levantaría alguna sospecha?

—Pues tú dirás qué hacemos —replicó desafiante, cruzando los brazos—. Al menos es una idea mejor que machucar un hallazgo arqueológico a martillazos.

—¿Y qué te hace suponer que no se me ha ocurrido otra alternativa? —Ahora fueron ellos los que guardaron silencio—. Creo que sé cómo levantar esta puñetera losa —proseguí con un repentino convencimiento—, pero supondrá un gran esfuerzo que no estoy seguro que podamos afrontar —apunté, observando de reojo al demacrado profesor que, aun manteniendo el ánimo, resultaba evidente que la fiebre había mermado sensiblemente sus fuerzas.

—Por mi parte, estoy dispuesta a llegar al límite. Nos quedan provisiones para cuatro o cinco días, que será cuando regrese el barquero... y no tengo nada mejor que hacer hasta entonces.

—¿Y usted, profe? ¿Se ve con energías?

Me miró de arriba abajo, muy erguido.

—Lo que veo... es que estamos perdiendo el tiempo con esta cháchara —respondió orgulloso—. Ilústranos, ¿cuál es esa idea que has tenido?

—¿Bambú? —preguntaron al unísono, incrédulos, tras explicarles mi idea.

—Así es; bambú. Por si no os habéis fijado, esto está lleno.

—Pero se romperá a la primera —objetó el profesor—. Dijiste hace un momento que harían falta barras de acero. ¿Y ahora nos sugieres que levantemos un par de miles de kilos de piedra caliza con unas pocas cañas?

—Bueno, en realidad harán falta más de unas pocas. Pero sí, esa es la idea.

—¿Has estado bebiendo? —preguntó Cassandra con cierta preocupación.

—Dejadme que os explique. El bambú, aunque no os los parezca, es lo último en materiales de construcción. En Hong Kong, por ejemplo, se construyen rascacielos de centenares de metros de altura utilizando como soportes y andamios un entramado de cañas de bambú. A nosotros nos puede parecer raro, pero es solo porque estamos acostumbrados a que todo lo bueno ha de ser brillante, pulido y ultramoderno; pero os aseguro que el bambú es más resistente que el acero en algunos aspectos, y más ligero que el aluminio.

—¿Y cómo sabes tanto de ese tema? —inquirió el profesor, extrañado—. Que yo sepa, nunca has estado en Hong Kong trabajando en la construcción.

—Es que soy un asiduo del *Discovery Channel* —confesé—, y una vez vi un documental muy interesante sobre ese tema.

La mexicana me observaba con ojos escépticos.

—¿Todo ese discurso sobre el bambú y tu brillante idea para mover la losa lo has sacado de un programa de la tele?

—En cierto modo, sí —afirmé, intentando borrar el escepticismo de su cara—. Pero estoy seguro de que la idea es buena y de que mi plan funcionará.

—Está bien —concedió el profesor—. Supongamos que tienes razón en lo referente al bambú, pero aún nos queda el otro problema. Solo somos tres y, como bien decías, necesitaríamos ser bastantes más para ejercer la suficiente presión.

—Para eso también tengo una solución.

—¿Del canal de cocina?

—No, Cassie, de una vez que fui a escalar con unos amigos. En aquella ocasión tuvimos que montar un puente tibetano.

—¿Un puente tibetano? ¿Qué es eso?

—Se trata de un puente realizado con tres cuerdas paralelas —aclaré—, formando una «V» en la que el vértice inferior se utiliza como base para caminar, y los otros dos como pasamanos. Seguro que los habéis visto en alguna película.

—Ya sé de qué me hablas —dijo Cassie—. Pero no veo qué relación tiene un canijo puente de cuerdas con lo que queremos hacer.

—A eso iba. Lo interesante del caso es que para tender dicho puente y que se mantuviera rígido, había que tensar las cuerdas hasta el límite, ejerciendo una fuerza de centenares de kilos, y solo éramos tres, como nosotros ahora.

—¿Y cómo lo hicisteis?

—Usando poleas.

—¿Poleas? —cuestionó el profesor—. ¡Pero nosotros no tenemos poleas!

—Ni falta que hacen. Tenemos más de cien metros de buena cuerda, algunos mosquetones y un montón de puntos de apoyo. Creedme, no necesitamos nada más.

Tal y como había sucedido invariablemente durante los últimos seiscientos años, la luz del atardecer se abrió paso a través de la entrada del templo, tiñendo de naranja las aún blancas paredes de su interior e insuflando vida con sus sombras a los enigmáticos relieves grabados en el suelo y el techo de la estancia. La obra de unos hombres muertos y olvidados hacía siglos.

Sin embargo, esta vez, a diferencia de los otros miles de atardeceres anteriores, no era la quietud ni la inquebrantable soledad lo que reinaba en la estancia. Esa tarde, una aparentemente caótica maraña de frágiles cañas ocupaba casi todo el santuario. Estaban atadas entre sí con trozos de cordel, bridas e incluso lianas, conformando una complicada estructura de la que hubiera resultado imposible averiguar su propósito. Y por si fuera poco, una larga cuerda recorría zigzagueando la estrambótica construcción partiendo de la entrada del templo y acabando atada a uno de los picos que, habiendo sido separado del mango de madera, se clavaba ahora, por su extremo más plano, en una juntura del borde de la losa que marcaba el límite del reino de los muertos.

—¿Estás seguro de lo que estás haciendo? —preguntó Cassandra, mientras trataba de hacer un nudo con un bejuco.

—¡Pues claro que no! —contesté, mientras trataba de asegurar un mosquetón—. ¿Cuántas pirámides mayas crees que he profanado últimamente?

—Me refiero a este fregado. No acabo de creerme que con un montón de cañas y una cuerda vayamos a mover ese piedrón.

Terminé de fijar el mosquetón con un trozo de cuerda y me acerqué a la menuda arqueóloga, a la que hacía casi un día que no besaba.

—Déjame que te lo explique... —dije, acercándome a ella con lo que intentaba ser un tono provocador.

—Venga, Ulises. No seas menso.

—Síí... yo soy tu menso, y tú eres mi mensa —repliqué tomándola en mis brazos, buscando el lóbulo de su oreja.

—Ulises... —protestó quedamente—. El profesor anda por aquí, y puede oírnos.

—Tranquila, no nos oye.

—¡Sí que os oigo!

—Venga —zanjó Cassie con una risita—, deja de manosearme y explícame en qué estoy trabajando desde esta mañana.

—Está bien... ¡Profesor! Acérquese usted también, ya está todo listo.

Esperé a que nos juntáramos los tres para dar una breve descripción del funcionamiento del mecanismo.

—Veréis —dije, acercándome a la pieza que queríamos mover—, lo que pretendo es izar levemente la losa por uno de sus extremos, usando la punta del pico como palanca. Luego introduciremos cuñas de madera para apuntalarla, y así evitar que pueda volver a cerrarse y, rápidamente, ataremos la misma cuerda alrededor del extremo que hayamos levantado de la losa, elevándola lo suficiente para que quepa uno de nosotros por el agujero. Muy sencillo.

—¿Y crees que entre los tres podremos hacerlo?

—Cassie, piensa que por cada polea utilizada se multiplica la fuerza que podemos hacer, y he montado diez. Eso supone que tardaremos un buen rato en alzarla unos pocos centímetros, pero no necesitamos más.

—Está bien —aprobó el profesor—. No nos queda más que intentarlo. ¿Dónde me coloco?

—Para empezar, que será cuando tengamos que hacer más fuerza, tendremos que tirar los tres de la cuerda, pero en cuanto le avise correrá a colocar los puntales que he dejado ahí al lado. ¿Alguna pregunta más?

—Solo una —dijo Cassandra, haciendo el gesto de arremangarse sus brazos desnudos—. ¿A qué estamos esperando?

40

Allí estábamos los tres, sudando a mares dentro de nuestras sucias ropas, con el sol poniéndose a nuestras espaldas, mientras, con las manos enfundadas en calcetines para no lastimárnoslas, agarrábamos con fuerza la cuerda que debía abrir la puerta a uno de los mayores misterios de la historia. Lo que estaba claro es que no sabíamos vestirnos para la ocasión.

−A la de tres, tiramos una vez −ordené−. Recuperamos sin separar las manos en ningún momento de la cuerda y, cuando diga, volvemos a tirar. Yo marcaré el ritmo. ¿De acuerdo?

Ambos asintieron y, tras tomar aire profundamente −más para calmar los nervios que para coger fuerzas−, les pedí que tiraran con toda su alma. Los primeros centímetros serían los más difíciles, pero si los superábamos, el resto sería coser y cantar.

−¡Ahora! −grité y, agarrando la cuerda con ambas manos, comenzamos a tirar como si nos fuera la vida en ello. Notaba los músculos tensos bajo mi camisa que, hinchados a causa del sobreesfuerzo, parecían a punto de estallar.

−¡Vamos, vamos! −les grité, al notar que la losa se movía ligeramente−. ¡Lo estamos consiguiendo!

Milímetro a milímetro, la pesada laja de piedra comenzó a separarse del suelo merced a la implacable fuerza que ejercíamos en la estructura de poleas, y que se concentraba en la punta del pico, que actuaba como palanca.

En cuanto hubo espacio para introducir el otro pico como primer puntal, mandé al profesor a hacerlo rápidamente y, tras un nuevo esfuerzo tirando de la cuerda, el hueco se amplió, apuntalándolo generosamente hasta que consideramos que se podía pasar una cuerda por debajo.

Hice un nudo en ballestrinque rodeando el costado que estábamos elevando y, tirando y apuntalando de nuevo, conseguimos abrir un espacio de casi cuarenta centímetros de altura entre la losa y el suelo del templo.

Tras dejar bien asegurada la losa con varios puntales, nos acercamos con un temor reverencial a la negra abertura, de donde surgía un intenso olor a moho y humedad que nos hizo dar un paso atrás a todos.

−Te juro que estoy temblando −susurró Cassandra a mi oído.

−Te creo −respondí−, yo también.

−No sé por qué, pero me acaba de venir a la cabeza lo que le pasó a Howard Carter y su equipo tras abrir la tumba de Tutankhamon −dijo el profesor también en voz baja, incapaz como nosotros de despegar la vista de la tenebrosa brecha.

−¿Qué les pasó? −pregunté, arrepintiéndome al momento de haberlo hecho.

Cassandra me miró de reojo.

−Murieron casi todos en cuestión de semanas. Supuestamente, a causa de una maldición destinada a cualquiera que violara el sepulcro.

−Comprendo... e imagino que a estas alturas sería tonto preguntarte si aquí también hay una maldición parecida.

−Bueno, en realidad esto no es ninguna tumba.

−No has contestado a mi pregunta.

−¿Dejarías de entrar, si te dijera que sí?

No me costó mucho meditar mi respuesta.

−La verdad es que no.

−Pues entonces no pienses en ello.

El profesor, quitándose los calcetines de las manos, dio un sonoro resoplido.

−En fin −dijo cansadamente−. Hoy ha sido un día duro. Vayámonos a dormir, y mañana ya nos dedicaremos a echarnos maldiciones encima.

—Ni hablar de eso —objeté—. Yo pienso entrar ahí ahora mismo.

—Pero ¿qué dices? —discrepó el profesor—. ¡Estamos agotados, y encima ya es casi de noche!

—No le estoy pidiendo que entre usted, lo haré yo solo; y le recuerdo que ahí dentro no importa si aquí fuera es de noche o de día, siempre está oscuro.

—¡Pero eso es una estupidez, y lo sabes! Cassandra, díselo tú, que te hará más caso que a mí.

—Yo también voy a bajar —replicó ante la incredulidad del profesor.

—¡Estáis los dos locos! ¿No podéis esperar a mañana?

—No, profe. Si no entro ahora, esta noche no podré dormir y mañana estaré aún más cansado. Lo único que le pido es que me ayude a desmontar la cuerda, me gustaría dejar un extremo atado aquí arriba, como un hilo de Ariadna. Ahí abajo está muy oscuro, y no parece el mejor lugar para quedarse atrapado.

Con los reniegos del profesor de fondo, Cassandra y yo conseguimos introducirnos por la abertura y quedarnos en cuclillas en una especie de repisa en la que apenas cabíamos los dos juntos.

—¿Va todo bien? —preguntó, asomando la cabeza por el hueco.

—Por el momento, sí —contesté—. Aunque esto apesta a aire viciado.

—Lógico, hace mucho que debió de estropeárseles el aire acondicionado.

—Pues va a ser eso. En fin, nos vemos de aquí a un rato, profe.

—Tened mucho cuidado.

—Descuide —le tranquilizó la mexicana—, yo lo defiendo.

El mínimo rastro de luz que se filtraba desde el exterior nos permitía apenas mirarnos a los ojos. Aun así, en las pupilas de Cassandra creí ver miedo, ansiedad y un rastro de locura. Aunque no podría asegurar que no fuera tan solo un reflejo de lo que yo sentía en ese momento.

—¿Preparada?

—No, pero vamos allá —dijo, y dándome un beso en los labios se volvió hacia la negrura y encendió su linterna, iluminando lo que teníamos ante nosotros.

—Dios mío —exclamó, al apuntar la luz de su frontal hacia abajo—. Una escalera...

—Y no se ve el final...

Partiendo desde el pequeño descansillo donde nos encontrábamos acuclillados, una escalera de piedra apenas de un metro de ancho, ennegrecida por el liquen y la humedad, se lanzaba hacia el fondo en una exagerada pendiente; lo que la hacía parecer más un pozo que un medio real para llegar hasta abajo de una pieza.

—Vamos a tener que ir con mucho cuidado —advertí—. Yo iré delante soltando cuerda, y tú detrás alumbrando con la linterna y sin soltarte del mosquetón. ¿De acuerdo? Estos escalones tienen aspecto de resbalar muchísimo, y un traspié aquí puede ser el último.

—Chale güey. Deja de ahuevarme y empieza a bajar de una vez.

Con exagerada precaución inicié el descenso, intentando torpemente fijar los pies en los escalones que iba pisando, pues una capa de liquen y musgo los cubría por completo. Era como andar por el hielo pisando cáscaras de plátano.

Paso a paso, dejábamos atrás el resplandor de la linterna del profesor y nos adentrábamos en las tinieblas. El frescor de los primeros minutos pasó a convertirse en frío y, como no habíamos contado con ello, llevábamos puesta la misma ropa, ligera y sudada, que habíamos utilizado durante el día. Esto, sumado a la humedad propia del lugar, estaba empezando a ponerme la piel de gallina y a provocar algún estornudo en Cassie.

—Bienvenido al inframundo... —dijo ésta con voz tenebrosa—. ¡Siempre quise decir algo así!

—Pues para ser el infierno, hace un frío que pela.

—Ya me había dado cuenta, pero pensé que era solo cosa mía.

—Si no llegamos a algún sitio pronto, sugiero que volvamos a subir y lo intentemos mañana mejor equipados.

—¿Subir ahora? ¡Ni loca!

—Si cogemos una pulmonía, no nos irán mejor las cosas.

—Está bien. Sigamos durante cinco minutos y si no vemos nada regresamos.

—Cinco minutos —subrayé—, ni uno más.

Proseguimos y, cuando estaba a punto de cumplirse el tiempo que habíamos acordado, la linterna de Cassandra iluminó algo que no eran escalones.

—¿Lo ves? —preguntó.

—Sí, parece que estamos llegando al final.

—Me estoy muriendo de los nervios. ¿No puedes ir un poco más rápido?

—¿Y rompernos la crisma, ahora que estamos llegando?

—Vale, vale, era solo una sugerencia.

—Paciencia, ya casi estamos.

Bajamos una docena de escalones más y, finalmente, llegamos a suelo firme.

Nos sentamos en el último escalón durante unos instantes para recuperar el aliento, y apenas conteniendo los corazones dentro de su sitio, comenzamos a avanzar lentamente por un pasillo de más de tres metros de altura, decorado en sus paredes con increíbles escenas pintadas en brillantes colores. Figuras de nuestra misma altura, recreadas con gran precisión, portaban escudos y hachas de obsidiana, iban ataviadas con plumas verdes, rojas y azules, y cubrían su cuerpo con capas de piel de jaguar o cabezas de caimán.

—Es...es... —tartamudeó la arqueóloga, hipnotizada ante la sucesión de pinturas que desfilaban junto a ella.

–...acojonante.

–Aquí está relatada toda la historia de Yaxchilán –susurró sobrecogida, moviendo la luz de la linterna por todas partes–. Nacimientos, guerras, pactos, reyes vencidos y vencedores, sacrificios humanos... todo –tragó saliva con dificultad–. Estamos caminando por el mayor descubrimiento arqueológico maya de toda la historia. Es como un pinche sueño hecho realidad.

–Ya lo veo, es un lugar extraordinario. Fíjate, hasta en el techo hay pinturas.

–Es cierto –musitó levantando la vista–. Podría quedarme aquí durante días, simplemente mirándolas.

–Yo también, no te quepa duda, pero aún tenemos que descubrir lo que hay al final de este pasillo y, si no me equivoco –dije alumbrando unos metros hacia delante, donde parecía terminar el pasadizo–, creo que estamos a punto de averiguarlo.

Avanzamos expectantes hasta el umbral del túnel, que atravesamos decididos barriendo nuestro alrededor con la luz de las linternas y que, diluyéndose en una espesa oscuridad, apenas alcanzaban a iluminar la inmensidad de la sala en que nos encontrábamos. A decenas de metros sobre nuestras cabezas, una gigantesca bóveda de piedra, de la que pendían miles de pequeñas estalactitas que reflejaban el brillo de nuestros focos como si estuvieran cubiertas de diamantes, ocupaba todo el cielo. Las paredes que alcanzábamos a distinguir aparecían atiborradas de jeroglíficos y esculturas de seres mitológicos de proporciones ciclópeas.

–La morada de los dioses –se estremeció Cassandra con un hilo de voz–. El Monte Olimpo de los mayas.

Aun sin saber gran cosa sobre los constructores ni el sentido de aquel lugar, la indescriptible caverna me sobrecogía tanto por sus colosales dimensiones como por la certeza de que aquello no era solo una enorme gruta, sino un lugar sagrado lleno de significado y espiritualidad, como lo podrían ser el Santo Sepulcro, o la Meca.

Los inconcebibles seres que, nacidos de la piedra, nos observaban desde su elevada estatura como los intrusos que éramos, parecían vigilarnos atentamente desde las sombras, esperando el momento oportuno para castigarnos con sus afiladas garras y grandes colmillos por la blasfemia de hallarnos en aquel recinto sagrado.

—Esto no es... No es lo que me esperaba —titubeó la arqueóloga—. Estaba muy equivocada.

—¿Qué quieres decir? —inquirí, también en voz baja—. Está justo donde dijiste.

—Pero esto no es un vulgar cenote ceremonial —dijo, sin dejar de mirar en todas direcciones—. He estado en otros en la península de Yucatán, e incluso he buceado en un par de ellos, y tan solo eran unas grandes pozas llenas de antiguas ofrendas y restos de sacrificios humanos —hizo una pausa para tomar aliento—. Este lugar es muy diferente —añadió con voz trémula—. Jamás se ha descubierto algo ni remotamente parecido... Jamás.

—Enhorabuena, entonces. Vas a ser famosa.

—¿Famosa? En absoluto. Di más bien desacreditada.

—¿De qué estás hablando? —pregunté sorprendido—. Acabas de decirme que esto es todo un hallazgo único.

—Un hallazgo único realizado de forma ilegal, sin personal cualificado y saltándonos todos los protocolos imprescindibles en una excavación arqueológica. Si refiero lo que aquí hemos encontrado, tendré suerte si no me meten en la cárcel —la mexicana resopló sonoramente—. Es irónico. Hago el descubrimiento del siglo, y no puedo contarlo.

Alargando el brazo, la acerqué hacia mí para abrazarla.

—Si te sirve de consuelo —le dije animadamente—, puede que esta noche te conviertas en una mujer riquísima.

—Bueno... —admitió chasqueando la lengua—, quizás eso podría ayudarme a sobrellevar la decepción. Y a propósito, ¿dónde está el cenote? Ya me había olvidado de él.

Con precaución, fuimos apartándonos de la pared, acercándonos a lo que intuíamos era el centro de la gran caverna ocupada por las tinieblas, dejando antes una de las linternas encendida en el modo señal junto a la puerta por la que habíamos accedido. Así, su parpadeante luz roja nos evitaría volvernos locos para encontrar el camino de vuelta.

Ahora caminábamos con una sola linterna que hacía oscilar las sombras unos metros por delante, y con Cassandra agarrada a mi brazo temblando de ansiedad y frío, igual que yo.

El piso de piedra pulida pasó a ser tierra húmeda, y un metro más adelante, de improviso, el suelo se abrió como una gran boca, de una oscuridad aun más intensa que la que la rodeaba. Unas monstruosas fauces rodeadas de grotescos y afilados dientes de piedra apuntaban hacia el techo, como reclamando su ración de sangre humana en sagrado sacrificio.

—Dios mío —exclamó la arqueóloga sobresaltada, al tiempo que clavaba las uñas en mi brazo—. Es terrorífico.

—Y que lo digas —asentí impresionado—. Aquella gente sabía cómo meter el miedo en el cuerpo.

—...incluso pintaron las piedras que hacen de dientes de color blanco, para darle mayor realismo. Macabro, pero genial.

—Me da que no hubieras opinado lo mismo de haber estado donde estás ahora hace setecientos años.

—Puedes estar seguro de eso. Seguramente, el que bajaba aquí por aquel entonces, o era sacerdote o pasaba a ser el almuerzo del insaciable dios del inframundo.

Con excitación, dimos los últimos pasos que nos separaban del borde de la sima. En el absoluto silencio de la caverna, nuestras pisadas en el resbaladizo fango resonaban en los oídos como cañonazos. La luz de la linterna empezaba a iluminar tímidamente el interior de la sima, de varios metros de ancho, mostrando unas paredes irregulares y totalmente verticales que se adentraban en la tierra. La garganta de Ah Puch.

Entonces, tras el paso siguiente, el haz de la linterna arrancó un reflejo azulado del fondo del abismo.

Me acerqué hasta el borde, con mucho cuidado de no resbalar a su interior y, asomándome al vacío con la mexicana aún a mi lado, enfoqué la linterna —que temblaba ostensiblemente— hacia el corazón del averno.

Lo primero que apareció fue un mágico baile de reflejos de un agua increíblemente azul y transparente que inundó todo el cenote con una luz anhelada durante siglos; transformando la tenebrosa sima en un fantasmagórico juego de luces, reflejadas en cada una de las millones de gotas de humedad que perlaban las paredes de la poza.

Deslumbrado, fui poco a poco apreciando los detalles del fondo, que debía de estar a unos diez metros de profundidad, y a tres o cuatro por debajo del nivel del agua. Parecía que una capa de sedimentos verde cubriera el suelo del cenote y, destacando en ella, reconocí una forma blanquecina que me puso los pelos de punta.

—Cassie. ¿Ves lo que yo veo?

—Un esqueleto —confirmó, asomándose al borde—. Los cenotes suelen estar llenos.

Continué enfocando el fondo, pero ahora con la inquietante sensación de estar profanando un cementerio.

De pronto, un imperceptible reflejo rojizo apareció durante una décima de segundo llamando mi atención. Dirigí el haz de luz hacia el lugar de donde había provenido, y enseguida distinguí una familiar silueta semienterrada en el lodo, que casi provoca que se me cayera la linterna.

—¡Cassandra! —grité fuera de mí, aunque tenía a la aludida a dos palmos de mi cara—. ¡Ahí está!

—¿El qué? —preguntó sobresaltada.

—¿No lo ves? ¡Ahí abajo! ¡Junto a la pared!

—¡La virgen! —exclamó a su vez, al ver lo mismo que yo estaba viendo—. ¡Es un crucifijo de oro... con un rubí enorme!

Sentados en el barro junto al borde del cenote, ajenos ya a la humedad y el frío, intentábamos calmarnos y recobrar las pulsaciones normales, pues el estallido de emociones amenazaba con provocarnos una taquicardia.

—Lo hemos logrado —alcancé a decir al cabo de varios minutos—. Hemos encontrado el tesoro de los Templarios.

—Tú lo has encontrado —dijo Cassie—, yo no he hecho más que seguirte.

—No digas tonterías. Sin ti jamás lo habría conseguido.

—Eso es verdad —convino enorgullecida, tras pensárselo por un momento—. Aunque el profesor Castillo también tiene su parte de mérito.

—¡El profesor! Me había olvidado de él —me di una palmada en la frente—. Debe de estar preocupadísimo.

—Entonces, más vale que regresemos a la superficie —propuso, poniéndose en pie—. Estoy deseando darle la buena noticia.

Cogidos de la mano e inmensamente felices, desandamos el camino hasta la escalera de piedra y, sirviéndonos de la cuerda de escalada, iniciamos la ascensión a toda prisa. Resultó mucho más sencilla la subida que la bajada, pues asegurados a la cuerda, apenas había peligro de que resbaláramos; así que, paradójicamente, esta vez tardamos mucho menos tiempo en alcanzar el extremo opuesto de la escalera.

Cuando estábamos a solo un par de metros de la abertura, caímos en la cuenta de que no había ninguna luz al otro lado, e imaginando que el profesor había apagado su linterna para no gastar la pila inútilmente, decidimos, presos de la algarabía del momento, aprovecharnos de la situación saliendo en silencio de la cripta y quizá, tomar al profesor por sorpresa, dándole un buen susto.

Cassandra, que iba delante de mí, se deslizó silenciosamente por el agujero e inmediatamente me dispuse a seguirla. Pero en el momento en que asomaba ya medio cuerpo al calor de la noche chiapaneca, un rayo de luz me dio directamente en la cara, deslumbrándome.

—¡Cassie, joder! —gruñí—. ¡No me apuntes a los ojos!

A lo que respondió una ronca carcajada, extrañamente familiar.

Alarmado, encendí mi linterna alumbrando hacia el lugar de donde había venido, llevándome una sorpresa casi tan grande como la que había tenido minutos antes asomado al cenote.

Frente a mí, de pie, con ambas manos apoyadas en la cadera y tras su inconfundible sonrisa de tiburón de la que se escapaba un hilillo de risa macabra, se encontraba la última persona que hubiera deseado encontrarme en esas circunstancias.

—Hola, John —acerté a decir, al cabo de unos segundos—. No me digas que pasabas por aquí.

41

Sentados alrededor de una mesa plegable, en una amplia tienda de campaña que hacía las veces de sala de reuniones, y en la que incluso podía oírse el ronroneo de un aparato de aire acondicionado portátil, nos encontrábamos el profesor Castillo, Cassandra y yo mismo, vigilados por un tipo enorme con ropa paramilitar de aspecto nórdico y mirada fría, que exhibía una pistola a un lado del cinto y un amenazador cuchillo de caza al otro.

Habíamos llegado allí tras una breve caminata por un sendero que se alejaba en dirección norte de las ruinas, escoltados por tres hombres armados con unos fusiles de asalto de aspecto futurista. Mentiría si dijera que dentro del desconcierto que suponía toda aquella situación, no me había sorprendido aun más el llegar a un claro en el bosque y descubrir, a menos de un kilómetro de la antigua ciudad maya donde llevábamos tantos días trabajando, lo que parecía ser un pequeño campamento militar perfectamente organizado; con media docena de tiendas de camuflaje y unos cuantos individuos de aspecto aguerrido, armados hasta los dientes, andando de aquí para allá. Era evidente que ya llevaban varios días espiándonos, esperando a que hiciéramos todo el trabajo sucio para hacer su oportuna aparición.

John Hutch, que abría la marcha como si estuviéramos dando un tranquilo paseo nocturno, se giró hacia nosotros al llegar al área más iluminada del campamento.

—Si sois tan amables de dirigiros al centro de mando —dijo con irónica cortesía—, me reuniré con vosotros en unos minutos —y haciendo un gesto hacia nuestra escolta, añadió—. Mis hombres os indicarán el camino.

Sabiendo que no teníamos elección, seguimos a aquellos hombres hasta la tienda en que ahora nos encontrábamos y, abatidos, nos mirábamos sin hacer ningún comentario sobre nuestro reciente descubrimiento. Conscientes de que, sin duda, en ese momento habría alguien escuchando.

—Me parece increíble —murmuré, enfadado conmigo mismo, incapaz de morderme por más tiempo la lengua— que hayan montado todo este tinglado en nuestras narices y no nos hayamos dado cuenta.

—Resulta difícil descubrir algo que no se busca —argumentó Cassandra, apesadumbrada.

—Además —añadió el profesor, mirando al centinela de la puerta—, estos tipos parecen profesionales. Estoy seguro de que si los hubiéramos descubierto antes, antes nos habríamos encontrado en esta situación. Aunque lo que no acabo de explicarme es cómo ha conseguido dar con nosotros el señor Hutch.

—Yo tampoco me lo explico —confesé—, pero apostaría a que la llamada a mi madre tuvo algo que ver.

—¿A tu madre? ¿De qué estás hablando?

—No quise comentarle nada, porque pensé que no tenía importancia. Pero el caso es que mientras estábamos en Malí, Hutch llamó a mi casa y encontró allí a mi madre, y bueno...

—Entiendo —asintió, conocedor de la afición de mi madre al cotilleo—. Pero sigue pareciéndome increíble que nos haya encontrado en medio de la puñetera selva de Chiapas.

—Hutch tiene muchos recursos a su alcance —aclaró Cassandra—. Tanto humanos como materiales. Nosotros no hicimos nada por ocultar nuestras huellas, y a él no le debió de costar mucho contratar a alguien para que nos localizara. Hemos pecado de pendejos —añadió fatalista—, y ahora estamos pagando las consecuencias. Así de fácil.

—Bueno, bueno, no nos pongamos melodramáticos todavía. Aunque no da buena espina ver tantas armas alrededor, seguramente podremos llegar a un acuerdo con Hutch. Al fin y al cabo, jamás habría llegado hasta aquí si no fuera por nosotros, y si jugamos bien nuestras cartas, aún podemos conseguir que...

Y como si acabara de mentar al diablo, John Hutch apareció por la puerta, seguido de cerca por su lugarteniente Rakovijc.

—Qué bien, ya estamos todos. ¿Habéis traído las cartas?

Rakovijc me lanzó una gélida mirada de no-te-pases-de-listo y Hutch tomó asiento frente a nosotros, ignorando el comentario.

—Voy a ir al grano —dijo con su nasal acento californiano—. ¿Qué es lo que habéis descubierto?

—¿Por qué tendríamos que decírtelo? —saltó la mexicana.

El americano paseó la mirada tranquilamente por los tres, encendió con parsimonia un puro que ya tenía a medias y se retrepó en la silla.

—Os voy a poner al corriente de la situación —dijo con calma—, por si aún no la habéis entendido. En este preciso instante, un equipo está explorando el interior de la pirámide, y a primera hora de la mañana tendré un exhaustivo informe sobre mi mesa detallando exactamente lo que hay allí dentro. Y me consta, por el esfuerzo que os debe de haber supuesto mover esa losa de piedra, que tiene que ser algo que realmente valga la pena. Así que ahora mismo tenéis dos opciones: u os integráis como consejeros en mi equipo de excavación, lo que os supondrá, si tiene éxito, un pequeño porcentaje de los beneficios, o si no deseáis colaborar os embarcaremos en una lancha de vuelta a Guatemala y sabréis de mi descubrimiento por el periódico.

—¿De *tu* descubrimiento? —prorrumpió Cassie, indignada—. ¡Tendrás caradura! ¡El hallazgo ha sido nuestro!

—Pues según el permiso de excavación que está ultimando mi abogado en México D.F., no es eso lo que opinarían las autoridades. La *Hutch Marine Explorations* tiene la exclusividad sobre cualquier descubrimiento que se realice durante las próximas tres semanas, así como la propiedad absoluta de cualquier pieza rescatada que no sea de origen maya.

—¡Eres un cerdo! —explotó la mexicana—. ¿A cuántos funcionarios has tenido que sobornar?

370

—No seas cínica. Vosotros pretendíais hacer exactamente lo mismo, solo que yo le he dado una pátina de legalidad.

—Pero nosotros nos hemos jugado la vida para llegar hasta aquí, y tú te has limitado a espiarnos.

—Recuerda que vosotros me traicionasteis primero, no poniéndome al corriente de vuestras pesquisas —argumentó, soltando una voluta de humo—. Os aseguro que tengo la conciencia muy tranquila a ese respecto.

—¿De qué demonios estás hablando? —le espeté—. Nuestro acuerdo se limitaba a la búsqueda del pecio.

—Decidí prorrogarlo —afirmó tranquilamente—. Y ahora —dijo poniéndose en pie— os dejo para que meditéis mi más que generosa oferta. Goran os acompañará hasta una tienda para que paséis allí la noche, y espero vuestra respuesta mañana por la mañana —y con su sonrisa de escualo, se despidió con el puro entre los dedos—. Felices sueños.

Habíamos pasado varias horas discutiendo en voz baja, dentro de la tienda en que nos habían encerrado, sobre el ultimátum al que nos enfrentábamos. Aunque antes le habíamos relatado al profesor lo que Cassie y yo habíamos encontrado en el interior de la pirámide. Viéndome obligado a taparle la boca, para evitar que se oyeran en todo el campamento sus gritos de entusiasmo. A pesar de perder la oportunidad de hacernos con el tesoro, él era ante todo un historiador, y como tal, la confirmación de sus teorías lo llenaba de un júbilo incontenible, ajeno a la decepción y enojo que a Cassie y a mí nos embargaba.

Sopesamos nuestras escasas alternativas, conscientes de que un *no*, no solamente nos apartaría definitivamente del descubrimiento del siglo, sino que, además, podría incluso ponernos en grave riesgo; pues aunque no nos constaba que Hutch fuera un asesino, podía llegar a la peligrosa conclusión de que se ahorraría posibles molestias futuras con nosotros tres en el fondo del río, sirviendo de almuerzo a los caimanes del Usmacinta.

Finalmente tomamos una decisión unánime, y cerca de las tres de la madrugada nos dejamos caer en nuestros camastros de campaña, donde el cansancio y las emociones acumuladas del día nos vencieron en cuestión de minutos.

—¿Y bien? —preguntó Hutch, de pie, con los nudillos apoyados en una mesa cubierta de diagramas y fotografías—. ¿Qué habéis decidido?

Nos habían despertado al amanecer y, muerto de sueño, aún no había conseguido despejarme del todo cuando un gorila rubio de casi dos metros nos llevó a la tienda que hacía las veces de puesto de mando.

—Quiero que los nombres de Cassandra Brooks y Eduardo Castillo, aparezcan los primeros en cualquier artículo o declaración que se haga respecto a la paternidad del descubrimiento —dije, intentando dar un tono firme a mi voz—, y reclamamos una parte de las piezas que encontremos, así como un porcentaje de los beneficios.

—No estáis en condiciones de reclamar nada —respondió Hutch con sequedad—, y me estáis tentando de meteros en una lancha y mandaros río abajo.

—Eso no sería una buena idea.

—¿Y se puede saber qué me impide hacerlo? —inquirió reluctante—. Tengo aquí mismo el informe de mis hombres —señaló la mesa—, con imágenes y gráficos de la cripta del cenote, e incluso un primer plano de una cruz de oro con un rubí engarzado asomando entre el lodo. Seguramente, a estas alturas tengo más información que vosotros acerca del lugar, así que no veo por qué debería acceder a vuestras demandas si en realidad ni siquiera os necesito.

—En eso puede que tenga razón. Pero yo que usted, tendría en cuenta que las cosas pueden no ser tan fáciles.

El cazatesoros parecía impacientarse, y eso podía ser bueno, o no.

—¿A qué diablos te refieres?

—Pues a que el hecho de que encontrar una cruz de oro, por muy valiosa que esta sea, no implica necesariamente que todo el tesoro esté en ese cenote —hablaba todo lo despacio que podía, para ocultar mi nerviosismo mientras me marcaba el farol—. Si los Templarios decidieron dividir su tesoro, ocultándolo en más de un lugar de esta ciudad, necesitarás nuestra ayuda para encontrarlo.

—Eso sería discutible. Tengo un equipo de hombres muy capacitado y los mejores dispositivos de búsqueda que el dinero puede comprar, y aún hay más técnicos y equipo que están a punto de llegar. En realidad —dijo despreciándonos con un gesto—, no creo que os necesite para nada.

—Oh, claro. Remover toda la ciudad de arriba abajo y no dejar piedra sobre piedra, un plan fantástico. Y si encuentra un jeroglífico maya que resulte ser una pista fundamental, siempre puede pedirle a uno de estos *geyperman* que le acompañan que lo traduzca, ¿no? Y si se resiste, lo vuelan en pedazos y asunto resuelto.

Hutch guardó silencio, meditando sobre mis palabras y lo cierto que pudiera haber en ellas. Estaba claro que tras leer el optimista informe que tenía sobre la mesa, había decidido que no nos necesitaba, y tener que recapacitar sobre su decisión no le hacía estar precisamente contento.

—De acuerdo —aceptó a regañadientes—. Vuestros nombres aparecerán de forma destacada en cualquier mención que se haga del proyecto, pero os integrareis en el equipo de prospección como uno más, con las mismas condiciones económicas que el resto del equipo, ni más ni menos. Y os lo advierto —nos señaló con el dedo, uno a uno—, si tengo la más mínima sospecha de que me ocultáis información o pretendéis robarme, os dejaré en manos de Goran y sus amigos para que haga con vosotros lo que le parezca. ¿He sido los suficientemente claro?

Afirmé con la cabeza, y un escalofrío me recorrió la columna al intuir de reojo cómo se estiraban los labios de Rakovijc en una sádica mueca.

A lo largo de la mañana, preguntando aquí y allá, averiguamos que los seis hombres armados que habíamos visto hasta el momento eran nada menos que mercenarios, o como uno de ellos se había definido eufemísticamente, especialistas en seguridad. Todos resultaron ser ex comandos de las fuerzas especiales sudafricanas, que habían encontrado un empleo mejor remunerado ofreciendo sus servicios a empresas como la *Tactical Solutions Inc.*, compañía para la que trabajaban en ese momento, y a la que John Hutch había contratado por razones que no acabábamos de entender.

Empleamos casi toda la mañana en recoger nuestro campamento e instalarnos en el de Hutch, y a mediodía nos acercamos a la plaza central, frente a la pirámide, donde nos había emplazado a que nos reuniéramos con él.

Al llegar allí lo encontramos hablando con Rakovijc, mientras éste último le señalaba con el dedo diferentes puntos de la ciudad en ruinas y escudriñaban a su alrededor, como estudiando el terreno.

Nos mantuvimos a distancia, ajenos a la conversación, y tras hacer unas breves anotaciones, Rakovijc se alejó en dirección al campamento, y Hutch, al apercibirse de nuestra presencia, se acercó hasta nosotros con sorprendente buen humor.

—Todo marcha según lo previsto —afirmó complacido—. Me acabo de comunicar con mi abogado a través del teléfono vía satélite, y me ha confirmado que los permisos de excavación ya están firmados y sellados.

374

—¿Cuánto te ha costado el soborno? —preguntó Cassandra con sarcasmo—. Has debido de picar alto para hacerte con el permiso, porque esta vez no se trata solo de bucear en busca de un improbable tesoro, sino de excavar en un valioso emplazamiento arqueológico que, conociéndote, seguramente acabará dañado de forma irreversible.

—Siempre procuro ser lo más cuidadoso posible, señorita Brooks —se excusó, en un insólito alarde de paciencia—. Pero sabe tan bien como yo, puesto que lo ha hecho varias veces, que no se puede hacer una tortilla sin romper los huevos.

La referencia a su periodo como empleada del cazatesoros fue un golpe bajo que Cassandra encajó con mala cara.

—Lo que me gustaría saber —intervine, antes de que la conversación subiera de tono— es cuánto tiempo lleva aquí espiándonos y qué hacen aquí esos mercenarios. Nosotros llevamos aquí bastantes días y no hemos tenido ningún tipo de problema. De hecho, hasta ayer aún no habíamos visto a nadie.

—Llegamos hace tres días, y respecto a la segunda cuestión, cualquier precaución es poca —alegó con seriedad—, y más tratándose de un tesoro de miles de millones de dólares. Un grupo de capital de riesgo ha confiado en la *Marine Hutch Explorations*, invirtiendo más de treinta millones de dólares en esta operación, y tomaré todas las medidas que crea necesarias para llevarla a cabo con éxito.

—¿Treinta millones? —exclamé incrédulo, calculando que serían unos veinticinco millones de euros—¿Y en qué lo ha invertido? ¿Acaso ha comprado todo Yaxchilán?

—Podría —afirmó lacónicamente—. Pero lo que he hecho ha sido adquirir el mejor equipo de prospección terrestre, y contratar a los mejores hombres para llevar a cabo la misión en el tiempo establecido.

—¿Y dónde están, si puede saberse? —preguntó Cassie, mirando a su alrededor—. No se referirá a esos gorilas armados.

—No, señorita Brooks. El equipo y el personal especializado aún tiene que llegar.

—¿Y cuántos días tardarán en hacerlo? —preguntó entonces el profesor, en su escueto inglés.

—¿Días? ¡Ninguno! En realidad deben de estar a punto de llegar... y de hecho —añadió, inclinando ligeramente la cabeza, escuchando con atención—, creo que ya vienen.

Instintivamente, el profesor, Cassie y yo, dirigimos nuestras miradas hacia el río, intentando distinguir alguna embarcación apareciendo por el recodo. Pero enseguida nos dimos cuenta de que el sordo zumbido que había escuchado Hutch no provenía de río arriba, sino desde el interior de la selva.

El rumor fue transformándose progresivamente en un grave tableteo. Cuando ya su intensidad se hizo abrumadora, las copas de los árboles que marcaban el límite de la jungla comenzaron a combarse bajo un peso invisible y, de repente, como unos monstruosos insectos nacidos de una pesadilla, tres enormes helicópteros de carga *Chinook* de doble rotor, pintados de camuflaje y con la bandera mexicana destacando en su morro, hicieron su dramática aparición rozando la punta de los árboles con sus trenes de aterrizaje y deteniéndose justo encima de la plaza central, a pocos metros de donde nos encontrábamos. Provocando una imponente ventolera que lanzaba polvo, hojas y ramas en todas direcciones con la fuerza de seis pequeños huracanes.

Las horas siguientes fueron de frenética actividad. Descargar los helicópteros fue solo una parte, pues aunque casi una veintena de técnicos y mercenarios descendieron de las naves, el material a descargar era mucho, y en ocasiones, muy delicado. Por si fuera poco, los eficientes trabajadores levantaron un puesto de mando de planchas prefabricadas al pie mismo de la gran pirámide, que antes del atardecer ya disponía de un sistema de agua corriente, aire acondicionado y un soporte informático de última generación que sería la envidia de muchas universidades. La corriente eléctrica era proporcionada por un imponente generador diesel de *Powertech Inc.*, que con su motor *Cummins* de doce cilindros y treinta y cinco mil centímetros cúbicos turboalimentados, proporcionaba cinco mil kilovatios de una forma increíblemente silenciosa. Suficiente energía eléctrica para abastecer a un pueblo entero.

Alrededor del centro de control se levantaron otras casetas, algo más pequeñas, donde resguardar las herramientas, las provisiones y la armería −todas ellas custodiadas por mercenarios−. El milagro de levantar todo aquello en unas pocas horas era responsabilidad de la *Extreme Engeneering*: una empresa, según me enteré más adelante, dedicada a la realización de obras civiles en situaciones o lugares poco comunes. Ellos serían también los encargados de arrancar el tesoro de las fauces del cenote. A la cabeza del equipo había un ingeniero de minas silencioso y taciturno llamado David Carter y junto con él había venido un tal Michael Benedict, un animoso geólogo de Houston que aún no tenía muy claro cuál era su papel en aquella función. Además de los técnicos y mercenarios, llegaron en los helicópteros dos hombres más que conocíamos de nuestra estancia en el *Midas*, el introvertido doctor Francis Dyer, con el que no había llegado a cruzar ni una frase mientras estuvimos embarcados, y Nat Duncan: mecánico, electricista y arreglalotodo de confianza del mismo barco, que se encargaba ahora de que todo funcionara en el campamento como le gustaba a Hutch. Es decir, perfecto.

Con la puesta de sol, Hutch nos envió al campamento, alegando que en ese momento no éramos útiles y que debíamos descansar de cara al día siguiente, pues nos esperaba una larga jornada. Fuimos casi los únicos en hacerlo, pues los técnicos seguían trabajando sin descanso, y cuando nos marchábamos, vimos cómo empezaban a largar cables en dirección a la cumbre de la pirámide desde el generador principal.

A primera hora de la mañana del día siguiente nos dirigimos al centro de mando, donde nos esperaba el «equipo de prospección» al completo que, para nuestra sorpresa, estaba formado tan solo por Benedict el geólogo, y su extravagante sombrero de vaquero. Por lo que al unirnos nosotros tres, multiplicó por cuatro su volumen de personal.

—Llamadme Mike —saludó cordialmente, cuando nos presentamos—. Y lo de «equipo de prospección» me parece muy pomposo para lo que tenemos que hacer en realidad.

—¿Y cuál es nuestro cometido? —quiso saber Cassandra.

—Por el momento, darnos un tranquilo paseo por el interior de la pirámide.

—Vaya, veo que nos hemos apuntado al equipo bueno —comenté entre dientes.

El texano soltó una risotada, dándome una palmada en la espalda que casi me tumba.

—He dicho por el momento —repitió risueño—. En cuanto llevemos a cabo un reconocimiento preliminar, tendré mucho trabajo y necesitaré toda vuestra ayuda. ¿Habéis usado alguna vez un detector estratográfico? —preguntó—. ¿O un radar de suelo?

Benedict estudió nuestras expresiones, deduciendo que no teníamos ni idea de lo que nos estaba preguntando.

—Yo sé conducir —apunté levantando la mano.

Y antes de que pudiera evitarlo, un nuevo manotazo acompañado de una carcajada me sacó el aire de los pulmones. Decidido, no se podía bromear con aquel hombre.

—No pasa nada —comentó despreocupadamente—. Os enseñaré cómo funcionan y las pautas que hemos de localizar. En un par de horas seguro que los manejáis tan bien como yo.

Dicho esto, tomamos una linterna cada uno del cuarto de material y nos encaminamos hacia el templo enclavado en la cima de la pirámide.

Paralela a la escalera que ascendía sobre la falsa loma, una línea de varios cables ascendía de igual modo hasta la entrada del templo, y cuál no fue mi sorpresa al descubrir que no solo habían desmontado y retirado la estructura de bambú que tanto nos había costado ensamblar, sino que la enorme losa de piedra que cubría la entrada había desaparecido, como si nunca hubiera estado ahí.

Justo en el momento en que nos acercábamos a la boca subterránea, apareció por ella David Carter, como un conejo pálido saliendo de su madriguera. Nos saludó escuetamente con un gesto de cabeza y, una vez afuera, sacó una vieja pipa, estudiando a las tres personas que no conocía mientras la rellenaba meticulosamente y trataba de encenderla con un desgastado Zippo.

—Así que son ustedes los que montaron este tinglado con cañas y cuerdas —comentó, tras comprobar satisfecho como prendían las hebras de tabaco en la cazoleta.

—Bueno, ya sabe... —repliqué, algo molesto por cómo me había sonado la palabra «tinglado»—. Aquí en la selva uno se aburre, y nos pareció que sería divertido.

El ingeniero esbozó una breve excusa en su gesto.

—No me malinterprete. Me pareció algo muy ingenioso, incluso me ha apenado tener que desmontarlo.

—Pues no lo parece por la prisa que se han dado.

—No hemos tenido otro remedio. Había que montar los gatos hidráulicos para retirar la losa y nos estorbaba mucho.

—Por cierto —dijo Cassie—, ¿dónde han dejado la losa? No la veo por ningún sitio.

—La hemos llevado abajo —explicó—. Hemos decidido utilizarla como contrapeso para el elevador 1.

—¿Un elevador? —pregunté extrañado—. ¿Para qué?

—Pues para subir todo el equipo hasta aquí arriba, por supuesto. No pensaría que íbamos a usar mulas, ¿verdad? Tenemos varias toneladas de material que llevar hasta el cenote, y eso sin contar con lo que tengamos que sacar de allí.

—Veo que no reparan en gastos —apuntó el profesor.

Esta vez fue Mike, que seguía a nuestro lado, quien contestó.

—Si tenemos un presupuesto casi ilimitado, y la prioridad de realizar el trabajo de la forma más rápida y eficiente posible, lo lógico es que utilicemos todos los medios a nuestro alcance, ¿no cree?

—Sí, por supuesto —reconoció—. Es solo que en nuestro país las cosas suelen hacerse de forma algo más chapucera.

—A la larga, eso sale más caro.

—No le quepa duda de que así es —convino el profesor—, pero las malas costumbres son difíciles de eliminar, y más aún si se las tolera como una «característica» cultural.

—¿Qué es lo que ha montado aquí? —intervine, viendo que la conversación derivaba hacia lejanos derroteros—. ¿Estos cables que entran en el túnel significan que ahora hay luz ahí abajo?

Carter me miró, como extrañado de que le preguntara una obviedad.

—Por supuesto. Es lo primero que hicimos. Ahora ya estamos iniciando el cableado de un sistema de comunicaciones interno y montando los raíles del elevador 2, que llevará hasta la cripta.

Mudo de asombro por la rapidez con que trabajaban y lo ambicioso del proyecto, me quedé con ganas de preguntarle algo más al ingeniero, pero éste se despidió educadamente, alegando que tenía mucho trabajo entre manos.

Entonces, sin más dilación, nos acercamos a la abertura, ahora flanqueada por una barrera de plástico amarillo balizada con luces estroboscópicas intermitentes, e iniciamos el mismo descenso que había realizado solo veinticuatro horas antes.

Al principio avanzamos con cautela, pero entre la iluminación que habían instalado la noche anterior por toda la escalera, a base de centenares de pequeñas bombillas de baja intensidad y la arena abrasiva, que inteligentemente habían esparcido sobre los resbaladizos escalones, se había suprimido el riesgo de caída, así como gran parte del misterio del lugar.

En mucho menos tiempo del que empleamos Cassie y yo el día anterior, alcanzamos el final de la escalera y el inicio del pasillo de las pinturas, del que hubo que sacar al profesor a rastras, y al que Mike, indiferente, apenas prestó atención ahora que, totalmente iluminado, resplandecía en toda su magnificencia. Incluso para un profano como yo resultaba un espectáculo soberbio en el que se entrelazaban el arte pictórico y las historias que aquellos muros relataban sobre guerras, sacrificios y reyes muertos cientos o miles de años atrás.

Siguiendo el pasillo, llegamos al umbral que lo separaba de la gran caverna, y cediendo al profesor Castillo el primer lugar, lo traspasamos con admirada reverencia.

También aquí los técnicos de la *Extreme Engeneering* habían instalado luces, pero a diferencia del pasillo y la escalera, no se trataba solo de un acceso al que bastaba alumbrar someramente. El perímetro total de la cueva había sido rodeado de potentes focos de mil vatios instalados sobre trípodes, que iluminaban el lugar como jamás lo había sido antes. Ni siquiera aquellos que la construyeron siglos atrás la habían visto así, con la poderosa bóveda cerrándose sobre sus cabezas a más de treinta metros de altura, y las doce figuras gigantes de rasgos inhumanos proyectando sombras que los hacían aún más terroríficos de como los habían imaginado.

El tamaño de la cavidad sobre la que se alzaba la pirámide era sencillamente colosal, y no podía dejar de pensar en la poderosa impresión que causaría en aquellos que tuvieron la desdicha de contemplarla antes de ser entregados en sacrificio. Al terror de la cercana muerte, le sumarían el de constatar que su alma inmortal se hallaba realmente en manos de poderosos y despiadados dioses.

Pero lo que acabó captando la atención de los cuatro fue el cenote que, iluminado también desde su interior, refulgía con un azulado brillo espectral muy acorde con el lugar. Parecían las enormes fauces abiertas de un ser maligno que desafiara con sus colmillos de piedra a cualquiera que tuviese el valor de adentrarse en sus entrañas, para arrebatarle lo que a él y a los espíritus de los muertos les pertenecía.

Para desgracia de todos, entonces aún no comprendíamos que realmente nos hallábamos frente a Ah Puch, el dios maya de la muerte, el que tras siglos de hambre de vidas humanas se resarciría con aquellos que codiciaban profanar sus dominios.

42

Tras tomar una buena cantidad de fotos, así como medidas precisas de la caverna y el cenote, regresamos al centro de mando para realizar un *breafing* conjunto y establecer las pautas de trabajo de cara al día siguiente.

En el exterior del mismo, Hutch esperaba pacientemente a que todos nos congregáramos, y cuando así fue, a la hora acordada, carraspeó solicitando silencio y subiéndose a una caja de material tomó la palabra, con el mismo tono estudiado con que lo había hecho tiempo atrás desde el puente del *Midas*, para dirigirse en aquella ocasión a la tripulación de su barco.

−Ante todo −comenzó esta vez, elevando la voz por encima del murmullo general−, quiero darles las gracias a todos por estar aquí. Sé que para algunos, el lapso entre estar durmiendo en la cama con su mujer, y descubrirse sentados en el asiento de un avión con destino a Centroamérica fue de menos de dos horas −estiró los labios para añadir− ...pero ya me daréis las gracias más adelante −risas−. Aunque a todos los que han venido se les está remunerando muy generosamente −continuó, cambiando de registro−, no puedo menos que darles las gracias por confiar en nuestro proyecto, y por estar aquí, en esta selva, a un paso de rescribir los libros de Historia.

Hizo una pausa y paseó la mirada por los allí reunidos, con expresión satisfecha.

−Por ello −prosiguió, alzando la mandíbula−, tras llegar a un acuerdo con el grupo de inversión que nos financia, les tengo que anunciar que, en caso de concluir la misión en el plazo previsto, un uno por ciento del beneficio de esta operación ¡será distribuido entre todos los aquí presentes!

Todo el personal prorrumpió en entusiasmados vítores y aplausos, mientras intentaban calcular mentalmente cuánto era la treintava parte de un uno por ciento de diez mil millones de dólares.

Indudablemente, Hutch sabía cómo motivar a sus trabajadores.

—A cambio —continuó, tratando de contener la euforia con un gesto—, les pido que den el máximo de ustedes mismos, pues para lograr nuestro ambicioso objetivo hemos de trabajar al ciento diez por ciento —hizo una nueva pausa, para asegurarse de que todos entendieran la importancia de sus palabras—. Tenemos solo unos días para llevarlo a cabo, pero no me cabe la menor duda de que lo lograremos por muchas dificultades que puedan surgir. Confío en ustedes, no me defrauden.

De nuevo, una salva de aplausos y silbidos de aprobación inundaron el silencio de aquella ciudad perdida, y si aquello hubiera sido una plaza de toros, a Hutch lo habrían sacado en hombros por la puerta grande.

En contraste con la alegría exacerbada de mercenarios, técnicos y científicos; allí estábamos los tres, sentados al fondo, lamentando haber quedado segundos en una carrera, de la que ni tan siquiera nos habíamos apercibido que se estuviera celebrando.

El resto del día lo empleamos en aprender el funcionamiento básico de unos artefactos de alta tecnología, cuyos nombres era incapaz siquiera de pronunciar, pues Mike necesitaba de unos asistentes que le ayudaran a elaborar un mapeo estratográfico de la caverna. El fin de todo ello era conocer exactamente el tipo de roca con el que iban a tener que lidiar los ingenieros, así como los tributarios y desagües subterráneos por los que circulaba el agua que entraba y salía del cenote, ya que como nos hizo ver Mike, aunque en apariencia el agua estuviera estancada, no podía ser así, porque en ese caso habría estado llena de algas y bacterias, y no totalmente cristalina, como la habíamos encontrado.

Hasta muy entrada la noche estuvimos testando los equipos y repasando el trabajo a realizar a la mañana siguiente, y no fue hasta que el geólogo texano se dio por satisfecho que pudimos regresar al campamento. Un campamento que había cuadruplicado su tamaño en solo veinticuatro horas, y al que le habían brotado duchas, letrinas, y una cocina como por ensalmo. Lo primero que pensé al descubrir los enormes cambios es que parecía estar viviendo dentro de un cuento donde unos laboriosos duendecillos invisibles trabajaban a destajo sin que nadie pudiera verlos.

Aquellos hombres hacían muy bien su trabajo. Y muy rápido.

La noche fue plácida, e incluso Cassie y yo conseguimos disfrutar de unos momentos de intimidad en nuestra tienda, gracias a que el profesor se ofreció a dar un pequeño paseo a la luz de la luna. Llevábamos muchos días sin hacer el amor, y descubrir de nuevo la tersa suavidad de la piel de la mujer de la que me había enamorado, mientras nos besábamos lentamente, explorando por debajo de la ropa y dejando que nuestros cuerpos se buscaran y enlazaran ansiosos uno por el otro, me hizo olvidar la decepción de haber visto cómo se torcían nuestras expectativas y darme cuenta de que lo realmente importante era que estábamos vivos, y que era amado por la persona a la que amaba.

Aquella noche de pasión y amor reafirmado debió de obrar en mí una especie de catarsis, pues me permitió dormir relajadamente por primera vez en dos semanas y despertarme al otro día lleno de ánimo y con energías renovadas.

Eran las ocho de la mañana cuando, tras pasar por la tienda-cocina y agenciarnos unos cuantos sándwiches de crema de cacahuete con mermelada —por si no nos habíamos dado cuenta de que estábamos entre anglosajones—, nos dirigimos al centro de mando en la plaza central, donde nos esperaba Mike con su sempiterno sombrero de cowboy.

—Buenos días —saludó, tocándose el sombrero al vernos llegar—. ¿Habéis dormido bien?

—Algunos mejor que otros... —respondió el profesor, guiñándome el ojo.

Ahí debí de poner cara de idiota, pues Mike se dio cuenta enseguida de qué iba el asunto.

—Oh, muy bien —contestó con complicidad—. Solo espero que hayáis reservado fuerzas, nos espera un día duro.

Cargamos con el equipo electrónico hasta el pie de la pirámide, descubriendo asombrado que los duendes habían vuelto a hacer su aparición. Donde el día anterior había tan solo, una desnuda ladera, ahora contemplaba atónito dos raíles de brillante aluminio que, paralelos, ascendían desde el nivel del suelo hasta el templo que coronaba la montaña artificial, en cuya base descansaba una suerte de vagoneta minera futurista.

—Carter nos dijo que iban a construir algo así —comenté, admirado—. Pero jamás hubiera creído que pudieran llevarlo a cabo en una sola noche.

—Sí, son rápidos —admitió el geólogo. Dando a entender por su tono de voz que no era la primera vez que trabajaba con ellos y ya no le sorprendía su competencia.

—¿Tenemos que montarnos en *eso*? —preguntó entonces Cassandra con desconfianza, señalando la vagoneta.

—No, señorita Brooks. *Eso* es solo para carga. Dejad dentro los instrumentos y subamos andando.

Así lo hicimos y, una vez arriba, accionamos un pequeño interruptor y la vagoneta ascendió hasta nosotros silenciosamente, arrastrada por un fino cable de acero.

Recogimos los aparatos, y con precaución iniciamos el descenso de la escalera de piedra, constatando que ya habían instalado raíles de aluminio a lo largo de la misma. Probablemente, al día siguiente ya habría allí una versión reducida de la vagoneta que acabábamos de utilizar.

Al llegar a la caverna encontramos a varios técnicos instalando una sofisticada grúa en el borde mismo del cenote, y cinco equipos completos de buceo extendidos en el suelo sobre una lona de plástico azul.

—¿Y esto? —pregunté, señalándolos con curiosidad.

—Ni idea —contestó el geólogo—. Pero, en cualquier caso, no es asunto nuestro. Limitémonos a hacer nuestro trabajo.

Dicho lo cual, nos instó a colocar los instrumentos en los lugares que nos iba indicando, interconectándolos todos por medio de un ordenador portátil, cuya pantalla, dividida en varias ventanas, empezó a mostrar una sucesión de gráficos incomprensibles que fueron almacenándose en el disco duro. Al cabo de cinco horas, ya habíamos tomado lecturas de todo el suelo de la caverna y, dejando todos los aparatos de medición allí mismo, nos encaminamos hacia la salida.

—Ahora —explicaba Mike, mientras subíamos por la escalera—, volcaré toda la información que hemos recogido en el ordenador del centro de mando, y por medio de un complejo programa informático que, por cierto, ayudé a diseñar, obtendremos un mapa tridimensional del subsuelo de la cueva.

—Parece magia —apuntó el profesor—. ¿Cómo funciona?

—Sería complicado de explicar —dijo el texano, resoplando por el esfuerzo de ascender y hablar al mismo tiempo—. Pero, básicamente, hemos estado bombardeando el terreno con ondas electromagnéticas de baja frecuencia e infrarrojas. Con ello conseguimos atravesar muchos metros de roca y tierra, independientemente de su densidad, logrando «ver» así lo que hay bajo nuestros pies. En resumen —concluyó, quitándose el sombrero y rascándose la cabeza—, tiene usted razón, parece magia.

Media hora más tarde, con un refresco en la mano de cada uno, en la penumbra de la sala de informática contemplábamos absortos la pantalla principal del ordenador de la base mientras se iba formando, capa a capa, una colorida representación del subsuelo de la caverna hasta unos quince metros de profundidad. En pocos minutos, la computadora finalizó su tarea, y Mike, manejando el ratón, hizo rotar la figura resultante sobre sus tres ejes, imprimiendo en papel las perspectivas que le parecían más reveladoras.

En ello estábamos cuando Hutch apareció por la puerta, y sin saludar, tomó asiento junto al geólogo.

−¿Tiene las lecturas?

−Todas ellas −contestó Mike−, y acabo de terminar el análisis de las mismas.

−¿Y bien?

−Pues como suponía −informó en tono profesional−, todo el suelo es de origen calcáreo, y en las lecturas no se aprecian fisuras importantes en la roca, por lo que podrá proceder con el sellado de los canales sin temor a que haya desprendimientos.

−¿Cuántos hay? −continuó interrogando el cazatesoros.

−Dos, uno de entrada y otro de salida.

−Perdonen que interrumpa −intervine−. Pero, ¿qué es eso del sellado? ¿Y de qué canales hablan?

El geólogo se volvió en su silla.

−Los canales son por donde entra y sale el agua que vemos en el cenote −y apoyando un dedo en la pantalla indicó−. Son esos dos ramales que salen en direcciones opuestas, ¿los ves? Están a unos tres metros por debajo del nivel del agua, y lo que vamos a hacer es sellarlos con explosivo plástico.

−¿Para qué? −volví a preguntar.

−¡Pues para qué va a ser, hombre! −exclamó el texano−. Para bloquear el paso de agua, drenarlo, y una vez seco sacar el tesoro tranquilamente.

−¿Y si no quedan perfectamente sellados los canales? Me parece difícil que no entre nada de agua.

Mike meneó la cabeza.

−Eso no será un problema. Carter, el ingeniero podrá darte más detalles, pero disponemos de una bomba capaz de extraer cien metros cúbicos de agua por minuto. Aunque haya filtraciones, el pozo quedará virtualmente seco.

Cassandra, que observaba la extraña figura de la pantalla, similar a un grueso tronco invertido del que salían dos ramas perpendiculares en direcciones opuestas, formuló la pregunta que desde hacía un rato también rondaba por mi cabeza.

—¿No es muy simétrico ese cenote?

—Tiene usted razón señorita Brooks, ya me había fijado —convino Mike—. Es una sima extraordinaria, perfectamente circular. Casi parece hecha por la mano del hombre.

—¿Y está seguro de que no es así? —intervino Hutch, con un matiz de preocupación.

—En realidad es muy difícil que así sea, pero ¿qué más da? —desdeñó el geólogo.

—Trampas —repuso con seriedad—. Si alguien lo ha construido, puede haber instalado trampas.

—¿Preparadas hace casi mil años? —intervino la arqueóloga—. No sea paranoico, esto no es Vietnam. Los mayas no ponían trampas en sus recintos sagrados, eso solo ocurre en las películas.

Hutch se volvió hacia ella con expresión maliciosa.

—Me alegro de que esté tan convencida, señorita Brooks, porque ustedes dos —dijo mirándola a ella, y luego a mí—, serán los primeros en bajar.

La inmersión en el cenote la realizaríamos la mañana del día siguiente, así que Cassandra decidió emplear la tarde en estudiar las pinturas del pasillo de acceso a la caverna, y nos pidió que la acompañáramos.

Cargando en una mochila el ordenador portátil y su valioso programa de traducción, descendía por el interior de la pirámide maya, acompañado por el profesor Castillo y mi arqueóloga favorita, por segunda vez en ese día.

—Creía que me pedías que te acompañase por mi carisma y sentido del humor —rezongué—, no para hacer de porteador.

—Por supuesto que no te he pedido que vinieras solo por eso —aclaró la aludida—. También puedes serme útil si hay bichos en la cueva, o para levantar cosas pesadas.

—Asúmelo —sentenció el profesor—, para las mujeres somos solamente mano de obra barata. Y lo peor es que nos encanta serlo.

—Toda la culpa la tiene esta maldita testosterona...

—Pues a mí me gusta —susurró a mi espalda la mexicana con voz seductora—. ¿Me permitirás disfrutarla un poquito esta noche?

—No veo que llegue el momento.

—Ulises, estás perdiendo la poca dignidad que te queda —opinó el profesor.

—Envidioso.

—Pues sí —admitió con una risita—. Para qué nos vamos a engañar.

Como lo llevaba delante, le di una palmada en el hombro.

—Vamos, profe, anímese, que a lo mejor encontramos en la caverna alguna momia de su edad con un frasco de Viagra.

Quizá por el buen humor que nos acompañaba, el descenso se me hizo muy breve y, sin darme cuenta, ya me encontraba al final de la escalera, adentrándome en el fantástico «pasadizo de las pinturas», como imaginativamente habíamos decidido bautizarlo.

A pesar de que era ya la cuarta vez que lo atravesaba, descubría en cada ocasión nuevos símbolos y representaciones, y me asombraba con los sutiles matices con que aquellos artistas diferenciaban distintas actitudes y comportamientos de figuras aparentemente iguales. Alrededor de cada personaje o escena, una serie de jeroglíficos describían y fechaban los acontecimientos como un pie de foto precolombino. En aquel amplio pasadizo de más de veinte metros de longitud, había contado al menos treinta escenas repartidas entre ambas paredes y el techo, que era precisamente donde enfocaba ahora mi linterna con curiosidad; pues a pesar de disponer de una tenue iluminación eléctrica, ésta no permitía distinguir claramente los detalles de los pasajes que se encontraban a tres metros de altura.

Mientras Cassie y el profesor examinaban una escena en que un sacerdote con un espectacular tocado de plumas de guacamayo le sacaba el corazón a un guerrero vestido con piel de leopardo y lo lanzaba a las fauces de Ah Puch, yo recorría los pasajes del techo con pocas esperanzas de entender su significado, aunque seducido con la fuerza que transmitían aquellas figuras. De todos modos, tras más de una hora caminando arriba y abajo por aquel pasillo, empecé a saturarme un poco de tanto rey emplumado, sacrificios y ajusticiamientos. Estaba ya meditando regresar a mi cómoda litera, a recobrar el sueño perdido la noche anterior, cuando mi vista fue a parar a una pequeña representación ilustrada justo encima del umbral que llevaba a la caverna principal y que, sin saber muy bien por qué, a un nivel inconsciente, había captado por completo mi atención.

La contemplaba detenidamente, intentando averiguar qué es lo que hacía tan llamativa aquella escena. En ella, una serpiente malcarada decorada con plumas verdes aparecía representada junto a una especie de carromato cargado con lo que aparentaba ser una caja de piedra, o algo por el estilo. Seguramente −pensé−, será una tontería, pero ya que estamos aquí, le sacaré una buena fotografía.

En ese instante, el profesor se acercó por mi espalda para preguntarme qué estaba mirando con tanto interés.

−Nada, es solo que esa pintura me ha llamado la atención y he decidido tomarle una foto.

−Déjame ver −dijo apuntando también con su linterna−. Sí, parece la representación de un dios, y la verdad es que es curioso que aparezca junto a un... a un... ¡Dios mío! −exclamó−. ¡Señorita Brooks, venga aquí enseguida!

Ésta llegó corriendo, dirigió también su linterna al mismo punto y, con un ahogado grito de asombro, dio un paso atrás para no caerse de espaldas.

—Es imposible —susurró—, a menos que...

—¿Me podéis decir qué es lo que pasa? —pregunté, desconcertado por la actitud de mis amigos.

Cassandra parecía sorprendida de que no me diera cuenta de lo que ellos veían.

—Pues pasa —explicó sin quitar ojo de la pintura— que ahí se ve claramente al dios Quetzalcóatl, junto a lo que parece ser una carreta de madera.

—Ya lo veo, ¿y?

—Y que se supone que la rueda no apareció en América hasta la llegada de los españoles. Los mayas, Ulises, desconocían totalmente el uso de la rueda.

El asombroso grabado resultó ser solo el último de una serie que, pintada en el techo, empezaba en un extremo del pasillo y terminaba en el otro. Allí, según las inscripciones que iba interpretando Cassandra, se relataba de forma cronológica cómo los hijos del dios Quetzalcóatl llegaron siguiendo el río hasta la ciudad de Yaxchilán en múltiples ocasiones, a lo largo de varios ciclos cortos. Los grabados ilustraban, también, que la última ocasión en que lo hicieron, tras presentarse ante los sacerdotes y pedirles su ayuda, realizaron la mayor ofrenda de oro y piedras preciosas jamás vista en estas tierras al dios Ah Puch. Tras ello, los dioses barbudos y de piel blanca —simbolizados como siempre, por figuras de Quetzalcóatl— partieron en dirección sur hacia un lugar en las montañas llamado *Ciudad del Templo*, para no regresar jamás. Llevándose consigo a cambio una excepcional talla de jade representando una serpiente emplumada ofrecida por los sacerdotes como prueba de reconocimiento, y un misterioso cofre de piedra que según parece, les dijeron aquellos hijos de Quetzalcóatl, contenía un tesoro sagrado.

—Sin duda, se trata del relato —murmuró el profesor, embelesado, con la vista clavada en el techo— de la visita de los Templarios a este lugar. Su llegada, la ofrenda al cenote, y su marcha final. Todo apunta en la misma dirección, y si la interpretación que hacemos es correcta, creo que no cabe duda de que la totalidad de las riquezas del Temple —agregó, señalando el reflejo azulado procedente de más allá del corredor— descansan ahora en el fondo de este cenote.

—Tiene sentido haber dejado todo el tesoro aquí. Imagino que les pareció un buen escondite, a salvo de los indígenas temerosos de la ira de sus dioses y muy lejos de las zarpas del Papa y el rey de Francia y, además, no creo que tuvieran ganas de seguir arrastrando toneladas de oro y joyas a través de la jungla. ¿Tú qué opinas, Cassie? —le pregunté, abrazándola por la espalda—. Estás muy callada.

—No, si esa parte está muy clara —se apresuró a señalar—. Es solo que me intriga saber a qué se referirían con eso del tesoro sagrado. Me gustaría saber qué llevaban en esa caja de piedra.

—Yo no le daría gran importancia —arguyó el profesor—. Seguramente, se trataría de libros o manuscritos que no podían lanzar al cenote porque el agua los destruiría, y la forma tan pomposa de referirse al mismo seguro que viene justificada por la supuesta divinidad de los barbudos de piel clara. Así, cualquier cosa que portaran en ese cofre sería, por definición, un «tesoro sagrado».

La mexicana meditó un momento el razonamiento del profesor.

—Seguramente tenga usted razón, pero no sé... es un cabo suelto que me hubiera gustado aclarar.

Con todas las imágenes del corredor almacenadas en la memoria de la cámara, regresamos a la superficie cuando ya se estaba haciendo de noche y, tras cenar algo, decidimos ir a dormir pronto, contando con que el día siguiente sería bastante duro.

Pero lo que no podía llegar a imaginar es que, además de duro, sería también uno de los más trágicos de mi vida. Un largo y violento día.

43

Como un inquietante presagio, el desgarrador aullido de los monos congo me despertó con los primeros rastros de luz filtrándose entre el dosel de la selva.

Como no tenía sentido seguir en el camastro estudiando los pliegues del techo de la tienda, decidí vestirme y salir a contemplar el amanecer desde algún punto elevado de la ciudad en ruinas, y cuál mejor —pensé, mientras caminaba en penumbras por el sendero— que el altivo templo que coronaba la pirámide que tan profundamente estaba conociendo.

Despuntaba el alba sobre las copas de los árboles cuando llegué a su cima. El astro rey, inflamado y poderoso, iluminó entonces el mundo, restituyendo los contundentes colores de aquel fantástico rincón de la jungla mexicana.

Cavilaba en que mil años atrás, un sacerdote ataviado de plumas y pieles posiblemente estaría exactamente en el mismo lugar, recibiendo al sol naciente de la misma forma que yo lo hacía en ese momento; quizás, igualmente impresionado ante la visión de unas nubes teñidas de rojo sangre como las que contemplaba en ese instante; y quizá también, ese mismo sacerdote hubiera podido advertirme del funesto augurio que ello significaba.

Al regresar al campamento, alcancé a Cassie y al profesor Castillo en pleno desayuno, y me senté junto a ellos al tiempo que me hacía con un par de bollos recién hechos y algo de mantequilla.

—Buenos días —saludé al tomar asiento.

—¿Dónde estabas? Nos tenías preocupados —dijo Cassandra, con cierto reproche en la voz.

—Por ahí, saludando al dios del sol —expliqué, partiendo en dos uno de los bollos.

—Pues más vale que te esmeres ahora con el dios de la mantequilla, porque tenemos la inmersión dentro de dos horas y aún hay que comprobar el equipo.

En cuanto terminamos de desayunar, nos dirigimos a la pirámide en la que había estado hacía un rato y, al llegar a la boca de la escalera subterránea, descubrimos que ya había sido instalada la estrambótica vagoneta sobre unos raíles que se perdían en las profundidades del templo. Esta segunda vagoneta era significativamente menor a su homóloga que recorría la falda de la falsa loma, y a lo que más se parecía era a una sección de una escalera de aluminio a la que se le habían añadido cuatro pequeñas ruedas.

—¿Qué demonios es esto? —preguntó el profesor, que había decidido acompañarnos, a un técnico que se afanaba en los últimos toques a un interruptor.

—Lo llamamos el trineo de la muerte —explicó divertido—. Pero no se preocupen, hasta ahora no ha hecho honor a su nombre.

—¿Hasta ahora? —pregunté inquieto—. ¿Cuánta gente lo ha utilizado?

—¡Nadie! —contestó, carcajeándose con su propia broma.

Sin acabar de encontrarle la gracia al asunto, no nos quedó más remedio que acomodarnos en la peculiar vagoneta, que se asemejaba ligeramente a las usadas en los parques de atracciones; pero sin barra de seguridad y de un aspecto mucho más frágil.

A nuestra señal, el operario puso en marcha el singular vehículo, y a una velocidad considerable descendimos por enésima vez por aquella galería, plantándonos en el «pasadizo de las pinturas» en menos de dos minutos.

Al llegar a la caverna, nos encontramos con que ya estaban allí Hutch y Rakovijc. El primero repasaba los equipos de buceo y que las botellas estuvieran llenas, y el segundo manipulaba unos pequeños paquetes que, al acercarme, descubrí que eran cartuchos de explosivo plástico con la inscripción *Semtex* en su envoltorio.

—Un momento —interpelé a Hutch—. No estará pensando en que Cassandra y yo instalemos los explosivos en el cenote.

El californiano me miró con arrogancia.

—¿Crees acaso que te permitiría manejar explosivos tan cerca de *mi* tesoro? —contestó, subrayando el pronombre posesivo—. Ese trabajo solo lo puede hacer un experto como Rakovijc.

—Entonces —intervino Cassie—. ¿Cuál es exactamente el propósito de la inmersión?

—Realizar una inspección visual del cenote y los dos canales sumergidos, y sacar unas fotos con la cámara sumergible para que podamos decidir exactamente el lugar donde colocar las cargas. ¿Podréis hacerlo?

El tono ofensivo se había convertido en una desagradable constante en casi todas nuestras conversaciones.

—Se ha olvidado decir, comprobar si hay trampas —apuntillé.

—Por supuesto, y si encuentras alguna, te ruego encarecidamente que caigas en ella.

—Por usted, lo que haga falta.

Como cualquier submarinista que le tenga apego a la vida, repasé detenidamente todo el equipo que iba a utilizar en la inmersión, que aunque breve y a poca profundidad, nos llevaría a recorrer cierta distancia por unas estrechas galerías en las que cualquier fallo en el regulador o en la botella, podría ser fatal.

Alguien había instalado esa misma noche una escala de aluminio que se hundía un par de metros en la translúcida agua del cenote, y comprobaba su solidez subiéndome a ella, cuando el eco de un trueno llegó hasta nosotros desde la superficie.

—Qué raro —comenté despreocupadamente—, cuando vinimos no me pareció que hubiera nubes de tormenta en los alrededores.

Un lejano estruendo volvió a reverberar en el aire, y esta vez, creí percibir una ligera vibración en la planta de los pies.

Entonces, el intercomunicador de la caverna crepitó, y una voz surgió con urgencia del pequeño altavoz.

—¡Señor Hutch! ¡Nos atacan!

A diferencia de nosotros tres, que nos habíamos quedado petrificados, Hutch y Rakovijc reaccionaron inmediatamente; dándome la sensación de que no era algo que les tomara en absoluto por sorpresa.

Rápidamente dejaron lo que tenían entre manos y corrieron hacia el pasadizo de salida, camino del elevador.

—¡Un momento! —les grité en cuanto salí de mi aturdimiento, y ya estaban abandonando la caverna—. ¡Voy con ustedes!

—¡No! —gritó Cassie.

—¿Tienes formación militar? —preguntó Hutch, deteniéndose un momento.

—Hace muchos años realicé el servicio militar en mi país —dije a modo de respuesta—. Supongo que de algo me acordaré.

—Está bien —accedió poco convencido—. Ven con nosotros.

—¡Ulises! —llamó esta vez el profesor, cuando ya corría en pos del norteamericano y el serbio—. ¡No es nuestra guerra! ¡Sea quien sea que nos ataca, está contra ellos, no contra nosotros!

Ya en el umbral de la caverna, me volví por última vez.

—¿Cree usted realmente profesor, que si logran llegar aquí abajo, podrá convencerlos de que usted no es un *ellos*, sino un *nosotros*?

Sin esperar una respuesta que no se produjo, me lancé por el pasillo hasta alcanzar la vagoneta elevadora, dejando atrás a la mujer que amaba y al viejo amigo de mi padre, sin saber si volvería a verlos jamás.

Ascendimos a la máxima velocidad que permitía el elevador, rezando para que el suministro eléctrico no se cortase antes de que alcanzásemos la superficie, y mientras me removía inquieto en mi pequeño asiento, sentía como la adrenalina se extendía por mi cuerpo; y el corazón, a doscientas pulsaciones, bombeaba la sangre a mis sienes con tanta fuerza que temí que me estallara la cabeza. Aunque subíamos sentados de espaldas, mirábamos constantemente por encima del hombro, temiendo que apareciera en cualquier momento la amenazante silueta de un hombre armado, que nos habría tenido a su merced en una posición más que vulnerable.

Con un golpe la vagoneta llegó al final de su recorrido, y sin perder un segundo Rakovijc saltó de la misma con su Sig Sauer en la mano, saliendo al exterior tras mirar a lado y lado, y llamándonos a Hutch y a mí para que lo siguiéramos.

Lejos de lo que me esperaba fuera un sangriento campo de batalla, apenas vi a nadie desde mi privilegiada atalaya en la entrada del templo, tan solo a un par de los mercenarios contratados por Hutch agazapados tras unos árboles, disparando cortas ráfagas de sus ametralladoras, contra un enemigo invisible que parecía esconderse en la espesura de la selva. El aire vibraba con las continuas detonaciones de las armas, a izquierda y derecha de nuestra posición, y tan solo unos leves rastros de humo revelaban las posiciones de unos atacantes que aún no sabíamos quiénes eran.

—¡Rakovijc a equipo de seguridad! —bramó por su radio el ex militar— ¡Rakovijc a equipo de seguridad! ¡Informen de la situación!

Una voz entrecortada respondió de inmediato.

—¡Aquí Kruger! ¡La situación es extremadamente hostil! ¡Están tratando de rodearnos por el norte y el oeste!

—¿Sabe quién nos está atacando?

—¡Negativo, señor! No he podido identificar a los agresores, pero he creído ver que alguno de ellos llevaba un pañuelo rojo en el cuello.

—Guerrilleros zapatistas —escupió con asco.

Rakovijc apretaba la radio hasta dejar blancos los nudillos.

—¿Hemos sufrido bajas? —preguntó, crispando la mandíbula.

—Tres civiles y dos de mis hombres han muerto —contestó la voz metálica.

—¿Podrán repelerlos?

La respuesta tardó esta vez varios segundos en llegar, y lo hizo con un tono resignado.

—No lo creo. Nos han sorprendido tomando posiciones elevadas, y sería muy difícil desalojarlos.

Hutch apretó el pulsador de su radio.

—¡Kruger! —prorrumpió—. ¡Soy John Hutch! ¡Debe aguantar como sea! ¿Me entiende? ¡Como sea!

—Haremos todo lo posible, señor. Pero sugiero un repliegue hacia la pirámide principal, donde están ustedes.

—¿Y dejar millones de dólares en equipos sin protección, para que los saqueen impunemente?

—Señor... —repuso la voz— creo que en este momento lo que menos debería preocuparle es que le roben.

Hutch miró a Rakovijc con una muda interrogación en los ojos y este asintió con la cabeza.

—Está bien, Kruger —aceptó a regañadientes—. Reagrupe a sus hombres alrededor del templo y envíe hacia aquí a todo el personal civil.

De pronto, apenas había terminado de hablar, un enorme estruendo me golpeó los tímpanos al tiempo que una gran bola de fuego se elevó a un lado de la plaza, frente a nosotros, alcanzando casi la altura de la propia pirámide mientras una violenta onda de choque nos lanzaba de forma brutal contra las paredes del templo.

—¡Dios santo! —gritó alguien por la radio—. ¡Han volado los barriles de combustible!

Aturdido, traté de incorporarme para comprobar, incrédulo, que donde antes se encontraban el generador y los barriles de gasolina, ahora había tan solo una gran pira de fuego cuyo humo negro se elevaba en el cielo de la mañana.

Inmediatamente, caí en la cuenta de que Cassie y el profesor ya no tendrían luz eléctrica, y se encontrarían solos y a oscuras en la caverna. Lo que minutos antes me había parecido lo más sensato, ahora no lo parecía tanto. La situación arriba era complicada, pero tendrían más oportunidades que quedándose allá abajo, totalmente a oscuras, como conejos en una madriguera.

Pensaba en la situación de mis amigos cuando la voz de Rakovijc me llegó como si se encontrara muy lejos de allí. Aunque lo que en realidad sucedía, era que la explosión me había dejado parcialmente sordo.

—¡Tenemos que llegar al arsenal! —gritaba—. ¡Necesitaremos todas las armas y municiones para resistir!

—¡También hemos de alcanzar el centro de mando! —dijo Hutch—. ¡Allí se encuentra el teléfono vía satélite! ¡Con él podremos pedir ayuda al ejército mexicano!

—¡Entonces, formaremos dos equipos! —volvió a gritar Rakovijc por encima de los disparos, que cada vez se oían más cerca—. Usted vendrá conmigo —dijo tomando a Hutch de la solapa—, iremos a buscar ese maldito teléfono —tras lo cual se volvió hacia mí, apuntándome con el dedo—. Y tú acompañarás a mis dos hombres hasta el arsenal y les ayudarás a traer hasta aquí todo lo que ellos te digan. ¿Entendido?

—¡Entendido! —contesté, asintiendo con la cabeza—. ¡Pero no tengo ningún arma!

Rakovijc me miró con burla.

—Pues, en ese caso —replicó, enseñando los dientes—, más vale que corras agachado.

Sin un arma para defenderme y totalmente al descubierto, mientras descendía la pirámide y cruzaba media plaza hasta llegar al arsenal bajo el fuego enemigo, hacer lo que me había ordenado Rakovijc estaba muy cerca de ser un suicidio. Pero estaba decidido a arriesgarme, si ello les daba alguna oportunidad más a mis amigos, y a todos los que en ese momento podían depender de mis acciones.

—¡A mi orden, fuego de cobertura! —ordenó Rakovijc por la radio.

Esperó unos segundos y, haciéndonos una señal, se lanzó ladera abajo y todos le seguimos.

Jamás había sentido el siniestro siseo de las balas volando sobre mi cabeza, y si no hubiera sido porque tenía puestos todos mis sentidos en no tropezar en mi loca carrera ladera abajo, seguramente habría optado por ponerme a cubierto. Aunque tampoco había dónde, y bajaba la pendiente a tal velocidad que ni siquiera hubiera sido capaz de detenerme aunque me lo hubiera propuesto.

Corría con todas mis fuerzas confiado en que los dos mercenarios seguían mis pasos, y para cuando llegué a terreno llano, en la explanada de la plaza, mis pulmones estaban a punto de estallar. Aun así, seguí corriendo en zigzag hasta alcanzar una de las casetas de mantenimiento, donde pude recobrar el aliento al abrigo de sus paredes de acero. Al cabo de unos segundos, llegaron los dos soldados jadeando por el esfuerzo y, sin llegar a detenerse, me instaron a que los siguiera. Procurando ofrecer el menor blanco posible, nos movimos rápidamente entre las casetas hasta llegar a la armería y, una vez allí, uno de ellos introdujo la combinación en el candado de la puerta y éste se abrió con un chasquido. Mientras el más alto de los dos se quedaba vigilando la puerta, entré con el otro en el almacén, para recoger todo lo que pudiéramos cargar de vuelta a la pirámide.

En el interior de la caseta, de poco más de cinco metros de largo y sin ventanas, apenas se veía nada, pero era evidente que mi compañero sabía lo que buscaba, pues abría los diversos armarios febrilmente, seleccionando lo que debíamos llevarnos y dejándolo en un montón en el suelo. Había gafas de visión nocturna, varios rifles de asalto de extraña factura, un fusil de francotirador con una enorme mira telescópica, granadas de fragmentación y, por supuesto, muchas cajas de munición. En aquella habitación había suficiente armamento como para empezar una pequeña guerra. Lo que significaba que, o Hutch era extraordinariamente previsor, o por alguna razón ya contaba con que un ataque así sucedería.

Cuando se sintió satisfecho con su cosecha, el mercenario abrió una caja de cartón y de ella sacó seis bolsas de deporte que procedimos a llenar apresuradamente con todo el material que había en el suelo.

−¡Eh! ¡Amigo! −le grité, cuando vi que se disponía a salir del almacén−. ¡Necesito un arma!

Éste me miró con extrañeza, pero al ver mis manos vacías sacó de una bolsa uno de aquellos insólitos rifles de forma rectangular.

−Esto es un G11 k2 de Heckler & Koch −dijo, levantando con el pulgar una tapa en la parte superior, donde insertó lo que parecía ser un pequeño cargador−. Se carga por arriba, se cierra, se desbloquea el seguro y listo.

Me lo puso en las manos, sorprendiéndome por su ligereza.

−Es lo último en fusiles de asalto sin retroceso −dijo al ver el desconcierto en mi rostro−. Está fabricado en fibra de carbono y dispara más de 2000 proyectiles por minuto del calibre 4,7 en ráfagas de tres. Tienes dos cargadores más dentro de la culata, con cincuenta balas cada uno −y apuntándome con el dedo añadió−, pero, sobre todo, no lo pierdas. Este fusil de asalto es el mejor del mundo, pero cuesta más de seis mil dólares la unidad.

−Gracias −dije, abrumado por el caudal de información que no alcanzaba a comprender, mientras me colgaba el fusil en bandolera−. Al menos −murmuré−, parece que el gatillo está donde debiera.

Sin llegar a contestarme, el mercenario tomó cuatro de las bolsas y salió al exterior, donde le entregó dos a su compañero, que apuntaba con su arma hacia la espesura tras la esquina del almacén.

Los disparos retumbaban desde ambos lados de la plaza y, nosotros, en medio de la misma, debíamos atravesarla al descubierto cargados con veinte o treinta kilos de armas y municiones cada uno, y evitando que nos alcanzaran en el fuego cruzado, cada vez más intenso por parte de ambos bandos. Los cincuenta metros que me separaban de la base de la loma se me antojaban cincuenta kilómetros, y mientras ceñía las cintas de las bolsas para que no me molestaran al correr, procuraba no pensar en las escasas probabilidades que tenía de salir indemne de ese auténtico «corredor de la muerte». Probabilidades que descendían aun más al tener en cuenta que debía subir de igual modo hasta la cima del templo, bajo la escasa protección de unos pocos árboles desperdigados, y a un paso muy lento debido a la fuerte pendiente y al peso extra que suponían las dos bolsas de deporte que llevaba al hombro.

Cuando estuvimos listos, el mercenario que había entrado conmigo en el arsenal desenganchó de su chaleco una granada y, ordenándonos que empezáramos a correr hacia la pirámide, le quitó la anilla e inesperadamente, la lanzó al interior de la armería. Imaginando lo que ello iba a desencadenar, empecé a correr detrás de su compañero todo lo rápido que me permitían mis piernas, ignorando las sugerencias sobre zigzaguear o correr agachado. Cuando aquella granada explotase, se desencadenaría un infierno, y medio metro de distancia extra podía significar la diferencia entre tener o no, un agujero de más en el culo.

Al cabo de unos segundos, una explosión a mi espalda me dejó más sordo de lo que ya estaba, y una milésima más tarde una brutal onda de calor me empujó hacia delante, lanzándome al suelo de bruces. Un seguido de explosiones en cadena siguió a la primera, pues las municiones y explosivos almacenados estallaban a causa del intenso calor, lanzando metralla y proyectiles por encima de nuestros cuerpos aplastados contra el terreno.

Afortunadamente, un efecto secundario de aquella sordera transitoria era que no podía escuchar el mortífero silbido de las balas casi rozándome, aunque inoportunamente recordé aquel dicho militar que dice que *la bala que no llegas a oír es la que acaba matándote.*

—Me alegro de que el refrán no sea cierto —masculé para mí mismo, con la cara pegada al fangoso suelo—, porque de ser así, ya estaría listo de papeles.

En ese momento levanté la vista y descubrí alarmado que los dos soldados de fortuna ya se habían incorporado, y corrían como alma que lleva el diablo hacia la pirámide. Lo que significaba que me había quedado peligrosamente solo, tirado en medio de la plaza, como el último pato en una caseta de tiro.

Haciendo acopio de toda mi serenidad —que a esas alturas ya no era mucha—, llegué a la conclusión de que mi única oportunidad pasaba por empezar a correr lo antes posible, y rezar para que mi ángel de la guarda no tuviera el día libre. Así que me puse en pie de un salto, y tambaleándome bajo el peso de las bolsas intenté seguir el ritmo de mis predecesores, sumido en un irreal silencio que solo rompían las aceleradas palpitaciones de mi propio corazón.

Jadeante, alcancé la falda de la loma y, sin tiempo para descansar, me obligué a mí mismo a ascender por ella, ignorando los terrones de tierra que saltaban a mi paso a causa de los disparos que provenían de mi derecha, donde, al parecer, se parapetaban nuestros atacantes.

Realizando un sobreesfuerzo extenuante, alcancé a los dos hombres que me precedían y, justo en ese momento, el más bajo de ellos dio un extraño salto hacia un lado y, aullando de dolor, se derrumbó agarrándose la pierna izquierda con ambas manos. Había sido alcanzado.

Su compañero se agachó inmediatamente junto a él y, soltando sus bolsas, empezó a disparar su arma en la dirección que provenían los disparos. Abrumado por los acontecimientos hice lo único que se me ocurrió en ese momento; dejé también mis bolsas en el suelo y, desenganchando la correa de mi arma futurista, la utilicé para anudar un torniquete alrededor del muslo del herido que, apretando los dientes, contemplaba el chorro de sangre que salía de su pierna, consciente de que podía haber sido alcanzado en la femoral, y que si no contenía la hemorragia inmediatamente, perdería el conocimiento y moriría en aquel mismo lugar.

En cuanto apreté la correa lo suficiente para reducir la pérdida de sangre, advertí a su compañero para que me ayudara, y pasándonos los brazos del herido sobre nuestros hombros, tomando además de nuestras bolsas las que él llevaba, reanudamos el penoso ascenso con la fuerza que da la desesperación.

Los mortíferos proyectiles, que de nuevo podía oír silbando a mi alrededor, se estrellaban continuamente contra el suelo o los árboles circundantes. Y pensaba en lo increíble que resultaba que ninguno de ellos me hubiera alcanzado todavía, cuando un repentino dolor parecido a un mordisco estalló en mi brazo derecho, haciéndome perder el arma en un espasmo de dolor y casi provocando que me fuera al suelo, arrastrando conmigo al herido y a su compañero.

Sin saber aún hoy cómo lo hice, logré mantenerme en pie, y tras unos segundos de angustia comprobé que una parte del músculo de mi hombro derecho era ahora una pequeña y sangrante oquedad, pero que el brazo seguía en su sitio. Por fortuna, la bala solo me había rozado. Así que apreté los dientes y tiré aún con más fuerza del herido, ansioso por cubrir la escasa veintena de metros que nos quedaban por cubrir hasta el relativo refugio del templo.

Finalmente, alcanzamos la cima de la pirámide tras aquella loca carrera de ida y vuelta con el cuarto jinete del Apocalipsis, con los pulmones ardiendo, empapados en sudor por el esfuerzo, e incomprensiblemente vivos. Descubrí que media docena de técnicos y unos pocos mercenarios de *Tactical Solutions* ya se encontraban a cubierto, disparando a diestro y siniestro contra todo lo que se movía. Alguien nos ayudó con las bolsas, y enseguida llamamos por radio para que el doctor Dyer acudiera rápidamente a atender al herido.

Yo caí rendido sobre el frío suelo de piedra, con los ojos como platos y aún boqueando, con fuerzas solo para examinarme la herida del hombro y comprobar que, aunque el dolor era intenso, ni el hueso ni la arteria parecían haberse visto afectados, por lo que me limité a sacarme el pañuelo del bolsillo y a cubrirme con él la herida para reducir la pérdida de sangre.

Intentaba recuperar el resuello, ajeno a la confusión de disparos, explosiones y gritos que reinaba a mi alrededor, haciéndome cruces por haber llegado hasta allí con tan solo un rasguño. Sin duda, había tenido muchísima suerte.

Tras un minuto de descanso, me incorporé para acercarme al hombre herido y ver cómo se encontraba, comprobando que el doctor ya estaba con él y centraba toda su atención en cortar la hemorragia.

Se había agrupado en el templo la práctica totalidad de los supervivientes del equipo, pero dos notables ausencias llamaron mi atención: Hutch y Rakovijc no estaban. Me asomé con precaución por el borde de la terraza, dirigiendo la vista hacia el centro de mando, donde un par de figuras agazapadas tras el edificio parecían estar atrapadas sin poder salir de allí.

—¿Esos de ahí no son Hutch y Rakovijc? —pregunté, señalándolos, a un musculoso comando repleto de tatuajes apostado tras una columna.

—Ahora no podemos hacer nada por ellos —contestó fríamente—. Están mejor donde están. Pero nos han informado por radio que han podido utilizar el teléfono por satélite y el ejército mexicano ya está en camino. Les han asegurado que en una hora estarán aquí los refuerzos.

Miré al mercenario de soslayo, tratando de no revelar mi inquietud.

—¿Y crees que aguantaremos una hora?

Éste, sin dejar de mirar a través de la mirilla de su fusil, se limitó a encogerse de hombros.

—Quizá —respondió con estoicismo—, nunca se sabe.

Traté de asumir qué porcentaje de posibilidades de supervivencia suponía un «nunca se sabe» y, mientras lo hacía, una alarma sonó en mi cabeza.

¡Cassie y el profesor seguían en la caverna!

No podía dejarlos ni un minuto más allí, pues si pretendía sacarlos de aquella ratonera no solo debía bajar a buscarlos, sino que necesitaríamos aún un buen rato para regresar a la superficie, y no sabía si los mercenarios podrían aguantar mucho tiempo su posición. De modo que tomé tres de las linternas que se guardaban junto a los mandos del elevador, y me dirigí a la boca del túnel.

Allí me di cuenta de que el descenso iba a ser casi tan complicado como la primera vez, pues la escalera volvía a estar a oscuras y el elevador, sin electricidad que lo alimentase, era solo una vagoneta sujeta a un cable, así que no me quedaba más remedio que pasar por encima de ella y descender peldaño a peldaño hasta la caverna. Y en ello estaba cuando mi pie se enganchó en una pieza alargada, y al enfocar con la linterna vi unas mágicas palabras enmarcadas en un adhesivo amarillo: *CAUTION: CABLE RELEASER*.

Sin pensarlo mucho —porque de ser así, no lo habría hecho—, tomé asiento en la pequeña vagoneta y tiré de la palanca con todas mis fuerzas.

Sonó un clic, seguido de un clac, y silenciosamente empezó a moverse cuesta abajo. Primero despacio, y a medida que avanzaba cogiendo cada vez más impulso, aumentando su velocidad. Apunté con la linterna hacia delante, y comprobé que los escalones empezaron a sucederse cada vez más deprisa. A este ritmo —pensé—, estaré abajo en menos de un minuto.

Pero, como era previsible, la velocidad a la que descendía en aquel trineo con ruedas por una escalera de hacía mil años, no se mantuvo constante, sino que se incrementaba constantemente y era ya casi imposible distinguir los escalones de piedra, tal era la celeridad a la que se sucedían. La vagoneta, desligada del cable, no tenía nada que la sujetase ni hiciese fricción, y se deslizaba limpiamente a velocidad de vértigo por unos pulidos raíles de aluminio sin que pareciera que fuera a dejar de acelerar en ningún momento.

Ya no me parecía tan brillante la idea de subirme y soltar los frenos.

—Al menos —me dije—, será una original forma de matarse.

Entonces, creí vislumbrar el final de la escalera y, como un resorte, empujé hacia abajo la palanca de la que momentos antes había tirado.

Solo que esta vez la efectividad no fue la misma.

De hecho, apenas hubo ningún tipo de resultado. Lo que esperaba fuera un brusco frenazo, solo resultó en un leve descenso en la velocidad y un rastro de chispas que iban dejando atrás el cable de acero y el mecanismo de frenado, al friccionar uno contra el otro.

Iba demasiado deprisa, y no podría detenerme antes de llegar al final de la escalera.

Y aquel trasto no tenía cinturón de seguridad.

44

Horrorizado, descubrí dos segundos antes de llegar al final del trayecto algo que no había visto en el descenso anterior. Alguien había tenido la ocurrencia de instalar allí un tope como los utilizados al final de las vías férreas, en versión reducida, aunque no por ello menos amenazadora.

La imagen de aquella pieza de aluminio recubierta de goma acercándose vertiginosamente fue lo último que recuerdo con claridad de aquel momento, pues al segundo siguiente impactaba contra ésta a tal velocidad, que la vagoneta la arrancó de cuajo proyectándola por encima de mi cabeza.

Y entonces llegó el caos.

La descontrolada vagoneta saltó de sus raíles, e impulsada por la enorme inercia que traía acumulada tras sesenta metros de loco descenso, se precipitó a toda velocidad por el pasadizo de las pinturas, rebotando con las paredes y destrozándolo todo a su paso implacablemente, como si ese hubiera sido el verdadero fin para el que había sido diseñada.

Y lo peor es que yo aún iba subido encima.

Todo lo que podía hacer era asirme con fuerza a la barra de sujeción, rezando para que aquello se detuviera de una maldita vez. Pero la muy ruin seguía y seguía en su concienzuda labor de vandalismo, chocando a un lado y otro del corredor, cercenando de cintura para abajo todos aquellos irremplazables pasajes de la historia maya.

—Si salgo de esta —pensé fugazmente—, Cassie me va a matar.

Convencido de que no saldría bien parado de aquella loca carrera, me dispuse a saltar de la vagoneta en cuanto tuviera oportunidad. Prefería rodar por el suelo y provocarme algunos rasguños o romperme algún hueso, que acabar dejándome los dientes contra el perfil de algún antiguo rey de Yaxchilán.

Entonces, la endemoniada vagoneta golpeó en diagonal con el muro izquierdo y sin dudarlo me impulsé todo lo que pude hacia delante, lo que sumado a la velocidad que ya llevaba supuso que me catapultara casi una decena de metros, hasta salir incluso del pasadizo, irrumpiendo en la caverna mientras daba vueltas sobre mí mismo en la más absoluta oscuridad.

Lo siguiente que noté fue una mano que se posaba en mi pecho, una potente luz que me deslumbraba y una voz femenina, hablándome desde muy lejos.

—¡Ulises! —gritaba—. ¿Estás bien? ¡Dime algo!

Aturdido, trataba de recordar qué había pasado y de quién era esa dulce voz que me llamaba desde más allá de la luz cegadora.

—¿Cassie?

—Sí, cariño. Estoy aquí, junto al profesor. ¿Cómo te encuentras?

—Como si hubiera tenido un accidente con una vagoneta.

—Pero ¿qué demonios ha pasado? —preguntó el profesor.

—Luego se lo explico, profe —dije, tratando de levantarme—. Pero ahora, lo que tenemos que hacer es salir de aquí enseguida.

—¡Dios mío! —dijo entonces Cassandra, descubriendo el pañuelo ensangrentado en mi hombro—. ¡Estás herido!

—No ha sido nada —dije intentando tranquilizarla—. La bala apenas me rozó.

—¡La bala! —exclamó agitada—. ¿Qué bala? ¿Te han disparado?

Muy tranquilizador el comentario. Sí señor.

—Escuchadme —dije tratando de parecer calmado—. Alguien nos está atacando desde la selva y ha tomado por sorpresa a los de seguridad. En este momento, todo el equipo se está reagrupando en la cima del templo, pero no sé cuánto podrán aguantar. Así que he pensado que lo mejor sería que salierais conmigo a la superficie.

—¿Pero no será eso más peligroso que quedarse aquí? —inquirió el profesor, delatando el miedo en su voz.

—Puede que así sea —contesté con un suspiro—. Pero al menos sabremos lo que sucede y si las cosas se ponen muy feas, podríamos tratar de ocultarnos en la jungla. Si nos quedamos aquí —advertí gravemente—, estaremos atrapados.

—Pero aunque nos encuentren aquí abajo —insistió el profesor, a quien evidentemente no le hacía ninguna gracia exponerse a un balazo—, no tendrían por qué hacernos nada. ¡Tan solo somos científicos!

—Profesor —repliqué, molesto por estar perdiendo un tiempo precioso—, en ese agujero de ahí hay un tesoro de miles de millones de euros. ¿Cree usted que los que nos están atacando, y que por cierto ya han matado a varios técnicos, dejarán testigos que puedan señalarles con el dedo en un juicio el día de mañana?

Cassandra se apuntó a sí misma con la linterna.

—Yo voy contigo —afirmó decidida.

—¿Qué dice usted, profe? ¿Piensa quedarse aquí solo, en compañía de su simpático amigo Ah Puch?

Aun sin verle apenas la cara, sabía que libraba una dura lucha contra su miedo.

—Está bien... qué remedio me queda.

Antes de emprender la ascensión por la escalera, acordamos buscar las otras linternas que había bajado conmigo, con la esperanza de que no se hubieran hecho pedazos en el aterrizaje.

Rastreando el suelo con la única que teníamos, entramos en el pasadizo, tropezándonos enseguida con lo que quedaba de la vagoneta, estampada contra el umbral de piedra que daba paso a la caverna.

La arqueóloga lanzó un silbido.

—Diría que has tenido suerte. Si no llegas a saltar a tiempo, ahora serías pasta de... ¡Oh no! —se interrumpió, al enfocar las paredes de la galería—. ¡Has destrozado los murales!

—Joder, lo dices como si lo hubiera hecho a propósito.

Sin responderme, se acercó a las maltrechas pinturas, pasando delicadamente la mano sobre las partes más dañadas.

—Deberías haber tenido más cuidado —sermoneó el profesor—. Estos murales son únicos, irremplazables.

—Siento mucho haber chocado con tan valiosas obras de arte —me excusé, irritado—. La próxima vez que me juegue la vida para salvaros, tendré más cuidado de no romper nada.

Entonces, desde las tinieblas al final del pasadizo, alguien habló en inglés.

—Así que es aquí donde te habías escondido —dijo la voz fríamente.

Cassandra dio un paso atrás, sorprendida, enfocando hacia el lugar de donde provenían aquellas palabras.

Una figura vestida de negro, con la ropa hecha jirones y las manos ensangrentadas estaba de pie en medio del pasillo que llevaba a las escaleras. En una mano portaba una pistola y con la otra se quitaba de la cara, también ensangrentada, un equipo de visión nocturna.

Era Rakovijc.

Y su pistola me apuntaba directamente a mí.

—Creía que estabais atrapados en el centro de mando —dije cuando se acercó.

—Claro, y por eso decidiste volver aquí —asintió, como si confirmara sus sospechas—. Para intentar llevarte lo que pudieras.

Necesité unos segundos para comprender su insinuación.

—Pero ¿qué dices? Vine a salvar a mis amigos.

—Claro... a tus amigos.

—Rakovijc —dijo Cassie—, estás paranoico.

Inesperadamente, éste asestó un brutal manotazo contra la mejilla de la mexicana, lanzándola contra la pared.

—¡Cállate, chicana!

Sin pensarlo, me abalancé sobre él, pero gracias a sus años de entrenamiento militar me esquivó con facilidad, asestándome un rodillazo en la boca del estómago que me dejó boqueando en el suelo.

—Loco hijo de puta... —mascullé entre dientes.

—¡Tranquilícese, amigo! —gritó el profesor, temiendo que fuera a dispararme—. Le aseguro que no queremos llevarnos nada, solo pretendíamos salir de aquí.

—Usted cállese, abuelo —contestó amenazante—. Ayude a sus cómplices a ponerse en pie y diríjanse hacia la caverna.

—¿Hacia la caverna? Pero, si tenemos que salir de aquí...

El tono de Rakovijc sonó frío, incluso para él.

—Haga lo que le digo, si no quiere que les mate aquí mismo.

El profesor me ayudó a levantarme y, entre los dos, recogimos a Cassandra, que se había abierto una aparatosa brecha en la frente al chocar contra el muro.

Rakovijc, a nuestra espalda, recogió la linterna del suelo y, alumbrándonos el camino, nos condujo hasta el otro extremo de la caverna.

Y entonces, apagó la luz.

—Vosotros no me veis a mí —afirmó satisfecho—, pero yo a vosotros sí. De modo que no mováis ni un músculo, u os mataré a los tres.

—Pero ¿qué estás haciendo? —le exhorté—. ¿Por qué nos amenazas? ¿Has perdido el juicio?

En el silencio de la caverna, intuí una risita malévola.

—Cumplo órdenes —fue la escueta explicación.

—¿Y qué órdenes son esas? —insistí, desesperado.

—Que os quedéis aquí dentro.

Alarmado, intuí que eso no era todo.

—¿Y luego?

La respuesta llegó desde la oscuridad, acompañada de otra risita.

–Luego volaré la entrada.

45

Ahora lo entiendo... —murmuré agriamente—. Hutch no quiere dejar cabos sueltos.

—¿Qué quieres decir? —inquirió Cassandra desde la negrura.

—Pues que tanto si se ve forzado a huir y los guerrilleros se hacen con el control de la pirámide, como si el Ejército mexicano llega a tiempo para rescatarles, el secreto de esta caverna y el tesoro que oculta quedarán al descubierto. A menos que...

El profesor Castillo, sombrío, terminó la frase.

—...a menos que vuelen la entrada, y así el lugar permanezca oculto hasta que puedan volver a buscarlo en otra expedición.

—¿Pero qué tiene eso que ver con querer matarnos? —insistió Cassandra—. ¡Somos parte del equipo!

—No, Cassie, no lo somos. Lo que somos es un estorbo, una equis en la ecuación que hay que despejar. Hutch no quiere riesgos, y que nosotros sigamos vivos es para él un peligro innecesario.

Entonces, la respuesta de la mexicana me sorprendió por su entereza.

—En ese caso, debemos hacer algo. Si no, moriremos aquí dentro.

Pero no había mucho que pudiéramos hacer.

Estábamos a merced de Rakovijc.

Él tenía un arma, un equipo de visión nocturna, y la fría determinación de un hombre sin escrúpulos.

Y nosotros ni siquiera podíamos verle, aunque podíamos imaginar que estaba ahí delante, preparando los explosivos que debían haber servido para cegar los canales del cenote.

Era consciente de que tenía muy poco tiempo para actuar. Rakovijc tardaría menos de cinco minutos en instalar el Semtex en el pasadizo, y si no lo detenía antes, nos quedaríamos allí encerrados hasta morir de hambre o de asfixia. Así que tomé una loca determinación, y empecé a correr en zigzag en la dirección aproximada en que supuse se hallaba el matón de Hutch, pero sin dirigirme a él directamente.

Como esperaba, un fuerte fogonazo resplandeció en la oscuridad a pocos metros de distancia, la detonación retumbó en las paredes de la caverna y sentí, por segunda vez en ese día, cómo una bala me mordía la carne.

Rakovijc me había disparado en la pierna pensando que estaba tratando de huir, pero de nuevo la fortuna estuvo de mi lado, y a pesar del súbito e intenso dolor, conseguí mantenerme en pie para llevar a cabo la segunda parte de mi desesperado plan, pues al disparo le había seguido una exclamación de dolor que no había salido de mi boca.

Sabiendo que el sicario estaba valiéndose de un sistema de visión nocturna, había provocado que éste hiciera uso de su arma; con el consiguiente fogonazo, que por una parte me permitió localizarlo y por otra, provocarle una ceguera momentánea, provocado por el exceso de luz que ese tipo de visores no era capaz de soportar.

Las tornas habían cambiado.

Durante un instante, él no podría verme, pero en cambio yo sabía dónde estaba. O al menos eso creía.

Me lancé cojeando hacia el lugar de donde había provenido el disparo, con los puños por delante, y súbitamente éstos fueron a impactar con el cuerpo de Rakovijc. A tientas, intentando aprovechar el factor sorpresa, busqué ansioso el arma al final de su muñeca. Le así el brazo derecho, y retorciéndoselo detrás de la espalda llegué hasta la mano.

Con una desagradable sensación de *dejà vu*, descubrí que estaba vacía.

Entonces fue cuando recordé con angustia que Rakovijc era zurdo.

Lo siguiente que sentí fue el frío acero de la pistola apoyada en mi sien.

—Vas a morir, imbécil —advirtió su gélida voz junto a mi oído.

Rakovijc amartilló el arma y se dispuso a disparar, pero en ese momento algo cayó sobre ambos, derribándonos al suelo y haciendo rebotar la bala en el techo de piedra de la cueva.

Era el profesor que, guiándose a oscuras por el fragor de la pelea, se había abalanzado sobre el corpulento eslavo.

Rodamos los tres por el suelo, sin saber quién era quién.

Recibí un fuerte codazo en la mandíbula, y el balazo en la pierna, aunque no debía de ser grave porque me permitía moverla, me dolía a horrores, y cada vez que me la golpeaba me hacía ver las estrellas. Sumergido en la más absoluta oscuridad, lanzaba golpes y patadas como un ciego en una pelea callejera, esperando que algún quejido delatara la identidad del golpeado. En la confusión, logré agarrar un pie enfundado en una bota militar que sin duda pertenecía a Rakovijc. Tiré de ella con todas mis fuerzas, tratando de retorcerla e inmovilizar a su propietario pero, en cambio, lo que recibí fue una fuerte patada en la cara propinada por Rakovijc, que con su pie libre me hizo soltar mi presa.

Mientras trataba de incorporarme, oí un breve forcejeo que acabó con un bufido y un objeto metálico que caía al suelo. Al cabo de unos segundos, un foco de luz me dio directamente en los ojos, mientras una pesada bota impactaba contra mi costado.

Caí de rodillas, retorciéndome del dolor y escuchando al profesor jadear a mi lado.

—Debería mataros ahora mismo —gruñó con desprecio—, pero será divertido saber que tardareis semanas en morir.

La linterna dejó de enfocarme y buscó con su haz la salida de la caverna, y en cuanto dio con ella empezó a moverse rápidamente en esa misma dirección.

Rakovijc se dirigía a la galería para colocar los explosivos.

—¡Dadle recuerdos de mi parte a ese dios del infierno! —exclamó, mientras se alejaba en dirección a la salida.

Estaba petrificado por el terror.

Ya no había nada que hacer. Él tenía los explosivos, la linterna y la pistola. Si lo seguíamos nos mataría, y si nos quedábamos quietos lo haría de igual modo. Solo cambiaba la forma de hacerlo.

—Ulises —susurró el profesor—, me parece que ha perdido la pistola.

¡Claro! ¡Por eso no nos había disparado! Y el golpe metálico que escuché en la refriega debió de ser cuando se le cayó al suelo. Lamentablemente, en aquella total oscuridad resultaba imposible dar con ella.

—Tenemos nuestra última oportunidad —susurré, mientras veía que la luz se detenía en la entrada del pasadizo—. Tratemos de acercarnos en silencio a ese hijo de puta ahora que está ocupado con los explosivos, y en cuanto yo se lo diga, nos lanzamos sobre él y le machacamos el cráneo. ¿De acuerdo, profe?

Silencio.

—Profesor... ¿está usted ahí?

No hubo respuesta.

Pero oí unos pasos corriendo muy por delante de mí, cerca de la salida.

Apenas me levanté, vi la silueta del profesor atravesando el umbral iluminado.

—¡Profesor, no! —gritó una voz de mujer, a mi espalda.

Empecé a correr en pos del viejo amigo de mi padre, pero cuando apenas recorrí unos metros, escuché un disparo seguido de un golpe.

La luz se apagó.

Alguien gritó.

Y, de repente, el mundo estalló.

Una cegadora llamarada irrumpió en la caverna empujando ante ella nubes de polvo y cascotes, surgiendo del pasadizo como si de la boca de un cañón se tratara. El suelo tembló bajo mis pies, una roca me golpeó con fuerza la cabeza y me hizo perder el equilibrio, y el brutal estruendo de la detonación golpeó mis sufridos tímpanos repetidamente dentro de la caja de resonancia que era aquella caverna. El terrible sonido de piedras desgajándose y paredes viniéndose abajo me heló la sangre, inundando al mismo tiempo las tinieblas con tierra y polvo en suspensión, que colándose por nariz y boca, me golpearon los pulmones y me impidieron respirar.

Me ahogaba. Me sentía desvanecer.

Pero mi pensamiento iba dirigido a la mujer que amaba.

No podía dejarla allí sola.

Y mientras me hundía en el abismo de la inconsciencia, con mi último aliento pronuncié su nombre.

–Cassie...

46

¡Ulises! −gritaba una voz desde el más allá−. ¡Ulises, despierta! La voz que me llamaba me resultaba vagamente familiar pero, sin duda, debía estar muy lejos. A lo mejor, incluso, era a otro Ulises al que estaba llamando. Al fin y al cabo a mí me daba igual. Me dolía terriblemente la cabeza, y solo deseaba seguir tranquilamente donde estaba. Y, por cierto, ¿dónde estaba?

Tremendamente confuso, me obligué a abrir los ojos, pero lo que vi me sumió aún más en la perplejidad, pues todo era luz. Una luz intensa y brillante.

¿Sería aquella la luz de la que hablan los que han tenido experiencias cercanas a la muerte? ¿Qué había que hacer en esos casos? ¿Ir hacia la luz o alejarse de ella? Debí prestar más atención a aquella película.

−¡Eso es, amor mío! −habló la luz de nuevo−. Vuelve conmigo.

Aquella claridad me atraía irresistiblemente y me hablaba con enorme dulzura, pero yo aún deseaba permanecer en el mundo de los vivos.

−Si eres un ángel −farfullé, tras escupir la tierra que me llenaba la boca−, permíteme regresar a la Tierra. Quiero seguir viviendo.

El resplandor cambió su tono de voz, hablándome esta vez con lo que parecía una mezcla de preocupación y mofa.

−Veo que el golpe ha sido fuerte −dijo−, aunque el que me confundas con un ángel me parece todo un detalle por tu parte.

Entonces, la luz que todo lo inundaba desapareció, o más bien se movió, yendo a iluminar un rostro en el que dos pupilas verdes refulgían como gemas.

—¿Cassie? —pregunté, aún desorientado, al reconocer aquellos ojos—. ¿Qué ha pasado?

—Ha habido una explosión, y tú te has golpeado la cabeza con algo.

—Claro... —mascullé, tratando de incorporarme mientras los recuerdos regresaban poco a poco—, la explosión.

Y, de repente, una punzada en el corazón me hizo alzar la cabeza presa del pánico.

—¡El profesor! —grité angustiado—. ¿Dónde está?

De pie, frente a la montaña de rocas y escombros que antes era la entrada al complejo, rastreaba con el haz de luz de la linterna cualquier indicio que me permitiera albergar esperanzas de que aún seguía vivo.

—¡Ayúdame a mover estas rocas! —insté a la mexicana—. ¡Tenemos que sacar al profesor de ahí! ¡Profesor! —grité—. ¡Eduardo!

Su mano, en cambio, asió mi brazo con fuerza, reteniéndome.

—Ulises —dijo, casi en un susurro—, lo siento, pero ya no puedes hacer nada por él.

—No me ayudes si no quieres —repuse con rabia—, pero él está ahí debajo y puede que aún siga con vida.

—Si quitas una sola piedra —respondió con inesperada dureza—, todo puede venirse abajo, y no voy a permitir que arriesgues tu vida y la mía para nada.

La desesperación me oprimía el pecho y me impedía respirar.

—¡Me importa una mierda! —exclamé—. ¡Tengo que encontrarle! ¡Puede que aún esté vivo!

—Lo siento, mi amor... pero es imposible que sobreviviera a la explosión y luego al derrumbe —me rodeó con sus brazos, musitándome al oído—. Lo siento, de veras.

Y entonces, sin poder evitarlo, rompí a llorar.

Lloré por él, por nosotros, e incluso por la pérdida del lazo que, a través del tiempo, me unía por medio del profesor con la memoria de mi padre.

Lloré las muchas lágrimas que había ahorrado hasta entonces, mientras Cassandra me abrazaba con fuerza tratando de consolarme, aunque adivinaba también la tibia humedad de su llanto silencioso resbalando por mi cuello.

En ese momento hubiera cambiado gustosamente todo aquel maldito tesoro por devolver al profesor Castillo a la vida.

Comprendí demasiado tarde, como suele pasar, que no hay oro en el mundo que valga lo que una vida.

Una lección tardía, pero que recordaría siempre.

Cuando me hube calmado, un buen rato después, me dejé caer al suelo y hundí la cabeza entre las manos, abatido.

—¿Y ahora qué hacemos? —me pregunté en voz alta a mí mismo.

Cassie se sentó a mi lado, en silencio.

—Esperar. Rezar y esperar.

—¿A que nos rescaten? —pregunté, con más acidez de la que pretendía.

—Quizá, si viene el ejército, alguien decida investigar aquí abajo.

Se me escapó un suspiro de amargura.

—Lo dudo. Como mucho, se encontrarán un derrumbe al fondo de un pasadizo. Tendremos suerte si rescatan nuestros huesos de aquí a unos años.

—Vaya, no sabía que fueras tan optimista.

—No es eso —dije poniéndome de nuevo en pie—. Lo que quiero decir es que hemos de intentar salir de aquí por nuestros propios medios... y hemos de hacerlo lo antes posible. Cuanto más tiempo pase, más débiles nos encontraremos.

−¿Tienes alguna idea?

−Aún no, pero mientras se nos ocurre algo, ¿podrías explicarme cómo demonios has conseguido una linterna?

−Por pura casualidad. Mientras vosotros luchabais con Rakovijc intenté aproximarme a ciegas, pero tropecé en el suelo con algo y caí de bruces justo sobre ella. Debe de ser una de las que debíamos utilizar en la inmersión de reconocimiento.

Entonces, por un momento, lo vi todo claro. Una inusual ráfaga de lucidez transitó por mi abollada cabeza, y supe que aún teníamos una oportunidad.

−¡Rápido! −dije tomándola del brazo, instándola a levantarse−. ¡Llévame donde encontraste la linterna!

Usando el pequeño foco no fue difícil encontrar el lugar donde Cassie tropezó y, tal y como sospechaba, allí se encontraban perfectamente alineados, los equipos de inmersión que nos tenían preparados. Pequeñas botellas de oxígeno de aluminio de cinco litros, reguladores *Poseidón* de membrana compensada, chalecos técnicos de *Tech Deep*, gafas, aletas y computadoras de buceo *Uwatec Smart Com* en los latiguillos del octopus.

−¿No estarás pensando en lo que creo que estás pensando? −preguntó Cassie con cierta preocupación, viendo cómo estudiaba los dispositivos de buceo.

−¿Se te ocurre una idea mejor? −pregunté mirándola de reojo.

−¿Mejor que suicidarme? Pues sí, alguna que otra. No sabemos si esos canales conducen a algún sitio, lo largos que son, o si tan siquiera cabremos por ellos. Podría ser que hubiera corrientes que nos arrastraran hacia alguna poza de la que no podríamos salir, o que nos perdiéramos en un laberinto de cuevas por el que bucearíamos hasta que se terminase el aire. Hay mil cosas que podrían pasarnos ahí debajo, y ninguna de ellas tiene un final feliz.

Delicadamente, pasé el reverso de la mano por su mejilla.

−¿Prefieres quedarte aquí, rezando?

La mexicana se tomó un momento para pensar, chasqueando la lengua con desagrado.

—No —admitió finalmente—, la verdad es que no.

—Pues, entonces, vamos allá. Pongámonos el equipo e intentemos salir de esta maldita caverna de una vez.

Aun moviéndonos con rapidez, nos llevó más tiempo del habitual equiparnos bajo la escuálida luz de la linterna, pero en pocos minutos estuvimos preparados, con las botellas cargadas de aire y los neoprenos de tres milímetros cubriéndonos la piel; pues aunque no creíamos que el agua estuviera fría, nos protegerían de cualquier rasguño que sufriéramos ahí abajo.

—¿Lista? —le pregunté, colocándome la máscara de buceo.

Ella respondió haciendo el signo de okey con la mano.

Inflé el chaleco al máximo para asegurarme flotabilidad positiva al llegar al agua y, con las aletas colgando del brazo, me sujeté a la escala de aluminio que descendía a las tinieblas del cenote. Lentamente, inicié el descenso por la misma.

El reflejo de la linterna de Cassie iluminaba sobre mi cabeza la boca del cenote, pero a mis pies la silenciosa oscuridad aguardaba mi llegada; sabedora que desde el momento en que profané su santuario el destino había dictaminado que debía pagar un alto precio y acabar sumiéndome en sus fauces, como aquellos antiguos mayas que acudían dócilmente a la llamada del sacrificio.

Tras un descenso envuelto en tinieblas que se me hizo interminable, sentí el contacto del agua colarse a través de los escarpines y, tras bajar unos pocos escalones más, me solté de la escalera, quedándome flotando en el fondo de la poza mientras comprobaba que allá arriba, la entrada de la misma parecía hallarse mucho más lejos de lo que lo estaba bajo la luz de los focos.

En realidad, aquella era la distancia que separaba a un lado la vida, y a otro la muerte, y lo que importaba era averiguar en qué punto estaba yo en ese momento.

—¡Ya he llegado! —le grité a Cassie—. ¡Puedes bajar cuando quieras!

Inmediatamente, la silueta negra de la mexicana se insinuó junto a la escalera, y con la luz de la linterna oscilando colgada de su muñeca, empezó a bajar por ella.

De pronto, un extraño sonido, como el chirriar de unas uñas contra una pizarra, llegó rebotando por las paredes hasta el fondo del cenote. Sin duda provenía de la caverna, pero no pude imaginar de qué se trataba, hasta que un terrible chasquido seguido de un fuerte golpe de piedra contra piedra, me hizo darme cuenta de que algo grave estaba pasando. De hecho, lo peor que podía pasar.

Cassandra se detuvo un instante, aguzando el oído como yo.

De nuevo otro crujido, y otro, y otro, seguidos por el terrorífico estruendo que provocaban unas enormes moles de piedra al estrellarse contra el suelo de la caverna.

La bóveda del santuario estaba derrumbándose sobre nosotros.

—¡Cassandra! —grité con urgencia—. ¡Salta! ¡Salgamos de aquí enseguida!

—¡Pero no veo nada! —contestó varios metros más arriba, con una voz angustiada—. ¡Me voy a romper la madre si salto a oscuras!

—¡Moriremos los dos, si no lo haces! ¡Vamos!

Un nuevo crujido, y esta vez un pedazo de roca cayó junto a mí, chocando escandalosamente contra el agua, lanzándome hacia la pared del cenote y levantando una columna de agua de varios metros de altura.

Y como si fuese la señal que estaba esperando, la arqueóloga lanzó un grito de guerra y, soltándose de manos, se dejó caer en el negro vacío.

Me impulsaba hacia atrás, tratando de apartarme, cuando impactó en el agua y me precipité, a tientas, a intentar encontrarla.

—¡Cassie! —grité, sabedor de que el chaleco inflable la sacaría a la superficie de inmediato—. ¿Dónde estás?

—Aquí —contestó tosiendo desde la oscuridad, tras unos segundos que se me hicieron eternos—. Estoy aquí.

—Gracias a Dios —suspiré, tras darle alcance en un par de brazadas—. ¿Estás bien?

—Creo... creo que sí. Me sentía como Alicia cayendo a través de la madriguera de conejo y... ¡Oh, mierda!

—¿Qué? ¿Qué pasa?

—¡La linterna, Ulises! —exclamó alarmada—. ¡Se me ha...! ¡Ah! ¡Ya la veo! —dijo pasando al alivio—. Está en el fondo, voy a buscarla.

—¡No! Espera, no bajes sola.

Un enérgico chapoteo fue toda la respuesta que recibí.

—¿Cassie? —pregunté a la nada.

Miré hacia abajo, a tiempo para ver cómo el triángulo de luz de la linterna que la mexicana había perdido en la caída se hacía más grande hasta enfocarme directamente a los ojos.

—No vuelvas a hacer eso —advertí muy seriamente, cuando emergió a mi lado—. A partir de ahora, cualquier movimiento que hagamos lo haremos de forma coordinada. ¿Está claro?

Oí como Cassandra se sacaba ruidosamente el regulador de la boca.

—Disculpa, pero es que no soporto estar a oscuras.

—Está bien. Ahora átate a este cabo que va hasta mi chaleco y pásame la linterna, iré yo delante.

—¿Hacia dónde?

—Hacia donde nos lleve la corriente.

En cuanto acabé de decir esto, una nueva serie de crujidos más fuertes que los anteriores rasgó el aire de la caverna, y unos gigantescos bloques de piedra se precipitaron estruendosamente contra el suelo, haciendo temblar el aire de la caverna. Parecía como si la pirámide entera estuviera desmoronándose.

—Ulises —susurró Cassie, acercándose a mi oído, ignorando el estrépito sobre nuestras cabezas—. Te quiero.

Aun tras la máscara de buceo, sus ojos reflejaban amor a la exigua luz de la linterna, y supe que yo también la quería. Más que a mi propia vida.

—Lo sé... —contesté, absurdamente feliz por estar allí, a punto de morir, pero en compañía de aquella extraordinaria mujer.

Y tomando su cara entre mis manos, junté sus labios con los míos. Quizá —pensé—, por última vez.

Tras un nuevo derrumbe que despeñó cascotes a escasos centímetros de nuestras cabezas, nos colocamos los reguladores, desinflamos los chalecos hasta casi tocar el fondo, y sin perder un instante di la vuelta sobre mí mismo buscando las galerías subacuáticas que habían aparecido en el escáner de Mike.

No tardé en dar con una y, acercándome, procurando no levantar el lodo con las aletas, introduje medio cuerpo por ella. Relajé todos los músculos, tratando de percibir el menor movimiento del agua alrededor de mi cuerpo. Cerré los ojos buscando la mayor concentración y, tras unos pocos segundos de ese nirvana subacuático, salí del agujero y me enfoqué a mí mismo para que Cassandra pudiera ver cómo le hacía la señal de okey. Había encontrado el desagüe del cenote.

A través de las burbujas que brotaban de mi regulador, vi que me respondía con el mismo gesto en señal de comprensión, por lo que sin perder más tiempo me encaré a la estrecha oquedad y me introduje por ella con decisión, seguido de cerca por la mexicana.

La oscura gruta, de menos de un metro de diámetro, y erizada de peligrosos salientes rocosos que amenazaban con rasgarnos los trajes de neopreno o engancharse con alguna parte vital de nuestro equipo de buceo, apenas era iluminada por la frágil luz de mi linterna, que me permitía ver solo dos o tres metros más allá.

En circunstancias normales, aquella inmersión no la habría realizado ni hasta arriba de tequila, pues a mi natural reparo a introducirme en cavernas submarinas, había que añadir que no

428

disponíamos de un hilo de Ariadna del que valernos en caso de necesitar volver sobre nuestros pasos. Tampoco teníamos botellas de aire de reserva y, en el indeseable supuesto de que cualquiera de los dos tuviera un problema serio durante la inmersión, debido a la estrechez del pasaje por el que buceábamos, no tendríamos oportunidad alguna de ayudarnos mutuamente. Era, lo que se dice en el argot especializado del submarinismo, una inmersión de mierda.

Aleteaba pausadamente y con los pies elevados para evitar levantar el lodo del fondo, pues sabía que si eso llegaba a suceder perderíamos toda visibilidad, así como nuestras escasas posibilidades de salir de allí con vida. Mientras hacía esto, esquivando al mismo tiempo antiguas estalactitas que amenazaban como afiladas espadas de Damocles esperando a que cometiéramos algún error, pensaba en lo complicado de la situación y en que difícilmente habría alguna manera de empeorarla.

Ingenuo.

Pocos metros más adelante, en el límite de la zona iluminada, apareció justo aquello que hubiera dado cualquier cosa por no encontrarme en ese momento.

Una bifurcación.

Frente a mí, se presentaban a izquierda y derecha dos aberturas que se abrían a las tinieblas. Y ambas con el mismo aspecto amenazante, como si penetrar por cualquiera de ellas fuera como hacerlo en el estómago de una gran anaconda hambrienta.

La perspectiva era desoladora, pues el limitado suministro de aire me obligaba a tomar una decisión rápida sobre qué camino tomar, pero no tenía la menor idea de cuál de los dos era el correcto. Si es que había alguno que lo fuera.

Me acerqué hasta el punto en que el túnel submarino se dividía y, al detenerme, Cassie, que me seguía muy de cerca, chocó ligeramente contra mis piernas. La decisión sería a vida o muerte, pues era consciente de que una vez nos introdujéramos por uno de los reducidos y tenebrosos coladeros, ya no habría vuelta atrás o posibilidad de cambiar la elección.

Lo que sí podía hacer, en cambio, era asomarme un poco a cada uno de ellos y, con la linterna por delante, estimar si alguno parecía menos siniestro que el otro.

Introduje primero la cabeza por la abertura de la izquierda, alumbrando todo lo profundo que me era posible en su interior, y descubriendo que se trataba de una galería similar a la que habíamos recorrido hasta el momento; algo más estrecha, y que daba la impresión de inclinarse ligeramente hacia abajo de manera poco prometedora. Retrocedí cuidadosamente impulsándome con los brazos, y encarando el túnel de la derecha realicé la misma maniobra, pero en este caso, aunque igual de angosto que el anterior, podía apreciar sin temor a equivocarme que éste ascendía en un pronunciado ángulo en dirección a la superficie.

Lógicamente, aquella debía de ser la salida.

Haciendo uso del lenguaje de manos, hice comprender a Cassie que el ramal de la izquierda descendía, mientras que el de la derecha apuntaba hacia arriba, y a la tenue luz de la linterna, vi que la mexicana me señalaba vehementemente que tomáramos este último camino. Tenía tantas ganas de salir de allí como yo.

Dirigí el haz de luz hacia mi derecha, y sorteando una malintencionada estalactita que custodiaba la entrada, penetré en el túnel que, estaba convencido, nos sacaría de aquel claustrofóbico lugar. Apenas tenía espacio para aletear, y aunque el peligroso lodo del fondo había desaparecido, era tal la estrechez de la galería, que temí que pudiéramos quedar atascados en algún punto y que, sin margen de maniobra, la corriente nos impidiera...

Y entonces vacilé.

Había algo, algo que el subconsciente me decía que no encajaba.

Una señal de alarma interior, fruto de años de experiencia bajo el agua, empezó a sonar con fuerza en mi cabeza y me detuve lleno de inquietud, confiando en mi instinto pero incapaz de entender qué lo había alertado.

Sentí que Cassandra, preocupada, daba un par de pequeños tirones de una de mis aletas, quizá para que no perdiera el tiempo o, simplemente, para que me acordara de que estaba allí. De cualquier modo, ignoré su movimiento y, cerrando los ojos, traté de relajarme y repasar mentalmente lo que estaba haciendo, para así desentrañar la razón de ese inquietante hormigueo que sentía en la boca del estómago.

Aun sabiendo que cada segundo que pasaba inmóvil en aquel ceñido túnel era un segundo de aire que podía comportar la diferencia entre la vida y la muerte, aguardé completamente quieto a que aquel pensamiento emergiera del subconsciente, y me dijera en que me estaba equivocando.

Y justo cuando Cassie volvía a insistir en el tirón de aletas, esta vez de forma más apremiante, una sola palabra irrumpió en mi cabeza escrita en letras de fuego bajo mis párpados: corriente.

No había llegado a percibirlo hasta ese instante, pero ahora no cabía ninguna duda. En aquella galería no había corriente.

Y eso solo podía significar una cosa. Nos habíamos metido en un callejón sin salida.

Nervioso, traté de darme la vuelta, pero apenas tenía espacio para mirar hacia atrás y enfocándome de nuevo a mí mismo, intenté explicar con señas que debíamos dar marcha atrás inmediatamente. Al principio vi cómo los ojos de la mexicana me miraban con incomprensión, pero tras un par de intentos hizo la señal de okey con la mano y empezó a retroceder dificultosamente hasta la bifurcación que habíamos dejado varios metros atrás.

Una vez allí, comprobé la reserva de aire de mi tanque, descubriendo preocupado que el esfuerzo y los nervios habían contribuido a reducir radicalmente mi provisión de oxígeno y, en consecuencia, el tiempo que me quedaba para encontrar una salida. Aunque lo que más me preocupaba era que Cassandra estaría en las mismas condiciones... o quizá peores.

Sin perder un segundo, me impulsé con un fuerte aleteo proyectándome en el interior de la galería de la izquierda, seguido muy de cerca por la arqueóloga.

Ahora podía apreciar claramente que la galería discurría adentrándose cada vez más en la tierra, y aunque procuraba tranquilizarme pensando en que la corriente que ahora me rodeaba debía llevarnos a algún desagüe exterior, no podía apartar la idea de que quizás esa salida se encontrara más allá de nuestro alcance.

Abandonando cualquier tipo de precaución, dejaba que la corriente me arrastrase por un canal que se estrechaba cada vez más, lo que contribuía a aumentar notablemente la velocidad del agua, y el peligro que podía suponer cualquier golpe con las afiladas paredes de piedra.

Disimuladamente, volví a comprobar el remanente de aire que me quedaba en la botella.

Menos de cinco minutos, calculé.

Y seguíamos descendiendo.

Pataleé con más ímpetu aún, ignorando los golpes, las rozaduras, y las heridas de bala que tenía en la pierna y el brazo, que aunque no eran muy profundas me dolían terriblemente cada vez que rozaba la pared de aquel túnel de pesadilla, que se estrechaba a medida que avanzábamos por él. Ya sin espacio para volver siquiera la cabeza para asegurarme, confiaba en que Cassandra pudiera seguir mi ritmo y no hubiera tenido ningún problema a mi espalda, pues ya nada podría haber hecho por ella.

No me apetecía espicharla en un lugar así. Un oscuro pasaje subterráneo que quizá no volvería a ser visitado en decenas de años, donde algún día alguien hallaría un par de esqueletos enfundados en neopreno negro.

El túnel parecía no tener fin, y el tiempo se agotaba.

Cada vez me costaba más obtener el aire del regulador, señal inequívoca de que la reserva de oxígeno estaba en las últimas.

Dios mío –recé desesperado–, ayúdanos a salir de esta y te prometo que seré un buen chico a partir de ahora. Por favor –insistí–, échanos un cable...

Y en ese momento, de forma repentina, una fuerza desconocida pareció tomarme de los hombros y, con una potencia incontenible, sentí cómo me impulsaba hacia arriba, lanzándome como un cohete por una angosta poza que desde el techo del túnel se abría perpendicularmente, siguiendo la misma dirección que las burbujas que me precedían hacia un brillante disco de luz que hacía innecesaria la linterna.

Insólitamente y sin comprender por qué, pero a una velocidad vertiginosa, estaba ascendiendo hacia la superficie.

47

Propulsado por el potente chorro vertical de agua subterránea, irrumpí en la superficie mucho más rápido de lo que hubiera sido deseable; esperando que tras el prolongado buceo por los túneles sumergidos, la acelerada ascensión no me pasara factura en forma de microburbujas de nitrógeno en la sangre, o una sobreexpansión pulmonar.

En cuanto emergí, me arranqué el regulador de la boca y comencé a mirar angustiado alrededor, en busca de Cassie. A los pocos segundos, precedida de un borboteo de burbujas, apareció la cabeza de la mexicana que, al igual que yo, lo primero que hizo fue quitarse el regulador de la boca y tomar unas ansiadas bocanadas de aire fresco.

Grité su nombre y me buscó con la mirada. Tras descubrirme a unos pocos metros a su espalda, nadó hacia mí y, rodeándome con los brazos, me dio un beso de alivio.

—¡Virgen santa! —exclamó, con las pupilas dilatadas—. ¡Creí que íbamos a acabar bailando con la pelona allí dentro!

—Diría que hemos tenido bastante suerte.

—¿Suerte? ¡Ha sido un pinche milagro! Aún no entiendo lo que ha pasado.

—Parece que hemos salido por un sifón. La presión hidrostática, de alguna manera, nos ha empujado hasta la salida. Como tú bien dices, un pinche milagro.

Cassandra miró alrededor, quitándose la máscara de buceo y descubriendo que se encontraba flotando en mitad de un ancho río de aguas fangosas.

—¿Y a dónde hemos ido a parar? Esto parece el Usmacinta.

—Sí que lo parece —observé, apreciando el tamaño del cauce en el que flotábamos y los desfiladeros cortados a pico que lo flanqueaban–. Pero debemos de estar casi a un kilómetro corriente abajo de las ruinas.

—¿Y qué hacemos ahora? —preguntó—. ¿Volvemos?

—No creo que sea buena idea —dije chasqueando la lengua—. Si nos atrapan los guerrilleros quizá nos maten, y si nos atrapa Hutch...

—Entonces, ¿qué sugieres? Estamos a muchos kilómetros de cualquier sitio, en un río con caimanes y tú sigues sangrando. No me parece el mejor lugar para quedarse.

—Aun así, voto por que sigamos en él. Los neoprenos nos protegerán del frío, y más adelante la corriente aumenta. Y a los caimanes no les gustan las zonas de corrientes fuertes, ni los tipos feos como yo.

Nos dejamos arrastrar por el flujo del agua y, aleteando pausadamente tratando de conservar las fuerzas, entramos en la zona del río en que las paredes se estrechaban. Grandes rocas negras emergían amenazadoramente envueltas en espuma, y el plácido curso del Usmacinta se transformaba, en cuestión de metros, en un rugiente caos de olas y remolinos. Debíamos estar muy atentos si queríamos salir de allí con vida.

—¡Cassie! —grité—. ¡Escúchame! Tira los plomos, luego quítate el chaleco de flotabilidad, coloca la botella debajo, e ínflalo a tope con lo que te quede de aire en la botella o con la boquilla manual.

—¿Por qué?

—Confía en mí. Luego súbete encima, apoyando los codos en el chaleco y con el tronco fuera del agua, impúlsate con las aletas y no dejes que el río te domine. Todo saldrá bien.

Me miró ceñuda, no muy seducida con mi propuesta.

—¿Has hecho alguna vez algo parecido? —preguntó, alzando la voz por encima del rugido del agua.

—En cierto modo, sí. Esto es como el *hidrospeed*, pero sin el trineo. Solo has de tener cuidado de evitar los remolinos y de no golpearte la cabeza con una roca, la botella y el chaleco nos protegerán de los impactos en el torso.

−¿Y por qué no nos quitamos el equipo, y vamos caminando por el bosque? −arguyó, poco convencida de mi plan de huida.

−¿Por una selva virgen plagada de peligros, con la guerrilla ocupando la zona y sin agua ni provisiones? −y señalándole hacia la orilla con la cabeza, añadí−. Y eso sin contar con que no creo que pudiéramos escalar esas paredes. Sinceramente, no me parece una buena opción.

Cassie miró al frente, donde el agua chocaba violentamente contra las rocas transformándose en espuma, con la preocupación pintada en su rostro.

−¿Y crees realmente que este plan tuyo es mejor?

El río nos arrastraba cada vez con más fuerza, zarandeándonos como a simples hojas caídas en la corriente. Sentí una punzada de miedo, pero ya no había vuelta atrás.

−Tú sígueme, y haz lo que yo haga.

Bruscamente, nos vimos abocados a la vorágine de los rápidos. Había hecho un par de veces *hidrospeed* en el río Noguera Pallaresa, años atrás, pero aquello se estaba revelando como algo totalmente diferente. No solo el equipo de protección y el trineo acuático brillaban por su ausencia, sino que, además, el Usmacinta estaba resultando ser mucho más caudaloso, duro y salvaje que su lejano primo del Pirineo. Aquello no iba a ser un paseo turístico.

Nada más empezar caímos por un salto de más de medio metro, golpeándome ambas rodillas con el fondo al caer, y aún estaba sacando la cabeza del agua cuando una mole de piedra del tamaño de Gibraltar surgió entre una nube de espuma blanca, justo en mi trayectoria.

−¡Cuidado con ésa! −grité con todas mis fuerzas, aunque ni siquiera yo podía oír mi propia voz en aquel estruendo continuo.

Doblé el cuerpo, llevando las piernas hacia la derecha y aleteando con furia, logré pasar a la izquierda de la gran roca, que aun así acabé rozando con el brazo. Exactamente, donde tenía la herida de bala.

Apretando los dientes miré hacia atrás, buscando a Cassandra, pero en medio de aquella tormenta de agua y rocas resultaba imposible ver nada. Rogué por que no me hubiera equivocado al meterla en aquel infierno.

Sin parar por un instante de aletear, pues dejar de hacerlo hubiera supuesto estamparme contra alguna de las miles de piedras que jalonaban aquellos rápidos, maniobraba continuamente a derecha e izquierda, cayendo por algunos pequeños saltos que trataban de succionarme al precipitarme en su rompiente y tratando de no dejarme, literalmente, la piel en ninguna de las afiladas rocas.

Estaba agotado, las piernas apenas me respondían, y cada vez me costaba más esquivar los obstáculos que el Usmacinta no cesaba de interponer en mi camino. Al peligro de las rocas, había que sumar el de los troncos caídos; algunos empujados por la corriente como torpedos alocados y otros, anclados al fondo, despuntando amenazadores muñones de madera muerta que podrían atravesarnos limpiamente a cualquiera de los dos si teníamos la mala fortuna de topar con uno de ellos.

En cuanto disfrutaba de unos segundos de relativa calma, entre salto y salto, estiraba el cuello intentando descubrir a Cassandra tras las montañas de agua que aparecían y desaparecían entre cortinas de espuma blanca, pero ni una sola vez logré ver su mata de pelo claro entre las olas, y estaba tan al límite de mis fuerzas, que no podía ni plantearme luchar contra la corriente para intentar dar con ella. Tendría que valerse por sí misma para sobrevivir en aquella vorágine de agua y piedra.

Igual que yo.

El tanque de aire, debajo del chaleco de flotación, golpeaba continuamente contra el fondo del río y, usándolo como parachoques, lo enfrentaba a las rocas de las que no podía apartarme a tiempo, absorbiendo eficazmente lo más duro de los impactos. Para ello, me agarraba con ambas manos a las correas del chaleco haciendo lo imposible por no soltarme, pues amén de permitirme maniobrar, era esa pieza del equipo la que me mantenía el tronco superior fuera del agua para así respirar; de modo que, cuando una laja rasgó la cámara de aire y empezó a desinflarse, supe que si aquella sucesión de rápidos no finalizaba pronto, el único final que iba a haber allí no iba a ser otro que el de un servidor.

Con apenas energía para elevar la cabeza, alcé la vista y entre la lluvia de salpicaduras divisé, a menos de cien metros, lo que parecía ser el límite de los rápidos.

Reuniendo mis últimas fuerzas, batí las aletas, ávido por escapar de aquella locura. Me situé en mitad de la corriente, donde ésta era más violenta, pero también donde los obstáculos eran menos. Pude ver que solo un último salto de agua me separaba ya de las aguas tranquilas, y cuando en su punto más alto me dejaba caer casi con alegría, descubrí horrorizado que aún quedaba una prueba más que superar. Un perfecto remolino de más de diez metros de diámetro, situado justo en el centro del cauce, absorbía, sepultándolo en el fondo, todo aquello que pasaba por sus cercanías: incluidos troncos, ramas y, segundos más tarde, submarinistas desesperados.

No podía esquivarlo, la corriente me llevaba derechito a su centro y, cuando me atrapó en su espiral haciéndome rotar alrededor de un maligno embudo de agua y sin poder oponer resistencia, rogué por que Cassandra pudiera evitarlo y saliera ilesa de todo aquello.

Resignado, consciente de que no podía escapar de aquella última inocentada del destino cuando el remanso de aguas mansas ya estaba a tiro de piedra, me limité a sujetarme firmemente al chaleco y tomar aire para la inevitable zambullida en el corazón del remolino.

—De esta no salgo ni harto de sopa —me dije. Parecía haber un sorteo para ver si la palmaba ese día, y que hubiera comprado todas las papeletas.

Y entonces empecé a girar y girar... cada vez más rápido. Hasta que se hizo la oscuridad cuando una mano invisible tiró de mí, hundiéndome. La máscara de buceo saltó de mi cara. Las correas del chaleco se me escaparon de las manos. Algo me golpeó en el pecho y perdí todo el aire que guardaba en los pulmones.

Me ahogaba.

48

Al borde de la inconsciencia, pude percibir que la presión disminuía, y que aun permaneciendo todavía bajo el agua, la fuerza del remolino no me aplastaba ya contra el lecho del río. En un acto desesperado, moví brazos y pies, esforzándome por alcanzar la difusa luz del día que se filtraba sobre mi cabeza a través del agua turbia.

Afortunadamente, la profundidad era escasa, y tardé solo unos segundos −que se me antojaron infinitos−, en salir a la superficie. Con una anhelante bocanada, me llené de nuevo los pulmones de aire.

De forma inverosímil, en unas docenas de metros la brutalidad de los rápidos se había transformado en un suave discurrir del agua, tal que parecía me encontraba en otro río distinto al turbulento Usmacinta, que tanto empeño había puesto en tratar de matarme.

El chaleco inflable debía descansar en el fondo del remolino, así como la máscara de buceo y una de las aletas, atrapadas en un interminable centrifugado del que yo aún no me explicaba cómo había salido. Aunque en aquel tramo del río nada del equipo de buceo resultaba necesario y, de cualquier modo, las rocas y la presión lo habrían hecho puré antes de...

Y entonces me acordé.

Cassandra.

Busqué alarmado en todas direcciones con la vista, tanto en las orillas como río abajo. Pero no hallé rastro de ella.

Horrorizado, consideré la posibilidad de que se hallara atrapada bajo el remolino.

Si era así, no podía perder ni un segundo.

Ignorando el agotamiento que me agarrotaba los músculos, el intenso dolor del brazo y la pierna herida, y la posibilidad de que al intentar rescatarla quedara atrapado y muriéramos los dos, comencé a nadar contra corriente; deseando esta vez que aquella monstruosa turbulencia cumpliera rápido con su cometido de tragarme.

Trabajosamente llegué hasta las inmediaciones del remolino y, cuando ya me disponía a sumergirme en busca de la mujer a la que amaba dando por hecho que se encontraba atrapada bajo el agua, ésta apreció frente a mí como por ensalmo, emergiendo de las revueltas aguas como si lo hiciera de una divertida zambullida.

—¡Híjole! ¡Esto está padrísimo! —exclamó en cuanto pudo tomar aire, al tiempo que exhibía una radiante sonrisa—. ¡Hagámoslo otra vez!

Dejándonos llevar plácidamente por la ahora suave corriente, penetramos en una zona del río en que éste se ensanchaba significativamente, y lo que antes eran escarpadas orillas, eran ahora suaves riberas pobladas de tupida vegetación.

Gracias al material de los trajes de neopreno, no suponía ningún esfuerzo mantenernos a flote, y si no fuera por la inquietud que nos causaba la posible aparición de caimanes en aquellas aguas tranquilas, el descenso por aquel tramo del Usmacinta habría resultado completamente placentero.

Fluíamos en silencio, oteando los márgenes esperando no descubrir ninguno de esos simpáticos reptiles, cuando Cassie me sobresaltó con un grito a pocos centímetros de mi oído.

—¡Ulises! ¡Mira! —prorrumpió, señalando con el brazo hacia delante.

Con el corazón en la boca, dirigí la vista hacia donde apuntaba con el dedo, esperando descubrir un monstruo de sangre fría y ochenta colmillos.

Pero lo que Cassandra había divisado era algo muy diferente.

Una tenue columna de humo negro surgía tras los árboles, disipándose en el cielo de la tarde.

−¿Serán guerrilleros? −preguntó Cassie, intrigada.

−Ni idea, pero está en la orilla derecha o, lo que es lo mismo, en Guatemala. Me extrañaría que la guerrilla zapatista se arriesgara a cruzar la frontera, aunque se trate solo de vadear un río.

−Yo no confiaría mucho en ello, aquí las fronteras no significan gran cosa.

−En cualquier caso, dentro de un momento saldremos de dudas.

Dos minutos después de ver el humo, llegábamos a un recodo del río tras el que aparecía, emplazada sobre palafitos, una pequeña cabaña de madera con techo de palma. Y varado en una playita justo al lado de la humilde vivienda, un cayuco hecho con un tronco vaciado estaba ocupado por un par de niños mugrientos jugando a ser pescadores.

−Al menos no tienen pinta de ser guerrilleros −comenté mientras seguía a Cassandra, que ya nadaba hacia ellos.

Al vernos salir del río como un par de zombis, sangrando, con los trajes de buceo desgarrados y tambaleándonos por el cansancio, a los niños casi se les salen los ojos de las órbitas. Convencidos de que los demonios del Usmacinta venían a por ellos, salieron disparados en dirección a la choza, irrumpiendo en ella atropelladamente entre alaridos de terror.

−¿Tan mal aspecto tenemos? −pregunté descorazonado.

Cassie me miró de arriba abajo con una mueca de estoicismo.

−Peor.

La herida de la pierna me hacía cojear ostensiblemente, y la del brazo me dolía a conciencia, haciéndome ambas sangrar a través de los rotos del neopreno.

–En fin –suspiré–. Al menos estamos vivos, aunque nadie a va creerse nuestra historia.

–Bueno... –carraspeó–, puede que sí.

–¿Qué quieres decir? –pregunté, viendo como esbozaba una pícara sonrisa.

La arqueóloga se limitó a guardar silencio y a señalarse el estómago.

Desconcertado, miré hacia donde apuntaba su dedo, y primero necesité casi un minuto para identificar la silueta que se distinguía bajo el neopreno negro, y luego otro para asimilar lo que mis ojos veían pero no podía creer.

–Pero... ¿Cómo? ¿Cuándo?

Los ojos se le iluminaron en su cara de niña traviesa.

–Cuando caí al cenote y perdí la linterna, ésta fue a parar justo al lado. Así que cuando me sumergí para recogerla, la vi allí, semienterrada en el lodo, y solo tuve que alargar la mano para recogerla –estiró la sonrisa fingiendo inocencia–. ¿Cómo iba a dejar un crucifijo de oro y brillantes tirado allí abajo como si fuera basura?

Tres días más tarde, con las heridas vendadas, pero cubiertos de cardenales, desayunábamos en la cafetería del Hotel Suizo de Ciudad de Guatemala.

Habíamos logrado llegar a una pequeña aldea indígena, a bordo de la piragua del padre de aquellos niños –que, por fortuna, resultó menos impresionable que su prole–. Y a partir de ahí, gracias a la generosidad de los lugareños, pudimos comer, dormir, y al día siguiente, viajar en la trasera de un pick-up que nos dejó en la misma puerta de un médico de Santa Helena, quien nos atiborró a antibióticos y suturó las heridas sin hacer demasiadas preguntas.

Unas llamadas a cobro revertido obraron el milagro de recibir dinero a través de la *Western Union* –huelga decir que no teníamos dinero ni documentos; de hecho, ni siquiera ropa–, con lo que pudimos comprar un par de pasajes de avión a Ciudad de Guatemala. Una vez allí, tras explicar una sarta de verosímiles mentiras, nuestras respectivas embajadas nos proporcionaron unos pasaportes provisionales con los que pudimos reservar dos plazas en el primer vuelo con destino a Barcelona.

Cassandra había accedido a venir conmigo —a «intentarlo», según ella—, y yo estaba encantado con la perspectiva.

Habíamos pasado unas semanas muy intensas buscando el mítico tesoro de los Templarios, llegando a tenerlo al alcance de la mano, pero ahora que todo había llegado a su fin —una vez habíamos asimilado que, a pesar de tantos esfuerzos y sacrificios, no seríamos famosos ni multimillonarios—, nos quedaba preguntarnos qué había realmente entre nosotros.

Y la respuesta fue que no lo sabíamos. Pero que ambos deseábamos averiguarlo.

Desgraciadamente, lo que debía haber sido un momento de alivio por haber sobrevivido a aquella peligrosa aventura, estaba velado por la bruma del dolor y de la culpa.

El profesor Castillo no estaba allí con nosotros, y saberlo muerto me angustiaba hasta el punto que apenas había dormido desde que huimos de Yaxchilán. Yo le había metido en todo aquello. Si no le hubiera enseñado aquella maldita campana de bronce —pensaba—, ni le hubiera empujado luego a acompañarme en aquella locura por medio mundo, hoy estaría vivo. Y eso es algo que jamás podría perdonarme a mí mismo.

—Ulises... —dijo una suave voz, desde lo que parecían miles de kilómetros de distancia.

Levanté la vista, descubriendo al otro lado de la mesa unos ojos que me miraban con ternura.

—Deja ya de pensar en eso.

—¿Tanto se me nota?

—Bueno, llevas diez minutos untando la misma tostada.

—Ya.

Tomó mi mano entre las suyas, apoyándolas sobre el mantel.

—Anoche, creí que habíamos acordado que tú no tenías la culpa de lo que había sucedido. Que yo recuerde, tú no ordenaste a Rakovijc que nos matara, ni colocaste los explosivos en la salida del cenote —apretó mi mano, tratando de hacerme reaccionar—. El profesor Castillo decidió acompañarte por propia voluntad, y cuando pasó lo que pasó, hiciste todo lo que estuvo en tu mano para salvarnos a los tres.

—Pero fue él quién dio su vida a cambio de las nuestras.

—Eso es cierto, y te aseguro que con mis contactos en el departamento arqueológico federal, haré lo imposible para que sea reconocido como el legítimo descubridor del cenote y el tesoro que allí se oculta. Su nombre aparecerá escrito en letras de oro en los libros de historia, a la altura de Howard Carter o Henrich Schliemann.

—Preferiría tenerle aquí, desayunando con nosotros.

Soltándome la mano, Cassie se echó hacia atrás en la silla.

—Sé que era un viejo amigo tuyo y de tu padre, y comprendo que estés afligido. Yo también lo estoy. Pero atormentarte con una culpa inexistente no va a hacer que nos sintamos mejor, ni que las cosas dejen de estar como están ahora —se inclinó sobre la mesa, clavándome los ojos con dureza—, así que deja ya de compadecerte... y vuelve a ser el tipo optimista y apasionado del que me he enamorado como una colegiala.

Teníamos reserva en el vuelo de Iberia que salía a las siete de la tarde, así que, con toda la mañana libre, Cassandra sugirió huir del ruidoso bullicio del centro de la capital guatemalteca y refugiarnos en la quietud del Museo Arqueológico, donde teníamos por seguro que habría menos gente.

Tomamos un taxi frente al hotel, que nos llevó desde la Zona 18 hasta el zoológico de la Aurora, frente al que se levantaban los cuatro mayores museos de la ciudad, incluido el de Arqueología. Éste era un bien conservado edificio de arquitectura neomozárabe, rodeado de frondosos jardines y con una gran estela maya similar a las que nos habíamos encontrado en Yaxchilán, custodiando la entrada principal con una mirada feroz. Contemplar aquella escultura me supuso una punzada de dolor al hacerme recordar los trágicos sucesos acaecidos en aquel lugar.

—No estoy seguro de que haya sido una buena idea venir —murmuré, deteniéndome frente a la puerta.

—Sí, es cierto. A mí también me ha recordado todo aquello. Pero hemos de superarlo, y creo que ya que estamos aquí...

Bajé los hombros, cansado.

—Claro, vamos.

Tras abonar la módica entrada accedimos al interior del museo, que estaba dividido en dos grandes salas. Una dedicada a los mayas, y otra que recogía todo aquello relacionado con la conquista y colonización española. Optamos comenzar por la segunda, y con paso calmo empezamos a recorrer el laberinto de pasillos flanqueados por vitrinas atiborradas de yelmos, espadas y artilugios de la época. Cassie se detenía frecuentemente a estudiar cualquier cosa que le llamara la atención, mientras yo la seguía con escaso interés en todo aquello. Las armas estaban en su mayor parte herrumbrosas —incluida una que se presentaba como la espada de Alvarado—, y los cientos de pergaminos expuestos, aunque estaban redactados en castellano antiguo, resultaban indescifrables al ojo inexperto, pues todo ello parecía una sucesión de rúbricas y filigranas sin sentido.

La sección de mapas antiguos, sin embargo, despertó cierta curiosidad en mí. Casi todos eran regionales, indicando los límites de encomiendas y municipios, aunque también había alguno representando la totalidad del Virreinato de Nueva España, incluyendo México y el resto de Centroamérica hasta Panamá. Pero el que más llamó mi atención fue uno exquisitamente ilustrado, dedicado en exclusiva a la *Provincia de Goathemala*. En él se podía

446

distinguir cada pueblo, aldea, camino y río del país, diferenciando incluso las poblaciones que pertenecían a españoles y criollos de las que estaban habitadas únicamente por indígenas mayas. Me sorprendió constatar que el territorio de Chiapas era en aquel tiempo parte de Guatemala y así se lo comenté a Cassie.

—Es que hasta 1815 —me explicó—, cuando Guatemala se independizó de España, Chiapas era una provincia de este país. Luego la inestabilidad política llevó a toda Guatemala a unirse a lo que por aquel entonces era el Imperio Mexicano.

—¿Imperio Mexicano? No sabía que había habido uno.

—Bueno, no fue una etapa muy brillante de nuestra historia, y la verdad es que tampoco duró mucho. Pero, en fin, el hecho es que poco más tarde el imperio se fue a tomar viento, y lo que había sido Guatemala volvió a independizarse; pero Chiapas decidió seguir uniendo su destino al de México, y así hasta hoy.

—Pues no parece que les haya ido muy bien —comenté, pensando en el movimiento indígena zapatista y sus continuas y reprimidas reclamaciones de derechos y libertad.

Cassandra me miró alicaída.

—Créeme, a los indígenas de Guatemala les ha ido aún mucho peor.

Más tarde pasamos a la sección precolombina, dedicada a los mayas por entero. Guatemala había sido el corazón de la cultura maya y aunque sus ciudades-estado se habían extendido por el sur de México, Honduras, El Salvador y Belice, era en las vastas planicies del norte de Guatemala donde se habían levantado las mayores pirámides, los templos más refinados, y donde las urbes habían alcanzado tamaños descomunales; lo cual, paradójicamente, según Cassie, había sido una de las principales causas de la repentina debacle de la civilización maya.

—El suelo de la selva es muy pobre —me explicaba—, y una población de cien o doscientos mil habitantes requería grandes terrenos desforestados, que al cabo de una o dos cosechas se veían obligados a abandonar por improductivos y a seguir deforestando más y más.

—Eso no encaja con el estereotipo del indígena hermanado con la naturaleza que tenemos todos hoy en día.

—Ulises, no te dejes engañar por los tópicos. Los hombres son iguales hoy que hace mil años. Si tienen que comer y alimentar a sus familias, no dudes que desforestarán y talarán como haríamos nosotros. De hecho, las guerras entre ciudades mayas por la posesión del territorio eran constantes.

—Eso tampoco se ajusta a la imagen del indio pacifista.

—Los mayas tenían muchas virtudes, Ulises. Pero entre ellas, yo no incluiría la de pacifistas.

Continuamos recorriendo las salas del museo, estas mucho más interesantes que las anteriores. Decenas de vasijas en asombroso buen estado, decoradas con parecidos símbolos y colores a los que pudimos ver en Yaxchilán, platos, moliendas de maíz, e incluso una rudimentaria pipa con la que fumar tabaco. En la sala siguiente encontramos la sección de armas mayas: intimidantes hachas y cuchillos de obsidiana junto a una máscara de jade, un peto decorado con el mismo material, y una pequeña cuchilla semicircular con empuñadura de oro, de la que no acababa de comprender su utilidad.

—¿Y esto qué es? —pregunté.

—Diría que es un cuchillo ceremonial.

—¿Ceremonial?

—Así es. Con él se sacrificaban a los prisioneros, a las vírgenes elegidas para entregarse a los dioses, y a los perdedores del juego de pelota.

—No sabía que se tomaban tan en serio el deporte.

—Más que un deporte, era un ritual sagrado. Vamos, como ahora.

Seguimos caminando, parándonos a contemplar detenidamente una fantástica colección de piezas labradas en verde jade: máscaras mortuorias, ruedas calándricas, y representaciones de reyes y dioses.

Al llegar a ese punto, Cassie se detuvo bruscamente, centrando su atención en una figura también de jade, de unos veinte centímetros de altura y una forma que solo podía definir como extravagante. Entonces, la arqueóloga dio un paso atrás y llevándose la mano al pecho, emitió un ahogado gemido.

—Ulises...

—¿Qué pasa? —pregunté dándome la vuelta, pues caminaba un par de metros por delante de ella.

Al no recibir respuesta, me acerqué, intrigado.

Cassandra observaba absorta aquella extraña escultura, con los ojos casi tan abiertos como la boca, de la que no acababa de surgir ningún sonido. Al observar más detenidamente la pequeña escultura, percibí algo familiar en ella, pero sin acabar de saber qué.

—¿No la reconoces? —dijo al fin, en un susurro apenas audible.

—Pues la verdad es que me suena, pero no...

Y en ese momento lo vi.

Aquellas formas retorcidas, aquellos colmillos y el penacho de plumas que brotaban de su nuca. Ahora me parecía inconfundible y recordaba dónde la había visto con anterioridad.

En el «pasadizo de las pinturas».

Estábamos allí, incapaces de salir de nuestro asombro, de pie ante el presente que los sacerdotes de Yaxchilán habían regalado a los Templarios casi ocho siglos atrás.

49

Incrédulo, leí por tercera vez la leyenda situada a los pies de la estatuilla: «*Representación en jade de Kukulcán, deidad maya en forma de serpiente emplumada también conocida como Quetzalcoalt, hallada en 1910 por un campesino en la localidad de Tecpán, y donada al museo por el Lic. Jacobo Barrientos. Se trata de una pieza única en su género, pues no se tiene constancia de que los mayas hayan elaborado nunca otra talla de valor comparable, tanto material como simbólico. Se hace necesario señalar que está labrada en una sola pieza de jade de un tamaño jamás visto, y con una pureza inigualable, lo que hace suponer que perteneció a un poderoso rey aún sin identificar. Otro dato relevante es que en la zona del país en la que se encontró, no hay indicios de que existiera ningún reino maya de cierta relevancia, y el tipo de jade con que fue elaborada es muy similar al encontrado en posteriores excavaciones arqueológicas en la cuenca del Usmacinta, por lo que se sospecha que fue llevada a Tecpán desde aquella región*».

Ambos guardábamos silencio, atónitos ante aquella vulgar vitrina que albergaba lo que parecía ser la clave final de un extraordinario enigma que, cuando ya habíamos renunciado a resolverlo, con un giro inesperado parecía tentarnos con un último rastro al que seguir.

—¿Cuántas probabilidades crees que había de que nos tropezáramos con *esto*?

—No lo sé, Cassie. Pero lo que está claro —añadí mirando al techo— es que hay alguien ahí arriba pasándoselo en grande con nosotros.

La mexicana bufó, cruzando los brazos.

—¿Y ahora qué hacemos?

Mis labios tomaron vida propia, sorprendiéndome yo mismo al oírme decir con determinación:

—Ir a Tecpán.

Cassandra, que sin duda estaba pensando lo mismo, consultó su reloj de muñeca.

—Pues tenemos que subir a un avión dentro de ocho horas... y ni siquiera sabemos dónde está ese pinche pueblo.

Aunque era yo quien lo había propuesto, no estaba muy seguro de desear seguir con todo ello. Aquella locura ya se había cobrado muchas vidas, incluida la del profesor Castillo, y no estaba dispuesto a que nadie más sufriera por mi culpa.

—Cassie —le dije, tomándola por los hombros y mirándola fijamente—. ¿Tú estás segura de querer continuar con todo esto?

—¿Qué quieres decir?

—Quiero decir que si no será momento de parar.

Sus ojos verdes me miraron con extrañeza.

—¿Ahora? ¿Por qué?

—Tengo un mal presentimiento —dije, acariciándole el pelo

—Oh, claro —repuso con sorna—, una buena razón para no resolver uno de los mayores enigmas de la Historia.

—Ya han muerto demasiados por culpa de ese tesoro, y no quiero, que tú... que a ti... En fin, ya sabes...

Nos miramos en silencio, y Cassie, con los ojos húmedos, me rodeó con sus brazos dándome un beso en los labios.

—No te preocupes —susurró a mi oído—, iremos solo a echar un vistazo. ¿Qué podría pasar por hacer turismo durante unas horas?

De una cosa no me cabe duda, como pitonisa se hubiera muerto de hambre.

Antes de marcharnos del museo en dirección a Tecpán, juzgamos que valía la pena hablar con alguno de los responsables de la exposición para que nos proporcionara la mayor cantidad de información posible respecto a la exótica talla y el lugar donde fue descubierta.

En pocos minutos dimos con el supervisor del museo, un orondo funcionario que se presentó como Licenciado Oscar Sánchez y que, amablemente, nos recibió en su pequeño despacho en el ala oeste del edificio.

−Ustedes dirán −dijo, invitándonos a tomar asiento.

−Verá, señor licenciado −dijo Cassandra, que habíamos decidido ejerciera de interlocutora−. Soy una estudiante de arqueología de la Universidad Autónoma de México D.F., y estando de vacaciones en su bello país, no he podido dejar de visitar su espléndido museo y me he asombrado de la calidad de lo aquí expuesto. Se nota que la exposición ha sido elaborada por auténticos profesionales, adivinándose detrás de todo ello la mano firme de un supervisor competente...

A medida que Cassie hablaba, el licenciado se iba hinchando de orgullo a ojos vista. Un par de halagos más y estallaba.

−Es usted muy amable, señorita...

−...Brooks, y este caballero es el señor Vidal, también estudiante de la U.A.M.

−Y díganme −preguntó tras estrecharme la mano−, ¿en qué puedo ayudarles?

Cassie se echó hacia delante en la silla, clavando sus penetrantes ojos en los del funcionario.

−Resulta −empezó a decir con voz sensual−, que estoy preparando una tesina sobre la iconografía de Quetzalcóatl en la cultura azteca, y su implantación en las religiones mesoamericanas.

−Interesante...

−Sí, mucho −asintió Cassandra−. Pero el hecho de que hayamos venido a verle es porque hemos descubierto en sus vitrinas una talla de la que no tenía conocimiento hasta ahora, y que podría dar un brusco giro a mis investigaciones.

—Se refiere al Quetzalcóatl tallado en jade... —formuló con cierto desasosiego.

—En efecto, sería para mí de inestimable ayuda que me permitiera acceder al informe referente a dicha talla.

El licenciado parecía incómodo, tratando de encajar su enorme humanidad en el asiento.

—Pues... —dijo con voz apesadumbrada— fíjese señorita Brooks que, lamentablemente, no creo que pueda ayudarle.

—¿Por qué no?

—Pues porque a pesar de ser exhibida en nuestro museo como una pieza de origen maya, últimamente se ha puesto en tela de juicio que esa sea su verdadera procedencia, ya que no se ha encontrado nada remotamente parecido en ningún otro lugar y existen fundadas sospechas de que pueda tratarse de una falsificación. Por ello, no puedo acceder a que incluya en su estudio un informe de este museo que más adelante podría revelarse como, digamos... «inexacto». Comprenderá usted —añadió, juntando las manos— que no podemos comprometer la credibilidad del museo sin estar absolutamente seguros de que la pieza en cuestión es auténtica.

—Ya le digo yo que sí lo es... —se me escapó sin querer.

—¿Perdón? —inquirió el funcionario, volviéndose hacia mí.

—Lo que mi colega ha querido decir —intervino Cassie, regalándome una breve mirada reprobadora— es que en nuestra opinión se trata de una pieza maya, y le garantizo que en la tesina especificaría claramente que la autenticidad de la talla está aún *sub judice*, y todas las especulaciones sobre su origen serían a título propio.

El licenciado se rascó la barbilla, indeciso.

—Le estaría muy agradecida si me hiciera este favor personal... señor licenciado —añadió la mexicana, con descarada picardía.

Éste, ruborizado, farfulló algo sobre un archivo confidencial y, levantándose pesadamente, rebuscó en un armario del despacho y en un santiamén teníamos una delgada carpeta frente a nosotros, encima de la mesa.

Tratando de conservar la compostura, nos inclinamos hacia delante y, abriendo la carpeta, empezamos a leer ávidamente la única hoja que había en su interior.

Un minuto después nos miramos uno a otro desconcertados.

—¿Esto es todo? —preguntó Cassie, dirigiéndose al funcionario.

—Así es.

—Pero... es prácticamente lo mismo que hay en la reseña de la exposición.

—Como ya habrá leído, la pieza fue hallada por un campesino y luego donada al museo por un médico que tenía unas fincas en la zona, y que se enteró de la existencia de la misma por pura casualidad. No fue el resultado de una excavación arqueológica, ni se pudieron recabar más datos de los que aquí ven. Una razón más que nos invita a pensar que pudiera no ser auténtica.

Cassandra y yo nos volvimos a mirar, decepcionados.

—En fin —dijo ella, poniéndose en pie—. Gracias por su ayuda, ha sido usted muy amable.

Le estrechamos la mano y, mientras nos acompañaba a la puerta, me acordé de una última cosa.

—Ah, se me olvidaba. ¿Está muy lejos de aquí el lugar donde aquel campesino encontró la talla?

—¿Tecpán? No, en absoluto, está a menos de una hora en carro. Pero se pueden ahorrar la visita —añadió meneando la cabeza—. Solo es un pueblo de indígenas sin nada que ver.

—Entiendo —dije, sin poder evitar que el desánimo me invadiera.

—Aunque lo cierto es que resulta curioso —reseñó pensativo— que una ciudad que en lengua mayance significa *Ciudad del Templo* no tenga en realidad ni uno solo.

Cassie, que ya se marchaba, se volvió con súbito interés.

—¿*Ciudad del Templo* ha dicho? ¿Eso significa Tecpán?

454

El licenciado la miró, sorprendido por el súbito interés de la mexicana.

—¡Claro! —contestó—. Es la legendaria ciudad fundada por los Tecpantlaques, o como se diría traducido al castellano: *Los Hombres del Templo.*

50

Tras despedirnos precipitadamente del supervisor, salimos del museo a la carrera y, parando al primer taxi que vimos, acordamos con el conductor que nos llevaría hasta Tecpán y nos esperaría para llevarnos de vuelta al aeropuerto por cien dólares americanos, su sueldo de dos semanas.

Atravesamos la ciudad en un tiempo récord saltándonos casi todos los semáforos −aunque no éramos los únicos en hacerlo− y, tomando la carretera interamericana en dirección a Quetzaltenango, nos dirigimos a una velocidad temeraria sorteando destartalados camiones y exóticos autobuses hacia un lugar del que ni siquiera sospechábamos su existencia media hora antes, pero que en ese momento se nos aparecía como el fin último e inevitable de aquel largo y trágico viaje.

−Cuesta creer −murmuraba Cassandra, mientras miraba por la ventanilla del vehículo− que, después de todo, hayamos dado de pura casualidad con el último refugio de los Templarios en un pueblecito de Guatemala. Es tan... inverosímil.

−Bueno, aún no estamos seguros si aquellos *Hombres del Templo* eran nuestros Templarios, quizá todo es una simple coincidencia.

−¿Qué posibilidades crees tú que hay −replicó− de que aparezca una reliquia que sabemos que fue entregada a los *Caballeros del Templo*, en una ciudad fundada por una comunidad llamada *Hombres del Templo* en la misma época en que sabemos que llegaron aquí, y que no tenga relación una cosa con la otra?

La respuesta era evidente, y aunque procuraba reprimir mi entusiasmo no dejaba de especular sobre lo que podíamos encontrarnos allí.

—Lo que me extraña —pensé en voz alta— es que siendo una zona poblada, nadie haya descubierto en todo este tiempo ningún indicio de que los Templarios estuvieron allí hace setecientos años.

—Encontraron la figura de jade.

—Precisamente a eso me refiero. Si encontraron la talla de Quetzalcóatl, ¿por qué no también armas u objetos templarios?

La mexicana reflexionó unos segundos con la mirada perdida.

—Se me ocurren varias posibilidades, pero la más plausible, es que *sí* que hayan sido encontrados esos objetos.

—¿Qué quieres decir?

—Pues que no has de olvidar que esta tierra fue conquistada por los españoles doscientos años después de que llegaran los Templarios, y sospecho que la arqueología no era una de sus prioridades. Así que si encontraron algo que les pudiera haber sido útil, como una espada o un crucifijo, seguramente se habrían limitado a quedárselo, pensando que pertenecía a alguna expedición anterior.

—Eso tiene sentido —admití—, ¿pero qué me dices de los edificios que debieron levantar? Supongo que si fundaron una ciudad, por pequeña que fuera, algo debían construir, ¿no?

—Hay una posible explicación para ello —contestó complacida— y la respuesta también es muy fácil. ¿Qué habrías hecho tú de haber sido un virrey o un gobernador que es informado de que en sus recién adquiridas posesiones existe ya una ciudad con casas e iglesias inequívocamente levantadas por cristianos, y que, por lo tanto, ponen en entredicho la supuesta propiedad por conquista de esas tierras?

No me llevó mucho comprender a dónde quería ir a parar.

—Las destruiría.

—Y acabarías con todas las pruebas de que hubo cristianos allí antes que tú.

Esa última deducción me dejó algo inquieto.

—Entonces, ¿qué sentido tiene que vayamos a Tecpán, si no hay nada que podamos encontrar?

Cassie me miró, encantada con el juego.

—Yo no he dicho que no podamos encontrar nada.

Confuso, fruncí el ceño en una muda pregunta.

—Nosotros tenemos una gran ventaja, Ulises. Sabemos lo que buscamos.

—¿Y qué buscamos? Si no es mucho preguntar.

Me miró, y al responderme pude ver el fulgor de la pasión en sus pupilas.

—Una prueba, Ulises. Una pinche prueba.

Media hora más tarde, llegamos a un cruce a la izquierda donde una señal indicaba el camino a Tecpán. Tomamos el desvío y, avanzando por una maltrecha carretera llena de baches, cubrimos los últimos kilómetros hasta nuestro destino. El camino discurría serpenteando por un fértil valle cubierto de campos de maíz, delimitado por suaves colinas pobladas de pinos y robles.

—Esto es precioso —comenté fascinado, asomado a la ventanilla del taxi.

—Por algo llaman a Guatemala el país de la eterna primavera —apuntó Cassandra, también encandilada por la bucólica belleza de la campiña guatemalteca.

Desde que salimos de la capital, constantemente nos cruzábamos con grupos de indígenas ataviados con sus llamativos ropajes tradicionales. Caminando por el arcén cargados de aperos de labranza, sacos de maíz sujetos por un mecapal a la frente o en la mayoría de los casos, con las manos vacías. Pero a medida que nos internábamos en el mundo rural, la cantidad de hombres, mujeres y niños vagando por la carretera se multiplicaba, dando la desoladora impresión de que había una evacuación en marcha.

458

—Disculpe —dije inclinándome hacia el conductor, un mestizo desaliñado que no había abierto la boca en todo el camino—, ¿a dónde va toda esta gente?

El taxista me miró por el retrovisor, extrañado por mi pregunta.

—A ningún sitio, don.

—¿Cómo que a ningún sitio? —insistí—. Digo yo que no andarán por gusto.

—Pues fíjese que sí —afirmó con amargura—. La mayoría son pobres inditos a los que un finquero les habrá quitado las tierras y no tienen a dónde ir. Así que no más andan y andan, pero no van a ningún lugar, porque ya no hay tierras para ellos.

—¿Y no hay nadie que pueda ayudarles? —pregunté cándidamente.

—Dios —fue la lacónica respuesta—. Pero hace ya tiempo que no se da un paseo por Guatemala.

En media hora llegamos a Tecpán, y en la misma plaza del pueblo dejamos el vehículo, emplazando al taxista a encontrarse con nosotros en ese mismo lugar al cabo de tres horas.

La localidad era una heterogénea sucesión de casas de bloques de hormigón de una o dos plantas, todas con las mismas reas de hierro oxidado sobresaliendo por sus tejados planos, pero pintadas cada una de ellas de un color diferente: azul eléctrico, amarillo chillón, verde rabioso, naranja intenso o rojo encendido. Estaba claro que la afición de los guatemaltecos por los colores llamativos no se limitaba a la ropa. Qué diferente —pensaba— de las grises ciudades europeas, con sus grises habitantes vestidos de gris.

En todo el pueblo, la única concesión al saturado sentido de la vista la daba la nívea iglesia situada a un lado de la plaza. Era, además, el edificio más alto y, por supuesto, el más bello, con sus dos pares de columnas en la fachada coronadas por santos desconocidos. Su mínimo campanario y sus contrafuertes de piedra delataban, asimismo, una sólida construcción a prueba de terremotos.

—Bueno —dije frotándome las manos—. ¿Por dónde empezamos?

La mexicana se encogió de hombros.

—Ni idea, mano. ¿Probamos en la municipalidad?

—Bien pensado, si hay algún resto arqueológico en el pueblo, deben de tener constancia de ello.

Lo bueno de las poblaciones de trazado colonial es que todos los edificios relevantes se encuentran alrededor de la misma plaza, así que solo nos llevó cuatro pasos acceder al ayuntamiento, justo enfrente de la iglesia.

Nada más cruzar la puerta nos salió al paso un guardia armado con cara de pocos amigos.

—¿Qué desean? —preguntó, apoyando la mano en la culata de su revólver.

Algo sorprendidos por el recibimiento, nos miramos mutuamente, cayendo en la cuenta de que no habíamos pensado por quién preguntar.

—Buenas tardes —improvisé—, me llamo Ulises Vidal, y desearía hablar con el concejal de cultura de Tecpán.

—Está reunido —respondió, sin levantar aún la mano del arma.

—¿Y podríamos ver a alguien de su departamento?

—También está reunido —replicó secamente.

—¿Y a cualquier otro funcionario de la municipalidad? —aventuró Cassie—. No, no me lo diga —dijo al ver la cara que ponía el guarda— ...están reunidos.

El hombre nos miraba en silencio, con gesto hosco, como si aquello fuera un banco y nosotros lleváramos medias en la cabeza.

—Esas reuniones tienen que ser divertidísimas con tanta gente —acabé por decirle—. Pero con esa actitud suya, nunca van a invitarle.

Visto que no íbamos a sacar nada de allí, optamos por dar media vuelta y buscar la escuela del pueblo, para tratar de entrevistarnos con un maestro local.

Preguntando a los lugareños, llegamos hasta un edificio rodeado de verjas en las afueras del pueblo, y cuál no fue nuestra sorpresa al descubrir una hoja de papel pegada en la puerta de chapa del colegio con una escueta nota escrita a mano: *Cerrado por vacaciones.*

−Esto no está saliendo como pensaba −confesé mientras me sentaba en la acera, algo cansado.

Cassandra me imitó, pensativa.

−Creo que solo nos queda ir preguntando a la gente que nos vayamos cruzando por la calle.

−¿Y qué les preguntamos? Disculpe, ¿sabe de alguna cantina templaria por esta zona?

−A lo mejor tenemos suerte, la gente mayor de los pueblos suele conocer las leyendas locales.

−En fin −admití con escaso ánimo−. Siempre será mejor que quedarnos sentados.

Nos levantamos y nos dirigimos de nuevo al parque central, a la caza de algún desprevenido ancianito. Descendíamos por una calle adoquinada en la que algunas señoras indígenas habían dispuesto unos manteles sobre la acera y, sobre ellos, pequeños montoncitos de tomates, patatas o cebollas. Pero al levantar la vista un momento, mirando por encima de los techos de las casas, mis ojos se toparon con el pequeño campanario blanco y una repentina idea acudió al rescate.

−¡El cura!

−¿Perdona?

−El cura, Cassie. Seguro que si hay algún resto arqueológico en el pueblo, él lo sabe.

−Está bueno −aceptó poco convencida−, no comparto tu entusiasmo... pero vayamos a hablar con él, no tenemos nada que perder.

Alentado por una corazonada, crucé la plaza a grandes zancadas seguido por Cassandra, y al llegar al gran portón de madera del templo, lo golpeé varias veces con la aldaba.

Insistí durante más de dos minutos, pero no apareció nadie.

Empujé la puerta con fuerza para asegurarme de que estuviera cerrada, pero ésta no cedió ni un milímetro. Cassie meneó la cabeza, cruzándose de brazos.

—Las «fuerzas vivas» de este pueblo deberían llamarse más bien «fuerzas ausentes».

—Debe de haber alguna entrada lateral —murmuré en voz baja.

—¿No estarás pensando en colarte en la iglesia?

—No vamos a robar. Tan solo quiero hablar con el dichoso cura.

—Pero si no abre, será porque no está.

—O está echándose la siesta... o no le apetece abrir.

—Y si es así, ¿crees que podrás convencerlo actuando como un ladrón?

—Mira el lado bueno. Al menos aquí no hay guarda, y si luego quieres confesarte, lo tienes muy a mano.

Rodeando la iglesia, franqueamos una pequeña puerta lateral que daba acceso al claustro, y de ahí a la nave del templo. Una vez dentro llamamos a todas las puertas e incluso dimos algunas voces, pero no apareció nadie. Así que cansados y sin ideas, optamos por sentarnos en los bancos para descansar y decidir qué hacer.

El interior de la parroquia se hallaba en penumbras, con tan solo la difuminada luz solar que entraba por una de las estrechas vidrieras reflejándose en los candelabros, y unos pocos cirios titilando a los pies de unos barbudos santos de beatífico gesto.

Para redondear el sacrilegio, decidí regalarle a mi dolorida espalda unos minutos de relax tumbándome en uno de los bancos y, cruzando las manos tras la nuca, me distraje pensando qué haría con lo que sacáramos por el crucifijo, mientras dejaba vagar la vista por entre las enrevesadas cenefas del techo de la nave.

Pero, de pronto, mis ojos se detuvieron sobre un relieve situado exactamente en el centro de la bóveda, donde se unían los

462

ocho arcos que la sujetaban. A pesar de la escasa iluminación, percibí, de un modo quizás inconsciente, que aquella figura no encajaba con el resto del lugar y que, además, me resultaba extrañamente familiar, aunque apenas era capaz de distinguir su silueta.

Me di unos minutos para que la vista se habituara a la falta de luz y, cuando volví a centrarla en aquella imagen suspendida a diez metros sobre mi cabeza, la impresión me golpeó de tal modo al reconocer lo que estaba viendo que fui incapaz de articular palabra. Solo pude levantar el brazo, apuntando hacia arriba con el dedo extendido.

Allí, en el techo de una iglesia de un pueblo de Guatemala, estaba el mismo símbolo que había visto en el sello de un cartógrafo, y en una caja de ébano en el desierto del Sahara.

Dos caballeros montados a lomos de un solo caballo.

Es... es... —tartamudeó Cassandra, de pie en el centro de la nave, mirando hacia el techo—. ¿Cómo ha podido llegar eso... ahí?

—Pues yo diría que alguien lo puso cuando construyeron la iglesia —dije, también de pie, a su lado.

—Sí, claro —contestó sin mirarme—. Pero me pregunto cuándo y, sobre todo, por qué.

—¿Podría ser que la construyeran los mismos Templarios?

Esta vez sí bajó la vista para responderme.

—No lo creo. El estilo es claramente colonial —afirmó, señalando los detalles del interior de la capilla—. Yo diría que del siglo XVI o XVII.

—Entonces, eso significa que fue levantada doscientos o trescientos años después de que llegaran a estas tierras, y para entonces se supone que la orden templaria ya se había extinguido.

—Justo eso es lo que no me encaja.

—Quizá pudieron construirla sus descendientes.

—¿Descendientes? —alzó una ceja, divertida—. Te recuerdo, Ulises, que estamos hablando de una comunidad de monjes célibes.

—Ya, claro. Lo había olvidado.

Cansado de mirar hacia arriba, empecé a pasear por la iglesia, meditabundo. El silencio del lugar era absoluto, pues los gruesos muros lo aislaban del ya de por sí escaso ruido de la calle, y en el interior solo mis pasos quebraban una quietud irreal; como si aquella capilla se encontrara fuera del tiempo y el espacio ordinario, flotando en algún momento indeterminado del pasado cuando en aquel lugar el sentido religioso era aún algo sólido y palpable.

Caminaba con las manos a la espalda, mirando distraídamente al suelo, cuando al pasar frente al altar me llevé una sorpresa aún mayor que la anterior.

—Me parece que ya sé lo que ha pasado aquí —dijo entonces Cassie, que aún seguía en el mismo sitio—. Seguramente, aquí había alguna construcción templaria, pero que fue destruida por alguna razón; por un terremoto quizás, o por los mismos españoles, que querían borrar pruebas, no sé. El caso —continuó, enfrascada en sus deducciones— es que cuando edificaron esta iglesia, debieron utilizar las piedras que aquí había, y entre ellas debía de estar ese relieve de los monjes a caballo. Supongo que al arquitecto le hizo gracia —resopló—, y desconociendo su significado esotérico decidió colocarla en el techo a modo decorativo.

Y dirigiéndose a mí, preguntó:

—¿Tú qué opinas?

La pregunta me pilló desprevenido, pues apenas había prestado atención a su discurso, porque estaba claro que lo que tenía justo frente a mis ojos en ese momento, daba otra vuelta de tuerca a los acontecimientos.

—Opino —dije, tras respirar hondo—, que no te vas a creer lo que acabo de encontrar.

Absorto, no podía dejar de mirar a mis pies, donde, tallado en una desgastada losa de piedra, podía adivinarse la ya familiar silueta del dios Quetzalcóatl y, sobre él, una leyenda grabada en grandes caracteres latinos: *MILITES TEMPLI*.

A mi lado, alucinada, Cassie se había agachado junto a la losa y con mucho tacto pasaba los dedos por encima del grabado.

—Está muy erosionado —apuntó, sin poder ocultar su emoción— ...pero diría, por el tipo de marcas marginales, que quien hizo esto utilizó herramientas de piedra, no un cincel de hierro.

—¿De piedra?

—Sí, con la misma técnica que utilizaban los mayas para cincelar sus murales.

—¿Significa que *eso* lo escribieron los mayas? ¿En latín?

—Significa —puntualizó— que se utilizaron herramientas mayas. Si el que las usaba era indígena, europeo o chino mandarín, es algo que no puedo saber. Aunque, si no recuerdo mal —añadió pensativa—, creo que los métodos tradicionales de cincelado maya dejaron de usarse en cuanto los españoles pisaron América e introdujeron los martillos y escoplos de hierro.

—Entonces, esta inscripción es, como poco, contemporánea de los años de la conquista.

—Como poco.

—Y podría haber sido hecha cuando suponemos que los Templarios estuvieron aquí.

—Perfectamente.

Hice una pausa para ordenar las ideas, y la siguiente pregunta vino por sí sola.

—¿Y crees que esta losa es también un simple «elemento decorativo»?

La mexicana guardó silencio por unos instantes, haciéndome pensar que no había oído mi pregunta, y cuando estaba a punto de repetírsela, abrió la boca para contestarme.

—Me la jugaría a que esta losa —dijo muy seria— es parte del suelo original de algún templo anterior a la llegada de los españoles.

Notaba un hormigueo en el pecho, producto de un creciente estado de ansiedad.

—¿Un templo cristiano o maya?

—No sé —dijo absorta, sin levantar la vista del suelo—, quizá de ambos. Los Templarios, según he aprendido en estas últimas semanas con toda la información que me fue pasando el profesor, eran muy eclécticos y no tenían reparos en adaptarse a diferentes culturas, al menos en la forma. De hecho, los templos de la orden de, por ejemplo... Castilla, poco tenían que ver arquitectónicamente con los construidos en Escocia o en Palestina, así que no veo por qué no pudieron también adaptarse a la cultura indígena, y levantar santuarios cristianos incorporando parte de la simbología maya.

Dicho esto, alzó la cabeza y miró a su alrededor con renovado interés, como si a la luz de sus conclusiones, aquella oscura iglesia se hubiera transformado en la Capilla Sixtina.

—¡Busquemos más! —prorrumpió al cabo de unos segundos, en un arrebato de agitación—. Si este suelo perteneció originalmente a un santuario templario, debe de haber más marcas o símbolos por ahí repartidos —con un gesto abarcó la totalidad de la nave—. ¡Vamos a buscarlos!

—Está bien, pero antes convendría que me explicaras qué he de buscar exactamente.

—Pues cualquier grabado que parezca fuera de sitio, o que pertenezca a la iconografía templaria. Los dos hombres cabalgando un solo caballo que ya conoces, cruces octavias, rosas abiertas, o incluso la cabeza de un anciano al que llamaban Baphomet, o Buphomet, o algo parecido, y que simbolizaba la esencia de la sabiduría. Cuantos más indicios encontremos sobre la presencia templaria en esta iglesia —concluyó—, más fácil será probar que estuvieron aquí antes de que llegara Colón.

—Entones no perdamos tiempo, porque me da que cuando nos descubran no les va a hacer mucha gracia que estemos aquí.

Cassandra se quedó estudiando los alrededores del altar, y yo empecé a buscar por el resto de la iglesia, obligándome la escasa luz a «tomar prestado» un cirio de la virgen negra que presidía la capilla —y que me recordaba vívidamente a su homóloga de Montserrat— para poder alumbrarme.

Al cabo de quince minutos de búsqueda minuciosa, tomé asiento en uno de los bancos de la primera fila, en el que Cassie ya estaba sentada con los codos en las rodillas y la cabeza entre las manos, pensativa.

—No lo entiendo —rezongó—, debería haber más señales, grabados o lo que fuera. Cualquier iglesia católica está repleta de símbolos cristianos, inscripciones conmemorativas e incluso tumbas de curas u obispos enterrados bajo el suelo. Pero aquí, aparte de esta lápida −dijo señalando el suelo con la barbilla−, no hay nada, cero. Resulta muy extraño.

−Bueno, al menos tenemos eso. A mí me parece una prueba bastante sólida.

Cassandra me observó de reojo sin cambiar de postura.

−Está claro que no conoces cómo funciona la investigación y verificación de los hallazgos arqueológicos. Si el método utilizado para llevar a cabo el descubrimiento es poco ortodoxo, la reputación del arqueólogo cuestionable, y las conclusiones finales contradicen una teoría previa universalmente aceptada proponiendo a cambio una nueva, rocambolesca e inverosímil, las posibilidades de que lo tomen en serio son casi nulas.

−Pero contamos con muchas pruebas. La campana, el testamento, el pergamino, la cruz de oro, el cenote...

−Circunstanciales −gruñó Cassie−, falsificaciones, interpretaciones tendenciosas. Eso es lo que dirán, y te recuerdo que el cenote se fue al carajo con el derrumbe. No tenemos nada irrefutable, Ulises. Nada.

A pesar del pesimismo de Cassie, no podía aceptar el hecho de que aquella aventura que nos había llevado tan lejos, siguiendo el rastro de los Templarios y su fatídico tesoro, fuera a acabar allí: sentado en el banco de una pequeña iglesia, en un pueblo perdido del altiplano de Guatemala, sin poder relatar lo que nos había sucedido sin que nos tacharan de farsantes, y cargando con el remordimiento de por vida por la muerte del profesor, cuya aportación a aquel increíble descubrimiento nunca vería la luz.

La cabeza me bullía, tratando de encontrar un resquicio de esperanza en la penumbra de aquel templo. No puede ser −me repetía a mí mismo−, no podemos haber llegado hasta aquí para nada.

Inquieto, me puse en pie y empecé a recorrer la nave de arriba abajo, tratando de pensar con claridad. Me venían a la cabeza ideas descabelladas sobre excavar de nuevo en la pirámide, o tratar de acceder a lo que quedara del cenote, remontando los canales subterráneos que habíamos utilizado para escapar. Pero era consciente de la enorme inversión que ello requeriría, y de las escasas posibilidades que habían de llevarlo a cabo.

Caminaba cabizbajo entre las dos filas de bancos, cuando al llegar frente al altar y disponerme a dar media vuelta, me quedé mirando, distraído, la losa de piedra con el dios maya y la inscripción en latín.

—Cassie, ¿decías antes que en las iglesias se enterraban a clérigos bajo el suelo?

La mexicana levantó la vista, indiferente.

—Eso he dicho. ¿Por qué lo preguntas?

—¿No podría ser esto, entonces —aventuré, señalando hacia el suelo—, la lápida de una tumba templaria?

Cassie observó la losa de piedra con escaso interés.

—No lo creo, si fuera así incluiría el nombre del difunto y su fecha de defunción; y no veo ninguna de ambas cosas.

—Pero los Templarios tenían unas costumbres diferentes, eran monjes guerreros y todo eso. Quizás en lo referente a los entierros, también hacían las cosas a su manera.

La menuda arqueóloga se encogió de hombros.

—Puede, ño lo sé. Sabes que no soy una experta en el tema.

Meditabundo, me senté en los escalones que daban al altar.

—Estoy seguro de que se nos está pasando algo por alto.

—Pues ya lo hemos mirado todo, güey —dijo, dejándose caer a mi lado—. Como no esté detrás del crucifijo, o debajo del altar...

Y ella me miró a mí.

Y yo la miré a ella.

Y lentamente nos dimos la vuelta hacia el altar que, totalmente cubierto con una bordada tela de seda blanca, era el único lugar que no habíamos caído en registrar.

–¿Entiendes lo que pone ahí? –pregunté escéptico, mientras mantenía levantada la tela que cubría la parte trasera del altar, dejando al descubierto una serie de símbolos mayas.

–No tengo el traductor, pero por lo que he aprendido las últimas semanas, creo que habla de una fecha.

–¿Una fecha?

–Sí. Menciona el último día, del último mes, del último katún, del último baktún, como el momento en que la verdad será revelada, y...

–¿Y?

Cassie acercó más el cirio a la piedra, entrecerrando los ojos.

–No estoy segura, creo que habla del fin del mundo, o de una era, o algo así.

–Y por curiosidad, ¿qué fecha es esa?

La mexicana me dedicó una sonrisa burlona.

–¿Asustado?

–¿Por el fin del mundo? No, que va. Mientras no cierren los bares.

–Eso sí que sería horrible –convino con un guiño–. Pero bueno, por el momento no has de preocuparte, en el calendario occidental equivale al 21 de Diciembre de 2012.

–¿Estás segura?

–Bastante; el calendario maya se compone de una serie de ruedas calándricas que, a modo de engranajes, encajan unas con otras. La siguiente es siempre mayor que la anterior, y así, rotando en el período de casi cinco mil años de la llamada Cuenta Larga, que se inició el 11 de agosto del 3114 antes de Cristo, no hay dos días con el mismo nombre. Y este está muy claro: es el último, del último, del último, del último, del último ciclo. O sea; el final de la Cuenta Larga del calendario maya, que, como ya te he dicho, termina el 21 de Diciembre de 2012.

Habíamos quitado de encima los candelabros, la Biblia, y un cáliz dorado; retirado totalmente la tela que lo cubría, y ahora, desnudo, el altar se descubría como una maciza roca rectangular, tallada por todos sus lados con jeroglíficos mayas, menos en la parte superior, donde una pulida plancha de mármol blanca lo hacía parecer parte de una extraña cocina precolombina.

—Me recuerda a la cocina de mi abuela —comenté en voz baja.

—Pues a mí, a un altar de sacrificios mayas. Incluso diría que tiene el canalito por donde corría la sangre de la víctima.

—¡No jodas! —la espeté, acercándome a mirar.

—Es broma, tonto.

—Vaya, arqueóloga submarina y humorista. Tienes un gran futuro por delante.

—Lo sé —repuso ufana—, ya me lo decía mi papá.

—En fin, ¿has descubierto algo más de interés en los grabados?

—Nada, en las cuatro caras dice más o menos lo mismo.

—¿Entonces?

—Pues no tengo ni pinche idea. Habrá que esperar hasta el 2012, a ver qué pasa.

—Es una idea... pero no creo que el avión nos espere tanto.

—También podemos preguntar al Cristo —dijo, sentándose sobre el altar y señalando con el pulgar hacia atrás—, a ver si sabe algo.

—Bueno... de hecho aún hay un lugar en el que no hemos mirado.

—¿Dónde? —preguntó mirando a lado y lado.

Por respuesta, fijé la vista en el mármol sobre el que estaba sentada.

—¡Ah, no! ¡Eso sí que no!

—No me puedo creer lo que estás haciendo...

—¿Se te ocurre una idea mejor?

—Siempre dices lo mismo cuando estás a punto de hacer algo muy malo. Como profanar un altar, por ejemplo.

—No estamos profanando nada. Llámalo en todo caso, no sé... trabajo de campo.

Cassie abrió los ojos, incrédula.

—¿Trabajo de campo? ¿Estás de broma? ¡Esto es destrucción de la propiedad, además de un sacrilegio!

—Aún no he roto nada —me defendí, poniendo cara de inocente.

—Entonces, ¿qué vas a hacer con ese enorme candelabro que has cogido?

—Considéralo ingeniería creativa.

—¡No mames, güey! ¡Lo vas a utilizar para levantar el mármol!

—No, si no me ayudas.

La mexicana miró en derredor, como buscando a alguien con quien compartir su indignación.

—¡Estás loco! Vamos a acabar en la cárcel por una pinche majadería tuya.

—Yo no te puedo obligar, Cassie —dije, acercándome a ella—. Pero puede que aquí debajo se encuentre lo que andamos buscando. Si resulta que dentro de este altar descubrimos una prueba irrefutable de que los Templarios estuvieron aquí, la muerte del profesor no habrá sido en vano.

—Eso es un golpe bajo.

—Lo sé. ¿Vas a ayudarme?

Se llevó las manos a la cadera, meneando la cabeza.

—Sigo pensando que es una muy mala idea... aunque en el fondo —arguyó, cambiando de tono— también sé que si no miro lo que hay ahí debajo me arrepentiré toda mi vida.

—¡Así me gusta! —y apoyando el borde de la base del candelabro en una esquina de la pesada placa de mármol, añadí—. Y ahora, vamos a levantar esta losa antes de que nos pillen.

Tratando de hacer el menor destrozo posible, empezamos a hacer palanca en la piedra hasta que oímos un leve crujido, como una muda protesta por ser sacada a empellones de su sitio.

—Ya se mueve.

Era cierto. De forma casi imperceptible, la rectangular laja de mármol blanco de medio metro de ancho por dos de largo había cedido un poco, y eso era suficiente como para redoblar el esfuerzo.

—Ándele, manita —animé apretando los dientes—, dale duro, que ya casi lo tenemos.

Finalmente, con Cassie prácticamente colgada del extremo del candelabro —que afortunadamente resultó ser muy resistente— y yo empujando con todas mis fuerzas, logramos levantar lo justo para introducir una cuña —en realidad era la Biblia, pero era lo único que tenía a mano—. A partir de ahí, todo fue más fácil. Impulsando al unísono, logramos apartar la losa y, sin llegar a romperla, conseguimos dejarla apoyada en el suelo.

Lo que entonces nos encontramos resultó, al menos para mí, aún más desconcertante que los símbolos mayas de los laterales.

Esta vez, lo que tenía ante mis ojos era una serie de círculos, atiborrados de extraños símbolos y pegados unos a otros, con una discordante cruz templaria tallada en el mismo centro de la piedra.

—¿Qué diablos?

—¡Es el calendario! —exclamó Cassandra, rebosante de excitación.

—¿Ese galimatías de ahí es el calendario maya?

—Así es, el más perfecto conocido por el hombre hasta hace un par de siglos.

—Pues, la verdad, me quedo con el de Pirelli.

—No seas majadero. Éste era increíblemente exacto, una maravilla matemática y astronómica. Con él se podían datar con exactitud fechas billones de años en el pasado o en el futuro.

—Ya, ya... ¿Pero en qué crees que nos puede ayudar?

—Bueno, tiene una cruz templaria esculpida en su centro, y eso no es muy común en los calendarios mayas.

—Ya la he visto. Pero como tú dirías: ¿Cómo demostrar que no la hemos cincelado nosotros mismos?

—Cierto, a menos que...

Alargó la mano, la apoyó suavemente sobre la talla y, realizando un suave giro de muñeca, hizo moverse imperceptiblemente la menor de las ruedas calándricas.

—¡Se ha movido!

Yo me había quedado de piedra.

—¿Lo has visto, Ulises?

—Lo he visto, y aún no lo creo...

—¡Un calendario articulado! ¡No sabía ni que existieran! —continuó en su estado de exaltación—. ¡Solo esto es ya un descubrimiento colosal!

—¿Tú crees?

—Sin duda, sin duda —afirmó categórica—. Es algo único.

—Entonces, ¿por qué cubrirlo con una losa de cien kilos?

—A saber —contestó, alzando las cejas—. Quizás el cura ignora lo que significa, le resultaba incómodo para apoyar el cáliz...

—... o deseaba ocultarlo.

—¿Ocultarlo? ¿Para qué? —y mirándome fijamente, añadió—. ¿No estás un poco paranoico?

—A lo mejor, pero... ¿podrías hacer algo por mí? —me tomé un instante para aclarar mis ideas—. ¿Crees que podrías introducir esa fecha del fin del mundo de diciembre del 2012 en este calendario tuyo?

Tras más de diez minutos de estudio exhaustivo, Cassandra se apoyó esta vez sobre la mayor de las ruedas del calendario, y haciendo un visible esfuerzo, la hizo girar hasta quedar satisfecha con el resultado. A continuación hizo lo mismo con la siguiente rueda, y luego con la siguiente, y así hasta situar los cinco círculos en la posición que creyó adecuada.

—¿Y ahora? —preguntó, dando un paso atrás.

—Ni idea, ¿probamos con el *Ábrete Sésamo*?

—Solo espero no haber desencadenado el fin del mundo antes de tiempo —dijo, medio en broma, medio en serio.

—En fin —murmuré, pasados unos segundos de absoluto silencio—, había que intentarlo.

—No —me consoló Cassie, tomándome del brazo—, si la idea no era mala. A Indiana Jones le habría salido.

—Es verdad. A partir de ahora solo veré cine de arte y ensayo islandés.

—No importa, cariño. Este descubrimiento, por sí solo, ya vale la pena.

—Sí, viviré con esa cruz —y una absurda sospecha me asaltó tras decir esa última palabra.

Me acerqué al altar, y con toda la frustración y rabia que llevaba acumulada, apreté la cruz templaria situada en el centro del calendario con las fuerzas que me quedaban.

Al instante, un sordo retumbar de piedra contra piedra sonó a nuestra espalda, y al volvernos, la lápida con la inscripción *MILITES TEMPLI* había desaparecido. En su lugar, asomaba ahora una oscura oquedad que se perdía en el lóbrego subsuelo.

—Virgen santa... —invocó la mexicana.

—Espera un momento —dije, apenas saliendo del pasmo—, voy a por algo de luz.

Tomé unos cuantos cirios más de los que rodeaban la virgen negra, y los acerqué al borde del agujero tratando de averiguar la naturaleza de aquel nicho.

Obviamente, esperando encontrarme frente a los restos mortales de un antiguo templario, no estaba preparado para ver lo que la temblorosa llama del cirio que llevaba en la mano iluminó en ese momento.

—¡La gran diabla! —exclamó Cassie, llevándose la mano a la frente—. ¡Otra vez no!

Y estaba claro, que ella tampoco.

52

Un estremecimiento me recorrió la espalda al descubrir, difuminándose en las tinieblas, una serie de escalones de piedra que comenzaban un metro más abajo y se perdían en la oscuridad.

—Esto no parece una tumba.

—Yo no pienso meterme ahí dentro —advirtió Cassie, rememorando seguramente el terrible episodio del cenote—. Con una vez he tenido suficiente.

—Está bien, lo comprendo. Quédate aquí arriba.

—¿Tú vas a bajar?

—Qué remedio, ya que hemos llegado hasta aquí.

—No mames, si ni siquiera tienes una linterna.

—Los cirios servirán.

—¿Y si se te apagan?

—Pues utilizaré mis superpoderes, y saldré volando con mi capa al viento usando mi visión de rayos x.

—No seas menso, te lo digo en serio.

—¿Y qué quieres que haga? ¿Quedarme aquí?

—No sé, otra cosa.

—Mira, Cassie —dije, tomándole la mano—. Entiendo que no te haga puñetera gracia bajar esas escaleras, pero yo he de hacerlo. Quiero hacerlo.

—Entonces, voy contigo.

—¿Estás segura?

—Ni por asomo, pero la arqueóloga aquí soy yo... y cuatro velas es más difícil que se apaguen que no dos.

Con suma cautela, me descolgué hasta el inicio de la escalera y, portando un cirio rojo en cada mano, bajé los primeros escalones para hacer sitio a Cassandra, que venía detrás.

—¿Qué crees que puede ser esto? —pregunté en voz baja, en cuanto noté su presencia a mi espalda.

—A saber... quizás una cripta, o un almacén, o qué sé yo.

—A lo mejor encontramos una bodega de vinos cosecha mil trescientos.

—O una bolera. Anda, empieza a bajar y acabemos con esto cuanto antes.

Las velas ofrecían una luz miserable, y palpaba con el pie cada escalón antes de apoyarme en él, ya que apenas podía entrever por dónde pisaba. El techo, sin embargo, podía verse con toda claridad, pues apenas superaba en un par de centímetros mi altura, y la llama de los cirios que llevaba delante revelaban un tosco acabado, ennegrecido por el humo y lejos de la impresionante ornamentación que ostentaba el «pasaje de las pinturas» de la pirámide de Yaxchilán.

—No se lo curraron mucho —comenté, mientras continuaba descendiendo con todo el cuidado del mundo.

—Ya me he fijado —dijo Cassie a mi espalda—. Hicieron lo mínimo para que pudiera ser útil. Sin artificios ni decoración, muy... monacal.

Entonces, aún a pocos metros de la superficie, intuí el final del túnel.

—Creo que la escalera se acaba aquí delante.

—¿Sí? —preguntó feliz—. ¿Qué ves?

—Aún no lo sé. En un momento lo verás por ti misma.

Tres escalones más tarde, pisaba suelo firme, y la mexicana, olvidadas ya sus reticencias, me hizo a un lado para estudiar el lugar en el que habíamos ido a parar.

—No veo un carajo.

—Espera... —dije, tras ver una sombra alargada en la pared.

Me acerqué, y descubrí con regocijo que se trataba de una antigua antorcha, carcomida y por supuesto sin aceite, pero esperaba que, aun así, fuera combustible. Dejé un cirio en el suelo y acercando el otro, tras un par de intentos, conseguí encenderla.

—¡*Voilà*!

—¡Oh! ¿De dónde la has sacado?

—Estaba a un lado de la entrada y... mira, ahí hay otra.

Rauda, se hizo con la segunda antorcha, y veinte segundos más tarde la iluminación del lugar se había multiplicado hasta permitirnos contemplarlo en toda su extensión.

Fue entonces cuando nos dimos cuenta de que nos encontrábamos en la antesala de una cueva excavada por la mano del hombre, de algo más de diez metros de longitud por cinco de ancho y un techo que llegaba a tocar con la punta de los dedos. Las paredes de la misma, al igual que la escalera, estaban bastamente talladas, carentes de cualquier tipo de adorno; y por ello, seguramente, nos asombramos aún más cuando junto a la pared opuesta, al fondo de la gruta, descubrimos un pedestal labrado en la misma piedra que haciendo las veces de altar, frente a una gran cruz de madera, sostenía un sencillo cofre de piedra que reconocí de inmediato.

Era aquel que los mayas habían dibujado tan fielmente, en el techo del «pasaje de las pinturas» de la malhadada pirámide de Yaxchilán. El que, al parecer, se llevaron los Templarios consigo tras dejar los tesoros mundanos atrás, en el lodo de un cenote. Lo que, según la traducción de Cassie de los glifos explicativos, dieron en llamar los sacerdotes mayas el *Tesoro Sagrado*.

53

Bajo la luz de las antorchas, la blanca piedra caliza con la que estaba construido el cofre adoptaba una tonalidad amarillenta que, en comparación con la oscura roca de la cripta, parecía irradiar una extraña luz propia.

—¿Lo reconoces? —pregunté en voz baja.

Cassie dio un paso hacia delante, situando la antorcha sobre el mismo.

—Es el mismo que... —musitó, al tiempo que pasaba la mano sobre su rugosa superficie.

—Yo diría que sí. El mismo cofre que aparecía en las pinturas de Yaxchilán.

La arqueóloga se agachó, acercando los ojos a escasos centímetros de unas marcas que estudiaba con gran atención.

—Solo que esto no es un cofre —dijo en el mismo tono de voz que antes, y volviéndose hacia mí, añadió—. Es un osario.

—¿Un osario?

—Es una urna de piedra donde se guardan los huesos de los difuntos.

—O sea, que al final sí que va a resultar que es una tumba.

—Eso parece —respondió la mexicana, concentrándose de nuevo en el arca de piedra de medio metro de altura.

—Pues a juzgar por todas las molestias que se tomaron para traerlo hasta aquí, debía de ser un tipo importante dentro de la Orden templaria.

Cassandra guardaba silencio, absorta en el osario y, sobre todo, en las curiosas marcas que lo decoraban.

—¿Has visto este dibujo de aquí? —dije señalando la sencilla silueta de un pez, tal como lo habría hecho un niño pequeño—. El hombre debía de ser pescador, o algo por el estilo.

Cassie observó el grabado, mordiéndose el labio inferior, como la había visto hacer en ocasiones anteriores cuando estaba nerviosa.

—Ulises. Ese pez, al igual que estos círculos concéntricos de aquí, ¿los ves?. Son los símbolos que utilizaban para reconocerse los cristianos en sus primeros años de existencia.

—Pensaba que el emblema de los cristianos era la cruz.

—La cruz no fue adoptada por la Iglesia hasta mucho más tarde. El pez, en cambio, aludía a la condición de los primeros discípulos de Cristo como «pescadores de hombres».

—¿Quieres decir que en este osario están los huesos de uno de los primeros cristianos, y que por eso lo trajeron hasta aquí?

—No solo eso. Estoy casi segura de que estas otras pequeñas marcas que rodean la tapa no son otra cosa que escritura. En concreto, diría que arameo.

—Un momento —denoté, cada vez más inquieto—. ¿No es ese el idioma que se hablaba en Palestina hace dos mil años?

—En efecto. Lo que significa que aquí delante tenemos un osario tallado en la antigua Judea en los primeros tiempos del cristianismo, traída hasta América junto con el tesoro de la orden. Mientras dejaban atrás el oro y las joyas en el fondo de un cenote, trajeron *esto* hasta aquí y lo guardaron como su más valiosa reliquia.

—¿Estás pensando que...?

—¿Podría tratarse de uno de los discípulos directos de Jesús? Te mentiría si te dijera que no. ¿Por qué otra razón iban a tomarse tantas molestias?

—O sea —dije, sintiendo cómo se me encogía el corazón al decirlo—, que podemos estar frente a los restos de alguno de los apóstoles.

Cassandra me tomó la mano, emocionada.

—Nunca me he considerado católica —confesó—, más bien agnóstica. Pero esto... esto me supera. La verdad, es que estoy bastante intimidada.

–Si te sirve de consuelo, ya somos dos.

Nos quedamos así, en silencio, cogidos de la mano y con las antorchas crepitando en la soledad de la cripta.

–Abrámosla –susurró.

Extrañado, me volví hacia ella.

–¿Estás segura?

–¿De profanar la tumba de un santo? ¿Estás de broma? Me estoy cagando de miedo, pero soy una arqueóloga y lo llevo en la sangre. Ya que hemos llegado hasta aquí, no puedo marcharme sin echar un vistazo al interior.

–Está bien –dije apretándole la mano–. No voy a ser yo quien te lleve la contraria.

Encontramos unas grietas en la pared donde encajar las antorchas, y con un cuidado reverencial asimos la pesada tapa de piedra y, tras levantarla muy despacio, la depositamos a un lado del pedestal, apoyada en la pared.

Hecho esto, tomamos de nuevo las antorchas y, vigilando que ni una chispa cayera en el interior del osario, nos inclinamos sobre el mismo, temblorosos por la emoción.

Un desagradable olor a rancio asaltó mi nariz al asomarme a la oscura urna, empujándome hacia atrás. Cassie, ajena a ello, acercó la antorcha al interior y, fijándose atentamente en absoluto silencio, se inclinó aún más.

–Ulises –susurró entrecortadamente, como si le faltara el aire–. ¿Puedes... acercar un poco más tu antorcha?

Así lo hice, pero en lugar de escrutar el interior del osario, me fijé en la cara de Cassie, que con una creciente expresión de estupor en el rostro a medida que examinaba el contenido del receptáculo, se iba poniendo más blanca que el papel; hasta que, dando un paso atrás, miró hacia donde yo estaba sin que pareciera verme. Dejó caer la antorcha al suelo y tambaleante, caminó hacia atrás hasta llegar a la pared, donde se quedó apoyada y resbaló sobre su espalda hasta sentarse en el suelo.

—Dios mío... —la oí murmurar ahogadamente desde la penumbra—. Oh, Dios mío...

54

Desconcertado por la reacción de Cassandra dirigí la vista hacia el osario y, confuso, aproximé la llama de la antorcha hacia el rectángulo negro de su interior.

Lo primero que entreví fue el reflejo de una pulida calavera devolviéndome la luz de la llama. Sus órbitas vacías miraban hacia arriba, como si aún albergaran ojos que pudieran mirar. La mandíbula inferior aparecía separada del cráneo −sorprendiéndome que conservara intactos todos los dientes−, apoyada sobre el esternón, de donde partían como radios lo que parecían la totalidad de las costillas. Todas en perfecto estado, a excepción de una del lado derecho, que aparecía parcialmente seccionada. Allí estaban también los huesos de las extremidades. Húmero, cubito y radio, terminados en los carpianos y metacarpianos que, increíblemente, conservaban su posición original manteniendo la forma de las manos. Y fue precisamente en las manos donde percibí algo extraño. En aquel perfecto orden de intactos huesos blanquecinos, la zona en que se unían el cubito y el radio, donde en su día debió de estar la muñeca, una mancha ocre rodeaba una espeluznante herida que había astillado y arrancado parte de dichos huesos. Intrigado, acerqué más la antorcha sin preocuparme demasiado de una posible contaminación de los restos, y al hacerlo encontré que la misma laceración se repetía exactamente igual en la otra muñeca.

Súbitamente asaltado por una inverosímil sospecha, busqué lo que fueron los pies del difunto, y mis más insensatas previsiones se confirmaron. También allí se hallaban presentes las mismas marcas de lo que sin duda alguna era óxido; ambas en el empeine de los huesos de los pies.

−No puede ser cierto... −tartamudeé, abrumado.

Y como para disipar cualquier duda, en ese momento mi vista fue a parar de nuevo al cráneo, que al observarlo con mayor detenimiento reveló una serie de pequeñas incisiones rodeándolo en todo su perímetro. Unas incisiones irregulares y de diferente profundidad. Exactamente iguales a las que aparecerían si a esa cabeza se le hubiera encasquetado brutalmente una corona de espinas.

Ahora éramos dos los que, con la espalda en la pared, nos sentábamos en el suelo. Incluso bajo la anaranjada luz de las antorchas, el rostro de Cassie permanecía lívido, tanto seguramente como lo debía de estar el mío en aquel momento. Una mano invisible parecía oprimirme el pecho y me faltaba el aire para respirar, como cuando en alguna ocasión, buceando, he apurado el aire de mi botella más de lo debido.

Un remolino de pensamientos, sentimientos y miedos me recorrían de pies a cabeza sin permitirme reflexionar con serenidad. Quería convencerme de que lo que allí había visto era una simple confusión, o una especie de broma milenaria urdida por alguien con una medieval mala uva. O quizá todo aquello no era más que un error cometido por unos monjes analfabetos setecientos años atrás.

Pero en mi fuero interno, estaba seguro de que lo que había en aquel osario era nada más y nada menos que la osamenta del hombre más influyente en la historia de la humanidad, y cuya presencia física en aquella urna de piedra contradecía el Nuevo Testamento y la supuesta divinidad del que se hizo llamar *Hijo de Dios*. O lo que es lo mismo, arrancaba de raíz los más profundos cimientos sobre los que se sostenía el cristianismo, la Iglesia, y la fe de una buena parte de los habitantes del planeta.

—Y ahora, ¿qué hacemos? —preguntó finalmente Cassandra, con un hilo de voz.

Me encontraba tan trastornado que no me veía capaz de responder nada coherente.

—Ni idea... —dije al cabo—. No sé, tú eras la arqueóloga. ¿Qué se suele hacer en estos... casos?

Sin volverme, vi por el rabillo del ojo que me miraba con una esquinada mueca.

—¿Te refieres a cuando uno descubre el esqueleto del que se supone inmortal hijo de Dios, y que ascendió a los cielos al tercer día de morir, guardadito en una urna?

—Pero debe de haber un protocolo de actuación o algo así, ¿no? —insistí, volviéndome hacia ella.

—¿Un protocolo? Este es el mayor descubrimiento arqueológico de la historia, y las repercusiones en todo el mundo serán imprevisibles. Jamás ha sucedido nada parecido, ni de lejos.

—Entonces... estás decidida a hacerlo público.

Las facciones de la mexicana, esta vez, reflejaron sorpresa.

—¡Por supuesto que voy a hacerlo público! Si se confirma que estos son los restos de Jesús, el mundo entero tiene derecho a saberlo. ¿O acaso piensas tú lo contrario?

—No, claro que no —respondí meditabundo—. Pero me inquietan las posibles consecuencias.

La arqueóloga se levantó, visiblemente molesta con mis temores.

—¿No serás uno de esos que creen que la gente es idiota y que es mejor tenerla engañada y supuestamente feliz, a que tengan que enfrentarse a la realidad?

—En absoluto, Cassie, no me malinterpretes. Es solo que... —meneé la cabeza, intentando librarme de algunos pensamientos—. Olvídalo, tienes razón.

La mexicana alargó el brazo, ayudándome a ponerme en pie.

—Entonces no hay más que hablar —dijo tirando de mí—. Y ahora, lo que tenemos que decidir es si nos vamos con las manos vacías y regresamos con un permiso formal de excavación, arriesgándonos a encontrar la cripta vacía para entonces, o cogemos los huesos como podamos y los llevamos a un lugar seguro.

Abrí la boca para contestar, pero la voz que oí no fue la mía, sino una totalmente desconocida, que retumbó a nuestra espalda.

—Buenas tardes —dijo la voz, con irritación contenida—. ¿Han encontrado lo que buscaban?

55

Sobresaltados, nos dimos la vuelta muy lentamente, encontrándonos al hacerlo con un hombre vestido de sacerdote que, sosteniendo un quinqué en alto, nos miraba con indignación. Debía de tener unos sesenta años, calculé a partir de las innumerables arrugas que surcaban un rostro de marcadas facciones indígenas, que si bien transmitían cierta afabilidad, quedaban relegadas a un segundo plano cuando uno se fijaba en sus intensos ojos negros, de una profundidad tal que parecían traspasarnos con la mirada.

—¿Quién es usted? —pregunté.

—¿No cree que esa pregunta debería hacérsela yo a ustedes? —inquirió a su vez, gélidamente.

—Mi nombre es Ulises Vidal, y la señorita se llama Cassandra Brooks. Somos... arqueólogos aficionados.

—Bien, señor Vidal y señorita Brooks. ¿Pueden explicarme qué están haciendo ustedes aquí?

—Verá... —intervino Cassie, tímidamente—, estuvimos llamando a la puerta principal un buen rato, y como nadie nos abría y encontramos una puerta abierta, pues decidimos pasar.

El sacerdote dirigió la luz del quinqué hacia la mexicana.

—Para empezar, esto es allanamiento de morada —apuntó secamente—. Pero lo que les estoy preguntando es: ¿qué están haciendo *aquí abajo*?

Iba a tomar la palabra, pero Cassie se adelantó.

—Pues estábamos admirando el interior de la iglesia, cuando casualmente...

—¿Casualmente? —la interrumpió el hombre.

—Sí, claro... casualmente. Esto... nos pareció que una losa del suelo se movía y, por curiosidad, la levantamos y llegamos hasta aquí, y luego...

—Señorita Brooks —volvió a interrumpirla, sin cambiar el tono hosco—. ¿Cree usted, sinceramente, que voy a tragarme toda esa sarta de mentiras?

Estaba claro que por ahí no llegábamos a ningún sitio.

—Lo cierto —dije— es que descubrimos las inscripciones mayas del altar y el calendario debajo del mármol. Pero le doy mi palabra que no somos ladrones de tumbas, tan solo nos movía la curiosidad.

—¿Y ya sabe que la curiosidad mató al gato?

Un escalofrío me recorrió la espalda, al intuir en su pregunta una velada amenaza.

—No se preocupe, no les estoy amenazando —añadió tranquilizador, como si me hubiera leído el pensamiento—. Pero aún estoy esperando a que me digan algo que no sea mentira.

—Pues aunque no lo crea —argumentó Cassie—, esa es esencialmente la verdad. No teníamos ni idea de lo que había aquí debajo.

—¿Entonces, acostumbran ustedes a profanar iglesias?

—Mire, no sé quién es usted, pero le garantizo que...

—Padre Ramón Díaz.

—¿Perdón?

—Soy el padre Ramón Díaz —repitió—. Ahora ya saben quién soy.

—Pues le garantizo, señor Díaz, que...

—Padre Díaz, por favor.

Cassie, con gesto preocupado, resopló sonoramente.

—Mire —dijo—, sé que resulta difícil de creer, pero hace tres horas estábamos paseando tranquilamente por el Museo de Arqueología. Tropezamos con una escultura maya encontrada aquí hace un siglo, y vinimos a echar un vistazo antes de que saliera nuestro avión rumbo a España.

—Y entonces fue cuando entraron sin permiso en mi iglesia, desmontaron el altar, violaron la cripta, y profanaron una tumba.

—¿Sabía que aquí había una tumba?

—No me cambie de tema, jovencito.

—Un momento... —insistí, empezando a ver las cosas con mayor claridad—. Usted lo sabía, pero... ¿sabe también quién está en esa urna?

La expresión del sacerdote se crispó aún más.

—Esta conversación ha llegado a su fin —espetó—, así que hagan el favor de salir ahora mismo. La policía ya está en camino, y si no se marchan inmediatamente, les vaticino una larga temporada en una cárcel guatemalteca.

—¡Joder, lo sabe! —soltó Cassie.

—Ignoro lo que usted cree que yo sé, señorita Brooks —replicó el padre Díaz con brusquedad—, y la verdad, me trae sin cuidado. Pero le rogaría que se abstuviera de decir palabras soeces en este lugar, mientras lo abandona de inmediato.

Solo me quedaba una carta por jugar. Así que —pensé—, de perdidos al río.

—Mire, padre —dije tratando de serenar los ánimos—. Somos conscientes de lo que hemos hecho y le pedimos disculpas por ello —decidí ser sincero, a ver qué pasaba—. La razón última por la que estamos aquí es, porque llevamos varias semanas recorriendo el mundo tras la pista de un antiguo tesoro; el cual, por cierto, ya hemos dado por perdido. Hace tres días, en la búsqueda de ese tesoro, perdimos a un buen amigo y como una especie de homenaje hacia él, intentábamos desentrañar un misterio relacionado con una estatuilla de jade del dios Quetzalcóatl, que de una manera casual nos trajo hasta su iglesia. Suponíamos que en este pueblo encontraríamos respuestas, pero jamás —miré por un momento el osario, aún abierto y con la tapa apoyada en la pared— ...jamás imaginamos que íbamos a encontrar *esa* respuesta.

Las facciones del sacerdote parecieron relajarse un poco, y fijando la vista en el osario, avanzó hacia él reverencialmente.

—Hagan el favor de cerrarlo —pidió entonces, suavizando el tono.

Cassie y yo intercambiamos una mirada y, cuidadosamente, dejando las antorchas en el suelo, tomamos la tapa de piedra y la colocamos de nuevo sobre la urna.

—Y ahora —dijo una vez estuvo tapado el osario—, les ruego que salgan de aquí y no vuelvan a acercarse nunca más a este lugar.

—Creo que no —repliqué.

—¿Cómo dice? —inquirió el sacerdote, incrédulo.

—He dicho que creo que no nos vamos a marchar —insistí con firmeza.

—Ulises, la policía... —oí susurrar a Cassandra.

Soy muy malo jugando al póquer, pero intuía que lo de la policía era un farol.

—Tranquila, Cassie. No va a venir ningún coche de la policía.

El sacerdote no dijo nada, limitándose a guardar silencio mientras me atravesaba con la mirada.

—Y no va a venir porque lo último que el padre Díaz desea es que nadie más sepa sobre este lugar, y mucho menos la policía local —esta vez fui yo quien lo miró desafiante—. ¿Me equivoco, padre?

Éste hizo una larga pausa, estudiándome detenidamente e intentando adivinar mis intenciones y, sin duda, también calibrando las opciones que tenía de echarnos de allí por las buenas.

—¿Qué es lo que quieren? —preguntó al cabo.

—Solo respuestas.

El sacerdote suspiró hondamente, bajando el quinqué.

—Está bien —accedió con voz cansada, dándose la vuelta y dirigiéndose hacia la escalera, convencido de que le seguiríamos—. Acompáñenme a mi despacho.

Tras ayudarle a colocar de nuevo la lápida que cubría la escalera de piedra, nos hizo un ademán de que le siguiéramos y, en silencio, nos condujo hasta una pequeña cámara anexa a la capilla. Allí solo había una gastada mesa de madera oscura con varias carpetas apiladas, unas cuantas sillas de la misma de madera, y un crucifijo en la pared como toda decoración de la espartana estancia.

El sacerdote nos indicó que nos sentáramos, y sin decir aún una palabra desde que salimos de la cripta, tomó asiento en la silla que había tras la mesa. Apoyando los codos sobre la misma, nos escrutó de nuevo, ahora bajo la cálida luz que entraba por un amplio ventanal que se abría al claustro.

—Respuestas... —comentó, sin dejar de mirarnos—. ¿Creen que son merecedores de ellas por haberse colado en mi iglesia y descubierto la cripta?

—No —repuso Cassie—, creo que nosotros no nos las merecemos... pero hay millones de personas que sí se las merecen. Todos aquellos que rezan cada día a un dios que se hizo carne, murió y resucitó; y que creen palabra por palabra un libro en el que, por lo visto, no se cuenta toda la verdad.

El sacerdote frunció el ceño.

—¿Y ustedes van a ser los que decidan qué es verdad y qué no lo es?

—Nosotros no vamos a decidir nada —replicó—. Solo deseamos conocer los hechos.

El padre Díaz se retrepó en la silla y miró al techo.

—Los hechos —recalcó, como si la palabra le resultara graciosa—. ¿Qué creen que saben ustedes de *los hechos*?

—Por lo pronto —señalé, apoyando los brazos en la mesa—, que bajo el suelo de esta iglesia hay un osario traído por los Templarios a principios del siglo catorce, y que indudablemente se trataba de su más preciado tesoro y a la vez su más terrible secreto. Usted sabe tan bien como yo que en él se hallan nada menos que los restos mortales del hombre que tiene usted ahí —dije apuntando con la vista al crucifijo de la pared— clavado en una cruz.

El sacerdote se pasó la mano por la barbilla, pensativo.

—Ya veo... y ustedes dos están deseosos de dar la noticia al mundo. ¿Me equivoco?

—¿Hay alguna razón para no hacerlo?

—A veces —repuso— decir la verdad puede no resultar todo lo beneficioso que se piensa.

—¿Para quién? ¿Para la gente, o para su negocio?

—¿Negocio?

—Sí, el segundo negocio más antiguo del mundo —reiteré—, y sin duda el más próspero. No conozco ninguna otra empresa que haya durado dos mil años y siga funcionando.

El sacerdote, lejos de molestarse, insinuó una sonrisa.

—Parece que no es usted muy creyente.

—Agnóstico.

—Ah, entonces tiene fe —dijo abriendo las manos.

—Creo en un Dios que no soy capaz de comprender. Y soy consciente de que nunca podré hacerlo, porque en ese caso ya no sería un Dios real, si no una mera ilusión de mi limitado intelecto. Es como el aire: si crees que puedes sujetarlo con la mano, es que no es aire.

—Vaya —observó el sacerdote—, veo que ha dedicado tiempo a pensar en ello.

—He tenido mucho tiempo libre... como cualquier sacerdote.

El tono ácido de mi respuesta fue mayor de lo que pretendía.

—Diría que tampoco le tiene mucha estima a la Iglesia católica, ni a sus representantes.

—Es usted muy perspicaz.

—¿Y no cree que puede equivocarse al generalizar con una institución formada por centenares de miles de personas, que esencialmente desean hacer el bien?

—Eso tiene su gracia —dije sonriendo forzadamente—. Viniendo de alguien que oculta la verdad sobre la fe que predica, manteniéndola oculta en un sótano.

El párroco se removió en su silla, incómodo.

—¿Y cree que eso le da derecho a juzgarme?

—Al contrario que ustedes, no creo estar en posesión de la verdad y no voy por ahí señalando con el dedo. Pero ahí abajo he constatado que la versión que ustedes predican de la muerte y resurrección de Jesús es falsa, y que han ocultado la verdad durante veinte siglos con el único fin de no perder clientela.

El padre Díaz, entonces, se puso de pie, y llevándose las manos a la espalda se acercó a la ventana de su despacho para dejar que el sol de la tarde le calentara el rostro.

—¿Qué saben ustedes sobre los Templarios? —preguntó de perfil.

Cassie y yo cruzamos una breve mirada de asombro.

El sacerdote, que nos miraba de reojo, asintió con la cabeza.

—Les voy a contar una historia —dijo, volviendo a mirar a través de los cristales—. En el año 1118, Hugo de Payens creó la Orden de los Pobres Soldados de Cristo tras la conquista de Jerusalén por parte de los cruzados, con el fin de proteger a los peregrinos cristianos que allí llegaban. Inmediatamente, solicitó instalar su cuartel general sobre los restos del Templo de Salomón, en lo que hoy en día es la explanada de las mezquitas, con la secreta esperanza de hallar en los sótanos de aquellas ruinas alguna reliquia que pudiera elevar el prestigio de la recién creada Orden. Desgraciadamente —añadió con amargura—, al cabo de varios años de búsqueda, lo que encontraron en los pasadizos subterráneos del mítico templo de los judíos fue algo mucho más inquietante y peligroso.

—El osario —comentó Cassandra.

—Imagínense —continuó, como si no la hubiera oído— el tremendo impacto que su descubrimiento debió causar en aquellos hombres temerosos de Dios, que habían arriesgado sus vidas por recuperar los Santos Lugares y cuya existencia orbitaba entorno a la religión cristiana y la fe ciega en cada palabra escrita en la Biblia. En Corintios 15:14 lo dice claramente: *Y si Cristo no resucitó, vana es nuestra predicación, y vana es también nuestra fe.*

Hizo una pausa, y dejó escapar un nuevo suspiro.

—De hecho —prosiguió—, durante los primeros años se negaron a aceptar a cualquier nuevo miembro dentro de la orden, y eso que eran solo nueve caballeros; necesitaban «reordenar» su fe en Dios y en la Iglesia. Finalmente, adaptando ciertos pensamientos filosóficos provenientes de ritos judíos y cultos esotéricos, consiguieron salvar sus propias creencias y aceptar la condición mortal de Jesucristo, sin que ello afectase a su divinidad.

—¿Y eso cómo lo lograron? —interrumpí—. ¿Con piruetas semánticas?

El sacerdote, extrañamente, me contempló con cierta tristeza en los ojos.

—¿Eso es lo que cree? ¿Que somos unos cínicos?

—Lo ha dicho usted, no yo.

El sacerdote se tomó una nueva pausa, pasándose la mano por la nuca, pensativo.

—Esos pensamientos filosóficos a los que me refería, y que hallaron los Templarios en Judea, eran ni más ni menos que los evangelios gnósticos. Aquellos que en el año 325, en el Concilio de Nicea, el emperador Constantino no permitió que se incluyeran en la Biblia que conocemos hoy en día.

—No comprendo —intervino Cassie—. ¿Evangelios gnósticos? ¿El emperador Constantino? ¿La Biblia que conocemos hoy en día? ¿Es que hubo otra?

—Lo cierto, señorita, es que hasta ese momento no existía nada que pudiera llamarse así. No fue hasta que este emperador romano decidió tomar el cristianismo como religión oficial del Imperio cuando se reunieron una parte de los escritos de profetas, mártires y apóstoles para, bajo la batuta del susodicho emperador, conformar lo que actualmente llamamos el Nuevo Testamento.

—¿El emperador de Roma hizo eso? —inquirió, incrédula.

—Exacto. Él, asesorado por consejeros y sacerdotes, decidió, por ejemplo, qué evangelios serían incluidos, y cuáles no solo excluidos del libro sagrado sino incluso prohibidos por heréticos.

¿No se ha extrañado nunca que de trece apóstoles solo saliera a la luz la versión de cuatro de ellos?

—Querrá decir, doce apóstoles —le corregí.

—No, quería decir trece —insistió—. María Magdalena era uno más de ellos, por no decir el más importante.

—¿La prostituta? —alegó Cassie, escandalizada.

El cura dejó escapar algo parecido a un suspiro de condescendencia.

—En realidad, señorita Brooks, María Magdalena era la esposa de Jesús de Nazaret.

La mexicana se quedó como la mujer de Lot, pero con la mandíbula colgándole de la impresión y los ojos más abiertos.

—Eso —prosiguió el clérigo— es solo uno de los secretos que decidieron ocultar en aquel concilio. Así como que Jesús fue el que pidió a Judas que lo traicionara, para convertirse de ese modo en mártir de la causa; o que su mensaje era mucho más complejo, y a la vez más humano, de lo que a la incipiente Iglesia le interesaba. En los evangelios no mencionados en la Biblia, se habla de un Jesucristo mortal, idealista, combativo y trascendente; lo contrario a lo que Constantino buscaba, que era un rebaño de sumisos fieles, obedientes ante cualquier mandamiento del incontestable nuevo líder de la iglesia cristiana, o sea, él mismo. Simplemente, escogieron los evangelios que les eran más favorables, tanto por su mensaje como por su simpleza. Al pueblo le encantaban (y le encantan, aún) las leyendas de personajes míticos, con poderes sobrenaturales, un mensaje sencillo y una promesa de salvación. Y eso es exactamente lo que les dieron.

—Pero... —vacilé— entonces, ¿por qué nadie sabe nada de eso? ¿Existen pruebas de lo que está diciendo?

—Por supuesto. ¿Le suena la Epístola de Eugnostos? ¿Los textos de Nag-Hammadi, hallados en Egipto en 1945? ¿O el evangelio de Judas, descubierto hace poco en manos de un traficante de antigüedades? —esperó respuesta por unos instantes, luego desistió con un gesto de resignación—. No, claro que no... A los únicos que les interesa son a aquellos que tratan de que continúen en el anonimato —hizo una nueva pausa, parecía agotado—. En definitiva, señor Vidal, sí que existen las pruebas por las que me pregunta. Pero, qué más da, el daño ya está hecho.

—Entonces —le espeté—, si no cree en ello, ¿cómo puede vestir ese hábito, y pretender que no le llamen cínico?

Esperaba una reacción más ofendida, pero se limitó a asentir ligeramente.

—Entiendo lo que piensa —dijo pausadamente—, pero permítanme terminar de explicarles la historia al completo.

El sacerdote respiró profundamente y se encaró de nuevo hacia la ventana, cogiéndose igualmente las manos a la espalda.

—No fue hasta entonces —prosiguió con el relato que había dejado a medias—, cuando aquellos caballeros pudieron reencontrarse con su fe, que estuvieron preparados para abrirse al mundo. Decidieron trasladar el osario a París de forma secreta (aunque dejaron constancia de ello en un grabado que aún se conserva en la catedral de Chartres), con el doble fin tanto de mantenerlo a salvo de los infieles como para utilizarlo como arma de presión ante el Vaticano. Logrando, quizá gracias a ello, la bendición de la orden por parte del Papa en el concilio de Troyes de 1128; solo diez años después de su institución, algo totalmente inaudito en aquellos tiempos. Doscientos años más tarde —añadió, volviéndose de nuevo hacia nosotros—, en 1307, presionado por un rey de Francia ansioso por hacerse con las riquezas del Temple, el Papa Clemente V disolvió la orden y los Caballeros Templarios se vieron forzados a huir; llevándose consigo su arma más poderosa, pero también su más pesada carga y la responsabilidad que ello implicaba. Por ese motivo llegaron hasta estas tierras, a lo que por entonces era el reino de los mayas, quienes los recibieron como a enviados del mismísimo Quetzalcóatl, y les permitieron crear su propia comunidad aquí, en Tecpán.

—¿Y qué pasó con esos Caballeros Templarios? —indagó la mexicana.

—Pues, sencillamente, murieron de viejos. Las pocas edificaciones que habían conseguido levantar se habían convertido en ruinas inidentificables para cuando los españoles llegaron aquí casi dos siglos después. Cuando se decidió construir una nueva iglesia en el pueblo, hubo quién se ocupó de que se erigiera en el mismo lugar que los Templarios habían construido la suya, reconstruyendo la cúpula octogonal, e incluyendo parte de la simbología de la orden en ciertos lugares del templo.

—¿Quiere decir que cuando los españoles llegaron aquí en mil quinientos y pico, había Templarios con ellos? Acaba de decir que fueron disueltos doscientos años antes.

El sacerdote sonrió.

—No, señorita Brooks —dijo con cierta satisfacción—, los Templarios no vinieron con los españoles. En realidad, en cierto modo aún estaban aquí cuando Colón pisó América.

—¿Incumplieron el celibato? —pregunté divertida.

—En absoluto —negó con la cabeza—. Sencillamente, convirtieron algunos indígenas al cristianismo y, tomando a sus hijos como discípulos, los introdujeron en los caminos de la Orden. Eran conscientes de que, tarde o temprano, los europeos llegarían hasta estas tierras del mismo modo que ellos lo habían hecho, así que establecieron una orden clandestina formada exclusivamente por indígenas mayas. Con el único fin de preservar un secreto que, hasta el día de hoy, era desconocido para el resto del mundo.

El padre Díaz, sumido en sus pensamientos, se quedó de pie, en silencio en medio de la estancia.

—Todo eso está muy bien —dije al ver que daba la exposición por concluida—, pero no veo qué tiene que ver con que revelemos o no lo que hemos descubierto en la cripta.

—Las razones por la que la orden decidió en su momento mantener oculto el cuerpo de Cristo —explicó cansadamente—, son igualmente válidas en la actualidad que hace novecientos años. El hombre, desde la oscuridad de los tiempos, necesita certezas, o sea, a Dios, para que su propia existencia tenga algún sentido; y la

Iglesia, aun con sus innumerables defectos, es la vía por la que los cristianos acceden a una fe que les mantiene esperanzados por una vida mejor y les permite, a muchos de ellos, sobrellevar sus innumerables desgracias confiados en un Dios todopoderoso que les compensará algún día con el paraíso —rodeó la mesa y volvió a sentarse en su silla—. Si algún día estos creyentes descubrieran que ese Dios omnipotente ni siquiera pudo o quiso resucitar a su propio hijo, ¿qué esperanza les quedaría a ellos de ganarse el reino de los cielos? Si a los oprimidos, a los desheredados, o a cualquier hombre o mujer que esté sufriendo le arrebatamos la esperanza, lo convertiremos en un ser desesperado y en consecuencia, inhumano.

—Usted da por supuesto —objeté, interrumpiéndole— que una persona no religiosa, automáticamente pasa a convertirse en algo así como un monstruo. Está muy equivocado. No conozco a ningún ateo al que le hayan crecido cuernos y huela a azufre.

—Señor Vidal, usted me está hablando seguramente de personas sanas, acomodadas, y que creen no necesitar a Dios, ¿me equivoco? —hizo una pausa, y al no recibir respuesta prosiguió—: Yo, en cambio, me estoy refiriendo a los millones de fieles que llenan las iglesias en busca de consuelo, porque su realidad es cruel e injusta. Dígame, señor Vidal —dijo, inclinándose sobre la mesa—, ¿sería usted capaz de presentarse en una misión perdida en la selva del Congo, o aquí mismo, en una aldea del altiplano, y explicarles a las pobres gentes a las que solo les queda la esperanza de otra vida mejor que esta, que dejen de rezar, que Dios no existe y que su existencia, además de miserable, es fútil y carece de sentido? —Los negros ojos del sacerdote refulgían apasionadamente—. Para usted o sus amigos ateos resulta fácil —continuó con énfasis—. Pueden elegir la vida que quieren llevar, con quién casarse o, simplemente, qué almorzar al día siguiente. Ellos —concluyó señalando a la ventana—, sencillamente, no pueden.

Desarmado, me costaba hallar las palabras adecuadas.

—El ser humano —alegué— es más fuerte de lo que ustedes, los religiosos, creen. Son tan paternalistas que no permiten a las personas crecer y pensar por sí mismas. Realmente −afirmé, tratando de parecer convencido−, el problema es que no creen en el hombre y en su capacidad de aceptar la verdad.

El religioso meneó la cabeza como si acabara de escuchar un mal chiste.

−¿Aceptar la verdad? ¿Bromea? Ni siquiera los refinados y autosuficientes occidentales, tan satisfechos de ustedes mismos, son capaces de enfrentarse a la auténtica realidad de sus hedonistas existencias. Necesitan distracciones inútiles, ídolos vacíos o drogas con las que evadirse y, aun así, gastan más en psiquiatras y antidepresivos, que el resto del mundo en vacunas y antibióticos. Si la cultura que se supone ha llegado a la cima de la civilización no puede mantener cuerdos a sus miembros, si no es abandonándolos a un constante estado de enajenación, ¿cómo cree que lo pueden hacer aquellos, a los que la realidad golpea cada día en la cara y en el estómago?

La obviedad que había en las palabras del sacerdote estaba haciendo mella, pero me resistía a dar mi brazo a torcer.

−¿Tú qué opinas, Cassie? −pregunté mirando a mi izquierda, en busca de apoyo−. Estás muy callada.

La mexicana me miró, con sus otrora luminosos ojos verdes emanando algo semejante a la tristeza.

−Yo... −murmuró alicaída− estoy de acuerdo con el padre Díaz. Me duele admitirlo, como a ti, pero creo que no tenemos derecho a sacar a la luz lo del osario. Está en juego la escasa fuente de felicidad de millones de personas, y no puedo asumir la responsabilidad de arriesgarla por una pila de huesos.

El clérigo suavizó el gesto, juntando las yemas de los dedos.

−Algún día −pronosticó sin asomo de duda−, la verdad sobre la mortalidad de Jesús será revelada a los cristianos. Pero por ahora, desgraciadamente, ese momento aún no ha llegado; y el cuerpo del hijo de Dios deberá permanecer oculto en una oscura cripta hasta que la luz se haga en la mente del hombre y éste sea capaz de enfrentarse a sí mismo en el espejo, sin apartar la mirada.

—¿El 21 de Diciembre de 2012, quizá? —pregunté sin pensar.

El sacerdote esbozó una mueca cansada.

—Ojalá fuera así... pero me temo que tal y como pinta el panorama, a lo mejor tenemos que esperar otra Cuenta Larga de cinco mil años.

Muy a mi pesar, comprendí que el padre Díaz tenía razón.

Cuando a alguien le preguntas qué desearía tener, invariablemente la respuesta es siempre la misma: *felicidad*.

Nadie pide *la verdad*.

La verdad os hará libres... ¿dónde leí eso? Quizá en la Biblia, sería irónico.

Y allí estaba, sentado en silencio frente a un enigmático párroco de pueblo, y a pocos metros del mayor hallazgo de la historia. Consciente de que si lo deseaba, podía de la noche a la mañana cambiar el mundo tan solo explicando lo que había sucedido aquella tarde en una modesta iglesia de un pueblecito de Guatemala.

Pero no iba a hacerlo.

Aún sin ser consciente de ello, había decidido que el secreto de aquel auténtico tesoro, estaría a salvo conmigo.

El tiempo se nos echaba encima, y no tenía sentido prorrogar una discusión en la que ya había sido convencido. Así que, sin nada más que alegar, inspiré profundamente y asentí con la cabeza.

—No acabo de estar seguro de que usted tenga razón, padre Díaz. Pero si el que se equivocara fuera yo, sé que no podría vivir con ello.

Me levanté, ofreciendo la mano por encima de la mesa.

—Así que no revelaré nada de lo que aquí he visto y oído, le doy mi palabra.

El sacerdote estrechó mi mano y luego la de Cassie, que había repetido mi promesa.

—Son ustedes gente de bien —declaró solemnemente—. Que Dios les bendiga.

Sin nada más que decir, y constatando al comprobar el reloj que teníamos el tiempo justo para alcanzar nuestro vuelo, nos despedimos del sacerdote, muy trastornados por los acontecimientos.

Ya abandonábamos el despacho, encaminándonos hacia la salida, cuando se me ocurrió una última pregunta que no podía dejar de hacerle.

—Padre Díaz —dije volviéndome hacia él, espetándole sin preámbulos—. ¿Es usted uno de ellos?

—¿Uno de ellos?

—¿Es usted un Caballero Templario?

El sacerdote, lejos de sorprenderse por la pregunta, soltó una breve carcajada.

—Señor Vidal —repuso con una mirada ladina—, los Templarios desaparecieron hace casi setecientos años. Yo solo soy un humilde párroco... y esta una iglesia sin importancia.

Epílogo

El sordo rumor, proveniente de los motores que empujaban lentamente al Airbus 320 por la pista de rodamiento del aeropuerto de La Aurora, centraba toda mi atención mientras contemplaba distraídamente, al otro lado de la ventanilla, el rojizo resplandor del volcán Pacaya. Éste se hallaba en activo desde hacía un par de días, expulsando con ira lava y cenizas en todas direcciones, obligando a las autoridades locales a evacuar una docena de pueblos y aldeas cercanos.

Tenía sobre las rodillas un ejemplar del *Prensa Libre* de esa mañana, y dado que Cassandra se había quedado dormida en el asiento de al lado —agarrando con fuerza el bolso donde llevaba la cruz de oro—, decidí distraer la mente con las noticias del día y su transitoria banalidad, tratando de no pensar en los increíbles acontecimientos acaecidos esa misma tarde. Empecé a ojear las páginas sin demasiado interés —de atrás hacia delante, como tenía la costumbre de hacer—, frunciendo el ceño ante la irregular campaña del Barcelona en la Champions League, cuando llegué a la página de sucesos y me quedé sin aliento al leer un breve artículo situado en la esquina inferior izquierda de la página:

¡INAUDITO!
Tres días después del brutal ataque de la guerrilla contra unos arqueólogos norteamericanos —acusados por el EZLN de ser, en realidad, expoliadores del patrimonio maya—, en las ruinas de Yaxchilán (Chiapas, México) y del que no había constancia que hubieran supervivientes, un hombre, un

ciudadano español que responde al nombre de Eduardo Castillo, fue encontrado ayer vagando por la selva por un grupo de cazadores de la etnia lacandón, en las proximidades de la antigua ciudad maya. Actualmente, el Sr. Castillo se encuentra ingresado en el Hospital General de Tenosique, a la espera de que se recupere de las heridas de diversa consideración que parece debió sufrir en la refriega con los guerrilleros.

FIN

Agradecimientos

Esta novela solo ha sido posible gracias a la colaboración desinteresada de amigos y lectores de todo el mundo, pero especialmente debo agradecer sus consejos y ánimos a mis amigos Diego Román, Sergio Matarín y Patricia Insúa. A la escritora Carmen Grau sus incansables correcciones y acertadas recomendaciones. A mi agente Lola Gulias su confianza en mí, y sin la cual hoy no sería un escritor profesional. Y por supuesto a mis padres Fernando y Candelaria, y a mi hermana Eva, su apoyo incondicional en todos estos años.

Aunque, por encima de todo, he de dar las gracias a los miles de lectores en todo el mundo que han convertido esta novela en el éxito que es hoy.

A todos, gracias de corazón

FERNANDO GAMBOA

Espero que haya disfrutado de esta novela, y de ser así, le agradecería que la valorara en amazon.es o amazon.com, para que de ese modo otros lectores puedan conocer y compartir sus opiniones.

Gracias por acompañarme en este viaje, y nos vemos en la próxima aventura.

www.fernandogamboaescritor.com

www.facebook.com/La última cripta

FERNANDO GAMBOA, también en:

Otras novelas de FERNANDO GAMBOA

CIUDAD NEGRA
La continuación del best seller internacional, *La última cripta*.

Otras novelas de FERNANDO GAMBOA

GUINEA
Un impactante thriller de aventuras en el corazón de África,
que te dejará sin aliento.

LA HISTORIA DE LUZ Basada en hechos reales
La novela biográfica Nº1 en Amazon España.

AMANECER EN EL SUDESTE ASIÁTICO

Mucho más que un viaje

CARMEN GRAU

AMANECER EN EL SUDESTE ASIÁTICO
De Carmen Grau
El 2 de enero de 2000 Carmen Grau se despidió de su trabajo, familia y amigos en Barcelona y emprendió un viaje poco planeado, con lo puesto y la mochila a cuestas. A lo largo de

siete meses recorrió Tailandia, Laos, Vietnam, Camboya, Birmania, Hong Kong, Malasia, Sumatra (Indonesia) y Singapur desplazándose en autobús, tren o barco. Se alojó en albergues y hostales, comió en restaurantes baratos o puestos de calle y compartió vivencias con mochileros de muchos otros países. Ante todo, se interesó por las gentes, la cultura e historia, la gastronomía y la belleza natural de los países por los que pisaba. Amanecer en el Sudeste Asiático es el resultado de esta gran aventura que cambiaría su vida para siempre, afectada por la maravillosa enfermedad del viajero, de la que no se conoce cura.

Made in the USA
Columbia, SC
09 July 2020